纸 金 时 代

陈楫宝◎著

沈阳出版发行集团

博集天卷
CS-BOOKY

沈阳出版社

图书在版编目（CIP）数据

纸金时代 / 陈楫宝著. -- 沈阳：沈阳出版社，
2020.5
ISBN 978-7-5716-0709-8

Ⅰ. ①纸… Ⅱ. ①陈… Ⅲ. ①长篇小说—中国—当代
Ⅳ. ①I247.5

中国版本图书馆CIP数据核字（2019）第291351号

出版发行：沈阳出版发行集团 | 沈阳出版社
　　　　　（地址：沈阳市沈河区南翰林路10号　邮编：110011）
网　　址：http://www.sycbs.com
印　　刷：三河市鑫金马印装有限公司
幅面尺寸：170mm×240mm
印　　张：28.5
字　　数：435千字
出版时间：2020年5月第1版
印刷时间：2020年5月第1次印刷
监　　制：于向勇
责任编辑：张　磊
特约编辑：王远哲　包　晗
营销编辑：刘晓晨　王　凤
封面设计：赵　博
版式设计：潘雪琴
责任校对：邰仲文
责任监制：杨　旭

书　　号：ISBN 978-7-5716-0709-8
定　　价：59.80元

联系电话：024-24112447 024-62564978
E－mail：sy24112447@163.com

目录
Contents

纸 金 时 代

纸 金 时 代

■

第一章

紧急求援

戴志高推门进去，还没开口说话，顿觉眼前一黑——一个硬物走了一条漂亮的抛物线，精准而力度适中地砸在他的右眉骨上。

"哎呀，我——"戴志高一声惊叫，"靠"字还未出口，突然意识到什么，硬生生把吐到嘴边的粗口收回。眉骨先是酸麻，然后是清凉感，鲜血像一条精灵的小蛇越过右眼眶，肆无忌惮地往下爬。惊叫之后瞬间镇静下来，他抬起右手背，顺势擦了一下右眼眶的血迹，然后手掌盖住右眼，睁着左眼，只见老板邬之畏坐在沙发上，嘴含着冰淇淋，眼盯着电视里令人血脉偾张的画面，脸上的肌肉不停地抽动。

这是间专属老板的私人休息室，108平方米，略显空荡，除开床、沙发，就是沙发正前方墙壁上挂着的70英寸液晶屏，连着下端的播放器，高清品质的投影仪悬挂在沙发正上方。此时，门窗闭合，窗外浓烈的阳光，被防紫外线的黑色窗帘严严实实地挡在窗外，室内幽暗。

液晶屏上正在播放着一段视频。视频里，正是昨晚饭局上谦谦而坐的做进出口贸易的严总，这位个头矮小、头发稀疏的广东男人，赤身裸体地与一妙龄女孩大战于床上。

当门被推开，一丝光亮射进房间，邬之畏心里倏然一惊，像一头被突然侵犯和激怒的公牛，恐惧、愤怒，他本能而快速地抓起茶几上的铜质烟灰缸，凶悍地向门边黑影砸过去。这种循声击物的功力，他17岁跑到东南亚一岛国做保安时就练出来了。

他根本无须也从未考虑辨清来人，脱口爆粗："滚出去！"

戴志高忍着眉骨火辣辣的疼痛，右手擦拭着面部血迹，左手顺势按下门壁的开关，乳黄色的灯光铺满房间。他欠身快步走近邬之畏，颤巍巍地说：
"是我，八哥！现在是上午11点17分了，牛老师还有20分钟就到，上海贾总已经在春华包厢了！"

邬之畏见是手下的得力干将戴志高，脸色和缓，有些为刚才的情急失态产生悔意。眼前的这个人，鞍前马后跟随自己多年，并且正在播放的视频还是他张罗拍摄的，自己怎么如此冲动暴怒？是惊恐，还是近期心烦意乱？他闭眼思忖，随即睁开，表情恢复平静，那副招牌式镶嵌在圆脸上的弥勒佛笑容，再次生动地展现在晕黄的灯光下。他接过戴志高的话："刚才没注意是你。哦，安排在春华包厢？换到秋实吧。"

戴志高对邬之畏的指示心领神会，诺诺而应。此时，视频中发出尖峰嘶喊，快感一刹那冲顶，随即死一般寂静。

戴志高随手关掉视频播放器。

邬之畏起身边往身上套外装边转向戴志高。"你们昨晚给他嗑药了？"

"就一颗蓝色小药丸。"戴志高回应低声利索。

"'伟哥'这玩意儿，还是有副作用，对有高血压、心脑血管疾病的人，可能导致中风或心梗。你们提交的调查材料不是说这位大哥长期吃降压药吗？"

戴志高退回门口，拉开门，临闪身出去时低声且揶揄地说："严总说他经常吃'伟哥'，好这一口。"

戴志高出了门，疼痛加剧，眉头一皱就有撕裂感，他本能地在关门的当儿，无奈般地摆摆头，以示不爽。旋一抬头，想到天花板拐角处暗藏的摄像头，遂压抑着情绪，沮丧地用纸巾捂住额头的小伤口，快步穿过长长的办公室走廊，右拐就是公共卫生间。

迎面撞见四处找他的餐饮部鲁经理。看到戴志高眉骨受伤，鲁经理惊讶地张大着嘴巴，他想不通在这座名闻遐迩的斗牛大厦里，还有谁胆敢砸伤老板身边的红人，何况还是公司不折不扣的二号人物。

鲁经理张嘴本想问候表示关心，却看到戴志高射过来的寒光，把问候的话从嘴边吞咽回去了，遂操着山东普通话说正事："戴总，正四处找您，春华包厢布置妥当，客人已经到了，是否按时开始？"

戴志高冷着脸，有些不快地说："换到秋实包厢。"

"啊？"鲁经理一脸惊愕，显然对于临时变更房间颇为不解。

"啊什么啊！按指示办！"戴志高有些烦躁，丢下一脸狐疑的鲁经理，快步钻进卫生间，赶紧清理伤口。

"秋实"房间不大，位处京城超五星级酒店和高档写字楼于一体的斗牛大厦第28层。斗牛大厦取名自"五脊六兽"之斗牛，是遍体鳞甲，牛头龙身的水怪。古建筑设计垂脊前部即角脊上一列琉璃雕饰件神兽，依次是龙、凤、狮子、天马、海马、狻猊、押鱼、獬豸、斗牛、行什，多是具有象征意义的异兽。其中斗牛、押鱼可以兴云作雨，镇火防灾。斗牛大厦威严地耸立在东四环与东五环之间的黄金地段，关于它的荤段子满天飞，几乎不花一文钱广告费就获得了广而告之的效果，简直可以入选中国传媒大学广告营销专业口碑互动的经典案例了。但是，这些有违邬之畏的初衷。他从西南名噪一时的地产商拼尽全力杀入京城地产圈，折腾数年搞了这么一个大家伙，岂能被如此解读？这直接拉低了他的雄心壮志！围绕斗牛大厦的是四栋商住两用的房产，"东西南北中"，一副麻将的风牌全活儿，外加箭牌红中，都是老板邬之畏的杰作。主楼斗牛大厦，一共42层，地上39层地下3层。一家海外杂志评选其为全球十大怪异建筑之首。邬之畏拿着英文杂志拍在董事会会议桌上，他一激动就喜欢爆粗口，对着同僚们说："龟儿子，我们一搞事，就搞个全球第一。"

斗牛大厦室内雍容华贵，其设计出自世界顶级大师之手，椭圆形的空间，配以中式精美饰品，高贵典雅，豪华奢侈。与众不同的则是"秋实"室内，邬之畏亲自设计，中西杂交，缅甸密支那运过来的红木，从踢脚线、护墙板、顶角线、门套、窗花、圆台、方椅等全副武装；四壁悬挂的皆是名家字画，还有梵高的《向日葵》《吃土豆的人》以及莫奈的《睡莲》等高逼真赝品；中国书画家则绘满牌匾、屏风，还有湖北随州出土的编钟复制品；四把金光灿灿的竹编龙椅，精致威严，"富有装饰而不失烦琐"，系广济章水泉竹艺传承佳作，当年获得巴拿马万国博览会金奖，围绕一张花梨木圆桌而立。当初装饰的专家朋友善意提醒说，油画搭配中式古典风格不伦不类啊。邬之畏一锤定音：中西结合，善于破也敢于立。

圆桌按照十人就餐设计。邬之畏一般不安排超过六人的饭局，这样格局空间既保持了距离又不显疏远。他心里清楚，谈话办事的饭局绝对不能超过六人，人数一多，七嘴八舌，交头接耳，既谈不成事也容易淹没主题，更不利于保密。这年头，要想封住别人的嘴，要么银子封口，要么大刑伺候，那些信誓旦旦的承诺，宛若肥皂泡，见风就破。可不是吗？城市的天空，到处飘飞着光怪陆离的肥皂泡。

这天中午饭局只有四个人，牛老师、上海贾阿毛、邬之畏和戴志高。邬之畏的每个饭局，戴志高基本都在场，他自嘲是打酱油的。也的确是打酱油的，张罗上菜，开瓶倒酒，悄然录音，甚至在客人拼酒气势如虹之际，悄然给老板邬之畏把酒换成水，做到客人毫无觉察。这一切，他都轻车熟路。跟随老板多年，邬之畏给了他最高的评价："小戴是我的一杆拐杖，离了他我走不动。这世道，生意不好做，说不准哪天就折进去。江湖不好混，万一哪天我出了事儿，他还掌握着，不会出乱子。"

这些在戴志高听来则是老板给予的最高奖赏。尤其是在重要客户面前，邬之畏闲侃时，抛出这段话，戴志高总会情不自禁地挺胸缩腹，军人般坐姿挺直，脸上挤出微笑，配合着谦逊地点头。紧接着，邬之畏会补充一句："在我们顶天集团，没有阶级之分，梦想有多大，舞台就有多大。小戴就是从一个小门童成长起来的。"

这段话就像一个模块化的陈词滥调，希特勒的得力助手戈培尔有句臭名昭著的名言"谎言千遍即成真理"，何况他们则是半真半假，自然彼此百说不倦，百听不厌。在客人听来也是新鲜的，这么大的一个集团，执行总裁完成了"从门童到将军"的完美升迁。

邬之畏的话至少有一半是真实的。在处处"拼爹"的年代，英雄还是得问出身。没有沾上官二代、富二代的生物基因传承，至少也是创业成功的合伙人或者喝着洋墨水归来在大型外企混过的金领。一个酒店的门童，迎来送往，极尽笑脸，与动辄飙着豪车泡妞的群体，距离虽不是天涯海角，但也是雾霾重重的城市里——人在对面互不识。戴志高在顶天集团升迁之时，邬之畏还未进京，在还是西南地区第一高楼汇富大酒店的时代，他屡次在新员工培训大会上，以戴志高的案例讲励志，"学历不如学习力，努力没有选择重要，戴总就是你们的榜样"。很快，戴志高的"前世今生"就在新入职的员工中广泛传播开来，成为他们奋斗的榜样。

其实，逐渐升迁高位的戴志高有了心病，并不想越来越多的人知道他的出身，在屡次新员工入职大会上，邬之畏讲述这番励志故事，他感受到的是不爽，甚至有些自卑，他不想自己卑微的出身被天下尽知。但他不敢和老板抗议，甚至连提议都不敢。虽然，他们二人之间有着巨大的秘密，越来越多的不为外人道的秘密，包括他和邬之畏最初的相识。

还好，邬之畏北上京城，顺便把戴志高也带过来了，在一个陌生的没有几个人了解自己"前世今生"的地方，戴志高心里踏实了。

邬之畏把自己经营多年的老关系、最亲密的战友"牛老师"引荐给戴志高，这是把对他的信任上升到了一个新高度。并且，几乎所有高端资源都交给他全力打理了。

牛老师鲜有参加各类饭局，唯有邬之畏盛情邀请的例外。乍眼一看，牛老师普通得就像菜市场拎着菜篮买菜的家庭妇男，也许喝几口小酒，一腔东北话，一张东北皮，谁也不会把此人跟手握权杖的那类人联系在一起。牛老师身板敦实，头发浓密粗黑，大块头，就像他的大名"牛康"那样，他往眼前一站，那精神劲儿，四个字"健健康康"。牛老师最显眼的则是那国字脸上耸起的一对大眼泡，脸色略显苍老。戴志高曾经自作聪明地打算安排牛老师去一家在北京朝阳区新开业的韩国独资美容院做一个去眼袋微创手术，却被老板邬之畏训了一顿，说留着这副眼袋"不怒而威"，不要瞎折腾。

戴志高记得，在首次面见牛老师之前，他小心翼翼地向老板打听是什么大人物，邬之畏那天开心，情绪极好，刚把跟随自己多年的小女朋友送到加拿大办理了移民，成功解除了家庭警报。他就对戴志高说了一句话："你去喝瓶老白干，往高里喝，然后脑子往大里想，能想多大就多大。"

这天中午饭局，先一步的贾言是早上从上海"打飞的"，提前了两个小时到达的。贾言绰号"阿毛"，上海爱华集团董事局主席。"阿毛"经常被挂在邬之畏嘴上，在一些高端商业酒局上，几杯白酒下肚，带着那副潮红的弥勒佛尊笑的面孔，邬之畏频繁提及上海滩的商业新贵，"我那阿毛兄弟，在长三角地产商中，算得上一号！还是一家抢手的上市公司第二大股东，和我一样，都是白手起家，但也有不同，人家是书生博士，我就是一个放牛娃。"然后一番自嘲，在众人一片叫好怂恿下，又被灌进几杯酒。

贾总在斗牛大厦春华包间等了一个多小时，换到秋实包间后又等了27分钟。不过，在等待饭局的这段时间里，他从未闲着，三部手机电话铃声此起彼伏，左右手互换，挂了一部手机另一部手机又响起，他一边接听电话一边在房间边转圈。戴志高刚推门进来，听到贾总在电话中冲对方咆哮："你到底会不会干？连你脑子也进水了吗？"他咆哮时，右眼上下抽搐，右手五指回勾，看来又激动了。看到戴志高进来，他压低语气，降低声音分贝，快速结束通话，然后跟戴志高寒暄了几句。戴志高说："贾总，万事事缓则圆，生气伤身。"贾总右手五指恢复状态，收放自如，随手拍了下戴志高的肩膀。"老弟提醒得对，事缓则圆。邬总何时过来？"

正说着，邬之畏右手端着虎牌茶杯进来了，贾总趋步上前，一把抓住邬之畏腾出的左手，紧握着，不停抖着，右眼又抽搐了。"哎，八哥，我怎么会走到这一步呢？打破脑袋也没想到啊，差点阴沟里翻船！"

戴志高在一旁插话："贾总，我们老板向来必须回家吃午饭，很多年了。要不是您火急火燎地办急事，此时他都在家陪老人和小孩子了。再说，牛老师下午还有一个重要国际会议，也是利用午饭时间赶过来了。"他的言外之意就是，瞧瞧邬老板太给你面子了。

贾阿毛当然听懂了戴志高的言外之意，瞟了他一眼就瞬间转移了视线，没有接他的话，脸色掠过一丝阴沉。

邬之畏看着贾阿毛焦急的神情，抽出被握着的左手，轻拍对方肩膀，以示放松，然后咬文嚼字地说："兄弟，兹事重大，不可马虎。我跟牛老师说过，要搞，就往大里搞！"贾阿毛听闻，一时愕然，脑子在快速转圈，往大里搞，什么意思？右眼又在抽搐了，他看着邬之畏，应和着："好的好的，一切听八哥的。"

戴志高每次见到贾阿毛此刻的样子就替他紧张一番，久而久之，就对贾阿毛紧张或者说认真时的躯体习惯性条件反射习以为常了。"人类一思考，上帝就发笑"，贾阿毛则是一紧张就右眼抽搐且合并性右手五指回勾。如果初次见面，大多数人都会被贾阿毛的躯体症状惊吓一番，贾阿毛则先自我解嘲："小时候治疗不及时，落下小儿麻痹症。"戴志高清楚记得，那次是老板邬之畏陪远道而来的客人贾阿毛打麻将，就在斗牛大厦，其中一局，贾阿毛运气大好，摸到清一色"七对"，眼睛直勾勾地盯着麻将牌，捏着那张麻将的右手突然抽搐起来，五指如钩，右眼抽搐，把坐在一旁的戴志高吓了一大跳，他本能地插位邬之畏和贾阿毛中间，做警示状，避免伤及老板。一会儿，贾阿毛就恢复常态，嬉谈笑骂，一如常人。如此者三，圈子朋友都习惯了贾阿毛的小儿麻痹症，也摸透了他的牌底和牌性，因此在圈子中打麻将输多赢少。

"八哥"是邬之畏在亲密圈子的尊称，因为他在家排名第八。

牛老师被戴志高引进来时，情不自禁地抬头向天花板四角瞅了瞅。戴志高捕捉到了这一细节，满面堆笑，笑得有些尴尬，连忙对牛老师解释说："这是秋实厅，不是春华厅。"牛老师似乎明白过来，刚才微皱的眉头也松弛了下来。牛老师被引进了主嘉宾位置落座。牛老师与起身站立迎候的贾阿毛和邬之畏微笑点头，简单寒暄。贾阿毛带过来一箱五十年的茅台酒，来京之前，获知牛老师好酒，且只钟情茅台，如果是陈年茅台，那就更切心意。他通过私人关系，搞到了一箱五十年陈酿茅台。当包装简陋的陈年茅台酒被摆上桌子，牛老师视线一扫而过，眉头轻舒，然后语气很轻但果断地说："中午都不喝酒，上酸奶或白水都行，下午大家都有其他安排，我还要主持一个重要会议。"

贾阿毛瞧了瞧邬之畏，看他点头示意，心里就明白了，不再劝酒，转头跟紧挨一旁的戴志高轻声耳语："饭毕别忘了把这箱酒放在牛老师车后备厢。"

中餐比较简单，牛老师喜好健康饮食，因此安排的都是家常菜，不过道道都是原产地好食材。湖北广济佛手山药、武夷山野生红菇、磐安高山茭白、云南曲靖松茸汤……甚至连主食小米也是来自陕北米脂。看主人与客人关系如何，从餐桌上食材就能掂量出斤两。

不是酒局，午餐就比较尽兴。吃了几道菜，牛老师情绪不错，他们简单寒暄一番，邬之畏抓住时机，直奔主题道："阿毛，中餐时间牛老师比较紧，就长话短说，你的情况我简要和牛老师介绍了。你有何需求，直接讲出来，大家出出主意。牛老师很关心企业家，不用避讳。"

邬之畏直呼贾言绰号，亦庄亦谐，既展现了他与牛老师的特殊关系，也降低了贾总的焦虑，一桌吃饭好像就是一家人般。

"50亿！是我的血汗钱啊。"贾阿毛张口就是一串数字，向牛老师陈述的时候，做痛心疾首状，"那个小瘪三！胆子太大，卷走了股票套现的10亿！"

说着，贾阿毛起身从茶几上拿着早搁在那儿的一个档案袋，封得严实，鼓鼓的。他双手递给牛老师说："我是养虎为患。请牛老师为我主持公道！"

牛老师接过档案袋，低头拆着封线。贾阿毛请求牛老师的表情，有些惶急。在戴志高看来，一个身价百亿的集团老板，在牛老师这类人面前，身价是软弱的，苍白的，就像飘在空中的一张纸，随风而散。在某个节点，金钱就是王八蛋。

"怎么就是小瘪三呢？我可听说了，张茂雨先生可是您的左膀右臂啊，"戴志高突然无端地插话问贾阿毛，表现出迷惑不解状，"贾总，张茂雨可是贵为集团公司董事副总裁啊！"

贾阿毛一时没有理解戴志高问这番话时的"同类"同情心。他提高声音的分贝，说："人总是会变的。也许以前好，也许以前隐藏很深，这人性——谁看得清？"

贾阿毛说的是实情。当初套现，贾阿毛是知情并允许的。不过，他以为这些套现的资金一直趴在账上，偶尔买些理财产品，待应急之需。这次，当他得到手下报告，张茂雨把钱给转移走了，他火急火燎从国外飞回来，才发现看似自己掌控的王国，一切都变了天。

牛老师低头翻看着牛皮纸档案袋的资料。戴志高觑了邬之畏一眼，见老板没有对刚才自己突兀的提问有不快或反对的意思，更加有兴致，继续表现出不得其解的表情，问贾阿毛："贾总，换股东，变更股份，这种偷梁换柱的小儿科手段，变更登记机构就看不出来吗？"

"能看不出来吗？"贾阿毛说到这儿就有些激动了，表情一严肃就右眼抽搐，右嘴角上翘，一撇嘴一撇嘴的，"小戴，你要知道，变更的地方不是管理规范的北京上海，而是在欠发达的西部地区，管理松懈，有小动作空间，做起来道儿深着呢，不排除内外撮合，上下其手。"

牛老师放下资料，抬头看了一眼右眼抽搐着的贾阿毛，吃惊了。幸亏来之前，邬之畏简要介绍过眼前此人的特征，虽有心理准备，还是被他突发而至的抽搐惊着了。

贾阿毛似乎对牛老师的吃惊毫不在意，他看了戴志高一眼，又捞同情般地看着牛老师。他说："做房地产的，现在哪家公司手头现金流不紧张？有人说不紧张的，不是吹牛就是脑子进了水。四处限购，银行压贷，材料商天天催账，都夜夜失眠了。加上又遭此次暗算，愁白了头发。"

说得悲情万丈。说完，他随手拂了下垂在额头的一绺毛发，面挂一丝苦笑。

听到贾阿毛说到头发都白了，戴志高狠命憋着笑，明明是个大秃顶，何来头发？

"对于不法行为，司法部门不会坐视不管。"牛老师回应着贾阿毛，他说话一字一顿，力度感充沛，"实业振兴，国家支持一切合法经营的实体企业家。"

"身边朋友都跑去移民了，转移资产，我从未动过心思。这把年纪，别的没有，就是爱国。"贾阿毛待牛老师话音刚落，抢着表白，"迫切希望政府能主持公道。"

"怎么主持公道？"一直在察言观色的邬之畏说话了，"把这个人抓起来？"

"那还不是分分钟的事？"戴志高紧跟着老板，"如果按照贾总的说法，张茂雨就涉嫌职务侵占、挪用资金啦。"

"这……"贾阿毛出现短路了，他没有直接接下他们的话，看着他们，他面有难色，似有难言之隐。

牛老师说："可以，只要事实确凿，证据充分，贾总完全可以通过司法解决。如果立案方面有困难，我可以出面协调。"

牛老师说出此话，是邬之畏认为贾阿毛获得的最好答复，也算不虚此行了。

邬之畏说："听到了吧？牛老师表态了！"

贾阿毛沉浸在一番纠结中，他就像中魔似的，半晌无语，但眼神闪躲。

牛老师跟邬之畏对视一眼，也在为贾阿毛此时的神态诧异。

半晌，贾阿毛终于从沉浸中醒悟过来。他说："感谢感谢，牛老师，有您这句话，我这心里就有底了。"然后他指着牛老师眼前的一摞资料说，"我回去安排尽快整理翔实，把证据收集充分，届时再向牛老师您汇报。"

牛老师点头说："好。"

轮到邬之畏诧异了。他张口刚要说话，看到贾阿毛冲着他轻轻摇头，知道他有隐情，就按下不语。

这时，服务员敲门进来问，餐饮部请示戴总，还需要加菜吗？牛老师发话说吃饱了，不加。

戴志高跟着摇头表示不加菜。服务员掩门退出去。戴志高观察，牛老师整理着他的领带，一看就是要结束的意思。他知道，中午饭局该结束了。他站起来说："牛老师，贾总，各位领导都比较忙，非常感谢您们中午赏脸。"

牛老师起身，戴志高赶紧快步走过去帮着移动座椅。大家站起来，跟牛老师握手告别。

戴志高要送牛老师下楼，他跟贾阿毛问清楚了那箱陈年茅台放置的位置，就陪牛老师下楼去了。

秋实厅里，只剩下邬之畏和贾阿毛，他们紧挨着坐在龙椅上。

邬之畏问："阿毛兄弟，今天你咋回事啊？牛老师也说司法途径解决，他甚至主动提出帮助打招呼，多好的时机。"

贾阿毛一声叹息，面露难色。"八哥，不能报案啊。"

"哦？"

"要是报案，就简单了。不管他在哪儿，我在上海就直接把案子给立了。"

"那你口口声声要我请牛老师来干吗？"

"这个，这个，"贾阿毛有些支吾起来，"说白了，我是想请牛老师帮助私下解决，通过他的关系，把他监控起来，也不要经公，把钱给吐出来就行。"

邬之畏听明白了。他点燃一支雪茄，抽了一口，烟气在口腔里停留了几秒，然后缓缓地吐出，一缕轻烟缥缥缈缈。

"兄弟，"邬之畏说，"我算听明白了，你这是有把柄在人家手上，既想把人给私下控制了，把钱还了，又不想他告发你。"

贾阿毛一掌拍在邬之畏大腿上，说："八哥，你果然是明白人！就是这样！"

邬之畏又抽了一口雪茄，扭头看着窗外。天空飘着白云，厚厚的，大棉絮状，在缓慢移动。初秋，开启了大自然收获季。

贾阿毛目不转睛地看着邬之畏，看着他转头回来把还有三分之二未燃的雪茄伸手倒立在餐桌的烟灰缸上，点燃的那截冲着上空，在静静地燃烧。

"果真市值50亿？"邬之畏问。

"木木股份是家好企业啊，我们持有的这笔股份，"贾阿毛咬了一下嘴唇，语气铿锵，"来年股市起来，还会更多。"

"明白了。"邬之畏提醒贾阿毛说，"兄弟啊，话说国有国法，家有家规，我们做老板的，咋就被手下给搞得这么狼狈呢？"

贾阿毛一听这话就有些激动了，他抖着手，半晌说不出话，那些话就像一口浓痰堵在嗓子口出不来，急得面部潮红。

邬之畏安慰他说："这事儿不要性急，你的心思我了解。今天开局不错，你把话说了，领导也听了。接下来的事情，我来张罗。"

贾阿毛紧握着邬之畏的手使劲儿抖。"八哥，我虚长你五六岁，不瞒你说，别看在人前人模狗样的，摊上这事儿，也是六神无主。这事儿，就全依仗你了！"

邬之畏保持着招牌式的弥勒佛笑脸，拍拍贾阿毛的肩膀，做鼓劲状。"好说，好说，放宽心。"

贾阿毛离开后，戴志高跑步上楼，邬之畏在私人休息室等他。

私人休息室与邬之畏办公室一体相连。顶天集团董事长办公室，一个字：大。怎么形容呢？戴志高说过一个笑话，说新入职的管理层员工在第一次去邬老板办公室时，还没见着人，第一眼看到办公室的规模，心里就开始哆嗦了。的确，办公室整体布局宽阔，完美诠释了什么叫作高调奢华。办公室里最显眼的，是挂在宽大红木老板台后，墙壁上的一幅尺幅达90平方尺的书法作品《福》。书写者是一位得道高僧，来京广济寺参加中国佛教协会会议的间歇，邬之畏亲自把高僧请到办公室，在旁笔墨伺候，高僧借兴当场一挥而就。邬之畏曾经不止一次地带着夸耀的口吻对朋友说，"如此，每每坐在办公台前，头顶佛光普照，福运自来啊。"办公桌左侧，是一排红木书柜，里面摆放着满满一柜子的书，全部是定价不菲的精装限量版，一套数千上万元均有。戴志高发现，在西南汇富大厦时代，老板邬之畏总是喜欢在书柜第一排醒目的位置，摆放着各国政要选集、著作；在《金刚经》火爆的时候，三个版本《金刚经》线装书摆上了第二排醒目处；前些年邬之畏陪日本客人去了趟湖北禅宗四祖寺，听住持净慧大师阐释《般若波罗蜜多心经》，回京后，就用一本唐玄奘译注的《心经》盖住了《金刚经》。戴志高还发现，书柜前两排的书籍，一尘不染，整齐划一地摆放着，翻阅最多的是第三排李宗吾的《厚黑学》，书页翻卷了。不过，这本书藏在《官场现形记》下面，上面还有《菜根谭》《醒世恒言》。此柜玻璃推拉门被小钥匙锁着，有一个小楷写着一行小字，贴在不起眼的地方：概不外借。

办公桌右侧，有一扇门，推门进去，是一个房间。也就是说，穿过长长的办公室，就是独立私人休息室，私密性极好。没有邬之畏的允许，任何人不能踏进房间一步，包括戴志高。

此时，休息室拉开了窗帘，正午阳光透过落地玻璃窗射进来，房间一下子亮堂起来。细微的粉尘在光束中纷纷扬扬。邬之畏站在落地窗前俯视着楼下五环路上奔腾的车流，眯着眼，若有所思。待戴志高进来掩门后，邬之畏转身，高大的身躯遮挡着光线，把他的身影投射在地板上，一下子又显得小了。

"又被催款了。保险公司的事情怎么没有和贾总说说？您不言声，我也不方便跟他直接提。"戴志高小心翼翼地问。

戴志高说的是借款。天下没有无谓的帮忙，尤其是像商人邬之畏，按照规矩办事，我帮你的忙，也需要你帮我的忙。给贾阿毛组织这个中午的饭局之前，他预期是，帮助贾阿毛搞定寻求帮助的事，也打算跟他借一笔过桥款。

现在，邬之畏改变主意了。

邬之畏问戴志高："浩子最近在忙什么？"

"前几天还看到他，"戴志高知道老板提到符浩就心情轻松，说话就有点儿放肆，"这符浩，不是忙着泡妞就是忙着拉皮条。"

"没有银子怎么泡？"邬之畏听到戴志高这样说符浩，就笑了，"他没钱了，全部身家都投了保险公司。"

"那估计在拉皮条。"戴志高说，"这些天好像在给他一个做医疗器械的同学，拉一个俄罗斯的投资。嘿，这下子玩大了，拉起洋人皮条了。"

邬之畏用手虚空点着戴志高额头。"你应该向他多学习。学不到全活儿，学到皮毛也行啊。"

戴志高一下子就矮了。他知道，每次提到符浩，最后还是伤着了自己，不管是有意还是无意，老板潜意识里，总是把他们俩进行对比。

邬之畏安排戴志高找到符浩："你去跟浩子说，我们要干一票大的。"

纸 金 时 代

第二章

才子佳人

戴志高猜测得没错，符浩正在北京CBD区国贸三期70多层一间宽敞明亮的会议室里，与一群来自俄罗斯投资机构的客人进行商业谈判。他一边激情澎湃、口若悬河，一边脑子在如开启的超级计算机般高速运转，做着各种盘算——确实在拉着"洋皮条"。

　　这个皮条是替新锐血糖防控系统公司康民科技拉的。康民科技创始人干振民是"80后"，与符浩是大学同学兼好友，他醉心研发，做事容易一根筋，寡言少语。而符浩是他们这届同学中先富起来的那一拨人之一。干振民认为自己是在干一件伟大的事业，做一桩永不落寞的生意，于是他跑去找符浩，跟他要了天使投资，还逼着他找了A轮后又找B轮，B轮花完得找C轮。一根筋的工科生一般没有心思跟你讲人情世故，他缠上你了还振振有词：谁让我们在学校就是死党呢？你先富就该带动我后富。

　　干振民认准了道儿就一路走到黑，不撞南墙不回头。其实，也正因如此，符浩从心底对他钦佩不已。大凡独角兽公司的创始人，都是偏执狂。

　　这是康民科技第C轮融资，需要的融资金额不小。符浩亲自赤膊上阵，一口气在三个月之内见了四十多家投资商，无论大小，胡子眉毛一把抓。他口干舌燥，投资商却纷纷止步于庞大的资金需求和连年巨额亏损上。如果不是看在老同学的面子上，不，是前面两轮投资客均是符浩圈子哥们儿的分上，符浩差点儿就放弃了。

　　这家俄罗斯风险投资TZ公司的出现使康民科技有望绝处逢生，也算符浩的意外所获。符浩偶然认识了TZ公司驻华首席代表佟童，他们谈及干振民的项目，二人一拍即合。TZ公司在佟童的力荐下，和符浩签署了意向协议，且是排他性的。但是，尽职调查两个月过去了，正式协议迟迟未签署，用"心急如焚"这个词都不足以形容他们的心境。

佟童跟符浩透露："你们项目呢，总结来说就是'梦想很丰满，现实很骨感'。年年巨亏，太烧钱啊，并且TZ公司内部有人捣乱，说什么不就是做血糖仪的吗？中国已有三家同类公司上市，还有国际品牌竞争，完全红海，新公司有何发展空间？此番话加深了大老板疑虑，他决定亲自过来看看。我跟你们说啊，塞翁失马焉知非福，从另一个角度看，大老板过来就是一个大好机遇，如果谈得愉快，也许当场就拍板签了。"

一句话让人心塞，下一句话又让人上天。符浩为了圆满搞定此轮投资，逼着干振民和高管团队做各类预案，夜以继日，连续备战15天。干振民在管理层动员会上说："只要给我们钱渡过当前难关，无论是谁，都是大爷！"

对方一排五人坐在会议桌一侧，依次而坐，三老二少，其中一少即是他们驻华首席代表佟童，张嘴说话，即露出上门牙一条宽缝，透风漏气。其余四位则是清一色的金发碧眼，这在斯拉夫民族中也算一道靓丽风景。

让符浩警觉的是，整个过程，老外们也不避讳啥似的，蓝眼珠死死地盯着你，如鹰盯着猎物，不放过你面部表情的丝毫变化，来捕获有利的蛛丝马迹。

符浩喜欢速战速决。他的口头禅是：真正的商业谈判，两个小时足够。在这段时间里，双方进入谈判状态，攻守之间，皆是算计，思维敏捷，神经紧绷，注意力高度集中，并且高效。如果一桩生意的谈判超过两个小时，要么拍屁股走人，要么干脆关掉谈生意的频道，完全进入与生意毫无相关的话题，风花雪月，或者时事新闻，天南地北，插科打诨，甚至开一些玩笑，但绝对不谈生意。

但是，这次谈判进行了四个多小时，虽说谈不上人仰马翻，也是疲态尽显。

窗外，北京CBD区东三环路上车子多起来，车速慢下来，下班高峰期就要到了。

这时候俄罗斯TZ公司管理合伙人亚历山大·谢尔盖耶维奇·奥涅金终于说话了。在整个谈判过程中，他一直沉默寡言，这个50多岁的大高个，坐在符浩正对面，一副黑帮保镖的表情，好像说错一句话就要崩了你一样。

他一开口说话，全场屏声静息。

他右手扬起合同说："贵公司为何提出条款必须'投后不入公司董事会，一般是普通股入股，没有反稀释条款，没有一票否决权'？"

符浩深吸一口气，想起了佟童的提醒：俄罗斯人从骨子里不信任中国人。

符浩解释说，这些条款的设置，从本质上而言，给公司足够的公司管理主控权，有利于公司更好的发展。

其实这是照搬俄罗斯著名投资公司DST Global当年投资京东等公司的核心条款。

意外发生了，局面被翻盘。老外们互相对视了一眼，矮个老外附耳对奥涅金嘀咕了一句什么。然后，他提议暂时休会。

不待康民科技公司发表意见，老外们就表现出毋庸置疑之态，陆续离开座位。

佟童也是一脸惊诧的表情。他起身对着康民科技公司谈判代表摊开双手，耸耸肩，似乎无可奈何。

干振民目瞪口呆，他转头看着右侧的符浩，符浩刚还端坐在位置上，现在起身收拾着东西。"估计悬了，要么撤，要么敲定，久盘必跌，久耗无益。"

干振民感觉眼前一阵黑。

符浩边带安抚边警示地跟干振民说："现在暂时中止谈判吧，心急吃不了热豆腐，此时进攻就是自杀。"

干振民眨巴着眼。花钱如流水，处处要花钱，都火烧眉毛了，这钱不到位，接下来咋弄啊？

符浩一时也找不到好主意。他强装镇静地说："人生大多数时候就是赌，牌局不好我们可以重新布局；赌友不好，还可以另找。今天估计就这样了，我刚好有一个约，先行离开一下，该抛出的条件也抛出来了，等待他们合计吧。"

他们礼让俄方有序地退出会议室。

此时，奥涅金在迈出会议室的时候接听了一个电话，他在门口停顿了一会儿，或许是电话里传递出了美好消息，他表情惊喜，右手在胸前画着十字。

这一细节被符浩精准地捕捉到了。符浩精神为之一振，快步向前，走到奥涅金一旁，静待他放下电话，就径直问："你是距离圣彼得堡190多公里的新城人？"

美女翻译一字不漏地直译。奥涅金惊讶地问："你怎么知道？"

符浩正直身体，表情虔诚，右手伸出二指为一点，三指贴紧手掌，在前额、胸口偏下与肚脐一带，先右肩后左肩地画着十字，手势的顺序是上、下、右、左。

奥涅金看在眼里，表情诧异而惊喜。

符浩说，能伸出二指而非三指的，是古老东正教的祷告手势，区别于用三指的现代东正教，同时也区别于基督教。他们祷告时手势画十字是先右后左，而非从左始。

奥涅金一下子来了兴趣。他握着符浩的手说，他父亲的祖居就在新城，童年时经常回到乡下祭祀和祷告。这是他们新城人的基因密码，也是他家族的世代传承。

奥涅金是个可爱的老头。显然，当在异国他乡遇到一个了解自己故乡秘密的人，那种天然的亲近感可想而知。

符浩说："新城有座古老的东正教堂，是东正教的发源地。那里自然景观超棒，美中不中是交通不便。"

"不不，现在交通便利多了，建设高速了，还在筹建机场。"奥涅金像孩童般炫耀着他故乡的改变。

"新城有个特别高的地方，那里自然生长着一棵树，四周把它围了起来，为了方便做礼拜，就把上面遮挡，留了一个树生长的空间，直接冲天。"

"对，对，我小时候回新城，就常去那儿做礼拜。"奥涅金积极地回应着。

"符先生去过新城？"奥涅金问。

"我至今没有去过俄罗斯。"

"……"奥涅金表情惊讶。言外之意很明显，没有去过新城的人，怎么会那么熟悉那里？

符浩补充一句："我对新城充满着向往。"

奥涅金面露惊喜，做出欢迎的手势。

他们就像他乡遇故知般闲侃着。其实，人性都是一样的，温暖是一样的，感动是一样的，共鸣也是一样的。

所有人都站在办公室门口和过道走廊上，吃惊地看着一老一少在兴趣盎然地对答。

此情此景，何尝不是一番别样的沟通了解。这个世界之所以有趣，就在于其不确定性，拥有着无限的可能性。任何事在尘埃落定之前，一切都有扭转的可能。生活不是一条道走到黑，当你走着走着，逐渐无望之际，忽而又出现一条道，豁然开朗。万事总会充满着未知的意外。

事情再次发生逆转，是半个多小时后，发生在符浩赶赴和一个美女约会的路上。

干振民打电话过来报告了一个好消息。"你前脚刚走，那帮老外又折返会议室，修改了合同上无关紧要的几处，当场签了。他们老板还打听你为何对俄罗斯文化上心，说你是个值得信赖的人。当然，最为肯定的是我们团队的创新精神和远见。"然后干振民停顿了下，说，"嘿嘿，我一高兴，差点儿把你泡过北京语言大学那个俄罗斯姑娘的事儿给抖出来。"

符浩嚷说："别口无遮拦哦。有位哲人说过，所有的经历都是财富。"干振民打趣说："哪位哲人啊？我记得符某人说过，趁着年轻，把该干的坏事儿都干了。"

"你变坏了啊。"符浩心情大好，"其实嘛，我压根儿不是对俄罗斯感兴趣，因为北语的那位姑娘恰好就是新城人，偶然听她说起过，觉得有趣就进脑子了。今天嘛，我就是想取得老外的信任，卸掉他们的戒备。我还会来那么几句俄语，嘿嘿，魔鬼隐藏在细节之中，本来就是一个即将close的项目，怎么的也不能临门一脚踢飞啊？"

干振民口中啧啧有声，说："不服不行啊，瞧瞧你，谈个外国女朋友还谈出文化来了。"

符浩纠正他："前女友。"

符浩从谈判现场抽身出来,是约了一个北京妞儿。这又迎合了戴志高的猜测,拉了一个"洋皮条",又忙着泡妞。

这个妞儿叫艾米莉,一个习惯了用洋名的北京女孩,他们认识是在48小时前。

前天晚上,符浩一帮做私募的朋友在定期举办沙龙。举办沙龙的私人会所靠近后海,是由某清代大臣遗留的一个四合院改造的。院中几棵银杏树,几只麻雀在树上飞转腾挪,叽喳声清脆入耳。

艾米莉是私募80后一姐陈静带进来的。她进来时,一股新鲜的玫瑰味儿扑鼻而来。鼻子灵敏且常喷香水的人,一下子就能闻出来那是限量版祖·玛珑香水的味道。艾米莉个头高挑,性感而饱满的乳房紧绷,从紫色的低胸连衣裙里呼之欲出。她高挺的鼻梁,清秀的面孔,尤其那道柳叶眉,没有妆痕,明亮动人,进来时眼睛扫一遍在座的各位,眼神中透露出一种野性。小圈子沙龙,从一开始就如沸水下饺子,三三两两进来,喧嚣不停,艾米莉一进门,一下子吸引了所有人的目光,全场瞬间安静。

陈静故意打破宁静,故作夸张地嚷嚷说:"现在明令禁止公众场合抽烟,你们还胆敢顶风作案?!"

大伙儿知趣地掐掉未抽完的烟。

然后他们继续神侃,白话着各自的能耐,要么打趣,要么大谈生意经,不亦乐乎。

这帮家伙凑在一起,话题无外乎金钱、女人、项目,从聊天内容看,歌舞升平,形势大好,前景光明,根本想象不出GDP会跌破7.5%。与他们相比,沙龙核心骨干符浩是"沉默的少数"。他悄然坐在一角,看似漫不经心地玩着微信,刷着各类微信群和朋友圈,耳朵还是放在众人热烈的神侃中。

不过,艾米莉抛出的一些关于投融资的ABC问题,让这些80后私募精英一会儿哄堂大笑,一会儿又尴尬不已。艾米莉牙尖齿利,看似傻白甜,实际上却精明得很。好奇害死猫,符浩坐不住了,放下手机,身子往人群中凑了凑。

"动辄几十亿,少则好几亿,名表呢?名牌服装呢?我怎么就看不出你们会有那么多钱啊？"

"干你们这行怎么赚钱的？哦，钱生钱，怎么生啊？上市套现？"

"我多大？90后，别看实际年龄小，我从娘胎出来就比她们显得成熟。"

"我干吗的？玩的。不过，你们要是美个容，照个相，形象包装啥的，本姑娘可以义务指导，我在法国可是正儿八经的科班出身。"艾米莉手指着陈静，"她是我姐，也是我闺密，可以找她打八折。"

她吐词像机关枪似的，连珠炮式的提问，有时还自问自答，完全不把自己当外人。那气势，直接把刚才这帮嘻哈调侃的自命不凡的家伙们给震住了。

这帮家伙在艾米莉貌似厚道但无不刻薄的段子中，感觉仿佛被蜜蜂蜇了一下，有些不淡定了。

得了，还以为今天来的是一位秀色可餐的小美女，原来是来了一个砸场子的，口舌不饶人。

符浩调侃着回应艾米莉："别听他们整天在外面咋咋呼呼的，谈着几千万或上亿的生意，其实也是拿着民工的薪水，操着总统的心。别看整天牛哄哄，四处看项目，开口少则数千万大则上亿，都不是我们的钱，而是出资人的。我们就是一个管家，投对了赚钱了，就拿几个赏钱，仅此而已。"

符浩的回应自嘲、低调，这姿态先蹲下去，是为了更好地跳起来。不过，符浩也没想过，一帮大老爷们儿，一些姐姐们，会跟一个小姑娘过不去。虽然，人家口舌尖刻了点儿。

那会儿，艾米莉把目光投向符浩，有些愣怔了。符浩一头乌发，国字脸，脸部刮得干干净净，两道剑眉。说话的时候，语调抑扬顿挫，加上轻轻扬起的手势，沉稳、冷静而不刻板，还自带幽默。

接下来的沙龙讨论中，艾米莉所有的目光都落在符浩身上，她没有参与大家的七嘴八舌，喜笑怒骂，倒琢磨起符浩来了。

沙龙结束，艾米莉跑过来扫了符浩的微信。扫完微信，她就嚷起来："怎么一条朋友圈都不发啊，难道怕大家了解你？这不是孤独，是孤单！这，这也太可怕了。"

符浩瞧着她夸张的表情，突然觉得这北京妞儿很有趣。

这晚，他们约在方庄"一碗居"会餐。艾米莉早就到了，利索地点了餐。符浩一进来，就看到满满一桌菜——干炸丸子、炸灌肠、肘子肉、豌豆黄、海米冬瓜……艾米莉说："就不和你客气了，本姑娘擅自做主，希望你能吃出京味儿。"

符浩笑笑没说话。他瞄了一眼，发现艾米莉今天整个人都变了，清秀而不妩媚，没有喷香水，化的淡妆，白皙而饱满的脸蛋能拧出水来。这哪是前晚那位口舌不饶人的北京妞儿？

但她还是话痨。

艾米莉一边吃着，一边介绍着菜品：吃炸酱面，过水时赶紧捞出来，不能太硬了；干炸小丸子不能过火了；炸馒头片抹上腐乳，开胃……刚开始，符浩顺着艾米莉的指点，每介绍一处就夹一块放进嘴里，点头或摇头。他点头时会看到艾米莉雀跃的神情；摇头时，艾米莉就嘟着嘴表示遗憾。后来，符浩不管是否好吃，都频繁点头，哄得眼前的北京妞儿乐呵呵的。结束时，她突然转头说："不对啊，你是不是为了图我开心啊？不过，无所谓了，本姑娘请你吃地道京味儿，获得赞美是天经地义的哦。"

久违的放松。符浩大学毕业换工作频繁，干过不少营生，尤其做私募投资，他马不停蹄，一周飞四五个城市，钱生钱的活儿并不好干。人生就是充满着诡异，精挑细选的项目，全力以赴都不尽如人意，甚至可能夭折，而自己的偶然投机，却赚了大钱。这曾一度让他怀疑，这究竟是怎么了？是基因变异吗？是正统价值秩序遭受挑战吗？质疑归质疑，事实是，他心安理得地享受着这种变异或不可理喻所带来的物质财富。当身边的同学、朋友、同乡等都在抱怨着赚钱越来越难时，他却赚钱赚得手软。

符浩闲暇时去朝阳区"恒爱阳光"养老驿站做义工，认识一个懂八卦善易经的陈连海老教授。符浩跟他有眼缘。陈教授曾经说过，发财、升官、长寿等在命理体系里有着定数。大富贵之人，术数拘他不住，就是天命所系。排出命局，一眼便知每个人命局。如果此人是用神，又恰巧是财星，这个人一定命里有富。有的人挣钱多但留不住，有命局、风水等多种原因——"生死由命，富贵在天"并不是迷信。不过，符浩并不信这一套，商业改变世界，货币总量连年增长，赚钱的还是那拨人，不是精英少了，而是傻子多了，对，投机改变命运。

投机真的畅行无阻吗？他怂恿顶天集团老板邬之畏一举拿下颐养保险公司，他也跟着投入全部身家，玩一票大的。但是，这份投机面临着岌岌可危的境地。

这何尝不是一种赌徒心态。

这晚，符浩心思不在吃上，而是在对面的姑娘身上。他刚过而立之年，也算是阅女无数，胖瘦高矮肤白肤黑，见过猪跑也吃过猪肉，但眼前这位姑娘却与众不同。

艾米莉是以咨询投资名义约符浩的。自然，话题从生活转到投资上。

艾米莉说："赚钱真的就那么容易吗？存款、理财、炒股，身边朋友玩这些的倒不少。是不是很好玩？就拿陈静姐姐来说吧，她在风险投资公司，口头禅就是'你们创业了？要投资吗？'，然后就是一通专业术语，动辄数百万、上千万，可牛哄哄了。"

"牛哄哄"这句略微粗俗的话，经艾米莉活色生香的红嘴唇吐出来，却光芒四射！

艾米莉说："你给我讲讲投资吧。对，就是陈静姐干的那活儿，风险投资。"

"艾……那个米莉，"符浩说，"我怎么觉得这个名字挺别扭的，你就没有中文名吗？"

"有啊，我叫代洁。"艾米莉说，"我生在北京，长到8岁就跟着妈妈去了法国，去年才回到北京。在法国12年，美国4年。"

然后，她有些迟疑地说："我是单亲家庭的孩子，跟着妈妈长大的，也是跟着妈妈姓。"

没想到她这么坦诚和畅快。符浩不知道说什么，也不知道怎么说，虽然艾米莉一脸坦然，他还是感觉有些不对劲儿，索性就不顺着她的话说了。

符浩问艾米莉学啥专业的。艾米莉大大咧咧地说学艺术的，其实嘛，就是化妆，不过，她喜欢摄影。

学艺术？压根儿跟投资不挨边啊！虽说现在各类投资人满大街都是，不一定非要金融专业出身，但至少得跟数学沾点儿边。符浩听了头大，暗想：这妞儿是不是胸大无脑？投资哪是几句话能讲清楚的？本来可以靠脸蛋赚钱偏偏要动用头脑，要了解啥投资啊？

虽然符浩在肚子里一番嘀咕，但看着艾米莉一副虔诚的神情，夸张地眨巴着戴了美瞳的眼睛，颇有一些虚幻感。符浩想到了什么，他对艾米莉说："这么说吧，投资这个事儿说复杂挺复杂，一堆公式，一串逻辑，各种数据模型，别说你了，就是我们这些所谓专业人士，看起来也头疼。不过，这世间的事，道理都是相通的。换个饮食男女的故事，一说你就明白。你得先回答我几个问题，要如实回答，这些问题会引导出你想要的知识。"

说完，符浩憋着小坏，心里在偷着乐。

艾米莉捕捉到符浩一闪而过的诡秘，就有些警惕地问："什么问题？"

"有男友吗？"

"这个嘛……能保留不回答吗？"艾米莉盯着符浩，琢磨着。

符浩一愣，有些小失落："当然可以。"

他略一思索，换了个问题。"找到一个合你心意的丈夫，对你多重要？"

"合我心意……"艾米莉沉吟，一双大眼睛盯着符浩，忽地笑了，有些兴奋，"嘿嘿，我要找的老公肯定不会差，必须是钱锺书那样的，怎么说呢，我想要势均力敌的爱情和婚姻。"

"呵，还挺会类比的。难度不小啊，那就是对你很重要了。"符浩开始觉得有点儿趣，"那我告诉你如何以投资的方法选择未来老公。"

"选老公？这和投资有啥关系？"

"关系大了。有道是'男怕入错行，女怕嫁错郎'，一失足成千古恨，一步错步步错。"符浩补一句，"不是吓你哦，这是祖宗留下的古训。"

艾米莉撇撇嘴。

"我们投资一个项目，要时刻考虑赚钱退出，而选老公都会希望'执子之手，与子偕老'，属于战略投资，基本是一锤子买卖，彼此被锁定一辈子。"符浩笑笑，"从如何看项目、如何评估，甚至怎么婚嫁上，也就是交易结构上，两者都有相通之处。"

"我不完全同意，考虑那么多干吗？我在法国读书，班上一个同学在香榭丽舍大街上，因为一个眼神就爱上了爱尔兰的红脸庞家伙，哪考虑这么多事儿？"

"一见钟情吧？"符浩说到这个词，忽而想起了学生时代的一些青春往事，依然感激这词的神圣，"荷尔蒙的事情我们不讨论，我们讨论的是资本。"

"嘿嘿，这个我感兴趣。小女子愿洗耳恭听。"

"你们女朋友们在一起，聊的最多的是什么？"

"口红啊，衣服啊，哪个男人帅啊。"

"衣着光鲜不就是为了讨人赞美，说直白了，不就是为了钓取一个金龟婿，嫁一个好人家吗？"

"也是。"艾米莉点点头，有些憧憬，"但我们喜欢一见钟情。"

见她固执地回到逻辑原点，符浩有点头疼又觉得好笑，于是他迅速转换策略说："这样，就说现在，在北京，你身边有三个小伙子，都高大英俊，才情也都像钱锺书一样，还都和你一见钟情……"

艾米莉笑吟吟的。"多谢你的美好祝愿啊。可惜北京从来都不是应许之城。"

符浩手指轻轻敲着桌子说："因为北京的奶和蜜是要靠拼搏奋斗来的。"

两人相视而笑，一瞬间有种莫逆之交的感觉。

符浩跟服务员要来纸笔，摆起正经的脸色，在纸上画了三个小人的图案。

"这样三个优秀的男人，精神上都符合你的要求，就是外在条件各有不同。第一个，豪门子弟，自小锦衣玉食，刚出来打拼就继承家业。

"第二个呢，家里没啥背景，但也是小康。他从小表现优秀，从名牌大学毕业后就进入大公司，很快爬到了高管位置，买了房子和车，虽然背着贷款，但也有存款。

"第三个呢，家里只能说是贫困了，啃着馒头勉强上了个二流大学，混上个学生会主席。他毕业可进不了大公司，只能一直在底层奋斗，什么都干过，东拼西凑创办了个小公司。业绩虽然没什么起色，但是明显能感觉到他有一股不服输的狠劲儿。就这三个小伙子。我问你，你会怎么分配时间？"

艾米莉一下还没转过弯来，发出一声疑惑的"啊？"

"你这不是和他们都一见钟情嘛，那就三个人都同时交往着呗。那，在他们仨身上，你要怎么分配时间，好保证以后嫁个如意郎君？"

艾米莉脱口而出道："这不是渣女嘛！"

符浩乐了。"其实我们大部分人不都是这么干的吗？"

艾米莉做出一副要吃了他的样子。符浩笑着提醒她，说："投资，我们说的是投资。"

艾米莉毫不迟疑地说："第一个豪门，我不花时间，顶多他要来找我，我就勉为其难应承一下；第二个小康，我会花多些时间，好好栽培他；第三个困难户呢，倒是也可以理一理，有时间关心一下就好。"

符浩马上轻声鼓掌。"你看，你这不是很懂投资嘛！"

艾米莉半信半疑，然而满脸已是神采飞扬，问："真的吗？"

符浩正色说："这就是投资，一个道理。"

他拿起笔，在纸上继续比画。

"第二个小康，是大多数人的选择。典型的VC（Venture capital）对象，也就是风险投资对象，中早期潜力股。平衡性比较好，对他的争夺不会太过激烈，而收益也有一定保障，不算是豪赌。用投资的语言来说，就是具备基本的盈利能力，还有高度成长性；用人生的语言来说，他是一个事业处于上升期的男人。所以你选择把大多数时间放在他身上，好确保他归属于你。"

"不是还有天使投资吗？"

"不错啊，你还知道天使投资这个词。"

"回国后，发现满大街都是，我咋就没看见他们哪一处像天使啊？"

符浩乐了，说："牛人也不一定就长得像头牛啊。天使投资呢，一般是种子期，风险大，赔率高，可一旦成功了，收益很大。"

符浩告诉艾米莉："你把一些时间分配给困难户，这是典型的天使投资行为。而且，你计算得很准啊，这种一穷二白的家伙，本来就乏人问津，你只要分配一点儿时间，就足以让他们牢记，一旦发达，少不了报答你的青睐之恩。"

艾米莉一时语塞，急中生智，把符浩的话搬了过来："投资，这是投资。"

符浩不接话，直截了当地问下一个问题："你为何不选择第一个豪门呢？不是很多女孩喜欢这类豪门公子吗？可以随时套现。"

艾米莉眉毛一扬。"呵，你就这么看我？明确告诉你，这类人不是我的菜。整天陷入争风吃醋、钩心斗角、胆战心惊的处境，姑奶奶才不稀罕。"

符浩闻言，哈哈大笑。

"这有啥好笑的？我就是实话实说。"艾米莉敲击着桌面，提醒符浩，"那我问你，人怎么估值啊？万一高买低抛都抛不了，咋办？如果被渣男占便宜了，还惹一身骚怎么办？"

符浩彻底被逗乐了。

"你这问题没法回答，如果是在生活中，我只能说，愿赌服输。至于在投资领域，惹了一身骚的事情多了去，还不是得继续投资？"

符浩笑完，一本正经地对艾米莉说："我们讨论的是风险投资的话题，你不是想了解资本吗？你还真以为是谈论男婚女嫁的啊，那事儿我可充当不了专家。"

"嘻嘻，是，差点儿把我自己也套进去了。"艾米莉嬉笑着说，"继续继续，听着蛮有意思。"

"这样说吧，对一个男人估值，从我们专业角度讲，基本方法是看两个方面——看现在，看未来。什么叫看现在呢？很简单，就是看他现在一年能挣多少钱，别的不说，男人身体强壮，扛得住岁月，起码有个15年的黄金时间，就这么挣个15年没问题吧。好，那就拿现在的收入乘上15年。这就是市盈率估值，在这里15年就是市盈率。"

符浩在纸上比画着："市盈率估值的估值逻辑得参考行业平均市盈率，即看其他女性为类似职业、收入的男人付出多少倍市盈率。如果一般行情都觉得这种男人只能挣个13年钱，而你是按15年估，那就是高估了；可要是别人都是按20年估的，那你就赚了。当然，要是他长得特对你胃口，嘴巴特甜，你愿意，当然可以给估高点儿。不过，这事得悠着点儿，太主观了，容易出事儿。"

艾米莉嘻嘻一笑，表示明白。

符浩继续在纸上比画着。"啥叫看未来呢，就是有些男人啊，学习能力好，下功夫，你觉得他还能挣更多钱，也就是所谓的成长性估值法。那你就估摸一下，未来这两三年，他的收入能有多大增长。你就把这两年的钱平均一下，当作现在的收入，再乘上15年市盈率，就是他的成长性估值了。比如，按照行业平均市盈率是15倍，他很帅很幽默很温柔很体贴是好男人，看高3~5倍，按20倍算。那他今年收入20万，第二年估计收入24万，平均就是22万，那乘上20倍市盈率，440万元。然后看他的市价，如果其他女性只愿意付出200万的资源去收购他，你简直就是大马路上捡钱，果断付出240万的资源买进不做空；在240万~360万之间的震荡调整区，这里应该若即若离，暧昧暧昧做高抛低吸；超过400万就应该出货，不要再考虑什么未来成长，出价高被套牢就完蛋了。"

艾米莉捧腹大笑，花枝乱颤。笑完，艾米莉双手扶桌，一本正经地问："你们理工男是不是天生对数字感兴趣？是不是就像你的女友，如影随形？"

"我就是学数学的。"符浩随口一说，"如果找到中意的，当然愿意她如影随形。"

服务员端着托盘推门进来，托盘上放的是煮熟的炸酱面。指甲盖大小的半肥半瘦的肉丁加上浓浓的炸酱，黄瓜丝、萝卜块、芹菜丁、豆芽码在上面，香味儿立刻飘了进来。

艾米莉招呼符浩说："地道京味儿，就是府上的葱烧海参，路边摊的卤煮火烧、糖葫芦，饭庄子里的烤鸭子、烧羊肉，胡同里的麻豆腐，还有这炸酱面。来，先品尝，享受物质文明，再继续享受你的精神文明。"

符浩比较乖，停下笔，端起炸酱面，一通"呼啦啦"地吃。

一扫而光后，艾米莉喊服务员过来收拾干净桌子。符浩又边在纸上写画着，边循循诱导，"风险也是可控的，比如不要把鸡蛋放到一个篮子里……"

他沉浸在颇为自得的分析里，艾米莉突然冒出一句，"听说你是钻石王老五？嘿嘿，干吗不结婚？"

符浩一愣，一时语塞。他感觉脸部一热，久经沙场的老家伙还会有脸红的时候？简直难以置信。符浩自嘲："不是钻石，就是一个混迹在资本市场的老油条。"他摸摸了自己下巴，"当然，我也不是王老五。我看起来很老吗？"

"你是长得偏成熟，说话做事头头是道，看起来道儿深，实际上你有点儿紧张。"

"只有面对绝色美女时才紧张。"符浩调侃，然后补一句，"其实，我刚才就有点儿紧张。"

"呸！"艾米莉摆出难以置信状，"做投资的大多老奸巨猾，哪儿会紧张？矫情。"

符浩正待辩解，这时一个熟悉的电话打来，手机铃声高亢地响个不停——是戴志高的。

刚接通电话，就听到戴志高猴急猴急的声音传过来。"符总，在哪儿啊？"符浩说刚结束方庄小饭局，一会儿就要赶到国贸饭店见客户。戴志高说："火烧眉毛了，邬老板急着要见你。"

"什么事情？"符浩知道戴志高有拿着鸡毛当令箭的毛病，"是不是颐养保险公司项目？"

"是更大的事情，明天一大早就过来一趟吧。"戴志高顿了顿，提高声音，"老板说，干一票大的。"

纸 金 时 代

第三章

财聚人散

贾阿毛在上海滩寝食难安，着急上火，嘴角起泡口腔溃疡，像热锅上的蚂蚁一样焦虑不堪。而他的前部属张茂雨正带着他的女人凌薇在北京郊区十渡玩起了蹦极。

　　火红的秋叶铺满山岗，秋风萧瑟，游客稀少。

　　"一，二，三……起嘞！"

　　第九渡麒麟山半山腰上。一口地道京腔的胖教练把五花大绑的张茂雨从55米高的跳台上推了下去，他消瘦、矮小的身体像一颗黑色的子弹弹射出去。耳边风声鼓噪，身体失重，地面像看不见尽头的深渊，在急剧地迫近，加速度的俯冲中，张茂雨感觉脑袋充血，甚至头晕目眩，紧张得双手抱胸。一股寒流从下身上涌，肾上腺素分泌旺盛。他紧闭双眼，世界一时寂静。他能听到台上凌薇的惊叫，夹杂着风声入耳，脑海里一时浮现出这个穿着旗袍的长发女人，前凸后翘，年轻的面孔妩媚、妖艳。惊叫声后，此时的她肯定双手掩面，像惊吓的小鹿，惊慌失措，楚楚可怜又百般性感。他一路下坠，一路想象着，竟然感觉到了美好，顿觉浑身一阵轻松。人，真是奇怪的动物，心理调节有奇效，精神胜利法也并非一无是处。这段时间以来，被老板贾阿毛四处追逐，说没有压力那是自欺欺人。虽然，他不惧怕贾阿毛动用司法力量，他也知道贾阿毛绝对不会走上此路，他在做这些事情的时候，就盘算好了。两年时间的谋划，他一步步向目标靠近，确保万无一失。但是，他不怕白道怕黑道，他想象过多种被贾阿毛报复的手段，车祸，中毒，失足，电击，套头，高空坠落……越想越紧张。他曾经想过躲在西部的偏远地区，但最终选择了北京，还是闹市区。他相信最危险的地方也是最安全的。他整天窝在房间里，16.8万的月租金对现在的自己而言，可以忽略不计，但是做老鼠的日子，何时才到尽头……这些想象中的巨大压力在身体被弹射出去的瞬间就瓦解了，脑海中尽显人生美好。那些记忆中快乐的，得意的，张扬的，甜蜜的往事，如电影镜头般在脑海里一一回放。突然，在距离拒马河水面越来越近的时候，张茂雨快速下跌后反弹，一股力量牵扯着弹性绳从底部生硬而强大地将他拉起，高抛，上升。他倏地睁开眼，飘忽在半空，看着奇峰怪石和蜿蜒秀美的拒马河。他展开双臂，像展翅飞翔的鸟一样。

"那一刻，你太帅了！"

待他结束蹦极，安全踏在坚实土地上的时候，凌薇打开数码相机，点开一张他飞鸟一样的留影，对张茂雨说："有时候，你其实蛮帅的。"

张茂雨自嘲说："第一次听到一个女人说我帅，我从生下来，就跟帅无缘好不好？幸亏是你，否则，我还真以为夸我帅的人目的不纯，要么是留恋我的床上功夫，要么就是惦记我的钱。"

张茂雨挺有自知之明。他一米六二的个头，白净消瘦的面孔，单眼皮小眼睛，两眉短而淡。也许脸小的原因，他的印堂过于狭窄，确实容易被女生忽略。他倔强且脆弱，一直在试图与被人严重忽视做抗争。他喜欢静处，品尝孤独，时常想象着自己出人头地的未来，愈加如此，他离喧嚣的青年群体愈远。在大学里，他除了跟隔壁班一个喜欢窝在宿舍编软件程序的哥们儿邓建阳聊得来，几乎没有朋友。

极度自卑伴随极度自负，这是硬币的两面。沉默寡言的张茂雨有一颗经常高速运转的脑袋，他的一些言行也总是令人琢磨不透。

自从认识凌薇，他认识到自己之前的诸多局限和缺点。他喜欢开凌薇的玩笑，她是个有点儿没心没肺的武汉姑娘。

"不害臊！别整天把'一晚九次'挂在嘴上，快四十岁的人了，还不正经。"凌薇撇嘴说，"本姑娘从黄花闺女到跟着你三四年，没有名分不要紧，还对我那么抠。"

张茂雨一笑，单眼皮眼睛就上挑，看似愠怒实际却心花怒放。他瘦小的身子抱着身材高挑的凌薇有些费劲儿，他讨好着说："放心，过了艰难期，就送你去澳洲，把上次挑选好的那套房子拿下。"

"我就怕节外生枝。"凌薇陪着张茂雨从半山腰下来，面露忧色，"这些年，每一天我都过得战战兢兢。最初，咱俩刚好的时候，对，那时候我还是个刚研究生毕业的小丫头，就被你连哄带骗地给搞到手了……"

"话不要说得那么难听好不好？"张茂雨拥着凌薇，"说明咱俩有缘分，有缘千里来相会，无缘对面手难牵。"

凌薇在张茂雨瘦小的胸怀里挣扎开。"少来，哄骗女人就是你的惯用伎俩。那次在酒吧，因为人家说你像周口店人，我还扇了人家一耳光。我就纳闷儿了，咋就对你鬼迷心窍，那么黏你呢？"

"哪个现代人的祖先不是周口店人？那是人类祖宗。嘿嘿。"张茂雨皮笑肉不笑，"这说明我还是有吸引力的。贾总费尽心机想搞定的女人，最后还是我张茂雨的。"

"别提贾总了。人家又没有吃我豆腐。"凌薇有些沮丧，"最初，你老家那个黄脸婆跑到公司里来闹事，还是贾总从中协调做工作，才有你今天的逍遥日子。"

"瞧你贾总长贾总短的，哪个猫不沾腥？是因为我先下手为强。从你进公司实习的时候他就瞄上你了。"

"胡说八道。"

"我给你说一个段子。男子去提亲，女方家长说：'请自我介绍。'A说：'我有一千万。'B说：'我有一栋豪宅，价值两千万。'女方家长很满意。就问C，你家有什么？C答：'我什么都没有，只有一个孩子，在你女儿肚子里。'A、B无语，走了。这说明啥？核心竞争力不是钱和房子，是在关键的岗位有自己的人。还是那句话嘛，先下手为强。"

"贾总比你正派，想起来，我们干的这事儿，挺对不住他的。"凌薇说出这番话，颇动恻隐之心。

"愧疚啥？这家伙他干得了初一，别怪我干出十五。这叫以牙还牙。"张茂雨脸色陡变，推开凌薇，用手指着凌薇，"以后不要提这一茬，我对不起他了吗？何凭何据？"

凌薇浑身一颤，眼前这个男人无比熟悉的面孔突然变得狰狞。他眼中射出来的凶光，有股狠劲儿，令人不寒而栗。

张茂雨似乎意识到自己失态了，小不忍则乱大谋。他伸出手拥抱凌薇，被凌薇躲开。眼前这个女人对自己情况的掌握，比佳木斯老家屯里那位黄脸婆更多。

他哄着凌薇，辩解说："你是清楚的，当初贾总招聘我过来时，所有承诺兑现了吗？我承认他比我厉害，他是老板，但他只有公司没有弟兄。在他眼里，世界上只有两种人，做老板的和打工的，劳心者与劳力者，并没有合作者。我给他的定位很精确，他就是当代'葛朗台'，从来不懂得分享。我断言，如果今天不在我手上遇见小挫折，明天也会在别人手上摔大跟头。或者，换一个角度说，我是在拯救他。"

"这还是小挫折？"凌薇惊诧，她不喜欢张茂雨当了婊子又竖牌坊，"你这次下手够重了吧。就那么件事儿，你闷了多少年了，你比我年长，应该更懂得宽怀度人。"

"岂止那件事儿？我宽恕他，谁宽恕我？再说，我也是为你圆梦，你不是想到澳洲生活吗？就凭自己那仨瓜俩枣的薪水，出个国都难。钱是什么东西？它不是东西，这个不是东西的东西会让我们过好日子！想起去年我们旅游考察的温哥华海边小镇，如果能在那里生活，就连我这个浑身铜臭的粗人都觉得这辈子值了。"张茂雨眯着眼，眺望远方，一副心往神驰的样子。

张茂雨第一次端坐在贾阿毛面前，不，准确讲，是上海爱华集团董事局主席贾言面前，最初也是表现出一副心往神驰的样子：他想象着出人头地。他是被猎头公司"猎"给爱华集团的，应聘的是爱华集团核心部门——资产管理部门的总监。集团人力资源部门把张茂雨的履历资料递给贾阿毛，因为这是关键部门的管理层，他需要亲自面试。当张茂雨出现在他眼前时，含蓄如贾阿毛，不常喜怒形于色的贾阿毛，也是心里惊了一下。这是什么人？他的脑海掠过带有侮辱性的词语：未开化的原始人。敏感的张茂雨从他的神情中看到了熟悉的味道，那味道是重复多次的伤害，这种伤害从小就如影随形，同时也激发了他的斗志。当张茂雨隔着一张老板台，面对着贾阿毛，像说相声般通过了面试的时候，等待在外面的那个忐忑不安的猎头姑娘终于踏实了。毕竟爱华集团给这个级别岗位的猎头佣金不菲，毕竟这是他们把张茂雨作为重要人才推荐的第五家。自然，前四家都是在第一轮就无情地刷下了张茂雨，不仅重击了他的信心，也"摧残着"猎头姑娘的奖金。在僧多肉少、竞争激烈的猎头市场，看到像张茂雨这种资历的，依然如获至宝。

张茂雨一眼就看到贾阿毛眼神里一闪而过的失望甚至是厌恶，但他不想放弃这次机会，决定主动出击。

张茂雨率先开口，对着拿着两页简历资料的贾阿毛说："贾总，没有吓着您吧？"

正在琢磨着如何快速打发走眼前这个矮小丑陋的面试者，被张茂雨如此突兀一问，他本能地摇头回应："哦，没有，没有没有，怎么会？"

贾阿毛作为爱华集团的主席，岂能在应聘者面前示弱，这要是传出去岂不成了笑话？

"那就好，那就好。"张茂雨表现出感激的神情，他自嘲着，"我是个知趣的人，从小到大都习惯了。我这人呢，是丑了点儿，但恰好佐证了'人不可貌相，海水不可斗量'的俗语。"

哦？贾阿毛听他如此一说，就来了兴趣，认真打量着他。张茂雨虽矮小，五官搭配出了一点儿问题，但眼睛有神，像猎鹰一样，充满着斗志和锐气。他们目光对视的瞬间，张茂雨坚毅的眼神让贾阿毛心里惊奇。

张茂雨捕捉到了贾阿毛的心理变化：他不再排斥自己。于是接着自嘲说："其实前辈们都在佐证着那句俗语。法国皇帝拿破仑个子矮小，还是个左撇子；还有一年，全球G8领袖聚集开会，有五国领袖都是矮个子：俄罗斯总统梅德韦杰夫不过一米五七，日本首相福田康夫身高一米六八，法国总统萨科齐只有一米六五，和意大利总统贝卢斯科尼一般高……"

贾阿毛突然捧腹大笑，完全失态。一个日常那么严肃的人，被张茂雨的自嘲给逗笑了。贾阿毛摆着手笑说："行了，你们这招叫趋利避害，尽是寻找对自己有利的案例和有利条件。"

"贾总，资产管理最本质的原则，不就是趋利避害吗？"张茂雨待贾阿毛笑完，变了一副面孔，转移到专业的话题，一本正经地说。

贾阿毛心里不再抗拒眼前的这个人了。他拿着简历，再次被一个细节给震了一下：南部证券，开除。

贾阿毛直击这点。"前面履历不赖，怎么就被南部证券开除了？业绩差还是人品差？"

"谢谢贾总直言不讳，没有避重就轻，给我一个说明的机会。"张茂雨似乎有备而来，"在券商，我从操盘手做起，在一个单位做了6年。在流动性频繁的年头，很多人的想法令人匪夷所思，他们都认为越跳槽待遇越好，所谓'树挪死人挪活'。但我是一根筋，研究生毕业以来，我只跳了一次槽，并且在每一家工作的时间都足够长。我在这家券商，从操盘手做到基金经理、总监，做人中规中矩。但我操盘的手法，则属于激进型，我负责的基金收益率连续三年进入同类基金排行榜全国前十，年化收益率突破150%。您是大老板，管理那么多企业，肯定知道人多嘴杂，有人的地方就有江湖这个道理。墙内开花墙外香，即使我使基金收益率突破了150%，公司内部却批评我激进，甚至冒进，不断有人告我的状。那好，你们不喜欢冒进，我就求安稳，转型风险厌恶型，年化收益27%，结果内部又批评我求稳怕乱。中小客户不满意，但是我的大客户满意啊！"

他停顿了一下，接过贾阿毛递过来的一瓶矿泉水，拧开盖子，"咕噜咕噜"大喝几口，放下矿泉水，继续说："这些情况，媒体有报道，行业有排名，百度一下就知道。圈子不大，您可以让人资部门去调查，可以360度调查。我敢那么写，经得住调查。良禽择木，我择良主。我希望您就是那个能让我释放自己能量的良主。"

贾阿毛动心了。张茂雨一番肺腑之言，表述得极度真诚；真诚之余，还直言不讳，这下子拿住了贾阿毛的命脉：他正求贤若渴，尤其是有券商和财务背景的金融人才！他看过属下提供的外调材料，张茂雨提供的履历的确属实。

此时，贾阿毛正为处理一笔巨额债务着急。这个年代，没有哪一家公司账上会留有大量现金流，都是负债经营，只是负债率高低不同而已。而且，做房地产的企业，谁不是拆东墙补西墙呢？

此后，贾阿毛单独约张茂雨打了几次高尔夫球后，就做出了引进他进入公司的决定。

张茂雨进来了。他初来乍到就帮助贾阿毛解决了一个燃眉之急：帮助爱华集团搞定了一笔3亿的过桥贷款。虽然贾阿毛付出了高息代价，张茂雨也动用了自己资源，但解了燃眉之急啊。此时已经四面楚歌的爱华集团，拆东墙补西墙，看似庞然大物，实则不堪一击。在众人束手无策之际，张茂雨出手，验证了他的人脉资源和能力的强大。良好的开局等于成功的一半，一年半的时间里，张茂雨从总监被擢升为集团副总裁，堪称火箭速度。

所谓"成也萧何，败也萧何"。帮助贾阿毛搞定这笔过桥款后，张茂雨却没有获得物质奖励。他想，作为公司大老板的贾阿毛，怎么也得给部下表示表示吧？结果只是在高管会议上轻描淡写地对张茂雨进行了肯定和表扬，然后让公司行政部给他安排了马尔代夫十日游。这与张茂雨的预期差距太远！与此同时，木木股份定向增发。增发价格13块，贾阿毛认购8000万股，此时市价已突破55元。贾阿毛混迹江湖，在外面自然有一帮弟兄，各行各业，三教九流都有。此时定增，吸引了这帮弟兄们的注意，根据木木股份此次并购标的，承诺未来三年将为公司连续贡献合计5亿净利，券商们给出的对应市价突破百元。这自然是一块肥肉。

有福同享，有难同当，这是江湖老大行事的不二法则。否则，怎么混迹江湖？贾阿毛忍痛拿出3000万股让外面的弟兄们按照增发价参与认购。在一片江湖兄弟如雷欢呼的时候，有一帮人被冷落了——贾阿毛忽略了公司里跟随自己打拼的一干兄弟，他们一个子儿也没有捞上，一股增发机会都没有获得。

财散人聚，财聚人散。贾阿毛浑然不觉，危机悄无声息地来了。

张茂雨主动提出去银泰控股，这让贾阿毛颇为意外。银泰控股是一家空壳公司，除开持有木木股份，尚无其他业务。贾阿毛跟张茂雨说："银泰控股就是一空壳公司，你过去大材小用。"张茂雨却说："银泰控股可以大有作为，做一个融资平台，不就是资产管理公司吗？我做操盘出身，专业。爱华集团每年要处理各种棘手的投资、融资的事务，还要处理一些来历不明的钱，在银泰控股过一道手，洗洗也健康。"

贾阿毛一听，有道理。不过，张茂雨提出的唯一条件就是要担任银泰控股法人代表。贾阿毛没有怀疑，只是顺口一说："法人代表，法人代表，就是随时有可能被绳之以法的代表。怎么对这个感兴趣？"

张茂雨笑笑说："我从大学毕业就四处打工，好歹快四十岁的人了，一方面想尝试一下当法人代表的滋味，有一个身份也便于对外开展业务。另外呢，集团公司业务庞杂，牵涉利益纠葛众多，我是您亲自招过来的，除了您之外，我谁的话都不听。我担任法人代表后，银泰控股发生任何事情，至少从法律层面上不会和爱华集团发生关系，建立一个独立的避风港。"

贾阿毛听后，觉得有道理。船大了，惹眼；在骇浪滔天中，容易出问题。银泰控股持有的是木木股份的股权，而且还是独立核算。这世道，不怕一万，只怕万一，万一哪天发生"黑天鹅事件"，即使爱华集团船倾，银泰控股还是一个避风港。即使未来保持现价，它所持有的木木股份也值上一二十亿，还不包括每年红利。他做了两项决定：同意张茂雨担任银泰控股的法人代表，同意张茂雨代持部分股份。

贾阿毛毕竟是混迹上海滩的人物，大本营在松江地区，距离市区有点儿远。贾阿毛说过，你们知道松江吗？了解松江吗？上海的发源地，正宗"老上海"的根儿，就在松江。能把爱华集团做得风生水起，能协助自己的小舅子把木木股份送上市，贾阿毛也非等闲之辈。因此，在同意张茂雨去银泰控股的事情上，他做了一些防范措施。他没有让张茂雨代持所有股份，而是让其他亲信代持一部分，包括自己的司机。司机小雷是海军陆战队的退伍兵，是跟随自己七八年的心腹，自然听命于自己，并且还是远房亲戚，安全。同时，他在集团公司法务总监的提议下，做了系列保险动作：第一，任何人代持银泰控股股份，须签署代持协议。第二，在银泰控股股东层面上，设置了一家法人持股的条例，此法人持股公司为新设立的金科投资，持有银泰控股90%股份，其余10%由张茂雨代持。第三，在金科投资股东层面，30%股份由张茂雨代持，30%股份由自己司机代持。签署了代持协议，法人代表和董事长皆由张茂雨担任。第四，同欢科技作为法人股东持有金科投资其余40%股份，法人代表由跟随自己多年的副董事长温莎担任。

如此安排，堪称环环相扣，密不透风。贾阿毛不仅从法律公开层面上和银泰控股撇清了关系，且还能将其牢牢掌控在自己手中。用资本市场惯用的话说：自己就是实际控制人。半年后，贾阿毛还悄悄把在内蒙古收购的一个钼矿"装进"了银泰控股公司。

百密一疏，防不胜防的是监守自盗。张茂雨守候多时，这个在大学里最被瞧不起的男人，潜伏在心底深处的欲望就像被撬开的潘多拉盒子，一旦打开，就极度危险。两年来，他做了两件事：一件事是意外获得了对贾阿毛极具杀伤力的证据。上市公司木木股份，当年是由贾阿毛率领他小舅子创立的，虽然后来因二人不和，贾阿毛不得不退居为第二大股东，且完全退出董事会和管理层。但是在IPO过程中，整个公司涉嫌欺诈上市，贾阿毛是同谋。苍蝇不叮无缝的蛋，一位独立董事为了自己蝇头微利，在没有得到木木股份董事长支持的情况下，悄然收集了贾阿毛的造假证据。这位胆小如鼠的独立董事私欲膨胀，与张茂雨一拍即合。张茂雨花重金从他手上拿下唯一一份翔实资料。另一件事，就是张茂雨用了两年时间悄悄腾挪股权，给了贾阿毛突然一击。贾阿毛知悉后目瞪口呆，却投鼠忌器，于是怒火攻心，差点儿脑溢血。

张茂雨东躲西藏，从国外回来的贾阿毛为了抓到他没少花钱。张茂雨判断贾阿毛绝对不会去报警：贾阿毛不想两败俱伤。

"贾总心里有鬼，你也不是绅士。"凌薇依然不快。

"我不是绅士，我何时说过自己是绅士？我就是一男人，一个有着强烈七情六欲的正常男人而已。这不，心甘情愿地栽在你手里了吗？"张茂雨厚着脸皮的样子面目可憎。

"栽在我手上？还心甘情愿？那你离婚啊，给我一纸婚约啊。三年多了，你给了吗？"凌薇抢白他。

坏了。怎么又说到这儿了？张茂雨有些头大。每个男人总有弱点，比如在对待情人这件事情上。

他们从坡上下来，走到拒马河畔。河边是一道九曲十八湾的河滩。路边促销的大娘拦着他们俩："要漂流吗？"

凌薇略微犹豫。张茂雨说，那就漂吧。

秋天，拒马河两岸风景秀丽，金黄色的叶子被风吹落在河面上，转眼被流水冲走，像孤零的一叶扁舟随波逐流。漂流虽无险境，但仔细品味也颇有情趣。入口处是"哗哗"的流水声，他们猛然顺流而下，在浪花中疾进，心随波浪起伏，一涌而下，对面盈盈的河水涌向自己，回头望望，水面冲开一圈圈的涟漪，连鱼虾都舍不得离去。清凌凌的水，绿莹莹的山，山水辉映，形成一幅绝妙的山水画。

漂到第七个弯，彼岸即在咫尺，猛一个转弯，凌薇在湍急的激流中发出惊叫。这时，电话响了，张茂雨把手伸进橘红色救生衣，从衬衣兜里掏出手机，刚接听一句，就神色凝重道："怎么回事？没有全部汇吧？按道理，潮州人干这行应该靠谱，每天洗钱得洗多少，不至于在我们这里出事吧？"

撂了电话，张茂雨对凌薇说："换汇出事了。"

"要紧不？"凌薇有些紧张，挪过身体，往张茂雨身上靠。

张茂雨有些恍惚。"我担心的不是这个，而是那个人。不行，我们马上回城。"

纸 金 时 代

■

第四章

密室谋局

斗牛大厦紫光室里光线幽暗。

当初设置这个密议室时，邬之畏为了取一个名字颇费心思。他请几个大师取了一大堆易经八卦、四书五经中的名字，但他都不满意。甚至有人出主意，说找一个朗朗上口的洋名翻译成中文或者生造一个英文名，比如联想英文标识"Lenovo"就是生造的。提议者想投邬之畏之所好，知道他时不时飙几句英文，穿着时尚，推崇西化。但是，这样的提议照样被否了。其实，提议者根本不了解邬之畏的心思。他究竟想做什么呢？他隐秘的想法是打造一个"南书房"，一帮亲信为"南书房行走"，出谋划策。最终他放弃了，他不想被部属抨击自己"老封建"，毕竟"南书房"当年是康熙帝削弱议政王大臣会议权力、实施高度集权的重要步骤。后来，有人提议，效仿紫光阁，给密议室取名为"紫光室"，有异曲同工之妙。邬之畏大喜，遂采纳。

公司所有涉及大型收购的商业项目，按照等级划分，但凡最高级讨论，或讨论一个项目的私密部分，或关键部署，都会移交到"紫光室"，这属于高度机密。参与的人员数量有限，一般人进不去。紫光室没有牌号，而是靠近办公区一个楼层走廊尽头。从电梯出来，靠近紫光室的区域密布摄像头，进出需要经过一道玻璃门，还要进行视网膜扫描验证，防守严密。室内装备齐全：全套缅甸红木家具，一套进口4K投影仪，Dolby Atmos认证的JBL音响。投射在幕布上的影像清晰度高，声光电效果极好。有一次，深得老板信任的戴志高悄悄带一位北影表演系的女生溜进来看A片，邬之畏获知后，雷霆震怒，差点儿让戴志高卷铺盖回家。因此，每次戴志高进紫光室，心里阴影很大。

这天下午，空气很湿润，甚至有些清凉，室外刮着一阵阵秋风，树叶开始泛黄，银杏树枝丫在风中摇曳。秘书敲门进来，端着装有四根自制香蕉牛奶冰棍儿的盘子，还冒着丝丝白气。与会者人手一根，包括邬之畏自己。

戴志高把冰棍儿塞进嘴巴里咬得嘎巴响，左右腮帮交错鼓起，惬意至极。他瞄了一眼符浩，见其左手捏着冰棍儿，有节奏地往嘴里塞，低头研究着摊在桌子上的一摞资料，对周遭似乎浑然不觉。

能吃上八哥亲自制作的冰棍儿是公司同人甚至圈子朋友的至上荣誉。人人都说，吃八哥的冰棍儿，能学一门本领。什么本领呢？邬之畏的冰棍儿制作。比如制作香蕉冰棍儿，得先备好食材：香蕉、柠檬、上等奶油和少许白糖，然后将柠檬洗净切开，挤汁待用。白糖加水煮沸过滤，香蕉则剥去皮捣成泥浆，加入糖水调匀，再调入柠檬汁，待冷却后拌入奶油，注入模具，置于冰箱冻结即成，前后大概50分钟。后来技艺日益娴熟，邬之畏能把备料的时间压缩在5分钟之内，放置冰箱30分钟左右，一盒上等冰棍儿制作完成不会超过40分钟。在顶天集团，不仅秘书能做，凡是进入行政后勤部门的小年轻，都被培训成做冰棍儿的好手，闲暇时聊东家长西家短不如掌握一门技艺，说不定在未来漫长的人生中能学有所用。看着同人们品尝从冰箱里刚拿出来的香蕉冰棍儿，邬之畏常常念念有词。"清香可口吧？还可以助消化、清火，功能大着呢。"

邬之畏吃冰棍儿，吃得兴起，微闭着眼，一脸幸福，浑圆的方阔大脸慈善至极。至少此时的邬之畏在符浩眼中根本不像土豪老板，而是更像邻家大叔，可爱中甚至有些滑稽。符浩曾经问过邬之畏，八哥怎么对冰棍儿念念不忘？邬之畏则兴致勃勃，说辞一套接一套，什么走南闯北，总有一些东西不能忘。比如吃饭，四川人需要麻辣，湖北人不忘佛手山药炖排骨，维吾尔族人嗜好吃馕饼，斯拉夫人到哪儿都带着伏特加……这就是一种"本"，一种"根"。人童年的某些记忆铭心刻骨，融入骨髓，从遗传学的角度讲，这是一种文化的传承，不可磨灭。说到这些，邬之畏口若悬河，很容易使听者沉湎于他知识渊博、学养高深的错觉中，完全忽略了他初中肄业的真实经历。

盛极必衰，过犹不及。吃多了，就有些厌，此后每次被盛邀吃冰棍儿，符浩就感觉怪异，硬着头皮陪吃。瞧瞧戴志高这小子，符浩就难以理解，这家伙跟随邬老板从西南吃到京城，难道还没有吃厌吗？每次吃冰棍儿，他还咬得嘎巴响，还竭力吃出有滋有味的样子，也许内心厌烦透顶呢。

这天，戴志高看着符浩吃得温文尔雅，在心里大为吃惊：哎，这家伙，前些天不是说牙齿过敏，吃冰凉酸甜的会难受吗？应该是龇牙咧嘴才对啊。刚才，邬之畏还白了自己一眼，言外之意，猴急猴急的干吗？冰棍儿是用来吸吮而不是咬的，还咬得嘎巴响。

戴志高三下五除二干掉冰棍儿，把冰棒棍儿随手扔进垃圾桶，然后翻看着办公桌上的一摞资料，有一页是盖着工商部门印章的查询身份的材料，材料上有一个头像，备案登记的材料虽不是太清晰，但还是能看出一个人的特点。他说，这哥们儿长着一副凶相，单眼皮，厚嘴唇，窄额头，霸气外漏，一看就不是什么好鸟。贾阿毛当初怎么就看上他了？

他指的是工商登记材料上的张茂雨——上海爱华集团董事局主席贾阿毛曾经的得力助手。

符浩俯下身子，右手扶桌支撑着，头也不抬地笑着说："不能以貌取人。单眼皮？你也是单眼皮，嘿嘿。你还会相面？"

戴志高知道符浩揶揄他，不以为意，二人偶尔调侃，绝无恶意，众所周知。自从邬之畏邀请符浩协助收购颐养保险，符浩对市场的超敏锐的嗅觉和优秀的工作能力征服了顶天集团的上上下下，包括戴志高。虽然，符浩的到来在一定程度上使自己感受到压力，但这压力不是符浩给的，而是源自自知之明，还有老板邬之畏潜意识流露出来的。邬之畏经常拿二人对比。这怎么能比啊？起点都不一样，人家是北大数学系本科毕业的，自己也就混了一个高职高专。可是，人家高智商，我也有超胆量，孰优孰劣？老板时常提倡学历不如学习力，怎么一到落实之际口号依然是口号，这不是典型的形式主义吗？

嘀咕归嘀咕，戴志高不敢表露在脸上。条件反射般，戴志高起身瞄了一眼邬之畏，老板口含冰棍儿，此时面窗而立，俯视着窗外拥挤的车辆，神情轻松，似乎无暇顾及室内两位年轻人的彼此调侃。

戴志高转头对身边的符浩低声说："我出社会早，跟着老板见的人多，高官权贵，三教九流，都见过，有的甚至领教过，所谓见多自然识广。"然后，他跟符浩耳语了一句，"这人从面相看有反骨，其实也蛮容易搞定，绝对利益至上，有奶就是娘。"

符浩瞥了一眼，继续打趣他。"还会分析性格啊。那你看看我啥性格，还有，那个老谢，石头哥。"

石头哥正站在他们对面，俯着身低头翻阅和研读着桌子上的那摞资料，用笔在纸上记录。室内虽然光线幽暗，但一个仿照日光没有光斑闪烁的大罩灯从天花板悬垂下来，照在讨论室办公桌上，明晃晃的。

老谢大名谢石头，圈内昵称"石头哥"，是顶天集团法务总顾问，年过五十，比老板邬之畏稍长几岁。如果不是脖颈部位皱纹线暴露，那一头浓密的卷发至少让他看上去年轻五岁。他抬头看了对面二位一眼，故意抬高声音分贝说："你们又在开我玩笑呢？小学思想品德课怎么上的？要尊老爱幼，至少要尊老，要尊老，要尊老，重要的话说三遍哦。"

符浩和戴志高夸张地张开嘴，做着调侃的口型，无声地表达。

此时，邬之畏踱步过来，打断他们的调侃。"你们有什么结论？"

材料摊开了一桌。

一周前，邬之畏召集戴志高、符浩和老谢开了一个碰头会，商讨上海爱华集团董事局主席贾言，也就是贾阿毛的那个重大委托。他们四人从上一场成功收购颐养保险的战役下来，彼此建立了革命友谊。在那场经典的收购战中，邬之畏负责战略和高端资源，为战役提供"枪支弹药"；符浩负责判断价值、确定价格和为邬之畏生产"枪支弹药"提供原材料支持；老谢则是冲在一线填补我方战壕缺口，伺机寻找对方的法律漏洞，以便让在一线率领突击队的戴志高能够借此精准一击，凡击必溃。

查获张茂雨，又是一场战役。碰头会后，他们随即延伸四处的情报系统，动用律师所、会计师所以及隐藏在各条线里的资源关系，在较短时间里收集了一堆材料，关于贾阿毛与张茂雨之间的纠葛——基本情况被摸清楚了。

符浩走到液晶屏前，把资料一页页通过投影仪在幕布上放大。他转身对邬之畏说："根据贾总提供的以及律师团队收集的材料，我们基本可以断定，张茂雨钻了空子，也采取了一些非法手段，窃取了贾总的资产。看似复杂的案子，手法很简单，甚至有些拙劣。此人心计颇深，他利用了三个要素。第一，利用了信任。张茂雨进入爱华集团三年，获得贾总的充分信任，被委任为旗下公司法人代表。第二，暗度陈仓，偷梁换柱。张茂雨伪造签名，钻了一些地方工商部门登记把关不严的漏洞。第三，胆大心细，抓住时机。在贾阿毛海外治病期间，他把之前套现的资金进行转移，待贾阿毛发现时，钱没了。"

邬之畏接过符浩的激光笔，回翻着资料。邬之畏说："这个人很有胆识。"

"很精明。"老谢接过话，"从目前情况看，确如符总所言。从这些材料而言，股权变更登记、股权交割、股东会决议以及章程变更，签字盖章，肉眼很难发现它们的异常。股权变更形式上合法，难以界定张茂雨是否违法。"

"哦？"邬之畏问，"不违法？"

"难以界定。"老谢解读道，"首要的关键，是要鉴定签名是否伪造。目前，根据贾总提交的材料，签字鉴定结论是伪造签名。如果鉴定伪造，那么股权变更可判定无效。这期间甚至有可能涉及民事纠纷，如果贾总所言代持获得司法部门支持，则张茂雨涉嫌侵占。请大家注意，此侵占罪和彼职务侵占罪不一样，前者属于自诉刑事犯罪。"

符浩带着大家走到一块白板前，掀开上面盖着的红布，用笔在白板上画着关系图。

符浩说："从所掌握的资料来看，最核心的受益者是持有木木股份的人，他们从持有的1.2亿股份减持到8000万股。这份股权依据昨天收盘价，还有40多亿。我们查阅木木股份历史公告，当初减持套现时，这份股份市值在30亿左右，套现10亿，大概减持了1/3。"

戴志高补充说："贾阿毛当初是知道这笔套现的，也应该是经过他允许的。但一下子把套现的这笔款子转走，他是不知道的。我就纳闷儿了，这么一大笔款子，说转走就转走，贾阿毛就没有在关键岗位安排自己人？"

"即使安排了人，要么被收买，要么被架空。"老谢猜测着各种可能性，"实际上，张茂雨就是贾阿毛认定的'自己人'，只是没预料到监守自盗。当然，这些只是我们的猜测，不足为证。"

邬之畏关注的焦点不在怎么转移上面，而是盯着尚未套现的股份。他睁圆着眼问："也就是说还有三分之二的股份没有套现，还值40多亿？"

邬之畏这么一问，让符浩倏然一惊。他似乎捕捉到邬之畏此刻的小心思。这不就是逆向思维吗？

"依据昨天收盘价计算就是这个结果。"符浩解释，"从二级市场而言，A股沉寂7年，从曲线图可以看出触底逆转的迹象，也许不排除会进入一波大牛市的上升通道。如果此趋势确立，银泰控股持有余下的木木股份市值，至少突破50亿吧。"

50亿？邬之畏脸上闪过一丝诡异的神情，那一瞬间的表情变化，被早有觉察的符浩敏锐捕捉到。

邬之畏沉吟着，示意他们继续讲下去。他双手交叉胸前，幅度较小地来回踱步。

老谢说："银泰控股法人代表就是张茂雨。从贾总提供的材料来看，贾总是实际控制人，张茂雨是替贾总代持的，签有代持协议。根据公司法，股权代持协议有效，但从工商登记上看不出来。"

待邬之畏走到老谢跟前，老谢捋了一下浓密的卷发，感慨万千地说："走到今天这个地步，只能说识人不慧，遭人暗算，事情发生后，事后追讨，费时费力——贾总是大意了。"

"我补充一下。"符浩接过老谢的话题说，"贾总就是一位匿名股东。银泰控股实际上就是一个柜台交易的金融类公司，主要是做套期保值，核心资产从资料来看，仅持有木木股份。与贾总其他公司没有关联。为何代持？我也想过这个问题。我个人认为，贾总找张茂雨先生代持，是为了撇开关联关系，相关公司一旦遭遇诉讼，或者避免被牵扯进债务纠纷。"

"是啊，我理解贾阿毛的做法。"邬之畏点头，"一旦遭遇不测，至少留有救命钱。"

老谢说："从防范角度分析，这个说法可以采纳。并且，他们一系列代持、层次架构等设计，是费了不少心思。"

"可谓独具匠心。从手段来说，还是相当不错的股权层次持股和相互持有的架构关系。"符浩继续在白板上画着图，"看看这家，持有上市公司木木股份的是银泰控股，而控股银泰公司的是金科投资，持有90%，绝对控股。那么，金科投资是一家什么公司呢？也是一个壳公司。壳公司的股东是谁呢？是张茂雨、雷民和同欢科技，他们分别持有30%、30%和40%的股份。贾总举报材料里说了，张茂雨和雷民是代持股份，张茂雨是贾阿毛控股的爱华集团董事、副总裁，雷民是贾阿毛的司机。显然，他们是一口锅里吃饭的自家人。"

邬之畏听得专注，默然不语。戴志高睁大双眼，仔细琢磨着符浩在白板上画的盘根错节的关系图。

光线暗了下来。邬之畏走到进门一角的墙壁开关处，按亮了所有灯。白光倾泻而下，向来喜欢室内幽暗的邬之畏，此刻沐浴在光明中。

老谢在符浩画关系图的过程中，趋步跟邬之畏耳语补充："这个同欢科技也是贾阿毛实际控制，法人代表是爱华集团副董事长温莎。"

"张茂雨就通过私刻公章、伪造签名等手段，受让了同欢科技持有的40%股份？"邬之畏问。

"根据贾总提供的材料和逻辑而言，就是这样的。不过，这是问题的关键一步。张茂雨通过受让同欢科技持有金科投资的40%股份后，加上自己代持的30%，合计持股70%，则绝对控股金科投资。金科投资持有银泰控股90%股份，他进而间接控股了银泰控股。而银泰控股法人代表就是张茂雨本人——资金进出往来，张茂雨完全可以掌控。"

老谢在张茂雨的名字上，画了粗重的圈。

"龟儿子！此人果然殚精竭虑，机关算尽。符总，我说嘛，此人一看就面相不善，不是省油的灯啊！"戴志高冲着符浩惊呼着，得意于早先自己的判断，继而愤愤地说，"枉费了老板对他的信任。"

"机关算尽的是贾阿毛，这老兄大意了。"邬之畏抱胸走近，凝视着关系图。

他问符浩："你觉得他的操盘手法如何？"

"手法常规，不过心狠手辣。"符浩接着笑说，"贾总很大气，放这么一大块肥肉考验人性，不枉为打拼上海滩之人。"

戴志高抢着表态："再大再肥的肉，我不会抢，不是我的，绝对不要。"

老谢轻拍着戴志高的右肩。"是，得敬畏法律。除非法律本身留有空子，我们不钻那就是浪费资源，就是傻子。否则，就不要轻举妄动，心生歹念。"

戴志高一卸肩，把老谢的手给卸掉，专注地看着老板邬之畏。他紧接着嘟囔："胆儿再肥，也不能冒犯老板。凡是跟衣食父母过不去的人，都没有好下场。"

"呵呵，觉悟高。"符浩听着戴志高如此说，就半赞许半调侃，给他一个大拇指，"我比你还大一岁呢，看来我的觉悟还得回炉提高提高。"

戴志高白了符浩一眼。

邬之畏没有在乎眼前这俩年轻人的调侃。他说："如此说的话，贾阿毛也是有责任的，考验猫闻不闻腥。"

他手指着幕布上张茂雨的头像，说："如果赚钱的机会摆在我们面前，我们却无动于衷，那不是傻子，就是蠢货。做人要有狼性。说实话，我很痛恨张茂雨这类人的不忠，但我更认为贾阿毛无能，看人不准。关键是他不懂利益分享，有肉吃，必然要给兄弟们汤喝。"

邬之畏此话一落，符浩和老谢互相对视了一眼，目光交织，情绪复杂。戴志高则对老板这番话没有反应。

符浩岔开话题说："也许事情没有这么简单。我们更多接触的是贾总一家之言，也许真相挖掘下来，会是另一番情景。"

"还有市值40多亿。难怪贾阿毛如此猴急。如果我们帮助贾阿毛搞定，他该怎么感谢我们呢？"

邬之畏右手托腮，左手托着右手肘，抱于胸前，像是自言自语，又像是向他们仨提问。他脸上掠过一丝得意的神情，似乎在盘算着这票买卖的回报。

符浩那天被戴志高的电话找回来，听闻是帮助他人追债，本能地反对。他认为，顶天集团虽然进不了京城地产圈第一阵营，但占有黄金地段，尤其是斗牛大厦及四栋附楼的建成，在京城也算一战成名。怎么会去干这种勾当呢？地产商本身就是从血雨中拼杀出来的，一朝洗白，何必再惹是非？

老谢是支持的。他还表态，完全支持，他将组织强大的律师团队去助攻。符浩当然明白，做律师的靠案件吃饭，按件收费。就像卖空气净化器的，唯恐有雾无霾，那样就没有市场行情了。

邬之畏说了一番话，让符浩自觉反对苍白无力。邬之畏说，自从收购颐养保险后，财务状况恶化，虽然颐养保险股权过户了，但还有最后一笔收购款项需要支付。如果不按时缴纳，谁也不知道会发生什么后果。

这句话，直接让符浩缴械投降。符浩倾其全部身家砸进颐养保险，还和邬之畏是一致行动人。一荣俱荣，一损俱损。如果真到了那地步，过了而立之年的符浩，十年积累的财富可能东流入海不复返，一夜回到解放前。当然，这不是符浩愿意接受的。

熬不过去就会永久地沉沦，熬过去就"柳暗花明又一村"。正因如此，符浩不得不参与这桩案子，还得卖命，对，为自己卖命。

符浩接过邬之畏的话说："根据目前掌握的情况来看，张茂雨做过券商，懂里面的道道。"随后，他犹豫着说，"从资料看，他是人大经济系毕业的，我认识一个大哥，和他同级，应该熟悉他。"

邬之畏忽略了符浩最后一句话，转身径直问老谢："根据贾阿毛提供的材料和我们掌握的材料，可以将张茂雨定罪吧？"

"不能。如果代持属实，可以提起民事诉讼，更大可能会是民事纠纷。"老谢说，"公安刑侦部门不会因为你拿着一纸代持协议，就给你立案。难度很大。"

"……估计贾阿毛立案难度大，以及其他顾忌……"邬之畏双手抱怀思索着，问老谢，"侵占罪大概判多少年？"

"数额巨大，两年以上五年以下，并处罚金。"

"判得不重啊。"戴志高插嘴说，"才五年，人家出来又一条好汉，早把钱转移走了。"

老谢补充说："侵占罪属于自诉案件，只有被害人向人民法院提起诉讼，才会被立案追究犯罪嫌疑人的刑事责任。"他看着邬之畏皱着眉头，"要想让公安刑侦介入，贾阿毛可以找找关系，让公司以涉嫌职务侵占报案。"

"先报后撤？"戴志高忽而找到其中窍门，说，"这贾阿毛干吗不使这招啊？"

邬之畏瞪了他一眼，说："一局好棋，走一步要看三步、五步，毛糙糙地干吗？不要动辄打打杀杀，要多动脑子。"

邬之畏隔空指点着戴志高脑袋。"现在当务之急是你们要搞清楚张茂雨的行踪，把这个人的动态给搞清楚，要做到一切尽在掌握之中。"

然后，他停下来，看着诸位，嘴角开始浮笑。"看来，我得先和贾阿毛谈谈我们自己的买卖。"

颐养保险最后那笔股权交割款也快到期支付了，符浩当然知道邬之畏在打什么主意。

"这笔钱被催得火烧眉毛，一帮孙子在四处造谣，说我们资金链断了，银行断贷，债权人逼债。别指望老子死，第二天醒来，老子比你们活得更好！"

邬之畏拿起水杯，然后重重地敲在桌子上，半杯茶水一阵激荡。

市场上，关于顶天集团资金链断裂的传闻从未减少。其实，地产商都缺钱，房市不转暖，一般小地产商将尸横遍野。收购颐养保险，是符浩给邬之畏的建议：向金控集团进行转型。邬之畏不仅听进去了，还把符浩也拉进收购阵营，既然说得这么好，那就一块儿做吧。符浩的确是看好金控，在符浩的理念里，一旦看准了，则一击即中，出手果断，态度坚决，不给自己后悔的机会。

谁知道顶天集团在资本市场的声誉竟然如此之差，各大财团不仅不给好脸色看，更不会伸出援手。所有这一切，都是收购完颐养保险后符浩才获知的。厉不厉害？放马出来溜一溜就见分晓。公司现金流好不好，符浩在这次收购战役中才了解到底细：原来这一切都是虚胖。但是，符浩已经把钱砸下去了，他没有退路。当然，没有退路的，还有持股更多的顶天集团。

"那先把张茂雨监控起来？"戴志高打破了符浩思维飘散的状态。

"必须掌握好他的动态，先不急着动手。"邬之畏说。

"好的，明白。"戴志高说，"只要在我的祖国版图上，我一定让坏人插翅难逃。"

他们再次分工行动，各自领取任务。戴志高负责查询张茂雨行踪，老谢提供法律支持，全盘由符浩操作，邬之畏幕后掌控。

从紫光室出来，走廊尽头，玻璃窗外，已是华灯初上。戴志高问符浩："晚上有饭局吗？""没有。"符浩说，"哪次讨论时间都没点儿，没法安排饭局，连参与都不好意思去，总是迟到，可不能无谓地消耗信任。"

符浩在顶天集团没有自己的办公室。邬之畏聘请他时，要给他一个大办公室，符浩婉拒了。符浩其实有自己的心思，他和邬之畏是合作关系，而不是雇佣关系，不能贪便宜在著名的斗牛大厦搞一间办公室，结果反而把自己套牢了。更主要的是，他如果天天进出，还在这儿有一个办公室，就在事实上构成了与顶天集团的千丝万缕的关系，对外怎么解释都是徒劳。

因此，每次讨论结束，符浩就直接下地库，开上车就走。在戴志高看来，这样来去自由，潇洒得很。

戴志高说："那好啊，我请你吃串儿吧，喝一杯。"他拍了一下符浩的肩膀，补充一句说，"我喝酒，你喝白水，这样可以了吧？"

符浩笑着说："你不约北京姑娘了？"

戴志高摇摇头说："约啥北京姑娘啊，我懒得搭理她们，个个挺事儿的。"

戴志高想找一个北京姑娘，这事儿在顶天集团高管层，几乎人人皆知。不过，他屡战屡败。符浩直接点破："是人家不搭理你吧。哦，对了，那位琪琪呢？"

戴志高听到符浩提起"琪琪"这个名字，脸色更灰。不过他竭力表现得满不在乎。"人家在拍戏，最近火着呢，接网剧一部接一部。"

符浩拍一下他的肩膀。"好吧。你回办公室把手头资料放下，我在地库车上等你。"

他们开车上了东四环，往大郊亭方向开去，那儿有一家影视圈人士开的串吧。

符浩开着他的路虎，戴志高坐在副驾驶上。路上堵车了，车行缓慢，路灯、路两边的建筑、灯箱广告牌，霓虹灯依次亮起。五彩斑斓的广告灯箱像春天的花儿般，次第开放。

坐在副驾驶的戴志高扭头看着专注驾驶的符浩，看得他浑身不自在。

戴志高说："我有一个提议，你看行不行？"

"什么提议？"

"你看啊，你比我大一岁，是地道的同龄人。我们认识时间也不短，怎么说我们也算同一战壕吃过饭的战友吧？"

他们把收购控股颐养保险视为战役。"是，可以这么说。"前面红灯变绿灯，符浩松了脚刹，一脚油门，车子往前跑起来。"你想表达什么？"

戴志高认真地说："我想我们俩彼此换一个称呼，你别叫我戴总，我也不叫你符总了，感觉叫得挺别扭的。我就叫你浩子，你叫我老戴咋样？"

"哈哈。"符浩大笑。

"行啊。不过，叫浩哥可以，浩子听起来像'耗子'。"

"别，还是浩子吧，绝对不会叫成'耗子'。"戴志高说，"你也就大我一岁，虽然我书没你读的多，学问没有你高，叫你浩哥，不如叫浩子亲切。"

"行。我就叫你羔子，羊羔的羔，谐音。"符浩说，"别叫老戴了，还想卖老呢。"

"好。"戴志高说，"就这么愉快地决定了。"

车子在大郊亭桥底下出来，向西走辅路，车速又变慢了。等红绿灯的下班人群，神色疲倦，在红灯变换绿灯的间隙，迫不及待地横穿马路。

戴志高问："浩子，你说，查获张茂雨我们又能咋样？证据确凿，贾阿毛直接报案，让公安部门立案，把人逮进去，人进去什么都会招供，什么问题都解决了。搞得这么复杂干吗？"

符浩在辅路上小心翼翼地行驶，前面不远处有一个招牌鲜亮的串吧店，就是他们此次的目的地。红灯亮了，符浩一个脚刹，把车子稳稳停在斑马线后头。他侧头看着戴志高说："你是真傻还是假傻？如果这么简单，贾总还用得上找你们老板？"

"……"

"我没有见过贾总。不过，他找邬总，像他这样的人，我想，肯定有难言之隐。"符浩提醒他。

"好像听他说了那么一嘴。你这么一说，仔细琢磨，还真是那么回事。"戴志高说，"老板又说监控起来，又不急着动手，啥意思啊？老板咋想的啊？"

"你跟随老板多年，难道你不知道他的心思？"

"什么心思？贾阿毛专程赶到北京来，委托老板办事，还动用了牛老师的关系。小题大做嘛。"戴志高说，"现在情况一清二楚，证据也有，关系我们也有，办一个张茂雨，还不跟玩似的。"

"立案、抓人没有问题。那抓了以后呢？"符浩反问。

"抓了，就让张茂雨把他搞到的钱统统给吐出来。那样，贾阿毛也会支付给我们酬金，这笔酬金一定不会少。"戴志高边说边在空中张开五指，随后五指收拢，做了一个抓的手势。

"羔子，你跟随老板多年，还不知他的心思？要走一步看三步。"符浩点醒他，"你想想，仅仅支付酬金就可以了？即使张茂雨被抓进去了，他就会乖乖把吃进去的肥肉吐出来？即使吐出来了，贾总就会支付酬金了？邬老板在下一盘大棋，你只管把张茂雨的行踪搞定就可以了。随后的棋局，自己多看多琢磨。"

符浩递给戴志高一支雪茄，戴志高从兜里拿出打火机先给符浩点上。

戴志高吐了一个浓浓的烟圈，左手向符浩敬了一个军礼，像警匪片里的香港警察做报告状。"Sir，懂了，老板想通吃。"

红灯灭，绿灯开。车子启动，轻快地过了红绿灯口，然后缓缓靠近串吧。

"你这个编外的家伙，比我们更懂老板，我都跟随老板七八年了。怎么说呢？你们不是人。"戴志高顿了顿，一字一句地说，"是精怪，一个老精怪揽了一个小精怪，一代胜过一代。"

"我就权当你这番话是赞美了。"符浩在路边守车员引导下，把车子稳稳当当地停在串吧门口马路牙子边上，那儿一溜都是用白石灰线隔出的一个个停车位。

符浩从车上下来，戴志高紧跟着下车。符浩回头看着他吃吃地笑："那我也送你顺水人情，你们全家是精怪。"

纸 金 时 代

第五章

借贷危机

获知"张茂雨就在北京，住在东四环一个封闭式、管理森严的高档小区"的消息时，是在一天的下班高峰期。

第一个获知消息的不是邬之畏，而是符浩。戴志高压抑着兴奋说："浩子，一出手就搞定了。旗开得胜，马到成功！"

那时符浩正在蓝色港湾的一个咖啡厅里，这里是投资圈和金融圈青年朋友们经常光顾的地方。他坐在靠近玻璃窗的拐角处，视野极好。黄昏的余晖落在从对面写字楼拥出的青年男女身上，他们挣脱忙碌一天的羁绊，如一摊流水四下散去。咖啡厅播放着美国老鹰乐队的《Hotel California》，激昂的旋律，嘶喊着"And she said we are all just prisoners here of our own device"。咖啡的浓香，苦述着这是"Such a lovely place, Such a lovely face"。

符浩对面坐着一个妙龄女郎，艾米莉。艾米莉把一个单反相机搁在桌子上，托腮凝视着接听戴志高来电的符浩，他似嘲非嘲的神情，让她有着深入窥探的冲动。

"咋搞定的？就一个电话号码，你一个平民百姓，就能查出对方住哪儿？"符浩调侃着他，"羔子不简单啊，我得继续重新认识你。"

"嘿嘿，可不是吗？搞定这事小菜一碟，轻而易举。关键是看谁出马。"戴志高语气得意。

戴志高说的是实话。顶天集团很多事情都由戴志高去执行，无论哪个行道，很多看似匪夷所思的事情，他总会八九不离十地搞定。虾有虾道，蟹有蟹道。

符浩猛夸了一番戴志高的"旗开得胜"。戴志高说："不和你瞎吹了，我得马上给邬老板报告。"

挂了电话后，符浩放下手机，抬头看到了正脉脉含情注视着自己的艾米莉，她双手十指合拢，眼睛从合拢的心字形中央注视着符浩。

他说："怎么这么看我？提醒你，我不是什么好人。"

"呵呵，蛮坦诚嘛。"她爽朗大笑，"不过，这样看的确像我看过的一个摄影展。"

"啥摄影展？"符浩好奇了。

"我以前看过一个摄影展，入口处放着一幅大大的相片，上面有一个年轻的女性在直直地看着我。她的脸看起来经历过很多磨难，她的眼神很悲伤，但是带着强烈的不甘。"艾米莉沉浸在回忆中，她很快进入状态，"那幅相片很有魔力，在看展的过程中，我一直摆脱不了她那双眼睛，看任何相片的时候都感觉她在不同地方注视着我。好像所有相片都只是那双眼睛的说明。离开的时候，我的后背还能感觉到她的注视，直到离开了很远。"

符浩在她幽幽的叙述中，也慢慢地沉浸了，浑然不觉。也许，这就是艺术的魅力，它总是不经意间让你从喧嚣的周遭飞跃出来，灵魂出窍般，世界一下子变得静美。

艾米莉自顾自地说："那是我看过最牛的摄影展。我有生之年要能拍出这么勾魂的作品来，那就太棒了。"

符浩问："你喜欢摄影？"

"是啊。"

"你不是学化妆的吗？"

"学错了。"艾米莉说，"不过艺术都是相通的。"

艾米莉拿起相机，冲着符浩做拍摄状，口中发出"咔嚓"的拍照模拟声。"我找到我的'面孔'了。"

"什么面孔？"

艾米莉说："我和你说过的，那个摄影展，门口的相片是一个年轻女人的脸。她的眼光一直跟着我。我现在也找到了我要拍的，那样的面孔和眼神。"

"在哪儿？"符浩用目光向身后和周边找了找。

艾米莉指着符浩说："你。"又指着他身后说，"他。"然后她目光扫向四周，一些白领们陆陆续续地进来，"他们……"

符浩哑然失笑："你这什么眼光？中国的商业圈、资本圈，是最擅长带面具的阶层……"

艾米莉淡淡一笑，有着这个年龄少有的沉静。她轻言细语起来："就因为擅长戴面具，在卸下的那一刹那才最打动人。"

符浩用重新认识一个人的那种眼光看着艾米莉："我现在开始期待你的摄影展了。"

艾米莉端着相机跑到门口，"咔嚓""咔嚓"地拍摄着远景、近景。或许她的美艳和亲和力打动了别人，或者是她端着相机的样子十分专注，一些路过的青年男女没有表示异议，还挺配合地摆着pose，艾米莉口中念念有词："Great""自然""不要刻意""非常棒"……

咖啡厅顾客纷纷投目到门外。

符浩品着茶，思绪回到戴志高刚才打的那个电话上，琢磨着接下来该怎么办。戴志高只查到了大概位置，毕竟是"大概"，此人住哪儿？还有谁？怎么搞定他？想着这些，符浩脑子有点儿乱。他擅长做投机生意，但跟踪、追踪、侦察这些勾当却跟自己很遥远。他现在确认自己在这方面是白痴，是地地道道的白痴，戴志高则是天才。

艾米莉在门口随手拍行人，回来的时候，发现符浩看着她，又像是看她身后，目光怔怔的。她回头往身后看看，没看到有人跟他打招呼或对视。

她感觉奇怪，对他说："我发现你有两个习惯。"

符浩没有反应，继续喝着茶，目光继续落在艾米莉的身后，怔怔地不动。

艾米莉再次回头看，那是进出咖啡厅的过道，三三两两的男女进进出出。

"喂！"艾米莉用手在符浩眼前挥动着，"本姑娘跟你说话呢。"

符浩半晌反应过来："你说啥？"

艾米莉瞋目。"你爱发呆，还有多动症，手从不空闲，总是在划拉着。"

"呵呵，你好眼力。"符浩放下茶杯，给她点赞，然后辩解说，"我哪儿有多动症啊，在空气中写数字就是小学时学数学被虐出来的后遗症。"

"你是不是经常在姑娘手上写电话号码来着？"艾米莉揶揄他，"我的中年大叔。"

"哪有这么年轻的中年大叔？我才三十出头。"符浩听她如此一说，忽而来了谈话兴趣。

"现在谁还写电话号码啊？太老套了，都是直接留暗号。"

"啥暗号啊？"艾米莉好奇。

"419。"符浩坏坏地笑。

艾米莉问："419？啥意思？"

符浩说："看来你比我都老土了。"

艾米莉表示不服："啥叫419？"

符浩左右看了一眼，然后凑近跟艾米莉说："419用的是数字的英文谐音，4——four（谐for），1——one，9——nine（谐night），'一夜情'的意思。另外一种解释：419取的是发音的谐音，4，si，取谐音睡；1，yi，一般都念作yao；9，jiu，取谐音jiao，所以现在流行叫'睡一觉'为419。当然现在的意思更广了，一夜情也叫419，礼貌性上床也叫419……"

艾米莉笑骂着："你们在国内太开放了，新名词儿满天飞。"

一句玩笑，捅开了彼此扭捏的窗户纸。他们聊high了，天南地北，五花八门，不时爆出大笑。

邻桌换了人，一个中年男人背对着他们，正在给身边的年轻女孩灌输人生道理，唾沫横飞，振振有词："你想不想彻底改变自己，提升自己的能力，早日摆脱目前的状况呢？""社会不会淘汰有学习力和愿意改变的人，时代在飞速发展，学习是通往成功的唯一途径。只有不断强大自己，用知识武装自己，才能使自己强大起来，这才是解决所有问题的根本！你认同吗？"年轻姑娘带着崇拜的眼神看他，频繁点头。

符浩手指在唇边轻嘘了一下，提示艾米莉不要声张，二人安静地听着。

符浩站起来，把艾米莉没有喝完的咖啡倒进他的杯子，端着杯子站起来，走到艾米莉身后的邻桌。

中年男人抬头看到符浩，停下来，正要张口说话，被符浩的话堵住了嘴："李大师。"

中年男人脸色涨红："哎哟，符总啊，好久不见。有话好说，来，我们这边聊。"他正要站起来，符浩把一杯咖啡泼了过去，大喝一声："如果你再坑蒙拐骗，我扭送你去派出所。"

一时场面大乱。

困兽犹斗。这个词用来形容现在的贾阿毛，不，上海爱华集团董事局主席贾言，再合适不过了。其实这个词，准确地说，是张茂雨一手造成的。"这个小赤佬，"想到这儿，贾阿毛把牙咬得嘎嘣响，"让我堂堂混迹上海滩的贾阿毛遭受无妄之灾，让集团和自己陷入了如此困境。"

刚送走的是浙江同乡的债主吴仁天，贾阿毛在金茂大厦的办公室点燃一支烟，品尝着呛人的苦味儿。他曾屡次站在办公室的落地窗前眺望着奔涌的黄浦江，内心总是涌起成功自豪的澎湃激情。

此刻的窗外，游轮满载着各色游客在黄浦江的江心悠荡，一群灰色的小鸟在江上的天空中盘旋，变换着让人捉摸不透的阵形。

刚刚，吴仁天逼债上门，与贾阿毛几近决裂，多年的朋友关系面临绝境。

吴仁天也有难处，和众多浙江出口贸易商一样，他做薄利多销的刀具生意，前些年欧洲经济危机导致国际贸易订单大幅减少，生意举步维艰。

"识时务者为俊杰"。眼看着实体经济逐渐走下坡路，银行贷款年年增长，就没看到有几个子儿流进实业家的口袋，浙商们纷纷转向，浩浩荡荡地迈向房地产、金融、互联网以及令人眼花缭乱的团购、共享和物流等行业。最近，又兴起一波互联网金融风潮，特别是有一个专业名词儿"P2P"，叫得顺溜但听着害臊（谐音"屁吐屁"）。

吴仁天在四处寻找机会。当在上海开发房地产、打造上市公司，把生意做得风生水起的老乡贾阿毛找过来借过桥贷款的时候，手上有一些闲散银子的吴仁天，痛快地借了5个亿给他，利息比银行同期利息高四倍。在高利贷遍地的江浙一带，这种利息算是开"天恩"，吴仁天提出的唯一条件就是时机成熟，两家可以把相近的业务捆绑上市或进行并购。

商人借贷并不像江湖兄弟那样，上下嘴唇一动，大笔一挥，写一张支票给你就完事了。商人借贷，必须考虑担保。私人之间的借贷，在浙江民间流行，这是传袭多年的约定俗成。但是，经过一波又一波呆坏账的"洗礼"，这个民间习惯逐渐洗心革面。无论是谁，借贷多少，都得有担保。无论是质押还是抵押，需要借款人提供担保物，担保物条件比银行担保条件宽松多了。

贾阿毛一口应允了吴仁天提出的条件。吴仁天派出法务总监和财务总监去爱华集团调查，拿回一堆资料，他们分析后得出结论：爱华集团虚胖，业务庞杂，主业不清，高负债85%以上，单靠企业的销售回款远远不够，必须通过各种渠道融资。并且，银行贷款、公司债、房地产信托、私募资管、股权融资等均受到严格监管，融资成本高。他们忧心忡忡地跟吴仁天提议，能否再考虑一下是否借这笔钱。吴仁天问："全烂了吗？""那倒没有。""没有值得的抵押物？""有一个质押物。就是持有的木木股份。""就要木木股份质押。"紧接着，他们调查发现，爱华集团最值钱的资产是持有上市公司木木股份的股权，但这块资产不在爱华集团，爱华集团董事局主席贾言把这部分资产给分割出去了，从法律层面与之完全撇开关系。"为什么啊？""我个人估计是为了控制财务风险，一旦爱华集团遇险，那持有的木木股份可以有时间抽离卷走。"

吴仁天一听"卷走"这个字眼，就右眼直跳，心里哆嗦。这些年，经历过2008年全球金融危机，江浙一带尤其温州的老板们，跳楼的跳楼，跑路的跑路，一些家伙甚至直接卷资出逃，败坏了温州商人的名声。但是，不卷走又有什么法子呢？还好，自己经营的业务，虽然谈不上全球第一，但在国内出口这块儿排得上前几名，自己也在中东、非洲和东南亚地区称得上一号人物，这辈子绝不能与卷资出逃扯上关系。

法务总监说了半截，就直奔主题。"从安全起见，我们需要贾总以持有的木木股份进行担保。"

吴仁天瞄上木木股份这块肥肉，而贾阿毛最初并不同意将它作为质押物给吴仁天。

贾阿毛盛情邀请吴仁天到金茂大厦的办公室，他们选在靠窗的视野开阔的阳台上喝茶。他对吴仁天说："吴老弟啊，我们民间借贷最大优势是什么？就是灵活，快捷，没有银行贷款那些婆婆妈妈的事儿。银行贷款，不管多少，都得准备一摞又一摞材料，一时半会儿还审不下来。项目特殊的话，还要申请额度，折腾来折腾去，机会就晃过去了。我们做生意的，时间窗口很重要，这东西说没就没，借钱就没多大意义。其实不瞒你说，我持有的木木股份，即使按照市价打对折，拿到券商和银行那儿质押贷款，也能贷回来，利息还比较低。这不是怕麻烦吗？而且，我们未来还能大合作，还有那么多房产可以抵押。老弟再换换担保抵押物，矿产、地产，随便你挑。至于木木股份嘛，打算未来不着急要钱的话，还可以拿去金融机构质押，应个急，得备好几条后路。"

如果不是看到推门进来的助理添茶水，贾阿毛的这番话差点儿让吴仁天喷出一口水，不是笑喷，而是怒喷。他心中极大不快：啥意思？你给自己准备几条后路，谁给我准备后路了？你把稍好的资产留给银行和券商，以备应急之需，那我是什么？是刀俎，是鱼肉？我钱借出去了，我就没有后路了。大滑头啊！

但毕竟大家都是有身份的人，吴仁天并没有一言不和就对贾阿毛挥拳相向。

瘦高的吴仁天喝了一口茶杯里的茶，放下茶杯，盯着贾阿毛说："贾总说的也有道理。那这样，你再考虑考虑？"

贾阿毛听了内心惶急，他一激动就右眼抽动，眉毛上下抖着，右手五指回勾。"兄弟啊，这可开不得玩笑的。不能再考虑了。时机不等人啊。"

吴仁天伸出五指，在空气中晃了晃。"5亿，不算多也不算少。贾总，我这钱也不是大浪打来的，我们借贷出去首先要考虑安全，能否收回来。当然了，不是对你不相信，而是我们对房地产和矿产这方面不熟悉，公司股东也看不懂，我总得给股东们有一个交代吧。"

吴仁天停下，盯着还在抽搐的贾阿毛。待贾阿毛的抽动逐渐缓下来，他不容置疑地说："如果贾总确实想借，我还是坚持那条提议，以持有的木木股份进行质押。"

贾阿毛的目光越过吴仁天的头顶，投向窗外的黄浦江。这是一条神奇的江，曾经有多少人被迫无奈跳江，"跳黄浦江"一度成为一道咒语。天无绝人之路，岂能去投黄浦江？

其实，贾阿毛心里清楚，如果能顺利质押木木股份从券商和银行贷款，他早就这样干了。房地产不景气后，自己上了银行系统的黑名单。虽说木木股份的股权被剥离，已经属于银泰控股，且法人易人，从表象而言，这些与自己没有法律关系了。但是，银行负责信贷的家伙们都是粘上毛比猴子还精的人物，三下五除二就能轻易查出端倪。前不久，一个小型银行的支行行长在饭局上，假惺惺地提议把木木股份给质押，做一个反向质押贷款还款，先贷后还。哼，这帮家伙想打什么算盘，贾阿毛心里门儿清，他们怎么会轻易给他放贷呢？质押了木木股份的股权，前脚放贷，后脚收贷，银子在手里还没焐热，甚至都不过手，在银行系统内部转一转，就没了。谁会上这个当呢？

好吧，既然吴仁天瞄上这个，那就质押给你，只要给我真金白银就行。

贾阿毛收回目光，略做为难状。他的抽动又激烈起来，抖出节奏了。包括吴仁天在内的朋友、老乡们都知道他这个病，对，是一种病，虽然他自己认为是小恙，不值一提，但他人看在眼里还是着急。贾阿毛端着茶壶抖动着，茶水在茶壶中晃动着，可他执意要给吴仁天添茶。吴仁天要接过他的茶壶，被他制止，说："我必须亲自给吴总添茶，关键时刻不出卖朋友、不冷落朋友、不逃避朋友的，都是真朋友。"

贾阿毛的抽动停止了。他端起茶杯，跟吴仁天碰杯说："就这么定了，你要木木股份质押那就质押，我只有一个要求，就是要快。"

欲速则不达。谈妥了关键条款的吴仁天回去安排部门签约，法务和财务两部门却给他报告说，他们在对爱华集团公司的尽职调查中，发现持有木木股份的股权公司银泰控股历史并不干净。吴仁天恼了，咋没有早查出来呢？法务总监不语。

当然，吴仁天也明白，问题提前发现比事后追责更重要。他们开始追溯，最终把担保标的物锁定同欢科技，这是一家纯持股干干净净的壳公司。根据此公司间接持有的木木股份，按照实时市值，打三折。

他们是在贾阿毛办公室签署借贷手续的。唯一的小插曲，就是签字完毕后吴仁天的一个举动。他直接将同欢科技的公章、营业执照、税务登记证、组织代码等一系列证章材料装进一个牛皮纸文件袋里。这是签字之前他对贾阿毛提出的一个额外要求。贾阿毛为了银子尽早、无障碍地到账，只得同意。吴仁天跟贾阿毛握手说："希望贾总理解，我们也是不怕一万就怕万一，好歹也是5亿真金白银，我们之间拆借，也是先小人后君子，我们总得对股东们有一个好交代，对吧。"

"理解理解，当然理解。"贾阿毛宽慰吴仁天说，"特殊事情要用特殊方法，我不仅理解，还支持。感谢老弟在关键时刻伸出援手。"

过桥贷款到期后，协商延长了三次。待再次追讨欠款时，吴仁天他们发现同欢科技间接持有的股份被变卖，金科投资股份易主。这一切，全部是张茂雨暗通款曲，监守自盗。贾阿毛也是在张茂雨东窗事发后才知情。

半个月前，双方谈判不欢而散。吴仁天逼着贾阿毛变卖房产以及一切可变现资产来抵偿，尽职调查半天，他发现贾阿毛几乎所有的房产，包括金茂凯悦的办公室全部被抵押了。

吴仁天震怒。无论贾阿毛如何解释，均不得效果。吴仁天大骂贾阿毛是个骗子。

一天早晨，贾阿毛去上海松江楼盘——那是开发了两年多的大商业楼盘，倾注了贾阿毛大部分心血，他一度想着借此打一场翻身仗。车子开到距离楼盘五百多米时，他听到一群人在有节奏地呼叫："爱华集团，骗子！贾阿毛，还钱！"

贾阿毛觉得这简直是侮辱！怎么会发生这种事情？自己开发房地产多年来，很少因住房和商铺质量或其他问题遭遇集体声讨。当然，偶尔碰上一些刁蛮的业主客户，也基本能与他们和解。没办法，在消费主权意识爆棚的当下，就是万科这样的一流品牌商也难保金身不破。

贾阿毛电话打给现场的经理，问出了什么事情。经理就在现场，电话声音嘈杂，隐约听到是一群讨债的人在呼叫，跟房地产无关。

司机把车子停在距离楼盘二百米的地方，数棵梧桐枝叶繁茂，因是初秋，大叶尚未掉落，有着很好的遮挡性。贾阿毛要下车查看究竟，司机不让他下车，避免出现意外，于是便自己下去察看。贾阿毛只好坐在车上，摇下车窗的时候，他整个人傻了。

示威呐喊的群众打着数条巨幅横幅，一条写着：欠债五亿，白纸黑字！一条写着：资不抵债，骗人骗鬼！一条写着：远离爱华，声讨贾阿毛！

他脑袋"轰"的一下，顿时空白。

吴仁天竟然干出这种事！

他掏出电话就给吴仁天打过去，对方手机关机。他又拨打吴仁天法务总监的电话，对面传来忙音。拨打吴仁天财务总监的电话，铃声响了一声就被掐掉了。

他把手机狠狠地摔在座位上。

司机跑过来，看到老板右手五指勾起，右眼抽搐，生生把要汇报外面情况的话咽了回去，一时无措。

贾阿毛抖动着、喘着粗气问："什么情况，多少人？"

司机老老实实回答说："大概二百多人，各种口音都有。根据我的判断，这是专业讨债公司干的。贾总，我们掉头回去。"

如果没有特别的应酬，贾阿毛必须回家陪父母吃晚餐。早些年，孩子还很小，父母在老家没有跟过来，他每天在外打拼，去各类应酬，几乎错过了孩子的成长。他曾经读过孩子的一篇日记，那是孩子上小学三年级时，刚开始学习写作文写的。那天他夜里11点才回家，老婆一直在客厅等着，一声不响地递给他一篇作文，说是儿子写的，上面是儿子那歪歪扭扭的稚嫩字体。他刚读前几行，眼泪"哗"地就下来了。"我的爸爸是个忙人，整天在外面做生意。我早晨起来吃完早饭上学，爸爸还在睡觉，妈妈说不要打扰爸爸；晚上上床睡觉了，爸爸还没有回来。上幼儿园时，从小班到大班，爸爸送我5次，接我3次；上小学后，爸爸送我2次，接我3次。于是，我总是盼望周末，因为爸爸答应周末陪我去野生动物园看大象、熊猫，还有大狮子。可是，我等啊等，好不容易等到一个周末，爸爸终于有空了，结果奶奶生病了，爸爸又买了机票赶回老家看奶奶了。爸爸，什么时候您不再忙了，陪我去野生动物园，好吗？"正值事业打拼期的贾阿毛还是没有做到经常陪孩子，孩子有知心话几乎都是跟妈妈讲，以致跟他无共同语言。正因如此，贾阿毛送孩子去海外留学后，就把父母接到身边——错过了陪伴孩子的成长，再也不应该错过对父母的尽孝。

贾阿毛从松江楼盘回到公司，憋着一天的委屈。晚上，贾阿毛取消了一个并不重要的饭局，回家陪父母吃饭。

这天半夜，贾阿毛夫妇突然被惊醒，只听见窗玻璃哗啦啦的被重物撞击的声音。贾阿毛赶紧起来穿衣，他发现一层阳台和客厅的玻璃都碎了，碎玻璃撒了一地，三颗尖锐的石头从玻璃裂口滚了进来。

全家人都被刺耳的玻璃碎裂声惊醒，纷纷聚到客厅，此刻的气氛十分凝重和紧张。贾阿毛的父母都是浙江农村的老实人，哪里见过这种场面？年近八十的父亲颤颤巍巍地在客厅里走来走去，不停地问贾阿毛："是不是得罪人了？我们要做踏实生意，和气生财，欠债还钱，冤家宜解不宜结。"

太过分了！讨债追讨到家里，竟然惊吓到父母。贾阿毛满腹愤懑，却不能在父母面前表现出来，只能竭力装作若无其事的样子。他当然猜到了幕后黑手是吴仁天。

他选择了报警。

否极泰来。愁眉不展的贾阿毛接到邬之畏的通报：张茂雨就躲藏在北京。

贾阿毛只身一人赶赴北京。他夹着手包从机场出来，跟随着客流，脚步匆匆，一眼就被戴志高认出来了。

戴志高带着贾阿毛去停车场。贾阿毛说："听说你们找到了张茂雨？"

"对啊。"

"小赤佬！找到他，我要把他千刀万剐。"

"是，绝对要严惩。"

"现在人在哪儿？"

"躲在房间里，不出来。"

"还没抓着？"

"有难度。但可以办。"

贾阿毛想着什么，冒出一句："那不是老鼠吗？"

"老鼠？是的，就是老鼠。"

"一只硕鼠！吃里爬外。对了，还有一个叫凌薇的，是不是跟他在一起？"

"是有个女的，有点儿姿色。"

"她曾经是我的助理。"

戴志高用同情的目光看着他。贾阿毛走在人流中，不仅泯然众人矣，更悲哀的是，他曾经身价连城，如今却一贫如洗。幕后下黑手的人不但窃取了他的家财，还带走了他的漂亮女助理。

戴志高想着，忽而心里有着奇怪的偷着乐的快感。虽然，女助理跟他毫无关系。

贾阿毛读懂了戴志高这个年轻人投过来的眼神。那眼神里绝对没有同情两个字，而是带着嘲讽和幸灾乐祸。如果不是有求于邬之畏，他压根儿不想认识戴志高。人在屋檐下，不得不低头。戴志高感觉不对，也赶紧解释："不是那个意思，现在这个地步，生死存亡，我哪儿有那个心思？贾总，我是想说，这小赤佬，怎么就不学点儿好呢？你那么信任他，他竟然背后捅刀，下手还挺狠！"

"识人不慧。"

他们坐上车，戴志高亲自驾车，贾阿毛坐在后排。贾阿毛带着羡慕的语气说了一句话，既恭维了戴志高又奉承了邬之畏："如果我能有邬总这么好的福气，就心满意足了，身边有这么一个忠心耿耿的年轻人。"

贾阿毛是第一个进入顶天集团紫光室的外人。他跟在戴志高身后，戴志高把眼睛对着虹膜门禁眨了眨，门随即打开，展现眼前的偌大空间，像一个军事作战室，设备设施齐全。邬之畏从褐红色的牛皮沙发上起身，跟随他一起站起来的，还有一位高个头的年轻人。

邬之畏迎接贾阿毛，拍拍他的肩膀说："这段时间辛苦了吧，不要紧，一切都快有着落了。"

贾阿毛面露喜色，这是最近听到的唯一一个好消息。其实，他知道，自己要找到张茂雨，也不难。如果不是那帮老家伙帮衬着这个小赤佬，把当年为了上市的污点材料交给这个人，与他狼狈为奸，自己岂会落到这种地步？现在真是前进不得，后退无路。

贾阿毛点点头客套地说："辛苦八哥了，我们做生意的，不怕辛苦，只要心不累就行。"

贾阿毛跟随邬之畏在沙发上坐下，抬眼打量着这间摆设有些特别甚至怪异的房间。

戴志高插话说："贾总，这是我们的机要室。之前，从来没有哪个老总踏入过。"

"哎呀，感谢八哥对鄙人这么信任。我也听过传闻，这就是八哥的南书房吧？"贾阿毛再次向四周打量着，嘴里赞叹着。

邬之畏说："嘿，那是江湖朋友抬举而已，这里就是一个谈事的地方。先说说你那边的情况。"

"唉，别提了，焦头烂额，苦不堪言。"贾阿毛开始诉苦，把最近发生的与吴仁天之间的纠纷，以及这些天的遭遇一五一十地说了一下。

"你怎么会这么狼狈？"贾阿毛正诉着苦，邬之畏冷不丁地问，"你所有资产都被抵押、质押了？"

"像我们这些做房地产的，难道还有别的招？都扔进去了。"贾阿毛摊摊手，低首叹息，"现在唯一有市值的就是木木股份那点儿，不是被那张茂雨窃取了吗？我现在就指望这个了。"

邬之畏和符浩对视了一眼。

符浩旁敲侧击，说："贾总名震上海滩，瘦死的骆驼比马大，岂能被这些小挫折打倒？"

贾阿毛见符浩和戴志高年纪相仿，气宇不凡。这是谁呢？他只听说过跟随了邬之畏多年的戴志高，没有听说过第二个人。

他正疑惑着，邬之畏简明扼要地介绍："这是符浩，就叫他浩子，我们的合作伙伴。当然，顶天集团转型金融，他是主导者。"

符浩说："邬总过奖，主导者当然是您，我和戴总只是执行者，并且，我是敲边鼓打酱油的。"

戴志高插话说："呵呵，符总太谦虚了。难得一见。"他转头跟贾阿毛补充说，"我们都叫他浩子，不是老鼠的'耗子'，北大数学系高才生，我们最近收购的保险公司股东，也是合伙人。"

贾阿毛冲着符浩说："幸会幸会。"

符浩表示了谢意，他主动把话题拉到正题。"言归正传，听说松江一个商超项目现在开盘了，现金流应该不成问题。"

贾阿毛双手一摊。"僧多粥少，身后排队都是各种要钱的，几个楼盘都塞不满啊。"

"怎么会是这种光景？"邬之畏百思不得其解，"新楼盘不是开了吗？我们还想请贾总给想个办法，搞个过桥借款，把我们的燃眉之急给解决了呢。"

贾阿毛表现出吃惊的样子。"八哥也有燃眉之急？"

"哈哈，阿毛兄弟这话说的，好像八哥有三头六臂，从不会闹饥荒似的。我也是人，也是地产商，怎么会不缺钱？"邬之畏拍着坐在身旁贾阿毛消瘦的肩膀说，"关键是，我们刚收购颐养保险，花费不菲。国有资产嘛，谈判价格非常艰难，盘子又偏大，一时手头资金紧张，年关难过。"

贾阿毛一听借款，心里就不踏实，目光游移，神情有些恍惚，表现出一副无可奈何状。他说："八哥，如此说来，只有一件事情可以做，必须做，全力以赴地做——抓获张茂雨。只要逮住了他，让他把黑我的钱分文不少地吐出来，我们大家的日子就会好过了。"

贾阿毛这番话，直接让他陷入更大的困境。一段时间后，贾阿毛回忆这次会面，懊悔不已：如果没有这次面谈多好。

在邬之畏听来，贾阿毛这是想一毛不拔，以低成本来谋取最大的收益。低投入高产出，这是商业的本质。不幸的是，邬之畏从未想过，这套逻辑会套在他身上。

符浩观察到，当贾阿毛说了这番话，邬之畏面部表情有些僵化，一朵盛开的花儿在那张慈祥的弥勒佛般的脸上逐渐枯萎，笑容像日落西山，慢慢滑落，消失。

邬之畏咳嗽了一声，恢复了常态。他不动声色地问："亲兄弟明算账，要找到张茂雨，不难；要他把吃进去的东西原封不动地吐出来，不易。这是需要花费大工夫，需要代价的。"

贾阿毛右眼开始抽搐，五指如钩。符浩目睹了这番情景，本想踏步向前，却被戴志高的眼神制止。他是首次见到传说中的"贾阿毛躯体特征"。

贾阿毛没有注意到符浩吃惊的表情，他全部注意力都在邬之畏的表情上。他脱口而出："如果这笔钱能要回来，我给八哥回报不少于5%。"

"追讨回款的5%？"邬之畏瞪着眼。

"不是，没有套现的股份的5%。"

邬之畏收回瞪着的目光，沉默了。他使了一个眼神，戴志高赶紧起身从办公桌上抱过来一堆资料，堆在茶几上。他指着材料对贾阿毛说："任何事情都没有那么简单搞定，即使我们有牛老师做后盾，也得做大量工作，牛老师也只是在关键时刻出面一下。再说，牛老师这个位置上的人，能随便替企业出面吗？如果爱华集团是国有企业，地方政府出面邀请，他还可以名正言顺地出来替你讨个说法。"

贾阿毛频繁点头说："那是那是，哪儿那么容易啊？"他站起来，凑上去，翻看着资料，心里慨叹，这帮人真厉害，什么拐弯抹角的资料都搞到了。他此刻的赞叹是由衷的，"没想到八哥在这么短时间里，做了那么多工作，小弟真是感动啊！"

贾阿毛向邬之畏双手抱拳作揖。

邬之畏说："我们设计了三套方案，根据事态发展一级一级地向上提……"他沉吟片刻，"最后是否到达牛老师那一层，我们走着看。"

贾阿毛明白，层级越高，所花费的成本越高。对他而言，抓住老鼠就是好猫，逼迫张茂雨吐出来那笔钱，同时又不会狗急跳墙，反咬他一口，就是完美。这些利害关系，他盘算了很久。也正因为如此，自己无法亲自动手，通过第三方搞定，搞痛张茂雨，让他既受到惩罚，同时又不敢轻举妄动，这就是最大的胜利。

贾阿毛说："那就有劳八哥和诸位了。"他向戴志高和符浩点头示意。

他们闲聊了一些细节，关于张茂雨的个人特征，比如做事是否谨慎，胆识如何，欲望多大，为何长着反骨……贾阿毛说起这些来，有点儿杨白劳痛诉黄世仁的意味。

贾阿毛告别时，再三跟邬之畏强调说："八哥，放心，只要把张茂雨逮住了，我必会重谢您，我心里有数。"

邬之畏不置可否地笑笑。他伸出右手，张开手掌，在贾阿毛面前一晃，旋即收拢五指，轻描淡写地说："一只猴子逃不出我的手掌心。"

他们一起送贾阿毛到电梯口。上了电梯，戴志高下去送他，贾阿毛按着开门键，没让电梯门立即关上。他对着电梯外的邬之畏说："等这些事情料理好了，我就要到新西兰去。岁月不饶人，现在的世道都变了，做得越来越累。这把年纪要做减法，孩子研究生毕业要留在新西兰，怎么游说都不愿意回来。我们这辈子多少有点儿家业，这帮孩子却不乐意继承，非要做学术研究，还谈了一个白人女朋友。"

电梯门逐渐合拢，贾阿毛长叹一口气说："做生意太累。"

此刻，紫光室里只有邬之畏和符浩二人。傍晚的天空变得十分辽阔，符浩站起身拉开窗帘，霞光透过偌大的落地窗玻璃射进来，他情不自禁地微眯着眼。

一架客机在天空掠过。

邬之畏坐在沙发上一言不发，脸色阴沉。

符浩转身回到沙发副座上，看到邬之畏微闭着眼，手里拿着一串褐红色的桃木念珠在一颗一颗地数。

顶天集团虽名声在外，但负债率高，甚至可以说资不抵债。除了邬之畏老家的地方小银行没有追讨还贷，其他商业银行不仅不给予增量贷款，还追讨欠贷，四大商业银行直接把他的集团公司，旗下形形色色的子公司、孙子公司全部列入禁止贷款的"黑名单"。

邬之畏收购颐养保险公司，以空手套白狼的手段打了一场便宜的股权战争，他还把大型国企首大集团的董事长老魏送进了监狱，从而占据了第一大股东的位置：一家地产公司有望成功转型类金融公司，向打造金控帝国迈出了第一步。糟糕的是，此一战下来，邬之畏却欠了一屁股债，如果不在协议约定的日期履约支付最后一笔6亿的收购股权支付款，则会发生严重的后果，甚至之前费尽心机夺取的成果有可能会前功尽弃。

这一切，几乎源于符浩的倡议。自然，他也脱不了干系。

"你调查清楚贾阿毛的实际资产情况了吗？"邬之畏问。

符浩略一沉思，肯定地说："净资产不错，就是现金流吃紧。他在温州的出口业务增长良好，房地产业务虽不景气，但松江商业地产项目不亏。整体而言，他比我们强，算是瘦死的骆驼比马大。"

"这就有些滑头了，他没有对我说实话。"邬之畏冷冷地说。

"这很正常。他不是还拖欠着他温州朋友几个亿借款吗？听说那位债权人逼得他坐卧不安。"符浩说，"一文钱憋死英雄汉。"

"他还是英雄？一个撞了狗屎运的书生而已，咋呼得厉害，实际一碰就软。"想起当年木木股份上市不久，贾阿毛求助邬之畏处理一桩事，邬之畏就判定贾阿毛这类读书人是外强中干。

"告诉小戴，这个张茂雨无论是什么货色，无论采取什么手段，一定要逮到。"

邬之畏面露狰狞。

符浩心里"咯噔"一下，他预料到邬之畏打的是什么主意。他愈加担心自己过早猜中了邬之畏的心思。

邬之畏此刻的神情，在他们收购颐养保险受阻时，就流露过。随即，老魏被举报，查实后很快就被带走了。戴志高曾经无意中说过，邬老板就是山中大王，老虎一发威，森林就要遭殃。他信口说的几个例子，就已经让符浩心塞。

符浩曾经随口问过："有必要如此吗？"

当时邬之畏回应他："商场如战场，你们也就口头说说而已。你们谁上过真正的战场？我告诉你们，什么是真正的战争，什么是真正的战场。是你死我活，是血淋淋的，是残忍的，是有你无我、有我无你。"

当时符浩对这段话无感。毕业以来，他顺风顺水，赚钱轻松，完全没觉得商场有邬之畏所言的那么惨烈、残酷和非人道。

只是，再次看到邬之畏这副狰狞的表情，符浩心里不禁紧了一下。

"我们是不是狠了点儿？"符浩有些于心不忍。他建议动作不要搞得太大。一旦大了，必然会引发后遗症，不好收场。

邬之畏不同意。"生意场就是零和博弈，不是你赚他亏，就是他赚你亏。活命要紧。"

然后，邬之畏敲打着符浩："老弟啊，切忌有妇人之仁。想想我的二哥，还有我的九弟，他们是怎么死的，就是不时有妇人之心。成大事者不拘小节。你是读书人，是文化人，应该比我懂得多，历朝历代，哪一次改朝换代不是建立在累累白骨上？家国如此，做小生意也同样如此，万变不离其宗。"

符浩摇摇头："一招不慎，满盘皆输。"

"对嘛，具体方式你们考虑，我只要结果。"邬之畏微微一笑。

戴志高送走贾阿毛，推门进来，就听到邬之畏说他只要结果，戴志高立马接口说："我知道他现在在哪儿，绝对能逮住他。"

符浩摇摇头，说："不可鲁莽。"

邬之畏一听就脸色发绿。"你要逮住谁？你凭什么逮人？我们是要搞定，是搞定合作。跟我这么多年了，还那么糙，莽莽撞撞，你要跟浩子学学，多动脑子。"

戴志高被邬之畏一通劈头盖脸地数落，有点儿发蒙。他吞吞吐吐地辩解说："我知道是啥意思，只是，表达急了些而已。"

邬之畏和缓了一下气氛。他问二人："你们想好了谈什么吧？"

符浩说："明白。"

邬之畏轻吁一口气，说："那好，我们这盘大棋能否走下去，能否走一局好棋，这个人是关键的一粒棋子。我相信，东边不亮西边亮，办法总比困难多，车到山前必有路。"

他干笑着。"我年近半百，哪次不是绝境重生？"

然后，他恢复了那笑容可掬的弥勒佛式的尊容，目送符浩和戴志高离去。

符浩去赴艾米莉的约。车子行驶在长安街上，他忽然有种要流泪的感觉。

与邬之畏结盟后，虽然搞定了一个大项目，但做人的底线在逐渐下移。车子从国贸上了长安街延长线，遇到绿灯开启，符浩一脚油门，风驰电掣一般，行驶了200多米，然后速度又慢了下来。长安街上红绿灯多了些。他忽而有一种错觉，渐渐地，他眼睁睁看着那颗血红色的心，滑向了一个黑黢黢的不可见底的深渊。

纸 金 时 代

第六章

莎翁预言

其实，锁定五公里范围，获知张茂雨在北京，这个情报贾阿毛早有了解。回国后，他没有坐以待毙，没有束手就擒，更没有忍气吞声，他不能让这个小赤佬如此痛快地得逞。他也找人研究，搜罗信息，也委托了私家侦探，查到张茂雨哪儿都没去，而是回了北京，并且也查到了他所在地址的范围。他们还查到张茂雨不是一个人，身边还跟了一个女人。贾阿毛根据他们提供的稍显模糊的照片，确认那个女人是自己曾经偏爱的女助理凌薇。

贾阿毛手握着照片，狠狠地咬着牙，有种打碎牙齿吞进肚子的沮丧感。半年前，凌薇提出辞职，说回老家照顾父母。她是独生女，实在不忍看着衰老的父母在小城孤独度日。肥胖的母亲有老年痴呆症的前兆，有一次她去菜市场买菜，竟然找不到回家的路，把高血压的父亲吓得四处寻找，给她打了二十多个电话。忠厚老实的父亲在电话中号啕大哭，把她的心都哭乱哭碎了。直到傍晚，派出所警察才把母亲送回家。贾阿毛动了恻隐之心，只好在辞职申请上批示，他提议凌薇可以把父母接到上海松江住，上海是国际都市，医疗条件好，他们可以得到更好的医治。凌薇感动得噙着泪，嗫嚅半天，似乎有话要说，但最终一句话都没有说，只是给贾阿毛鞠了一躬就离开了。

那时，贾阿毛并没有意识到这个鞠躬代表什么，代表感激还是愧疚？当他拿到私家侦探公司提供的照片，顿觉身上又挨了一刀。这个张茂雨啊，不但伸手偷了他的银子，还偷走了公司的女人。

那又能怎么样呢？张茂雨手握"杀器"，随时可以要他的命。贾阿毛经商这么多年，开发房地产也算是在刀尖上舔血，从刀山火海上滚过来的。当他面对张茂雨这个滚刀肉的时候，他也束手无策，不敢轻举妄动。

向邬之畏求助，或许是不得已而为之的办法。他知道邬之畏的狠劲儿。虽然自己戴着副眼镜，被人奉为儒商，奉为知识分子，是老家知识改变命运的典范，但遇到关键时刻，他发现，知识越多的人越懦弱，瞻前顾后，畏首畏尾，总是狠不下心来，也不敢狠啊。邬之畏则不一样，这位人人口中的八哥，从底层摸爬滚打出来，似乎通吃白道黑道。当年他的办事能力是经过验证的。

木木股份上市之前，贾阿毛和他的小舅子关系还不错，贾阿毛能够掌控局面，小舅子听他的。为了顺利上市，贾阿毛出面四处打点，其中就有小部分股份是用来打点官员的。那么，此时就遇到一些问题，这些不能上台面的大人物，怎么持有股票？当然是代持。代持也是有艺术的，有的直接让董事长和第二大股东或持有5%股份的股东代持。但是问题来了，一般而言，为了成功上市，持有5%以上股份的股东都会承诺上市后三年之内不能减持，这些需要写进招股说明书里。这是自然，那些大人物怎么会陪你坚守到三年后？大部分都想上市后立刻套现了事。这时候就需要一些其他人代持，员工、七大姑八大姨的，同学或者好友。这些都是心照不宣的秘密，无论监管部门几次下发禁令，这些状况都像打不死的蟑螂，生命力旺盛，可谓防不胜防。贾阿毛七七八八安排了差不多后，还有一部分股票没有找到合适的人代持，他想到了自己的发小：中学同学罗旺志。罗旺志为人厚道，但凡过年回老家，贾阿毛就会单独叫上他，在小县城的饭馆喝上绍兴黄酒，就着花生米、茴香豆、炒黄豆和腌制萝卜条，吃得有滋有味。虽然他们两人一个是房地产老板，一个是电工，地位悬殊，却也无疏离感。罗旺志有一手电工好活儿，经常在广东、北京、上海和西南等地方打工，他到赫赫有名的汇富大厦应聘电工时，他的独子在这座城市上高职。这样的普通人，一辈子勤勤恳恳，从人品、熟识程度、可靠性、保密性几方面来看，代持股份再合适不过了。贾阿毛在电话跟罗旺志一说，只是借用他的身份证，他一口应允。罗旺志还幽默地说："你这么大的一个老板，总不至于拿我的身份证去干违法犯罪的事吧，拿去，随便用。"

十七世纪初叶，一个叫莎士比亚的英国人在戏剧《雅典的泰门》中写了一句经典的台词："咦，这是什么？金子！黄黄的、发光的、宝贵的金子！

不，天神们啊，我不是一个游手好闲的信徒；我只要你们给我一些树根！这东西，只这一点点儿，就可以使黑的变成白的，丑的变成美的，错的变成对的，卑贱变成尊贵，老人变成少年，懦夫变成勇士。"是的，金钱不仅可以使懦夫变成勇士，也会让一个老实人变成贪婪的赌徒。想起这段经典台词的时候，贾阿毛发现事情已经失控了，他的发小，电工罗旺志不可思议地疯了。

木木股份上市大半年后，股价大涨，成为创业板一只妖股，股价突破250元，声名大振，而罗旺志代持的那份股权市值突破一亿多元。一天傍晚，这位憨厚的电工闲来无事，和宿舍炒小股的工友聊着股票。他突然想起木木股份，随口一问，这位自诩为老股民的工友便在手机上点开木木股份的股市情况，发现股价一个劲儿地暴涨。工友说："这是今年的大妖啊，你也炒了？要是你炒了，操作的点位好，那就发大财了。我和你说，今年炒这木木股份的，就像十年前买房子，咋整都发财了。"罗旺志信口说，哪有钱炒股，他认识这个公司的二老板。工友嚷着让他搞点儿内幕消息，现在能不能进，还能涨多少。不久后的一天晚上，他拿着一个脏兮兮的计算器计算着，盯着计算器上的九位数字，他忽而心跳加速。他住的集体宿舍，除了闲时沉迷炒股的工友，还有两位，一个门童，一个做食堂的小工，他们来自五湖四海，都是出来谋生计的。那晚，他出去溜达，站在酒店门口，看着对面高架桥上车水马龙，高楼大厦楼顶上的广告牌霓虹灯闪烁，这个中年男人觉得眼睛一热，热泪涌了出来，顺着脸颊往下淌。他走到马路边上，一会儿蹲着，一会儿坐着，心情烦闷。抽完两包红塔山香烟后，他把烟蒂丢了一地，最后一支烟抽了半截就丢在地上，用脚狠狠踩上去，还踩着烟蒂在地上磨了磨。随后，他站起来，把自己隐没在霓虹灯光线照射不到的地方，他用山寨手机给贾阿毛发了一条短信：阿毛，我三天没睡着觉，实在扛不住了。今天就打开天窗说亮话吧，那些股份我不打算给你了。你们都身价几十亿，不在乎这么一个零头吧，对不对？我还是打工仔，年近半百，一万块钱都对我有诱惑力。我知道你会骂我无赖，如果被骂无赖能换回这么一笔钱，我也觉得值了！如果你打官司，我就去举报，我查过资料，创业板上市之前大股东股份被代持不披露，是违法违规，你想想后果吧。当然，我知道你野路子广，如果你想走黑道，我就立马跑路，消失掉，就是花大价钱偷渡我也愿意，这笔钱对我实在诱惑太大！

收到这条短信时，贾阿毛正在一个饭局上提酒敬了一位退休的区长。这位区长在位时邀请多次都不出来，现在他终于退休了，可以出来吃顿饭。贾阿毛敬酒完毕坐到座位上，正在兴头上，就看到放在餐碟旁边的手机收到一条短信。他点开看完脸色就变了，顿时一阵抽搐，脱口而出："娘希匹！"

满桌陪客，包括这次饭局的主贵宾，都不约而同地放下碗筷，看着他。势头正蒸蒸日上的贾阿毛何尝受到过这种威胁？更何况对方是自己百般信任的发小。他有些胸闷气短，右手五指勾着，随即起身走到一旁，直接用左手拨通了罗旺志的电话，压抑着愤怒说道："你到底想干吗？"对方一言不发，直接挂掉了电话。贾阿毛怒不可遏，扬起左手，把手机狠狠地砸向牛皮沙发。

他完全失态了。莎士比亚在《雅典的泰门》里讲的是一个悲剧，讲述了雅典贵族泰门，由于乐善好施，许多人乘机前来骗取钱财，后来导致其倾家荡产，朋友们纷纷弃他而去，最后在绝望中孤独地死去的悲剧。他贾阿毛怎么可能落得这样一个结局呢？他是凭自己的能力吃饭，又不做慈善，也没多少交心的朋友，为什么会出现这么一个局面呢？

他的小舅子听了这个消息头也炸了。小舅子数落姐夫识人不慧，好歹是一个知识分子，还是一个老板，上市公司第二大股东，咋会被一个没学历的电工给骗了呢？这事儿一旦被捅出去，后果不堪设想。蝴蝶效应，蝴蝶效应，懂吗？贾阿毛被小舅子数落的时候，他也在心里暗骂着，小赤佬！事情既然发生了，还得想办法解决。既要讨回钱款，又不会让对方举报，他们费尽心思。最后，在一个同行的指点下，他找到汇富大厦的老板，也就是邬之畏。

此时邬之畏北上京城，大展宏图，在圈子里混得也是风生水起。大家都是做房地产生意的，彼此早就有所耳闻。只不过是"只闻楼梯响，不见人下来"。邬之畏从不随意离开顶天集团总部所在的斗牛大厦，也不接受媒体采访，十分神秘。即使偶尔在某个场合逮住邬之畏，他递来的名片上也只写着名字和邮箱，没有单位、职务、手机号和地址，简单得过于傲慢。如果要结识邬之畏，还必须得熟人介绍，一般来说，这个熟人还得从中捞点儿介绍费——这是公开的秘密。曾经有人不屑，不就是一个盖房子的吗？当年也是穷兮兮的，在西南盖汇富大厦时还欠了一屁股债，嘚瑟啥啊，见个面还得预约，得引荐，我们哪个不是地方座上宾，个儿顶个儿的？坊间关于邬之畏的传闻很多，贬多于褒。不过，贾阿毛初识邬之畏，对他顿时有了好感：他是个仗义的纯爷们儿！

贾阿毛北上京城，找到邬之畏，说明来意。邬之畏听完就说，这个罗旺志辞职了。他在贾阿毛一脸愣怔的时候，平静地说了一句话："你回去等消息吧。"

罗旺志把钱给吐出来了。他在电话中对贾阿毛哭诉："你怎么能找邬老板？你好狠！"

然后，罗旺志主动与木木股份的财务取得联系，顺利办理了变更手续。不过，作为履行变更的条件之一，罗旺志获得了一千万报酬，他拿着这笔钱，让儿子退学，带着老婆孩子，移民到了澳大利亚。自此，贾阿毛再没见过罗旺志，即使是偶尔回到小县城。此后，再没有在小饭馆喝几杯小酒、聊聊往事的温馨场景，他已了无兴致。

至于邬之畏究竟采取了什么手段，让罗旺志乖乖就范，贾阿毛一直不得而知。不过，他隐约能猜到，邬之畏他们肯定是用了非常规手段，从罗旺志乖乖回来办理变更，还有那副战战兢兢的神态中就能看出来。

"人不能两次踏进同一条河流"，这是古希腊哲学家赫拉克利特说的，所谓"一切皆流，无物常住"。小知识分子出身的贾阿毛，日常喜欢读一些名人名言，代持事故发生后，他没有想到，这句名人名言没有让他长了智慧。他感叹自己是在一个地方摔倒两次，不，是至少两次，而且，一次比一次惨。

张茂雨这个人，品行与罗旺志如出一辙。这一次，他还不能和一拍两散的小舅子说。他知道，张茂雨手中握着的，不是枪炮而是核武器，一旦击出，就会让他们万劫不复，受牢狱之灾。

贾阿毛还是需要邬之畏的帮助。他要想获得什么结果，邬之畏是知悉的。

戴志高接受的是死命令，他必须查到张茂雨，无论付出什么样的代价。邬之畏下达这个命令后，他似乎想起什么，又嘱咐符浩说："还不能搞得太莽撞，浩子给把控把控。"

把控什么呢？邬之畏担心戴志高行为莽撞，分寸把握不好，办砸了。他希望的结果是，既不让对方狗急跳墙，又能抓到张茂雨，得到他的配合。

没错，这是一个高难度的行动。

戴志高查到张茂雨在北京东四环范围五公里以内后，他就故技重施，找了一家私人侦探公司。他们一听简单的情况介绍，直接表明知道温哥华小镇。

温哥华小镇是一处位于东四环的高档社区，有八栋十层高的矮板楼，分东西两府，都是四居室和五居室的大户型。当年开盘的时候，轰动一时，入住者基本上是高净值客户，资产至少三千万以上。这里还居住着十来个一二线影视明星，私密性极好。

戴志高一听，豁然开朗。"当初怎么就没有想到这儿呢？"

这家侦探公司的两位老板是戴志高的朋友，他们曾多次合作。当初收购颐养保险，两次蹚过险关，找的就是他们。他们带着团队搞到了一举扳倒首大集团董事长老魏的材料，给了他致命一击。

戴志高把符浩也拉过来了。他们开车去了温哥华小镇。头一天，邬之畏把他们俩召集到办公室，言辞恳切地跟符浩说希望他参与进来，张茂雨这家伙属于狐狸，能搞出这么一摊事儿，智商不是一般的高，可能不会那么好对付，浩子来可以针尖对麦芒。戴志高听不得"高智商"三个字，一听心就揪着，不痛快，就像痛处又被扎一针似的，他的小心脏承压能力有点儿下降。但是这是邬之畏说的，戴志高也不敢有任何抱怨，更谈不上抗议，反正老板说这句话也不是一次两次，他也听腻了，他也听懂了老板的用意。邬之畏之所以提前这么跟符浩强调，还言辞恳切，是因为他们了解符浩。这家伙虽然和他们厮混，联手搞定了颐养保险项目，也想赚更多的钱，但骨子里还是有些清高。上次，他们联手拿下颐养保险，遇到两次非技术性障碍，需要借力搞人，这家伙就溜了。还好，干这一行，戴志高轻车熟路，没费多大劲儿就拿到了想要的。不过这次，张茂雨这家伙不太简单，戴志高一人要拿下他，有难度。没想到，符浩一口应允：符浩当它是有趣的事情来看待。一方面，他对张茂雨这个人感兴趣。张茂雨当年也算证券基金经理界的一号人物，这次又闹出这事儿，说明这家伙很腹黑，更主要是智商高，他有会一会的冲动。另一方面，上次颐养保险顺利拿下，他知道郇之畏做了手脚，虽然他没有参与，但后来听戴志高说了一些片段式的内容，勾起了他的好奇心。他们究竟用了什么手段？怎么搞定的？是否违法违规？

他们绕着温哥华小镇转了一圈，这里的拱形大门上挂着四只红灯笼，给冰冷的钢筋水泥浇筑的丛林增添了一些柔和的色彩。南北两侧对面是居民区，八车道被绿化带隔成来往四车道，把小区与其他居民区隔离开来。整个小区只有两个门，一进一出，铁制门日常紧闭，车子开到专用车库门入口，有摄像头识别，一旦识别出小区登记在册车辆，一个电脑女声就会亲热地道出"欢迎回家"四个字，大门随即打开。待车子进入后，大门随即关闭，前后只有六秒钟，管理森严。戴志高试图开进去试探，刚一进小区门，铁制门紧闭，随即两位全副武装的保安跑过来，做了一个停止的手势。他们交涉半天，保安淡定地说："不是不让你们进，是你们根本进不了。"原来，小区里全部是地下停车场，每个车子只有一个门禁，自动扫描，自动开门，即使是访客，没有被访业主的远程操控和图像识别，任何车子都甭想进。进入停车场后，刷卡进入楼梯，一户一卡，一键一户。

"我看见你们绕了小区三圈。如果我没有猜错的话，你们是狗仔队吧，这里明星虽多，但是偷拍多难啊，他们进出不下车。"一个保安拦住了他们，和他们拉起了家常，"这儿明星多了，你们干这活儿也不容易。报酬高吗？"

戴志高听说他们被保安看成偷拍明星的狗仔，有点儿生气，刚要呛几句，就被坐在副驾驶的符浩给按住了。

符浩笑着对保安竖起大拇指，说："你好眼力。"

保安受到鼓舞，有些得意地说："现在的狗仔都打扮成成功的高端商务人士，有的还打扮成老板……都逃不过我的眼。"

温哥华小镇周边散发着浓浓的生活气息，京客隆超市、眉州东坡酒楼、海底捞火锅店等开在对面居民区的面街商铺，还有一些银行以及新建的幼儿园、黄冈中学温哥华附校等，把温哥华小镇一圈包起来了。

侦探公司打来电话，约他们在小区出口对面的一个二层茶楼见面。

对方来了两个人。一个是矮瘦的青年，大眼睛，双眼皮，戴着眼镜，看人的时候目光透着一股狠劲儿，给人感觉很不舒服。另一个是个大胖子，宽脸盘，粗眉毛小眯眼，脖子上戴了一条金链子，一条刀疤横在圆乎乎的剃光了头发的后脑勺上，明晃晃的。

他们递给符浩的名片上写着：商务调查管理咨询公司。矮瘦的青年是董事长王小川，眼神虽有狠劲儿，但与合作者说话则面露羞涩。"符总好，叫我阿川就好。"大胖子是总经理，他憨厚地说："我叫牛高峰，大家都叫我大峰。"

他们认定张茂雨就在温哥华小镇。他们拿着手绘复印版的地图，在桌子上铺开。看来，他们在温哥华小镇盯梢也不是头一遭了。

"你怎么就认为人就在温哥华小镇？"符浩开门见山。

阿川似乎早有所备，说："东四环这地儿，尤其是戴总提供了五公里范围的区域，我们判断就是这儿。"他点着地图的东南西北，用铅笔画了一个大大的圈，然后敲着圆圈中密密麻麻的居民小区、大厦、学校和幼儿园，笔触重重落在目标区，"温哥华小镇是社会名流上层人士居住区，封闭式管理，安全系数最高。住户单纯，都是高净值客户，要么是老板，要么是影视明星，一般人住不起。"

"我查阅了资料，这里开盘十万一平方米。"符浩说，"这个群体的首要要求就是安全，对吧？"

"必须是啊，浩子。"戴志高听说安全就笑着说，"那些明星，口味刁了，经常换伴儿，不安全行吗？万一被狗仔队偷拍了，岂不是砸锅了？"

符浩想到刚才他们被保安理所当然地误认为是狗仔，就哑然失笑。

"戴总说得对，安全性是他们首要考虑的条件。这个小区的安全性，不说是北京最好的，也可以算是前三。说夸张点儿，严密得连苍蝇都飞进不去。"阿川说，"之前接过几个案子，那些人都喜欢租住这儿。其中有一个广东潮汕职业诈骗团伙，在这儿逍遥了三年多。"

符浩和戴志高闻言一怔。他们不约而同地看向小区。铅灰色的低矮楼盘像一个壮实的王公贵族，屹立于闹市，傲然地审视着路过的每一个人、每一辆车，甚至每一只飞鸟。门口第一道保安岗亭，宛若国家部委的武警执勤般威武森严。

大胖子说："能够付得起十五万月房租的，也不是一般人。你们要找的那个人，属于暴发户，又祈求安全第一，这一带，没有比这儿更适合的。我们门儿清。"胖子眯着小眼睛似笑非笑，说话爱微微摆摆头，一副憨厚的神情。说他是私人侦探，准确地说，是专业讨债人，除了那条挂在脖颈上的金光灿灿的粗项链带有一点儿道上的标识，其他方面看起来还是有点儿牵强。

他们接下这个活儿后，派了八个人专门把守住园区进出口，同时把前线指挥部安排在出口对面的一个二层茶楼。

租赁茶楼的前提就是保持其正常营业。阿川说，现在摄像头到处都是，没有这些茶楼掩护，如果一辆车或一拨人在大街上溜达、等候，同一拨人出没于同一个地方，时间一长，就会被警方盯上，还以为你们想干吗，容易惹事儿。这样多好，招牌流光溢彩的，尤其在夜晚，人影灼灼，音乐流淌，可以营造出生意兴隆的假象。

这时，一个清瘦的年轻人跑过来报告，说搞定了一个小区管家。管家和保安不是一家公司的，保安保障安全，属于第三方保安公司外派服务；管家则是小区物业团队，提供上门接送传递服务，与客户直接接触。他把张茂雨的照片给穿着紫红色制服的管家辨认，确认他是住在这里。

"有没有告知是哪栋楼？单元、楼层、门牌号？"阿川问。

年轻人说："没有。管家说最多就只能说这么多，否则要面临处罚的。"

戴志高插话说："那直接把管家收买了，如果被开除了，就到你这儿来。"

阿川摇摇头。"收买情报是经常用的手段，但是要这个人来我们公司做这一行，是行不通的。"

"可不是吗？我们不是菜园门，随便进出的，想来就来，想走就走，我们有规矩。"大胖子一边把年轻人拉到门口去坐着，关注着出来的人，一边和戴志高说。

年轻人在门口用手机联系着其他人，互相询问着有无进展，有无异样情况出现。这就是战役前线啊！符浩这么想着，竟有点儿紧张和兴奋。

他们又是一个怎样的群体？他忽而将兴趣转移到眼前的这些私家侦探身上。实际上，他们这群人年纪相仿，都是80后。

阿川一边娴熟地泡着茶，一边与戴志高聊着接下来的安排。

符浩则饶有兴趣地和大胖子闲聊起来。

"哎呀，哥，你小瞧我们了。"大胖子转头向里面看了一眼，戴志高正和阿川热切地讨论着，"比如像你们这样的客户，如果不是戴总跟我们合作多年，还是圈内人，否则我们就不会接这么小的单子——"

符浩打断了他的话："你说什么？戴总是老客户，还是圈内人？"

大胖子正在滔滔不绝，冷不防被符浩问话打断，他一脸疑惑。"戴总也算前辈，人家之前也是干这个的——欸，等等，哥，你们不是一个单位的吗？你咋啥都不知道呢？"

大胖子回头看看正在和阿川比画着讨论的戴志高，又看看眼前的符浩，他百思不得其解了。他停止了谈话。

符浩赶紧说："嘿，我就是求证一下，这家伙之前提过，我以为是吹牛呢。"

说着，他朝戴志高努努嘴。

这时，阿川出来把他们俩喊进去，讨论接下来的行动。

纸 金 时 代

第七章

私家侦探

一个人隐藏再深，总有需要露头透气的时候。这话没错。同样的道理，一个人戒备再不森严，想在短时间里把他揪出来，也不是那么容易。

　　戴志高发现，无所不能的"商务调查公司"，在张茂雨这件事情上，试图用"短平快"的方式搞定，失败了。

　　他们提供给阿川的信息有限。提供的常用手机电话是开通的，但无人接听；身份证上面的照片，查到是十年前的户籍照片，与贾阿毛提供的照片相差甚远；登记住址已经人去楼空；车牌号，没有；什么牌子的车，也是未知。阿川找到关系，知道了电话接通的地点就在温哥华小镇。但是，住哪一栋楼，哪个单元，哪个房间，他们一无所知。

　　阿川一度摇摇头，苦笑。他还是接下了这个活儿，毕竟，戴志高是老主顾，是高净值客户，舍得下血本。

　　阿川派了一个彪悍的小伙子去应聘保安。小伙子找到保安队队长。队长是甘肃人，脸膛紫红，不怒而威。西北男人好打交道，小伙子说明来意，队长就在小区门口，跟小伙子说明年才有机会，至少还要等四五个月。小伙子一听急了，就问为什么，然后递给队长一支烟。被婉拒之后又递给他一支雪茄，队长接过来捏在手上把玩着，放在眼前仔细端详，也不急着回答小伙子的问题。队长说这东西是真货。看他的神情，应该见过不少，还能辨别是真货。队长先点头表示谢意，百般珍惜地把雪茄装进裤兜里，然后说："为什么？"他用目光扫视了一遍这个小区里所有的保安，带着满意十足的神情回复了小伙子："你知道他们在这儿干了多少年吗？从这个楼盘开盘就在这儿了，好几年了。流动性极差。"队长说这句"流动性极差"时，还颇为得意。

小伙子表示不解。队长说："知道你想问什么，为什么他们流动性差？因为这里条件太好了。"队长伸出手指，历数着："工作稳定，工资稳定增长，福利好，业主素质好，逢年过节的总是给我们保安嘘寒问暖，还送礼物……就是收他们扔的'破烂'，都是值钱的东西。"队长停顿了下，继续说，"我们这儿就换了一个保安，孩子在老家高考，家里老人生病，他就回老家了。"他用手指着，"你看看他们，有的读个大专出来就干这个，有的刚退伍就过来了，都年轻着呢。年轻人嘛，都追星，可以看到好多明星……你让他们辞职，他们都不干。"

小伙子看了看眼前中规中矩的保安们，问道："也就是说，应聘到这儿当保安就没机会了呗？"

"也不能这么说。"队长打量着小伙子，"你人很精神，又年轻，去我们保安公司应聘肯定会被录取。不过……要派到这儿，那就不容易了，得等到某个保安辞职或被我们开掉，再填补过来。否则，每增加一个人员，就增加了一个人成本，对吧？开公司不就是为了赚钱吗？能少一个人薪水，绝不会多开一个。"

阿川和戴志高设想的应聘保安打入内部的方案行不通。即使应聘成功，且顺利被安排进温哥华小镇保安队伍，还得进行入职岗前封闭培训15天——时间等不及啊。

有人提议，用重金砸，收买保安队长，哪怕收买一个保安也行，只要帮我们搞清楚门牌号。

一听说用重金砸，花上二三十万，戴志高就连连摆头。他知道，这个花钱的提议肯定会遭到老板的否决。虽然过去他干过不少用钱铺路的勾当，用金钱摆平，此一时彼一时，公司没有什么现金流了，老板把钱看得比命根子还重要。即使这次动用阿川他们公司，谈好的也是事后分成和奖励，事前不支付酬金。这还是建立在他们合作多次，有一定信任基础之上的合作方案。当然，让阿川他们垫付资金去搞这事儿，也不现实。

他们化装成送外卖的，提着保温箱送到门口就被保安挡在门外。保安说："所有送外卖的，都放到保安室，由小区管家去完成最后一公里。"保安说的这句话蛮有水平，当年瀛海威张树新说过一句名言："中国人离信息高速公路还有多远——向北1500米。"可惜，他们还没有走完一千五百米，中途就夭折了。完成最后1500米的是阿里巴巴、腾讯和百度，他们成为在信息高速公路上摘桃子的人。瀛海威则沦落为"先烈"。

送外卖行不通。那么送快递呢？快递也是送到保安室就止步，从保安室到客户家里，由小区管家完成。

那么，就没有其他办法进小区吗？有。贵宾来访，得业主电话当场沟通，保安放行；要么，就是救护车了，保安会放行，还会通知在小区里巡逻的保安去搭把手……

他们还试图找警方资源。阿川说现在太难了，全国高压反腐，原来还可以帮帮忙，顺便给个具体地址。现在，警察不来抓你就不错了，听到警笛响，都躲得远远的，更别说求帮忙了。

阿川派了团队去附近的租赁公司，以租住温哥华小镇房子的名义，旁敲侧击，闲谈查看，都没有找到张茂雨的租赁信息。他们认为，把事情搞这么大的人，不至于智商这么低，会以自己的名字去租房子。

他们谋划着一个又一个方案，又一个个否决了这些方案。一转眼十来天过去了，大家都有些心浮气躁。

邬之畏每天都要问戴志高进展，戴志高就追问阿川。阿川也着急，自己七八个兄弟每天堵在小区，吃喝拉撒睡都要花钱。关键是，十来天了，他们连个影子都没有搞到。他们以前接一些银行的呆坏账的活儿，直接找到客户，陪客户同吃同住同睡，也不打骂客户，只是采取冷暴力。客户实在受不了了，乖乖想着法子变卖资产、借款或者取出本想赖掉的钱款，支付了事——不过十来天就能解决。

戴志高把符浩叫过去，赶到温哥华小镇附近的茶馆。戴志高面露难色，对阿川说："阿川，时间不等人，邬老板性急，天天一大早就把我叫过去训。"

大峰瞪着眼，一脸吃惊地说："戴总，你不是执行总裁吗？老板咋能随便训你啊？"

说着，大峰又看看坐在一旁的符浩。符浩就笑笑。

"人家是老板嘛，想训谁就训谁，想怎么训就怎么训，执行总裁重在执行，就是干事儿的，你以为呢？"戴志高顺眼看了符浩一下，"我们邬老板就是不训浩子。"

他们都看着符浩。符浩解释说："因为我不拿顶天集团的薪水，我也不在顶天集团上班，也没有办公室……想训也训不着啊。"

阿川和大峰对视了一眼，异口同声地说："那符总算哪门子人物？"

他们言外之意，既然不是顶天集团的人，那符总咋就参与这么深，还参与追查张茂雨的事？

戴志高一看，自己多嘴了，所谓言多必失。他补充说："符总是顶天集团高级合伙人，北大数学系高才生，和老板平起平坐。"

大峰一脸崇敬，抢着紧握符浩的手。"哎呀，原来符总这么厉害。幸会幸会，有眼不识泰山。"

戴着金项链，日常不苟言笑故作威严的大峰，此时憨态可掬，搞得满屋子的人大笑，刚才紧张的气氛一下子消失得无影无踪。

符浩把话题拉回来。"我们讨论正题，接下来怎么搞？"

阿川说："现在关键一步是搞清楚张茂雨的住址，越具体越好。"

"然后上门抓人？"

"不不，我们不是抓人，不能用'抓人'这个词。"阿川纠正符浩用词，微微一笑，"我们不是执法机构，无权抓人。"

戴志高故作轻松又有些得意地轻哼一声："我们不是抓人，我们是进去和他理论理论，谈条件，谈合作。"

"现在也不能拘禁，那是犯法的。"大峰耸动着身上的肉，显得经验老到，"过去我们找到一个人，抓起来往车里一塞，拉到郊区去，熬着他。快到24小时了，我们就带出来，在有监控镜头的商场遛一圈，喝杯咖啡，再拉走……一般扛不住，最后都乖乖就范。"

"如果连续拘禁24小时，是犯法的。"阿川解释说，"中间出去公众场合转一下，就不是拘禁，时间中断，不存在连续24小时。"

"各行有各道。"符浩说，"看来你们对法律颇有研究。"

"我们搞这行的，不懂法就会随时犯法，饭碗没了，还得蹲监狱。"大峰说，"除了我们，哪些人会学法律呢？一是职业里需要用到法律的，如公检法和律师；还有一类，他们是坏人，他们需要了解怎么打法律的擦边球，怎么去钻空子。他们设好一个局，把自己保护得好好的。那么，我们要学会怎么从外面找缝隙，钻到里面去，怎么打中要害。"

早先，听戴志高说了这么一嘴，私人侦探替人讨债，都会联手一些律师事务所和会计事务所，将资产拍卖、处置，在武力和冷暴力威胁的同时能保证不触犯法律，还能顺完成任务，合理合法拿到报酬。

"现在如何搞到张茂雨的地址？"久经沙场的阿川和大峰有些犯难了。

张茂雨的手机是通的，甚至和贾阿毛偶尔互动。贾阿毛最初都是破口大骂，诸如人渣、骗子、流氓、小赤佬、瘪三……怎么难听就怎么骂，张茂雨把这些当成耳边风，一句不回。贾阿毛骂累了，也一言不发，张茂雨偶尔回一句："请贾老板息怒，保重身体，我不亏欠你什么，我的所作所为都是合法行为。"这番话又把贾阿毛气得暴跳如雷。也正基于此，贾阿毛找的侦探团队把张茂雨藏身北京温哥华小镇的事儿给查出来了。这是张茂雨有意为之还是拖延时间？

张茂雨是有意为之，他不想贾阿毛狗急跳墙。万一贾阿毛举报自己，把自己一举拿下，就前功尽弃了。他也猜测到贾阿毛即使查到自己的藏身之所，也不敢轻举妄动。他警示过贾阿毛，他所拥有的证据，会让其万劫不复。贾阿毛有所忌惮，首鼠两端。他找到邬之畏出面来处理这件事，是想避免直接引爆张茂雨的手雷，而是掐灭导火索，一击而中。

张茂雨又为何藏身此处，甘愿当老鼠？张茂雨盘算，他如果悄悄转移资金到海外，需要花很长一段时间。当他按照合同把最大一笔款汇到西班牙，协助对敌的港方却不给他钱。之前谈好的抽水3~5个点，按照同期汇率。港方那个光头男人在电话中操着广东话说："欢迎你来投诉。我不怕的呀。如果你投诉我，我也投诉你，投诉你涉嫌洗钱，逃税，资金来历不明……"把张茂雨气得够呛。

张茂雨是一个没有什么朋友的人。在大学里，他是被人刻意遗忘的男同学。除了有一个叫邓建阳的兄弟，但他们同年级不同系。

符浩也想到了邓建阳。

当邬之畏第一次提到"张茂雨"这个名字的时候，符浩就想到了邓建阳，他曾经提过张茂雨这个人。那时，符浩大四，在一个券商数据分析部门实习，邓建阳比符浩年长几岁，在这个部门担任软件工程师。他们在一起踢过足球，邓建阳球技不错，但喜欢吃独食，他从中场抢到球后，一路盘带，左冲右突，待带球冲到对方禁区时，不传给早埋伏好位置的队友，却总是喜欢自行射门，射中和射偏的比例为6：4。虽然射中率高于失败率，但邓建阳还是得不到队友的好感，他在队中有"独狼"称号，毁誉参半。符浩感觉邓建阳与他有着本质的相似点：都是独享个人内心世界的人。如果不是后来阴差阳错地从事了投资行业，不得不把性格变得外向，符浩也许会继续沉湎于自我的世界。邓建阳继续做他的技术工程，一个与机器打交道的时间多于与人打交道的职业，他沉湎于此。符浩第一次听到"张茂雨"这个名字，就是邓建阳说的。邓建阳说他在中国人民大学读书的时候，朋友很少，很孤独，但也很享受。他碰到一个交心的朋友，就是张茂雨。张茂雨虽然其貌不扬，但内心世界丰富，理想远大，总想能成就大事。张茂雨的口头禅就是：这个世界如果没有我们，将多么无趣啊！

当符浩把这个信息告诉大家的时候，他们眼睛都亮了。阿川赶紧从包里取出资料给符浩辨认。符浩一看就乐了，把材料推给阿川。他说："你手上的这些资料，最先接触的就是我们。你们知道怎么来的吗？是我们想方设法搞到手的。"

他们讪讪一笑。

阿川说："那就拜托符总跟你那朋友联系一下，助我们一臂之力。"

符浩有些犹豫。

戴志高怂恿说："人家都说我戴某人是福将，每每到关键时刻，就遇到贵人相助。看来这句话又要灵验了。浩子，这次你得亲自出手。"

"我知道符总在犹豫什么。"大峰乐呵呵地看着符浩，"我理解，符总担心出卖朋友，但我得说，这不是出卖，这是帮他。总不能一辈子窝在出租房里吧？我们不能找到他，肯定有其他人找得到。如果其他人找到，将会是什么样的结果呢？"

大峰凑近符浩怂恿说："符总，我们都是同龄人，朋友有难，两肋插刀，你一出手，就是帮他。"

符浩一时想到了什么，就说："好，我碰碰运气。"

晚上，戴志高请符浩吃饭，他担心符浩变卦，毕竟这个任务的负责人是戴志高，完不成任务挨批的不会是符浩，是他。他猜到符浩有些知识分子的愧疚心理，这个饭局就是彻底地、不可逆转地打消符浩的一切顾虑，让符浩轻装上阵，一举拿下邓建阳。

戴志高粗中有细。他们还是约在大桥串吧，几杯啤酒下肚，戴志高说："浩子，我给你讲一个故事吧。"

符浩有些讶然，看着戴志高此刻的模样，不像喝高了，桌子上的易拉罐啤酒只有三罐喝空了。

符浩一口咬下羊肉串上肥厚的一块。肉串撒满了辣椒，说辣又不算辣，说不辣但又有点儿辣，酷似中庸之道。他使劲儿地嚼着，冲着戴志高点点头，做倾听状。

戴志高猛地仰头给自己灌了一口啤酒，喉结在咕咚声中有节奏地起伏。他喝光了一罐啤酒，右手一抹嘴，就讲起来："在西南省会城市，有一个很小的地产商，他的事业刚刚起步，却因拖欠一笔货款，被债权人请了一个讨债公司讨债。

"讨债公司那些年很火，也比较粗暴，斗争经验丰富，都是由一些年轻人组成的。领头的是一个退伍军人，转业到地方后，干了一年刑警……然后就下海了，干了这行。那地产商把老婆孩子送到海外去了，自己留在当地，东躲西藏。他有半截工程和数块土地被搁置。所有资金都被困在土地和楼盘里。躲债躲了几个月后，他还是被讨债公司发现了。那天一大早，他出来吃早餐，从一个老社区里刚出来，停放在社区门口的一辆GL8商务车车门打开，跳下来三个人。那三个人就像我们这次合作的大峰，戴着金项链，地产商一看，就知道他们是干什么的。他撒腿就跑。他怎么跑得过这三个年轻人呢？没跑多远，就被他们抓住了，被人一下子用随身带的毛巾捂住了嘴，塞进车里。清晨，小区门口也没有保安，老社区也没什么人管，或者说社区保安还没有上岗吧，反正没有人追究。被塞进车子后，地产商一看车里都是不认识的人。他有些恐惧，就大喊。但车门车窗封闭得严实，怎么喊外面也听不到。车子在马路上跑起来，带队的一挥拳头，把地产商给砸晕了。就这样过了一个半小时，车子上了高速后，就开到了省境边界的一个县。

"到了边界县后，地产商就醒了，尝到拳头的滋味，就不敢喊了。车子在看不到一个人影的乡间路上停下来，这时又有一辆GL8开了过来，他们把地产商又塞到这辆GL8里。最初的那辆GL8上的年轻人，就在这个县城里逛一逛，把车停在商场，顺便买买东西。"

符浩停下咀嚼，问："两辆车子对倒，为了规避被追查的风险吧？"

"是。"戴志高点点头，继续讲，"在乡下换车，没有监控，一旦有人报案，就可以防止被追查。出了省界后，又有一辆外省车牌的车子继续对倒，把地产商拉到乡下。这样就有了时间差。如果警方查过来，即使知道这些车子是过来对接的，但是这样一倒腾，每个地方待上两三小时再走，他们的线索也就断了。

"车子到了目的地，在一个荒郊野外。打开车门，带队的一脚把地产商踢下车去，让他跑。"

"不敢跑吧？人生地不熟，知道这是哪儿跟哪儿吗？"

"可不是吗？这个时候，他身上什么东西都没有，身份证啊，钱包啊，手机啊，全部被收走了。让他走，他都不敢走。"戴志高说，"这个时候，地产商就央求那些年轻人别抛下他。放他回去，他就筹资把钱给还了。他们好不容易把地产商弄出来，岂能就这么放他回去？带队的说：'你知不知道，你差点儿把我的当事人给拖死。从现在开始，我们不需要道歉，除了给钱以外，不要跟我们说任何话。也别让我动怒，我容易控制不住自己，把你弄死在这儿。'地产商很可怜，想当初，公司再小，也是开发了好几个楼盘的，他也算是个有点儿名气的地产商。可是这时候，他多惨，简直猪狗不如。他央求讨债公司的人放了他，事后必定重金酬谢。带队的说要么还钱，要么就死在这儿。就这样拖了五六天，地产商每天都吃得很差。一个晚上，地产商小便失禁，身体状况很差。带队的外出，只有两人守在家——临时租赁的三居室，在一个老旧的居民楼里。"

戴志高讲得有些口干舌燥，又拉开一罐啤酒，"咕噜咕噜"地干掉。他放下罐子，看到符浩神情专注，似乎陷入了故事情境中。

"看守的两人中有一个小伙子，是司机，刚入伙半个月。司机是乡下人，读了一个职业大专，他学习不行。为了毕业后谋生多一项技能，就在读书期间学了开车。小时候，他经常在乡下跟着开长途汽车的三叔学开车。没想到，他对开车有浓厚的兴趣，还有天赋，人家练习一个动作需要很长时间，他需要的时间却是别人的一半，而且他开车，就是所谓的'技高人胆大'吧。毕业后，他的同学要么去了东莞的工厂打工，要么去商店卖货，淘宝那时才刚刚兴起，也不知道怎么弄。但是，物流公司业务起来了，他顺利应聘到物流公司。不过，物流公司开车很辛苦，日常很枯燥，于是他就辞职了，被朋友引荐到这家讨债公司，开着GL8，比开大货运输车爽多了。"

"然后这个小伙子救了这个地产商？"符浩打断他的话问道。

"不是救，哪儿敢救啊？他初来乍到，啥情况都还没弄清楚呢，哪儿敢救人？再说，这是他的工作，是领导安排的，他也不会干这种费力不讨好的事情，欠债还钱，天经地义。他当时就是这么认为的。"

"如果是电视剧的话，就应该这么安排。"符浩开玩笑说，"一旦这个老板被救出来，以后发迹了，必定会感恩回报，也就顺理成章地改变了这个司机的命运。"

戴志高停止了讲述，盯着符浩看了半天，顺手又开了一罐啤酒，灌进了自己肚子。

"你猜对了结局的90%。"戴志高对符浩竖起了一个大拇指，"这套路是不是太俗了？"

"哪个套路？你给我的大拇指套路？"符浩做嘲笑状，"你说的这个故事，我基本上能猜到结局。也许，我是好莱坞电影看多了。"

戴志高说："你猜对了绝大部分，只有一个细节不一样。地产商又饿又渴，饿得眼冒金星，饥火烧肠——这两个词语应该没有用错吧？"

符浩笑着，竖起大拇指。"很准确，请继续揭晓谜底。"

戴志高趁着酒兴说："这个司机，趁同伴在客厅看电视，拿了一个没有削皮的苹果和一瓶矿泉水，给了那个地产商……"

"司机给他松绑了？"符浩问。

"本来就没有绑，只是那个地产商体力消耗太厉害，行动困难。"戴志高说，"这瓶矿泉水和一个苹果，对那个陷入绝境的地产商而言，就是雪中送炭了。"

"后来，地产商东山再起，成为大老板了吧？"符浩猜测着。

"是的。"戴志高盯着符浩说，"事情顺利解决，地产商终于把一块土地打六折卖给他人，筹到一笔款子，还了。"

"东山再起后，就把司机接过来了？"

"司机在他没有东山再起的时候就跟他一起走了。"

"他们也放？"

"没有理由不放。他们只要成功追讨到债务，不关心司机是不是继续在那儿干，本来这个行业淘汰率也挺高的，更不必谈忠诚度。如果不是没有更好的出路，这年头，谁愿意去干讨债的？"

"嘿嘿。"符浩也开了一罐啤酒，仰头咕噜咕噜喝尽，放下易拉罐，手指戴志高，"那个司机就是你，那个地产商就是现在的邬老板？"

"哈哈，浩子果真好聪明。"戴志高大笑，笑出了泪。

"谢谢！"符浩由衷地表示感谢，"你给我讲了这么多，说明羔子是把我当兄弟。"

戴志高旁若无人地流着泪。邻桌是一群白领，他们放低声音聊着天，似乎没有注意到戴志高在哭。

戴志高说："我突然感觉轻松了。你知道吗，浩子，我吐出了心中的秘密，这块秘密就像一块石头，压着我好多年。"

符浩点点头，表示理解。"你还讲给谁听过？北京姑娘？琪琪？"

戴志高摇摇头，说："北京姑娘本来就瞧不上我这类人，给她们讲这些？琪琪嘛，说实话，我还没有来得及讲。"

说到琪琪，戴志高摸摸后脑勺，一副遗憾的表情。

符浩接着跟戴志高碰杯喝酒。

"有些事情不能比，比如我们俩。"戴志高指指符浩，又指指自己，说，"起点不一样，机遇不一样。邬老板不应该总是把我们搁在一起比来比去，我们又不是菜市场里的菜。"

"对。每个人的经历都是独一无二的，每个人的命运也是独一无二的。"

"我就喜欢听你说话，你说话嘛，有文化，经常说一些人生哲理，还挺接地气的。"戴志高看到符浩又拉开了一罐啤酒，就跟他碰杯，"我一直不好意思说，说出来，怕你这北大高才生瞧不起我。我当年可不是一块读书的料。"

"别扯这个。"符浩打断戴志高的话，"在很多方面你算得上我的老师，比如你经历的这些。"

符浩心里十分感慨。邬之畏，甚至是眼前的戴志高，一度是在京城房地产市场中叱咤风云的光鲜人物，他们曾经的人生竟也这么不堪。没有人能随随便便成功，也没有人不经历风雨就见到彩虹。他们都是从商场的枪林弹雨中跑出来的。

戴志高把脸埋进双手里，胳膊肘放在桌面上。他似乎陷入了痛苦的回忆中。符浩看到他在抽泣，双肩耸动着。

符浩没有劝慰他。他知道，对经历过这些的人而言，所有的劝慰都是苍白的。

半晌，戴志高放下手，坐直身体，接过符浩递过来的自制酸梅汤，对符浩说："比如对待张茂雨这个人，看似是我们在利用他，实际上是帮助他。当然，也帮助我们自己。"

听到戴志高说这话，符浩就笑了。他知道戴志高的用意，其实，即使戴志高啥话不说，他也知道该咋办了。

符浩联系上邓建阳，他还在老地方工作。十多年来，符浩从一个实习券商分析员做到青年投资人，成为同学口中先富起来的那拨人。而邓建阳还坚守着原单位，职务逐年提升，虽然已经是信息部门总监了，脾气和性格却一点儿没有变。

在木樨地一个褐红色居民楼的门口，符浩看到邓建阳骑着一辆老款二八自行车，由远而近，向这边奔来。他一脚高一脚低，每踩一下脚蹬，身子便左右摇晃，屁股也不离开单车车座，一副怡然自得的表情。他骑到符浩面前，一个刹车，左脚点地，冲着符浩说："浩子，我们有几年没见了？"

"七八年吧。"符浩笑看着邓建阳，他身材清瘦，浑身透着一股冲劲儿。

邓建阳推着车子，符浩紧跟其后，他们往家属院里走。院子不宽敞，是上世纪八十年代的老建筑。这时有爆炒辣椒的味道从某个窗户里飘出来，闻到了辣味儿，符浩仿佛闻到了遥远的家乡味道，食欲满满。

邓建阳一个人在家，老婆陪孩子在美国读书。邓建阳说："赶上饭点儿了，要不我们出去吃一顿？"符浩说："别啊，我们就在家里吃。"邓建阳打开冰箱，搜索一番："看来只能煮饺子吃了。"符浩一眼看到了一罐辣酱，除了辣酱，还有生姜、蒜蓉、芝麻、花椒等调味料。他把辣酱拿在手里说："好啊，饺子拌着辣椒酱，世间美味莫过于此。"邓建阳问："吃辣的习惯还没有改啊？"符浩接道："无辣不欢嘛，干吗改掉？"

邓建阳用筷子把饺子夹起来，在陈醋碟里蘸一下，送进嘴里，一口一个，吃得豪爽。符浩也蘸着碟子里的辣椒酱吃得起劲儿。邓建阳说："这饺子是我周末在家里包的，不是超市买的哦。"符浩问："你还有这样的爱好？"邓建阳笑了笑，说："你知道，我就是一个无趣的人，从毕业到现在，就在这么一个单位待着，不像你们跳槽跳得欢着呢。"

符浩说："我都跳成孤家寡人了。你一竿子插到底，专注一件事，反而容易有成就。大家都懂这个道理，就是守不住。就像买股票，但凡赚不到钱的，肯定是没有守住的。"

"想当年，我去北大找你玩，仿佛昨天似的。"邓建阳吃了七八个饺子，一下子把肚子填得差不多了，速度便慢下来，聊起了过往。"你那时住43号楼吧？我经常跟着你溜回宿舍借住，钻空子，像小狗一样，记得吧？"

"对，那时宿舍楼晚上11点就例行关闭。43号楼的楼长老大爷很体贴我们啊，给我们留方便之门。"符浩跟着回忆，"我们43号楼和41号楼、42号楼连在一起，三个宿舍楼共用一个侧门，晚上用链子拴着，但能打开一条缝。也不是所有楼长都那么通情达理，32号楼的楼长不敢留缝，到了时间就关门上锁。后来，厕所窗户的玻璃被砸碎了，同学们在窗户底下垫了几块大石头，从窗户钻进去。"

"知道，那窗户修过几次，但好不过两天，后来就不修了。"邓建阳说。

"所以……做任何事不能太死板，要善于了解对方的心理。"符浩吃了最后一个饺子。

邓建阳对符浩说："你看我这住宿条件，老房子，我一住就是十多年。单位给我们分配了一套东四环的大三居，新房，我硬是没要。"

"这符合你的性格。你恋旧，也不喜欢动。"符浩说，"其实，万事都不是绝对的。比如，你看似恋旧，但你的工作却是创新，而且你必须创新，不创新就没法继续干下去。"

"兄弟懂我。"邓建阳端起煮饺子的汤水跟符浩碰杯，"不好意思，我就以饺子汤代酒了，敬你。"

符浩说："像你这个级别的人，在这样的金融单位，要买大豪宅不是难事儿。你恋旧，却恋了一个黄金地段，这房子寸土寸金。"

"哈哈，我不能跟资本家谈身价。"邓建阳转移话题，"说说，你过来找我有啥事儿？"

邓建阳说话还是那么痛快，也许他一天不说一句话，一说话就直奔要害。符浩说："你当年和我说过，你在人大读书的时候，有一个特别要好的哥们儿，叫张茂雨？"

"对。他也在做金融行业工作。"邓建阳说，"那时候他在大学里不招待见，我也是。就这么……撞到一块儿了。"

"你们现在还有联系吗？"符浩问。

"有。经常通电话。"邓建阳说，"他就在北京，住在温哥华小镇的一个大豪宅里。我比他迂腐，不爱动，他出社会后，就在券商业务部门混，换了好几个公司……你找他？"

符浩点头。"你们常联系？"

"常联系。前些天他好像在香港遇到了大麻烦，半夜打电话把我吵醒，搞得我第二天一天无精打采的。你知道的，我这人向来生活规律，该工作则工作，该睡则睡。半夜被吵醒，那叫'剥夺睡眠'，第二天也没法补觉。"邓建阳说着这个，一脸痛苦。

"半夜啥急事啊，用得着打电话吵醒你？"符浩表示好奇。

"他不给我打电话，给谁打呢？他老婆孩子在东北老家，朋友又没几个。"邓建阳忽而想起什么，"你找他干吗？"

"有正事。也许，他半夜惊醒你的事，是我能帮助解决的。"符浩微笑着，认真道。

"你能帮忙？"邓建阳恍然大悟，"对，你们都是金融圈的，也许真有办法。他有笔钱打到了西班牙的一个指定账户，本来和一家香港的财务公司说好了，把相应的美金转到他个人账户，结果那家公司食言，把美金挂在账上不给了……你说，这不是耍流氓吗？"

邓建阳有些愤愤不平。

符浩听了心里一震：这是典型的洗钱行为，这家伙在把资金往外转移。

"我可以帮他。"符浩很认真地说。

邓建阳看着他。在他印象中，这个符浩挺能折腾的。当年在一个新年年会上，他被一个老乡拉去参加一个话剧节目《蔡元培》。邓建阳和符浩被分配到剧组里，分别负责剧务和道具。他们因工作而聊得挺投机，在话剧上演的空当儿，他们溜到外面抽烟。邓建阳第一次抽烟，还是符浩教会他的。他们聊到了北大精神，他们共同钦佩和喜欢这部话剧的文学总顾问钱理群先生。钱教授退休后，曾经回到贵州就中学教育改革进行试验。毕业后，他们曾经在电话中约好去贵州看望钱理群老师。时过境迁，他们各自经受着社会给予他们的种种压力，钱理群的教育改革无疾而终，于是他也回到了北京。聊起这些往事，他们眼圈有些红，彼此感慨不已。

"好。那我推荐你去找他。"邓建阳恳切地说，"张茂雨这人就是一根筋，别看他在外面混得人五人六的，其实本性善良。我们唯一不同的是，可能他对成功的欲望强于我。我嘛，过于满足现状了。"

符浩说："早先听你说，他在学校里不受待见？"

"是啊。何止他，还有我。"邓建阳想起大学的过往，不禁苦笑起来。其实，他们不受待见，归根结底是性格使然，不能怪其他同学，也不能怪环境。这类性格的人容易一根筋，一条道走到黑，也不善于交际。"他来自东北农村，祖祖辈辈伺候黑土地；我父母在小县城动力机小厂工作了一辈子，后来也下岗了……你听说过'自卑的同时也自负'这句话吗？我们俩当年就是。"

邓建阳指着自己，自嘲一番。

"我们都一样。"符浩宽慰邓建阳，"无论是你建阳兄，还是茂雨兄，也包括我都是如此。不过我常常想，有欲望就是错吗？想成功是坏事吗？我至今还喜欢司汤达在《红与黑》里的那句经典台词：'对于一个二十岁的青年，他对世界的憧憬以及如何在这个世上有所作为，是压倒一切的。'"

邓建阳眯着眼看着符浩，半晌不语。

纸 金 时 代

第八章

高手过招

一阵秋风吹过，银杏叶子从树上纷纷飘落，满地金黄。游客纷至沓来，走进这金色世界。偶尔有三三两两的男女，支起三脚架，一本正经地摆拍。

　　符浩还是有些不适应摆拍。他在艾米莉的指令下，走在林荫大道上，踩着厚厚的银杏叶，摆着各种pose，感觉别扭极了。

　　艾米莉一通忙碌，站着、单膝跪着、双膝跪地，旁若无人地给符浩拍了许多照片，相机"咔嚓、咔嚓"地响个不停，她嘴里时不时吐出一些英语单词。符浩像男模一样，听着她的指示，摆着各种姿势，吸引了一些游客围观。

　　符浩感觉有些不自在，不断追问："好了吗？可以了吗？怎么还没完了……"艾米莉笑着说："你怎么那么多话啊，别以为委屈你了，能够让本姑娘亲自操刀拍摄，美死你。以后，你们这些所谓金融圈的资本新贵，免不了上杂志期刊封面，让他们知道金融圈也有帅哥。没准儿还会上国际期刊呢，让老外们见识见识……"

　　符浩说："打住打住，拍完了吗？"伴随着最后一个"咔嚓"声，艾米莉冲着符浩伸出右手，举到半空，大拇指和食指圈成一个OK的手势，符浩如释重负，顿感轻松。

　　他们开车去798艺术区——一个摄影圈的朋友在搞一个摄影展，邀请艾米莉作为贵宾，还特别嘱咐她带上新男友。艾米莉笑着说："男友还分新旧啊？男友又不是东西。"对方呵呵笑："男友是东西，法国男友是旧的，中国男友就是新的。"艾米莉说："好，我带一个准男友。"对方问："是不是你上次说的金融男，暧昧的那个？"艾米莉回复："可以免费给你当模特。"对方大喜，回给她一个夸张的兴高采烈的表情。

符浩开着路虎，艾米莉坐在副驾驶上，不时拿起相机偷拍他。

符浩说："偷拍侵犯肖像权啊。"艾米莉说："中国法律规定，不做商用的，可以不算。"

艾米莉放下相机，仔细察看着镜头，然后又偏头端详着身边的符浩。她突然凑过去，在他脸上亲了一下，把符浩搞得措手不及，他紧紧把着方向盘，逗她说："如果发生交通事故，你负主要责任。"

艾米莉咯咯笑。笑了一通后，就怔怔地看着他，半晌不语。

符浩问："怎么了？"

艾米莉幽幽地说："你就是我们摄影师最讨厌的'量子'。"

"'量子'？"

"量子物理啊，和爱因斯坦唱了一辈子对台戏的那门学科。"

"嗯？"

"没人看你的时候，你一会儿是粒子，一会儿是波，什么可能性都有。一旦有人看着你，观察你，你马上就坍缩了，变得什么都不是，像一个死玩意儿。"

"你不搞艺术的嘛，怎么物理你也懂？"

艾米莉把手放在他腿上。符浩感觉到身体有股异样，荷尔蒙在冲动，愉悦的感觉经过神经系统传遍全身。

艾米莉乜他一眼："你根本就不懂90后！你们70后啊，就喜欢分类，把世界分成一块一块的，把每个人都锁在里面，把自己也框在里面。"

"嘿嘿，我不是70后。我看起来就那么老吗？"

"人不是，可你脑子是70后的脑子。你没发现吗，现在能改变世界的东西，区块链、人工智能、AR、VR，都是90后在折腾。"艾米莉哼了一下，白了他一眼。

符浩微微一笑。"后面牵线的、操纵的，不还是70后吗？其实，等他们搞出名堂来，一样也会变的，变得和70后一样。"

艾米莉抢白了一句，让符浩颇有感触："当初50后也是这么对你们说的吧？"

转眼就到了将台路。不过这个时候，符浩的电话又响起来。

戴志高在电话中语气凝重，甚至有些惶急："浩子，赶紧来公司吧，有重要事情。"

"什么事情？"车子此时正在等待红灯变绿灯，符浩看了一眼副驾驶上的艾米莉，她正目不转睛地盯着自己。

"老大出事了！"戴志高说，"希望你能立即赶回来！"

听说邬之畏出事了，符浩惊出一身汗，感觉身体一紧。他认识邬之畏有一些时间了，自从深度捆绑合作了颐养保险项目后，邬之畏在他印象中似乎变得无所不能。他出啥事了？能出啥事？戴志高惶急的语气让他不敢懈怠。

他放下电话，不好意思地看着艾米莉。艾米莉一脸不高兴，她脱口而出："I hate him！"

符浩把艾米莉送到798艺术中心门口，停好车，跑到车前，拉开门，把满脸不高兴的艾米莉迎下来。艾米莉看着一脸窘态的符浩，"扑哧"一笑，就说："去吧，别管我了，路上小心。"

"那边事情办妥了，我来接你？"

"不用折腾了，安心办你的事儿。有事儿的话我给你打电话。"艾米莉一脸灿烂，踮起脚在符浩脸上轻吻了一下。

开车奔去斗牛大厦的路上，符浩一直在回味艾米莉留给自己猝不及防的一吻，意外的惊喜激发着他体内多巴胺的分泌。

斗牛大厦风平浪静，与往常没有什么不同。符浩坐直梯上到了邬之畏办公室门口，戴志高和邬之畏的保镖小邵等人正守在那里。

戴志高看到符浩过来，把他拉到一边，说："一会儿你别吓到了。"

"什么情况？"符浩迷惑不解。

"这个……"戴志高看了看左右，他低声说，"邬老板这些天心情不好，压力蛮大。今天他把自己关在私人休息室喝闷酒，喝高了，可能脑子不受控制，砸东西，对着工作人员咆哮。"

符浩颇为吃惊："是不是病了？原来也这样吗？"

戴志高似乎对符浩吃惊的样子并不感到意外。他咳嗽了一下，右手捂着嘴，又说："这些年好一些。其实，这病根儿早些年就有了。"

符浩心里好生奇怪。邬之畏平常文质彬彬，虽然没有读什么书，但也算涵养有素。只要不出差，邬之畏都会在早晚给父母磕头问安，再给菩萨上三炷香。

小邵走过来，对他们两人说："两位领导，老板睡着了。"

戴志高说："那赶紧松绑。"

"松了。"

戴志高对符浩说："我们进去看看。"

邬之畏在躺椅上闭着眼，张着嘴，打着呼噜，脑袋朝身体右侧歪着。他身上被捆绑的痕迹明显，一道一道的，互相交错。一条结实的麻绳被丢在地上。

地上满是碎的瓷器片，还有碎玻璃，走进去要踮着脚，避免被碎玻璃扎伤。书柜里的书也散落一地。

怎么形容呢？一片狼藉。

符浩问："怎么会这样呢？"

戴志高说："唉，还是压力大呗。"

这些天，符浩偶尔听戴志高嘟囔过几句，在西南地区的时候，邬之畏曾利用几家空壳公司找一些地方小银行倒腾借款、承兑汇票等，以缓解流动资金压力。前不久竟东窗事发了，西南富汇公司副总杨小欣和财务经理因涉嫌骗贷和票据承兑罪被逮捕。

张茂雨那边没有丝毫进展，老板也着急。这人情绪一紧张，压力一大，再加上酒精刺激，可不就会"发疯"吗？

符浩想起了贾阿毛的情绪障碍反应，虽然那毫不妨碍他思考、说话、做事，甚至和别人谈判，但初次见他的人，还是会被这种反应惊到。

一个人的抗压能力究竟有多强？每个成功的商人，至少得有九条命，像猫一样。在刀尖上舔血，每天都面临死的可能，但每天也必须相信自己能够好好活着——这就是商人的九条命。

戴志高问符浩："浩子，你要找的那个人找到了吗？"

"找到了。我和他谈了一下，效果还不错。"符浩拍拍戴志高的肩膀说，"放心，我会搞定他。"

戴志高心情大好。他看着沉睡的邬之畏，吩咐小邵说："等老板醒了，去安排办公室的人过来打扫，收拾干净。"

"好的。"小邵的回答没有废话，干脆利落。

事情并没有如符浩想象的那样按照他导演的脚本进行，甚至一切都是反着来的。那些想当然的美好，在不经意中被一个激浪掀翻。

他拨打第五个电话，张茂雨才接听。张茂雨接听电话的时候，符浩并没有听到想象中的"喂"或者"你是谁""你哪位"这样的话。接通后，张茂雨一声不响，等待着符浩做自我介绍。这让符浩好不习惯，他硬着头皮自我介绍，有些磕巴，甚至有些底气不足。张茂雨这家伙是个搞心理战的吧？还没开始就先胜他一筹。

符浩说："我是建阳兄介绍来的朋友，我也该叫你茂雨兄啦。"

"哪个建阳？"对方的回应根本没有他想象中的惊喜或熟络，仿佛在消磨着你的耐心，破坏着你的心理预期。

符浩简述了一下邓建阳的情况，以及张茂雨在大学时与邓建阳交往的故事。

"哦。"张茂雨淡淡地回应，"你打这个电话有什么事情？"

"我是想帮你。"符浩努力沉静下来，用深呼吸克制着自己紧张的情绪，"我知道，你有一笔款子打到香港账户上，对方黑了你一把。"

张茂雨说："没有这个事。"

这句话直接把符浩想说的话给堵住了。符浩有些急："别装了，我知道你心急得如热锅上的蚂蚁。如果不是看在你是邓建阳哥们儿的分儿上，如果不是他找我帮忙，我根本不会打这个电话。"

符浩表现得如此急躁，是想激怒他搭腔，哪怕争论也好。

张茂雨一声不响，只是传来沉重的喘息声。此时，符浩脑海里出现了一幅奇怪的画面：一个房间的窗户拉上了厚厚的深色窗帘，室内光线幽暗，一个人站在窗前，他拉开窗帘的一角，观察着外面的动向。

"你为什么要帮我？"他终于说话了。

张茂雨问这个问题很正常。他在琢磨，一个陌生人为什么要帮他？目的何在？帮不帮得到自己，则是接下来的问题。

符浩说："无利不起早。如果我说纯粹出于友谊来帮你，你肯定不会相信，对吧？那么，肯定是有利益关系的。我也不会白帮忙。我在香港有一些关系和资源，对付那些老赖，还是有些作用的。"

符浩装着混黑道的口气说："白道黑道，盗亦有道，违背道，总有人会收拾的。"

这句话让电话那头喘息声轻多了。张茂雨在电话中淡淡地回复了一句："谢谢。"

电话那头传来挂了电话的忙音。

符浩这个电话，就是在温哥华小镇出口对面的一个茶馆打的。戴志高、阿川、大峰，还有他们公司负责这个项目的具体执行人小楚，他们竖着耳朵，听着符浩和张茂雨之间的对话。这是他们接手这个项目以来，第一次和目标对象正式通话。阿川在电脑上试图锁定对方的电话地址，但收效甚微。

挂了电话，符浩说："这是个难缠的对手，反而激起了我的浓厚兴趣。"

戴志高从最初通话的沮丧情绪中缓解过来，他觉得符浩打了这通电话，必定会传递给张茂雨一些信心。毕竟介绍人邓建阳是他在大学时期唯一的好友。而且符浩直接点到了张茂雨的心事，如果没有高度的信任，邓建阳怎么会把这件事告诉符浩呢？按照一般逻辑来说，符浩提出见面，张茂雨应该没有任何拒绝的理由。

"他可以去核实嘛。"戴志高愤愤地说，"这人不知道啥脑筋，一窍不通，不对，是不开窍。"

虽然符浩也有些意外，但他表示理解。如果张茂雨这么轻易地选择相信，那他就不是张茂雨了，就不会处心积虑地搞出这么件大事情来，还让混迹上海滩的贾阿毛动弹不得。但凡成就大事的人，基本上用逆向思维去思考事情。

阿川说："还好，从我们的技术分析来看，他确实还住在温哥华小镇。"他指着对面的小区，低层楼房就像身体结实的壮汉，巍峨地站在眼前。

符浩自我打气说："放心，一切只是刚刚开始。我们会好好沟通的。"

符浩第二次给张茂雨打电话时，感觉他的语气明显有了冰雪消融的迹象。显然，张茂雨肯定向邓建阳询问过自己的事情，至于邓建阳怎么介绍自己的，符浩并不担心。符浩相信邓建阳是一个正直的人，也相信他留给邓建阳的印象不差，虽谈不上无可挑剔，至少他不是一个坏人，一个不会让张茂雨警惕甚至怀疑的人。但从本质上来说，符浩确实是在利用邓建阳以及邓建阳和张茂雨的关系，即使有那么一刻，符浩说服自己，自己的确是在帮助张茂雨，是的，是帮助。张茂雨在电话中的语气有些迟疑，但至少主动了："你说，香港是个法治社会，怎么也有金融流氓？"符浩听到这个提问，就笑了。当然，他的笑声是轻松的，不是带着嘲弄的。"茂雨兄，哪个社会都有金融流氓啊，法制健全如美国，不照样有华尔街之狼吗？"对方在电话里也轻松地应和了一下："也是。"符浩说："当然，流氓一旦触犯法律，一样'流氓'不起来了。会有法律制裁。"张茂雨似乎不认同，认为他的话过于书生气："你说的都是正确的书面语言。"他的言外之意是说，那些都是正确的废话。符浩也懒得客气，说："你当初也是小试牛刀，成功转移了几次款子，然后来一笔大额的，结果，给截住了，对吧？"对方顿时没了声音，静默了一会儿说："说得对。你咋知道？"

符浩也干过几次这种事。他的一个哥们儿在中关村做电脑生意，从硬件组装到卖软件，收入也不菲。这位老兄在转移资产的时候，就是找符浩帮的忙。他大学毕业后，赤手空拳跑到中关村谋生，虽然那时组装电脑的活计已经走入了下坡路，他还是借助电脑下乡的趋势，把四五线城市的电脑普及和以旧换新的生意搞起来了，狠狠地赚了一大笔钱。在转型过程中，他做过互联网金融，做过团购，但往往才刚开始就匆忙夭折了，后来他索性移民去了澳大利亚。在转移资产的时候，他找过地下钱庄，也被骗了，套路同张茂雨被骗的这次如出一辙，他把人民币打到内地对方指定的账户，然后由对方把等额美金打到他在澳大利亚设立的账户上，结果被港方截留，人家消失了。还好，金额不大。一般来说，对方吞钱的可能性不大，除非不想在这个圈子混了。后来，符浩找到香港的一个朋友，帮他们顺利地转移了资产。至于黑他的那家，黑的不是他一人，而是犯了好几宗案子，被警方以洗钱的罪名逮捕了。

符浩对张茂雨说："这类事情不常见，但也不排除发生的可能性。就算发生了，他们也不敢直接吞食，对吧？他们会把资金放在账户上不动，也花不掉，就那么摆着。他把钱放到银行，有存款证明，就可以申请银行贷款，循环周转使用。借过别人钱，赚取佣金。你还没法弄。"

张茂雨说对，他找了律师查证，也是这个情况。"你们之前遇到过？你们怎么搞定的？"

"遇到过。"符浩说，"这帮人无非是抓住你的把柄，以洗钱、逃税、资金来历不明等理由来恐吓你。好在，香港是个法治社会，你就是当流氓也不能触犯法律。所以，他们把钱摆在账户上不动，但可以拿着这个存单做转贷业务。我们解决的办法就是谈判。"

张茂雨心中一动。"谈判也需要人过去谈。"

"我可以帮你这个忙。我带律师过去。"符浩似乎一下子抓住了一个大好机会，"所以我们得见面谈谈。"

对方退缩了。说了一句谢了，就挂了电话。

此后几天，他都主动联系符浩，不咸不淡地闲聊着，谈到正题，他就转移话题，或者不言声，要么干脆直接挂了电话。

如果不是权衡利弊太多，符浩早就有些不耐烦了。符浩向来是一个"短平快"的人，他见不得别人磨磨叽叽，包括谈恋爱甚至泡妞，他都是直奔主题，短时间里就将对方拿下。

也许，他和艾米莉是一个例外。有一天晚上，艾米莉执意要他送自己回家。车子穿过西单路口南，在红绿灯处左拐，从东来顺涮肉馆门口一路向南，就到了艾米莉住的高档小区。符浩把艾米莉放在小区门口，就打算离开，艾米莉却绕过车头，站在驾驶窗前不走，笑盈盈地看着符浩。符浩摇下车窗，问她怎么不上去。艾米莉说："要不要上去喝一杯茶？"符浩明白了她的意思。他知道上去了会发生什么，深更半夜，孤男寡女共处一室，这正应了大部分人的想象。如果是在以前，或者说换作其他人，符浩一定会答应对方。但是，眼前的艾米莉浑身散发着一种不可名状的味道，这味道能勾起符浩内心深处的美好，这种美好可遇不可求，是外在无法物化的。他感受到了甜美，这种甜美，也不是荷尔蒙就能制造的。荷尔蒙制造的甜美和快感是短暂的，是稍纵即逝的，甚至在快感过后会沮丧，有踏浪之后的死寂，厌恶感随即而来。艾米莉就那么站着，嘴角上翘，眼神里透射出的情欲在昏黄路灯的映衬下，闪闪发光。她右手不时地拨一下飘逸的头发，符浩静静地看着眼前的美，足足有一分钟。符浩打开车门，下车了，拥抱了艾米莉，艾米莉的身子直接靠在符浩身上，头埋在他的胸前，双手垂下，没有抓住他的衣角或身体，几乎是把自己整个托付给他。符浩捧起艾米莉的脸，在她光洁的额头上轻轻吻了吻，说："乖，赶紧回去睡觉。"

符浩那时意识到，自己竟然也等得起。"心急吃不了热豆腐"，这句生活俗语适用于任何人。

戴志高这边却等不及了，邬之畏一见他就催问张茂雨的消息，搞得他这些天看到老板就绕道走。阿川和大峰也着急，他们接下戴志高这个案子，是按风险代理制进行收费。也就是说，他们之前不收费，只有项目做成，讨债完成后，才能拿到提成。这个提成既可以按照讨回债务的金额按比例提成，也要看案子的难易程度，得配备多少人，花费多长时间，他们也会进行内部核算。还有就是定额制，就是谈一个固定的金额，一旦达到目的，则按照这个金额交割。阿川和大峰接这个案子，是例外。一方面，戴志高是他们老主顾，之前合作过多次，信誉良好；另一方面，戴志高给他们定的目标很低，只要把张茂雨弄出来就可以，不一定非要逼他拿出多少钱。因为张茂雨并不与邬之畏和戴志高发生直接的关系，也不欠他们一分钱。所以，阿川他们与戴志高谈的是固定金额制。但无论是哪种合作方式，这么多天来，他们连张茂雨的一根头发都没搞定，他们都自觉太失败了，心浮气躁在所难免。

阿川的人在两个门守了有些日子。有的骑着自行车绕小区转圈，转久了，就引起了保安的注意。有保安问："我盯你们好几天了，你们干什么的？收破烂？不像啊，经常来收破烂的说着河南话，你们口音不对，穿着也不像。"阿川手下的人说是追星的。保安笑了："明白，你们肯定是职业狗仔，一幅照片能赚多少钱？"有的在茶馆盯着，喝茶悠闲、优雅，但是一旦把喝茶搞成职业就不好玩了，那不是享受，是受累，关键还得盯着小区进出的人群、车辆，寻找照片中的人。逐渐地，时间消磨了人的斗志。

一夜小雨后，凉意吹透了京城。

晚上，符浩给张茂雨打电话的时候，听到他在猛烈地咳嗽，还有些气喘。符浩说："茂雨兄，你感冒了吧？听起来还有些气喘，得去看病。"张茂雨说一句完整的话都比较费力，说一句咳嗽一下，嗓子都有些沙哑了："我有点儿哮喘，日常保养得好，可天气一凉就诱发了。"符浩本能地担心他的身体健康，说出来的话也是真诚的。同时，他的脑海里猛地蹦出来一个念头。"茂雨兄，你得去看医生。赚再多的钱，没有健康的身体，有啥意思？有命赚钱得有命花。"张茂雨在电话那边依旧猛烈地咳嗽，接着符浩的话说："扛一扛，没事。"符浩说："不行，你得看医生。如果你不愿意出来，我给你约协和医院一位治哮喘的梁教授给你开特效药，对，梁治平，专家级，我们很熟。"

符浩这么一说，没想到张茂雨竟然同意了，让戴志高他们颇感意外。符浩说人在生病的时候，很容易信任别人，以此寻求帮助。

但张茂雨后来提出，他身体不舒服，一动就咳嗽得厉害，自己就不去医院了。如果符浩愿意帮忙，可以让教授开些药，他派人去医院取。

符浩对这个转变感到有些意外，不过总比见不上面好。

第二天一大早，戴着近视眼镜的阿川亲自出马。他早早来到协和医院。从门诊四层的玻璃墙往外看，视野很好。阿川穿着红色长袖T恤，黑色长裤，一双黑白相间的休闲鞋，一张不苟言笑的脸。如果他穿上白大褂，往大堂中间一站，说他是位青年大夫，没有人会不相信。阿川留意着医院内的动静，只要他在微信工作群里一招呼，大家都能及时收到信息。按照头天晚上的安排，医院三个门口都安排了人。同时也安排了一辆车，潜伏在东单路上。

阿川拿着在其他医院开的哮喘药片，把一个如黄豆粒大小的微型GPS导航扣子安在药盒上。他去协和医院导诊处取了一个带有协和医院标识的塑料袋，把药盒装了进去，拎在手上。

电话响了，阿川一看手机号码，没错，是昨天晚上联系自己来取药的人打来的。

医院门诊大楼门口，看病的人，黑色的头颅交错移动着。阿川站在四层楼的玻璃窗前，仔细观察着。

他接听电话问："你在哪儿？"来取药的是一个年轻人，听声音有些稚嫩。年轻人说自己在北门。北门视野很差，那边只有混凝土墙，没有玻璃幕墙。阿川说："你到南门来吧。"对方犹豫不已，阿川的语气立刻变得强硬："你到底是来拿药的还是干吗的？如果你是来拿药的，就到南门来。"挂了电话没多久后，一个年轻人进入了阿川的视线，他进来的时候就与众不同，东张西望的。这一切都被阿川看得清清楚楚。阿川拨通电话，果然看到那个年轻人拿起电话接听，就是他。年轻人告诉他，自己到南门了，穿着白衬衣，留着平头。阿川往自己身上一看，顺口说："我是加夜班的，刚结束。这样，你在大厅等我会儿，我换掉工作服下来找你。"阿川打完电话，便和埋伏好的手下说明了情况。然后，他等了一会儿就下楼去了。阿川走到平头青年身后，一拍他的肩膀，把平头青年吓了一跳。阿川把药袋子递给平头青年，然后淡定地看着他，顺口说："我刚好下班了，能否送我到地铁口，就两站路。"他想找机会上平头青年的车，再把另一个GPS装在车里。平头青年似乎很警惕，一口回绝说没开车来，自己是坐公交车来的。阿川只好作罢，他转身上楼，平头青年前后左右张望了一遍，然后从后门出去了。

在嘈杂的地方找一个人不容易，还要神不知鬼不觉地跟踪一个人，更得全神贯注。阿川赶紧打电话给手下，一个错开一个地跟踪。平头青年出了医院后，不断地东张西望，加快步伐。他没有走主路，而是绕着胡同转了一个又一个圈，在东单的巷子里弯来弯去，捉迷藏似的。二十多分钟后，平头青年出现在米市大街上。阿川的一个手下走在他的前头，一辆车子在远处，缓慢地跟着平头青年。车里的人举着望远镜，注视着平头青年的一举一动。这时，一辆奥迪车从一个超市门口开了过来，在红灯亮起的时候，车子刚好停在斑马线后面。此时，平头青年火速丢掉印着医院标识的塑料袋，拆掉药盒，把两板胶囊拿在手上。突然，平头青年快步走到排在首位的奥迪车旁边，奥迪车驾驶员摇下车窗——一个漂亮的女驾驶员。平头青年跟她点点头，然后把药片扔进车里。错开一辆车后，女驾驶员突然启动车子，闯了红灯扬长而去。这一切，几乎是一气呵成。排在后面的车子绝对惊到了，一连串喇叭声响起，不知道是在抗议还是在嘲弄。只是，阿川他们跟踪的车子隔了好几个车位，动弹不得，只能眼睁睁看着奥迪车开走了。

阿川后来反省说："这帮人的反侦察意识太他妈强了，我们轻视了他们。幸好，我们搞到了她的车牌号，就知道下一步怎么做了。"

那个女司机就是凌薇，贾阿毛的前女助理，张茂雨的现任女友。不，准确地说，是张茂雨的情人。

两军对垒，一方一旦露出破绽，对手是不会错过这个机会的。没过几天，阿川他们在凌薇开车去商场购物时，凭借着车牌号追踪到了她。他们把黑色的移动硬盘样的GPS导航黏附在车底排气管上，排气管黑烟一吹，便与GPS导航融成一体，如果没有专业的侦察仪器，是不可能发现它的。阿川在成功搞定这一切后，扬扬得意地跟戴志高和符浩说，他们定制的GPS导航能准确定位目标，还可以实时追踪、远程监听，甚至可以防盗反劫。他当场启动了GPS导航系统，一个红点就出现在手机界面的电子地图上，车子的即时位置显示是在温哥华小镇第四栋的地下停车场。阿川说，通过手机就可以随时随地查询目标位置，实时跟踪目标移动方向和监听周围5～15米内的声音，不管他们在沙漠、森林、海洋还是山区或荒郊野外，均能轻松实现定位，轻松找到目标。

这一切，张茂雨并不知道，凌薇也不会知道。那天，张茂雨拿到药后，还专门打电话向符浩表示感谢。此时，他感谢的语气也是诚恳的。

符浩知道，张茂雨对他的信任度又升了一级。当然，即使没有信任度，他也躲不过阿川他们专业侦察团队的追缉。

纸 金 时 代

第九章

投机快钱

邬之畏同意去看医生了。

这是符浩站出来游说的结果。如果换作其他人，邬之畏还不拿枪崩了他。在斗牛大厦，除了符浩以外，没人敢这么提议。

没有男人愿意被他人当作病人，邬之畏更是如此。邬之畏的生活其实蛮规律的：每天早晨5点38分闹钟一响，邬之畏就爬起来了，后来形成生物钟，他就不需要闹钟了，一到点就自然醒。邬之畏洗漱完毕，净手更衣，穿上一身宽松的唐装，先去给摆放在后堂的一尊千手观音佛像跪拜敬香，然后去一层堂屋给父母问安。父母年龄大，睡眠时间更少，他们也很早就醒了。遇到重要的传统节日，邬之畏则跪拜请安。父亲说："这些俗礼就免了，你做这么大的公司，还有那么多人等着你给饭吃，太累了，你应该多睡会儿觉，把身体搞好。"邬之畏执意不肯，只要没有晚餐饭局，他准回来陪父母吃饭，给父母请晚安。

符浩曾经去邬之畏家里待过一天。那时候，邬之畏还在游说他和自己一起工作，把他当作家人一样，邀请他来家里住了一天。细节之处见人品，当时符浩认为，从那些生活习惯中可以看出邬之畏是个靠得住的人。虽然外界对邬之畏有着各种议论，且贬多于褒。

然而，随着时间的推移，邬之畏的偶像人设在逐渐坍塌。当然，这也是后话。

邬之畏酒后发飙事件后，戴志高在温哥华小镇跟符浩说，希望他能劝说邬老板去看看医生，这样长久下去迟早会出大问题，自己跟随他多年，都有些吃不消了。符浩很奇怪，就这么严重吗？说这话时，他脑海里蹦出了不久前，邬之畏酒后砸办公室的情景：满地狼藉，邬之畏被捆绑在躺椅上，酣睡的时候还流着口水。戴志高透露，邬之畏有一次晚上喝高了，拿着猎枪追赶自己老婆。如果不是他和保镖追上去，拼着命把他按住，恐怕会出大祸。哦？符浩大吃一惊，没想到年近半百，文质彬彬的邬之畏竟然做出这种事儿！上次见过他酒后发飙，符浩当然选择了相信。"邬老板的老婆呢？""他老婆带着女儿去了加拿大，吓跑的。""那就不能让他再喝酒。"戴志高摇摇头："那还不如拿猎枪崩了他。现在唯一能做的就是坚决不能让他喝高。可是，我们又不能场场饭局都跟着他，在场时还能狸猫换太子，把酒换成水。"

符浩同意，邬之畏老板需要看看医生。戴志高见符浩松了口，心中畅快。"这需要你去做工作，老板对你的话几乎是言听计从的。"符浩乜他一眼。"太夸张了吧！你们有过'一个苹果'的过命交情。"戴志高摆摆手说："我说浩子，还谈啥一个苹果的事啊？那事翻篇了。一旦成为部下，就只是部下，甭提'一个苹果'的事儿。"他抬头仰望，长吁一口气，"老板的确对我不错，待我不薄，我更希望他一切都好。"说着，戴志高低下头，忽而声音哽咽了。

这家伙，别看性格粗粝，但是个重情重义的爷们儿。符浩接受了他的提议，决定劝邬之畏去看医生。

符浩认识邬之畏的过程十分戏剧化。当时邬之畏差点儿投了符浩的一个天使项目做了"接盘侠"。

那是符浩操盘的相当得意的一个项目，它完整诠释了符浩的理念：什么是"短平快"。

创业者是一个80后小伙子，当时在参加符浩组织的青年投资人论坛。吃饭的时候，小伙子和符浩聊到这个项目，就像给符浩"砰"的一下打了一针强心剂。他敏锐地意识到，这是一个可以赚大钱的项目。

小伙子很低调，一脸敦厚。聊过天后，符浩更吃惊，原来他姓汪，人称"汪少"，是赫赫有名的富二代！其父在上海滩房地产商排名中跻身前三，贾阿毛这样的上海滩地产商，也进不了汪老板的朋友圈。汪少海外留学归国，一开始混迹影视圈，被老爸骂不务正业。后欲独立门户，撇清啃老的嫌疑，于是便开始创业。他创业的项目是医学美容，瞄准的是一个独特的群体。这些年，整容美女数量激增，更别说靠脸蛋吃饭的小鲜肉和青春不再的过气艺人。恰好，汪少圈子的朋友们有不少是影视艺人，他们一年至少去一次瑞士，就为了进行医学美容，每人每年花费近百万。于是，他萌发了开展这个创业项目的想法，注册资金是1000万。关键是，他成功游说了两位准一线明星加盟，成为发起合伙人。

符浩似乎嗅到了一股熟悉的味道，他想起了一个故事：变王子。曾经有一位美国农夫，他家境一般，但有个仪表堂堂的儿子。农夫有个很擅长交际的朋友，一天吃饭时跟他说："老哥，我给你儿子介绍一门大好的婚事，再给他找一个非同一般的工作，事成后你给我100万，如何？"农夫怒道："你喝多了吧？别开玩笑！不可能！"朋友说："君子无戏言，你就瞧好吧。"朋友想办法找到了洛克菲勒，跟他说："我给你女儿介绍一门婚事，事成之后给我100万，怎么样？"洛克菲勒轻蔑地说："我女儿可不愁嫁，你还想要100万！痴人说梦！"朋友道："如果男方是摩根斯坦利银行的副总裁呢？"洛克菲勒想了想说："这倒是可以考虑。"朋友又托人找到摩根斯坦利的总裁，说："我要你任命一个人做贵行的副总裁，并且给我猎头费100万。"总裁怒吼道："滚！这不可能！"朋友说："如果这人是洛克菲勒的女婿呢？"总裁消了气，说："这个可以谈。"结果事情发展顺利，最后农夫的儿子当上了摩根斯坦利的副总裁，娶到了洛克菲勒的女儿，朋友也赚到了300万美金。

一般人从这个故事里读到的道理是资源整合产生多赢，符浩读到的则是必须整合强势资源、名人资源、优质资源，这样才会产生核裂变式的效果。恰好，战略布局、整合资源，是符浩自认为的强项。他发现，生命医学和健康是未来创业的大趋势，怎么能与趋势作对呢？医学美容，是当下赚钱最多最快的行业。更何况，现在"鲜肉文化"当道，不论男女都有了"靠脸蛋吃遍天下"的意识。再加上消费主义盛行，医疗行业技术的不断进步，能够被资本追捧的元素都聚齐了，简直棒极了！

符浩当即做了一个重要决定：投资5000万。这让刚刚注册公司，连门面都没有租下来的汪少大为吃惊。更令他吃惊的是，符浩提出了一个令他咋舌的条件：把1000万注册资金全部退给他们，保持他们股份不变；5000万投资，只占持股的30%。也就是说，这家刚注册不久的公司被符浩强行推高了估值，投资后市值达到了1.66亿元。汪少有些糊涂，他从小就抱着金元宝长大，锦衣玉食，从不缺钱，也见过大钱，但没有见过出手这么阔绰的。他问："浩哥，你，你怎么那么多钱？"在他的意识里，眼前的符浩跟自己年纪相仿，他再怎么有钱，来钱再怎么容易，咋能这么干呢？有钱烧包吗？符浩微微一笑："我自己赚的钱，是正当的钱，放心。"他还说了一句话，把汪少给震住了。"你们，值这个钱！"

世间最美好的事情，莫过于自身价值得到他人认可。汪少豪气地说："浩哥，有什么条件，你尽管提。"符浩提了两个条件：第一，项目必须继续融资，融资的事情交给他来完成，他们要全力配合；第二，如果项目估值不错，他会择机全身退出。汪少对他全身退出的想法有些不安："那你跑了，就留下我们了？"符浩说："你们没有任何损失，对吧？1000万注册资金，全部拿回去了。并且，我吸引来的投资，能把市值进一步扩大，你们的身价也会水涨船高。何况，我只是一个天使投资者。具体经营管理很繁杂，我建议你们届时挖一个职业经理过来。这样，可以更好地实现你们的利益最大化。"

项目得落地。符浩在启动融资之前，用了六个月时间给公司做了战略规划：一是项目延展性必须强，小到皮肤管理，大到基因抗衰产品、超市选购类型，只要进了门，就能一揽子服务，同时做到项目齐全，扩大服务人群领域。二是产品质量和服务必须过硬。明星们不是爱去瑞士、韩国和日本吗？那好，那就和国外的机构合作。于是他们签下日本、瑞士和韩国的一些著名医美机构，并且是独家合作。三是增加"线下诊所+线上平台+数据云"服务。线下体验是据点，线上平台具有爆炸性。

第一家店开业的时候，汪少按照这个思路搞了一个活动，举办了一个明星和富二代扎堆儿的派对。两位准一线的明星股东很给力，送了十张储值卡给圈内的朋友，每一张储值卡都有200万元，汪少也送了十张同样的储值卡给自己的富二代朋友。那些明星都有大量的忠实粉丝，因为强烈的明星效应，一个月内收回了一个多亿的流水。

他们从瑞士挖了一个华人职业经理人过来。此人早年赚取明星去瑞士治疗和保养的佣金，拥有明星们的一手资料、资源以及管理经验。他加盟后，说要改善环境，在上海搞起了一个样板店，国际范儿十足，并扬言要搞成一线城市的全国连锁店。

融资像一个梦，一个美梦，难怪世间之人皆喜欢做梦。在这个资本疯狂、泡沫横飞的年代，好梦也待价而沽。汪少跟着符浩去第一家公司谈，就轻易拿下了一个不错的投资协议——那是一家新锐保险公司。保险公司的老板曾经放话：二十一世纪，前二十年看平安保险，第二个二十年，看我鲜亮保险。当符浩和汪少在他办公室讲解完融资PPT，符浩最后说了一句话："这个项目聚集了各路明星、豪门子弟，还有层出不穷的新贵，比如那些网红女主播。这家公司一'出生'就自带半个娱乐圈和网红圈的资源，在国内算得上首屈一指。我们要做，就要做最牛的高端医美俱乐部！"

这句话直接把保险公司老板的激情给点燃了。他还盯着汪少看了半天，跟符浩耳语："面相好，喜庆，是大福相。"

邬之畏是被这家保险公司拉来联合投资的。但是，对方投资款打过来后，邬之畏似乎却毁约了。还好，他认购的份额本来就不大，于是被保险公司老板全线接收。

全身而退、大赚一笔的符浩，却阴差阳错与邬之畏成为朋友。邬之畏在一次饭局结束后，拉着符浩外出散步。饭局是在郊区一处私人会所举办的，那里绿树成荫，鸟语花香，环境幽静。邬之畏说："老弟，我宁可服你，绝不扶墙。"符浩认为这句话比较突兀："为何？"邬之畏说："空手套白狼，我们很像。"符浩笑说："我是投了钱的，不是空手。"邬之畏说："与你的收益比，你的那点儿投入等于是空手。还有，我们还有一点像。""哪点？"符浩问。"口舌厉害，讲故事的本领了得。"邬之畏说。"呵呵。巧妇难为无米之炊，得有过硬的料。""还有一个关键的地方，我们一个模子刻出来的。""什么地方？""我们都追求'短平快'。""呵呵。所以呢？""所以，我们可以联手做事。"符浩这下子认真起来了，问："邬总不是做房地产的吗？"邬之畏说："人们都把房地产商叫作'土豪'，我想豪但不想土。"符浩一下子明白了，一身名牌的邬之畏，虽然一度在地产圈博得大名，依然摆脱不了这类人的一个共同点：自卑和自负并存，想竭力改变自己的阶层。有时候，这个带有鲜明的代际特征，就是心魔。祛除心魔，是他们这一类人一辈子的目标。

两人一拍即合。很快，春风得意的符浩瞄上了一个金融项目，就是颐养保险。

商品房被限购，商业地产不景气，地产企业被管制得很死，上市融资不受待见，而且并购重组条件苛刻，差不多走入死胡同。如果政策不松动，不搞去库存，棚改项目不鼓励，房地产业几乎是一潭死水。邬之畏四处寻找转型突破，差点儿联手鲜亮保险进入医美项目，但他很精明，不想成为"接盘侠"。财务总监告诉他，这种储值卡的流水在账目上不能做当期收入，但是融资方却以此作为融资估值的基准。这样估值并不靠谱，因此财务总监强烈建议邬之畏不要去做冤大头。

"什么样的行业最赚钱？"符浩第一次被邬之畏邀请进入办公室后面的私人休息室，邬之畏就这么赤裸裸地问他。符浩说："军火最赚钱，敢做吗？"邬之畏说挨不上边儿，那种生意不能碰。"那毒品呢？""那就等着挨枪子儿吧，要么把牢底坐穿。"符浩直接告诉邬之畏："金融。"邬之畏一拍符浩大腿。"小兄弟，如果不是亲眼见到你把一个小项目做大并成功脱手，我这种老江湖，岂能向你请益？"符浩明白，邬之畏这话，是话糙理不糙。

符浩带来的项目，是颐养保险。

邬之畏转型心切。那时，移动互联网正如日中天，全国把"互联网+"喊得地动山摇。然而，符浩怎么就看好保险而不是互联网？"你这么看好保险行业，为什么不是互联网？"邬之畏的提问粗暴简短，没有任何过渡，"像阿里巴巴、腾讯、百度这些互联网公司，你们80后的年轻人应该喜欢啊。"

符浩告诉他："所谓'互联网+'，需要依附一个主业，否则机会不大，纯粹的互联网竞争白热化了。再说，对顶天集团而言，可以适度参与投资互联网行业的项目，以小投资撞大运，以小博大。当然，实业创业并不好做，90%以上最后会倒掉，就像未来不少房地产行业会倒掉一样。对一个集团而言，顶天需要转型，转型机会和方向有很多，而我个人看好保险行业。"

符浩侃侃而谈。人逢喜事精神爽，没有什么挫折的人生看什么都是机会，看哪儿都是美的。

"我喜欢赚快钱。"邬之畏说，"保费收上来，不也得找投资赚钱吗？各种限制，各种规则，把你箍得死死的。"

"错。"符浩说出这个结论时，声音高了八度。眼前的邬之畏，虽贵为顶天集团董事长，但此时竟像一个虔诚的小矮人，一句话也不敢说了。

符浩神情亢奋，说话并没有拐弯抹角。他发现，一旦自己进入状态，竟然有演讲的天赋。可是，为什么很多人认为自己是一个闷葫芦呢？

符浩说："保险和银行都是类金融。在国内，银行很牛，但在国外，保险更牛，众多银行隶属保险行业。我个人认为，保险公司如果靠保费赚钱，肯定会垮掉。保费收上来，如果能做好投资，钱生钱，进行更多的投资业务，诸如安邦保险、泰康保险，他们在监管的边界线进行资产收购、股权投资等，搞得游刃有余，逐渐做大做强。没有谁会想到，在国有保险公司严防死守的行业，民营的安邦保险资产突破1.4万亿，泰康突破8000亿规模。这说明什么？说明这年头，最赚钱的行业是金融，金融里面的白马王子是保险。"

"有人说，200亿的保险资本金，可能带来1000亿的资金。"符浩顿了顿，清了一下嗓子，对死盯着他琢磨着的邬之畏说，"他预估少了，我认为可以带来1500亿资金。这就是险资的魅力。"

邬之畏两眼放光，身子往符浩方向靠了靠。安邦保险和泰康保险就像黑马崛起，对众多有野心的企业家而言，它们就是精神鸦片，没有不为之兴奋的。

邬之畏当即拍板，那就去联合投资新设一家。

"新注册？"符浩当即否了，"不行。"

邬之畏的眼神忽而飘移不定。他目光越过符浩的头顶，投向窗外。正值中午，窗外艳阳高照，北京出现了多日难得一见的蓝天。这些年来，雾霾是北京的常客，一些驻华大使馆的官员甚至为此申请提前结束在华任期，意图早日离开北京。他们不知道，中国治理雾霾的决心和力度到底有多大，能否驱赶雾霾。

符浩从茶几的笔筒里取出一支笔，找到还能用的一张废纸。纸上一面写了一些电话号码，另外一面则是空白。

符浩在上面画着一串数字，它们并列分布着，并且带着下划线，一目了然。

"注册保险公司，虽然法定最低档资本金5亿即可，但实际进入的门槛提高了。何况，在北京这个地方，即使注册资金300亿，也会轻易地被淹没，连一点波澜也没有，直接给淹死。"符浩说，"何况，拿一个牌照——即使有关系，也蛮复杂。新注册的保险公司的牌照没有一年半载根本拿不下来，股东结构里至少需要十个股东，每个股东的资产必须过亿，并且需要至少连续三年盈利，净利过亿，仅是准备四大套资料，也够折腾的。"

符浩把笔一扔，身子向后靠在沙发上，双手合拢枕在脑后，看着邬之畏皱着眉头，盯着那页写满阿拉伯数字且画着竖线横线表格的纸，琢磨着。

显然，邬之畏对新注册公司没有多大兴趣了。搞关系，找资源，这些自然是邬之畏的长项。但是，重新找至少十个股东的条件太苛刻。

符浩怕邬之畏听了这些有所退缩，因此他这次是有备而来。

符浩适时给邬之畏打了一针强心剂。如果能搞定一些大型国企企业年金和养老金，就够吃的，油水足够多。像中石油这类企业，"两金"盘子太大，可以赚上万亿。

果然邬之畏抬头看着符浩，听到可以赚巨额资金的他，目光如炬，这是猎人的眼神。

符浩接着说："没有一家能独吞万亿年金。比如他们如果分成100份，每份均分就是100亿，我们哪怕吃一小块也行，搞定几家，就牛大了。"

"收购？"邬之畏也不含糊，知道收购一家保险公司是一条捷径，"那得找合适标的。"

此时，符浩端出了颐养保险，一家财险公司。

符浩再次拿起刚才写满数字的纸，在纸张的背面空白处，写下一串颐养保险的财务数据指标。他刚才提到财险的资本杠杆效应，如一个净资产100元的财险公司一年卖出去了1000块的车险，综合成本率95%，即赚了50块钱。也就是说这个公司用100块赚了50块，50%的ROE（净资产收益率）水平，尽管它做的是一个只有5%利润率的公司。让邬之畏最终下定决心的，并不是这个50%的ROE，而是符浩紧接着画出的一个发展战略规划，即转型打造金控帝国的战略梦想：未来五年，争取拿下私募牌照、保险经纪牌照、公募基金牌照、期货牌照、支付牌照、券商牌照等。顶天集团将成为横跨证券、公募、期货、保险甚至P2P等领域的金控帝国，将从保险肇始，脱胎换骨，屹立帝都，傲视全国，放眼全球。

符浩记得，当他画完战略规划，并解释完它的时候，邬之畏目光炯炯。邬之畏还接过符浩手中的笔，一一点击，说了一句让符浩惊异的话："在中国，牌照值钱，人不值钱。就是这些牌照，生意再不济，也能拍卖出金子来。"

其实，邬之畏心里亮堂着呢，他说细节决定成败是忽悠人的，只有战略才决定成败。符浩心想，这话说的就是高啊，不扶墙的是我，只服你了。

然而，在一年半的时间里，收购颐养保险却成了符浩的噩梦，他经常在半夜惊醒，一身冷汗。他总有种不妙的预感，老魏在某个暗处怨恨地盯着他，趁其不备，一刀下来，自己便会横尸床上。他相信轮回，相信报应。

老魏被纪委部门带走那天，符浩的路虎停在首大大厦门口右侧，一个不起眼的地方。他坐在车内，看着纪委人员进去，不一会儿，老魏就跟随纪委人员出来，两位便衣特警在左右两侧夹着老魏胳膊，推推搡搡地走出旋转门。从旋转门出来后，一个胖保安条件反射般"啪"的一声双脚并拢，向老魏敬了一个礼，目不转睛地看着老魏在两个人的推搡下，上了一辆商务车。那一刻，保安才意识到发生了什么：老魏，这栋大厦里说一不二的男人，出事了。符浩看到老魏神情惶恐，出了大门后，他没有抬头望天，也没有回首再看一眼大厦醒目的logo，只是狠狠瞪了一眼停在门口的邬之畏的车子，向车后座射出一道骇人的目光。

符浩记得法庭公审时，戴志高带他参与了旁听。当老魏回首向旁听席上看时，一看到妻子、女儿，老魏的目光便十分柔情；当扫向戴志高和符浩时，一束带着强烈怨恨和怒火的光芒从老魏双眼中喷射而出，他还做出了一个空中吐痰的姿势，尽显蔑视。

戴志高当场嘟囔了一句："还挺横，自己屁股不干净，在这节骨眼儿上还装蒜。"

老魏因为职务侵占、挪用资金等罪名被判了无期徒刑，而他也是收购颐养保险这场血雨腥风的战役中，第一个也是唯一一个牺牲品。准确地说，如果他不阻碍顶天集团收购颐养保险，会不会就此逍遥法外？如果不是符浩提议收购颐养保险，为国企奉献了31年光阴的老魏是否就可以安然、顺利地退休？毕竟，他离退休就只剩下3年时间了。实际上，顶天集团只是帮助政府揭开了一个盖子——一个腐败小团队的盖子。

顶天集团毕竟是为了一己私利。

那天庭审结束回来，符浩开着自己的路虎，戴志高坐上符浩的车。坐在副驾驶上的戴志高说："出去兜兜风吧，上五环，上大广高速，反正现在也没啥事儿。"从法院出来，符浩的心憋闷得慌，也刚好想借此透透气，就拐弯奔向大广高速。

戴志高吹着口哨，就像打了一场战役凯旋，神情轻松。他说："符总提议我们转型保险，我举双手赞成，保险才是最赚钱的！现在国内哪家保险公司过的不滋润？我们盖房子，都被骂成老土、土豪，现在一点儿荣誉感都没有。"符浩问："你这是从哪儿听说的？"戴志高说："我还听说，商业险业务员提成全球第一。你说，我们搞掉老魏这个绊脚石，能不值吗？"说着他扬扬得意起来。符浩请他注意用词："是'我'而不是'我们'，这份功劳我可不能贪，无功不受禄。"

戴志高笑着说："呵呵，知道你啥意思。想洁身自好？晚了。你都砸下3亿资金，成为货真价实的股东了。我们现在是一个槽里吃饭，撇不清了。"

符浩心里有些闷。戴志高以为不言语的符浩默认了上述关系，随即扬扬自得地谈起一些与老魏交锋的细节。

第一次交锋是在郊区一个非常隐秘的私人会所。这家会所看起来跟普通农家大院没有什么不同，但里面的装饰却十分豪华。

戴志高在一个小房间把老魏堵住。老魏看着突然出现的戴志高，还没有来得及错愕，就看到戴志高从手包里拿出一页传真纸，递了过来。

老魏接过来瞄了一眼，屁股突然像遭受针刺一样，从座位上蹦起来，瞪大了眼睛。"你怎么搞到的？你凭什么这么做？"

传真纸上，列出了他两部私人电话在同一天时间里的通话记录。

搞这些资料，对戴志高而言可谓轻车熟路。可以这样说，老魏不是第一个被他查的人，也绝对不会是最后一个。戴志高保持着微笑，像一切尽在掌握般，淡定地看着眼前这个国企一把手一脸的惊惶。他喜欢这种时刻。

老魏把那页纸狠狠拍在桌子上。"你们是非法监听，我要去告你们！"

戴志高微笑着，做手势让老魏坐下，不要激动。

然后，戴志高盯着老魏，冷冷地说："你去告啊，去哪儿告？不怕走进去就出不来？"

此话威胁的意味十足，信息量也很大。

"你这是威胁我吗？"老魏脸部有些变形，他提高分贝，"我告诉你们，我魏某从未受到过威胁。"

"威胁？"戴志高反击说，"不是我们威胁你，你这是多行不义必自毙。实话跟你说，收购颐养保险我们志在必得，你们挂牌出售，我们参与竞标，你为何要四处阻挠？因为我们资格不够？因为我们是民营企业？我们是小股东，有优先购买权。你们把标准设得这么高，不是在阻挠我们？我们老板说了，敬酒不吃吃罚酒，这是你自找的。"

老魏彻底明白了，颓然坐下。

戴志高又递出一张纸，念着："昨天7点45分，你在大望路公寓拉开窗帘，练了套花拳绣腿；8点10分，你们开始吃早餐；9点23分，你们拿车钥匙开车，然后出去了；11点37分，你们在西二环酒楼吃饭，一行四人，两男两女，谈及的是你们在深圳洗钱，地下钱庄刚被警方一锅端的事情……魏总，还需要我继续往下说吗？"

戴志高一字一句，以一副居高临下的姿态，俯视着老魏。

老魏大汗淋漓。人最恐惧的事情，莫过于时刻暴露在他人的窥视下。

老魏暴怒。"你现在给我出去！再不出去，我要报警了！"

回忆到这儿，戴志高哈哈大笑。"我懂了一个成语，叫色厉内荏。"

符浩把车开到120迈，目视前方。他略带调侃地说："你有这门手艺，放在民国，你就是一个军统特务；放在苏联，就是一个克格勃；放在当下美国，就是FBI探员。"

戴志高没有听出符浩话中带刺，权当美言点赞，愈加得意地说："这当然是小事一桩。你就说这个老魏吧，身边女人不少，前天还溜出去跟东城幸福大街的一个女人幽会。"

"以后，你这些手段，别用在我们，至少别用在我身上。"符浩提醒说。

"怎么会？谁敢动你毫发？你可是邬老板眼前的大红人。"戴志高岔开话，指着前方，"你再加码，开到180迈，你看看，路上都没车。"

"120迈已经超速了。超速50%就一次性扣12分，收缴驾照，重新考试，你替我考啊？"符浩白了戴志高一眼。

戴志高笑嘻嘻地说："这好办，给你找一个马仔，用他的驾驶证抵扣，让他去考。"

提到马仔，符浩脑海里浮现了一幅画面。一个保安站在酒店拐角处和符浩闲聊。那时符浩刚刚与顶天集团的邬之畏合作，与戴志高等人是点头之交，为人低调。那次他扔给刚交接下班的保安一支雪茄，保安受宠若惊，然后一边抽着雪茄一边给符浩历数着他眼中的顶天集团管理层人物，其中就有戴志高。保安说，戴志高在公司颇为张扬，嚣张跋扈，尤其是对基层员工。这位戴总整天虎着一张脸，好像别人欠了他八辈子债似的。不就是一份工作吗？谁欠谁啊！想当年，你戴总不照样站在门口迎宾吗？知道你有几下子，但也不能一朝得志就整天横眉竖眼的，瞧谁都不舒服。

但是，符浩发现戴志高并不是荣华富贵后忘本的人。一个夏天，他坐戴志高的车出去办事，车行至幸福大街，七个环卫工人在清扫一辆农用车倾倒一地的碎西瓜。碎裂的西瓜滚到马路中央，被路过的车辆压得四处飞溅，环卫工人穿着橙色环卫服，在红灯亮起时，赶紧跑过去扫一会儿，绿灯亮起，他们立即退到路边。戴志高在符浩惊讶的目光下，把车子缓缓开到路边停下，下车打开后备厢，喊符浩下来帮忙。他们搬了两箱矿泉水，送给被烈日暴晒到满头大汗的环卫工人。原来，戴志高车子的后备厢里，夏天备着数箱矿泉水，冬天备着手套，都是随时送给环卫工人的，在戴志高眼里，只要看到穿着橙色环卫服在马路上干活儿的，他就会不经意地停下来，递上一瓶水或手套。

那些细微的举动让符浩认为，戴志高不是一个欺凌部属的管理，也不是一个得志便猖狂的80后农村青年。虽然"这货""那孙子""小马仔"等粗俗的字眼从他口中不时吐出来，但这不是内心的歧视，而是长期生活在一个环境里的熏染，并不能代表一个人的真实内心。

车经过一个岔路口，符浩放缓车速，从下一个出口处掉头回去。

邬之畏对老魏没有丝毫愧疚。符浩与之偶尔谈及老魏，邬之畏则面无表情地说着同一句话："人为财死，鸟为食亡。根子在于他自身的贪婪，而不是怪罪捅破罪恶的那个人。"

符浩说："毕竟我们是为了争夺股权而起了杀心。"邬之畏却说："不对，那是因为他是有缝的蛋。苍蝇不叮无缝的蛋。那是他罪有应得。"

"我们就不罪有应得吗？"夜深人静的时候，这句话经常回响在符浩的耳边。

颐养保险公司收购过来后，竟变成了一个烫手山芋。高管离职了三分之二，中层离职了四分之三，媒体一时哗然。

邬之畏十分烦躁。他渴望的是一块大肥肉，吃的是肉，吐出来的是金子。如果情况翻转，变成烫手的山芋，邬之畏接受不了。

戴志高对符浩说："说白了，我们老板是赚快钱的，绝对容忍不了放养三五年才变现，他会非常不安。"

符浩说："理解，你们老板擅长'短平快'交易，快进快出。"

戴志高说："财务状况是不佳。不知道哪个孙子四处扩散，说我们资金链断了。小银行对我们停贷，旧账还要追讨，大银行很早就不搭理我们了。"

说到这儿，戴志高气呼呼抱怨："他们金融机构没有一个好东西。"

符浩纠正他的偏见说："金融机构也是商业机构，赚钱第一。嫌穷爱富，无可非议。"

拿下颐养保险磕磕绊绊，邬之畏用尽了各种手段，顶天集团脱了一层皮。市场负面传言四处散播。关键是现在必须把公司资产盘活，然后把收购颐养保险的最后一笔收购款项给支付了。

大快朵颐之后，却留下了一地鸡毛。

邬之畏在符浩和戴志高的陪同下，悄悄去看了一个老中医。老中医一共开了21服中药。她沉吟半晌，对邬之畏说："人这一辈子很短，凡事应看开、想开。知天命，豁达则百病不生，没什么大不了。"

老中医言外之意，心病还须心药治。

纸 金 时 代

第十章

猎物失踪

贾阿毛那天从顶天集团出来后，就改变主意了。

　　想起斗牛大厦那间紫光室，贾阿毛后脊梁就感到冷风阵阵，心里极度不安，胸口有些喘不过气来。一迈出紫光室，他宛若逃离了阴曹地府，浑身轻松，痛快地呼吸着。当时送他下楼的戴志高感觉很奇怪，还关心地问他是否不舒服，要不要去医院。他当时听到这句话，心情一下子更紧张了。他担心自己的身体发生意外。在城市打拼久了，贾阿毛经常听到身边人猝死的消息，要么是心梗，要么是脑溢血。活生生的一个人，要么在会场，要么在办公室，要么在谈判桌上，甚至有的在家里睡觉，一下子说没就没了。他记得一个英文报道说，一个人的身体健康最危险的年龄段是45~55周岁，过了这个年龄段反而会好。贾阿毛想到自己刚过五十，还在高危期内，心里就紧张。他在电梯里时，身体靠着电梯一侧，猛吸了一大口气，慢慢地气沉丹田，然后缓慢用腹部的力量将气呼出。待电梯下到停车场时，他就感觉气顺了，不心悸了。他谢过戴志高后，就让邬之畏的司机把自己送到机场，赶回上海。

　　从紫光室出来后，他有了不好的预感。他似乎看到一头大狮子张开血盆大口，正等待着一场美食。那美食，不是天上掉的馅儿饼，而是自己身上的肉，随便割一刀，也会痛得"哇哇"叫。他甚至隐约感觉到，邬之畏不能碰，一碰，自己就成了乌龟。贾阿毛暗下决心，打算放手一搏。

　　张茂雨担任法人代表的银泰控股是在平西注册的。当初，他们是被当地政府以招商的名义招到当地，享受系列优惠政策，包括上市公司股东套现，缴纳税费等，都很划算。地方政府对这笔税费有非常优惠的返点，而持有木木股份的银泰控股自然受到当地的重视。

贾阿毛的律师团队曾建议他在平西诉讼，并将张茂雨以涉嫌侵占进行自诉立案。贾阿毛害怕张茂雨狗急跳墙，反咬一口，抖出当初木木股份上市时他们的不法证据。

这次从邹之畏那儿出来，他似乎想通了。这个想通的关键，是他的一个做刑事案件多年的律师朋友给出的，即可以向公安刑侦部门报案，以涉嫌职务侵占为由，先期受理找到人，待锁定了，把人找到后，再以证据不足为由，让公安部门不予以立案，这样就打了一个擦边球。

要完美地完成这个精密的过程，必须要取得当地公安部门的内部配合。否则后果会不堪设想，也许会发生贾阿毛担心的事情。

贾阿毛把自己关在办公室一天，抽掉了一盒软包中华，半盒黄鹤楼。他在烟蒂成堆的黄金制式的烟灰缸里，摁灭了抽了一半的香烟，然后打电话给秘书，让她给自己买了当晚最后一趟飞往平西的航班。

一大早，符浩在奥体森林公园晨跑，碰到了老同学干振民。他们一碰面就二话不说，冲着对方做个OK的手势，然后自觉地并排竞跑。

跑了小半圈的他们大汗淋漓。停下脚步，干振民去旁边的商座买了两瓶运动饮料，递给符浩一瓶。干振民说："奥涅金还问候你呢。俄罗斯投资方还真不错，钱顺利到账不说，还给我们联系了俄罗斯一个大客户，产品可以出口俄罗斯了。"

符浩拍着干振民的肩膀说："奥涅金是个可爱的老头。干实业不容易，非常适合你这样的人，做事一条道走到黑，易成。不像我们这类人，打一枪，换一炮。"

"投资人有投资的逻辑，投资项目也是概率问题，东方不亮西方亮，十个项目成了三个，也是不错的。"干振民话题一转，"嘿嘿，听说你最近泡了一个靓妞儿？"

"你听谁说的？"符浩矢口否认，"我认识的姑娘多着呢，但我早就马放南山刀枪入库了。"

"那是妞儿泡你？行了吧，你太狂了。"干振民笑起来时，小眼睛眯成一道缝，"同学们都在传了。我当然了解你，故意在外面展现出花花公子的派头，有款有型更有钱，是那种三十出头的成功人士……不过，我还真希望你能碰到一个称心如意的对象，你也该成家了。"

"这才是好兄弟。"站在干振民左侧的符浩把右手臂绕过来搭在他肩上，"现在没心思谈了，我碰到一个案子，心力交瘁。"

"别啊，该谈还是得谈，桥归桥路归路，生意和家庭得两不误。要不是你当年泡了北京语言大学那个俄罗斯的妞儿，你能了解古老的东正教？我们那笔融资早就黄了。"

"这就是你说的两不误吧？你咋也变得这么油了。开口闭口这个妞儿那个妞儿的。人家都说你榆木头，其实你一点儿都不'榆'。"

"唉，我也是被逼的。整天窝在实验室不行啊，得去谈判、铺市场，定战略，什么都得管……把我这么宅的一个人给逼成这样了。"干振民似乎想起来什么，"你刚才说啥来着，心力交瘁？啥案子啊？"

"收购颐养保险的案子。"

"那个案子不是成了吗？我们还打算和颐养保险合作呢，健康物联网，线上线下，战略合作。"

"出了点儿意外。"符浩情绪有些不佳，现在更是一言难尽，索性不说了。他砸下全部身家后，才发现顶天集团并非想象中那么强大，而是"虚胖"，甚至资不抵债。他发现，"傍大款，走正道"这句话听着有道理，关键大款得是真大款，正道得是阳光大道。

他又能抱怨什么呢？从根儿上来说，这个项目是他推荐给顶天集团和邬之畏的。

符浩拍拍干振民的肩膀说："好好搞康民血糖仪解决方案，我的未来就靠你了。"

"你别给我压大山了。"干振民笑着说，"已经几座大山了，再压上你这座山，孙猴子也受不了。"

此时，符浩运动臂包中的手机响了，他取下手机一看，是个陌生号码。

电话里传来陌生的女声。她在电话中惶急地说："你是符浩先生吗？我叫凌薇，张茂雨被带走了。"

符浩听懂了。"什么时候？被谁带走了？"

"昨天晚上……"电话中声音变小了，欲言又止，最终不再说话。

符浩听出来了，她还没有完全想好和盘托出。

符浩打算再问，对方却把电话挂了。符浩拨打回去，电话要么处于忙音状态，要么没人接。

符浩对干振民苦笑。"瞧见了，这就是我的生活，整天紧绷绷的。"

这时，一阵凉风吹过，符浩打了一激灵，天要寒了。

戴志高听到这个消息，立刻蹦起来了。戴志高说："怎么会呢？我关注着呢，阿川他们的人一直都在，车牌号、车型，甚至连车前侧剐蹭掉了一块小油漆这种事儿我们都知道。安置在他们车上的GPS导航显示车子还在小区，寸步都没有动一下啊。"

"别说那么多了，车在不代表人也在。现在去斗牛大厦，见面说。"符浩提议。

戴志高跟符浩商量："发生这种事，要不要跟老板报告？唉，估计够一顿剋了。"

"必须报告。不要考虑这些，我们毕竟在外围，即使24小时盯着，也不能保证知道里面发生的任何事情。我们需要弄清楚，现在的情况到底对我们是好还是坏。"

"好的，我马上到公司，等你。"

符浩开车赶到斗牛大厦。早晨塞车是常态，但这天在四环路上，竟出乎意料地通畅。

戴志高在办公室等他，看到符浩过来，就和符浩一起坐电梯去紫光室。邬之畏早就到了，戴志高担心一个人上去会被老板骂，于是拉着符浩起个缓冲作用。毕竟，老板对符浩还是在乎的。

法律顾问老谢也在。邬之畏脸上没有愠怒，晨练运动后内啡肽带来的神清气爽，还隐约挂在脸上。

他们俩进去后，邬之畏递给符浩一支雪茄，其他人抽不习惯雪茄，就没有给他们。

点燃雪茄，符浩简要介绍了一下情况。戴志高也报告了这些天阿川他们坚守岗位观察到的情况。

邬之畏问大家："怎么看这个情况？张茂雨会被谁带走？"

戴志高抢着说："要么是仇家逼债绑架，要么被公安部门带走。"

邬之畏问："为什么不是虚晃一枪呢？为什么就不是跟随朋友出去玩，或者陪女人出去游荡逍遥？你们侦察的车子不是还在小区吗？"

戴志高说："如果是那样，就是虚惊一场。我估计，这种人的仇家不少。"

符浩皱着眉头说："车子在，不代表人就在。小区封闭式管理，闲人很难进去。阿川他们守在门口，盯住的是车子。根据我们这些天对张茂雨的了解，他自己是不出来的。买菜买生活用品，要么叫外卖，要么就是同居女友凌薇开车出去买，监控也有盲区。现在，我们首要任务是获得凌薇的信任，能够继续通上电话，了解实际情况。"他舒展眉头，"我想她会和邓建阳联系。"

"这个状态下，谁最脆弱？凌薇，一个年轻女人，她给符浩打电话告知这个消息，一是确实找不到可以信任的人，说明对符浩是有信任的；二是说明发生的事情不简单。人在危急状态下，一瞬间的心理最真实。晚上发生了这种事情，第二天一大早打电话告知，可能在心里斗争、折腾了一晚上。"老谢分析着，"我建议，符总可以继续和凌薇联系。"

符浩点点头。他想起什么，问老谢："如果是公安部门带走他，辖区内的派出所会知情吧？另外，公安部门会以什么名义带走他，拘捕还是什么？"

"对，可以借助我们的关系向辖区内的派出所打听。一般而言，如果是外地警方办案，会跟辖区内的派出所打招呼甚至寻求帮助的。至于带走的名义，可以是问讯。"老谢说。

"只要不是被仇家带走，而是公安部门的话，对我们倒是坏事变好事。"戴志高忽而有些兴奋，"我们可以找牛老师帮忙。"

符浩心底一震，戴志高此话一出，邬之畏也眉头一挑。他明白了他们接下来要干什么。这些年来，他们只要涉及棘手的问题，第一个想到的就是牛老师。牛老师似乎十八般武艺无所不能，并且对他们似乎有求必应。之前，他不明白，为什么自从他参与收购颐养保险的案子后，在整个过程中的关键时刻，只要他们找牛老师解决问题，总是迎刃而解。符浩没有参与具体解决方案，但他有着本能的警觉，所以选择抗拒与远离。看着老魏被带走，一些声音被压制，收购在磕磕绊绊中完成，一场蛇吞象的游戏最终在眼前上演，符浩既信服又有些恐惧。

邬之畏安排指示："那就分头行动吧。浩子继续与凌薇保持联系。小戴去派出所打听，老谢还得麻烦你从法律角度把把关。"

大家站起来准备出门，老谢停下脚步，转头提醒邬之畏："要不要你也给贾阿毛去个电话，看他那边有什么情况？"

邬之畏一听就明白。他淡淡地说："贾阿毛不可能做什么动作，他不敢，只能靠我们了。"

上午，贾阿毛正在公司召开管理层紧急会议，正在讲话的时候，余光看到放置在记录本右侧的手机在无声状态下不时闪着绿光，他看到是邬之畏打过来的。他在讲话过程中停顿了一下，并琢磨要不要接这个电话。他猜到邬之畏打电话的原因，也知道自己要怎么说。自从上次从北京回到上海，自己心里一直有些不舒服，想起在斗牛大厦，邬之畏对他说的一番话，感觉就像吞了只苍蝇。好歹自己也是有头有脸，还不至于落毛凤凰不如鸡，事情还没办，就要先放血。

昨天，张茂雨这小赤佬被平西警方带走了。此刻，应该在回去的路上吧。他在平西的眼线告诉过他这个消息：一切正在按照预案进行，如果有变化，随时告诉他。他终于可以呼一口气了。不管咋样，总算把人找到了，只要把握住底线和分寸，他的损失，总可以追回来吧，也许不是全部，至少部分也行。

贾阿毛犹豫再三，还是打算接听。接通手机，听到邬之畏在电话中喂了一声，他没有接话，而是对管理层说："大家先讨论下，我出去接一个电话。"

果然，邬之畏在电话中直奔主题："阿毛啊，那个张茂雨被带走，知道怎么回事吗？"

贾阿毛假装吃惊不已地问："带走了？谁带走的？什么时候？"

邬之畏说："昨晚带走的。具体是谁，我们正在查。"

贾阿毛说："这小赤佬得罪人不少，想逮他的人很多吧。不是我逮住他，就是别人逮住他，他这样活着很没意思，成天像一只老鼠一样，东躲西藏，窝着不出来，有啥意思嘛。"

邬之畏截住他的话，直接问："是不是你们搞的啊？"

贾阿毛跳起来提高声音分贝。"哎呀，八哥，我哪儿有那么能耐？不是交给你们来帮忙吗？我可是一直等着八哥的好消息呢！其实，这小赤佬早该被抓，得千刀万剐，玩我们的女人，还黑我们钱，凌迟都不为过。"

贾阿毛摆出一副江湖的派头，说着黑话，咒骂不已，意图解释邬之畏的质疑。

邬之畏就不在电话中纠缠，说："多行不义必自毙，我们还打算帮助阿毛一把。如果不是你们搞的，那就好办，只要我们找到了，不仅对张茂雨这个人，对擅自带走的幕后人，我们也是不会手软的。放心吧，阿毛兄弟，这年头，搞定个把小人物，八哥还是有些能耐的。"

"咯噔"一下。贾阿毛心头一颤。他见识过邬之畏的能耐，当初搞定他的发小罗旺志，吐出代持的股份，想起那位发小在电话中哆哆嗦嗦求和解甚至求饶的语气，与最初的强硬、无赖相比较，判若两人。他额头出了虚汗。贾阿毛做房地产，知道做这个行业，跟白道黑道甚至红道都会打一些交道，也动过一些小手段，不过都是小打小闹，自己不想也没有能耐搞大动作，毕竟自己还是读了一些书的，怎么的也得与摸爬滚打完全土包子出身的地产商有所区别。包括邬之畏。贾阿毛听到邬之畏那句听似轻描淡写的话，实则充满着威胁和凶险。

贾阿毛赶紧说："八哥能量大。好钢用在刀刃上，着力用在关键处，先不劳八哥，我派人出去打听一下，一旦有消息第一时间给八哥报告。这事儿，大局还望八哥帮大忙。"

电话寒暄完，贾阿毛回到办公室，中断会议，喊上公司法务部和政府公关部经理，安排他们连夜飞到平西。"你们先去拜访，让他们重视重视，先把人给控制住了，别中途有变。"

他说到有变，心里就有些硌硬，一丝不祥之感涌上心头。

凌薇要见符浩。她主动打电话给符浩，要求现在就见。之前，符浩不断拨打她的电话，均无回应。

符浩约她在朝阳公园附近一个咖啡厅见面，那儿醒目，辨识度好。他曾提议去封闭性好的茶馆，找一个独立的包间，被凌薇拒绝了。凌薇肯定想的是，不管符浩是什么样的人，至少不会在大庭广众之下对她怎么样。好老练的姑娘。听口气，凌薇应该比他小。符浩也看过贾阿毛提供的资料，确实比符浩小几岁，还不到三十岁呢，也就是说尚未而立。但是，她干的这些事情，却不应该是她这个年龄干的。

凌薇进来的时候，符浩一眼就看出来了。说实话，眼前的凌薇，也就是真人版凌薇，比照片中的凌薇漂亮多了，不施粉黛，白皙的脸庞，身材修长，她进来的时候，不疾不徐，向靠窗的位置一张望，就看到向她招手的符浩，一点儿没有出现预想中的惶急。符浩那会儿想：是不是没有出事儿啊，张茂雨没被带走吧？是不是来试探他的？但是，凌薇坐下来的时候，符浩就把刚才的胡思乱想给否定了。撩起长发，凌薇白皙的脸庞上，黑眼圈很重，应该一夜无眠。

下午的时光，清冷的阳光透过玻璃射进来，有些暖意。咖啡厅里客人稀稀拉拉，或许是上班时间，周边写字楼的白领都窝在办公室里的缘故吧。

凌薇问："你是符浩吧？"符浩点头。凌薇说："没想到，你太年轻。"符浩接住话："太年轻是啥意思？"凌薇嘴角挤出一丝笑意，笑得有些苍白。"别误会，我没有任何别的意思，就是随口那么一说。"

符浩点的苏打水，凌薇要的卡布奇诺咖啡。戴志高躲在后头一张桌子那儿，戴着耳机，翻阅着一本黄色封面的书，是菲茨杰拉德的《了不起的盖茨比》。眼角的余光扫视着凌薇。耳机自然是摆设，他专注地听着他们的谈话。

符浩直奔主题。"你一大早打电话说张茂雨被带走了，被谁带走了？"凌薇没有直接回答，她接过服务生端过来托盘上的苏打水，递给符浩，取下卡布奇诺咖啡摆放在桌子上，上面浮着一层厚厚的奶沫。凌薇低头喝了一口咖啡，抬起头的时候，眼里噙满泪水。符浩心里一怔。

凌薇哽咽着说："他走时，跟我说，符浩这个人可能值得信任。"

可能值得信任？符浩琢磨着这句话。也是，人家说一面之交，他和张茂雨连一面都没有见过，何谈交情。人家说这句话，一个深居简出甚至连简出都没有的人，对他人是多么警惕，能说出这句话，还是在危机时刻，可见，符浩在他心中，是有分量的。

感谢邓建阳的引荐！符浩在心里默想着。凌薇说："他这个人朋友不多，可以说很少，甚至说现在几乎没有。他平常联系最多的就是邓建阳……你也认识吧……我也给邓建阳打过电话，他也建议找你，比较靠谱。"

"谢谢你的信任。"符浩接过话，"他被谁带走了？"

凌薇没有接符浩的话，继续沿着她自己的思路说："符总，你，为什么跟他联系？为什么对他感兴趣，甚至，可以帮他？"

凌薇这句话问得似乎不近人情，但的确是任何当事人都想要探问的。

符浩在犹豫着怎么回答这个问题，坐在隔壁桌的戴志高沉不住气，脱口而出道："贾总在四处找他。"

这下子坏了。凌薇听到贾总两个字，脸色一下子煞白，她端起的咖啡杯在抖，眼神露出惶恐，侧首看着单眼皮的戴志高。她放下杯子，拿起包站起来。

符浩转头狠瞪了一眼戴志高。戴志高事后解释说："都到这份儿上了，简单就是力度。"戴志高随即安抚说："我们不是贾总的人，我们可以帮你。"

凌薇突然情绪失控。"你们也在打我们的主意吗？你们是坏人！"

咖啡厅人群骚动，虽然人不多，听到这边有人在哭，都往这边看，有的还移步过来，慢慢靠拢。

凌薇抓起包要走，被符浩一把拉住。"如果你想救他，只有我们能帮助他。你走出这个大门，就关闭了救他的窗户。一点儿机会都没有。你不相信我，总相信邓建阳吧。"

戴志高走出来，冲着围观的群众挥一挥手，嚷着说："都歇着吧，回到座位上，我们内部闹了点儿小矛盾。"

店员走过来，一看凌薇在符浩的搀扶下坐下来了，情绪平稳。店员就张开双手，对顾客说："没事没事，请回到座位上。"店员走过来跟凌薇说："女士，有什么需要我帮忙的吗？"

凌薇擦拭眼角的泪水，说："没事。谢谢你。"

店员走开后，戴志高坐过来了。凌薇气鼓鼓地不看他，把脸别过去。

符浩说："实不相瞒，之前爱华集团贾总委托我们想找到你们，我们确实费了一番心思。但是我想，我们对你们没有恶意，并且，我们对贾总所托之事，也持保留意见。"

凌薇扭过头来，盯着符浩说："你既然受贾总所托，应该知道张茂雨是被谁带走的。"

符浩和戴志高对视了一眼，他们似乎明白了什么。符浩紧接着问："你是说贾总带走了张茂雨？这怎么可能？"

凌薇端详着符浩，也瞟了一眼戴志高，说："我明白了。看来贾总跟你们不是真正一伙的。跟你们说吧，是平西警方带走了他。"

他们明白了。贾阿毛在幕后做了手脚，他下手了。他迫不及待了。

符浩立刻转变立场说："对，我们跟贾总不是一伙的。是贾总把我们撇开了。"

戴志高插话说："我记得有句电影台词，'对手的敌人就是我们的朋友'，看来，我们不得不成为朋友。"

凌薇毕竟年轻，听闻戴志高如此拐弯地一说，忍不住"扑哧"一笑。

越过寒冬的路程，其实并不是那么难。

凌薇说："其实，张茂雨之前也猜到了一些，估计你们与贾总有关联，但是邓建阳先生对符浩做了背书，尽是说他的好……所以，他走之前有了这句交代。"

凌薇递给符浩一张纸条，上面写着一个警官的名字和联系电话。"昨晚来了三个警察，态度还不错，就是说带他去询问。我问是哪儿的，他们说平西的，张茂雨担任法人的银泰控股就注册在那儿。所以，我们就大概明白了。这是我跟一个高个胖警察要的联系方式，他顺手写下的。"

符浩拿起桌子上的手机，拍下来，把纸条还给凌薇留存。

戴志高把《了不起的盖茨比》折页然后合上。他看着神色忧戚的凌薇，话中有话地说："世上无难事，只怕肯攀登，没有永远的朋友，只有永远的利益，只要利益到位，很多事情就好办。"

凌薇明白了，说话干脆："那是，放心，只要张茂雨能出来，什么事情都好说。钱多了咬手。"

戴志高紧接着说："你先回去，我们要商谈下看怎么处理。另外，现在的手机不要用，我会派人给你送一个新手机新号码，我们用那部手机联系。"他指着放在她眼前桌子上的手机，"你把手机电池卸下来，不要轻易被人找到。我判断，你属于知情人，迟早会被叫过去协助调查。"

"我会被调查？"凌薇又紧张了，瞠目结舌，感觉一块巨石从天而降，天要塌了似的。怎么会？怎么可能？她自忖在整个事件中从未签署任何文件，虽知情，但没有任何证据指证她参与任何交易。再说，自己虽与张茂雨是亲密关系，但他心思缜密，诸多事对她保密，美其名曰是为了保护她。也许从另外一个角度而言是张茂雨疑心重，哪怕同床共枕，也鲜有吐露半点。大凡用得着她的地方，张茂雨都极尽殷勤。怎么说呢？女人一旦和男人有了肉体关系，心里就放不下来，意乱神迷，容易犯糊涂。这不，一犯糊涂，就跟着张茂雨一条道走到黑。自己绝对不是张茂雨的同谋。虽然，他套现，洗钱，转移资产到海外，都是他一手策划一手包办。自己顶多算知情者而已，不，是部分知情者？知情就犯法吗？需要调查我什么？

不可能！她咬咬牙，强迫自己镇定下来。她觉得该走了，就对二位微微一鞠躬，说："拜托了，那我先走了。"她看着符浩，眼里燃着希冀，"我们电话联系。"

符浩送凌薇到咖啡厅门口，给她约了一辆专车，目送她离去。

送走凌薇回来，符浩警告戴志高："你刚才吓着这姑娘了。真不该同意你跟过来。"

戴志高辩解说："我是陈述客观事实，也是提醒她，为她好。你不要小看她一副花容失色的样子，能够陪张茂雨搞那么狠毒的事情，就不是一般人，心理强大。并且，也是敲敲警钟，让她知晓问题的严重性，需要与我们合作付出的代价。"

"哦，对了，你身上有邬老板的影子，说啥张口就来，还朗朗上口，活学活用。"

"嘿嘿，那是必须的！"戴志高谄笑着，"别说我啦，其实我们都是一伙的。我看你，有些事情你也是绝不手软，手段凌厉，智商高，情商也不低。唯一的缺点就是有时候心肠太软。这可不是我一个人说的，包括我们老板。"

符浩喝尽杯中里的苏打水，"收缴"回戴志高的《了不起的盖茨比》。他问戴志高："看了吧？印象最深的是什么？"

戴志高说："印象最深的就是，那孙子一夜暴富后，夜夜笙歌，名媛佳丽三千。对了，他咋就一夜暴富了呢？没看懂。"

张茂雨被平西警方带走，是接受询问。这个消息，老谢托公安系统的朋友也打听到了。晚上五六点钟，三个便衣警察在驻地派出所片儿警带领下，直接到房间把人带走了，还查抄了行李。

邬之畏想起他给贾阿毛打电话，这家伙打了半天哈哈。想到这儿，邬之畏一脸愠怒：这个老滑头！

纸 金 时 代

第十一章

乐极生悲

名媛佳丽虽未三千，也有四位在座，且正值青春妙龄。

吴仁天喝高了。

"阿毛哥，一醉方休，喝倒了为止。"吴仁天抢着喝了二两白酒入肚，面红耳赤，心跳加速，他竟然频频端着小酒杯主动和贾阿毛碰杯，一饮而尽。

据说雄性的缎蓝园丁鸟会收集蓝色的物品放置在巢穴周围，来吸引雌性；招潮蟹也会炫耀自己的巨螯，有时候还会发生决斗……如果说动物的这种"表现欲"只在发情期才有，那么人类是唯一一种全年都是发情期的动物。也许吴仁天和贾阿毛这类中年男人并不完全苟同，但他们心里清楚，在女人面前表现自己，是自然而然、习以为常的事情。

比如，先天性酒精不耐受的吴仁天，这晚却非要拼酒。

吴仁天能吃苦，敢冒险，善经营，就是不会喝酒，尤其不能喝高度白酒。他们温州吴氏家族就缺少喝酒基因，即缺少酒精在人体内分解代谢的两种酶：乙醇脱氢酶和乙醛脱氢酶。吴仁天自嘲说，我姓吴的，从我爷爷的爷爷开始就不能喝酒。当年在码头，他就是败在喝酒上，眼睁睁看着码头的搬运活儿被温岭乡下的一干穷鬼、酒鬼给霸占了。家道从此中落，虎落平阳被犬欺，落毛凤凰不如鸡啊。

这晚，他们在上海闸北公园附近一座隐藏于里弄的小型会所，山吃海喝，整的都是空运的海鲜——高蛋白，低脂肪。中年人忌惮高热、高胆固醇，他们都到了养生的中年，危机四伏。

"做事还是要狠一些。"贾阿毛右眉抽搐，费力地瞪着眼睛，一本正经地对吴仁天说。

这天上午，贾阿毛把张茂雨被平西公安部门带走的消息告诉了吴仁天，说兄弟的欠款能一举解决了，包括利息，一分不会少。吴仁天如沐春风，当即从温州驱车赶到上海，非要晚上小庆一把。

"不管如何，我早先就说过，把人先抓起来，什么问题都会解决。"吴仁天在没有喝高之前，再三叮嘱贾阿毛说，"只要人进去，这大灯泡一照，不动手，不骂人，只要是个人，在大灯泡下那么一烘烤，没人受得了，乖乖全撂了，把吞进去的金子一个不少给吐出来。"

随后，吴仁天说："套现也有些日子了，只要招了就想办法把账户给冻结了，只要没有转移走，就有希望，只要在国内流动，再怎么复杂的，我们都可以查到。"

吴仁天所言的，也是贾阿毛想搞的。生意做到这份儿上，没有傻子，谁不想这样弄？但是，一旦搞砸了，引火烧身的是我贾阿毛啊，想到当初折腾木木股份上市，一系列把柄被他人掌握，贾阿毛就有些蔫儿了。

贾阿毛附和道："我生吃了他的心都有。想想这些年我对他如此器重，这么好，给票子给位置，还给空间，结果把他养成了耗子，监守自盗，心寒啊。不过，司法部门又不是我们家开的。"贾阿毛端着杯子，拼命碰杯，威逼利诱般地把吴仁天灌了一杯又一杯。

吴仁天被灌得晕乎乎的。他去卫生间时身体摇晃，被两位小姐左右搀扶着架了进去。贾阿毛有点儿小心眼儿，借此次机会，不惜一切代价把吴仁天灌醉，拼命劝酒，自己劝，还下命令让陪喝的娇小姐们"吴哥长吴哥短"地给上迷魂阵，频繁碰杯，把酒当水似的往他口里灌。他看在眼里，坏笑在心里，嘿嘿，算是对吴仁天之前做的一些狗娘养的事儿的小小报复。想到这儿，贾阿毛心里颇为得意，斜靠在靠椅上，看着吴仁天被陪酒女郎们左右开弓，灌得神魂颠倒。

金钱的魔力是无穷的。美女们接受了贾阿毛的钞票，自然比拼卖力轮番劝吴仁天喝酒，一杯酒一首歌，一杯酒弹一曲，一杯酒一声哥……美女佳肴，吴仁天醉卧温柔乡。吴仁天酒醉心明白，看懂了贾阿毛的小伎俩，懒得计较。饭局前，吴仁天说："此次事情解决以后，咱们冰释前嫌，该有的合作还是得有，只要利益得当，投资划算，我们继续，谁会和钱过意不去呢？"贾阿毛则心里自有打算，自从发生诸多事，他不想再和眼前此人打交道，更遑论商业合作。动辄动员社会身份不明之人拉横幅，堵门口，甚至找上住家，砸玻璃，什么玩意儿？别再招惹这种人了，人活到这份儿上，也不缺钱用，和这号人做事容易不痛快，万一发生意外事故，一命呜呼，咋办？花花世界，儿女成才，老母尚在，还是自求祈福，踏踏实实多活几年吧。

喝醉的吴仁天被陪酒女搀扶到会所的房间休息。他们在餐厅处，转瞬就听到软塌一团的吴仁天发出如雷的呼噜声。

贾阿毛心里活泛开了。他想到当初律师出的这个主意，得意、庆幸。这会儿，这个天杀的张茂雨应该被好好修理着呢吧。这小赤佬，好好的日子不过，非要铤而走险，一夜暴富，发不义之财。哼，孙猴子最终逃不过如来佛的手掌。不过，他曾经听别人议论，说一下子搞那么多银子，即使坐几年牢又何妨。高收益，低成本啊。只要不挨枪子儿，怎么算都划算。贾阿毛就冷笑，牢也坐了，银子也会被罚没了，做白日梦吧。

这次逮住张茂雨，可没用上邬之畏的关系。想起上次在京面见邬之畏，心塞极了。他郁闷之余还颇庆幸，否则自己得搭进去多少银子才能喂饱那只饿狼。

他的朋友告诉他，会掌握一个度的，只要这小赤佬吐出来，就放了他。不是放虎归山，他怎么可能是老虎？那个小矮个最多就是一只猫，还是一只病猫，能闹腾多大点儿事儿？

贾阿毛拿着牙签剔着牙，龇牙咧嘴，瞅着满盘残羹和脸蛋绯红的陪酒女郎，小心思从脑海里飞了出去，灵魂出窍……

乐极生悲。第二天一大早，贾阿毛被电话惊醒，来电显示是平西。

清晨来电一般预示有大事发生。贾阿毛忐忑，他穿着睡衣，拿着手机走到阳台上，晨曦微露，一轮红日即将跃出云层，又是新的一天。他盯着电话，任其响了半晌，在对方即将挂掉的最后一刻，他按了接通键。

对方在电话中有些惶急："贾总啊，还在睡觉呢？出事儿了。"

贾阿毛说："是啊，被电话惊醒，我还以为是一场梦呢。上了年纪，人家是早醒，我却嗜睡。出啥事儿了啊？"

对方说："张茂雨那个事儿没有被立案，昨天询问结束，就给他放了。"

贾阿毛一听就急了，右手又是五指勾起，他把手机移到左手。"咋就这么放他走了？他没有撂出来吗？大不了就直接立案啊。"

对方说："达不到立案条件，也就是民事纠纷。警方立案是需要很多条件的。"

贾阿毛一急，就有些语无伦次："小赤佬咋就达不到立案条件？他做的那些事儿，随便一件就能让他进去的。"

对方说："这是你想要的吗？"随后，对方在电话中有片刻沉默，"这个人还是有些来头，有背景，被来人接走了。"

轮到贾阿毛吃惊了。这个小赤佬能有啥背景，有啥来头？就是一东北农村的，祖上三代应该都是农民吧。考大学，留在城市工作，是个典型的凤凰男，哪儿来的背景？

想到这儿，贾阿毛跺着脚，在电话中带着情绪地抱怨："他能有啥背景？就是个小赤佬，小瘪三。我跟你们说，他几斤几两我是太清楚了，什么背景都没有。不能就这么放走了啊。"

对方说："警方朋友告诉我，我们要尊重法律，一切依法行事。上次从北京带回来就冒着风险，万一中途张茂雨出了啥事，大家都不好交差。就这样吧，贾总，我给你通报下而已。另外，北京来了俩人，还拿着公函过来。算了，详细的我也不掌握，也不想多说。"

他最后在电话中语重心长地说："社会上行走，还是多长几个心眼儿。"

这些话语中的信息量够大了。贾阿毛心里"咯噔"一下，一下子想到是谁了。他突然感觉后脊背一凉。螳螂捕蝉，黄雀在后，果然，有人先出手了。

他想到的是邬之畏。能够了解详情的是他，要获得利益的是他，上次他跟自己暗示，要提供支持，并且代价不菲。

太阳出来了，又钻进云层，站在大阳台上，贾阿毛微闭双眼，呼吸着清新的空气。他愿意时光停留在此刻，晨风吹拂，瓜熟蒂落，人生如四季，这个季节，恰如人生盛年。

司机接他去上班。车子穿过巷子，拐上高架桥，速度慢了下来。贾阿毛脑海里依然回荡着早晨的那个电话，预感不妙。他要给邬之畏打电话了。

到了办公室，关上门，贾阿毛径直拨通邬之畏的电话，电话那头喘气声很大，似乎在晨练。

贾阿毛开门见山："八哥，张茂雨是不是在你手上？"

"张茂雨怎么在我手上？"邬之畏在电话那边不疾不徐，显得意外又有些假，"你这通电话来得很蹊跷啊。张茂雨不是被抓走了吗？我一个小商人，做买卖的，怎么有那番能耐搞到张茂雨？"

贾阿毛撇了撇嘴，他不想兜圈子。"八哥，昨天张茂雨就离开平西了，公安机关也不予立案。"

"呵呵，阿毛兄弟，你不是不知道张茂雨去哪儿了吗？咋又说在平西了呢，还知道放走了？"邬之畏在奚落他。显然，上次他和邬之畏打哈哈，这家伙记恨着。

贾阿毛实话实说："是平西那边的朋友告诉我的，我也是后来知道的，想给八哥通气，结果事儿忙给忘了……听说他被北京过来的人给接走了，还带了公函。我想，应该是八哥在帮助张罗的吧。"

"被放了？说明张茂雨挺有能耐啊。"邬之畏在装疯卖傻。

贾阿毛不想继续纠缠下去。他说："八哥，您神通广大，如果有张茂雨的消息，希望能告诉我一声。"

张茂雨被放了出来，准确地说，是询问结束，警察让他自行离开。

等在酒店门口的，是一胖一瘦，一位中年和一位略显稚嫩的青年人。他们穿着便衣，夹着手包，冲着张茂雨微笑示意。

当初带着张茂雨从北京离开的胖子警察穿着便服，出来和等候的二位握手，说手续办好了。

他冲着张茂雨说："没事了，走吧。"

他们三人钻进一辆帕萨特轿车。中年人对司机操着标准的普通话说："到省会机场，走高速，我们赶下午3点20分的航班回北京。"

司机点头说："放心好了，肯定能赶到，请系好安全带。"

在飞机的头等舱里，张茂雨对接他的二人表示感谢。张茂雨说："你们是?"中年人不苟言笑,年轻人则似乎没有那么深沉,他说:"我们是奉命行事。"张茂雨一听奉命,看他们的神情,有些严肃、刻板,根据他的经验判断,不像私人委托,说话做事更像例行公事。他心里又忐忑了。自从窝在温哥华小镇,他基本足不出户,采购、日常吃用,都是叫外卖,或者由凌薇外出采购。办一些手续,谈一些事情,也是对方来自己房间办理,那个封闭式管理的高档社区给了他安全感。他也清楚,这些都是短暂的安宁,随时可能消失。在外头找他的,估计有好几拨人,其中最令他忌惮也忌惮他的是贾阿毛,因为他们彼此手里都有置对方于死地的"枪"。这次被带走,幻灭感和绝望感陡然笼罩过来,好像世界末日就要来了一样,他感受到了窒息,他不想就这么就范,不想就这么失败。他想好了反戈一击,即使最终自己锒铛入狱,他也要把对贾阿毛他们的举报,作为拯救自己或戴罪立功的最后武器。

还好,警方说是带自己去询问。才两三天就出来了,还是北京来人把自己接走的。

他们究竟是谁?凌薇找了谁?自己被平西警方带走,只有凌薇知道,只有她在外面张罗,她知道找谁,比如邓建阳,他是一个纯粹的技术狂人,足不出户,但他能找谁?或者符浩,他口口声声说可以帮助自己搞定香港的那方。与符浩打交道的这些天里,他感觉到,这个比自己年轻的家伙应该是有些能量的,他的能量能否拯救自己呢?或者,还有其他人,那些人是谁,垂涎他银子的,或想做他业务的,或希望他投资的?张茂雨在两个多小时的航程里,脑子像悬疑电影那样,一遍遍地过着镜头,寻找着蛛丝马迹。

张茂雨心里不踏实,把自己的小个头窝在宽松的座椅上,缩着脖子。一顿头等舱的美味餐食,却品不出美味,没有好心情,味觉也失去了功能。

机场出口处,张茂雨一眼就看到了凌薇。她穿着一身鲜艳的粉红色套裙和丝袜,大老远的,看着他们三个人出来。当她看到夹在中间的小个子张茂雨,她拼命地向他招手,做着踮脚的姿势,满眼噙泪。从候客栏杆出来,凌薇不顾一切地扑上来,抱着张茂雨,一个劲儿地哭泣,哭得肩膀和胸部一颤一颤的。张茂雨感受到了眼前这个年轻女人对自己的关爱,真挚而沉甸。

张茂雨拍着她的肩膀,说:"别哭别哭,这不是没事了嘛,这不是回了嘛。"

这时，张茂雨才注意到，站在他们身边的，还有两个人，一个是单眼皮的身材粗壮板寸头青年，一个是身材颀长、面相清秀的年轻人，他们都比自己年轻，不过三十出头吧。

那是戴志高和符浩。从平西一路护送他回京的两人跟戴志高握手告别，中年人指着张茂雨，对戴志高说："人我给你带回来了，就交给你们了。我们先回了。"

他们临走时，回头冲着张茂雨微微一点头，就转过身去，大踏步离开。戴志高连声说"谢谢"，陪着他们向停车场走去。

清秀的青年人微笑着走过来。他伸出手，对张茂雨说："我是符浩。"

张茂雨惊了一下，仰头仔细端详着，握住符浩伸过来的手，说："谢谢，没想到是符总出力。不过，我见过你学生时代的照片，那时你头发蓬松，更像文艺青年。"

符浩哈哈大笑。他的笑声，冲淡了紧张和初次见面的些许尴尬。

符浩说："张总肯定是从邓建阳那儿搞到的照片吧？"

"是。"张茂雨承认，"邓建阳说你找过他，那时没想到要拍张合影，他在处理这些事情上总是缺根弦儿，翻箱倒柜才找到你们当年的合影……"

把两个人送走后，戴志高快步走回来，他看到张茂雨与符浩已经有说有笑了。

符浩指着戴志高对张茂雨说："此次幕后出力的是戴总，顶天集团执行总裁，戴志高。"

张茂雨一时呆了，脸上闪过惊惧的神情。他说："顶天集团？就是邬之畏先生的那家？"

戴志高走过来，一下子把张茂雨抱住，做亲热状，在他耳边说："张总，我们找你找得太他妈不容易啦。"

张茂雨挣脱开，忙不迭地对戴志高说："谢谢！"他指指符浩，又指指戴志高，"你们二位是一伙的？"

符浩继续堆着笑，消除着张茂雨的紧张，说："先别管那么多了。你安全回来就是最大的收获。走，我们给你接风洗尘去。"

"好，好，谢谢。"张茂雨拥着凌薇，跟随他们往停车场走去，他心里琢磨着，为什么顶天集团的人出手帮我？他们想要什么？在他意识里，这家集团的名声并不好，当年为了建设斗牛大厦，传闻不少，这个项目上折了不少人，包括一位副部级官员。

安全回来了就好。这是他唯一值得欣慰的。

戴志高开着车把张茂雨一行直接带到斗牛大厦。到了斗牛大厦，他们把车子停在大厦门口，戴志高把车钥匙扔给保安，让保安把车子开进地下车库停靠。张茂雨和凌薇跟着戴志高、符浩在门口下车，进入大堂。刚进门，一个穿着黑色衣服、剃着板寸的保安跑过来，做了一个立正的标准礼。随即，他用对讲机报告说："贵宾进门了。"保安引领着他们走向电梯，又一个黑色西服的平头保安接手，按下电梯按钮，对讲机响起来，听到对方问到哪儿了，保安报告说："马上上电梯。"进入电梯，早有一个保安拿着对讲机在电梯里恭候了，做了一个请的手势，把这帮人迎进来。张茂雨看在眼里，肾上腺素上涌，身体一紧，表情有些诚惶诚恐。戴志高随口说："张总是今天的贵宾，独一无二。"张茂雨赶紧说言重了言重了。凌薇牵着张茂雨的手，捏得紧紧的，生怕丢失。

出了电梯，一个黑西服保安在门口恭候，在前方引路，拿着对讲机说："报告，贵宾出了电梯，向宴会厅走去。"对讲机里回应："收到。"

这阵势，足够礼重、威严，甚至连符浩也是第一次享受如此"礼遇"。

邬之畏亲自安排了张茂雨的压惊宴。晚宴在斗牛大厦春华厅举办。这间400多平方米的宴会厅，装饰豪华，中式复古吊灯流光溢彩，垂吊在餐桌中央，使用高度调节器降得稍低，在餐桌上形成一池灯光，色彩柔和，安抚情绪，把焦虑和烦躁在光线中消解。

春华厅在斗牛大厦颇具盛名。但凡大客户、大领导和有合作关系的贵宾，都会安排在春华厅接待。春华厅的餐桌可大可小，大的可以容纳20人，一张大桌摆在中央，四角摆放着牛皮沙发，有足够的空间让参加酒宴的人趁着酒兴翩翩起舞；西部角落地方摆放着一架钢琴，东部角落摆放着音响，天花板顶部安装了音质上等的喇叭。可以说，春华厅享尽尊荣，为嘉宾们创造了高端、大气、上档次的奢华感。不过，有一个人从不去春华厅，那就是牛老师，他是唯一的例外。春华厅是一个拥有秘密的地方。链接直通这个秘密的，是地库。地库按照富汇大厦地库的模式建了一个大的监控房，各类设备齐全。这个秘密在顶天集团只有三个人知道，邬之畏、戴志高和牛老师，负责装饰安装的工程师是从西南地区调遣过来的，安装完了给了他一笔丰厚的报酬，也是封口费，就让他回老家"养老"了。

这晚，大桌换成了十人的小桌，餐厅空间愈显宽敞。参加的人有邬之畏、老谢、符浩、戴志高，还有张茂雨和他的女友凌薇，以及公司两位公关部门的美女——她们酒量惊人，被戴志高安排过来陪酒。戴志高说了开场白，没有过多的评论，让初来乍到的张茂雨和凌薇既惊惧又感激。惊惧的是，这次宴会，顶天集团大名鼎鼎的老板邬之畏竟亲自参加，不知道他们意欲何为，心里忐忑，有所忧惧；感激的是，自己乃无名小卒，且不说张茂雨其貌不扬，身份尴尬，竟然在京城这么一个显赫的地方，被如此隆重地招待，虽然就是压惊，但张茂雨有些受宠若惊，甚至感动。

戴志高说："今晚，我们都是一家人，相聚于此，为我们的朋友张茂雨先生接风洗尘。今晚，我们不醉不散。"

张茂雨迅速成为酒局的中心。他酒量不错，看得出来心情颇好，对于慰问酒几乎来者不拒，痛快地碰杯，然后一饮而尽。

健硕的邬之畏坐在张茂雨旁边。最初，张茂雨有一种压迫感，随着酒精上脑，什么感觉都没了，他看着身边邬之畏端着的那张弥勒佛一样的脸，感觉他亲切了。陪酒的美女不但酒量好，还是段子手，一个接一个的段子让满桌人畅怀大笑。

张茂雨喝着喝着就喝高了，俨然是位凯旋的英雄，言谈举止逐渐变得豪气，频繁主动出击，四处碰杯。凌薇在一旁不断提醒他："不要喝了，喝的是钱，不是水啊。"他摇晃着站起来，接过凌薇劝酒的话，说给凌薇听，也是说给大家听。他哑着舌头说："谁，谁不知道这些红酒千金难买啊？关键是买到真货。"他右手操起眼前的一支红酒高脚瓶，盯着酒瓶的法文说明书说，"这些法文我不懂，但品牌我懂，酒品我也懂，这不是法国勃艮第罗曼尼·康帝（La Romanée-Conti）吗？哦，瞧瞧，还是2005年的，这得多少钱？至少10万吧，对不对？"整桌的人停止谈笑，看着张茂雨的酒醉肆意。

凌薇没有喝酒，以茶代酒，敬了诸位，也许因她是女士，同时还要负责张茂雨酒后的安全、就寝问题，大家也没有为难她。此时，凌薇涨红着脸，用力拉着张茂雨的衣角，暗示他坐下。张茂雨没有搭理她，用左手转了转餐桌转盘，把一支红酒转到眼前，左手操起，醉眼蒙眬地看着法文说明："La Tache？这，这，是顶级红酒啊！怎么的，也得，8万吧。"他停顿了一下，感伤至极，声音哽咽着，把酒瓶放下，端起满满的一杯酒，说，"我张某不才，竟然能交到诸位朋友，说，说实话，今晚之前，都是陌生人，你们伸手相助，我内心感激，自当铭记，再次敬谢！"

凌薇站起来伸手按住张茂雨端酒的手，没让他一饮而尽，他端着酒杯停在空中。她向大家表示歉意说："他喝高了，失态之处还望各位海涵，感谢你们。今晚这顿饭我们请了。"

大家目光都齐刷刷地投向凌薇，说这话是啥意思呢？

戴志高冷不防抛出一句说："知道在我们这儿一桌多少钱吗？基础款，一桌是100万！"

"100万？！"张茂雨听到了，他醉醺醺的，荡开凌薇挡住的手，把酒杯端起来，仰脖子把酒喝得一干二净，然后把高脚红酒杯悬空倒置，在空中画了一道弧线，说，"小意思，我们付！"

凌薇略显尴尬。她拉着摇晃着上身的张茂雨往下一压，稍一用力，张茂雨一屁股坐到椅子上，仰躺在椅子上，醉态可见。

这个时候，邬之畏开口说话了。整个饭局上，邬之畏一直保持着笑眯眯的神情，举杯敬酒或被敬酒，酒杯碰到唇边，也只是轻轻一点。这场饭局上，论职位，他是老板；论年纪，他是60后，老谢也是60后，张茂雨70后，其他人都是80后了，无论从哪个角度说，他都是老大。邬之畏说："看来大家喝得尽兴，酒也喝了不少。"他拍着身旁张茂雨软塌塌的肩膀，说："张总，还满意吧？"张茂雨费力地挣扎着坐了起来，点头说满意。邬之畏说："那就好，欢迎以后常来，这里就是你的餐厅，什么时候想大家了，想到这儿再聚一次，就给我们打电话。"他放缓语气说，"只要是你过来吃饭，永远免单，随意吃，我邬某买单。最后，我祝贺张茂雨先生顺利回到北京，重获自由。"

大家鼓掌。凌薇站起来给大家鞠躬，表示感谢。张茂雨嘴硬："别，别，我向来自由啊。"

他人醉，心明白。

戴志高说："张总，你自由吗？你窝在温哥华小镇，多长时间不出门了，谈啥自由啊？"

张茂雨一听脸色就变了，他瞪着戴志高，酒精醉红了眼："你咋知道？你们监视我？"

戴志高耸耸肩，既不否认也不承认，双手一摊。他传递给张茂雨的意思是：你不是自由的。

话题开始偏离了正道。他们设这个饭局时，尽力展现的是温情与和睦，把张茂雨从西北地区接回北京，张茂雨正处于惊魂未定、一头雾水的阶段，给他一些归属感，一个带有柔和友谊的气氛，便于沟通感情，拉近关系。他们没有设计这个话题，在饭局的尾声，却被无形中挑起来了。

老谢出场了。他从手提包里拿出一份资料，在手中扬起。他盯着张茂雨说："自我介绍一下，我从事法律职业有三十年了，算这个行业里的老家伙。我有限的经验告诉我，根据这份口供，只要稍微使点儿力，深挖下去，张总都不会这么喊着自由，你应该在二十多平方米的房子里，和二十多个来历不明的人挤在一起，而不是在今天丰盛的酒局上。"

张茂雨被激醒了。他嚷着说："他们没有把我怎么样，既不是逮捕我，又不是拘留我，只是请我过去了解情况。"说着，他一一扫视在座的人，包括邬之畏，然后他吞咽了一下口水说，"他们没有带我去派出所，没有去公安局，而是住在酒店里哦，好吃好喝招待着。我说了，这些开销我来承担，不能乱花公共财政一分钱……你们不信，可以打电话问。他们根本没有立案，因为，我的事情根本不具备立案标准。"他放缓语速，加重语气，"贾阿毛同志对我是有很大误会的。"

他们几位相视一笑，无人回应，也无人辩解。

老谢不疾不徐，继续说："根据这份口供，如果继续深挖，我相信张总就不会这么说了。对了，这是私人家宴，怎么说都不重要。不过，根据我的法律常识，刑法规定，涉嫌职务侵占、侵占他人财产以及挪用资金等罪嫌，判刑不低于15年。"

凌薇一听判刑15年，脸色就变了，神情惶急起来。张茂雨则似乎沉得住气。符浩打圆场说："继续喝，红酒喝完了换白酒。"他推了一下戴志高，"白酒呢？开了吧。"

气氛活跃起来，但是已经没有了最初的喧闹。

戴志高起身，拧着一瓶茅台酒，边开启瓶盖边特意补充说："30年茅台酒，千金难买。"符浩白了戴志高一眼。事后，戴志高问符浩："为何白我？"符浩说："好端端的一场高雅酒局，怎么被你分解成多少银子了呢？俗不俗？"戴志高一脸不屑。"哪儿俗啊，对付这种人，就应该以俗攻俗，让他知道我们这顿饭的斤两，让他了解陪客的分量，还得让他们知道这顿饭得值多少银子，别傻不拉叽地白吃白喝，不分轻重，不知好歹。"符浩一句话就把他噎住："人家又不是傻子，名校毕业生，手握数十亿市值的股票，怎么会不辨贵贱，不识实务？"戴志高一时语塞，嘟囔一句："别总是拿高学历来堵我嘴。"

席间，有人推门进来跟邬之畏耳语。邬之畏立即冲大家做了一个打住的手势，神秘地说："小点儿声，首长家属就在隔壁吃饭。"

听此一说，大家停止喧嚣，变得安静起来。随后，邬之畏端着酒杯出去，说去隔壁房间敬一下酒，尽尽地主之谊。

凌薇跟张茂雨耳语了几句，张茂雨一下子酒醒了不少。他的眼神里，露出敬畏的神情。

邬之畏敬酒半天没有回来，戴志高就招呼大家散了。几天后，符浩问戴志高，为张茂雨接风的那晚，隔壁房间来的是谁。戴志高听了就吃吃笑，不语。符浩又问了一遍，他十分好奇。戴志高被逼急了，索性就说了："其实房间里啥人都没有。"符浩说："那是？"戴志高说："以后你就明白了。那是老板的惯用手法，专门用来唬一唬张茂雨这类人的。"

接风压惊宴结束后，戴志高安排司机开着符浩的路虎送张茂雨、凌薇两人回温哥华小镇。路虎车开到小区门口，栏杆自动抬起，车子就进去了。

回到房间，张茂雨喝了不少热水，折腾到半夜，酒醒了。他摇醒累趴在身旁的凌薇，她睡眼惺忪地抱怨着："你这是咋了？大半夜也不睡觉。"

张茂雨给坐起来的凌薇披上外套，他们靠着床头靠枕，聊起了这些天的事儿。

张茂雨问："你找的他们？"

凌薇说："是啊，你让我找的符浩。"

张茂雨问："符浩和顶天集团的邬之畏是啥关系？"

"是啥关系？好像是一起的。"

"我看，是一伙的。"

"嗯。不过，他们是真帮忙。这些天，我是急死了。"

张茂雨说："我知道。我在里面也是火急火燎的。"

"你没有受罪吧？他们没有把你怎么样吧？"凌薇查看着张茂雨消瘦的身躯，被他轻轻推开。

"还好。"张茂雨说，"他们提出了什么条件？"

"还没有，说等你回来，谈合作。"

张茂雨望着天花板，不言声，琢磨着他们想怎么合作，合作什么。

凌薇抽泣起来了，扑在张茂雨胸怀里。凌薇哭诉着说："我们这算啥日子呀？整天胆战心惊的，像惊弓之鸟。这是我们想要的生活吗？我不要求富贵，不要奢侈品，不要豪车别墅，只求平平安安，过平淡生活，还不行吗？"

"现在说这个太晚了。"张茂雨一脸懊恼，"谁愿意走到这一步？"

他长叹一口气，说："这年头，吃肉不吐骨头的主儿，到处都是。"

"你咋这么悲观啊？你是不是说他们？他们看起来不像坏人，说帮忙就帮忙，把你捞回来了。"凌薇擦着眼泪，看着眼前的这个男人，又瘦了。

"怎么是捞回来呢？是送回来。"张茂雨纠正说，"带我过去，得送我回来，只是他们没有送，而是有人接了而已。"

他强调一句，安抚凌薇，又像是给自己壮胆："他们没有给我立案。"

纸 金 时 代

第十二章

漫天要价

深秋迟来寒。

符浩陪艾米莉逛商场，这是他这些日子为数不多的轻松时光。

侨福芳草地有一个著名的艺术酒店，新摆放了一批前卫艺术品。艾米莉天忄生喜欢奇形怪状的装饰艺术，这些东西在符浩眼里，要么土得掉渣，要么玄乎神乎，反正他是看不懂或瞧不上。在艾米莉兴致勃勃地对每一尊艺术品评头论足时，他就硬着头皮听，不时调侃一两句，丝毫不影响打开话匣子的她的兴趣。比如，在一尊货真价实达利的行为怪异的人物造型面前，符浩皱着眉头说："咦，这胖子，真逗，我怎么想起一个人？你说，像不像戴志高？"他转头跟艾米莉说话时，就听到"咔嚓咔嚓"的声连响，艾米莉端起相机，一通抢拍。

符浩故作羞涩，打趣说："一张油腻中年人的脸，有啥好拍的？"

"不能糟践自己。你咋中年了呢？不过也是，是否是中年年龄不重要，重要的是心理年龄，有的人就心理沧桑，对吧？"艾米莉扮着鬼脸，打趣他，"对了，以后你这张脸就授权给我了，我跟踪拍摄。做我的摄影模特，免费拍摄一辈子。"

符浩摸摸自己的脸，自嘲说："我都怀疑你的品位了，就这张渔民儿子的老脸，还可以当摄影模特？"

艾米莉拉他出去透透气。他们穿过长廊，两边都是造型迥异的艺术品，大大小小排列着，艾米莉依偎着符浩，一脸幸福。

艾米莉说："可不是夸你，你眼睛深邃，脸部结构很好，有线条感，有着神秘的东方气质，对，有点儿像秦人。"

符浩哈哈大笑。"拉倒吧，我还像秦人？你见过秦人吗？无非就是说我像兵马俑吧。听起来不是好话。"

艾米莉搔了一下符浩胳膊。"哎呀，给点儿阳光就灿烂，秦人多有艺术感啊。你要是到法国去，那些大摄影师肯定会疯了一样抢你。我都能想到他们会给你的相片起什么名字：'东方的神秘——现代与传统的撞击与融合。'"

符浩捧腹大笑。艾米莉放开符浩，手疾眼快，打开相机，又"咔嚓"一下把符浩这副尊容给拍下来。

符浩指着相机说："别浪费胶卷了，一个大老爷们儿有啥可拍的，你应该多拍美女。"

"美女我也喜欢，帅哥我也收集。"艾米莉关好相机的镜头，说，"我要拍摄你们这些商业人物的面孔，有朝一日开一摄影展。"

"老外不识东方的美，带有偏见。"

"是有偏见，那是指美国。"艾米莉说，"他们对东方美的认知有差异，比如说美国人不识货。他们眼里的东方美就是单眼皮、朝天鼻。你看看他们画的花木兰，真放到中国，连烧火丫头都当不上。最懂东方神秘之美的是法国人，欧洲人在艺术、在审美上才是真正的懂行，是真正的贵族。"

一阵秋风吹来，艾米莉紧了紧衣服，有些冷了。符浩把艾米莉拥在怀里，闻着唯有这个年纪才有的青春味道，有些迷醉。这个季节，艾米莉穿着一身夏天的便装，素白色衬衣和牛仔短裤，黑发盘起，毛边短裤的裤管处，露出修长的双腿，左肩斜挎着一只猩红色的小包。在身旁穿梭的汹涌人潮中，她活色生香，即使路人也会直接忽略周遭，在她身上多停留片刻目光。嘈杂的声音奔涌到此时自然过滤，世界寂静无声。她的鹅蛋脸除了清纯，无一丝杂色，有着顶级的纯净度。

符浩拥着她进入酒店，踏上扶梯，上了二楼哈根达斯店，找了一个靠窗的位置坐下，然后他把随身运动款外套脱下，让她裹着。

艾米莉是个有趣的女孩子。符浩发觉自己逐渐有些迷上她了，这让他颇为吃惊。在商界游弋久了，他逐渐失去了爱的能力。他们这个圈子的男人大多认为，所谓爱情是用来游戏的，当不得真，也没必要花费精力、时间和心力来经营。世间哪有真爱。不过，戴志高似乎不认可这种理论，虽然他经常更换女孩，但戴志高认为有真爱，得不到的就是爱。符浩明白，戴志高指的是琪琪，一个不入流的女演员。每次聊到琪琪，戴志高就饱含深情，然后又遗憾地中止谈论，转换话题。

符浩感受到了艾米莉对他的爱意。家里，健身房，开车路上，办公室，商场，餐厅，电影院，咖啡馆……艾米莉随时随地都能发现喜感，随手拍给他，让他感受着她的无时不在。

比如有一次艾米莉在西单陪她妈妈逛商场，随手拍下妈妈选购新款衣服，在镜子前摆弄姿势的样子。"青春期撞见更年期"，艾米莉风趣地附上一句话，连图带文字私信给符浩。随后她贴上一个张狂的表情，又紧接着来一句，"妈妈购物很high啊，700块买了一马甲"，又加了一个撇嘴的表情。

符浩闲暇时喜欢约艾米莉吃饭，正如艾米莉喜欢约符浩看艺术展一样，各自迁就各自的喜好，自是和谐。唯一不同的是，艾米莉可以对艺术品颇有水准的评头论足，而符浩直面一桌美食时，只顾"吃吃吃"。符浩说优秀的人都是敏于行讷于言，把艾米莉逗笑了。符浩感觉在艾米莉面前好放松，不需要伪装，虽谈不上放浪形骸，至少内心是快活的。"你对吃穿咋这么不讲究呢？穿着土，吃饱就行，甭管是否营养。你吃相贼难看，吃啥都咬得嘎巴响，还掉饭粒。我就纳闷儿了，生活小事都搞不定的人，咋动辄投资数千万做项目呢？"艾米莉堵他的嘴，"以小见大知不知道？"

提到投资，符浩就郁闷了。他认为自己现在是窗外放炮——响在外面。自从砸下全部身家，随同邬之畏拿下颐养保险后，他就如跳进了冰窟窿，脱身不得，因而逐渐减少了参加作为发起人之一的青年投资人沙龙的次数。

贾阿毛直飞北京要找邬之畏兴师问罪。他判定是邬之畏终止了他精心设计的一个好局。

在去浦东机场路上，他的债权人吴仁天给他电话，阴阳怪气地说："贾总，阴沟里又翻船？"

贾阿毛顿觉吞了一只苍蝇。人走背字喝口凉水都塞牙，好局被破，又遭债权人问候，哪壶不开提哪壶。挂了吴仁天电话，贾阿毛心情坏透了，他闭着眼，摇下车窗，任车子在高架高速上疾速飞驰，一桩桩往事再次浮现于他的脑海中。说实话，在外人面前，贾阿毛体面光鲜，堪称一位人物，产业众多，富甲一方。但谁知道他内心的苦楚？一文钱憋死英雄汉。收购英国的海外资产持续缩水，年初一狠心把员工从500多人减至21人，看守"内阁"。当初，他兴致勃勃地在香港把应约而来的英国老板忽悠得一愣一愣的，第二天就同意签署并购协议，迈入国际化进程。现在回想起来自己太愚蠢，英国老板拿着现金支票，留了一点儿股份，拍拍屁股就走了。贾阿毛还以为捡了一个大便宜，没有老外干涉，自己想怎么干就怎么干。干着干着，"哐当"，欧洲经济危机狂风扫落叶般卷来，把海外收购的项目横扫得稀巴烂。他慨叹，没有现成的国际化储备别整天琢磨着进军国际市场，迈向全球，那丫的就是一陷阱。昨晚，看守的老廖差点儿撂挑子了，跨洋电话打来，一通抱怨，那语气，好像他是打工的，老廖是老板，还抱怨总部办事一塌糊涂，什么总部财务迟缓、磨叽，打款不及时，没有钱，被狗日的资本主义逼得寸步难行啊！贾阿毛龇牙咧嘴，把免提电话扔在茶几上，任他怨气冲天，心里大为光火：这个小瘪三，难道我在国内日子过得就好吗？他虽然在肚子里抱怨，但嘴上不敢这样说，万一把老廖说毛了，撂挑子拍屁股走人，海外那一摊事儿就麻烦了，无人可用，无人可管，自己干瞪眼了。只能极尽耐心轻言细语地一通安抚。

贾阿毛进入斗牛大厦大堂，就看到一个黑色西服的保安，不苟言笑，拿着对讲机，眼睛瞟着他，报告说人到了。上了电梯，又看到一个黑色西服的保安不苟言笑，一路跟着贾阿毛上了电梯。出了电梯，又一个黑色西服的保安拿着对讲机，报告说人上来了。保安们似乎如临大敌，一路报告着他的行踪。

贾阿毛感觉怪怪的，颇不舒服。他再次踏进斗牛大厦紫光室，更觉阴风拂面，满屋寒气，心底透凉。

邬之畏则是春风满面。窗帘被卷起，阳光赤裸裸地射进来，室内喷了进口清新剂，宛如早晨森林的味道。

邬之畏说："咋回事，怎么几日不见竟然憔悴了不少？咋又闷闷不乐？"

贾阿毛没有心情兜圈子，开门见山，径直说："张茂雨是不是在你手上？"

他盯着邬之畏，想捕捉邬之畏面部表情变化。

邬之畏故作吃惊地问："咋回事啊？上次电话里你还咨询这个事儿。咋会在我手上？你可是不知道他一丁点儿情况吗？"

贾阿毛一时语塞，说话有些结巴："是……是过了几天才知道的，我们不是当事方吗？警方通知我们了。我们兴奋才不过几天，天就塌下来了，大喜大悲，真是冰火两重天。"

邬之畏不露声色地说："不在我手上。我都没见过他本人。那，接下来怎么处理？"

贾阿毛猜测张茂雨即使不在邬之畏手上，邬之畏也是知情人。他也不转弯抹角了，说："还是得请八哥出面，请牛老师帮忙。"

邬之畏沉吟着。

符浩、戴志高推门进来。符浩故作惊讶地对贾阿毛说："哎呀，贾总过来了，你们谈事儿吧？那我们撤了。"

符浩拉着戴志高转身，却被邬之畏叫住："别走啊，都是自家兄弟不是外人，一起参与进来帮贾总出出主意。"

符浩顺势关上门，他们走过来坐在邬之畏身边的长条沙发的左右两侧。

贾阿毛点头示意，算是打了招呼。他没有心情和大家寒暄，只想达到自己预期的结果。他再次对邬之畏强调说："还是得拜托八哥找找牛老师帮帮忙。"

邬之畏没有表态，展现出招牌式的弥勒佛笑容。戴志高插话说："牛老师可不好找，哪儿说找就得找啊？那得费多大劲儿啊。"

贾阿毛又尴尬又恼火，坐立不安，一会儿双手十指交叉，一会儿左掌抱住右手背，不断调整着坐姿。

符浩对贾阿毛说："还是张茂雨那事儿吧？"

贾阿毛说："太难搞了，迫切需要找八哥出面。我一大早就飞过来了，其他小事情还犯不上找八哥。"

贾阿毛把张茂雨被平西带走的事情复述一遍，边复述边把张茂雨的祖宗八代也给问候了。符浩知道此人果真是急了，否则一个在圈子里叫得上名号的企业老板不致如此失态，或者说如果不是事情非常棘手甚至危及企业，他也不会频繁爆粗口，尤其是在没有喝酒的前提下。

邬之畏向戴志高使了个眼色。戴志高心领神会，对贾阿毛说："打开天窗说亮话，做任何事情都是需要成本的。如果请牛老师出面，贾总打算出什么价？"

贾阿毛一听出价，心里就开始活泛了。做生意的人，最担心的就是对方给你打太极，不给出价，甚至连生意都不谈，装疯卖傻。这又是中国商场特色，话说一半，有的连一半都不说，说了那么一两句皮毛，让你猜，让你去揣摩，耗费心力。跟外国人做生意就比较痛快，所有事情摆在桌面上，可以讨价还价，明摆着的，谈得成就谈，谈不成就结束，不会让你耗费精力，连做梦都在猜测。

他知道只要对方开价，说明事情就有转机，有希望。

贾阿毛冲着戴志高伸出了右手食指，一柱冲天，说："这个数。"

贾阿毛做手势时的面部神情，让戴志高似乎又看到了抽搐的样子，像在吃力地付出巨大代价似的。

"10亿？"戴志高问。

贾阿毛瞪大眼睛，反问说："10亿？有这个现金流，我就不跑过来麻烦你们了。有10亿现金流，我可以直接盘活所有资产，滚动起来，哪儿还费这么些事儿，还大动干戈地请求你们动用牛老师关系？"

邬之畏笑容渐收，变得有些严肃起来。显然，这与自己的预期有点儿远。

"难道是1000万？"戴志高笑了，是阴笑，"我说贾总，您也是大老板，怎么像打发叫花子啊。在我们斗牛大厦吃一顿饭基础款也是100万，帮那么大忙，才够吃10顿饭？"

眼前这些人的耻笑，甚至说贪婪，贾阿毛尽收眼底。他摇摇头，咬牙说："是1亿！"

符浩循循善诱。"上次贾总说没有套现的股份的5%。根据当前持有的木木股份市值，5%的回报至少2亿。如果打官司，风险代理有30%的，找讨债公司追讨也是30%。"

"那肯定不划算，我也不想走那条路，所以才想到找八哥帮忙。"贾阿毛显然认为符浩这算法是开天价，他转向邬之畏，"我说的1亿，是现金。"

邬之畏收敛了笑脸，直视着贾阿毛，一本正经地说："贾总，最初你找过来帮忙是不是连这个数都没有考虑过？"

贾阿毛心底"咯噔"一下。他知道邬之畏对这个数不满意，天下没有免费的午餐，没有无缘无故的爱恨，更没有无代价的帮忙，尤其在生意场。邬之畏问得对，自己最初的确是没有考虑支付给邬之畏这么一笔巨额报酬，最多是几千万的友谊价，出价一亿也是咬牙硬撑。

贾阿毛没有立刻回答。他猜到邬之畏要正式出价了。

邬之畏右手张开五指，直视着他说："这样，我们想办法搞定，收回标的金额50%佣金如何？"

抢劫啊。贾阿毛在心里蹦出了这么一句。他又激动了，不是，是愤怒，他感觉周遭一片黑暗，窒息，无法挣脱的窒息。他右眉剧烈抽搐，右手五指如钩，抖起来。

符浩动了恻隐之心，站起来，拧开手头的矿泉水，递给贾阿毛。贾阿毛左手接过来，"咕噜咕噜"地喝着，喉结在有节律地涌动着。

放下矿泉水瓶。愣怔半晌，贾阿毛站起身，步履蹒跚，也不跟在座的人打招呼，往室外走去，自言自语说："我，我去让法院查封去。"

符浩说："贾总，等等，我送你下楼，安排司机送你去机场。"

送走贾阿毛，符浩回到紫光室。邬之畏对他们说："你们去把张茂雨请过来。"

戴志高没听明白似的。"请过来？打个电话，让他直接过来就行。"

邬之畏说："该收敛则收敛，万事不可锋芒毕露。"

符浩开着自己的路虎过去。戴志高坐在副驾驶上。符浩一般不愿意他人碰自己的路虎，除了偶尔饭局上喝了一些酒叫代驾或顶天集团的司机，都是自己开车。

下午路上车子不多，跑起来通畅。戴志高在微信上和一些女人调情，一边呵呵笑。

符浩望着前方，手握方向盘，忽而问戴志高："你知道啥叫'近朱者赤，近墨者黑'吗？"

戴志高抬头白了他一眼，继续低头聊着微信。"我说浩子，你这是嘲笑我呢还是别有用意？反正我没有听出啥好意。"

符浩轻笑着："你这是坏事儿干多了，惊弓之鸟，别人随便一句话，就能勾起你的警惕。看不出来啊，你看起来大大咧咧，其实心事蛮重啊。长期绷着弦儿，肾上腺长期紧张，肾上腺素分泌过剩，对血管不好，加上你这肥胖，我判断，你只要人到四十岁，肯定高血压。"

"你就不盼我点儿好啊？"戴志高知道符浩没有恶意，他放下手机，说，"这不是很简单吗？跟好人学好，跟坏人学坏。"

符浩抽出右手竖起大拇指给戴志高点赞，笑看着他。"你替我分析分析，我咋就突然变坏了呢？"

"谁说你变坏了？"戴志高本能地反驳一句。

"艾米莉，我的女性朋友。"

"女朋友吧？还女性朋友，咬文嚼字。对，新女朋友。"戴志高用手指在空气中敲着符浩，"你肯定对人家使坏了，霸王硬上弓吧？嘿嘿，我马上能脑补你饿虎扑食的情景。"

符浩笑着摇头。"我们什么都没有发生。"

戴志高不信。他忽而想起什么，说："你是不是想说跟着我们就学坏了？"

一辆车子超过路虎，符浩没有追赶，牢固地抓着方向盘，目视前方，露着微笑。

"我是感觉自己也变得心狠了。"符浩说，"我在反思反省，别变得没有人性。"

戴志高有些不高兴。"你反思反省？我其实为你打工，你懂吧？你却不支付我一分钱。我知道你要说啥，不就是说我们在敲贾阿毛和张茂雨的竹杠吗？这还不是因为收购颐养保险落的亏空，一下子把公司逼入绝境。你和邬之畏老板都是颐养保险股东，我什么都不是。"

"错，股东不是邬之畏，是顶天集团。你是顶天集团执行总裁，也应该是股东吧。"

"挂名股东。"戴志高意兴阑珊，"跟张茂雨一样。不过，张茂雨做的这事儿，差点儿要了他老板贾阿毛的命，我如果这样做，邬老板会直接要了我的命。"

符浩呵呵一笑，摇头说："你不敢，也不会。"

"谢谢你高抬我。借我十个胆，我也不敢。"戴志高岔开话题，"浩子，你认为我们打算怎么和张茂雨谈？借钱？平心而论，他怎么会借钱给我们呢？除非动用那个。"

戴志高做了一个粗暴的打压动作。符浩从后视镜看得清清楚楚。

符浩摇头制止。"如果动用那个手段，那我们就是黑社会。除了你有这种优质潜质，我可沾不上边。"

"高抬我了。我就是眼神训练得凶了点儿而已，不过女孩子喜欢我这款古惑仔式大叔，她们感觉有安全感。"戴志高嘿嘿笑，不急不恼。

"如果胳膊刺青，凶兽文身，脖子上戴上粗金项链，气势再彪悍、跋扈一些……"符浩正数落着，被戴志高截住。"别，我内心就是一文化人，可不是混黑社会的。"戴志高说，"别偏题了，你认为我们怎么跟他谈？"

"套现出来的钱，想从他的腰包里掏出来，那是要命的。不过，还有股权没有套现，可以质押贷款。"

"那我们能给什么？"

"给什么？这个需要谈，看他需要什么。生意场上，没有条件创造条件，邬老板不是常说，办法总比困难多嘛。"

车子到了温哥华小镇，铁门随着电脑女声"欢迎回家"，随即打开。之前，符浩开车去找过凌薇，商谈捞回张茂雨的事情。那时，凌薇向物业保安备案登记了符浩的车牌号，登记在册，每次只要进来，拍照灯一扫，电脑里会蹦出登记在册的车牌号，车就直接进去了。

他们把车子开到温哥华小镇第四栋地下停车库，等着张茂雨下来。

凌薇去了王府井一个美容院做皮肤保养。这些天她胆战心惊，睡不好觉，面容憔悴。张茂雨那晚随口说了一句话，她就上心了。那晚房事过后，张茂雨趴在凌薇身上，抚摸着年轻的胴体，意犹未尽。他端详着凌薇因兴奋而有了红晕的脸庞，突然冒出一句话说："可别成黄脸婆了啊。"这句没头没脑的话，让刚才肉体的愉悦遁形而去，凌薇心里那个不痛快啊。"我还不到三十，咋就说我黄脸婆了？"

一大早，凌薇就去东方君悦酒店的美容院收拾自己去了。张茂雨接到戴志高来接他去顶天集团的电话后，就电话问凌薇要不要一起去。凌薇说陪你们男人谈事儿累得慌，我还是踏踏实实做我的美容吧。

张茂雨进了地下车库，上了符浩的路虎，坐在后座上，大家寒暄一番。张茂雨暗自吃惊：他们的车子怎么能进来？关键是，还知道他的住所。

张茂雨忐忑了。

忐忑的心境一直伴随着他来到顶天集团。他们带着张茂雨坐着直梯上楼，出了电梯，穿过长长的走廊，此时走廊没有灯光，除了他们走路的脚步声，四周静寂得可怕。到达紫光室，戴志高冲着闪着荧光的门锁眨巴着眼睛，进行虹膜识别，一扇门就打开了。

张茂雨一脚迈进去，情绪指数快速下跌。室内光线幽暗，一盏变色的台灯灯光忽明忽暗。向室内纵深走去，最里端的沙发上端坐着一个人——邬之畏跷着二郎腿，嘴里抽着雪茄。张茂雨走近时发现邬之畏一改往日的弥勒佛式笑容，一脸肃穆。他冲着走近的张茂雨轻点头，示意对方在正对面一个小型沙发上坐下。此时，张茂雨注意到，邬之畏右侧，符浩走过去坐下，冲着张茂雨点头微笑，态度亲和，在缓和张茂雨的内心紧张情绪。法律顾问老谢坐在邬之畏左侧，礼节性或者说是机械式地微微点头示意。戴志高则站在自己身后，一言不发。

多像一场预审啊。张茂雨多少日子后，想起来这个场景，依然心有余悸。他对符浩说，紫光室太阴森，不是我的福地。那时，他们已经是亲密的合作伙伴了。

沉闷的局面被戴志高打破。戴志高说："别紧张，张总，我们一般谈点儿严肃事情就喜欢把光线遮蔽，避免太亮堂了影响思考。"

张茂雨点点头。他故作镇静，轻松地东张西望，保持着第一次走进一个房间时惯有的兴趣打量。毕竟他有贼胆色心，是见过世面的。否则，他当初也不会悄无声息地用偷盖公章、伪造签名等手段进行股权大挪移。他深吸一口气，表态说："今天我也是奔着表示感谢来的。"

戴志高说："我们开门见山吧，这次能把你弄出来，我们确实费了很大的力气，冒着各种风险，毕竟现在是法治社会，对吧。如果说张总要感谢的话，也是理所当然，不知你打算怎么感谢？"

戴志高站在身后说话，让张茂雨浑身不自在，感觉脑后凉风飕飕的。他摸摸脑袋，转过头去，用目光示意他到前面来。戴志高会意，就靠近符浩欠身坐下。

张茂雨故作不置可否。他不想先出牌。

邬之畏此时嘴角含笑。

似乎受到气氛缓和的感染，张茂雨伸出右手食指，冲天一柱，此情景让大家似曾相识。

如果不是顾忌老板在场，戴志高就要哈哈大笑了。

戴志高憋住笑，说："张总很大气嘛，1亿？"

张茂雨狠狠点头，说："对，我能拿出的就这些现金，借给贵公司1亿。"

"你说什么？1亿元，还是借的？"戴志高这下子笑不起来了。

张茂雨点头："是。"

在车上，他们跟张茂雨沟通过，别到了公司摸不清情况。他们直接告诉他，顶天集团在收购一个大项目，遇到了暂时的现金流困境，所有都搞定了，就在一个节骨眼儿上出了点儿状况，一文钱憋死英雄汉。

他们没有想到，张茂雨很豪气地竖起一根手指，如同贾阿毛附体般，也是1亿，还是借款。

邬之畏的嘴角抽搐了下，显然极度不屑或恼怒。这微小的细节变化被符浩捕捉到，张茂雨却毫无感觉。戴志高则鼻子哼了一下，以示不屑。

张茂雨扫视了大家一圈，然后做出无奈状："我能拿出的就这么多。"

符浩直接点破说："据我所知，你套现10亿。"

张茂雨把目光转向符浩，摊开双手说："大部分通过地下钱庄转移到海外了。你也知道，有一部分被香港那边给吞了，赖账不给。"

符浩不语，起身走到桌边，在桌子上摆放着一个牛皮纸档案袋，显然有备而动。他拿起档案袋，娴熟地绕线拆掉封口，取出一摞资料，盖着各类红章的，大小不一，有小圆章，有小方章，还有一枚是盖三角形蓝章的。这些章子显示着这些资料来源权威，可信度强。他递给张茂雨，张茂雨翻阅了几下，似乎没啥反应，无非是公共服务部门和监管部门对外公开的资料。符浩指着一页盖红章的征询回函说："这些资料显示，你还有一大笔股票没有套现吧。"

"至少三分之二还没有套现。"张茂雨点头，"不过，这些股票一旦被查封了，我就分文拿不到。"

"我们如果能不让它们被查封呢？"

张茂雨颇为豪爽，大声说："那好办，我们七三分成，我七，你们三。"

一句话把早就有些不耐烦的戴志高激怒了，他粗声嚷着："打发叫花子啊。"

张茂雨扭头白了他一眼。他的眼神明确地告诉戴志高，这牢骚是屁话。

戴志高一看这家伙不老实，还沉浸在"我是大佬"的幻觉里，不给点儿厉害看看不知道自己的斤两。

他气呼呼地站起来，从符浩手上接过另一个牛皮纸资料袋，直接撕开封口，取出一份资料，扔给张茂雨，瞪着他，带着嘲讽的口气说："张总，你看看，这些资料可熟悉？"

张茂雨接过来一页一页地翻看，全部是自己作案的资料，以及律师意见书，他拿着资料的手有些微微颤抖，脸色立刻惶恐起来。

张茂雨望望这个，看看那个，抖着资料问："你们怎么会有这些资料？你们一直在监控我？你们想干吗？"

老谢神情松弛，轻缓地说："张总，我们不想干吗，我们信奉'和气生财，合作共赢'。放心，我们只想合作。"

老谢手指着张茂雨手中那些材料，盯着张茂雨，板着脸，语气严肃，说："根据这些资料和之前的口供，足以判定诈骗罪、职务侵占罪，两罪合并至少判15年以上有期徒刑，并没收一切非法所得。"他顿了顿，加重语气，"这样的后果，是你想要的吗？"

张茂雨看着老谢，脱口而出："你们这是讹诈！"

张茂雨额头冒汗了。他目光在众人脸上划过，惴惴不安。

符浩轻抚了一下他的肩膀，安慰他："张总，别担心，我们都把材料给你看了，说明我们是明人不做暗事。如果真的想搞你，根本不会在这儿，也不会给你看，直接送到众多监管部门了。所以，我们只是告诉你，你已经安全了。"

张茂雨冲着符浩凄然一笑，闪过溺水之人捞到救命稻草的感激。

这时，一直在堆着宽厚的笑容，以平和的姿态看着诸位对谈和你来我往的邬之畏，忽而收敛起了所有表情，皱起眉头，盯着张茂雨问："张老弟，我也不想说那么多了。你现在该明白我们的能量了吧？"

张茂雨愣了愣，低头看着左右手上两摞资料，低声回应："当然！"

邬之畏进一步看似关心，实则逼问："你明白是谁在搞你吧？"

张茂雨抬头，看着邬之畏，咬牙切齿地说："贾阿毛！想当年……"

张茂雨刚要说啥，被邬之畏制止住："兄弟，你们之前的过节我不关心，谁没有不堪的过去？现在，你更应该关心的是，你知道贾阿毛在干什么吗？"

张茂雨不语，等着邬之畏的后话。

邬之畏缓缓地、淡定地说："前不久他来找过我，一是请我们想尽一切办法把你弄进去；二是要司法冻结你的所有账户，限制你出境。"

张茂雨右肩抬高，左肩下沉，出气粗了，胸脯起伏的幅度比之前快些，明显些，右眉骨耸动着，右手五指勾起，颤抖着。老谢惊了一下，他和邬之畏交换了一下眼神，这些动作似曾相识。他们上了年纪的，对躯体症状的表现则更熟悉和警惕一些，这个年纪的人，经常会患有心梗、脑梗、脑溢血等心脑血管疾病。戴志高和符浩还年轻，显然没有这么敏感，他们感觉张茂雨此时有些不对劲儿，这些动作又像在某人身上见过。他们忽而恍然大悟，这家伙怎么和贾阿毛一模一样啊？连动作都一样。正当大家莫名其妙时候，张茂雨停止了抽搐，恢复常态，问大家："他是不是做了这个动作？"

原来他在效仿贾阿毛。这个小矮子突如其来的幽默，把大家逗乐了。气氛和缓下来。戴志高抢话说："你这学得也太忒他妈像了。"

待大家笑完，张茂雨脸色黑了："我知道，他心里恨不得把我千刀万剐。"

转过头，张茂雨径直问邬之畏："邬总，他出价多少？"

这句话正中邬之畏下怀。邬之畏伸出五指，一动不动地竖立在张茂雨眼前。在张茂雨看来，这个动作，就是张牙舞爪地示威。

张茂雨吃惊："5亿？他怎么可能有那么多钱？他是骗你的。他都快要破产了。"

邬之畏摇摇头："他持有木木股份市值的50%。"

张茂雨脱口而出："我持有的股份都可以给你。"

大家闻言后都愣住了。邬之畏目光闪亮，一时不语。其他几位互相对视，琢磨着怎么会这么轻易就达到了目的，他们诧异不已。

张茂雨站起来，对邬之畏郑重其事地说："这些股份现在都还在我手上。不过，我只有一个条件。"

邬之畏说："你说说看。"

张茂雨恶狠狠地说："一定得让贾阿毛进监狱。"

符浩闻言，心里暗骂：我靠，竟然比我们还狠！

邬之畏轻描淡写地、似乎不相信似的看着张茂雨说："就这个？没有其他的？"

"没有其他条件，以后我就跟着邬总混了。"张茂雨摇摇头，语气坚决。说毕，他双手抱拳，行着江湖礼。

邬之畏伸手握住张茂雨的抱拳说："我理解老弟的心情，这件事可以从长计议。既然你信得过老哥，我们就该紧密合作。"

剧情变化太快。除了张茂雨本人，即使是见多识广的邬之畏，内心也波涛汹涌，轰鸣不已。

符浩听着，总觉得有些玄机，他本能地不相信张茂雨有诚意。他认为，任何心智正常之人，都不会轻易就把这么一大块肥肉拱手相让。

邬之畏拍着张茂雨说："别的不多说，以后就叫我八哥。"

张茂雨双手作揖，低首，鞠躬，说："八哥！"

纸 金 时 代

第十三章

神收购

符浩这些天心情很好，他兴致勃勃地去王府井东方君悦参加了一个论坛，还作为主讲嘉宾上台演讲，分享投资心得。

不期然，碰到了艾米莉。

这天下午，私募基金的青年投资人论坛，群雄荟萃，红男绿女，大佬云集捧场，这帮人的身价，据说随手可买下拉斯维加斯。符浩穿着一件休闲夹克，一条发白的牛仔裤，一看就与台下西装革履的大佬们有些格格不入。他在台上侃侃而谈，男中音有着满满的磁性："VC/PE行业实际上不适合人人都参与，也不是二八法则而是一九法则，10%的人挣90%的钱；不要轻易受同行观点影响，要独立思考和判断，如果是大家都看好、看懂的项目，我们恰恰要特别小心谨慎，巴菲特为什么要住在小镇上做投资而不去华尔街？投资本质而言就是靠概率，投资人要有面向未来的穿透力……"他分析行业和市场趋势鞭辟入里，彰显着年轻投资人的执拗和朝气。台上讲述者激情澎湃，台下听者一律仰首，寂静无声。即将结束时，他突感大腿根部一紧，一股很强的尿意袭来，他情不自禁地夹紧。待他演讲完毕，从台上急急下来，不待主持人极尽溢美之词，忽略了如雷的也许是礼节性的掌声，径直从座无虚席的中央走廊过道溜到酒店大堂卫生间，一通释放，好不舒畅。随即，烟瘾发作，他出了卫生间，就溜达上楼，看到东侧咖啡间，此时空无一人。他窃喜，左右一扫，目测尚无他人进来或注视，就火急火燎地掏出一支雪茄，点火，深深地吸了一大口，然后眯着眼，进入迷离状态，好不舒坦。

那时，他深刻体味着憋坏的感觉，一是尿意，二是烟瘾。

在他身后，有一个人悄悄跟随着，当他狠狠抽了一口雪茄，听到一声

"河东狮吼",他虎躯一震,抬眼一看,我靠,艾米莉怎么在这儿?

艾米莉是听到论坛消息,赶过来拍摄她的"商业面孔"专辑,想要逮住各位大佬的瞬间表情。只是,她没有想到符浩也过来了,头一天电话中没提这茬儿。

符浩说是临时起意的,举办这论坛的是哥们儿,让他过来一通胡吹。

"你不是很少参加活动了吗?你连自己发起的青年投资沙龙都很少参加啦,他们都挺怀念你的。"艾米莉嘟着嘴说。

"我还没作古呢,咋怀念了呢。"符浩说,"不对,应该是用词错误,对过去的事情用怀念,对人应该是想念……也不对,我咋听都觉得瘆得慌,我这么年轻,还没作古呢。"

艾米莉已经在捧腹大笑了。她说:"拜托,对一个过早离开祖国的人,别咬文嚼字的,我已经很本土化了。"

符浩笑了,掐掉雪茄,指着艾米莉的相机说:"是不是把我拍得难看了。"

"好的照片不在于好看或难看,只要拍出真实,就是好摄影。"艾米莉纠正他。

艾米莉拉他出去。符浩问:"去哪儿?"艾米莉瞅着他,直指他的一身行装:"得,这种装扮,更像IT男,哪像金融人士?金融人士西装革履,头发油光可鉴,甚至身上喷着香水……"符浩嚷着:"打住打住,你这是把我打扮成粉面书生呢,我躲都躲不及。"艾米莉拉住他:"哎哟喂,粉面书生?那可是浑身散发着Gay的气息,我压根儿都不会瞧一下。我只是不想你穿得这么土。"

艾米莉执意拉着他,符浩只好跟着她到附近的东方新天地。

艾米莉自作主张,随意摆布符浩,硬是给他添置了一身名牌,弄得散漫惯了的他好不在自在。其实,当年他迈入私募圈子,初期也是跑到香港穿了几身名牌回来,ARMANI、BURBERRY、GUCCI、FENDI、PRADA、BALLY、KENZO、BOSS等一线品牌,要么由内到外、由上到下,一个牌子全套,要么多牌子混搭。人模狗样地出席各种场合,会场、典礼、签约、演讲台,看项目、谈合作、侃条款……这是一个盛行衣冠楚楚戴着面具的时代,说着漂亮的话，言不由衷，假惺惺。但是一谈到金钱、美色则面具全无，露出赤裸裸的欲望。看着他们也看着自己，那时候他突然有种奇怪的感觉，似乎生活在穿金戴银的宠物世界，被一根无形的缰绳牵扯着，身不由己。为什么会是这样呢？他莫名其妙地厌倦了，一夜之间抛弃了所有名牌。就像吃腻了牛排，想吃小时候雨后山林的地米菜。

当他穿着艾米莉选的一身名牌出来，换上新装后，走在东方新天地长长的东西向走廊上，艾米莉说："走两步。"符浩很乖地走两步。艾米莉歪着头，伸出五根指头："你看看，本姑娘让你银子没花几个，却让你穿一身名牌，至少年轻了5岁。"然后，待他冲出半个身位，艾米莉在后，蓦地发出惊叫："天啊！你千万别说认识我，太丢人了。"原来，新裤子标签，像尾巴一样在身后明晃晃地悠然地晃荡着。艾米莉一咋呼，符浩屁颠屁颠地跑到服务台，让高度近视的服务小姐拿着一把缝纫专用的黑色剪刀，咔嚓两下弄掉，又一路小跑到艾米莉面前，邀功请赏。"尾巴没了。"艾米莉白了他一眼，故作一脸嫌弃："一边儿去！"

符浩的好心情，缘于邬之畏采纳了他的诸多主张。那天把张茂雨送走后，邬之畏把他们都留下来，商谈着与张茂雨的具体合作细节。

他们选择在顶楼露天阳台喝茶聊天。沐浴着秋阳，风也不大，视野开阔，国贸三期大楼和正在节节升高的中国尊大楼，尽收眼底。

即使露天阳台聊天，戴志高也是如临大敌。他安排保安部门提前对顶楼进行了安全隐患搜索，只要不在紫光室和邬之畏私人休息室谈话，其他任何地方，邬之畏都指令戴志高做好安全检查，比如是否装有窃听器、摄像头等，边边角角，无一遗漏。习惯成自然，只要换地方，戴志高都会条件反射般安排人员进行一番地毯式检查。

邬之畏明显很亢奋，在阳台走来走去。戴志高想起符浩给他提的几个关键词：多巴胺、内啡肽和荷尔蒙。老板此时此刻是属于哪个关键词呢？符浩曾经带着戴志高参加了他一帮哥们儿的私人聚会，他们在夜店K歌、喝酒、摇骰子、吹牛皮……戴志高发现，符浩圈子的哥们儿跟他圈子的哥们儿大同小异，都是男人，爱钱也好色，稍有不同的是他们知识丰富些，还习惯性口吐专业词汇，词汇还带有点儿技术含量，以符浩为甚。符浩不仅喜欢说那些词，还常常数字和百分比不离口，出口都是数字。

那次戴志高还闹了一个笑话，说荷尔蒙这玩意儿是不是只有和女人上床才会分泌。这句话惹得那帮人哈哈大笑。符浩指着他大笑："这方面你经验丰富，你说呢？"戴志高知道他在嘲笑自己的风流韵事，颇为不服气，又嚷着符浩瞧不上他。虽屡次受不了符浩的白眼，又喜欢往他跟前凑。戴志高梗着脖子辩解："难道上床不是最容易分泌荷尔蒙吗？你又不是学生物的，更不是男科医生，没有权威性。"

邬之畏的身体里此刻肯定分泌着荷尔蒙，他在阳台吹着微风，快节奏地走来走去。肯定是金钱的魔力刺激着荷尔蒙的大量分泌，不分年龄，不分性别。

大家喝着茶，闲聊着。待邬之畏停下，坐过来，大家围坐在一起，讨论的却是寒光闪闪的议题。此时，残阳如血。

戴志高问邬之畏："老板，我们果真要送贾阿毛进去吗？这个贾阿毛口中的小赤佬，提的条件够狠。"

邬之畏没有直接回答，喝了一大口茶，提醒戴志高："别叫小赤佬，以后叫张总。"

老谢认为，从法律层面而言，张茂雨掌握的材料证据对贾阿毛而言是必杀技。

"从我个人感情而言，如果把贾总弄进去，太腹黑了。我个人是不同意的。"符浩表态。

"如果从集体利益考虑呢？"邬之畏抓住符浩的话中之话。

符浩目光游离。在他的前方，前方的前方，形状怪异的楼房林立，一眼望不到边的摊大饼的城市。在钢筋水泥的丛林中，他时常感受到压抑，即使他比同龄人更早地获得财务自由和身价，却依然看不到诗和远方。这种忧虑和压抑，在他全部身家砸在收购颐养保险项目上，发现自己差点儿给自己挖坑的时候最为严重。本来他是打算推荐给邬之畏来收购的，自己赚点儿佣金或其他合作的费用，不承想，在邬之畏的怂恿下，自己头脑发热，一下子把身家全砸进去了，转眼成为有身价而无现金流的穷人。并且，颐养保险项目并没有完全成功收官，还有最后一击。这最后一击的成败，竟然系于两个对垒的人的手中。而对垒的两人，他们的生存或灭亡，又系于他们一念之间，这一念却得权衡所有的利弊。世界就是如此可笑啊。

符浩收回眺远的视线和思绪，望向邬之畏："如果贾总四处活动，我们会赢得战争吗？"

符浩用了"战争"这个词，颇得邬之畏心意。每逢一场重要的商业谈判，邬之畏就喜欢用"战争"来定义它，这样会激发他的野性，让他心情澎湃，他喜欢大快朵颐对方的血和肉。

邬之畏此时说话文绉绉："任何一场商战，对我们都是战争。有人说这是没有硝烟的战争，其实他们错了，怎么会没有硝烟？我们的战争不是硫黄味儿，而是腥味儿。我文化不高，我们这代人，读书不多，偶尔也喜欢读一些诗。记得北岛有一句诗，名字我忘了，其中有两句我很喜欢：'看吧，在那镀金的天空中，飘满了死者弯曲的倒影。'"

说着，邬之畏右手指向天空。此刻这个姿势充满着浪漫的抒情。

戴志高摸摸头："我怎么觉得这首诗好熟悉啊，好像在哪儿看过。"

"是北岛的《回答》。"符浩说，"那我接着把八哥的话说完吧。诸位有无考虑过，张茂雨把木木股份转让给我们，最大的障碍是谁？"

戴志高明白了："那当然是贾阿毛。"

"贾阿毛直接拿着代持协议去交易所提请冻结股份是不会被采纳的，如果仅凭一纸协议就可以去冻结，那证券交易市场将秩序大乱，将产生一场国际笑话。在任何国家都不可能如此。但是，如果贾阿毛上法院提起诉讼，又获得法院支持，法院做出有利于贾阿毛的裁定，那接下来对包括证券在内的资产进行冻结，是完全有可能的。"符浩说，"走一步，的确得考虑下三步。"

戴志高说："这个张茂雨提出合作的前提条件就是要我们动贾阿毛，也是他唯一的条件。"

老谢点点头："我们好像没有太多选择。"

邬之畏说："浩子，事情明摆着，你对下一步有什么建议？"

符浩知道邬老板的意思。符浩不想碰贾阿毛的事情。他只想何时高位套现。他提议分工合作，是否动贾总，怎么动他，何时动他，交给谢律师和戴总负责。他则优先考虑如何与张茂雨交割。

邬之畏提议直接把股权转给顶天集团，但很快发现，这个路径行不通。

顶天集团自己官司缠身，高负债率，银团几乎对顶天集团集体封杀。这些是累积的负面后果。邬之畏也明白，这是野蛮生长的代价。如果转让给顶天集团，符浩认为，执行收购颐养保险的尾款还没来得及支付，就会被那些官司冻结。一旦被冻结，就会动弹不得，根据顶天集团及子公司的负债情况，资产会被轮番冻结。即使动用各种关系，影响官司的判决结果有利于顶天集团，但无法干涉进程，哪家法院都是案子堆积如山。时间就是金钱，夜长梦多，必须快刀斩乱麻。

邬之畏明白其中利害。他问符浩："有什么解决方案？"

符浩说："我们必须找一家公司进行代持。"

"代持有风险，必须是我们信得过的公司。"老谢说，"仔细盘查过，顶天集团旗下所有公司，包括子公司、孙子公司和参股公司，没有一家不是带病的。"

邬之畏听了生气，直接批评他："只能说明老谢你的风控管理做得不好。"

老谢知道说错了话，戳了邬之畏痛处。一个公司的风控管理毕竟法律板块只是一部分。何况，在野蛮生长时期，顶天集团就是邬之畏，邬之畏就是顶天集团，他可是一言堂。这么多年来，公司发展经常拆东墙补西墙，搞得千疮百孔。老谢曾经和符浩有过几次单独的闲聊。老谢仔细盘算，看似巨无霸的顶天实则虚空，只要轻轻一指头，或者说蝴蝶扇一下翅膀，大厦就会轰然坍塌。民营企业是老板一手遮天，哪有什么风控管理？

符浩转移话题，替老谢解围。他说："我有一个提议。我手头有一家公司，可以替顶天接盘张茂雨转过来的股份。"

邬之畏闻言，不语。

老谢立马赞同："那可好啊，浩子是自家兄弟，不会出啥岔子。"

符浩说："如果我的公司接盘，套现后，由顶天集团发出支付令，我们代行顶天集团支付给债权人，这样可以规避潜在风险。"

邬之畏看着他俩一说一和的，他忽而问："你们俩是不是商谈过？风控都谈妥了？"

老谢赶紧撇清关系，说："我们之前没有沟通，只是从职业习惯和专业精神来分析判断。"

"第三方受让，从法律关系上，与顶天没有任何关联，是一道防火墙。"符浩说，"至于任何受让，需要一些对价，我查过，张茂雨需要转让的是他完全控制的金科投资，金科投资控股银泰控股，银泰控股持有木木股份，金科投资间接持有木木股份。我们不是上市公司，也不是国有公司，也不用考虑公允市价。"

"有备而来好。我同意。"邬之畏一锤定音。

"不过，我有一个问题需要解决，收购张茂雨金科投资公司至少需要支付2亿元对价。邬总解决1亿，然后我去做一倍杠杆。这个需要八哥想办法。"

一听提到现金1亿，邬之畏就不高兴了："现在手头紧，没有这笔钱。"

老谢和戴志高耸耸肩，表示爱莫能助。老谢说："这个办法还是你自己搞定吧。"

符浩有些急了："大家得明白，金科投资虽然股权转让给我公司，我们替顶天集团代持，最终还是要转回给顶天集团。对吧？这笔款怎么会是我公司出呢？如果顶天集团不筹资，我去负债筹资的话，金科投资的资产我得分享一部分。"

大家发现他们被符浩给绕进去了。

邬之畏不爽。他在符浩说话间盘算着账：这个家伙究竟在搞什么鬼？吃到手的肥肉？

邬之畏挥一下手，说："不能让浩子去筹钱，这么年轻不能让他负债，再说，他都投入进了颐养保险。"

邬之畏说这番话似乎真情流露，护佑合作伙伴，够义气。邬之畏又说："对了，可以搞零转让啊。一分钱不出。"

"零转让经不起查，间接持有这么大的投资收益，想不花一分钱就吃到手，难度太大。"老谢站出来提醒邬之畏。

邬之畏听了头大，紧皱眉头。他习惯吃免费的午餐。

符浩看着大家，若有所思地说："刚才邬总提及的零转让提醒了我，有一个办法，可以一分钱不花，同时又规避了法律风险。不过，这必须得张茂雨配合。"

"他必须配合。"邬之畏一听说符浩有办法，他就痛快地做出决定，"这个事情你就全权负责。我不管过程，只要结果。"

符浩要的就是这句话。

张茂雨租住的房子够大，南北通透，五室二厅五卫，是古典欧式装修风格，装饰华丽，色彩浓烈，造型精美，颇为雍容华贵。大型灯池悬挂客厅顶部，吊灯以枝形吊灯为主，呈现出沉醉奢华。张茂雨陪着符浩在里面转了半天。

符浩开着路虎车进来。想起不久前，他们像间谍一样，鬼头鬼脑地巡查、侦察、守候，搞得人紧张兮兮，现在想起来就觉得可笑。很多事情，实际上就隔着一层纸的距离，只要捅破了，就是零距离。戴志高曾经说："追女孩子别搞得那么神圣，把自己搞得神魂颠倒。其实没有那么麻烦，想法子把她睡了，她还不乖乖听你的？"符浩说："自古爱情无数本书都写不尽，就你那厚嘴唇上下一搭，就能泡妞儿？你那不叫爱情，是滥性。"戴志高不满意符浩这么数落他，他说："事实胜于雄辩，你看我，从来不缺女人吧？你呢，浩子，投资达人，青年新贵，身价不菲，经常孤家寡人。知道这叫啥吗？用你们专业术语讲，是优质资源浪费。"符浩劈头一句："你就吹吧，那我问你，琪琪睡了吗？你心中的女神，咋样了？"一提到琪琪，戴志高就翻着白眼，顿时无言。

琪琪是他的心伤。他曾经和符浩透露过，别看他游戏众多女人之间，其实他也是渴望真正爱情的，他心中有人。那人就是琪琪。关于琪琪，他总是不肯多说一个字。符浩甚至怀疑，世间是否有琪琪这个人存在。

回到温哥华小镇吧。捅破了这层窗户纸，就没有间隙。张茂雨担心自己住在温哥华小镇的安全，他经常做噩梦，然后在半夜惊醒。他梦到有人追杀他，自己慌不择路，趿拉着拖鞋，怎么跑也跑不动，然后看到那人举起一板斧，狠狠砸下来……张茂雨这时会从梦中惊醒，一身冷汗。追杀他的人是贾阿毛。每次惊醒，凌薇也被他折腾醒，苦不堪言。张茂雨说之前自己挺胖的，现在越来越消瘦了，睡眠不好，分泌的皮质醇在吞噬瘦肉，合成脂肪，几乎每晚他都这样。然后，张茂雨让符浩看他的脸，一张脸暗淡无光，都快皮包骨了，但他却腹部肥胖。腹部肥胖会导致什么？导致高血压、糖尿病、高血脂，还有高尿酸……

符浩站在宽大的阳台上，看到一个路牌指向出口。他想起了当初，他们租下小区出口对面的一个茶馆，察看和监视张茂雨。其实，现在在想起来就觉得可笑，干吗这么大张旗鼓呢？不知道人家的车牌号，不知道楼牌号，甚至连真人都没有见过，谈何监视？不过，那时就像首次参与一起间谍案，有点儿紧张有点儿刺激，还有点儿奢望，渴望奇迹出现。这就像投资，虽然可以列出一长串的负面清单，但总觉得可以创造奇迹，可以上市，可以独角兽。生活也不过如此，知晓抵达彼岸会怎么样？虽有千万人镜鉴，但依然在不懈地穷尽一切办法抵达，哪怕是重复着千万人同样的过程和错误，依然锲而不舍。如果说，当初在小区四周布防有点儿作用，那么它更多是心理作用吧，一方面围堵和监视的人渴望预期结果的出现，另一方面对被监视方或许有震慑作用吧。

张茂雨请他在书房喝茶。两排书柜摆满了书——横排竖排，有繁体字的、简体字的，还有一部分是英文原版书。符浩想，能够让一个人长期窝在房间里，足不出户，像老鼠那样啃食，啃食的不可能是美女。古人说相看两不厌，其实是骗人的，任何情投意合的情侣，长期相看注定生厌，何况在一个封闭的空间。而书，既是海洋，也是蓝天，所展现的庞杂世界能够使人困守斗室却能窥探世界，拥有世间。符浩算是明白了，能够让张茂雨以及他的情人凌薇甘愿长期寓居斗室却没有疯掉，是书籍的力量。

张茂雨也会茶道，烧水、洗茶、泡茶……他在不声不响中，娴熟、轻松。给符浩倒茶后，二人举杯相饮。饮茶完毕，张茂雨问："你们俩究竟是什么关系？雇佣？合伙？"

符浩知道他问的是谁。除了非常熟悉的哥们儿了解真实情况，其他生意场的朋友都会无意或有意地提到这个问题。符浩不得不多次澄清，他们是合作关系，不是雇佣关系。合作的是颐养保险项目，不是顶天集团。

"我和八哥？我们是合作伙伴，不是雇佣关系，也不是合伙人，我们在一个保险项目上紧密合作。"符浩问，"你担心什么？"

张茂雨记得，在他们见面时，符浩就随口说了一句："张总玩高尔夫是个好手，最好成绩87杆。"当时他就是笑笑，被别的话题给转移了。后来，他忽而想起了这句话，想着想着，就有些紧张。他是干吗的？他们想干什么？连凌薇都不知道的一些细节，他怎么知道得这么清楚？一个人最恐惧的事情，就是自己在他人视野之中，掌握之中，无所遁形。

符浩点出："你不是透明人，是隐形人。"

"我不是担心，我这状况……"他抬头仰望天花板，然后扫一下四周，双手一摊，"都这样了，我担心什么？再说，已经选择了和你们合作，我也无须担心，天塌下来还有你们这些高个子替我顶着。我只是有些奇怪，兄弟你怎么对我的情况掌握得这么清楚？你应该被国家安全部门招安了才对。"

"招安我？我没那能力。"符浩笑了笑，"其实，世界上最快乐的事情是通过自己的聪明才智获得财务自由，赚自己该赚的、能赚的银子。如果被招安，进入体制内，时间成本太高，风险太大。"

"其实嘛，通了几次电话，还麻烦你在我感冒期间给我弄药，实际上我已经对你产生了信任，何况还有邓建阳过滤了一道关。"张茂雨身子往前凑了凑，"虽然你比我小，我看得出，邬老板周围，你是最聪明的但不是最坏的。"

符浩一听就乐了。在他意识里，他从未想过把自己搞成邬之畏周边的人，好像邬之畏就是他的老板。他想，怎么会容忍有这么一个老板呢？不过，他知道，自己绝对不能把这种隐瞒的心思流露出来。

"你这是要离间我们还是直接表扬我？"符浩开着玩笑说，"第一，我乃见钱眼开；第二，我取之有道。只是偶尔狠了一些而已。"

"见笑了，我岂有离间之意？我也听说了，你是北大数学系高才生，当年国际奥数大赛一等奖，我怎么可能算计得过你？"张茂雨一语双关。

符浩给张茂雨添茶。把各自茶杯添满，符浩举杯邀约相饮。饮毕，符浩就开门见山："张总，我是受命邬老板过来找你，谈并购金科投资公司的事儿，具体操盘由我来谈。"

张茂雨微微一笑，说："我猜到是你。"

"哦？"

张茂雨说："当时虽陷于囹圄，但我还是能观察的。邬之畏身边，真正能干这事儿的，非你莫属。那个戴总，不是背后议论他，怎么看都像一个'黑社会'。"

"不是，戴总是一个内心柔软的人，也是农民子弟。"

"出身不重要，出身农村的不一定就善良，对吧？"张茂雨说，"农村不一定就是淳朴的代表，村匪村霸也不少，现在的农村，早没有我们童年时代的田园牧歌了，也不全是善良，有欺凌，有霸道，有龌龊……我扯远了。说回来，那个老谢不用说了，他就是一个律师而已。其他的高管，还有中层，也许能干，但邬之畏并不信任他们。否则，商谈这么大事情的，肯定不会只有你们，像财务总监、法务总监、投资总监，还有众多的副总裁、董事，我不相信他们不能干……但是他们不是邬之畏自己的人。对吧？"

符浩摆摆手说："不谈这些了，这些与我们谈的主题无关。这次我过来，主要是落实上次你承诺的事项。"

张茂雨说："放心，既然答应了邬老板，把公司给他，我会给的。不过，我想求证一件事情，如果公司给了你们，我不会再有牢狱之灾吧。"

符浩没有直接回答，而是借用了张茂雨自己说的一句话，"天塌下来有高个子顶着。"

"我就这么琢磨的。一旦给出去了，我们就是利益关系人，一条绳子上的蚂蚱，我也不奢望一荣俱荣，至少会一损俱损。"

符浩冲着他点头："对。"

"好，我要的就是符总这个态度。"张茂雨问，"接下来怎么交割？"

"交割的前提，还得依仗张总完全配合和支持，支持的前提是要对我们信任。"

张茂雨吃惊地瞪着符浩："我能不信任吗？我把这么大一笔可随时套现的资产拱手让给你们。如果没有信任，世上哪个傻子会干这种事？"

"好。"符浩听张茂雨如此一说，也不打算耗时间打圈圈，"持有木木股份的是银泰控股，控股银泰公司的是金科投资，你是绝对控股。我们测算，要获得金科投资控股股份，至少支付2亿现金对价。"

"我不要一分钱，零转让给你们。"张茂雨大手一挥，说，"只要把贾阿毛弄进去就行。"

"不行，得有对价，要做就做实了。"符浩说，"贾总的事情有专业团队来配合你运作。"

"那你们能拿出2亿现金？再说你们愿意现金购买？"张茂雨语气有些轻薄，他轻薄的不是眼前的符浩，而是符浩代表的顶天集团和郐之畏，"我了解的情况是，你们收购颐养保险，耗尽了现金流，顶天集团没现金。"

"这2亿现金，不是我们出，是请你垫付。"

"奇怪了！难道我自己出钱购买我的股份，然后送给你？"

符浩看着张茂雨惊悚的样子，安抚说："你掏的钱，还是回到你的手上，我们只是过桥一下。"

"怎么过桥？"张茂雨有了好奇心。

符浩用手指蘸了一点水，在茶几上比画着说："金科投资向西南省会的富汇大厦签署5亿购房合同，支付20%即1亿的预付款到账上，然后金科投资违约，再支付违约金1亿。如此，就凑够2亿。我们再把2亿支付内部转账倒腾，由股权受让方转给作为绝对控股股东的你，如此，2亿收购支付的对价转让款支付完成。"

"空手套白狼。"张茂雨手指符浩，"这肯定是你的主意。2亿出去又2亿回来，就这么一循环，银行账户上过一过，你们就坐实了收购事实。"

符浩摇头，微笑着谦逊地说："这算什么？在老兄面前，这些雕虫小技都是班门弄斧。"

"虎落平阳啊，不敢。"张茂雨摆摆手，然后琢磨着说，"万一我们支付了2亿，你们却不支付转让款，有去无回，这怎么搞？怎么防范？"

"哈哈，张总说笑了。"符浩其实挺喜欢这种先小人后君子的做事风格，把担心的，在意的，最坏的，先摆出来，有一说一，谈清楚再进行下一步。这总比拍着胸脯信誓旦旦地满口应承，结果彻底忘掉或事后百般推脱，更有谈合作的价值。

符浩把泡茶的茶具，一股脑儿摆在左边，右边放着一盒餐巾纸，指着它们说："这边是巨额套现的市值，这边是2亿现金，哪个分量重？你会选哪个？傻子都会算，也会做出选择。"

张茂雨皱着眉头，思忖半天，犹豫不决。他刚刚把大部分款项转移到海外，手头存款全部拿出来也不过2亿。他担心这2亿有去无回，而公司名义上的巨额市值，随时有可能被贾阿毛申请冻结，那样自己是一分钱也拿不到。自己之所以愿意将股份拱手相让给邬之畏，是迫使邬之畏在金钱的巨大诱惑下，不得不把贾阿毛送进去。他从未想过，还是要动自己手头活命的2亿现金。

张茂雨问："这是你的主意还是邬老板的主意？"

"当然是邬老板的意思。"符浩的回答滴水不漏。

张茂雨情不自禁地说了一句："这招够阴够狠。"

"我想问问你，你和邬老板究竟是什么关系？"张茂雨往前欠欠身，一脸真诚，"能不能跟我说实话？不是挑拨你们的关系，是觉得你这么聪明的人，怎么……"

"怎么会整天围着邬老板转？"符浩把他后面的话给补充完，"我们是项目合作关系。纯粹合作。"

张茂雨歪着头，斜着眼睛，摇摇头，表示不完全信。

符浩感觉张茂雨似乎有话要说。他说："好吧，我就全告诉你，收购颐养保险的项目，是我的主意，我怂恿邬老板转型，从房地产转型到金控。不过，我之前只想赚点儿佣金，中介，投融资顾问，只是后来头脑发热，把自己手头的现金全部投进去了，3亿。"

符浩说完，仰靠在椅背上，流露出一些无奈感。这时候，他流露出的，的确是他此刻真实的情感。

这一切，逃不过江湖老手张茂雨的眼睛。张茂雨说："明白。所以你既是帮邬老板也是帮自己，对吧？"

张茂雨按了一下烧水壶的灌水键，矿泉水从圆滚滚的塑料桶沿水管"哗啦啦"地流进烧水壶，又按了一下烧水键，矿泉水在水壶里"咕噜噜"烧起来。

张茂雨倒掉喝了几道的茶叶，抓了一把新茶叶放进茶壶里，把两人喝的茶杯用茶夹夹紧在清水里洗了洗，放在二人跟前。热水开了，又把开水倒进茶壶，把茶泡起来。

符浩在观察着张茂雨，脑子里在琢磨着张茂雨刚才说的一番话，他判断张茂雨似乎还有很重要的话要说。他等待着。

茶泡好了，张茂雨把茶倒进各自的小茶杯，举起茶杯，与符浩碰了一下。他看着符浩的目光，变得柔和，没有敌意，也没有焦虑。

张茂雨放下茶杯，盯着符浩说："难道兄弟不留个心眼儿，顺带替自己谋个利？"

张茂雨开始称呼符浩为兄弟了，还夹带了一些感情。

"什么方面？"符浩说，"只要是合法的，就可以搞。我目前的首要任务，就是把颐养保险股份交割的后遗症清理干净，然后早日套现，顺利脱手。当然，这些并不影响其他生意，只要合法。"

符浩再次强调"合法"二字。

"那好，既然你这么坦诚，我不妨也就告诉你。"张茂雨凑近符浩耳语一番。

"你确认？"符浩一副吃惊的表情。

"当然。"张茂雨说，"如果可以，以后我们就真正是一条绳子上的蚂蚱了。"

符浩说："可以考虑。我也给老兄透露一件有利的事吧，你不是担心万一签订购房合同，支付了定金和违约赔偿金后，收不回来吗？其实，你签署的标的公司富汇大厦早被多次抵押，所有房产都处于被抵押状态。也就是说，以房产买卖对外签署的合同，是无效合同。所以说，老兄所言的风险，几乎不存在，因为合同本身就是无效合同。另外，代替顶天集团名义上收购金科投资的，是我持有的公司。虽说未来会再次转让给顶天集团，在2亿交割这个阶段，是由我控制的公司执行。"

张茂雨一听就笑了。他指着符浩说："出这种主意的，属于文明的屠杀，除了兄弟你，我想找不出第二人。"

张茂雨最后拍板："那就这么办了。"

纸 金 时 代

第十四章

衣锦还乡

冬天了，京城出行者的穿着千篇一律，羽绒服颜色丰富多彩、款型千姿百态，尺寸宽大的则把人整个包裹进去，拉起连体帽子，盖住整个头，只露出一张脸，呼出的气体很快变成白雾。无论胖瘦，都裹在羽绒服里，走在大街上，像一个圆球。

这年冬天，股民们闻到了金钱的味道。股市上半年走势平淡，市场缺乏赚钱效应，可到了7月22日，上证指数在碎步攀升，就像春夜的竹子拔节。进入9月后，舆论力挺股市，一只股票并购重组后，开盘连续22个涨停，32个交易日27个涨停，"逆袭与传奇"的神话步入被不断颠覆的征程。

金科投资被顺利交割当天，邬之畏在斗牛大厦举行了一个小型的庆功宴，美其名曰"再迈征程"。

庆功宴在斗牛大厦顶层连体空中的四合院举行。这些联排四合院京味儿十足，北屋是中堂，室内天顶是可开合的透明天幕，步行楼梯是红木选材。中西合璧在这里俯拾皆是，丝毫不显唐突：意大利手工沙发边上配了红木案几，水晶莲花烛台的旁边是中式回文杯垫，南面饭厅的八仙桌正上方挂着水晶吊灯，北边隔间用来在饭后消磨时间小酌一杯，罗汉床上的象牙烟枪只是摆设，重要的是身后的雪茄盒，是邬之畏亲自置办的物件。

小型庆功宴并不小，除了他们中高层，还邀请了一些嘉宾，如商业伙伴、西南省会的主管领导、券商、银行负责人，还有一些过气的港台明星以及内地三四线女明星，四张八仙桌，坐得满满的。这些过气的或尚未博出位的明星异常活跃，有的是要唤回曾经的巅峰，有的是想引起关注，给自己创造鲜艳的未来。在这些所谓的大佬的圈子，无论一流二流还是不入流，能进入斗牛大厦四合院饭局的，都是身价亿万的大佬。他们酒酣之际，有人高歌了一曲，虽经岁月洗礼，歌喉巅峰不再，但依然声情并茂；有的演绎着他们在各自经典的影视剧里的经典桥段，虽年代久远，被时光遗弃，但依然倾情倾力；有的年轻的体力好的，边歌边舞，他们红着脸，深着情，赢着喝彩。智能手机随手拍的时代，这些曾经的或未来的明星的视频，转瞬间上了各种微信群、朋友圈，又迅速传播到海内外社交平台上。符浩看到了大学时代的偶像，在炫目的灯光下面容衰老。在进场的时候，他曾经近距离地瞄了一眼，心里不由得万千感慨，岁月不饶人啊。可不是吗？世界上最公平的是时光。没有谁能够不朽，政客、明星、商人、文人……古人云立功立德立言，千百年来，又有多少人能够做到？

戴志高很是活跃，顶着顶天集团执行总裁的头衔，混迹其间，颇受外界人士关注。本来他与符浩他们坐在一起，酒局开场后，他拉着符浩去给影视圈那桌碰杯敬酒。符浩给当年的偶像敬了一杯酒后就撤回来，戴志高则留在那儿，加了一把椅子，就赖在那儿了。他做了一番自我介绍后，享尽东道主的尊贵。他跟符浩隔空做了一个敬酒的手势，符浩看到了他脸上的得意神色。符浩想到了一个词："如鱼得水"。

这次小庆功宴上，符浩有些吃惊的发现。其中让他诧异的，是开场白时，邬之畏说了一口流利的英语。早先，他听说过关于邬之畏的众多传闻，自从他们合作一起玩之后，他逐一验证了社会传闻非虚，虽有一些有夸大之嫌，但基本内容属实。传闻中就有邬之畏能说一口流利的英语口语。当时有人质疑，一个初中肄业生，乡下人，估计单词都不认识几个，说英语岂不是像说天书？当邬之畏在台上一站，用英语问候大家时，全场静寂。然后，邬之畏不用草稿，不看手稿，即兴发挥，用英语做了一个5分46秒的开场白，语惊四座，幽默风趣，穿着一套白色的博柏利西服，系着红领带，配上长期健身获得的匀称身材——没有啤酒肚，没有弯曲的脊柱。虽年近五十，但这个晚上的邬之畏，广受瞩目。

张茂雨也来了，本来邬之畏要安排他上台说几句并隆重推介他，会前被符浩知悉，他找到邬之畏，直接把这个建议给否了。

符浩认为张茂雨是敏感人物，不适宜在公众场合抛头露面，背后不知道还有多少人盯着他，稍不留意就会出乱子。顶天集团不是公众公司，没有必要对外公布公司的财务、董事、监事、高管等人的任何情况。既然顶天集团以某种神秘示世，那就继续神秘下去。有时候，少就是多，简约就是大方，越神秘越会引发关注。比如，邬之畏的名片就具有特立独行的味道，甚至具有创意价值。

邬之畏认认真真地听了符浩的一番慷慨陈词。他居然完全同意了。也许邬之畏自己也认为，眼前这位三十出头的小伙子，能够无所畏惧地在自己面前，多次否决自己的建议，是有着年轻人的激情，更主要的是，他有着这个年龄的人少有的睿智头脑和强逻辑。

符浩安排张茂雨坐在自己一桌，让他踏踏实实地享受盛宴，见证一个由他而肇始的新局面的徐徐开启。

符浩对金科投资以及金科投资间接持股的木木股份的并购，被邬之畏叹为天才手法，既完成实资收购规避了潜在法律风险，又实现了零成本收购，整个动作干净、漂亮。

在邬之畏赞不绝口、兴致高涨之际，符浩跟邬之畏报告了一个事情，意外获得了同意。符浩告诉邬之畏，银泰控股最值钱的资产就是其持有的木木股份，还有一块小资产，比如内蒙古的一个小矿。对此，邬之畏就问了一句话，"那些资产能值几个钱？"符浩回答时，故作不屑，说这些小矿产价值跟持有的木木股份比较，九牛一毛，基本忽略不计。并且，要真正变现，还得熬些年头。邬之畏听了，沉吟了一会儿，在沉吟的时刻，符浩紧张了。他曾经在心里推演过多次，对邬之畏的脾性，他认为自己能够把握八成，但从概率学的角度而言，那没有把握的二成随时有可能演变成蝴蝶效应，甚至灰犀牛事件。诸多事情的成败，往往系于不可琢磨的那一念之间。但是，随着邬之畏大手一挥，符浩紧张的神经松弛了下来。邬之畏说："我只对持有木木股份感兴趣，其他的你自行处理吧。如果值那么几个钱，就权当八哥转赠给你的辛苦费。"

尘埃落定。符浩听完窃喜。在要不要向邬之畏报告这块矿产的问题上，符浩曾经有过犹豫。如果不报告，肯定过不了财务审计那一关，隐瞒自然不妥。如果报告，根据他对邬之畏的了解，邬老板此人只喜欢赚看得见摸得着的钱，还是快钱，应该没有耐心去折腾未来三五年的资产增值，更遑论未来十年。他想，成功的概率会有八成。

其实，邬之畏也曾考虑过，符浩在这件事上跟自己打成一片，并非完全没有私人目的，鸟为食亡人为财死，自古亦然。如果他不是把3亿投入颐养保险，怎么会整天跟着自己混？3亿估计就是他的全部身家了，对一个小地方成长起来的年轻人来说，3亿产生的牵制力不言而喻。当初自己这么一个建议，要么跟投，倾力而为，要么放弃，不收购颐养保险了。符浩做出的举动，其决绝之势，让他颇为吃惊，竟然一下子扑上自己的全部身家。应该说，这个年龄的人能坐拥3亿现金，也属于凤毛麟角，堪称人中之龙。也正是如此，一旦牵扯到自己的切身利益，没有谁不全身扑上。面对完成收购颐养保险的最后一公里，符浩自是必须全力以赴解套还必须大赚一把。此次，邬之畏不声不响地把木木股份搞到手，不费一枪一炮，符浩是有功的，就权当论功行赏吧。

交割完成没几天，银泰控股就通过大宗交易套现8亿。木木股份发布重要股东减持公告，公告发布第二天，木木股份开盘跌了5%，虽然大盘强势上涨，但木木股份逆势而行。此后，连续数天阴跌。

财富网站股吧有帖子称，银泰控股抛售木木股份是一场阴谋，会给木木股份带来不可预估的伤害，由此扩散木木股份股价不涨反跌的消息。符浩建议抛一半甚至全部抛掉，被邬之畏否决。邬之畏认为，大盘这么好，祖国河山一片红，红彤彤一大片，行情这么好，干吗抛啊？大行情下，连垃圾股都赚得盆满钵满，急着抛它干吗？

符浩提议将余下股份进行紧急处理，一是质押融资，二是避免因贾阿毛报案被中止交易。

"中止交易？贾阿毛没有那个能量。"

套现8亿那天，在顶天集团董事长气派的办公室，邬之畏坐在可旋转靠椅上，把脚跷上老板台，正在对着公司管理层训话，管理层低首温驯地站成两排，十来颗黑色的头颅在邬之畏抑扬顿挫的语调中，高频率地点头，上下起伏，像一条小小的波浪曲线。

符浩推门进来，邬之畏目光从前方部属身体紧挨的缝隙中看到了他，一挥手，解散了管理层。他放下脚，站起来迎接符浩，还握了手，让符浩略感不适。

符浩提醒邬之畏，即使刑事立案不成，贾阿毛一旦通过民事诉讼进行财产保全，就会冻结股份，行使诉前财产保全的权利。

邬之畏笑着转身从办公桌抽屉里拿出一摞材料，说："这些材料随便一递交，十个贾阿毛都会完蛋。"

符浩接过材料，翻阅着，原来是贾阿毛联手木木股份董事长妻舅欺诈上市的造假材料。

材料证实，为了达到上市条件，他们用虚构客户、虚构业务、伪造合同、虚构回款等方式虚增收入和利润，骗取IPO核准。其中，上市前一年虚增利润占当期公开披露利润的98%，上市当年的上半年则占比129%。除此之外，还存在伪造金融票证、挪用资金以及披露违规、不披露重要信息等行为。

这些材料，是张茂雨亲自交给邬之畏的。显然，这是他的投名状。

符浩翻阅着，一千个粗口在心里冲撞千遍，满脸惊诧。这贾阿毛，看起来温文尔雅，造假堪称一流，绝不手软。

"是命重要还是金钱重要？"邬之畏得意扬扬，然后指点着说，"这贾阿毛，他们是吃股民的血啊，胆大妄为！你看看——"

他接过符浩手上的资料，翻阅着，说："这些合同是假的，发货单是假的，发票是假的，然后银行回款的这个进账单也是假的，公司的公章是假的，银行的公章是假的，审计询证函的回函也是假的……这些都是实打实的证据。"

"涉嫌犯罪。"符浩在心里暗骂着他们够狠，"一旦立案，贾阿毛和他妻舅脱不了干系，所有IPO时期的中介服务机构、券商、会所、评估公司、律所等都脱不了干系。这是犯罪学中的破窗效应理论，第一扇破窗是事情恶化的起点，如果市场中的不良现象被放任存在，会诱使人们效仿，甚至变本加厉。"

听到符浩说到最后一句，正饶有兴趣"分享"着潜在对手贾阿毛的罪证的邬之畏，脸上流露出不快。在他的潜意识中，行走江湖多年的自己似乎被符浩最后一句话所击中，符浩这家伙数落的到底是谁？

邬之畏调整了一下情绪。他直白地告诉符浩，贾阿毛不敢有任何动作，只要有任何动作，他就拿着这些资料，让贾阿毛进去，把牢底蹲穿。

"会坐牢。但不会把牢底蹲穿。"符浩纠正他，也是很认真的。

邬之畏说："反正就是这么一回事，只要他敢动，我就会让他进去。他会掂量掂量。"

邬之畏似乎掌握着一个人的命运，无所畏惧。

符浩皱着眉头翻阅着材料，脑子在快速转动着，意识到了什么。他提醒邬之畏："如果真的举报，将会两败俱伤。"

邬之畏颇为不解："他们涉嫌造假，欺诈上市，他们涉嫌违法犯罪，怎么会导致两败俱伤？他怎么能击倒我击伤我？我们收购是花钱的，也是做成了实锤。"

符浩指指他手中的材料："我们攻击贾总的武器也是他回击我们的武器。"

邬之畏愈加奇怪："这分明会炸翻贾阿毛，咋会伤了自己呢？"

符浩抖着手头材料说："根据这些证据，只要一投诉，木木股份和贾阿毛等人肯定会被立案调查，涉嫌欺诈上市及系列其他罪行，一旦被监管部门确认，木木股份不排除被退市的可能，所涉人员股票会被冻结。所以，这是双刃剑，把贾阿毛送进去的同时，我们所持有的木木股份，要么被冻结，要么随着公司被退市，变得一文不值。"

邬之畏明白了，倒吸一口冷气，在符浩眼前转了一个圈。他问符浩："你确定？"

"我确定。"

邬之畏当即拨通老谢的电话，把情况给老谢说了。老谢告诉邬之畏，如果材料属实，不排除这些可能性。

放下电话，邬之畏决定了，必须把贾阿毛赶走，即使张茂雨不提这个要求，他也会这么干的。

两害相权取其轻，两利相权取其重。这不仅仅是商人的逻辑。

也就是说把贾阿毛赶到国外，有国不能归。他在国外，就不能举报，也无法举报。一个跑路境外的人，谁会信他？

贾阿毛收到国内那个神秘电话的时候，是在中午，那是新西兰阳光明媚的时刻。

贾阿毛在新西兰参加儿子婚礼。儿子很争气，娶了一个当地的白人姑娘，男才女貌，贾阿毛扬眉吐气，一扫国内的晦气。谁知道，晦气还未吐纳干净，就接到那个电话。此时的贾阿毛在婚礼宴上刚刚代表男方家属发表了一番热情洋溢的答谢词，他走下讲台，听到放在嘉宾桌上的手机铃声响起，一看号码，心里一紧，这个号码基本是无事不登三宝殿，一旦来电，就是大事。

这个电话让他如遭雷劈，一时呆若木鸡，失神了。对方告诉他，暂时不要回来了，他被边境控制出境。回来了，就出不去，并且，随时有牢狱之灾。

贾阿毛完全失态了。他在众目睽睽之下，气急败坏地冲着电话嚷着："我知道是谁干的！他不得好死！我要举报他们！"

幸好他的亲家是白种人，一句中国话都听不懂。老外亲家看到贾阿毛接听电话后，脖颈青筋暴起，脸色先是涨红，后是惨白，还担心地问中国女婿，他爸爸是不是患病了。儿子赶紧过来找贾阿毛，问他是否哪儿不舒服。贾阿毛面对儿子只能强颜欢笑，说没事没事，被一股邪风吹着了。不过，在婚礼司仪安排大家庭合影时，贾阿毛反应迟钝，被司仪催促半天，才快步走过去，站在第一排。当摄影师喊"smile"时，他面无表情，挤不出一丝笑容。

符浩被戴志高邀请回西南山中老家玩，这是他们并肩作战时期最温馨的时刻。邬之畏近来万事诸顺，一开心，就给戴志高放了半个月的长假。戴志高一听老板破天荒地给了自己这么一个长假，兴奋不已，他竟然第一个想到的是符浩，还邀请符浩去他的西南山村老家。他已经三年没有回过故乡。符浩半表扬半调侃地说："嗯，够意思，第一个想到的是哥们儿，而不是女友们，冲着这份情，排除千难万阻，我也得赴约。"

其实，但凡与戴志高有过交往的人都知道，戴志高最不愿意谈及的就是出身和老家。他讨厌人家问他是哪里人，家里干什么的，什么学校毕业的。每问一次，于他而言，都是一种折磨。

戴志高并不厌恶故乡。故乡是每一个游子的终生牵挂，是心底的柔软。他经常在睡梦中惊醒，梦见自己在村庄后背山嘴的池塘里捉鱼，一个猛子扎下去，捉到一条体肥膘壮还咂着嘴的鲤鱼。紧接着，他梦到一大家子人围桌而坐，吃着晚餐，红烧鱼嘴、椒炒鱼尾、酸椒鱼杂、鱼头豆腐、豆瓣鲫鱼，满桌菜都是鱼！那是一家子最丰盛的晚餐，豪华程度不亚于年夜饭。日常基本是吃菜地里种植的蔬菜，吃顿肉要跑到镇上，割半斤肉，还得是镇上初中老师来家访，才会吃上一顿肉。当北京、上海、广州、深圳以及省会城市的居民，为了健康养生，减少红肉摄入，提倡有机食品，而他偏安一隅的山村故乡，在他的青少年时代，还为家里吃上一顿肉缩紧其他开支。想起这些场景，戴志高就会半夜惊醒，浑身虚汗。

故乡是多么柔软的名字。无论位居高位，家财万贯，声名贯耳，还是在外劳力奔波，漂泊流浪，在心里，故乡或是土话俚语，袅袅炊烟，流水小桥，野壁的青苔，静夜的雨滴，都像春天的油菜花一样烂漫。长大后，人生如草籽，随风飘落四方。无论身在地球的何处，只要想起故乡，都会感伤萦怀。

曾经他不想再回到偏僻的乡村。他从西南省城跟随邬老板转战到京城后，出资给父母在县城建了一栋小洋楼。本来是打算在省会城市买一套三室两厅，父母死活不同意，说如果把他们落在省城，儿子自己又不回去，还不如在村中不出来，至少左邻右舍的还可以串串门儿。在全村、全镇甚至全县的人眼中，戴志高是响当当的北京企业家，还是投资家，大名鼎鼎的顶天集团执行总裁，父母多有面儿啊。村里人也许对董事长、总裁这种满天飞的名头不是太懂，但他们懂豪车、楼房和钞票，这些可是通往天堂般日子的硬通货啊。

房车加速不赖，出了北京城拐上大广高速，过了收费亭，午后出城的车子不多。油罐车、拉货车像老迈之人，慢吞吞的。戴志高转到快车道，一脚油门，坦克式的笨重家伙发出一声怒吼，向前冲刺。

回乡是一次遥远的路途，开车长途跋涉2200多公里也是一段枯燥的旅程——如果只有两个大老爷们儿没有姑娘的话。戴志高欲说服符浩叫上两位姑娘,男女搭配干活儿不累,可消除一路寂寞。

符浩否定了这个建议。符浩认为偶尔喝酒伴歌尚可,如果真的一路上带俩姑娘,将会诸多不便。戴志高说:"太可惜了!我们俩轮流开,至少两天一夜,就俩纯爷们儿,也太寂寞了吧,浪费了这惬意时光,还白瞎了这辆豪车。卧室、浴室、卫生间、厨房、咖啡厅,这简直就是一栋移动别墅,严重浪费资源。"

符浩不同意。

此次出发,他跟艾米莉打招呼时,艾米莉正准备去乌镇参加首届互联网世界大会,她要去捕捉那些"商业的面孔"。艾米莉做事执着,有时候固执得一根筋插到底,千匹马拉不回头。听说符浩要长途跋涉去西南,开改装的房车,她大呼太浪漫了。然后她有些不舍,恰逢乌镇商业大佬云集,这是难得的机会。当她听说还有戴志高同行,就有些意兴阑珊。虽未谋面,她却对戴志高有偏见,并警示过符浩不要和他走得太近。符浩就打哈哈,说:"人小鬼大,你想多了。"这次,符浩去西南乡村,她本来认为是浪漫的旅程,一听说有他人,还是戴志高,艾米莉就一拍符浩的肩,装得颇为大气:"去吧,路上注意安全,记得好风景随手拍哦。"

从大广高速转邢衡高速,再转京港澳高速,在郑州上连霍高速,每到变更路线,车载导航系统都会传来娇滴滴的女声提示,悦耳动听。经过郑州市区就餐,戴志高想起了郑州的女性朋友,他要打电话让对方过来作陪吃顿午餐,被符浩否决:"吃顿饭就上路,别一路上拈花惹草的啦。何况你贵为顶天集团执行总裁,老家励志典型,得避免负面影响。"听符浩如此一说,又态度坚决,戴志高想想也是,于是悻悻作罢。

路上并非枯燥沉闷。戴志高驾驶时,符浩坐副驾上,翻阅着利弗莫尔、德鲁克的英文原版书,还不时叮嘱戴志高别走神,提醒限速,小心驾驶。戴志高余光瞄一眼,问符浩:"咋对德鲁克感兴趣,是不是被称为'管理大师'的那个?我认为他是伪大师,人家资本主义那一套不适合我们。"符浩此时翻看的是老版本《新社会》,他有点儿讶异,不过转头一想也对,戴志高也并非只会跟随邬之畏拼拼杀杀的,否则怎么会得以重用,提拔为顶天集团执行总裁。他笑问："德鲁克认为真正能够解决就业与收入保障问题的是微观的经济主体——企业，而不是国家。你认为呢？"戴志高一拍方向盘说："这，这太他妈对了，我们干房地产的，就解决了社会多少就业，带动60多个行业发展，建筑、建材、家电、金融业……论贡献，没有哪一个行业比得上房地产。"符浩调侃他："你这叫卖什么吆喝什么。"戴志高嘿嘿一笑："如果连自己都不吆喝，还等别人吆喝？"他瞅到一本薄薄的黑皮书，那是利弗莫尔的股市杀技《股票大作手操盘术》，问："这人就是股市投机大王吧？"符浩说是。戴志高又嚷嚷："这人炒股厉害，投机大王啊。我印象最深的就是他写在纸片上的一句话：'钱是坐着赚来的，不是靠交易赚来的。'可不就是劳心者治人，劳力者治于人吗？"符浩闻言哈哈大笑，猛夸了他一番："羔子挺有文化的嘛。"戴志高颇为得意："我知道你们怎么看我，包括我过去的朋友，他们根本不用发展的眼光看我，以为当年我是啥样现在就啥样。其实，生活在城市，在竞争激烈的社会上立足，必须与时俱进。我好歹也是上过北大汇丰总裁班的，混过商学院的。扯远了，其实吧，我这人最大的特点就是记名人名言，初中时记录了好几大本。当然了，也包括浩子不时冒出来的一两个金句。"符浩竖起大拇指，真心给他点赞。随即提醒他别分心了，好好开车。

符浩把书都合上，搁置在大腿上，望着伸向远方的高速路，两边远处的庄稼地在迅速地后移。他似乎想起什么，提醒戴志高也像提醒自己，说："可别忘了，投机大王利弗莫尔在股市死去活来数次，最后自杀身亡。"戴志高则不以为然，接口说："辉煌壮烈地过完短暂一生总比苟且地活过长长的一辈子更有意思吧。"

符浩想想，戴志高说的也有点儿意思。

由北到南，一路南下，风景迥然不同。北方平原上旱地里的庄稼都被收割完毕，满眼土灰色，偶尔点缀一两棵杂枝小树，它们孤独地站立在辽阔的庄稼地里，干涩的风吹过，颇为苍凉。间或一些连片的平房工厂厂房，兀立在高速路某一侧，模样丑陋。逐渐靠近西南，高低起伏的丘陵、山川就多了起来，放眼看去，墨绿色对抗着冬季，车窗玻璃有了白霜，雨刷滑过的地方，变得明净。这样的风景一直往南，穿过一个个大山的隧道，出来拐了一个大弯，就看到遍布油菜嫩苗的平原散发着生命的勃勃生机。大自然就是神奇的魔术师。

他们互换着开车。戴志高问符浩："浩子，我有一个问题，一直想不明白，我们都是农村出身，年纪相仿，你是北大毕业，高知分子，咱俩之间也就这么一点差别吧。我有点儿不明白，你咋就突然暴富了呢？"

符浩目视前方，淡定地回应："你想要表达什么？"

"嘿嘿，我不想表达什么。"戴志高说，"我就想知道，你的第一桶金，咋弄来的？"

符浩微微一笑："经得起查，来历光明正大。"

"说来听听。"戴志高似乎有着浓厚的兴趣，左胳膊碰了碰符浩，"来，给我来一番励志。"

符浩说："都过去了，谈得多无意义。"

"不，可有意义了。"戴志高指指望不到尽头的远方，说了一句颇有哲理的话，"没有过去就不会有未来，没有奔跑就不会有远方。"

这句话把符浩逗乐了。符浩表示得重新认识戴志高，这家伙一路上哲思泉涌，哪像他自嘲的什么土包子出身。

符浩告诉戴志高，人一生成败的因素很多，每个人谈论自己的经验头头是道，当然，每个人都有自己的体验。其实，一个人能走多远，除了努力还有运气，最终展现的还有品格。

符浩凝视着前方，紧紧把握着方向盘，行驶在中间车道。一辆黄色的甲壳虫拉风地从左侧快车道超车，像一颗发射的子弹呼啸着飞出去。戴志高指着奔驰向前的车子说："这辆车子超速至少50%，碰上一路畅通的路况，没有人愿意循规蹈矩，都有飙车的冲动。"

符浩没有接他的话，依然自顾自地说："我得感谢我的贵人相助。"

"哪个贵人？"戴志高捕捉到了这句颇具信息量的话，十分好奇，欲一探究竟。

符浩微笑着不回答。他加大油门，开始提速，车像笨重的家伙一样喘着粗气，高速路中央的隔离墩后移的速度快多了。

干涸的草灰色平原逐渐转换成高低起伏的墨绿色山峰、丘陵和翻耕的田地山野。在西安住了一宿，第二天一大早，他们爬起来开车上路，一路行驶在京昆高速，终于抵达了戴志高起步时的省会。

省城是戴志高梦想起步的地方，浸透着他最初的爱恨、人生冷暖和梦想，包括恐惧。

是的，潜伏心底的恐惧总会在某个时刻不经意地冒出来，经年累月如影随形，伴随着戴志高从山区到省城再到京城。他恐惧失去——失去拥有过的稳定的生活、心境和希望。别看自己整天咋咋呼呼的，颐指气使，挥斥方遒，能自由进出夜总会和私人会所，甚至身后跟着一帮剃着平头的小兄弟，风光无限。但是，跟随邬老板多年，他的心底深处，时刻被不确定性煎熬着。

高一时，他想如果自己有一万元钱就好了，可以上省城医院，治疗父亲的肺气肿。父亲激烈的咳嗽声总是在半夜把一墙之隔的儿子震醒。由于父亲半夜频繁的咳嗽搅乱了他的睡眠，黑眼圈过早地浮现在他年轻的面孔上，显得比同龄人年长。父亲患上阻塞性肺气肿，省城中心医院呼吸科能够治疗。那时，他想，如果有一万块钱多好啊，可以带父亲去省城医院踏踏实实地看好病。

高职时，他想如果有10万就好了，可以在省城付首款，买一套六七十平方米的小房子，这样就可以把燕子娶回家了。燕子是一个善良的北方女孩子。那时，燕子一句贴心的话感动了戴志高："如果我早点儿认识你就好了。我家里就可以支持你一万块。"

燕子是戴志高的初恋。他们俩经常并排躺在一个绿茵茵的小斜坡上，青草吐露着清香的气息，世界就这么容易沉醉。戴志高缓缓讲述着童年和少年时期少有的快乐和不堪的过往，燕子眨巴着眼睛，认真地倾听着，没有鄙夷，没有嘲笑，却有泪花儿在她圆圆的大眼睛里绽放。燕子把身体悄悄靠近，依偎着他年轻的躯体，一股幸福感传遍他的全身。

临近毕业时，燕子把自己的第一次给了他。燕子把自己给他的那一晚，戴志高心潮澎湃，对未来有着幸福的憧憬，唯一的信念就是在省城买一套房子，营建一个爱巢，和心爱的人过着人人羡慕的小日子。憧憬总是抵不过现实的残酷，燕子的父母勒令她毕业后必须回北方，在外地三年，也玩够了。

她要么选择父母，要么选择留下，但她父母会与她断绝关系。燕子最终选择了离开。戴志高第一次感受到爱情的脆弱，甚至背叛。燕子曾经说过宁可为他去死。那时他们在黄果树瀑布景区游玩，燕子不小心一脚踏空，滑到一个悬崖边上，两脚悬空，下面是幽深的灌木林，峭壁成90度角垂直向下。燕子因恐惧而大哭，她紧紧抓住灌木和夹在两块巨石中间的石块。戴志高冲上去，抓住燕子的手，小心翼翼地往后拽，一边拽一边呼救，在其他游客的帮助下，燕子终于被拉上来。燕子顺势倒在戴志高怀里，然后就说了那么一句。

唾手可得的总是最容易失去。许多年来，戴志高总是怀疑眼前的现实，总是担心眼前一切所获转眼成空，风一吹就没了。他开始及时行乐，不相信爱情，随心所欲，脾气暴躁，有人说戴志高性情大变，燕子的离去是重要推手。对于这一点，戴志高自己都不清楚两者是否密切相关。

抵达县城已经是傍晚了。县城依山而建，两条主路一纵一横，把县城区隔成四大块，高新技术开发区在大兴土木，建筑工地的高架吊车宛若蜘蛛网，密密麻麻，车子所过之处，掀起尘土飞扬。如果说京城雾霾天的时候PM2.5爆棚，这个西南的小县城则是天天PM10。

戴志高的七大姑八大姨都来了。头发稀疏的戴父身体消瘦，却一脸红光，像过大年般兴奋着，忙前忙后，坐上饭桌，嘴巴不停地唠叨着，说着家长里短，虽然他还在咳嗽着。饭桌上摆着丰盛的晚餐，炖熟的野猪肉架在酒精炉上冒着热气，戴父给符浩盛了满满一大碗瘦肉。他说一句话喘一下气："在家靠父母，出门靠朋友，志高在北京就靠你们啦。"符浩谦逊地回应："伯父客气了。"戴父给符浩敬酒，符浩赶紧起身说："我敬您，您敬我酒使不得。"戴父执意站着先干为敬，然后端着空酒杯不坐下，问符浩："你们两人都在邬总手下吧？"符浩不知道该怎么回答，正在纠结的时候，戴志高接话说："浩子是老板的朋友。"戴父马上说："这个邬老板啊，人可好了！当年我在省城医院动手术，这孩子忙，邬老板让人炖蘑菇冬虫夏草汤专门送到医院，住院半个月，送了十多天。一次他来医院看我，我想吃口担担面，我们这龟儿子不让，还是邬老板安排，让我爽了一口。我嘛，就是一个农民，你说这么重情重义的老板，这孩子跟着他，我放心啊。"说着说着，戴父眼里泛着泪花，放下酒碗，右手指着自己胸口，"这么多年过去了，我这心里惦记着呢。这份情啊，太重了。"戴志高抬眼看了老父亲一眼，嘴唇动了动，欲说还休，最终没有说话。戴父又自顾自喝了一口酒，被岁月耕耘的皱纹纵横交错的面部泛着黝黑的光，已经豁牙的他谈兴正浓。戴父指着正在埋头吃着土菜的儿子戴志高，对符浩说："他非要找一个北京姑娘。你劝劝他，哪儿的姑娘都好。找北京姑娘？"他鼻子哼了一下，"我怕祖上受不住这分量。都老大不小了。"

符浩意识到，北京姑娘，在他们心中有着非同一般的重量。北京姑娘不仅仅是"姑娘"，而是荣耀，是一种地位。

符浩赶紧点头，说："是，是，都老大不小了。"他瞟了一眼戴志高，嘴角露出一丝幸灾乐祸的笑。戴志高之前谈了几个北京姑娘，最后都不了了之。至于为何不了了之，戴志高从未和符浩聊过。在符浩印象中，戴志高换女朋友如换衣服，今天见了一个染黄毛的，明天换了一个隆高鼻梁的。这也迎合了大城市里这个阶层的镜像，一朝混出头，贵为大集团公司执行总裁，有了唬人的派头，开着拉风豪车，穿着一身自己穿不出味道的奢侈品牌，出手阔绰，自然泡起妞儿来毫不费力，总是有些妞儿往上贴，还层出不穷。不过，这些妞儿绝大部分操着外地口音，没几个能说一口标准的普通话，更遑论能操一口京腔的。戴志高自诩"色而不淫"，自己还是有些操守的——所谓操守就是心中有人、有所爱。戴志高曾经告诉过符浩，那个女孩叫琪琪，其他信息不得而知。

回到饭桌上。戴志高摇头嘟囔一句说："宁缺毋滥。"戴父听到了，老大不高兴。符浩左手碰了一下戴志高让他闭嘴："好不容易回一趟老家，别惹得老人家不高兴。"戴父连忙称赞符浩说："对嘛，我这儿子要是有你这么懂道理就好了。"戴志高指着符浩对他父亲说："老汉，他也单着呢，北京城里像我们这样子的，随手一抓一大把，都不急着结婚。"戴父摇摇头，劝起符浩来了，说："要不，你们就今年把个人大事一块儿解决了。"

戴志高嘟囔着："老汉，你以为娶媳妇是逛菜市场呢，那么容易找，那么容易结婚啊。"

符浩端起酒杯，避开戴父的眼神，一口烧谷酒下肚，胃部顿时火辣辣的，皱着眉头一脸苦相，把戴志高惹得哈哈大笑。符浩夸张地按着胃部对戴父说："我谈对象了，他也是。"戴父眼睛亮了，看着儿子，又看着符浩问："真的？干啥的？"戴志高抢着说："老汉，放心吧，我肯定给您带一个回来，包您满意，不是北京姑娘也会是一个影星。"戴父乐呵呵的，又给他们添酒，说："不管干啥的，只要孝顺，能多生娃的就行。"

戴父把憋了很久的话终于说出来了，一吐为快。他频繁地给两位晚辈夹菜，还各夹了一块肥厚的土猪肉给他们。他说山中野猪不再被药死，而是放狼狗咬死，可以放心吃。符浩忽而有种恍惚，仿佛回到了海南老家，一家人围坐在一起——有老父亲和瘦弱的母亲。菜里炖着久别重逢的喜悦，吃啥都是香喷喷的。他喝了一口野生菌汤，呛出了泪。

晚餐继续着。不过，晚餐下半场很快成了"诉苦大餐"，喝高了酒，大家说话像炮筒发射炮弹，一枚接一枚。表姐个头矮小，丈夫前些年因肝癌去世，她的田地靠近县城郊区，被村干部骗取征用，联合私人开发商开发房地产，然后把土地平整后再卖给老百姓，价格翻了很多倍，表姐10亩良田获得的补偿却不够买一间房。表姐哭诉着，村支书骗她签字，说村里免费批给她五间房子。她把字签了，田地被推平，结果村支书不承认说了这话。她跪在村支书面前，还被村支书一脚踢开。戴志高听后一肚子火，那村支书当年就是一个社会混混，成天带着几个游手好闲的小弟混迹在城郊的建筑工地收取保护费。堂哥承包了二十年果园，种植血橙的第五年，被一个外地开发商看中，要在果园建一个康养基地，领导遂擅自撕毁合同，不谈任何赔偿就强行收回了果园，带着推土机开进果园，扬言这是国家征用，是政府行为，属于无理由征用。妹夫哥哥的儿子也要求援，他在县城建筑工地干活儿，与城区的一干人群殴，被打成骨折，还因涉嫌聚众闹事被刑事拘留，可对方一干人却逍遥法外，行政拘留七天就放了出来……晚餐聚会逐渐变成诉苦会、求助会，还有一个求引荐县领导，希望自己不要成为老中学搬迁旧地改造项目围标的牺牲品。这顿晚餐从久别重逢的喜悦开始，吃到最后，食欲全无，所有的目光都投向戴志高和符浩，似乎从北京回来的他们，此刻就是无所不能的菩萨。亲人们目光有着千斤重啊，戴志高是他们整个家族的骄傲。一些表兄弟一直追随他，跟着他在西南省会讨生活。戴志高有一个原则，自己从来不谋私利，工程分包和外包油水重，多少人垂涎三尺，随便粘一粒芝麻都能换厚厚的钞票。这也是邬之畏看重他的重要原因。但是，他的一些表兄弟被保护得很好，活儿给谁都是干，他给工程分包商打一声招呼，在同等条件下，优先派给他的这些亲戚。因此，戴志高在家族里颇有威望，说话管用。他在村里、镇上甚至县里，都是一个传说——混迹在北京的赫赫有名的顶天集团执行总裁。

听到亲戚这一通抱怨和诉说，戴志高操起电话就打给县委书记。当年戴志高认识这个县委书记时，他还是省政府部门刚刚晋升的一位副处长。这一晃也好多年了，临挂电话的时候，戴志高强调一句，"老百姓只需要一个公平"。

符浩觉得眼前的一切似曾相识，每次回到老家，遭遇的情况也是一样的。他此时颇为感慨，公平正义从不会缺席，上面的政策亲民，总是被基层自治组织的个别人把控。歪嘴和尚念歪了经，来一场扫黑除恶就好了。

第二天，符浩目睹了县领导现场办公的魄力、效力和效率。一些牛鬼蛇神在领导面前噤若寒蝉，唯唯诺诺。戴志高得到了满意的解决方案。

事后，他们回戴志高出生的乡村，在一路泥泞崎岖的山路上，符浩对戴志高说："在这些琐事的处理上，我远不及你。"戴志高松了松裤腰带，苦笑："因为我装大爷比你装得好。"符浩打趣说："不是所有人都有装大爷的能力和资质。"戴志高说："没想到吧，每次回到老家都会有一烂摊子的杂事，这就是贫穷的乡村，越落后的地方，拳头比道理越管用，关系比法律越有效。有时候没办法，只能以权制权。"

村庄凋敝。村里的老樟树、松树、杉树还在，像饱经沧桑的先哲，矗立在村头村尾，守卫着这座村庄的繁衍生息，也目睹着村庄一代代上演的悲喜剧。它们不是旁观者，而是历史的见证者。符浩站在老樟树下，忽而感慨万千，脑海里蹦出词人杨慎《临江仙》中的那句"青山依旧在，几度夕阳红"。万般回首化尘埃，只有青山不改，短暂的人生在青山和存在了千百年的古树面前，是多么微不足道。曾经有外乡人要花高价买走这些古树，移植到大城市有钱人家的院落。村支书拍板要挖时，有人通知了戴志高，被他制止。村支书知道戴志高的能量，这个小时候流着鼻涕的小屁孩，现在是北京大公司的老总，手眼可以通天，说不定就把自己给罢免了，两权相害取其轻，遂作罢。村中央的房子倒塌了。倒塌的地方，野草和藤蔓疯长，侵占了过道。村中出没的，多是上了年纪的老人和浑身沾着泥巴的留守儿童。老人叫着戴志高小名"羔子"，竟然与符浩当初信口一叫的绰号不谋而合。戴志高逢老年人便谦逊点头，像好学生，满脸春风，满嘴含笑，迈着八字步，一一给老人递上中南海香烟。曾有一瞬间，符浩有恍惚感，此情此景，何尝不是自己回老家时的情景？戴志高自从把父母接到县城安置后，回乡只有两次，他怕自己过于伤感，影响在都市好不容易培养出来的那份心"硬"。村里小孩子沾满泥土和杂草，眼睛像一幅画，镶嵌在黝黑的面孔上，黑白分明。孩子们不认识他，打量过来的目光，新奇、胆怯。戴志高也有恍惚感，时间静止，仿佛自己就在这群孩子里，相似的过往就在眼前。只是时光飞逝，转眼间童年不再，已是三十而立之年。村口停着飞溅了一身泥巴的高大的黑色房车，这个庞然大物让村庄的人颇为好奇，老人远远地看着，不敢走近，孩子们则绕车转圈，追逐嬉戏。戴志高与符浩并排从村东走到村西，从村庄走到田埂，身后始终跟随着一群孩子，他们在身后叽叽喳喳，说闹着。符浩偶一转身，孩子们的打闹声戛然而止，睁大眼睛看着他。戴志高此时做了一个举动：随身抽出一些小钱票撒在孩子们中间，让孩子们蜂拥去抢。

符浩想制止时，已经来不及了。符浩冲着戴志高嚷着："你怎么能这么干呢？孩子们也是有尊严的，他们不需要施舍。"

孩子们抢着了10元、50元的票子，兴高采烈，一溜烟就跑散而去。戴志高看着跑远的孩子，对符浩说："与贫穷甚至饥饿比，尊严是个屁。也许你不了解穷怕了的感觉是什么样。反正，即使我现在锦衣玉食，还会做噩梦，儿童时代留下的这些阴影，至今会在半夜惊醒我。这些是你想象不到的，你在海边长大，是渔民的孩子，怎么会感受得到我，还有他们的痛楚？"

符浩没想到日常咋咋呼呼的戴志高，竟也有痛楚的隐秘。符浩解释自己也是从镇村接合部出来的，谈不上有任何优越感。戴志高指着屹立在细雨中没有倒塌的土房子，说："没有想到我就是从这个穷旮旯儿出来的吧。"

"贫窑能烧好砖，穷屋也出好姑娘。我们海边的人没有出身歧视。"

"我爱钱，但我不滥用钱。"

"不要做新一代中国版葛朗台。"

"只有钱，才让我感受到安定，踏实。没有钱，我会疯掉。"

符浩提醒他说："不过，钱是受我们支配的工具，我们不能成为钱的奴隶。钱能证明我们的价值，但我们不是为赚钱而赚钱。"

戴志高仰天大笑，随后用手指着符浩："当然，你现在摇身一变，从海边渔民的儿子变成了资本家，谈钱谈的是大情怀。但是，你有没有想过，当贫穷的你置身在灯红酒绿的夜总会、酒吧、豪华酒店，吧台坐着一溜漂亮小姐，有的甚至是国外留学归来，有的做着明星梦，她们年轻貌美，压根儿不瞧你一眼，甚至连余光都不会有。如果你没有钱，只能眼睁睁地看着这些漂亮姑娘被一个个肥头大耳或黑不溜秋的土豪带走。又或者是秃顶的外国老头儿，或者非洲某位黑人酋长的儿子，迈着八字步，挽着姑娘把她带走，你会是什么心情？他们持有的武器只是一个字：钱！"

说到激动处，戴志高唾沫横飞，他拿出一沓钱，做出抛撒的姿势，宛若极具讽刺意味的行为艺术。

符浩身体稍微后倾，避开飞过来的唾沫。他看到了，钱对眼前这个同龄人来说有着非同寻常的意义，钱已经不仅仅是钞票，而是尊严、地位、安全，甚至人生追求的终极目标。

符浩说："经历了一些事情后，我想通了，人生是一个阶段一个阶段走过来的。假如有一天啥都没有了，我一点儿都不会为穷感到悲伤。不会恐慌，不会消沉。只要身体还行，挣钱从头开始，哪怕去打工也行。无所谓。"

戴志高低头踢着脚下的小石子，仿佛回到童年时代。他轻声说："当我站在这儿的时候，心很软很软，有要哭的冲动。当我回到城市，心就一下子变得很硬。"

符浩似乎想起什么，用一种很随意的口吻问："所以，你非常珍惜现在所获，也必须捍卫你在八哥面前的地位？"

"必须的。我对八哥忠诚不贰。老板说，德在先，才在后。我对老板只是一个'苹果'的机遇，但老板对我有知遇、再生之恩。"站在田埂上，面朝村庄，戴志高声音由高亢到低沉，直至轻吟一句。

那一句，符浩听得清清楚楚。"我不是什么打手，我只是在践行我的理念。"

纸 金 时 代

第十五章

四季酒店

每逢大事难定，符浩就喜欢驱车跑到长城脚下的雅聚客栈，在露天咖啡阳台上发呆或晒太阳。

这次符浩带着艾米莉一起过来。艾米莉全副武装，俨然一位职业摄影师。这一路，她坐在副驾驶上，摇下车窗，不顾北风飕飕，按快门的"咔嚓"声，淹没在呼啸的寒风里，这令她兴奋不已。

他们坐在客栈的露天阳台，此刻寒冬晴日，日头高悬，天空湛蓝，光线赤裸而粗暴，这是一场消耗战，太阳为了维持光和热，每秒钟消耗的能量相当于500万吨标准煤燃烧所释放的能量。在日光笼罩下的符浩，顿感一股热气在身上腾腾而起，裹着厚厚的浅灰色羊绒大衣的他，裸露着头颅，斜靠在躺椅上，双脚架在平架上，一张脸在零下5摄氏度的风中被冻得红彤彤，颇有文艺范儿。艾米莉闲不住，"咔嚓"拍下了符浩裸露在寒风里的面孔，捕捉了他一瞬间的表情。

雅聚客栈老板孙裤子是符浩的同学，当年拉符浩做了项目天使投资。

这次符浩过来让孙裤子吃了一惊，他终于带了一个妞儿，还是美妞儿。艾米莉一下车，等候在门口的孙裤子就心中窃喜，暗骂浩子这家伙终于开窍了，生活中除了银子还有美色。

孙裤子露着他的大门牙调侃符浩："我就知道，如果不是满脑门儿官司，符大总裁是不会光临寒舍的。"

符浩把行李箱递给伸手过来的孙裤子，白他一眼说："啥逻辑？今年来了至少七八次了，可别咒我霉事不断。"

"嘿嘿，岂敢？上次你过来，听说啥现金流出问题了，从这儿转头回去就解决了；再上一次，干振民同学的血糖仪项目迟迟搞不定俄罗斯投资的钱，从这儿一回去，你们就一锤定音啦；再上上一次……"孙裤子兴致勃勃地说着，符浩做了一个制止的手势，然后嘲讽他："大门牙属于特色，大嘴可就不好了。听你这一串嘚瑟，看来贵地是我的福地，逢凶化吉，柳暗花明又一村。"

他们边往里面走，边彼此调侃，艾米莉抢着拍照，忙得不亦乐乎。

符浩把艾米莉介绍给孙裤子："这是艾米莉，我的好友。"

艾米莉停止拍摄，把相机挂在脖子上，伸手轻握了下孙裤子："你好！我是一位非著名职业摄影师。"

孙裤子咧嘴露着大门牙，说："哎哟喂，贵客啊，看一眼你拍照的姿势，我就知道你够专业。"他扫一眼四周，做了一个引导的姿势，"大美女摄影师，我们这儿请尽情拍，可劲儿拍，想怎么拍就怎么拍，全部对你开放。嘿嘿，我觉得你完全可以做我们的形象大使。"

艾米莉轻盈地笑着，淡定地回绝："免费拍摄可以，当形象大使不行。"

符浩拍着孙裤子，说："总是想着占便宜，艺术家转变成商人，是华丽转身还是被迫卖身？是好事还是坏事？"

孙裤子解嘲说："无所谓华丽不华丽，讨生活而已。"

两个门童接过符浩和艾米莉的拉杆箱，从旋转门进入大堂，大堂女经理跑过来，递给符浩一张房卡，一脸桃花："欢迎符总光临！"

艾米莉伸出手，从符浩手中接过房卡，说："这房卡我收了，归我了。"

孙裤子不解，在他们二人身上扫着："这……这啥情况？"

符浩打断他："啥情况？一人一间房啊，这还不清楚嘛。"

孙裤子摆摆手，做难以理解状，悻悻地安排大堂经理再开一间房，叮嘱要山景大床房。符浩赶紧补一句："还得再开一间，干振民也过来。"

正午时候，孙裤子陪他们二人吃完中餐后，就被他们支走了。符浩带着艾米莉上了客栈顶楼的阳台。他们半躺着晒太阳，品着黑咖啡，脑袋放空，思维天马行空起来。躺椅上的艾米莉望着燕山山脉，由近及远，从翠绿到黛黑，远方的山连绵不断，她端起相机又是一通拍。符浩说："哎呀，我说大摄影师，能不能消停会儿，欣赏欣赏这冬景？"艾米莉说拍照就是为了留住这稍纵即逝的华北冬季。"你知道吗？眼前的景色，让我想起了一位词人写的词。""五代牛希济《谒金门》？"符浩问。艾米莉惊喜："哇，遇到知音了，这词你也知道？"她随即口诵，"秋已暮，重叠关山歧路。嘶马摇鞭何处去，晓禽霜满树。"符浩问："一介弱女子，花木兰果真能'万里赴戎机，关山度若飞'乎？"艾米莉回应："能！"符浩问："你从小就出国了，咋对中文这么熟悉？"艾米莉说："我妈妈就是大学中文系老师，在国外也教授中文。"符浩随口问："那你爸爸呢？"艾米莉警觉起来："问他干吗？"

符浩说随便问问，没别的意思。此时，干振民打电话过来了，嚷着说："我忙得睡觉都按分钟计算，咋非要跑到郊区晒太阳，奢侈浪费啊。"符浩说："少废话，赶紧过来。"干振民说："转眼就到，浩子开口说话就是金口玉言，岂敢违命？"

艾米莉说："你们这些同学挺逗的，说话聊天像吃了枪药，互相戗着说。"符浩说："我们这帮死党有着革命友情。你们90后不懂的。"艾米莉抗议："别啥事都分80后90后的，哪个年龄段都有死党好不好？只是表达方式不一样而已。别有年龄歧视，搁在美国，我可以起诉你歧视，哼！"

瞧着艾米莉一脸认真的样子，符浩心情如沐阳光。

但凡成大事者，大部分是一根筋，不达目的不罢休。干振民就属于这一类。俄罗斯那笔巨款到位后，干振民玩命了，产品系列在排期量产，基于血糖检测技术为根本，拓展血脂检测技术、糖化血红蛋白检测技术、血酮体等检测技术的研发。他挖了瑞士科学家和跨国公司职业经理人，给他们下达的指标是必须每年以50%幅度增长。当干振民得空在电话中给他唠叨这些事儿时，符浩就鼓舞他说："当初乔布斯也是这么干的，比尔·盖茨也是这么干的……这类人就是疯子，你也是。"干振民知道符浩经常揶揄他，但这次，符浩说的是真心话。符浩想起了当年上学时的一些趣事：干振民就是一个书呆子，外出活动包括参加同学生日聚会时，他的标志性行为就是怀抱厚厚一本外文书，什么《高等微积分揭秘》《代数揭秘》《离散数学揭秘》……孙裤子、符浩等人本科毕业就迅速离开学校，融入社会，混迹于三教九流，干振民却硕博连读，还在中科院做博士后研究。

符浩听到顶楼木板楼梯"咚咚"响，就知道干振民来了。干振民胖脸红彤彤的，他径直走近符浩，80多公斤的体重压得红木躺椅吱呀作响。他乜了一眼符浩，说："资本家们的生活就是把时间当作消费品，我只能把时间当成本，熬时间换钱。"

符浩慨叹："其实我挺羡慕你的，执着干着一件事，心无旁骛。地球上不缺有钱人，而是缺工匠精神。"干振民接话说："比尔·盖茨最终没成为工匠，乔布斯也没有，还是被拖进各种事务中去了，逍遥日子从你们投入第一块钱时就消失了。"

他们在彼此调侃着，艾米莉在抓拍，敏捷地按下快门。干振民看到了，从躺椅上迅速起身，站起来，搓着双手，说："哎呀，不好意思，竟然还有一个人在呢。"艾米莉看着他一副可爱的神情，把相机挂在胸前，大方伸出手，跟干振民握手："你好，艾米莉。"干振民说："知道，知道，听浩子说过你。"艾米莉瞟了一眼站在一旁的符浩，问干振民："他怎么介绍我的？"干振民说："人家自然是得了便宜又卖乖，说终于有谱了。"艾米莉紧追着问："有谱了是啥意思？"干振民说这句话是最高赞美。艾米莉明知故问地说："我就知道他没啥好话。"干振民指指艾米莉挂在胸前的相机，说："听说这里面，装着的都是大佬们的影子？"艾米莉乐："对，都是影子，包括你们俩的。""干振民故意低声说："那，版权费呢？"符浩一个巴掌轻拍在他的头上："还版权费？能免费享受大名鼎鼎的非著名职业美女摄影大师给你拍，就是最高待遇，还要版权费？一个大胖子，谁稀罕拍你。"干振民故意嘟囔着说："还不是跟你学的？"

服务员端上来咖啡、果糖和糕点。他们三人坐在躺椅上，晒着太阳。干振民问符浩："这次猴急猴急地喊我过来，又是啥事？"

符浩笑着，把咖啡泡好，递给他："肯定是用得着你的大事。否则，也不会让干董事长大老远跑过来。"

干振民点点头："也是，估计又要大动干戈。"

符浩说："我想联系一下你的那位姨夫。"

干振民不解地问："哪位姨夫？"

符浩说："你装傻吧，当年在学校食堂请我们吃饭的那位，著名企业家啊。"

干振民连连摆手："别找我啊，我跟他没有关系。"

符浩说："别这么激动，我这话还没说完呢。"

那年大三，周末中午，一个中年人来学校找干振民，他头顶微秃，镶着两颗金门牙，操着榆次口音，把他们宿舍六名同学请到东来顺吃了一顿涮羊肉火锅。此人话不多，听说是做生意的。符浩印象最深的就是，姨夫穿着一身质地很好但没有牌子的衣服，左手腕戴着一串檀香木珠。他心中颇为吃惊：山西土豪不就是挖煤的吗？怎么挖煤的也有品位了？

一顿饭后，大家散去，逐渐地，他们把这个姨夫给忘了，只有符浩暗暗记在心上。

数年前，符浩还不经意地问过干振民："那个天衡系老板吴一德是不是你的姨夫？是不是当年请我们吃饭的那位？"干振民懒洋洋地回复说："是，不过，是前姨夫了。"

一听说是前姨夫，符浩就猜到他们的情况了，也没当回事。直到后来有一次，他陪邬之畏去东北，在顶天集团新购二手的庞巴迪私人飞机上，邬之畏再次提及这个名字——自视甚高的邬之畏带着满满的叹服。符浩再次把吴一德从记忆中捞出来，邬之畏跷着二郎腿小幅度仰躺着，拍着油亮而富有质感的牛皮革沙发，对坐在右侧的符浩说："天衡控股吴一德，别以为他就是一个山西煤矿老板，给大家造成错觉，认为他就是一个挖煤的。其实此人绝顶聪明啊，读的书比我多，据说是他们村第一个大专生。关键时刻，在煤炭价格高位，别人傻不拉叽地往里面冲，这家伙趁势抛掉三分之二煤矿。你瞧瞧，才不过一年，煤炭价格都跌成什么样了？他用套出来的钱开发房地产，参与一线城市旧城改造，控股和参股四家上市公司，在资本市场'天衡'自成一系。都说我是另类，吴一德才是真正的另类。"

符浩在邬之畏的感慨中，忽而想到什么，就开着玩笑问："如果你们圈里有东邪、西毒、南帝、北丐、中神通，怎么给你们定位？"邬之畏听着这么一个有趣的问题，就哈哈大笑："哪有那么邪乎，地产圈都是一帮赚傻钱的，只要有关系搞定地皮，七八个人就是一个地产公司，还分啥全真派、丐帮，都是傻大粗干的活儿。"

邬之畏的名号在江湖人士眼中讳莫如深，甚至"谈邬色变"，不过他偶尔说一些性情的话，颇为有趣。随后，邬之畏沉吟道："就说我和吴一德吧，如果非要分个派别安个名号，吴一德是东邪，我则为西毒。"说完，自嘲般哈哈大笑。符浩明白，邬老大压根儿视其他人为无物，或者不屑评论。也难怪，邬之畏这么多年，深居简出，在众多公司里，从未留下任何法律痕迹。他行踪诡秘，自然是圈子中的另类。而把吴一德列为东邪，自诩为西毒，显然在他内心深处，吴一德的确算得上一号人物。

半年前，符浩看到一篇财经报道，报道说吴一德因牵涉一地方官员腐败案，半夜出境，逃避协助调查，一下子令天衡系陷入困境。

他就此问过邬之畏，记得那天在紫光室，一干人都在。邬之畏说："吴一德成惊弓之鸟了，人家还没上门，就拍屁股跑了。"

"世上本无事，庸人自扰之。"

戴志高说："这号人怎么可能会无事？随便拎一个出来拷问，绝无冤假错案的。他这叫'跑得了和尚，跑不了庙'啊。"

邬之畏白了戴志高一眼。准备滔滔不绝发表一番实践出真知见解的戴志高，看到邬之畏的神情，硬生生把吐到嘴边的一串话给吞回去了。

老谢则说："协助调查，并不意味着触犯法律，协助调查是公民义务。"

"大部分协助调查，进去容易，出来难吧？"戴志高明知故问。

"这……呵呵，这不是法律人能回答的。"老谢说，"这段时间圈子聚会没少谈这个。听说吴一德虽然人在境外，还是一切尽在掌握，遥控指挥内地。前些天发了一串公告，他的深圳地产业务卖给前海一家保险公司。上海宝山一黄金地块也转让给万润集团——这块地当初令天衡和万润两家势如水火。没有永远的朋友，也没有永远的敌人，只有永远的利益。吴一德通过一系列隐蔽的关联交易，逐渐转移内地资产，天衡系掏空了好几家控股的公司现金，除了一时难以出售的二线城市旧城改造地块，保留了大部分金融资产，其他能转的都转走了。"

"绝顶聪明。吴一德脚底抹油，溜得快。"邬之畏说，"天衡系虽然'地震'，瘦死的骆驼比马大。"

想起邬之畏那句"瘦死的骆驼比马大"，符浩此时灵光一闪，这不是大好机会吗？何不让天衡系介入颐养保险？毕竟天衡系在内地的金融资产不仅没有萎缩，还有扩张之势。保险牌照总量控制之下，颐养保险公司是块优质的金融资产。

符浩主动提出，他负责联系吴一德，他有办法。老谢也表态，他会提供优质服务。戴志高承诺会鞍前马后，也算他一份。符浩两手分别拍着二位肩膀，笑说："有钱大家一起赚嘛。"

这是邬之畏想要的。如果颐养保险想要大发展，必须引进大的投资机构，需要真正的大金主。邬之畏在内部提出，谁能找到合适的战略投资者，给予重奖，奖金额度1亿。

干振民听完他对顶天集团资产和资源的一番介绍，以及和天衡系对接的价值憧憬，有些为难地说："前姨夫……我和他两年没咋联系了。"

"真是前姨夫吗？"符浩不相信，"听说，你亲姨带着一儿一女在美国，他们是假离婚呢。"

干振民对符浩瞪着眼睛："浩子，你究竟是干啥的呀？我怎么越听越觉得你邪乎。你做投资就做投资，咋介入这档子事呢？"

符浩说："一步错，你不能眼瞅着我步步错吧。颐养保险是块好肉，我还想着做踏实了，再介绍你们两家业务合作。"

"可谈合作的保险公司那么多，不在乎这一家。这是两码事。"干振民说，"你做这些事靠谱吗？上次，你把我那堂弟叫过去担任董事，拿了奖金，我还是觉得拿得不踏实。"

符浩一听这个，就呵呵笑了。他说："踏实拿着吧，啥事儿也不会有。"

干振民堂弟被符浩拉去给邬之畏旗下一个控股的公司担任挂名董事，实际上就是凑个数。这跟贾阿毛当初让他老家的那位电工代持股份如出一辙。自从贾阿毛被代持股东敲诈的事情发生后，顶天集团也在逐步清理外部董事或挂名股东，清除掉自认为不牢靠或不放心的一些代持股东，换上自己的亲信，包括远在农村的七大姑八大姨等亲朋好友。他们拿着身份证复印件，就能替换妥当。亲朋好友不够用，邬之畏就找符浩，让他找一些靠谱的。干振民和他的堂弟像一个爹妈生的，憨厚老实，一看面相就是非常靠谱之人。符浩告诉他们，做挂名董事不用动脑也不需要动口，跟着董事长举手表决就行，一年也就开那么几次董事会。一听这么简单，他们就答应了。第一次开董事会在上海，公司的人提前通知干振民堂弟，让他腾出两天时间即可。随后，一个年轻的姑娘陪着他，从北京飞上海，把他安顿在上海金茂凯悦大厦，独立套间，好吃好喝伺候着。董事会上，议程中讨论的项目就像之前商谈好了似的，举手表决，然后签字，小姑娘就递给他一个厚厚的红包。年底，工资卡上还多了10万元，说是董事薪酬。他堂弟收到这些钱有些忐忑不安，就给干振民打电话，开个会说客套话，还举举手，签字画押，拿大红包，这些钱拿得不踏实。干振民也搞不懂，就转述给符浩。符浩告诉他，踏踏实实收着，那是正当收益。

干振民说自己和姨夫几乎无联系，如果确实迫切需要的话，他还是有办法联系上的。符浩说："出家人不打诳语，必须，确切需要。"

干振民告诉符浩："姨夫此刻应该在香港。"

"香港哪儿？"

"四季酒店。"

"四季酒店？"符浩笑得诡秘，"明白。"

干振民看着符浩一脸坏笑，就说："知道你笑啥，自媒体的消息你也信？那是抹黑。再说，姨夫人在香港，是在养身体，国内企业又没有受影响，正常着呢。"

符浩揶揄说："现在又开始叫姨夫了，你之前可说的是前姨夫。这样好了，康民公司搞大，让你姨夫收购了。"

"前姨夫也是姨夫。历史事实不容篡改。"干振民正色道，"不管我做得怎么样，绝对不沾他一分钱。"

符浩知道干振民这副知识分子的臭德行，穷硬气。他也不去和他争辩。

艾米莉在他们聊天时悄然下去，四处拍照，拍完上来，说："吴一德这个名字听了有点儿耳熟。"符浩说："重名的多着呢。"艾米莉说："你要去找他？"符浩看着干振民说："是啊。"

干振民闻言："你不会是要我陪你去香港吧？"

"猜对了。"符浩顺着他的话说，"越快越好。你去安排安排，联系联系。"

干振民问："这是邀请还是命令？"

"既是邀请也是命令。"

"你们总是欺负我。给我三天时间。"干振民装着哭丧着脸，嘟囔着，"今晚我也住这儿了，你和孙裤子还不好好犒劳我们？"

符浩说："保证总统级招待，把你吃得膘肥体壮。"

干振民嘿嘿笑。

香港赤鱲角国际机场。排队通关出来，符浩带着干振民坐地铁。干振民逗符浩："哎呀，跟着资本家也得坐地铁啊？你关系那么广，怎么也不让当地老板朋友们安排车接站？"

符浩抬起左手，给干振民看表："11点03分，吴总预约的是12点饭局，如果坐车过去，香港也塞车，会爽约的。你看，机场通关出来，走到地铁购票，200多米用了3分钟，排队购票花了7分钟，香港四季酒店在中环香港站下，大概23分钟到达终点站，360米路程大概需要走5分钟，我们赶到目的地不会迟到。"干振民给符浩竖起大拇指："行，争分夺秒，资本家会算账，时间就是金钱。"

"不对，时间就是信誉。"

干振民忽而想起什么，说："路程你咋这么清楚，之前来过？"

符浩没有急着回答，他扫视了一下四周，虽是正午，地铁还是塞满了人。从装束来看，内地客不少，从上了地铁就一路叽叽喳喳说个不停。一对小情侣，在车厢之间连接处，卿卿我我，旁若无人。

为了消磨时间，符浩就陪着干振民聊天。他接过干振民的话说："没错，我来过几次四季酒店，找人。其中一次我就是坐地铁的。"他一声叹息，"和平饭店里没有和平，只有血雨腥风来临前的宁静。四季酒店里也没有四季，只有感叹命运无常的无数被放逐的灵魂，在财富与自由间挣扎的每一个夜晚的幽幽暗暗。"

干振民说："念诗呢？你这话中有话。我说，符总，我可不希望你有这么一天，别命运无常，要尽在掌握。"

符浩说："如果真的有那么一天，我会跑得远远的。放心，我是良民，遵纪守法的好公民。"

干振民说话有些伤感，姨夫是搞煤矿出身，能把公司做到今天这规模，是呕心沥血，把头发都做秃了。

符浩笑喷："男性秃顶大部分是遗传的，脂溢性脱发，与做公司到底有多大关系？"他调侃说，"你当初坚决不去姨夫那儿谋一官半职，难道是怕终有一天秃顶？"

干振民摇摇头："那不是，我现在都被你们逼成商人了。但是，我这商人跟你们不一样，你们花花肠子多，一心多用。我还是省着点儿心力，踏踏实实把产品做好吧。"

"眼睁睁看着姨夫起高楼，宴宾客。"干振民打断了符浩的话："然后看他楼塌了？放心吧，姨夫的楼塌不了。"

二人一路调侃，地铁穿过欣澳、青衣、荔景、南昌、奥运、九龙，抵达终点香港站时，人少了一大半。他们抵达荔景站时，干振民接到一个电话，电话那头的男声问到哪儿了，吴总安排在酒店大堂迎接。

中环金融街8号，香港四季酒店像树立的扇贝，矗立在维多利亚港畔。符浩对这个地方并不陌生。最早的一次，国内的商业伙伴约在香港谈事儿，就住四季酒店，入住了三个晚上的海景套房，花了2万人民币。最畅快的就是到了酒店顶楼天台，有一个无边界的游泳池，无论是游憩其间还是披着浴巾静卧于躺椅，都能零距离俯瞰维多利亚港，眺望九龙半岛和新开发的楼盘及川流不息的街道，内心深处涌起暴发户般的满足感。最长的一次住宿，则是在紧挨着的"四季汇"公寓，与酒店构成连体，从酒店内部就可以穿过去。那次住了半个多月，两室一厅套间，花费了12万多。也是在"四季汇"公寓，下楼吃早点喝茶，果然见到了一些熟悉的面孔：消失的媒体达人。

从香港站E1口出来，嘈杂的车流和人流声扑面而来。干振民跟着符浩直走右拐，再直走几百米，就进入了酒店大堂，喧嚣的世界在身后遁去，一下子清静了。这时，一个瘦长而精干的穿着深色西服套装的青年，眼神贼精，快步迎上来，就问："是干生、符生吗？"干振民一时没弄明白叫干先生为何称之干生，符浩就替他抢着应答说"是"。青年人礼貌、谦卑地引路在前，把他们迎进电梯，刷卡，按4，直接上了龙景轩餐厅。

吴一德全秃，肥胖，背窗而坐，喝着茶，小眼睛笑眯眯的，两颗镶着的金门牙还在，两道眉毛有些花白，一下子显出了老态。他身后笔挺地站着两个穿着深色西服套装的年轻人，双手搁在背后，不苟言笑，使一场温情的场面变得局促。

"阿民，来，来，这里坐。"他们进门，吴一德就招呼干振民坐在他右边，做手势让符浩坐到他左边。吴一德问干振民："你现在创业了？"

干振民喊了声姨夫，回应说："创业了，他是我的天使投资人。"他指着符浩，顺便介绍了下。吴一德记性不错，点点头说："记得记得，文昌人，普通话比我好的海南人。"

符浩吃惊，干振民也吃惊，都过去多少年了，一个身价数百亿的老板，竟然还记得当年一文不名的少年，寥寥几句，直捣特征。

符浩知道，在这种人面前，不能随意玩花招儿。他谦卑地寒暄几句。此时，服务员陆续上菜，吴一德招呼大家用餐。

菜品一流。开胃前菜有牛腱、乳猪、叉烧、烤鸭搭配法国Alsace白皮诺、炒牛柳、雪利酒配高汤鱼翅……他们一边享受美食，一边享受美景。抬头窗外，是风平浪静的维多利亚港，香港会展中心犹如一只巨大的海龟，在海对面耸立。

从北京动身之前，干振民就把自己撇干净："你们谈生意，我就负责吃，反正你们谈的啥我也不懂，成别谢我，不成也别责怪我，我只负责穿针引线，我就充当一吃货。"符浩提醒他："你姨夫约的饭局，有人打'飞的'去吃，那可是米其林三星级，香港第一粤菜。"干振民吃惊："这么夸张啊，还打'飞的'。"

符浩简单地动了几下筷子。他悄然看出吴一德吃的也不多。于是，边吃边聊，符浩趁着吴一德此时精神集中，就趁机把项目介绍了一番，尤其是颐养保险的前景和商业价值。

对这个项目，符浩如数家珍。一串财务数据，行业状况，国内外发展趋势，符浩的介绍演练了很多次，应该说是滴水不漏。讲者激情，听者动心，所有的条件都具备，就只掂量各自的腰包分量是否足够。

吴一德很给面子，听得很认真，几乎让符浩完整地陈述完毕，中间从不插话或打断。在报告的过程中，符浩偶尔走了一下神，总是感觉哪儿有些不对，心里就有些虚了。

吴一德喝了一口松茸蘑菇汤，擦了擦嘴。放下刀叉和碗筷，他提了一个问题，不是关于项目前景和投资价值，这个问题颇令符浩意外，同时让他心里"咯噔"一下。

吴一德问："当初首大集团出让颐养保险控股权是在产权交易所挂牌的，对受让者实力进行严格的限定：由三家以上国有非金融独资企业组成联合受让体，每家企业实收资本不低于400亿元，年底净资产不低于1000亿元——圈子里都知道顶天集团达不到这个标准，邬总怎么就能拿下？"

哪壶不开提哪壶。当初，他们精心设计的这个局，让多少人血肉横飞——资本市场是嗜血的战争。此战役胜后，邬之畏站在紫光室窗前说，胜者王败者寇，英雄不问出身，这个社会，人们永远只崇拜赢家，绝不会同情输者。

从受让小股3.8％成为小股东，到受让首大控制权57.2％，进入控制颐养保险，几乎每一步，符浩虽然不是执行者，至少是参与者和谋划者。

首大集团最初挂出这个受让条件时，让邬之畏颇为恼怒。真正符合这个竞标条件的能有几个？这不是明摆着要将顶天集团排除在外吗？

首大集团董事长老魏在被纪委人员带走时，邬之畏也开着车子在首大集团门口停下来，看到老魏被人挟持着出来。老魏脸色煞白，神情沮丧。在经过车子前面，老魏看到了邬之畏的车牌，目光从车前窗玻璃投射进来，也许他没有看到车后座的邬之畏，他射过来那道怨恨的目光，让邬之畏想起了猛虎垂死前的眼神。

邬之畏口头禅在业内传播甚广："哼，跟我斗！"

符浩稳定了下情绪，竭力不让心魔影响谈判。他说："最终是我们竞标获得，在法律上获得认可，工商登记造册。"

吴一德微笑不语，似乎认为符浩答非所问。

吴一德笑眯眯的小眼睛里，透射出一股杀气，引而不发，这让符浩感受到一股无形的压力。

符浩索性不避重就轻，直言相告，有时候直截了当反而成为一个抵挡飞刀的保护伞。

符浩接过吴一德射过来的目光，语气沉静，说："首大集团控股权在产权交易所挂牌期间，只有顶天集团一家参与竞标。根据交易所相关规定，挂牌期满超过20日就撤牌，不再接受新的竞购申请。在只有一个竞购者的情况下，只要竞购资格被交易所和转让方确认，转让意向将不再是问题，交易双方的谈判内容集中于程序和细节。"

吴一德含沙射影地说："你们邬老板厉害，那么苛刻的条件，你们竟然也符合？"

"情况不是外传的那样。"符浩不想陷入吴一德的谈话圈套里，继续沿着自己的思路说，"首大集团当初挂出的受让方'门槛'，主要是股东以外的受让者，老股东有优先购买权，并不受这些条件的限制。也就是说，颐养保险的原有股东，若参与受让，完全不用受国有独资、实收资本、净资产三条苛刻条件限制，同时拥有优先购买权。"

吴一德逼问："你们接手后，颐养保险为何要花巨资购买顶天集团房产？据我所知，顶天集团房产绝大部分处于质押状态。"

此时，符浩暗自吃了一惊。作为一个局外人，吴一德怎么会对顶天集团如此了解，何况这是符浩所不知晓的。

"这笔买卖是经过董事会和股东会批准的。"符浩尽量表现得镇静，波澜不惊，似乎尽在掌握，"看来吴总对颐养保险很了解啊，荣幸！希望我的介绍不是画蛇添足。"

吴一德不语，向身后年轻人招一招手，年轻保镖打开搁在玻璃茶几上的一个文件袋，取出一叠文件，递给符浩。报告页面赫然写着"颐养保险项目尽职调查报告"。

符浩此时有些讶异，他迅速翻阅，发现有三分之二内容是他提供给第三方的，包括各类投资机构和中介组织，还有三分之一内容则是关于对顶天集团各类质押情况、财务报表的调查，有些数据连符浩都未见过。

符浩满脸惊诧，合上报告，内心惊骇不已。当你殚精竭虑地保守秘密，其实秘密已不是秘密，你自以为在暗处，实则已处于他人视线之内，且对方目光如炬，自己毫无隐私可言。此刻，他内心的波澜，均逃不掉对面那双小眯眯眼。

吴一德随手接过保镖递过来的温热的白色小方巾，擦着手。他用沾染了点儿港音的榆次话，宽慰着眼前的这个年轻人，说："颐养保险是个好项目。但好的项目需要好的人来操持，就像一块未曾雕琢的玉石，不同的工匠能决定它的最终价值，好的工匠可以使之价值连城，不好的工匠有可能毁了它。"

符浩听出了话外音，继续抗拒跟着他的话走。他按照自己的思路，顺势接了一句，也是本次奔赴香港找他的核心话题："所以，我们需要吴总的资金支持。"

吴一德擦完手，把小方巾随手丢在保镖递过来的托盘上。他摇摇头，然后将了符浩一军："可惜啊，可惜。从这些报告而言，你自己也看过，如果是你，你会投吗？"

这个时刻，吴一德没有把符浩当年轻人看，而像问一个久经沙场的老友。符浩翻阅报告的最后一章，是调研团队对此项目的"最终投资建议"，阐释了颐养保险巨大投资价值，同时对于合作者顶天集团以及老板邬之畏，则给出"强烈不建议合作"的建议。

吴一德如此反问符浩，符浩就知道了谈判的结局。

此刻多言无益。纠缠于此，也不符合符浩的谈判风格，一般谈事，尤其大事，必须两个小时之内结束谈判。符浩端起手边的红茶，他用茶代酒敬吴一德："感谢吴总直言，无论褒贬，都是对我们的支持。所谓忠言逆耳，良药苦口，受益颇多。"

吴一德靠在椅靠上，盯着符浩，说："我们不投资，不代表不可以合作。小兄弟你可以过来跟我们干，或者我们给你信托支持。"

"谢谢，承蒙吴总看得起，我已经习惯了北京这座城市。"符浩抬眼扫了一下四周，仰望了一下天花板，做打量状，笑说，"这地方太贵，小弟消费不起。"

吴一德保持着微笑，他已判断出符浩的意图。

符浩接着问："如果信托支持，怎么支持？"

"可以质押，颐养保险股权也可以，顶天集团未被抵押的不动产也可以。"吴一德是一个完美的商人。

符浩追问："质押率多少？利息？"

前段日子，他找过一些信托公司咨询质押，要么就是条件苛刻，要么就是实力弱，营销产品不力。

"质押折现20%，年息12%。"吴一德口气不容磋商。

符浩明白，吴一德在乘人之危。所谓君子不立危墙之下。

饭局结束，符浩一看表，不知不觉中，这顿饭吃到了下午两点钟。

干振民在一边吃着，一边竖着耳朵听二人看似闲聊，实则较量的对话。作为一个局外人，他都感受到了肃杀之气在弥漫。于是，他就不停地吃，结果，吃撑了。他接过符浩的眼神，明白项目合作没有希望。来之前，符浩跟他交代："如果项目进展顺利，我们下午和晚上就陪你姨夫玩玩，打打扑克牌也行，如果谈不好，你就跟着我，我带你去享受大香港的夜生活。"

干振民站起来，主动跟吴一德说："姨夫，酒足饭饱，我们就下去了啊。"

吴一德摆摆手，说："不要急，我让人安排你们住下来。"说着，他对之前在大堂接待他们的年轻人交代着。

干振民赶紧对吴一德说："不用麻烦姨夫了，我跟着浩子一起，还有点儿其他事情要办。"

吴一德就不再坚持，对符浩做了一个请的手势。

他们起身下楼。吴一德站起来送他们。下了电梯，吴一德问符浩："你和邬之畏是什么关系？"

符浩说："不是雇佣，是合作。"

"颐养保险项目，你也在股东名册上。"吴一德问得很直白。

符浩坦白，自己的全部身家，这些年的现金流几乎都砸进去了。

他拍拍符浩肩膀，说："年轻人，做事还是要多几个心眼儿，不要寄于一事，也不要系于一人。邬先生这号人，我听说只要对他有大用的人，他可以俯身给你舔靴，一旦没有用了，视你为草芥，当心啊。"

符浩有些反感了，不合作就不合作，为何如此诋毁邬之畏呢？符浩利落地回应说："这是谬传，造谣，邬总根本不是这号人，对我们好着呢。"

吴一德冷笑着："呵呵，那是因为目前你对他有用。"

符浩不想再听他的谬论，就加快步伐离开。

吴一德喊住了他。

"这样吧，你也不能白跑一趟，颐养保险是个好项目，我知道有一个人感兴趣，你不妨去找找他，就说我介绍的。"

他接过保镖递过来的不锈钢名片盒，翻出一张名片，递给符浩。"黎朋，云集团首席执行官。"

纸 金 时 代

第十六章

决意套现

"关上一扇门，打开一扇窗。"从四季酒店出来，符浩脑海里蹦出了这么一句话。当他从吴一德手中接过这张名片时，他观察了对方说话的神情，小眯眯眼总是给人一副似笑非笑的错觉。他本能地感觉到，吴一德这人不坏，虽然婉拒了战略投资介入颐养保险，符浩也拒绝了他的高成本信托资金。这么一个江湖大佬，一度呼风唤雨的大人物，能够坐下来与他这么一个嘴上没几根毛的年轻人对谈，算给足了面子，自己还斗胆拒绝他的合作提议，那一瞬间的反应是本能的。而且，对方拿出的报告，对顶天集团内幕掌握的精准度，远超过自己。看来，吴一德虽困守于香港，但对内地的一些重大事件或潜在项目，似乎尽在掌握。因此，当他接过那张磨砂的有点儿发黄的环保纸名片，就像接过了希望，就像被困在一间黑屋的人，看到了屋顶漏进来的一缕阳光。

此次没有与吴一德达成任何合作意向，符浩心有不甘。出发之前，他在心里盘算了良久，做了多次沙盘推演，吸引吴一德参与此项目并非完全没有可能。获利是资本的天性，没有一只秃鹫会对眼前的食物视而不见，何况是送上门的香喷喷的美食。且不说正处于饥饿状态的秃鹫四处猎食，即使饱食终日，也会使出浑身解数尽可能多地占有。何况，当这只秃鹫身处险境，随时有可能被那只看不见的手按倒在地甚至万劫不复，怎么会对伸过来的天使之手置之不理？根据公开资料显示，吴一德抛出地产资产，加注了变现能力强的金融资产，这明显是转型金控的节奏，与邬之畏想做的不谋而合。他怎么会对邬之畏的项目没有任何兴趣呢？应该说，符浩盘算一番后，认为合作的概率更大一些。结局恰恰相反，没有留下任何谈判的余地。一般大佬们都愿意投资熟悉的领域，投资朋友、朋友的朋友的项目，这些经过"朋友"传递介质的筛选，相比盲目在市场上随手抓的项目可信度要高一些。这次拉干振民过来，真实目的就是借干振民做一个信任背书。

符浩陪着干振民住了一晚上。晚上，邬之畏给符浩打电话，告诉他，他们到上海了，约了浙商富欣集团老板葛明坤谈这个项目。

符浩暗叫坏了，邬之畏病急乱投医的老毛病又犯了。直觉告诉他，富欣集团不会出手。

这次符浩的预判似乎有偏差，邬之畏谈的情形还算不错。

回到北京第二天，一大早，符浩就被戴志高敲门吵醒。太阳升高了，阳光照射在窗帘上，然后透过缝隙穿透进房间，暖洋洋的。符浩睡得迷迷糊糊，被锲而不舍的门铃声给吵醒。符浩慵懒地爬起来，趿拉着一双拖鞋开门。昨晚睡觉之前，符浩特别把手机铃声设置成无声不受打扰模式，如此既不会漏接来电，也不会让电话铃声把他从沉睡中惊醒。戴志高见门一打开就冲了进来，嚷嚷着说："是不是有妞儿啊，按门铃半天也不开，打电话也不接。"符浩把他让进房间，任他四处搜索，嘲讽他说："以为人人像你啊，换妞儿像换衣服那么随便。"戴志高查遍房间，一无所获，就做惭愧状："我得自我检讨啊，浩子如此关心我，我却对你的生活不够关注，是我的疏忽。"

符浩洗漱后，打开冰箱，取出牛奶、燕麦面包、蔬菜沙拉、苹果，用煮蛋器煮了两个鸡蛋，让戴志高一起吃。用几分钟吃完，符浩穿上外套，跟着戴志高开车去顶天集团，见邬之畏。

邬之畏在办公室等他，端着茶杯，在办公室转圈。

符浩推门进来，还未等邬之畏开口，就抢着说，仿佛自己对结果早有预判："富欣集团是不是没戏了？"

邬之畏招呼符浩在副沙发上坐下，戴志高去给大家倒水泡茶。

邬之畏放下茶杯，微笑着说："有戏，是有大戏。富欣集团愿意全权收购！"

这颇令符浩意外。地产起家的富欣集团怎么会全权收购？难道要进入保险金融领域？

符浩表示很意外，说："葛总亲自说的？不会是场面话吧。"

所谓场面话，就是场面上不会让对方难堪，符浩见多了。他进入风险投资后，虽谈不上阅人无数，至少阅项目无数，但凡有点儿气质但还不到投资或者判断目前不适宜投资者，就会热情地对项目方说项目不错，会密切关注。稍微动脑子或者见多识广的项目方，自然知道这是婉拒或者不想打击自己的场面话，只有那些嫩点儿的家伙才会美滋滋地想当然认为投资方看好自己，似乎融资触手可及。其实，基本上没有后文。

"葛总亲自谈的。他们是班子成员全部在，集团五位董事悉数到位。"邬之畏说，他们对我们有过研究。

符浩这次有点儿吃惊，他不认为邬之畏在这件事情上说假话，问："全权收购？价格呢？"

邬之畏说："全权收购，价格会有三倍回报。"

"可以考虑啊！"符浩脱口而出。

且不说高回报率，单论颐养保险，从介入到控盘，像电影情节一般跌宕起伏。如果不是搞定了首大，差点儿阴沟里翻船。符浩倾全部身家投身其中。他后来反思，当初是昏了头，犯了投资人的大忌。有十分能力投资的时候，最好只做八分九分。这年头，身价百亿不算神话，尤其是创业板推出后，暴富者一夜之间纷纷冒出来，如雨后春笋。但是，无论身价百亿，还是五十亿、十亿的，真正能拿出一亿现金流的，能有几个？邬之畏是媒体眼里的神秘大亨，西南地区最高楼开发商老板。谁也没有想到，仅收购一个颐养保险公司，就一文钱憋死英雄汉，差点儿半途夭折。符浩清楚自己是什么样的人，天下武功唯快不破，他就是喜欢赚快钱，少投入高产出，短投入快产出。除了血糖仪等有限的几个项目，其他项目要么出于纯粹支持老同学创业玩票性质，要么被动投资短期变长期，每笔投资都不算大，其他的投资，哪笔不是短平快的。当邬之畏告知富欣集团有意全权收购，符浩自然求之不得，想出手套现。香港之行，一度被寄予希望的吴一德直接拒绝投资介入，他还在琢磨怎么去找黎朋呢。虽然他不认识黎朋，也没有周边的朋友可以牵线。

富欣集团乐意收购颐养保险，自然是再好不过的收购方。在国内，比他更有实力的集团，屈指可数，不超过10家。富欣集团从地产起家，涉及医药、黄金、钢铁等实业板块，堪称民营企业龙头。

符浩举手赞成："我同意出手！"

看着符浩这么沉不住气，邬之畏就泼一盆冷水，说："就这么轻易出手？如果被全权收购了，那顶天集团还做什么？我们继续玩什么？"

不是，这邬老板怎么考虑的，还真想玩金控啊？如果说没有进入顶天集团核心圈，像众多在外围的那些人一样，都会觉得顶天集团巨大无比。进入后，才了解它完全虚胖。符浩明白为时已晚，他们已是一条绳子上的蚂蚱了。如今，只能同舟共济。

符浩劝说邬之畏："世界经济不景气，出口下滑，实体经济发展艰难，房地产还可以玩，手握现金可以做产业投资基金啊，投风口，每一年都会有风口，钱生钱。"

他又强调一句："没有人不喜欢钱生钱，没有人不懂钱生钱。关键问题是，钱呢？"

邬之畏在长廊式的办公室里踱步，思索着，顶天集团这些年受制于资金，在土地价格低的时候没有储存多少，后继乏力。自己也打算进行转型，做一些实业。但是做什么好？拿到钱了，做产业投资基金，不照样要找好的项目吗？一投进去，就不是三两年就能退出来的吧。富欣集团为何要急于进入保险领域？他们说不仅仅是进入保险业，还参股了银行，收购了券商，打造金融产业板块，未来大健康、大文化和大金融是三大支柱产业。他们收购颐养保险就是借此切入保险板块。他们意志坚定，如果没有合适的收购标的，就新设一家保险公司，申请牌照，做好了从零做起的准备。他们传递出了什么信号？

"我在反思，手握颐养保险，为何不自己做？"邬之畏说。

符浩心里暗叫"坏了"。符浩直接击中要害，接住邬之畏的话说："邬总，如果自己做，顶天集团盘活资金，至少需要注资50亿。据我了解，又有哪家银行能和顶天集团联手？"

这句话击中邬之畏七寸。

银行集体拒绝与顶天集团来往，这个圈子公开的秘密压得邬之畏喘不过气来。对地产商起家的邬之畏而言，失去银行的支持就如肝坏死，是致命的。这些年来，银行借贷不力，他就从同行里拆借，惹出了多少反目成仇的官司，声誉一败涂地。拆东墙补西墙，如果不是张茂雨那厮横空出世，突从天降，掉下一大块馅儿饼，那些过桥资金就可能把自己压死。

邬之畏感觉哪儿不对。符浩为何这么着急把颐养保险卖出去？

符浩必须想办法脱手套现。这个念头在偶然听到颐养保险的小财务梁小鸥说了那么一嘴后，变得更加迫切，甚至那天晚上，他焦虑得失眠了。那晚，香港天王之一张学友在五棵松文化体育中心举办演唱会，鲜少联系的梁小鸥给符浩打电话，怯怯地问他能否帮她搞到票。她担心被符浩生硬回绝，急促地说："我太喜欢张学友了，从娘胎里就听着七仔的歌声孕育成长，老妈她也痴迷七仔。"符浩说三分钟后给她回复。他拨打五棵松体育中心总裁助理小马的电话，轻易就搞到三张VIP包厢票。对了，梁小鸥怎么知道他能搞到票？他猜测肯定是戴志高这家伙哪天喝高了吹嘘的。梁小鸥在颐养保险财务职员里，属于长相甜美的那款。票到手后，符浩给了艾米莉两张，艾米莉找了闺密去看。梁小鸥去找符浩取票时，特别给符浩带了味道网下单的无添加纯天然的楂小乐山楂果条，说是她的最爱。符浩接过这份特别的礼物，有些哭笑不得。梁小鸥撕开果条包装袋，递给符浩说："小礼物大心意，无色素、无甜蜜素、无防腐剂的山楂果条，是我特别精心选购的，感谢符总满足了小女子的大心愿。"符浩说："你喜欢的东西不一定是别人喜欢的哦。"梁小鸥接过符浩给她的票，一边看着，一边嘀咕说："如果自己都不喜欢，还怎么好意思推荐给别人啊？"符浩一想可不是吗。此时，梁小鸥惊叫一声，举着票，对着大太阳，说："天啊，VIP啊！"符浩说："这票是体育中心总裁留给自己VIP客户和家人的固定包厢，视野极好。"梁小鸥就地转了一个圈，惊喜不已，只差扑上去拥抱了。符浩随口问公司业务咋样，梁小鸥嘟囔了一句："资金紧张了，斗牛大厦买房子就花了20亿。"符浩心里吃了一惊，买房花了20亿？他表面不动声色，装作漫不经心地说："不是25亿吗？"梁小鸥看着他，一脸认真："哪儿有啊，20亿，没那么多。听我们总监说，即使这20亿，也是倒腾来倒腾去，签了一堆合同，费了一番周折的。"忽而，梁小鸥面露恐惧之色，发觉失言了，手捂着口，连连摆头说：

"可千万别传出去是我说的哦。"她的惊惧神情让符浩深为惊诧,他安抚她说:"我什么都没听到。"

艾米莉带着闺密在五棵松体育中心看张学友的演唱会。舞台中央,张学友用招牌动作扭着屁股和腰肢,时而声嘶力竭,时而深情款款,格外卖力,台下喝彩声和伴唱声此起彼伏,掀起一阵阵声浪。符浩没有去,他一个人在蓝色港湾酒吧,喝着啤酒,心情低沉。他知道,斗牛大厦的房子大部分被质押,怎么可能被质押再次买卖?这是典型的偷空颐养保险的节奏,内部人控制它并上下其手。并且,这一切,符浩都不知道。也就是说,他们做这么重大的事项决定,把符浩排除在外。他可是投了真金白银的颐养保险的股东啊。那时他就一个念头,无论如何,必须把颐养保险给盘出去,套现了事。

邬之畏意识到符浩急于脱手,就有点儿不爽了。当初举牌盘下颐养保险,就是听从了符浩的提议,搞得自己狼狈不堪,导致现金流短缺,不是短缺,是长缺,拆东墙补西墙。好不容易缓口气,自己琢磨通了公司转型,岂可轻易转手他人?邬之畏说:"不行,不能就这么给卖了。"

符浩说:"不卖也行。但是公司的现金流怎么解决?还有一些定时炸弹,需要我们一个一个拆除引信。"

邬之畏心里很清楚,虽然搞定了张茂雨,天下掉下了一块很大的馅儿饼。但是,这块馅儿饼不是那么好吃的,吞下去的是黄金,也许需要赔上自己的整个集团,甚至包括生命——因为贾阿毛。贾阿毛就像一颗定时炸弹,说不定哪天就爆了。

符浩在找折中办法,不让富欣集团全权收购,可以考虑让他们参股。

邬之畏不语。其实,邬之畏担心的不是全权收购还是适度参股,而是害怕富欣集团葛总这个人——他是狼,更是虎。在地产业,葛总是名牌大学出身,外表文雅内心狠辣,控制欲强——富欣集团的控制欲在圈内无人不知。那天,他一出来就率领集团的五大董事,拿出真家伙,真刀真枪地谈,一看架势就是玩真的,提出全权收购颐养保险的想法。邬之畏忽而感觉不好。他竟然在与他们的谈话中,不断地端杯喝水,这状态即使是当年在西南地区高负债打造标志性高楼富汇大厦时,在生意场上被当地黑社会追杀、随时被监管部门问责可能面临牢狱之灾时都没出现，他都没有这种糟糕的感觉。直觉告诉自己，这笔交易没有想象中那么美。

看着眼前的年轻人焦急的神情，邬之畏安抚他不是不可以谈，货比三家好，再多选几家。

随后，他问："你说的吴一德给你推荐的那人，是谁，哪一家，实力怎么样？"

符浩说："云集团首席执行官黎朋。"

"是不是个头比较矮，戴眼镜的？"

符浩在香港住酒店的时候，顺便在网上查了一些黎朋的资料，有了一个新的发现：这位中等个头戴着眼镜的中年男人，竟然也是从西南省会城市发迹。

他想，邬之畏应该认识黎朋。

邬之畏回忆，当年参加了一个会议，他见过黎朋一回。黎朋坐邬之畏左侧，戴着一副眼镜，文质彬彬的，那次是参加省长主持的民营企业家座谈会。他们有过点头之交，也只是点头之交，此后就没有联系，毕竟不是做同一行的。那时邬之畏在西南地区十分抢手，成为商界名流的座上宾，名头远胜于黎朋。

符浩说："根据资料显示，他在整合两家玻璃公司重组上市，上市未果后，他随即南下深圳。"

邬之畏说："那你自己想办法联系他，我和他之间没有交情，帮不上你。"

符浩说好。邬之畏叮嘱："就是去卖，也要卖得有气派！"

符浩笑了，这是这次谈话时唯一的笑场。其实，邬之畏也是一个营销好手。

随后，邬之畏指着走进来的戴志高说，"你带上戴志高，壮壮声威、打打下手也行。"

戴志高接过话说："这么重大的事情，我确实想跟符总学几招。"符浩点头应允："好，没问题。"

不过他琢磨，这是邬老板对自己别有用意吧？

纸 金 时 代

第十七章

意外惊喜

艾米莉把自己脱了个精光，眼神喷射着火辣辣的欲望。符浩眩晕，感受到了突如其来的幸福，他在意外之喜中手忙脚乱，半天解不开衬衣纽扣，还是艾米莉伸手援助了他。

他们双双滚在宽大的沙发床上，壁炉火苗飘忽，烛光闪烁，一只高脚红酒杯空了歪倒在地板上，一只还有三分之一的红酒没有来得及喝完，搁在桌子上。靠近沙发的地板上扔了一地衣服。音响里正在循环播放着一支老歌——张学友的《一路上有你》，深情而感伤。

这些日子的苦闷、烦躁、猜忌以及渴望，诸多情绪夹杂，随着一声低沉喊叫，融进所有激情，冲上一个浪峰，随即被高高抛下，一泄而尽。

他们仰面躺着。符浩喘着粗气，艾米莉因过于激动，面目潮红迟迟未退。她紧紧抱着符浩，把头埋到他宽厚的胸肌上。橘红色的布艺沙发上，留着他们欢爱的印记。符浩打量着躺在一旁的艾米莉，玉体横陈，修长而青春洋溢，像春天扑面而来的美。

窗外，冷月寒光，北风呼啸，树影婆娑，枝叶稀疏。艾米莉侧身对着窗外，符浩也跟着侧身，一只手搭在她的胸上。

一切发生得太突然，一切又都顺理成章。他们交往了那么久，他们渴望着对方，最终都没有突破关键的一步。这天晚上是艾米莉主动的。艾米莉得知符浩回到家了，开车从城里跑过来。两人心照不宣，喝红酒，听老掉牙的曲子，他们还翩翩起舞，不是热舞，而是跳着上一辈人喜欢的伦巴，他们几乎没有聊天，彼此一个眼神，就知道要怎么样……不过，艾米莉的情绪有些不对，在他们欢爱过后，符浩真切地感触到了。

符浩让艾米莉转过来，面对面。

艾米莉一脸认真地问符浩："如果哪天我决定去自杀了，跳崖之前我要通知你吗？"

"那必须要。我会过来狠狠地fuck你一顿，看看你到时候还想不想自杀。"

"应该还是会的吧。"

"……"

"因为想死的原因太多了，才不是因为没有人fuck我。"

符浩说："亲爱的，我们答应彼此一件事好吗？"

"你说。"

"如果你先死了，我就为你写一首歌；如果我先死了，你就为我写一篇文章。"

"这样子，就算我们写出了东西，对方也看不到了啊，为什么不在双方都还活着的时候就写呢？"

符浩看出了艾米莉说话不像开玩笑，他"噌"地坐起来，跳到沙发上，穿上衣服。他捡起地上衣服，递给艾米莉，让艾米莉穿上。

他们衣衫齐整，端起酒杯，又开始喝酒了。符浩说："今天的你好像不是昨天的你。"艾米莉说："是不是觉得我很颓废？那是因为你。"符浩吃惊："因为我？"艾米莉说："因为你让我颓废，因为你在颓废。"符浩说："我咋颓废了？"艾米莉说："我感觉到了。你最近好像不搭理人家了。你陷入了金钱的魔窟。"艾米莉用了"魔窟"这个词，符浩笑了。这个词更适合上了年纪的人，他们说出来的时候，充满着人生的况味。而眼前这个二十多岁的女孩子，这词她说出来，显得轻飘了。

符浩想起了什么。没错，自从知道了顶天集团诸多不妙的消息后，他的确陷入了暗黑的边缘，他害怕一旦跌下去将万劫不复。他在考虑如何掌控颐养保险的走向和进程，不要偏向。他的目标就是尽快套现，给自己松绑。那天他又组织了一场青年私募投资人沙龙，还是在后海那家四合院，还是和那帮朋友。看到这些旧友，大家谈笑风生，久别重逢般，他感受到了友谊的温暖。在这座钢筋水泥垒就的城市中，人们各自远离故乡，依靠朋友们真诚的友谊温暖彼此。虽然他们谈论着项目、投资、回报、豪车、豪宅、美女、佳肴，甚至移民等均与金钱密切相关的话题，但是空气中并没有飘浮着铜臭味，他们就像谈论着一项本职工作，他们彼此的心里，还留存着一杯杯清酒。当符浩提及云集团黎朋时候，就有人主动跳出来，说她负责帮助符浩联络黎朋，能直接联系，没有第三方、中间人。积极主动提出帮助的这个人就是陈静，当初也是她带着艾米莉过来，与大家认识。也因此，在某种意义上，她是符浩和艾米莉的媒人。

"静姐告诉你的？"符浩安慰她，"其实没有那么夸张，即使片甲不留，我还是我，我记得小时候，父母常说，有人在就会有江湖。"

"我很担心你。"艾米莉说，"我担心商场的黑暗吞没你。"

"所以，你要远离商场。"符浩开着玩笑，"做一个纯粹的女人，挺好。"

"我从来没有远离过。"艾米莉有些感伤了，"从小我就被乱七八糟的事情包围着，都透不过气来……"

"从小？怎么可能？你妈妈不是教中文的老师吗？"符浩忽而想起什么，"你爸爸是……"

艾米莉伸出右手食指，轻按在符浩唇边，摇摇头："现在不适合谈他。"

艾米莉似乎在掩饰着什么，尤其偶尔提到她爸爸，她就不愿意谈。符浩有过疑惑。可不是吗？从小跟着妈妈远赴国外，一路走来伴随她成长的，唯有妈妈。爸爸在她的成长期明显缺位。自然，不乐意谈及爸爸，本也无可厚非。如此想着，他就有些释然。

艾米莉从符浩欲说还休的神情中读到了什么，这个早熟的女孩说："不要想多了，其实，我很爱爸爸……"

"好吧。"符浩提醒她，"既然对商场保持着警惕，我建议暂停你的商业面孔计划，我不想你拍摄的都是一些假的面孔。要知道，在镁光灯下，所有的商业面孔都是假的。"

"不，恰恰相反，我拍摄的是他们瞬间的真实，我是抓拍。"艾米莉说，"你知道吗？我之前和你说过，我拍摄这些照片是为了开一个影展，现在我改主意了，我想通过这些抓拍的瞬间真实研究他们，做一些样本调查……"

符浩就乐了。他给艾米莉添了红酒，说："你都快成艺术家了。"

一句话，艾米莉顿时情绪汹涌。艾米莉仰着头，对符浩说："我应该适合当作家、摄影家，我要给这个世界留一些真实的影像，我要给这个世界留一些真诚的文字。也许，三十岁的时候，我就会和这个世界告别，也许，我根本不属于这个时代。"

艾米莉有些忧伤了。在酒精的刺激下，她说话有些语无伦次。"我属于盛唐，属于热情洋溢、豪迈奔放、郁勃浓烈的浪漫，或者恬静优美、生气弥满、光彩熠熠。我应当是和王维、孟浩然、李白、杜甫、高适、岑参同台唱戏的女子。这是我的宿命，也是我的追寻。"逐渐地，艾米莉声音由高而低，声音如蚊，一边抽泣着，泪流满面。

符浩一下子把艾米莉抱起，紧紧的，相依为命般的。

符浩去见云集团首席执行官黎朋的前夕，中间人陈静向符浩要他的生辰八字，说是黎朋要。符浩比较奇怪："对方为什么要我的生辰八字？是不是要看我们八字配不配？呵呵，哪有这样做生意的。"陈静解释说："这是黎叔叔提出的唯一要求。"至于为什么要，黎朋没有告诉她。符浩想了想，不就要一个生辰八字吗？自己既不是名人，也不是神秘人物，给就给了，反正没有任何损失。

在符浩的催促下，陈静帮助他们预约了见面的时间，让符浩自行过去。

符浩带着戴志高去的。黎朋的女助理在云集团大厦大堂恭候，然后带着他们，刷门禁，乘电梯上了8层。电梯上行中，助理小姐对他们说："早会上，老板一口气推掉了今天三个接待，说全部留给你们。"助理小姐保持着空姐职业性的微笑，得体地打量了一下符浩和戴志高。符浩顺口接话："黎总日理万机啊。"助理小姐点头："是的，今天上午的接待改到下午了，至少提前三天安排，有的是提前一周了。"戴志高说："我懂。"符浩逗他说："你是不是受宠若惊了？"戴志高对女助理彬彬有礼地说："谢谢。"

黎朋直接让助理把符浩、戴志高带进他的办公室，他们在一个名牌上写着首席执行官的门前，推门进去。

办公室不大，竹质的现代款式办公桌简洁，办公桌后墙一排竹质的书柜，摆放着翻着卷了角的书。作者有亚当·斯密、大卫·李嘉图、米尔顿·弗里德曼、约翰·梅纳德·凯恩斯、卡尔·马克思等，案头摆放着两本关于巴菲特的书，一本是《滚雪球》，作者艾丽斯·施罗德，巴菲特本人授权的官方传记，翻看次数多了，膨胀了起来；一本是《巴菲特致股东的信：股份公司教程》，压在《滚雪球》下面。办公桌对面墙上，挂着巨幅万里长城国画，气势磅礴。一个玻璃茶几，乳白色主副三张沙发靠在窗台下。窗外，是一个居民区"银杏林"。

秘书把他们引进去的时候，黎朋正在把一个东西包裹起来，塞进办公桌下抽屉里，他一边微躬着身子推抽屉，一边看着两位年轻的访客，微笑着，把目光从他们身上移至窗前的沙发上，说着请坐。抽屉在一个细微的响声中推上，他挺直身子，戴着黑边眼镜，眉宇间的气质令符浩感到似曾相识，有种久别重逢的亲切。他眼神犀利，如一道闪电，"啪"地投射过来，让人瞬间一紧，不敢怠慢，继而在他移动视线的时刻又变得柔和，整个人看起来文质彬彬，只是动作有些迟缓，就像久坐的人，腿脚麻木，起身时上身有一丝晃动。他走路几乎是拖着脚，走过来的时候看着眼前二位年轻人略显诧异的神情，他坦承，坐了大半天，腿脚有点儿僵。

助理把专用的搪瓷大茶缸从他的办公桌上端到茶几上，又给二位访客递过来两瓶矿泉水，然后离开。

符浩注意到了一个细节，就在紧靠着黎朋办公桌右侧的靠近书柜的位置，摆放着一台机器，写着"制氧机"。他有些纳闷：制氧机？为何不是净化器？北京雾霾严重，一般而言，大公司里要么安装新风系统，要么摆上空气净化器，咋会摆放制氧机呢？不过，他也就是那么一瞥，话题就让黎朋给转移了。

黎朋脸部消瘦，准确地说是皮肤有点儿松弛，显现出老态来。

符浩刚要站起来自我介绍，还未开口，就被黎朋抢了先："你就是那个符总吧？"符浩谦逊地说："您叫我小符就行。"黎朋说："小静跟我描述过你，吴一德老兄也打电话介绍过你。这位是戴总吧？"戴志高说："是。

我是顶天集团执行总裁。"黎朋伸出手，和他们一一握手："欢迎。"

符浩说："那么黎总，我就开门见山了，想必吴总也在电话里和你提到过我们的事情，我想了解，我们有无合作的可能。"

黎朋并不急于回答符浩的提问，看出眼前的两位年轻人心态有些急躁。黎朋把话题转移到吴一德身上。

黎朋说："吴总在香港还好吧？"

当黎朋提及吴一德时，符浩脑海里蹦出了一些他们之间的关联。这些人当年都是一代枭雄。不过，这些资本枭雄纵横至今，三人锒铛入狱，五人倾家荡产，一人被执行外逃。黎朋属于仅存的"硕果"。

符浩说："吴总人在香港，心在内地。给外界的感觉还好，不过我认为度日如年啊。摊上事儿，就是埋了定时炸弹，说不定哪天就爆了。"

黎朋比较诧异符浩如此直言不讳、坦率。他点点头，说："做生意，要做阳光生意。能做到不行贿，不收回扣，不搞under table（私下）那一套，需要我们有定力。安全生产，永远排在第一位。"

符浩点头认可。黎朋想给他们二人拧开矿泉水瓶，被他们抢了过去，说自己拧，不劳黎总。黎朋简单询问了下颐养保险状况。符浩一一作答，像说明书一样，几乎滴水不漏。

黎朋认真听着，眼神凝视着符浩。他的目光沉静，对视时几乎不回避，反而看得符浩目光闪躲。

介绍完毕，有一个片刻的冷场。符浩喝了一口矿泉水，掩饰心中的隐隐不安。

没想到，黎朋开口就给了一根棒棒糖。黎朋直言："我们对颐养保险感兴趣。"

这让人有些意外。戴志高摊开本子一直在记录，便于邬老板听汇报时，知道"原汁原味"的消息。这也是他多年在老板"威逼利诱"下养成的良好习惯。

符浩和戴志高对视了一眼，二人眼神流露出些许惊喜。没想到黎朋这么直白，如此爽快。

不过，黎朋紧接着一句话，是试探还是尽在掌握，他们一时弄不清。黎朋淡定地说："能参与颐养保险项目的，估计你们一遍遍筛选下来，也就云集团一家了吧？"

"怎么可能？这个项目可抢手啦！我们刚从富欣集团回来，董事长葛总带着全体董事参与接待。葛总直接表态，要全盘收购！"戴志高挪动了一下屁股，换了一个舒服的姿势，抢着说。

黎朋看着符浩。符浩点点头，补充说："戴总说的是事实，邬总刚从上海回京，他确实在接触富欣集团。"

黎朋略显意外。不过，他分析，富欣集团盘子太大，也算不错的合作方。接着他摇摇头，表示富欣集团这个时候杀进保险领域，对他们来说是全新领域，时机不对。有时候，资本介入也得踏准节点。

符浩和戴志高不急着辩解，他们认为把这个消息抛出来也算是一个小小的促进，也让潜在合作者产生一种微妙的紧迫感。

他们的小心思逃不过黎朋的眼力。他不动声色地说："全新进入一个陌生领域，任何企业都是谨慎的，不管他们盘子有多大，魄力有多强，都会受到主客观条件制约。云集团旗下拥有上市公司弘华保险，是做健康险和养老险，颐养保险做的是财险，两者业务互补。并购对双方而言，更有价值。"

好了，谈到正题了。符浩忽而感觉空气一下子变得清新了，紧绷的神经一松，身体舒畅。符浩看着眼前的黎朋，也不再那么拘谨。他直接问："黎总打算通过上市公司并购重组？"

"还有什么比这个更好的办法？"黎朋笑着，"如果一个公司不能直接上市，除开并购重组还有其他更好的路径吗？"

黎朋端着茶缸喝了一口水，放下茶缸，对他们二人说："我看过你们的报告，也派团队外围调查过颐养保险。我个人认为，颐养保险独立IPO难度非常大，时间也拖不起。我相信，这个时候邬之畏先生也是急于脱手吧。"

符浩一下子明白了。颐养保险寻找战略投资者江湖令散发出去后，各路人马已经展开调查，无论是暗的还是明的。想到前些日子跑到香港找到吴一德，吴先生递给自己的详尽调查报告，那时确实让自己大为吃惊。吃惊的不仅仅是他的调查行为，关键是调查报告本身所透露出来的信息，邬之畏的一些行为在损害着颐养保险的利益，同时也没有完全信任符浩。虽然在并购颐养保险项目的过程中，邬之畏把他逐渐列入了顶天集团核心层，但对他还是有所隐瞒。这在一定程度上，使符浩坚定了尽快脱手颐养保险的决心。那么，黎朋提到的报告，也许与吴一德无异，因此就没有必要在报告上做任何纠缠和探讨。

符浩站起来说："我明白了您的意思。那么，接下来，我尽快安排您与邬总见面。"

黎朋也爽快，不客套，站起来，伸出手："那就等你们消息。"

开局不错。回公司路上，正在开车的戴志高突然右手松开方向盘，拍了一下坐副驾驶的符浩的大腿，把正在翻看微信的符浩吓一大跳："我怎么感觉不对啊？这么大的事儿，怎么就黎总一个人跟我们谈啊？怎么这么快就打发了？这可是涉及数十亿甚至百亿的项目啊。"

符浩提醒他别咋呼，把握好方向盘，别忘了车上还坐着一个人，要有服务意识。戴志高哈哈大笑，说："必须服务好，我这副驾驶坐着一个即将身价数十亿的青年富豪，我得紧抱大腿。"

符浩懒得搭理他。他提醒戴志高说："你跟老板多年，也属生意场的老江湖，骨灰级专业人士吧。谈生意的方式多样，不一定就拘泥于一种形式。决策者往往就那么几个人，甚至说就那么一个人，为何就必须要大张旗鼓？"

戴志高摇摇头说："感觉不对！瞧我们上次去富欣集团，那阵势，把整个决策层的董事会都搬过来了。"

"你跟邬老板算是经历过大风大浪的。每次谈生意，邬老板都是大张旗鼓谈的吗？"符浩觉得这家伙纠缠着并无实际价值的形式，无意义。

"不是一回事儿。你知道，那，那邬老板的生意跟这不一样。"

"咋就不一样了？"

"那叫谈吗？那不是阳光下的……"戴志高一激辩就有些语无伦次甚至结巴。这些不重要，重要的是他总在语无伦次中，不经意间道出一些真相。

戴志高看到符浩右手食指竖在唇边的手势：不好，又在失言，立即打住。自从那次符浩陪他回乡归来，戴志高跟符浩谈话聊天几乎不设防，甚至有些时候说话不过脑子，不分语气轻重。

车辆在北四环路上缓慢行驶。主干道上一辆比亚迪把宝马追尾了。车子就堵在跟前，绕城而行的道路，宛若肠梗阻，车速变得像蜗牛一样慢腾腾。

交警骑着摩托车过来。符浩目光落在缓行的车流里，脑海却在一个劲儿地想：刚才戴志高那么信口一句，并非完全胡说八道。谈这么大一个项目，不应该是黎朋一人拍板吧？既然前期做了那么多调查，也研究了报告，肯定是一个团队在跟踪和介入，怎么就黎朋一人呢？他甚至连助理、投资团队都没有叫过来。

当然，他也判断出，一人亲自接洽，并不是像戴志高所言，诚意不够。从他们短暂的接触中，他本能地认为，此人是可信的。作为当年资本市场一代枭雄，同时期的要么锒铛入狱，要么逃离境外仓皇度日，而他依然纵横于资本市场，说明他有足够的信誉度。他认为，在黎朋眼里，颐养保险会是一块香醇可口的红烧肉。

邬之畏在办公室等候着他们。这些天来，邬之畏喜欢在办公室办公了，自从上次搞定张茂雨后，不知道是谁跟邬之畏随口说了一句，紫光室阴气过重，不是特别重要的议题，就尽量不要在里面讨论。邬之畏乃信佛拜菩萨之人，自然，对这些风水八卦上的东西，还是选择了"信其有"。

前些天，老板安排戴志高去颐养保险，找到邵董事长，让他直接开除了风控部门一位副总。他们查到此人是第二股东安插的眼线。邬之畏把戴志高叫到健身房，他一边在跑步机上喘着粗气健走，一边对戴志高下达指示说："让这家伙立即滚蛋，一秒钟都不能耽误。吃里爬外的家伙！"

这次从云集团回来，或许是符浩的原因，邬老板心情很好，招呼着符浩，拍着沙发的右侧说："兄弟，坐过来。"然后又跟戴志高说，"小戴啊，你也跟浩子坐过来。"

邬之畏指向符浩的右侧。

邬之畏递给符浩一支雪茄。符浩用打火机给邬之畏点火，然后把自己的雪茄点燃——此时此刻，抽雪茄颇为适合。邬之畏抽了一口，问符浩："说说看，去趟云集团，是不是有收获？"

符浩坐直身子，认真地说："开局不错。黎朋先生亲自接待的我们，他明确表态说可以合作，是深度合作。"

戴志高从身上摸出一张名片，写着黎朋的身份：首席执行官。戴志高说："他是CEO，不是总裁，更不是董事长，他说话能算数吗？"

邬之畏接过名片，上面写着"云集团首席执行官"，还写了一个执行委员会主席。邬之畏琢磨着，云集团是不是他说了算？

戴志高又端出跟符浩唠叨的观点，说："反正今天接待我们的只是他一个人，按道理，至少带他的投资团队，哪怕分管的领导参加，也表明他们的重视程度。反正我个人感觉，云集团没有像富欣集团那么正式，也没有富欣集团那个阵势，集团董事全部到位。同样是第一次接触，两种不同的接待，我个人感觉，富欣集团比云集团更有诚意。"

符浩摇头苦笑。邬之畏尽看在眼底。

符浩说："这些都不重要，不同公司有不同的公司文化，不能简单地从排场、阵势、态度冷热等这些外在表象来判断孰优孰劣，甚至直接推断出诚意度，那将贻害无穷。要说诚意，他们都有诚意合作。我们关心的应该是，合作方的实力如何，合作条件怎样，合作的契合度是否符合我们的要求。还有，合作的进度，这个也是值得我们关注的。"

邬之畏抽着雪茄，眯着眼，不断地点头。

符浩其实明白，戴志高之所以这么再三强调阵势阵容，与他们早先的开疆拓土，逐渐形成的认知的惯性有关，与顶天集团多数商业合作大张旗鼓的铺陈、规格密切相关。从政府拿资源，搞定犹豫不决的合作者，争取好的商业条款，加快合作进度，甚至一些难啃的骨头，在他人看来绝无可能的事情，皆被邬之畏以类似方法一一破解。在邬之畏和戴志高的习惯性商业思维里，这些外在的条件是内因动力的真实反映。

戴志高又说："好，我也不排除他的诚意。但是，黎朋说话算数吗？"

符浩冥冥之中有种感觉，这个黎朋，虽与自己有一面之缘，但似乎注定了与他有着说不清的纠缠关系，具体是什么，是合作者还是对手，甚或贵人，他说不清楚。用一句时髦的话说，对上眼了。

符浩说："现在谈跟哪一家合作或不合作，为时过早。不过，既然说到黎总这事儿，我是这样分析的。"

符浩从邬之畏手中接过黎朋的名片，在他们面前扬了扬说："我查了一些资料。黎朋是云集团首席执行官，他们还有董事长和总裁。董事长卫华先生温文尔雅，是他代表主管方三顾茅庐邀请黎朋加盟的。卫董事长有格局，黎朋加盟后，公司管理基本上放手交给黎朋先生。云集团公司总裁是赵敏女士。他们这种法人治理结构，容易产生误解。也许，主管方和设计者有制衡的意图在里面。但是，我们发现，黎先生还有一个职务，就是集团执行委员会主席。"

符浩右手大拇指和食指捏着名片，左手食指指着名片上这个"执行委员会主席"的职务，给他们看。他说这里面肯定有玄机，就是在董事会之下，管理团队之上，他是第一人。

戴志高瞪着眼，使劲儿地看。听符浩这么一白话，一分析，似乎也琢磨出味道了。

符浩继续说："据我获知，网上有资料，我也问过帮助我牵线的朋友，总裁赵敏女士是黎总大学同学，她是在黎总延揽之下，进入云集团的。"

"根据公开资料，云集团在黎朋来之前是巨额亏损企业。他进来之后，同业并购、跨界多元、13年后公司总资产膨胀至千亿，黎朋的话语权就可想而知了。"

符浩推理起来，堪称滔滔不绝，切中要害。戴志高一时愣神了。他惊讶地看着符浩，在心里想，罗马不是一天建成的。与这人的差距，他也许一辈子都赶不上。

邬之畏听明白了符浩的意思，也明白了他的意图。邬之畏说："你力荐云集团？"

符浩回答简洁有力："当然。"

邬之畏追问："你认为云集团并购的可能性有多大？"

"根据黎朋表达的意愿和公司实力，云集团比富欣集团合作的可能性更大。"符浩再次用坚定的语气表述。

邬之畏说："那好，我要会会黎朋，也算是老友重逢了。"

"不过，富欣集团可以作为与云集团谈条件的一个筹码。"符浩提醒。

邬之畏闻言，会心大笑："哈哈，看来我的任何心思都逃不脱兄弟的眼睛！"然后右手搭着符浩左肩说，"你安排吧。"

下楼，出电梯时，戴志高对符浩说："呵呵，这下子如果谈成了，浩子将有1亿奖励到手了。"符浩接口说："哦，对，介绍费。谢谢羔子提醒，届时拿到奖金，和你分享。"

戴志高手指符浩："你得说话算数。"

戴志高执意送符浩出去："你要去哪儿？"

艾米莉给符浩私信留言，她想吃东来顺了。一到冬天，她就惦记着。

符浩对戴志高说："你送我干吗？我自己开车去。"

戴志高说："你是不是去跟美女约会？"

符浩警惕起来，问他啥意思。

戴志高说："如果不是跟美女约会，还怕我开车送你？我得拍马屁啊，万一谈成了，符总可以多分一点儿嘛。"

符浩笑着问他："你觉得邬老板会兑现这个1亿吗？"

"这个……"戴志高犹豫着说，"这得看老板心情，心情好，别说1亿了，2亿也有可能。如果心情不好的话，估计够呛。不过，老板看你咋看都顺眼，看我咋看都不顺眼，没啥好心情的时候。"

符浩安抚戴志高："这次真的是跟一美女吃饭，不好意思。"

电梯在负一层停车场停下，看着符浩捏着车钥匙，快速走到自己车前，打开车子，钻进去。

戴志高站立不动，悻悻的。

纸 金 时 代

第十八章

深水暗流

吃完东来顺出来，艾米莉央求符浩陪她走走。艾米莉穿着红色羽绒服，戴着一条浅蓝色的围巾，映衬着她白皙的脸蛋。走在大街的路灯下，地上拖着两个长长的身影，很美。艾米莉一会儿去踩自己的影子，一会儿又蹦到符浩的影子上，笑得花枝乱颤。最初，符浩没有觉察到，后来看着艾米莉笑得那么甜，也加入小游戏，你踩我，我踩你，避让，逃开，追逐，在低沉呼啸的寒风里，在王府井街头，他们的追逐，给冰冷的步行街增添了一丝暖意。

　　艾米莉偎傍着符浩，把一只手插进他的风衣兜里，轻缓地穿过步行街，走到皇城根公园。

　　公园里的人比较少，毕竟冬天了。日常锻炼的老年人也怕冷，缩在家里；一些年轻的情侣，都选择电影院、剧场、夜总会、迪厅、酒吧等室内场所。这晚似乎只有他们俩，迎着寒风，谈着有暖意的话题。

　　符浩带着艾米莉在一张长条木椅上坐下。风被四季常青的灌木丛挡住。艾米莉靠着符浩，仰着头，看到了符浩滚动的喉结。艾米莉说："你给我讲讲你的童年故事吧。"符浩一听就乐了："这大冬天的，讲啥童年故事啊？"艾米莉说："童年才是最温暖的，因为童年，我才回到这个城市。"符浩说："那我讲完童年故事，你也礼尚往来一个。"艾米莉一口回绝："不讲。"符浩说："那奇怪了，这是不公平的交易。"艾米莉坐起来，对符浩说："哎哟喂，跟我谈起交易来了，还公平呢？你必须讲，我不讲你也得讲。也就我稀罕听呢。"看着艾米莉嘟着嘴顽皮的神情，符浩说："好，好。不过，我也不知道怎么讲，从哪儿讲起。"艾米莉说："那你为什么叫符浩啊？"

这句话点醒了符浩。那是爷爷给他定的名字。爷爷说"丧祭有余曰浩"。在爷爷看来，殷实之家有余粮，和善之家有余庆。

童年的记忆像玻璃碎片里的光和影。

他记得自己读完幼儿园，跳过小学一年级，直接念了二年级；六年级参加海南省数学奥林匹克比赛，居然得了县第一名，县里奖给校长一台电风扇；上高二，他普通话还是不好，丝瓜和西瓜、兔子和裤子常混音，后来用英语音标来反向琢磨中文拼音，才变好了。他记得小时候和爸爸去石禄，那里有个很大的铁矿，记得那里的房子、树、风筝，很多叔叔带他去玩，虽然记不得他们的脸了，可记忆还在。还记得小时候坐夜车，睡睡醒醒的，看着窗外漆黑的夜和树林。坐夜车至今对自己而言都是很特别的事，他迷恋在夜里穿行于大地上。只是现在的夜不再漆黑，尤其来到了城市。

艾米莉痴痴地听着，完全沉浸在符浩娓娓道来的童年场景里，虽然是他人的故事，但她发现自己也身陷其中。或许，这是艺术的移情功能。

艾米莉说："从你身上，我咋就看不到你这些童年的影子啊？"

符浩苦笑："童年的影子被我丢了。那时上学太早，同学一般都比我大两岁。少年时代的成长，是与自己的搏斗。我发现自己怎样都变不成一个城里人，于是努力变成一个自己理想中的人。艰难地和自己原先的痕迹搏斗，变成另一个人。"

艾米莉似乎听懂了，符浩说的是，他在艰难地与自己过去搏斗，变成另一个人。

符浩替邬之畏向黎朋发出邀约，黎朋满口应允。不过，他提出，见邬之畏之前，要先和符浩聊一聊。

符浩有些意外。颐养保险控股股东是邬之畏，他才是真正的决策人，自己最多是一个敲边鼓的，说漂亮点儿，他只有建议权，找他聊什么呢？

黎朋没有约在办公室，而是约在知春路一所大学校园散步。这所大学建设于上个世纪五十年代，分两个校区，新校区与老校区连接成一体，但风格迥异。2008年奥运比赛羽毛球球馆就建在新校区里，现代化气息浓厚；老校区主体建筑有着浓厚的苏式风格，方方正正，有着肃穆之气。

符浩把车停在新校区停车场，用手机导航走过来，在老校区，大老远就看到黎朋站在一个连体教室的空中过道下面向他招手。时间是周末，有三三两两的学生背着书包，手提水杯从他身边穿过。

他们穿得很休闲。黎朋穿着一件没牌子的看起来质感上等的黑色风衣，罩着下身宽松的黑色白条纹的休闲裤，给人儒雅随和的感觉。如果不是他额头上有深深的皱纹，谁也不会想到他早已过了天命之年。符浩披着深蓝色的风衣，穿着浅蓝色的牛仔裤。室外温度零下，风级不大，虽有校园的楼房、成排的银杏树挡风，依然感觉有股透骨的冷。

符浩跟着黎朋在校园散步。他们穿过主教学楼东门的银杏树林，走过北侧的长廊，长廊两侧挂着一些学校培育的名人校友的照片，都是为国家做出特殊贡献的功勋之臣，他们的头像一律精神抖擞。长廊尽头，是一条白色的道路，道路平整，铺着小方块的环保砖，两侧是笔挺的伸向天空的枫树。出了走廊，黎朋加快脚步，甩动着手，健走起来。符浩紧紧跟着，他们走到道路的尽头，是一个休闲的小树林，黎朋又掉头往回快走，他还向符浩招手，符浩不得不紧跟上，如此走了六个来回。快走时，他们不说话。符浩听到黎朋喘气了，喘气的节奏在变快，喘气声在逐渐增大。

在追随黎朋快走时，符浩感觉有些荒诞。他们是相约谈项目，怎么就跑到校园来了？到了校园，二人竟然不谈正事，却在一条道上来回快走，能不荒诞吗？

符浩走得热气腾腾。早知道跑到学校里来健走，自己就会穿一身运动装。脚步放缓，黎朋喘着气说，到了校园自己就有健身的冲动。自己的体能这些年下降得厉害。

符浩说："如果换身运动装就好了，可以陪黎总一直走下去。"

黎朋停下脚步，喘着气，慢慢地，气息轻柔多了。黎朋对符浩说："你是不是觉得奇怪？怎么约到校园来，而不是公司、会所、酒店或高尔夫球场？"

符浩也不讳言，点头说："是有些奇怪。"

黎朋说："这是我的母校。毕业后，我曾经留校一年，后来就离开了，去了西南地区。"

"因为爱情？"符浩捕捉到了黎朋嘴角的一丝苦涩，虽是一飘而过。

"是不是很俗？"黎朋迎着符浩的目光，语气柔和，"对。她学中文，不愿意留京，执意回老家，我就跟过去了。"

符浩给他竖了一个大拇指。

黎朋说："后来我们都回京了，但分开了。"他看出了符浩的吃惊，就继续说，"没有别的原因，因为我犯了错。或者说，我从事的职业，不能给她们安全感。"

符浩说："我记得您一直是做投资的，玩证券，当年在深圳二级市场呼风唤雨……"

"网上的资料，你也相信？"黎朋向符浩招手，带着符浩从道路尽头走进树林，树林中央有一个人工池塘。这个池塘，比清华园朱自清笔下的荷塘略小，但比那荷塘要圆。

"那时候年轻，不懂得见好就收，不懂得珍惜所拥有的……"黎朋站在池塘边上，指着一块巨石说，"其实人活到这把岁数，对我来说，重要的不是财富，不是地位，而是充足的睡眠和幸福的家庭。"

符浩说："说到睡眠我感同身受，天下之事没有什么比失眠更痛苦了。也许因为我没成家吧，所以，我对家庭这个话题感触不深。"

黎朋说："你这么年轻竟然也失眠？"

符浩说："不知道什么原因，半夜易醒，醒后不眠，有些日子了。"

黎朋宽慰他："凡事想开一些。有时候回头想想，如果当年我们在离婚边缘时再坚强些，就会挺过来，早期不成熟的婚姻关系也许会变得更成熟。我们不能要求彼此保持一致，每个人只能做好自己，正是每个人的不完美才定义了他自己是谁。但是，在婚姻的痛苦阶段，包括我们在内，都忘记了这一点。"

黎朋走到石头旁边站住，然后有些伤感地说："每次过来，我都会站在石头边，反省。"

符浩跟随着他，也端详着石头。他怎么也看不出这块石头有什么与众不同。

黎朋感慨起来："只有石头没有变，其他都变了。"

"海枯石烂不可能，大海不会干枯石头也不会腐烂。"符浩迎合说，"谢谢您给我讲这段故事。按理说，礼尚往来，我也得和您分享我的故事，但是我的人生乏善可陈，没有什么可拿出来分享的。"

黎朋看着他，欲言又止。随后，他想了想，说："我带你过来，是想告诉你，触手可及的物质不及不可见的情感。"

符浩似懂非懂，黎朋跟他说这番话的意图。他有些疑惑，仅有两面之缘，还谈不上有交情，黎朋为什么要告诉他这些？

黎朋似乎猜到了他的困惑，盯着他仔细端详半晌，他只说了一句话："陈静是我侄女。"

陈静是他侄女？是侄女又怎么啦？符浩心里有些诧异，他不明白黎朋说这句话的含义。黎朋是不是对他们有所误解？是认为他和陈静在谈朋友吗？他们只是一个圈子的朋友，谈得来，还谈不上私交多么亲密。没错，是陈静主动热情地帮助他引荐和搭桥的。但是这又能说明什么？

符浩脸上诧异的表情，黎朋尽收眼底。黎朋也没有继续顺这个话题说下去。蜻蜓点水，点到为止。

黎朋终于谈到正题了。他说："我们聊聊颐养保险项目吧。"

符浩听到谈项目，精神抖擞起来。

他们并排慢走在银杏树林里。黎朋直言告诉符浩："这个项目我们决定要做。我知道最终决策权在邬老板那儿，但我还是想先和你谈谈。"

黎朋说这话时比较淡定，似乎在和一个老朋友闲聊着一个与己没有多大关联的项目。其实，他们才第二次见面，且谈论的是一个巨资项目。符浩吃惊黎朋对项目的直白，更吃惊黎朋对自己的信任。甚至，有些过度信任。他是在表达什么？

符浩克制着内心的小小激动，竭力表现得宠辱不惊。毕竟，能够被常青树般的大佬欣赏并如老友相待，自然着有被宠幸般的震撼。符浩暗自平复了一下激动的心情，压着兴奋的语调说："谢谢黎总慧眼识货。我可以把您的邀约收购当作贵集团董事会的决议吗？"

符浩欲借机求证两个层次信息的意图，这逃脱不了黎朋的眼睛。符浩无非想要求证两个关键信息：一是发出如此重要的邀约，是否是集团董事会做出的决定，这是问题的关键；二是黎朋个人是否能够代表董事会表达意图，毕竟，掌控董事会的是董事长，而不是首席执行官。同时，黎朋另外一个身份，即集团执行委员会主席是否有名无实，是不是一个摆设。

黎朋点点头："我打算正式向颐养保险实际控制人邬之畏先生表达我们执行委员会的意愿。"

这句话表达的信息很饱满。黎朋的意思表达出，他将代表执行委员会向掌控颐养保险的实际控制人表达收购邀约，一是这并非他的个人行为，也非个人意思；二是这是他们执行委员会的意愿，还不是董事会的，如此给谈判留有空间，如果执行委员会谈判获得的条款不好，也许董事会不一定通过；三是他们要接触的是颐养保险实际控制人邬之畏，不是颐养保险董事会，表达的是他们知道收购对象谁是老大，同时要争取老大，之后才是董事会。他们都清楚，实际控制人的利益并非完全等同于董事会的利益，有时候他们有分歧。自然，黎朋要表达的是优先考虑实际控制人邬之畏的利益。尚未谈判，黎朋就向邬之畏隔空递出了一根橄榄枝。

符浩脑子的确好使。俗话说，做人可以不聪明，但一定要有分寸感。话说得越多，反而会显得自己越浅薄。所以，人要实，话要藏。

符浩说："颐养保险是邬老板核心工程。他原打算自己慢慢养大颐养保险。您知道，现在一个保险牌照要申办下来，至少两年左右。即使牌照申请下来了，养品牌养队伍并非一蹴而就，也不是一年两年的事。所以，市场上收购成熟的保险公司，无论后来者还是先行者，这个套路是做大做强的捷径，包括富欣集团。"

符浩巧妙地适时点出"富欣集团"，试图给谈判方构成多方竞购的紧迫感，同时便于后期谈判价格时候成为一个筹码。

与国企打交道，做好逢迎和利益安排，即使对方是一个萝卜头，也得好好伺候，你好我好大家好，如此赚钱就不会费力，利益输送源源不断。当然，这带有一些赌的成分，即赌对了跟你有利益往来的人不会东窗事发，则会一辈子安全，赌错了则会被连根拔起难逃牢狱之灾。任何事都是概率问题。这年头，谁敢拍着胸脯说自己一辈子安然无恙？与民营企业打交道，则似乎简单得多，民企说话管用的是大老板、实际控制人，企业就是他，他就是企业。与他们谈合约，要赚踏实钱，得真刀真枪地干，投机取巧则要不得。世间有几个邬之畏？即使如邬之畏者，又有几个适逢当年的混沌时代？强取豪夺，一棍子置对方于死地，这种招数已经越来越不灵验了。一旦对方劫后余生，东山再起，必然疯狂反击。符浩信奉按规则办事，即使是人尽皆知的击鼓传花游戏，接盘侠接成了冤大头，也是愿赌服输。输赢皆是概率，是在规则之下的概率。符浩对巨头们参与颐养项目的游戏规则，还没有摸清楚，因此，他忌讳对方一上来就是甲方心态，本能地做好防守反击。他对黎朋投来的橄榄枝还抱有迟疑，因此一出手没有过去凌厉，但颇有防守反击的意味。

果然，看似随口一说，但听出话外之音，则是商人的本能反应。黎朋问符浩："确认富欣集团要参与？"

符浩回答干脆。此刻，任何拖泥带水都会被对方认为有设套之嫌。他说："当然。并且，他们工作准备得很充分。"

黎朋听着符浩的回答，目光忽而游离了，越过符浩的头顶，飘向不远处运动场上。一个臃肿的老年人步伐蹒跚，正绕着运动场费力地行走。

他收回目光，落在符浩的脸上。他凝视着符浩，眼神里满是内容，有询问，有沟通，有求助……复杂的情绪，塞得满满的，似乎要讲一整天都说不尽。但是，符浩确认，他的眼神里没有大佬的盛气凌人，没有居高临下，没有收购方的威严、逼迫和咄咄逼人。他的目光甚至有些柔情。

半晌不语。

符浩补充说："颐养保险，是一个好标的。"

符浩看到黎朋目光里浮起了欲望，那是一个猎人的眼神。

黎朋承认颐养保险进入项目池，浮出水面，是有自身优势的："我相信邬老板接触了很多家，之所以最终无果，无外乎要么实力不够，没有足够实力满足你们的条件；要么自身陷入低谷，自救不暇，在香港四季酒店的吴总就是，自身麻烦不断；要么就是对你们不信任。"

符浩接口说："您这次叫我单独过来谈，应该是希望我来促成云集团和颐养保险的合作？"

黎朋微笑点头说："没错，是希望倾力促成。我这人做事，一旦出手，须全力以赴。我也不希望在过程中有各种杂音，影响项目合作进展。"他看着符浩说，"与生意人谈事情其实很简单，条件合适，时机合适，不浪费机会和时间。"

符浩有那么一刹那，感受到了大佬做事的强大气场，寥寥几语，似乎大局在握。这是他想要的状态吗？

符浩跟着黎朋往运动场方向并排走着。这个时刻，他感受到身边的这个人，是资本市场的腥风血雨里仅存的硕果，有着多么浩瀚的能量。符浩说话自然变得谦逊，说："您对鄙人的倚重和厚望可能过高了，我只是一个普通的合作者。其实，我对邬总的影响力没有那么大，甚至说很多方面根本没有任何影响力。"

黎朋伸出左手，搭了一下年轻人的肩，符浩有些别扭。

黎朋右手不时推一下黑边镜框，不紧不慢地说："不要谦虚。在颐养项目上，邬老板还是相信你。这个项目当初是你推荐给他的，最初收购，是以你的公司代为顶天集团受让。顶天集团扩大持股比例，参与竞购并最终获得控股权，从首大集团手中接过控股权，你自始至终参与，还砸进了数亿自有资金……"

在黎朋不紧不慢的陈述中，符浩停下了脚步，瞪大着眼，非常吃惊。他感觉自己在黎朋面前是一个透明人。眼前的这个人，怎么会对他的情况了如指掌？他究竟是什么人？

符浩语气明显不快，有着被他人窥伺的不爽。他停下脚步，问黎朋："你们还掌握了什么？你们这些信息从哪儿来的？"

黎朋老谋深算，他料到了符浩此刻的恼怒。他没有直接回答符浩的问话，而是意味深长地单刀直入般杀进符浩心脏："……还用我说什么吗？"

符浩脸色变了。他有些慌乱，这是他之前从未遭遇过的，一会儿亲如家人，可以敞开心扉和你谈他的家庭、青春浪漫，带着师长般的关怀、温情，一会儿变脸递上一刀。符浩倒吸凉气：他到底要干什么？

符浩愣住了，空气有了重量，沉甸甸的。此时，黎朋满脸笑意，对符浩的迷惑不解视而不见，他主动伸出手，跟符浩握手道别，表示谈话结束。黎朋说："你要明白，除了陈静侄女，推荐你来找我的还有另外一个人。在香港的吴一德，我们认识多年，也合作多年，我们之间是有信任的。"

他在试图打消符浩的顾虑。他说："我没有任何恶意，你放心好了。当然，不会要求你做任何对不住邬总和损害顶天集团利益的事情。我们提倡的是共赢。甚至无须你在邬老板面前美言，只要不反对，就是支持。"

符浩暗自松了一口气，顿觉浑身轻松。他伸出手，接过黎朋带着些寒意的手，握了握。他吐了一口气，说："为何会反对呢？赠人玫瑰手有余香，成人之美，乐观其成。我明白该怎么做了。那接下来，我们就安排黎总和邬老板见面了。"

他们分开后，符浩去停车场找他的车子，黎朋给司机打电话，让司机把车子开到指定的位置等待。临分开，黎朋说了一句话："路遥知马力，日久见人心。放心，我是充分信任你的。"

回去的路上，符浩发现黎朋面目模糊，看不清楚了。他在心里再三琢磨黎朋说的"我是充分信任你的"那句话，似乎意味深长。

邬之畏连续一周没有去健身运动了，也没有例行早晨烧香拜佛、给父母问候早安，过去的一系列生活习惯转换了频道。他像开启了核动力的潜水艇，终日处于亢奋状态，召集集团公司投资部、财务部和法务部开会；离开斗牛大厦，进驻颐养保险，频繁找管理层和业务层听取工作汇报，做了一些管理指示。他侃侃而谈，要指标要业绩，同时敢于重奖，这让员工们喜忧参半。他红光满面，志得意满，穿着一身时尚的名牌，梳着时髦的发型——时光遁形，他仿佛回到壮年期。颐养保险自从被顶天集团控股后，核心部门大多插了他的亲信，公司中层换血，几乎洗了一遍。

他似乎找到了久违的心理优势。符浩约了黎朋见面。符浩告诉他，云集团出手的是战略性合作，不是一般意义上的买卖关系，一手交钱一手交货，是要大动作的，并且意愿很强烈。邬之畏听着就有些意乱神迷。可不是吗？这些年来摸爬滚打，虽在西南博得盛名，但那毕竟是西南一隅啊，当年跑到北京发展，有些仓皇，还负了债。他脑海里始终萦绕着那个画面，那时他和众多企业家、当地达官贵人在台下津津有味地听着报告，做报告的是市长，他们是看着彼此成长起来的。市长做报告口若悬河，旁征博引，妙语连珠，把一个干瘪瘪的工作报告做得深入浅出。他们一致认为，站在台上的市长有品位有文化。这时，一道光漏了进来，会议室的门被推开，进来了几个人。他们径直走到台上，一个工作人员提醒市长有人找来了。此刻，市长抬眼看到来人，瞬间大汗淋漓，神情萎靡，瘫软在地。市长矮矬而肥胖的身体在四位强壮的便衣挟持下，步履蹒跚，与刚才台上气定神闲滔滔不绝做报告的样子判若两人。这个场面，哪怕不说任何一句话，震慑力也足够强大，会场鸦雀无声。邬之畏还听到了自己心脏怦怦跳的声音，他一瞬间呼吸不畅，气短胸闷。那一刻，他知道必须离开这座城市，必须到大城市去，去做完完全全的市场性竞争行业。他甚至预测了最坏的后果：资产被查封。一个习惯于走夜路的人，已经不喜欢在阳光下奔跑。北上后，故技重演，堪称惊心动魄。即便如此，自己也只是在小圈子内博得声名，且是恶劣的名声。没办法，这个世界遵循丛林法则，不是你死就是我亡，他人的幸福就是建立在我们的痛苦之上，我们开怀大笑，必然有他人在暗夜里痛哭。虽然，偶尔半夜醒来，他反思过，这样的一切是他需要的吗？人性的良知光芒总是那么短暂地闪烁，刹那间，他顿悟了。不过一夜的光景，当太阳照常升起，白日来临，一切照旧，拼杀嘶鸣，在广袤的大地声声入耳。牛老师提醒过他，要做大做强，必须要"傍大款，走正道"。第一句"傍大款"听进去了，必须要傍一个大集团。走正道？他想起这个词从牛老师宽厚的嘴唇吐出来，心里就发笑。

差点儿让他万劫不复的颐养保险项目，终于要迎来重生。他站在紫光室的落地窗前，双手抱在胸前，与符浩侧身而立。他对符浩说："富欣集团和云集团两家抛绣球来竞购，说明我们当初拿下颐养保险的行为非常正确，说实话，在这帮人眼里我不管怎么大富大贵，他们还是拿我当上不了正席的土豪，是另类。现在，就让他们互相斗一斗，我就待价而沽，价高者得。"

符浩就笑笑说："是。"能成功脱手，就是胜利，这是他的底线。

邬之畏约人喜欢先来一顿饭局，然后在办公室会谈。他的理论就是，吃饭喝酒吹牛人之本性，告子曾说"食色，性也"。在酒桌上，几杯酒下肚，假话真话都会出来，先假后真，无论你有多少酒量，公司招聘的专业陪酒都是帅哥美女，保准让你喝爽了说爽了。喝完酒之后，就回到办公桌上，装模作样地谈一谈，实际双方的斤两和合作条款都在酒局上聊得差不多了。

如法炮制。邬之畏约请黎朋，就在奢华低调的空中四合院，来一顿饭局。不过，此次饭局唯一不同的是，并没有庞大的阵容。黎朋提出来，云集团就来两人，他自己和管理法务的副总裁。顶天集团来两三位就行，人多嘴杂，也不必大吃大喝，小酌怡情，以聊为主。邬之畏一听，心里暗喜，得了，一听这架势合作就靠谱，此人既尊重对方提请，又坚持自己的原则，不完全照搬或应允对方条件，看来是个有诚意又有主见的对手。

他记得符浩提醒了一句，黎朋此人不简单。当时他在想，咋不简单？谈判不简单还是为人不简单？

这顿饭吃得邬之畏龇牙咧嘴，不是因为吃了什么，而是黎朋吐出的一番数字，搞得邬之畏的脑中如炸弹轰鸣，心中怒火凶焰：谁在泄密？谁在吃里爬外，谁出卖了他？窝火的是，虽然心中翻江倒海，表面还得强装镇定，还得打哈哈，插科打诨，讲一些段子。

符浩坐在邬之畏左侧，不时接过邬之畏传递过来的惊诧的眼神，他也报以同样的神情。符浩不胜酒力，几杯红酒下肚，脸上泛红，数次站起来，和黎朋碰杯，客人蜻蜓点水般抿一口，符浩则像喝饮料一口而尽。也许在他人看来，这是性情所致，但在符浩心中而言，似有难言之隐。一方面，他深为惊诧黎朋商业挖掘手段之精深和专业，他曾经听闻过黎朋对商业对象研究的要求之细。那时黎朋在云南收购当地一家赫赫有名的药厂，同台竞标的有三家大型集团，其中就有富欣集团。富欣集团当年如日中天，而云集团在医疗医药领域属于新兵。就是这么一个新兵，带领团队在三个月时间里，调查和分析的资料堆积如山，在参与竞标的当天，他们将三辆推车推到专家面前，让评审专家们惊讶。并且，资料论证详尽而精深，合作条款容易让合作方失去抵抗力。那次竞标，云集团一举拿下标的。他们对标的的了解程度，设计的交易方案，以及描述的未来，让评标专家当场全部投了满分，也让其他两位竞标者慨叹。

此次从黎朋嘴里吐出的一串数字，以及列出的一些问题来看，都是针针见血，可见其对颐养保险了解何其深也！符浩想，如果是对手，黎朋是一个厉害的甚至高深莫测的对手，如果是战友，则如虎添翼。

仿佛黎朋就是颐养保险的董事长，所击之处，皆为七寸。黎朋认为颐养保险退保率高企，如果处理不好，将会给企业带来巨大的伤害。符浩插口辩解："退保率高企是中小保险公司普遍遇到的问题，是行业通病，不是颐养保险一家的问题。"符浩的言外之意，如果说颐养保险有问题，那绝大多数中小保险公司都有问题。黎朋指出了关键问题：颐养保险的保费来源过于依赖一款或少量几款高现金价值产品和理财型万能险产品，渠道上过于依赖银保渠道。符浩认为恰恰是这类新产品，正在成为中小保险公司的业务特点，也是公司迅速做大规模的不二法门。黎朋没有接符浩的话，看向邬之畏："颐养保险的风险是偿付能力不足即将爆发，这将是压倒企业的最后一根稻草。我们必须正视，公司面临的业务问题，就是业务结构、渠道单一，你们去年近百亿元总保费主要来自一款'康红两全保险（万能型）'产品，这款产品的占比高达78%。这说明什么问题？保户投资款新增交费比例高企。保户投资款是什么概念？这是未通过保障风险测试的分红险及万能险的保费收入部分，这部分资金作为'保户投资款'流入保险公司代为管理，然而由于资金获取成本较高，对保险公司的投资能力提出了更高要求。"

邬之畏喝着红酒，听着黎朋指点江山，他给符浩递了一个眼神。他的眼神在质问符浩，此人今天是砸牌子还是来谈合作的？

符浩明白邬之畏的意思。他再次接口说："这种高成本保单并不罕见。能获得大量现金流。"黎朋则反问："赚钱吗？高现金价值产品隐藏着巨大风险，一旦出现退保或者满期给付，公司现金流将承受巨大压力。"

没错，前些天，颐养保险邵董事长找过邬之畏，说监管部门下发银保新规，要求保险公司、商业银行应加大力度发展风险保障型和长期储蓄型保险产品。要求保险公司销售高现金价值产品的，应保持偿付能力充足率不低于150%。

黎朋提醒大家："今年承保利润都集中在几家老牌大公司。超过七成公司年度承保处于亏损状态。在开业满十年的41家财险公司中，有31家近十年累计承保亏损。部分中小财产保险公司忽视对核心技术、核心能力的持续投入，导致研发能力、技术能力及分析能力不足和人员储备缺失，只能采用价格措施、短期激励等方式实现阶段性业务目标。短期激励在一定时期能够刺激中小财产保险公司业务的发展，但长期来讲很有可能养成分支机构的依赖性，导致没有足够的短期激励就没有业务规模，连团队建设都受到影响。"

"对保险公司人才、技术、风控等方面能力都要求过高，中小公司在没有股东资源或其他优势下，经营难度不断增加。"黎朋话锋一转，"当然啦，有问题我们需要正视，但不代表没有办法解决。"

邬之畏举杯跟黎朋碰杯："高论，高论！感谢黎总实话实说，有一说一。"

他们一饮而尽。

黎朋说："邬总，我们也算是老相识了，所以说话没有客套，多有得罪。当年我们在西南还是同一年当选十大杰出青年企业家。在古代，同一年中榜或进士，堪称同年之谊，与同乡并列。"

邬之畏听了有些感慨，问："其实，估计你们大多数人想着离我越远越好吧，传闻我心黑手辣，但凡合作伙伴无一幸免。不过五十步笑百步而已。"说着，他指着符浩说，"浩子不是我员工，是合作伙伴，合作有广度也有深度嘛！"随后，他自嘲："传闻我官商勾结，还有说我早年靠女人上位，资金来历不明……社会上各类传闻很多啦。我想，他们也太抬举我了。我什么出身，什么斤两，难道黎总不清楚？我就是一个地道农民出身而已，根正苗红。"

"还有传闻说我是当代陈世美，把老婆女儿丢在法国，自己在国内过逍遥日子，养着后宫，就差点儿说成三宫六院七十二妃了。"黎朋笑着摇摇头，"理睬这些乱七八糟的传闻，我们得准备九条命。"

黎朋此刻端酒杯对邬之畏一本正经地说："如果有任何犹豫，我今天就不会坐在酒桌旁。这就是我的态度！"

邬之畏表示："感谢您，也十分欢迎。"符浩适时站起来举杯说："我也欢迎您。"

黎朋像是在宽慰邬之畏，也是在吐露心声，说："不受议论的企业家不是好企业家，不受关注的品牌就是失败的品牌。包括云集团甚至卫董、还有我本人，社会上的议论还少吗？我认为，真正的商业不是零和游戏，不是你死我活，而是共赢。任何单赢的合作都不会长久，都会失败。只要合作方案达到双方满意，这样的生意就值得做，通过条款和法律来约束合作边界。"

邬之畏是句句入耳，不动声色。待黎朋话毕，他说："我就开门见山，既然黎总对我们了解得这么深这么透，想必有了成熟的合作方案。今天在座的都不是外人，都是双方的团队核心成员，但说无妨。"

黎朋说话言简意赅："我们用上市公司弘华保险进行并购，说白点儿就是吸收合并。"

邬之畏问："就是交叉持股？"

符浩在一旁补充说："不是，是弘华保险并购颐养保险，我们对价持有弘华保险股份。"

黎朋点头称是。

邬之畏问符浩："那对我们的好处是什么？和富欣集团完全收购我们有何不同？"

"不都是卖吗？"邬之畏抛出这个问题，有点儿装愣卖傻，企业做到这个份儿上，哪个老板不懂点儿并购知识和道道。

"本质就是卖，没错。但卖的方式和收益不同。"符浩干脆说透，"如果按照之前富欣集团提供的方案，他们是全权收购，一次性交易，卖完套现走人，此后基本上和我们无关。弘华保险吸收合并后，我们把持有颐养保险的股份变成持有弘华保险股份。弘华保险是上市公司，上市公司股份可交易性极强，一旦过了禁售期，随时可以套现。如果碰到大牛市，就可能有意想不到的收益。"

不过，符浩提及的是大牛市，如果是多年不遇的大熊市呢？股市本年6月开始逐步攀升，股性活跃，涨势一浪又一浪。散户们已经备足粮草，跃跃欲试了。符浩说这句话的时候，脑海出现了这么一幅画面：冬日的天空，飘浮着钞票的影子。

在符浩讲解的时候，邬之畏飘忽了一下思绪，走了一下神。他似乎没有听懂符浩的解释，或者说是再次确认一下这种合作方式是否就是他想要的。他问："被并购后，颐养保险还会跟我们有关系吗？"

符浩明白，邬之畏的想法是，既想卖个好价套现，又想继续对颐养保险进行掌控。

邬之畏的心思照样逃不过黎朋这个老江湖的眼睛。他干脆地说："当然还会与你们有关系，是密切关系。邬总啊，今天我给你一个承诺，未来颐养保险在管理团队组建上，你们有重要的话语权。"

邬之畏闻言心动，他看了下坐在一旁的符浩，符浩点头。

邬之畏当即站起来，端杯与黎朋碰杯，说："我文化不高，理解有限。这个吸收合并提法很好嘛。黎总和浩子都是明白人。你们之前商谈过？"

符浩本能地摇头表示没有，他心里"咯噔"一下。跟随邬之畏有些日子了，他能琢磨出邬之畏这句看似不经意的一个提问，其实信息量很大，有试探，也有猜测。在邬之畏面前说事儿，尤其是涉及利益的事情，要谨慎。中途出了意外或者半途而废的不少见。

符浩说："我刚才所说的，是针对黎总适才提出的吸收合并的相关解释。对了，葛副总裁就是大律师，我刚才解释得如何？"

符浩问坐在一旁的云集团副总裁葛均律师。他是黎朋带来共同赴约的另外一位要人。葛律师当即点头，说符总解释得很准确。

邬之畏再次给黎朋倒酒，举杯说："这杯我们干了，不管是合作还是不合作，我都要敬你一杯。之前没有，未来也不会有像黎总这么痛快的人，说话谈事不绕弯子。邬某钦佩，很喜欢。"

黎朋微笑着谦逊几句，然后干掉杯中红酒。他说："那接下来，我们就按照正常流程往下走？"

"可以。不过，我还得和富欣集团也谈一谈，即使不合作，总得给人家一个解释。"邬之畏说，"也许人家出价更高呢，对吧？"

邬之畏适时埋下一颗雷，以富欣集团可能出价更高或有更优惠条件为理由，意在提醒黎朋，流程可以往下走，但不代表现在就选择他们，还有潜在的竞争对手，还会有更好的条件。

黎朋自然对这套路熟络。他回答得也颇有水准，说："没问题，合作嘛，就像谈对象结婚一样，得找个合适的好人家。所谓合适，就是价格合适，就高不就低；所谓好人家，就是拥有共同价值观，那样才会过得长远。"

饭局完毕，送走黎朋。符浩回到紫光室，邬之畏问符浩："你怎么看待与云集团合作？"

符浩回复："知己知彼，方百战不殆。我个人认为，一是建议与富欣集团深入谈一次，看他们出价多少；二是我们也深入了解下云集团，至少了解弘华保险的真实状况，是否就是我们合适的好人家。"

邬之畏撇撇嘴，摆摆手，说："富欣集团就算了，这些天我们一直在沟通，他们一口咬定要全资收购，价格还不高。并且，他们说自己申办的牌照马上要下来了。"

说到这儿，他露出一副尊严被侵犯的恼怒表情。

符浩明白，邬之畏看似强大的外表下，其实有一颗玻璃心。

纸 金 时 代

第十九章

暗通款曲

第一次与黎朋交锋后，邬之畏在颐养保险发起了"整风"运动。当天饭局上，黎朋如数家珍般端出的数据，以及颐养保险存在的问题，娓娓道来，如探囊取物。到底是什么样的人在暗处出卖颐养保险的信息？对此邬之畏耿耿于怀，恼怒不已。

　　他把颐养保险邵董事长叫到办公室。本以为被老板召见是好事一桩，邵董事长没想到一进门，就遭到邬之畏一通劈头盖脸的痛骂。邬之畏骂起人来毫无风度，气急败坏地都要把手指头敲到人家额头上了。"谁在出卖我？我邬老八这辈子最痛恨的就是背叛，痛恨背后下手搞我的人。"他冲着邵董事长嚷，"查！要查个底朝天，看哪个王八蛋吃了豹子胆。"

　　邵董事长唯唯诺诺："查，一定查。"他知道，邬之畏这个人是"宁可我负他人，绝不可他人负我"的人。

　　邵董事长诚惶诚恐的样子，被推门进来的戴志高撞见。戴志高事后跟符浩吹嘘说："如果不是我出来解围，邵董事长还不知道挨批多久呢，就他那一阵风就能被吹得飘摇打摆的身子骨，哪能扛得过经常锻炼健身的老板啊？人家都可以跑马拉松了。"

　　符浩没有掺和他们内部处理的事情。等待的日子里，他有些逍遥。最快乐的在于，不是志得意满，一切唾手可得，而是希望在前方，犹如风中的红灯笼，跳一跳似乎就可以抓到，然后每次差那么一点儿，都会期待着下一次的触碰。

　　艾米莉又找他了。不知道为什么，艾米莉喜欢符浩的过去甚于他的未来。艾米莉躺在符浩臂弯里，说话轻柔。她说："你童年不爱读书，闷得像一个葫芦，咋就一下子有那么大转变呢？"

符浩可不想她了解自己太多过往。尤其是毕业之后到现在，一段激越一段混沌地混迹社会、游弋于商圈的日子。那是他的镀金时代。他经常在黑夜里默念着北岛的一句诗歌："卑鄙是卑鄙者的通行证／高尚是高尚者的墓志铭……"他知道，那段时光是混沌的，只有欲望，耽于其中。他给艾米莉打着预防针说："有些事情没法说，更没法和你说，适可而止。"艾米莉白他一眼："人家又不是白痴，更不是生活在真空里，我嘛，啥都见过，就是没有见过你少年得志和臭美的样子。"

符浩低头吻了她。

符浩少年时代的记忆是姐姐。爷爷和姐姐是对他影响最大的两个人。生活在海边的小镇，也许在所有人想象里，海南这座当年天空飘浮着淘金者身影的岛屿，是冒险家的乐园，暴富者的天堂。但是，这些都是传到陆地被修饰的童话故事。海南的土著，生活窘迫。那时候，爸爸妈妈忙着奔波挣钱养家，被海南省中学录取后，符浩和在海口上中专的姐姐就相依为命，一个在府城，一个在秀英。符浩每周给姐姐写信，有时把攒下的钱在信里寄给姐姐。那时，姐姐就是他的全部。高二时，姐姐开始工作，符浩暑假在学校上数学奥赛课，每天上午上课，下午回姐姐的住所，姐姐下班回来总买螃蟹给他吃。那时候姐姐的工资也不高，螃蟹是奢侈品，但她天天买。

说到这儿，陷入回忆状态的符浩忽而眼里泛泪。艾米莉抱紧符浩，动情地说："我也想念姐姐。"

最初，从初一到高一，班上52人，符浩永远是第48名。到了高二，符浩似乎是忽然开窍，对那些陌生的知识体系开始掌握了，综合考试第13名，然后第7名。不过，他对数学依然情有独钟。高一时他就被老师怂恿参加省数学奥赛，参加比赛的都是高三学生，那次比赛他竟然得了二等奖。高二时得了省里的第4名。高三时，比赛完，符浩心情很不好。很多东西掌握到一定程度，就有直觉，知道是不是自己的菜，搞不搞得定。发卷后，符浩一看就知道都属于能搞定的，但是也属于自己不喜欢的那种类型题目。题目的难度在烦琐上，而非创造性。最后他做得很别扭。所有同学都知道，符浩对自己很不满意，因为考得不好。但结果竟然得了省里第一名。这次考试让符浩意识到：自己的天然倾向是喜欢自己和自己较劲儿，而非环境。

艾米莉说："可不是吗？你就喜欢较劲儿，和我较劲儿。"

符浩笑笑。

获得全省第一名后，他参加了全国奥数冬令营，全国选手都聚在一起。冬令营开始前，出意外了，上体育课时，符浩把腿摔断了。他在医院待了一周，在家待了一个多月。校长批评年级主任和体育老师，没有关照好种子选手。

那年冬令营在南开大学举行。天津飘着鹅毛大雪。这是海南文昌的孩子第一次看到雪。两天考试，每天三道题目。符浩喜欢这样的比赛，扔几个命题，长考，不断尝试解决途径。这样的比赛是一种享受。一天下午带队的数学老师很激动地跑过来，说："你考得很好。"符浩问他："我考了多少分？"老师说："不知道，反正北大要录取你。"北大老师过来后，说："恭喜你，考得很好，希望你来北大。"符浩说："好。"然后在保送协议上签了字。

那也是符浩第一次凭借自己的本事赚钱。因为奥赛得了不少奖金，省里奖、学校奖，还有宗族基金会奖（符是小姓，有很多同宗到南洋挣了不少钱，就设了符氏教育基金会）等等，拿奖拿到手软。

想到这儿，符浩忽而动情地说："那是人生第一次也是至今最有价值的个人财富。"艾米莉顺势接口说："后来赚得再多，是不是也轻飘了许多？"

符浩笑着说："你小小年纪，似乎总是话中有话啊？可别想从我口中套话。"

艾米莉憋着京腔说："德行！"

邬之畏做事喜欢独辟蹊径，这是他这么多年一路走来的法宝，与国企做生意，第一个想到的不是就事论事，而是找领导。自然，首先就是找到牛老师，请他谋篇布局。邬之畏把情况跟牛老师汇报完，牛老师径直问："确定是云集团吗？"邬之畏说："是。""老板姓卫？"邬之畏说："是，不过接触的是黎朋。"牛老师说："对，有这么一个人，这些年云集团发展就是黎朋一手搞起来的。"然后，牛老师说："这样吧，我来约一下如一公益基金的王国栋主任，你给准备准备。"邬之畏问："王国栋主任是何方人物？"牛老师说："云集团是国有控股，如一公益基金是云集团国有股持有人。"邬之畏说："明白，我来安排。"

邬之畏在江湖行走多年，飞扬跋扈，落井下石，钻营官商，落下坏名声。邬之畏似乎对这些评价和传言皆充耳不闻，对谁似乎也不买账，唯独对牛老师，则万般顺从，唯唯诺诺。符浩曾经对此颇为奇怪。他问过戴志高。戴志高说："别打听那么多，我只和你说两点：第一，牛老师是自己人；第二，牛老师是老板的恩人。还有，牛老师是有文化有地位的高人。"符浩就笑："这哪是两点，是三点。我也补充一点，牛老师是位高权重责任轻。"戴志高说："你们智商高的人就是不一样，一点就通，还融会贯通。"

王国栋秃顶，慈眉善目，笑起来眼睛眯成一条缝，似乎没有什么城府，第一眼看上去就觉得此人可亲。戴志高被邬之畏安排了其他事情，饭局上就只有符浩年纪最小了。他不断站起来倒酒，王国栋总是说："小伙子辛苦，谢谢。"谢谢似乎是他的口头禅。当牛老师夸赞云集团的迅猛发展，成为多元化集团式发展典范时，王国栋也说："谢谢，谢谢牛老师肯定，也谢谢卫董、黎总这些年的付出……"符浩听着王国栋薄嘴唇不停吐出"谢谢"二字，最开始觉得有些新鲜，觉得此领导接地气、亲民、和善，但一听多了就有些令人生厌了：是不是有毛病？

邬之畏则不然，他很享受这种氛围。也许是牛老师最近难得抽身参加饭局，也许是接触上了云集团控股方，说白了就是找到了卫董和黎总的顶头上司，这让他心中窃喜。在邬之畏屡战不败的商业生涯里，搞定控制人，就没有什么事情搞不定。

王国栋对弘华保险吸收合并颐养保险颇感兴趣。他主动说："那是大好事儿啊，强强联合，支持合作。"

邬之畏喜欢速战速决，谈话做事擅长开门见山。他恳请王主任跟卫董、黎总多下指示，争取早日达成合作，互惠互利。

"企业实行现代企业管理制度，任何投资行为需要董事会定。弘华保险是上市公司，还接受上市公司相关法律法规的制约和监管。"王国栋谈及正事，则一点儿都不糊涂，他还佯装掏心窝地说："只要东西好，还怕卖不了一个好价钱？"

邬之畏满脸堆笑，说："如一公益基金是控股股东，还不是您说了算？"

"哪里哪里，我们在股东会层面有话语权，董事会层面就交给董事们去决策。"

"董事长卫先生还不是由你们指导和任命的？"牛老师直击要害，"虽然我没有做过企业，也不懂现代企业管理制度那一套，但国企还是要接受上级领导，主要管理层应该由上级任命。"

"这个任命，对，是由我们内部选举产生并考核任命的。"王国栋对牛老师很谦卑，顺势夸了一下牛老师，"牛老师见多识广，岂有您不懂的地方？"

一顿饭局下来，邬之畏他们基本把云集团七七八八的关系摸得比较清楚了。这类状况，他见多了。

事后，邬之畏对符浩说："战略层面和大的关系处理，我来搞定，你负责执行就行。"

符浩接了一个从香港打来的电话，是四季酒店的吴一德打过来的。那天是周末，符浩陪着张茂雨去郊区蹦极。张茂雨回东北老家待了一段时间，然后去内蒙古倒腾业务，最近回到北京，只要有空就去找符浩玩。他们玩的最多的就是蹦极，北京郊区周边的蹦极基本上都玩遍了。逐渐地，符浩也喜欢上这种"自由落体"运动了，从高空垂直下落，心脏悬空和完全失重，胸腔被压扁，两秒钟的呼吸不畅，转瞬间的反转，紧张刺激，内啡肽、多巴胺急剧分泌，特别适合心情不好或压力大的时候自我疗伤。这天，他在路上开车，接到吴一德的电话。吴一德此时就像跟同辈的老友说话那么随便。他跟符浩说："推荐的云集团黎总靠谱吧，我跟你说，全中国最好的买家就是云集团了，独一无二。"符浩就说："不对，还有富欣集团，谈了三轮了。"吴一德似乎在抽烟，猛吸了一口，那吸烟的声音"咝咝"响，宛若响尾蛇在摆动着身体。符浩脑海蹦出一幅图景，面窗而立，眼前就是维多利亚港，海鸟自在飞翔，游船穿梭，吴一德隔着玻璃打着电话，昔日纵横商界的一代枭雄，虽然在谈着数十亿的生意，却困厄四季酒店的斗室，寸步难行。这脑补的场景多少有些滑稽。实际上，赢得一座城池却困锁一室没有自由，又有何价值？符浩一边接听着吴一德的电话，一边开了一会儿小差。吴一德说富欣集团是雷声大雨点小，不见兔子不撒鹰。随即，他压低声音，神神秘秘地说要透露一个消息。符浩立即打住说："吴总，您的电话可能被监听了，我就是一个做点儿小投资的，不想了解你们的那些事儿，如果您觉得不能说的，也别告诉我，我也不想听。"吴一德说："怎么不能听？都是事关你的利益。你听好了，富欣集团老大最近心急如焚，在劫难逃啊，嘿嘿。"吴一德的口气散发着幸灾乐祸。符浩说："权当我没听见，您也没说。"他不想在这个问题上纠缠，自己就是一个生意人，他不想听这些真假难辨的八卦。他转移话题说："您怎么就认为云集团就铁定要买，还是最好的买家？"吴一德说："如果他们不买，我怎么会随手推荐给你？实话跟你说吧，云集团现在增长最快的一块业务就是金融资产，保险产品又是金融资产最倚重的一块。你们当初收购时，他们就想参与。现在你们要抛，他们肯定要接盘。"

符浩想起来，除了艾米莉好姐妹陈静引荐，最初这个提议还是吴一德提出的。他说："谢谢吴总引荐。"吴一德说："不要客气，也不要见外，看到你们成功，我很欣慰。尤其是你，当年见你时还是一个毛头小伙子，成长得这么快，比我那只会傻读书的外甥强多了。"符浩辩解说："科研人员对国家来说，价值无可估量。我在高速路上开着车呢，打电话不方便。"符浩想尽快结束电话，不想跟着他侃下去。吴一德则说："那我长话短说，符总跟牛老师很熟吧，我自己的事儿还望小兄弟跟牛老师求求情，援助援助。"符浩心里一惊，一个急刹车，把车子停在慢车道上。张茂雨正在翻看着手机微信，没想到一个急刹，差点扭伤了脖子。他正要抱怨几句，一侧头，看到符浩表情凝重，甚至警惕，遂作罢。符浩问："吴总从哪儿听说的？"他相信，老同学干振民肯定不会掌握这些。他们与牛老师的关系，就那么几个人知道——经常混迹紫光室的一小拨。也有例外，要么邬之畏自己喝高了，一不留神就大嘴巴了。或者，戴志高这家伙偶尔在外面拉大旗作虎皮，喜欢吹嘘，在地方官员或小商人们面前嘚瑟的。符浩则对外一字未吐。吴一德说："前些天，你们不是请牛老师吃饭了吗？还有那家如一公益基金理事长王国栋主任，他是云集团的真正幕后老板，控股股东。"

符浩立即明白了，那晚饭局情况被黎朋掌握了。

紫光室。晚上11点多，邬之畏临时紧急召集大家过来开会，他说有重要进展要宣布。

邬之畏喜形于色，在室内走路的步伐都显得轻盈。邬之畏说："云集团内部讨论，通过了要并购颐养保险的决议，并全程交给集团执行委员会来执行并购程序。这是王国栋给牛老师透露的。作为控股股东，如一公益基金属于国有事业单位，公职人员，他们给牛老师的消息，不敢以假乱真，也完全没有这个必要。"

戴志高抛下一句话，这句话是他们认为说得最到位的："守得云开见月明。"

大家都比较振奋，包括符浩。

符浩在桌子上摊开一堆资料，说："从我们搞到的资料来看，作为上市公司的弘华保险，的确是理想合作对象。"

弘华保险属于寿险和健康险类业务，想突破财产险领域，这也就是他们有意愿并购颐养保险的原因所在。

符浩把大家召集到白板前，用笔在上面比画着，画着柱状图和曲线图，寿险的局限性在无限的延伸中，曲线收益率是下滑的。

符浩说："根据我的粗浅理解，寿险公司股价增长，长期取决于内含价值的增长。"

戴志高说："浩子，你还懂保险？"符浩说："我不懂保险产品，但我研究过保险公司，当初为了评估颐养保险的投资价值，跟着评估机构学了一些皮毛。"

戴志高嘿嘿一笑："浩子今天怎么变得谦逊起来啦。"

符浩没有接他的话，继续演示着，边画边讲解："内含价值的增长又可以分解为两部分，一个是年初内含价值的预期回报，另外一个是新业务价值的贡献。而年初内含价值的预期回报又取决于两个因素：一个是年初有效业务价值的自然增长=年初有效业务价值×贴现率（假设目前为11%），另一个因素是净资产的投资回报=净资产×投资回报率（受市场影响比较大些）。"

符浩点开手机链接，把提前收集的材料投放在投影幕布上。看来，符浩准备得比较充分，这也是邬之畏对他最欣赏的地方。

符浩点亮激光笔，红色的透射点在幕布上移动。符浩说："大家看看，这些材料都是从弘华保险公开财报中获取，我们可以发现，即将进入寿险和健康险第一阵营的弘华保险，过去回报率基本保持在8%～12%区间，这说明了什么呢？说明年初内含价值的预期增长是一个相对稳定的回报率。"

然后，他又转移到白板上，说："我们再看新业务价值的贡献，在假设条件不变的情况下，新业务价值=新业务保费×新业务价值率；由于新业务价值率的提升是个缓慢的过程，所以很大程度上新业务价值增速要取决于新业务保费增速，即保费的高增长，当然这两年寿险公司的新业务价值高增速是受益于这两个因素的双重利好，享受了'双击'的过程。"

老谢插话说："据我所知，这几年寿险公司纷纷转型，所以这个因素的影响也蛮大的。"

"没错。"符浩肯定了老谢。他说："所以这里面有个问题是，如果新业务价值的增速能超过年初内含价值的预期回报率，则总的内含价值增速将会高于年初内含价值增速，也就是新业务价值增速对内含价值增速有正的贡献。但是一旦新业务价值的增速（长期来看主要取决于新业务保费增速）低于年初内含价值的预期回报率，即8%～12%，则总的内含价值增速将会低于年初内含价值的预期回报。

"保费不可能永远增长，未来总有一天会达到类似目前日本的接近稳态的状态，也就是新业务价值只能够补充有效业务价值的自然流失的时候。到了这种状态之后，承保盈利能力较弱的寿险公司也基本到了一个稳态状态，即盈利、收入、内含价值都没有增长或者说很低的增长率。"

邬之畏说了大白话："这种专业术语我就不懂了，我只想问浩子，弘华保险并购了我们，我们收益会怎么样？"

这是要符浩拍脑门儿的活儿。资本市场里，就是巴菲特也没有预测的天分，只有奇才才能判断趋势。

符浩停顿了会儿，然后分析说："与其他行业不同，保险是经营未来的行业。实际投资收益率高于长期投资收益率精算假设，内含价值可信度提升，资本市场对保险股的关注更多地集中在投资端。在估值方法上，PE、PB等传统估值方法并不适用于保险公司，市场一般采用内含价值来体现保险公司的清算价值。根据当前的估值，平均市盈率15.7。"

"那么，弘华保险并购之后，我们的收益呢？"

符浩闭眼给了一个大胆预测的结果："根据当下行情，颐养保险被吸收合并后，收益是最初投资的三倍。"

"可以卖！"邬之畏动心了，有些迫不及待地下结论。

他们三人彼此对视了一眼。符浩心情更复杂，心有不甘。他们当初之所以敢下重手，是冲着IPO去的，几轮融资后，市值膨胀，然后"啪"的一下成功上市，收益率以十多倍计算。但是，他拿下颐养保险后，发现进入的是一个局，这个局既是困局也是陷阱，发现掌控的人，远不是他所想象的那么简单、实力雄厚、财大气粗，甚至游走在灰色地带。虽然他不是当事人，但也是关联人之一。自古商人多以利益至上，但是一旦利益潜藏着巨大的风险，利益的价值就大打折扣。尽快脱手，是他们所有人的共识。不过，新的矛盾则是，接手的人出现了，他们又渴望着更多的利益。这就所谓的"人心不足蛇吞象"，欲壑难填。

这就是人。

符浩开导他："八哥，您有没有考虑过三年后退出时，股价会怎么样呢？"

"股价跟我们有什么直接关系吗？"

符浩说："有啊，我们换股后，有三年锁定期。锁定期结束，经济形势一片大好，股市大牛，股价也是节节攀高，我们收益也随之水涨船高。如果经济形势不好，股市低迷，股价低于现价，市值就会大幅缩水。"

"我凭什么三年后退出？"邬之畏听了，不甘心，"股价那玩意儿，谁说得清楚？"

邬之畏接过符浩点开的手机炒股软件，"大红灯笼高高挂"，喜洋洋。

股市已经出现三个多月单边上涨行情，这波行情从年中启动后，券商板块先知先觉，市值翻倍，全民亢奋。前不久，股市出现历史罕见一幕，17只券商股全部涨停，券商板块大涨10.00%，在此带动下，同属于金融板块的保险类股票也是全线飘红。监管部门发出消息，已经按照中央要求，将股票注册制改革方案上报至国务院，将在讨论完善细节后，向社会公开征求意见。

上周，颐养保险的邵董事长过来汇报工作，顺便说了一句，股市火了，保险股也会大有作为，圈内朋友说了，参考"1.2倍市净率找底，30倍市盈率找顶"的历史经验，目前相比30倍市盈率的历史顶部，保险股具备足够的上涨空间。然后，邵董事长对邬之畏说："老板啊，如果我们能上市，哪怕换股，都是抢钱啊，比贩卖军火都赚钱。"

邬之畏自然怦然心动，巴不得赶紧换股，脱手，坐等身价上涨。

老谢瞅了一眼符浩，符浩递了一个眼神。符浩的示意再明显不过，就是让老谢从专业的角度来给邬之畏老板讲解。

老谢会意，普及政策和法规也等于给当事人提供有价值的服务。老谢说："邬总，这么大的一个吸收合并，根据证券投资法等相关法律，锁定期三年。"

邬之畏问："也就是说，三年后才能卖？财务成本怎么算，谁来担？还有眼睁睁看着投资机会浪费了，这谁来担？"

老谢说："从法律法规和政策角度，锁定期为三年。"

戴志高在一旁插话，说："如果三年后，股价从现在的13元跌到6元，岂不是市值缩水一半？到时候割肉等于被逼着跳楼啊。"

老谢宽慰："从逻辑而言，也不排除从13元涨至26元，甚至更多，这是另一种可能。"

邬之畏有些急躁了，开始在房间走来走去，这是他的习惯。戴志高打电话让秘书去冰箱取冰棍儿送进来。

邬之畏停下脚步，直视着符浩说："这笔买卖不划算。现金交易，不换股，变现了事，免得夜长梦多，三年时间啊，会搞得我睡不着觉。"

符浩暗想：坏了，邬之畏想一出是一出，自己费心费力地好不容易找到一个理想卖家，千万别被他一句话给否了。那样将前功尽弃。

符浩没有急于回答他。他知道,这个时候,任何急迫回复都会被对方驳回,对方处于应激状态,回击是条件反射。

秘书敲门进来,托盘上放着四根冰棍儿。戴志高递给邬之畏一根。符浩硬着头皮接过一根啃起来,发现老谢也是同样的表情。唯有戴志高啃得脆响,吃得有滋有味。

邬之畏拿着冰棍儿,瞭了一眼大家,突然放了一枚烟雾弹:"我们一把卖给富欣集团直接套现。"

符浩跳起来了,这个时候的反应也是条件反射。符浩赶紧表态说:"根据富欣集团的收购惯例,他们此刻收购,比弘华保险当下吸收合并后市值减值40%,更不是我们想要的。我们当初拿下颐养保险的最终目的是什么?是赚钱。价高者得,这是亘古不变的真理。否则,我们这一番折腾又获得了什么?与邬老板的付出严重不匹配。何况,我们已经拒绝他们了。如果我们主动找他们,这个价格还会下跌。"

邬之畏皱眉头,不言声,一脸烦躁。

"其实,还有一个办法。"符浩循循善诱,"现金加股权,我们争取拿一部分现金,同时置换一部分股份,市值不减,既获得了现金,又有未来潜在的收益。"

"也就是说,既可以把本儿拿回来,又可以换一些股票,只要锁定期一到,我们在二级市场找庄家搞一搞,高位套现,对吧?"邬之畏顺着符浩的思路运转着。

符浩和老谢对视了一眼。符浩说:"八哥果然是明白人。"老谢跟着附和:"邬总的思维总是比我们快一步。"

"说那么多,我们会不会是剃头挑子一头热。和他们正规军都没有正面交往过,谁知道他们那头是咋想的?"戴志高关键时刻来一句,可谓一语惊醒梦中人。

"对啊,"老谢说,"戴总这个提议不错。"

"好,就这么办,先谈谈,摸清楚情况,我们再见机行事。"邬之畏让符浩安排面谈。

纸 金 时 代

第二十章

野心优雅

初次会谈，双方阵营庞大，所谈之事皆为场面上的和气事，看似没有谈什么深奥的话题，却锋芒暗藏。

　　在会面地点上，黎朋曾一度建议邬之畏一行到云集团，既可以了解一下云集团的历史，也可以见证云集团的实力。这个提议被邬之畏给否了，这个结果早就在符浩的意料之中。他知道，除非遇到重大事项，邬之畏不得不离开斗牛大厦，一般而言，他是不会因业务离开斗牛大厦半步的。当初做建设斗牛大厦的规划时，邬之畏就做了"足不出户，既能知天下事，又能衣食住行全活儿"的设计。虽说这句话简单，做起来却不容易。邬之畏还说，去云集团了就可以见证云集团的实力吗？这句话逻辑有问题，不都是房子吗？我们开发房地产的，早就不以房产看对方实力了。"告诉黎总，我对云集团实力深信不疑。我对黎总也给予高度信任。"黎朋其实对邬之畏不愿意轻易离开斗牛大厦百思不解，有圈内朋友猜测说，这个人会不会像当年的一个大人物，怕光怕风的，得了怪病啊？后来，黎朋才明白，邬之畏这么干，实际上是出于内心深处的恐惧。

　　黎朋的队伍齐整，法务、财务、并购以及弘华保险董事长陆阅。邬之畏这边除了符浩、戴志高、老谢三大金刚，还有集团法务、财务、公司副总裁以及颐养保险邵董事长等。

　　会谈谈及的是一些ABC的问题，基本上属于了解情况。其实，他们各自的情况早被彼此的调研小组掌握，此次会谈也算是线上人物的线下相会，终于彼此见到"真人"了。不过，闲谈中，偶尔交锋三两下，都在心中暗叹对方技高一筹。邬之畏刻意透露出一个消息：富欣集团给出的条件极具诱惑性，交易方式也很好——全现金交易，这严重考验了颐养保险股东们抵抗诱惑的定力。他们这个团队，尤其是他个人，比较倾向于与云集团联姻，背靠大树好乘凉，当然也希望云集团给予足够力量，能抵抗富欣集团的诱惑。黎朋对邬总的信任表示感谢，他相信能走到一起都是缘分。然后他回忆起当年在西南地区彼此的交集，以及对那个时代的怀念。黎朋说，请邬总放心，他们给予的条件，绝对是更具诱惑力，可以这么说，如果与云集团没有合作成功，在全国再也找不到第二家。

高手过招，锋芒暗藏，所过之处，稍不留神，皆会伤痕累累。

不久，符浩再次接到黎朋电话，不知为何，符浩似乎期待着这个电话。

这次约在东四环一个老别墅区，在黎朋的住所。别墅样式传统，墙壁斑驳，青藤缠绕，室内却别有味道。推门进去，一个长条形红木班台做成茶几，摆着一溜儿茶叶，茶具齐全，茶碗冒着热气，显然一拨人刚刚离开。茶几背后依墙而立一排四层竹质靠柜，靠柜有镂空的推拉门，摆放着各色茶饼和玻璃茶罐，顶端立着六个漆绘彩色装饰的中型转经筒，在无声转动着。清新淡雅的沉香味儿满屋弥漫，闻之怡人。

黎朋右手泡红茶，左手垂放着。两杯茶，两个人，抬眼可以望见窗外四环路，城市的活力在流光溢彩中迸发着。室内，他们四目相对，似乎彼此都有倾诉的欲望，又默默无言。

符浩认为这是一种奇妙的感觉，虽谈不上亲近，但绝不陌生。上次，他们相约校园，那时是黎朋敞开胸怀，在潜移默化中拉近了他们的心理距离。

黎朋身子靠着椅背，右肩斜挎着一个黑色的盒子，盒子里装着一个白色的小仪器。左手臂绑着绷带，绷带与盒子由一根柔软的塑料软管子连接着，就像连接着南极和北极，也像连着天界与世间。起初，符浩并没有在意。

他们开始聊天，闲谈着生活。在聊天过程中，符浩忽而看到黎朋停止说话，左手垂下不动，只听到充气声在持续地响着，有节奏，还有点儿嘶哑。符浩倾耳听，停下谈话，目光掠过黎朋的面部，与黎朋目光对接的时刻，感受到他目光的亲和。符浩感觉这么盯着人有些不妥，就低下头，翻看茶几上的财经杂志。黎朋说话了，他的声音低沉："我在测量血压。"

"哦。怎么，血压不好？"符浩抬头关切地问。

"一直不好。上了年纪稍不注意，'三高'就找上门。吃药控制。"黎朋轻抬右臂示意说，"每过一段时间，或者头昏脑涨时，我就挂一个24小时动态血压监测，看一下控压效果。"

"嗯。是不是最近太劳累了？"

"能不劳累吗？没有一件事儿省心。"

黎朋在符浩面前不讳言。健康，对一个掌控上千亿市值集团的老板而言，都是一个秘密。身居高位，没有人愿意被生意伙伴、主管领导，甚至部属了解，更何况是竞争对手。就像国家领导人的健康状况，对民众来说都是秘密，甚至是绝密。黎朋在符浩面前毫不遮掩，这个细节，显示出他对符浩的信任。

这种信任，来得太容易，容易得让符浩有些怀疑眼前的真实。

黎朋说话的声音轻柔，温和，谈及正题时，话音虽不大，但句句像是呼啸的箭风。

黎朋问："听说富欣集团放弃收购了？"他说这句话时候，没有盯着符浩看，而是端起杯子喝茶。也许他明白，这句带有结论性又期待知情者确认的问话，似乎有些唐突。

他终究还是问了。

符浩觉得这个问题，有拖人下水的嫌疑。虽然一些伙伴认为他近墨者黑，一旦下水再想从良就难了。符浩也坦白说："黎总，您这句话我不知怎么回答，要是回答了要么有背叛组织的嫌疑，要么辜负了黎总信任，最好的回答就是闭口不言。"

黎朋跑江湖久了，能从符浩看似滴水不漏的回答中，捕捉到真相。他摆摆手说："其实你不用说我也知道。他们既调查了颐养保险，也调查了邬之畏先生，他们对风控的要求和把握是严苛的，所以他们内部的结论是放弃收购。"

符浩没有对结论感兴趣，而是感兴趣黎朋是如何知道这个结论的。一个大型集团调查结果和内部决策，怎么就跑得比风还快？

黎朋笑笑，这时动态血压计又响了。符浩示意他别说话，就等着监测。一只纯黑的哈士奇钻到茶几底下，在符浩胯下跑来跑去，他低头一看，正看到哈士奇仰起头温柔地看着自己。符浩被逗乐了。

响声停止，绷带发出泄气声，继而连接绷带的充气管瘪了下去。

黎朋给符浩茶杯添茶，说："这次请你过来，是谈谈心，谈双赢，谈多赢，当然，也包括你的个人问题。"

符浩笑了，说："我刚要说今晚谈话只有'阳谋'没有阴谋，您一说我个人的事，这个谈话就显得暧昧不清了。"

但是，符浩没有跟着黎朋的思路走。他知道，云集团和黎朋，这两者在资本市场都是"老司机"，想调查一个企业的状况，获得他想要的一些信息，手段和途径都不会缺。符浩不想就这么就范，即使富欣集团与颐养保险的合作几乎为零，在商业谈判时，也绝不能把真实想法和状况和盘托出，甚至连一枪都没有打，就乖乖缴械投降。

符浩的回应中规中矩："据我了解，富欣集团成立了专班团队，这个团队至今没有撤销，还在和郐之畏老板接触。"

黎朋直接揭开遮羞的面纱，说："他们的结论恰恰对郐总不利，是极度负面的。所以才放弃合作。"

他在符浩琢磨的时候，补充了一句貌似客观的话："当然，商场如水，看似无形胜有形，也许随时都有可能发生变化，形势逆转。"

符浩直奔问题要害。他认为，太多的旁敲侧击不如直奔问题的核心，因为这切实牵扯颐养保险和个人的利益，这才是动真家伙。他说："上次郐总提出的现金加股权置换，我认为比较实用，既满足了双方现实和潜在利益，短期和远期收益兼收，又是当前二级市场并购的常规模式。"

黎朋从符浩看似逻辑清晰的话中，读出了眼前这个年轻人的急迫。他在心里想，当年自己这个年纪的时候，也是这个样子，甚至比他还急于求成，咄咄逼人。

黎朋说："不是不可以，甚至也可以全现金收购。但是，我们团队有几点考虑，一是希望大家一起向前走，用利益机制把大家捆绑在一起；二是如果用大笔现金收购，监管部门并购重组委通过率会降低。不排除有利益输送、创始团队拍屁股走路，留下一个烂摊子，最终让广大中小股民受损的嫌疑。监管部门必须着眼的是社会效应，不是某一个公司或某一小撮人的利益。"

符浩说："现金加一部分股份。并且，未来三年，可以跟我们进行业绩对赌。"

上周三，大盘上证指数再次爆拉170多点，几乎全线飘红。上市公司四处装项目，做大盘子，炒作概念，拉起二级市场股价。市场配资公司一夜之间从地底涌出来，如雨后春笋，生机勃勃。一些券商营业部门口开户开始领号排队了。

青年投资人私募沙龙在后海四合院小聚。他们谈论的话题不再是投资了哪个项目，而是谈论起某只股票，能拉升多少倍，搞了几倍杠杆，甚至聊到游说所投资企业装进上市公司里去。这个时候，上市公司渴望装入新项目，壮大规模的，做大业绩的，业务借机转型的……一个从香港投行回来的80后，跟着做广告公司和书商的哥哥，成立了一家影视公司，囤积了一批畅销小说IP，投资了不过1000多万现金，却卖给上海一家公司天价——15亿估值。他们以未来三年业绩对赌的方式达成。即使对赌失败，协议约定，这个80后创始股东届时以小部分股份或4000万现金偿还。怎么盘算都是一盘好棋。收购方上市公司也借此从一个传统水泥公司置换成以影视为主业的文化轻资产公司。

符浩认为，二级市场对赌业绩完不成的，见过谁被处罚？于双方都是双赢。

在鸡毛飞上天的股市泡沫时代，大家都像打了鸡血般做着发财梦，在亢奋中前进。

黎朋知道符浩的意思。他说自己不是特别热衷二级市场股价的一时涨跌，主要关注的是大势。随后，他话锋一转，说："你和邬之畏是合作关系，不是雇佣关系，这类关系最核心的本质，是牵系你们的利益。我猜测，你现在急着套拿现金回那笔投资，并且有所回报。回报小的，不甘心，回报大的，难度也大，因为取决于出价方。"

黎朋停顿下来，喝了一口茶。这个时候，他对符浩说："你那笔投资，我会给你一个好结果。"

符浩听后怦然心动。眼前这个掌控千亿资产的前辈，能够坐下来，和自己聊着天，谈着这么小的一笔生意，还照顾自己个人私利的小情感，他觉得有点儿不可思议。

既然对方这么推心置腹，他不妨也真诚相待。他说："纯股权置换，大股东难以接受。"

"所以，请你帮助一起想想办法，你对邬先生了解比我深。这个项目我们确定合作。我们现在考虑的是，以什么方式合作最稳妥，最富有价值。"黎朋说，"当然，上述这些话我也可以和邬先生亲自讲，一字不漏地讲，所以你也不要有任何心理负担。我的目的很简单，就是千方百计促成合作。"

符浩说："唯一分歧就是，我们老股东在吸收合并后，如何获得高收益。只要确保收益，包括邬先生在内，没有人会反对合作。"

"你们为什么不认同完全的股权置换？"

"难度很大。"符浩说，"也不是没有可能。我倒想出来一个方案，但对于我个人是吃亏的，既可以满足黎总的需求，又能达成邬先生的心意。"

黎朋让他说来听听。

符浩停顿了一会儿，他喝了一口茶。这杯红茶味道还是那么醇厚，在他印象中，这杯茶叶已经泡了十一泡，味道却没有逊色。

符浩分析道："邬先生之所以不同意全部股权置换性收购，就是担心锁定期三年后，股价大跌，市值大幅缩水。赚了还好说，如果跌了，没有谁愿意赔了时间赔了机会还赔了金钱。熬这三年，的确需要强大的心理承受能力。"

黎朋认真听着，不语。

符浩指出："根据现在的溢价，怎么测算，都没有足够的诱惑力推动合并，尤其是邬之畏先生。"

"现在如高溢价并购，并购重组委也过不了。"黎朋点中要害。

黎朋把两只茶杯堆在一起，循循善诱说："把市值做大。这里关键有几个因素，做大市值，一是净资产，二是净利润，三是规模。我们必须在合法的规则下发展，唯有这样才会稳定。我们不会去造假或注水提升净利润。那么，我们可不可以提高净资产呢？"

"增大注册资金。"符浩当即说。

黎朋表情开始丰富起来，他又灌水泡茶，嘴角露出得意的笑容。他做出夸张的表情对符浩直接赞扬："我完全赞成你的意见，营业规模短期飙升难，净资产则纯粹可以通过增大注册资金来完成。"

符浩说："直接把资本金扩充到100亿。"

"哈哈。"黎朋发出爽朗的大笑，手指点着符浩说，"你胆大心细，有我当年的影子。"

符浩也不想搭他的便车，说："其实，每个人年轻的时候，都有一样爆棚的野心，都想一飞冲天。"

黎朋的眼神里流露出对符浩更多的欣赏。

"不过，这个计划会有三大难题。"符浩说出心中困惑，"一是增资的注册资金，短期内要搞定，有一定难度，需要一定时间；二是同步增资扩股还是选择性增资扩股，要看其他股东意见；三是这个方案直接把我套进去了，我不可能再补充现金跟投，如此必然被稀释。"

黎朋说话干脆利落："这个好办，涉及你的资金，我们可以无偿借给你。"

"无功不受禄。"符浩说，"如果因为我暗通款曲而获得支持，我心中这一关过不去。"

"也不是因为这个。"黎朋似乎有难言之隐，"因为……这个，以后你会明白的，你不是蒲志高，你也当不了蒲志高，我也不会让你当蒲志高。"

艾米莉身上挂着"长枪短炮"，逼着符浩周末陪她四处逛京城古迹。鲁迅博物馆、徐悲鸿故居、纪晓岚故居……一本发黄的小册子上记载着各类名人故居，有些保护得不错，只是面积在缩小，被四周耸立的商品房挤压得只有一条小道进出；有的挂着牌子，还住着居民；有的干脆从地图上消失，住进来的租户们都摆头说没听说过那些故居，偶尔知晓的老北京则干脆地说："早拆了，盖房子发财去了……"艾米莉说："你整天赚钱有啥用？万贯家财还不是迟早变得陌生，甚至一文不值？这么多文物，说没就没了。"符浩本来想反驳，想了想没有说出口。他知道，自己浑身铜臭，在"稀缺动物"艾米莉眼里，是跌价的。

这几个周末，符浩在谈论股市的沙龙和艾米莉的寻找古迹之间转场，一会儿被喧嚣得热血沸腾，一会儿被沉甸甸的文明打动，静下心灵。他逐渐地喜欢起这种生活了。他们爬长城，去古北水镇，偷偷躺在植物园无人看守的绿色草地上……在旷野中接吻，在星空下拥抱……

邬之畏频繁约起了黎朋，关系有日益紧密的趋势。有一次，黎朋在斗牛大厦四合院结束饭局后，来了一拨演艺圈三四线的年轻明星，一个香港老牌一线明星牵头——他在港片中是演港督的专业户，他领着这帮小演员参观了斗牛大厦的大型KTV，奢侈程度秒震这帮小年轻。黎朋正在VIP间喝茶休息，邬之畏出去接一个电话，一个年轻的妞儿径直走进来，直呼"黎总"，然后一屁股坐在黎朋身边。香味儿从她年轻的胴体上散发出来，扑鼻而来，嗲声嗲气，把黎朋吓一跳。邬之畏进来时就说："小何很优秀，是演艺新秀，得请黎总多关照。"黎朋久混江湖，一眼就明白了啥事儿。他站起来把邬之畏拉出门，直接说："八哥可能有所不知，我刚做了前列腺手术，体力不行，别糟蹋了人家姑娘美好青春。"邬之畏闻言，上下打量着黎朋，笑着点头说："好说好说，黎总身体健康为重。"黎朋知道邬之畏嘴上说好，心里肯定认为黎朋是客套是推辞是作秀，他也听闻过江湖上关于邬之畏的奢华生活，也明白了为什么不少老板以跑到斗牛大厦四合院吃顿饭和泡夜总会为荣。黎朋认为合作是大事，不能因小失大。他提醒邬之畏，说他们之间不用客套，利益分明，互惠互利是合作的一切基础。

黎朋后来又参加了几次饭局，邬之畏再也没有安排女郎们作陪。一次牛老师也忙里偷闲过来捧场，黎朋颇为吃惊。一天下午，两人就在邬之畏的紫光室聊开了。邬之畏谈到了他的忌惮和顾虑，黎朋适时抛出他的路线图，甚至可以说是他和符浩共同的路线图：首先对颐养保险进行增资扩股，其次让弘华保险进行吸收合并，然后共同扩大业绩，做大市值，力争弘华保险一年内进入保险业第一阵营，三年内进入前五。如此，市值大增，皆大欢喜。邬之畏见过不少江湖骗子，或口喷狂言之人，但是，黎朋说这些话，他是信了。他在与黎朋你一句我一句中，突然感觉很兴奋，甚至有些恍惚了。他们仿佛在密谋一桩关系着国计民生的大事，两个中年人，身处在一座获得过国际建筑设计大奖的大厦里，身体似乎要飘起来。这样的快感，不知不觉就持续了一下午。

邬之畏在内心倾向黎朋的方案，打算召集心腹讨论。一方面，即使他完全采纳了此方案，也要在形式上表现出民主和亲民，毕竟有的跟随他多年，有的是合作伙伴——比如符浩，他也是拿出真金白银砸进去的，一直在前后张罗；另一方面，他想看看这个方案里面有什么漏洞。他在夜里想过，方案听起来是完美无缺，黎朋在讲述方案时，眼镜背后的那对小眼睛神采奕奕，但他会不会有设计在害我呢？这些过往，又放电影般在脑海里展现，怀疑愈加加重了。

送走黎朋的当天晚上，他就召集大家到紫光室。符浩开车从郊区回城，艾米莉坐在副驾驶，两人讨论的话题涉及《圣经》，艾米莉一脸虔诚。邬之畏打电话过来，艾米莉侧目看着他，他耸耸肩，表示无奈。艾米莉说："你们生意经我不懂，我只是提醒你，现在，你不是一个人啦。"艾米莉这句话充满温情，让符浩心生感触，他腾出扶着方向盘的右手，抚摸着艾米莉的头发，艾米莉乖乖地享受着。符浩说："今晚谈的这事儿，还得感谢你的闺密陈静，她帮助联络云集团，一桩大生意。"艾米莉腾的一下坐起来："你们竟然谈了？"她吃惊的表情暴露无遗。符浩感觉很奇怪："怎么啦？"艾米莉眼望着窗外，若有所思。她忽而说："没什么。"符浩再次抚摸着艾米莉的头发，说："祝我好运吧。"艾米莉意味深长地说："你能没有好运吗？只是，不要陷入太深。"符浩没有觉察出这句话的含义，以为这个文艺范儿的女孩，喜欢信口那么一说而已。

老谢从一个法庭上赶过来，刚打完一个明星的官司，与他对阵的律师当事人是明星，他是明星妻子的当事人。明星劈腿，证据确凿，明星概不认错，藏匿资产，还坚决要孩子的抚养权，言辞凿凿表明妻子做家庭主妇十年无抚养能力。其实妻子当年也是一个准三线小明星，差点儿要火了，结果被丈夫游说相夫教子，一辈子不离不弃。妻子说了一句话，相信天相信地相信狗相信乌龟王八也不能相信戏子。这句话骂得够狠：自己当年也是一戏子，咋就骂自个儿了呢？

老谢从法庭出来，脑子还处于紧绷，随时准备着反击的状态。听完邬之畏的一番说明，就条件反射般提出质疑："竞购方怎么会大放善心？随便一个做买卖的都知道，交易方案更有利于卖方。"

"可不是吗？"戴志高也掺和说，"越对我们有利的事情，越觉得像黄鼠狼给鸡拜年没安好心。"

会议一开始，就出现两个质疑和反对的。只有符浩没有表态。邬之畏听着，一言不发，目光投向符浩。他知道，老谢属于风险厌恶型，为人做事谨慎，这是律师的职业习惯。在他发起攻势之时，老谢既可以提供炮弹，还可以提供挡箭牌。不过，涉及商业运作，他更倾向符浩，毕竟符浩是做生意的，他们谈的是生意。

符浩猜到了邬之畏的心思。利益必须最大化，既不削弱邬之畏在颐养保险的表决权，甚至可以借机增加控制力，加大持股份额，同时在吸收合并后，又可以获得更大的潜在利益，何乐而不为？符浩那次与黎朋谈完后，他替邬之畏测算了一下，要想把注册资金增资扩股到100亿元，如果所有股东同步增值，邬之畏需要投入真金白银18.9亿元；如果部分股东放弃此轮增资扩股，邬之畏则至少拿出真金白银30亿元。无论采取哪个方案，对邬之畏最大的考验就是：钱从哪儿来？

好不容易解决收购颐养保险的资金警报，搞得贾阿毛流浪境外不得归，搞得朋友圈鸡飞狗跳，这下子又要增加如此庞大的资金。世间再无贾阿毛和张茂雨吧？天上掉馅儿饼的事情，不可能第二次砸在同一拨人身上。

符浩明白，此时此刻，不能一下子抛出他的设想，尤其不能表现出他提前知悉这个方案。他提出一个问题，这个问题与他自己密切相关，不会让对方进行过多联想："如果增资扩股，那我的那部分岂不是要被大幅度稀释？"

邬之畏还真没有考虑到这个问题。这些天他一直在琢磨自己的那部分，甚至在手机计算器上扒拉数字的时候，最多考虑过第二大股东是否跟随此次增资，如果参与增资，多少合适，还从未考虑过符浩这丁点儿小利益。

符浩抛出这个问题，让他愣怔了一会儿。他说："你的那部分，我肯定会妥善考虑。我是问，黎朋提出的这个方案，你怎么看？"

"还不错。"符浩自然一口肯定。

老谢和戴志高彼此相视一眼，然后纷纷投向符浩。在他们印象中，符浩类似双向情感障碍，一会儿激进一会儿保守，这种让人费心琢磨的思维，也成就了符浩——年纪不大，却坐拥亿万身家。他们判断，符浩观点应该和他们一致，可符浩给予肯定的表态，让他们有些意外。

邬之畏等着符浩继续往下说。符浩知道邬之畏期待自己沿着他的思路分析。他揣摩到此刻邬之畏召集大家的心思。邬之畏的聪明在于，对于自己不懂的或者没有看清楚的，他会召集大家集思广益，点出问题。虽说是集思广益，邬之畏并非就真的听从大家的意见，在他的理念里，当大家都认为好的时候，他反而不看好，因为这个阶段时期已经过去，当大家反对的时候，他认为恰恰是好时机。在这个认知上，他喜欢符浩，认为符浩是自己同类。

符浩走到白板前，拿起笔就在白板上画着。他说："这个方案听起来很不错，规模增大，吸收合并后，纳入上市公司，上市公司净资产增值，市净率会大幅上升，总股本提高，这些信息会同时传递到股价上，市值会相应地增大，持股方市值自然水涨船高。"

戴志高插嘴说："万一股价不涨呢？不是说股价并不完全由上市公司影响吗？不都是二级市场庄家操盘股价吗？"

一个多月前，戴志高威逼利诱，让符浩给推荐一些股票，说他圈子大，朋友多，认识庄家不少，还有一些上市公司的老板。符浩强烈建议他不要炒股，炒股属于投机市，不适合他。戴志高说："咋就不适合了？你还是兄弟吗？是兄弟就不要让我错过这波大牛市。"符浩没办法，找朋友推荐了几只，没想到，这家伙直接砸进去，还用了配资杠杆。上周，股市像吃了伟哥似的，一个劲儿地上涨，全民亢奋，包括戴志高。

符浩顺着戴志高的话解释说："如果净资产增值了三分之一，大基金们不会对这些数据的改变坐视不管，他们会追加投资，收益率排名是考核基金业绩。至于二级市场的庄家，再大也只是一个市场的搅局者，掀不起风浪，何况对于盘子不小的股票，不足为虑。"

老谢说："浩子关注的肯定不是这个。"

老谢在律师行业厮混多年，早就炼成了一双火眼金睛。还好，他和符浩在共同服务顶天集团，绝大多数时候是默契的，他也颇欣赏符浩。

符浩问邬之畏："在增资扩大这个方案里，我们应该考虑几个问题：第一个，增资扩股资本金，是否与其他股东同步增资扩股？好处是大股东拿出的资金量不会太大，坏处则是持股比例就是继续持股61%，不能如邬总所愿为80%。第二个，如果不同步增资扩股，大股东把比例扩大至80%，则需要巨额资金量。"

"根据公司章程，增资扩股，任何股东都有同步增资的权利。"老谢说，"除非其他股东放弃此次增资。"

"就让他们放弃嘛！这会有什么问题？"戴志高认为顶天集团就是大股东，大股东说啥就是啥，甚至连上次从巨额支付购买斗牛大厦房产到撤销购买然后改为租赁，腾挪巨额资金，不都是大股东说了算吗？他想起颐养保险邵董事长点头哈腰的样子，甚至对戴志高这个执行总裁打一个电话，他也会屁颠屁颠跑过来的神情，深为感慨，还是大股东好使，绝对控股就有绝对权力。

邬之畏一锤定音，说："要搞，持股比例必须扩大到80%，不能让他们同步增资。"

邬之畏霸道，符浩听了就有点儿不爽。毕竟，虽然自己和邬之畏同进同出，但好歹也是一个小股东，再小的股东也是大写的股东。何况，他一直揣摩怎么获得自己最佳的利益，既可以获得同步增资的资金支持，同时如果没有现金支持增资，至少获得大股东的补偿。而按照邬之畏的思路，则是直接剥夺同步增资的权利。

符浩脱口而出："这不符合公司的章程。一旦闹起来，未来在监管部门并购重组审核，也会被否掉，会因小失大。"

邬之畏不能给他们闹事的机会，他等不到那一天。他认为符浩在夸大其词，甚至是危言耸听。此时，他还没有完全理解符浩的想法，更没有揣摩到符浩的小心思。

邬之畏让老谢解释："会这样吗？哪条法律如此规定的？"

老谢清了清嗓子。他一眼看出了符浩隐藏在陈述情况中的个人意图。

毕竟，老谢是"法律人"，他以尊重法律的基本精神进行解读，基本上等于给符浩的陈述进行了背书："根据公司章程，公司增资扩股，其他股东拥有同步增资扩股的权利。并购重组审核权利在监管部门并购重组委，符合法律规定是最基础的要求，如果涉及重大民事纠纷，会存在重组被否决的可能性。"

"嘿嘿，我一个人把钱掏了，不让他们出资，算重大民事纠纷吗？"邬之畏冷笑。

"分情况而论。"老谢解释，"如果大股东增资扩股，其他股东弃权，或者说其他股东没有就此提起法律诉讼，也不会采取其他类似行为，则不会构成重大民事诉讼。"

不待邬之畏说话，符浩就抢着说："老谢说话很讲艺术。我来对老谢的话进行直白的解释，如果其他股东不放弃同步增资扩股的权利，如果大股东执意强行表决通过，不执行公司章程规定，其他股东有权提起民事诉讼，则是重大民事诉讼。"

符浩说完，看着老谢，加重语气问他："我解释得对吧？"

老谢说完全正确。

邬之畏在他们谈话中察言观色，看出了符浩的小九九。他说："浩子，你惦记着你的那点儿小股吧，放心，怎么处理都好说，绝对不会亏待你的。"

邬之畏说话斩钉截铁，不容置疑。

随后，他面向大家，发号施令般说："顶天集团必须要把股份大幅提升，他们同意会执行，不同意也会执行。这个任务，就是翻山越岭，攀越珠穆朗玛峰，也得去翻去爬。所以，这些就交给你们了。不管黑道白道，无论什么道，你们得想个办法。兄弟啊，这事儿是大事儿啊，拜托诸位了。"

邬之畏还做了一个动作，双手作揖。

老谢一听这话，头大。他知道，这根骨头，难啃。牵扯的利益面广，那么多股东。当初能成为颐养保险股东的，哪家没有点儿来头？有私企，还有国企，哪怕国企1%的股份，办起手续来也会搞死人。这些股东都是见过风浪的，岂能靠言语的绥靖或威吓解决？必须用利益解决。想到这儿，老谢就对邬之畏说："这事情还得看大股东有多大力度，做出多大补偿。"

"不补偿，就搞不定，就没有解决办法吗？"邬之畏环视大家，再次冷笑，提高声音说，"当初买这些股份时，不照样拿下来了吗？"

老谢有些无语，他想起了当初顶天集团，两次一共拿下颐养保险61％股份时，堪称坐过山车，诸多危险，犹历历在目。虽然做律师多年，大风大浪也经历过不少，但顶天集团并购颐养保险一事让人不敢想象，或者准确地说是大老板邬之畏，其手段超出很多电影编剧的想象力。

搞定颐养保险股份，戴志高当厥功至伟。他是执行者，做起这些事情，他轻车熟路。因此，一听邬之畏发出指令，他就说："条条大路通罗马，要想达到我们的目标，没有条件也要创造条件。"说完，他颇为自得地看了老板一眼。他知道，老板只要铁了心，没有什么事儿是办不了的。过去，那么多看起来不可能的事情，不都变成可能了吗？虽然，那些活儿都是他干的。他还颇为得意，他不会考虑这些活儿能不能干，值不值得干，只要老板认为要干，下达指示干，他就穷尽一切办法，为达到老板的目的完美地完成任务。

符浩得到邬之畏的承诺，无论采取何种手段，都不会损害他的个人利益，他就有点儿放心了。并且，黎朋也公开承诺，如果他选择同步增资，他会想办法解决资金问题。

这等于获得了双边承诺，是双保险。符浩也不去纠结怎么威逼利诱其他股东放弃增持，他想到的是，即使其他股东放弃同步增资，邬之畏的钱从哪儿来？他把这个问题抛出来：大股东增持的货币资金从哪儿来？

一语惊醒梦中人。老谢说："是啊，这笔资金肯定不小。"

邬之畏则转头问戴志高："那笔银行的贷款没有还吧？可以先挪用再说，待并购重组完了，再质押还款。"

戴志高说："逼得太紧。除非您和总行的杨行长沟通下，要么延长贷款期限，要么办一个先还再贷。"

符浩知道，联手银团，债权融资、过桥贷款等这些手段是并购组合产品。即使这些常规手段，也不适合邬之畏。因为，邬之畏这么些年的负面传闻，导致他在银团里信誉为负，进入了黑名单。

符浩建议降低持股份额，比如从增持80％意愿降低至67％，同样达到了绝对控股。这样也容易做通其他股东工作，支持他们少量增资，如此不会影响实际控制权，也能相应获得收益。

　　"80%和67%有何根本区别？同样做工作，同样去找资金，我看没有本质区别。"邬之畏坚持己见。

　　讨论临结束时，老谢提醒说，吸收合并以及增资扩股一事，不能对外面讲。弘华保险是上市公司，如果在停牌前就被外界获知双方在谋划此事，会存在被并购重组委以大股东损害中小股东利益为由而被否决的风险。

　　戴志高代表大家表态：紫光室讨论的事情，从来就没有外泄过。除非云集团那帮人嘴巴不紧，给说出去了。

纸 金 时 代

第二十一章

增资困局

前不久，服刑一年半的杨小欣刑满释放，来京找邬之畏求助，邬之畏把他安排在物业公司做一般工作人员。杨小欣有些不乐意，他认为在负责西南公司业务时，自己好歹是一个副总裁。况且，自己一肩挑起了骗贷、票据承兑罪，是代公司受过，更是代邬之畏受过，因为都是邬之畏指示的。

邬之畏一句话把他给噎回去："你现在就是一个刑满释放人员，刚刚出来，谁敢用你，怎么重用你？缓一缓再说。放心，人可以不上班，工资照发，公司把你给养起来。"

杨小欣心里塞塞的，专门找戴志高出来吃烧烤，说只请得起烧烤。戴志高岂能挑这个礼。吃烧烤时，杨小欣告诉戴志高，西南富汇在西南大小银行都上了黑名单，不管换了什么马甲，都不带它玩。戴志高问他："大银行不带我们玩，那些小银行呢？当年可是追着我们屁股后面要找我们玩的。"杨小欣摇摇头，叹气说："你难道不知道？老板要求我们陆续注册了六个'空壳公司'，签署一堆合同，销售、装修、投资项目等，这些你知道的。法院后来也判了。这些合同都是老板指示的，套取银行贷款和票据承兑……"戴志高四周扫了一眼，做手势打断杨小欣的话："杨总，这些事儿就别再谈了，何况在这种场合。我是问，你都一肩挑了，款也还了，那些合作小银行就不认人了？"杨小欣说："都出这么大的事儿了，他们都躲避不及，还能认你？"

烧烤结束。杨小欣告诉戴志高想辞职。戴志高闻言，瞪着他："你难道不了解老板？他向来是'只许我辞退你，不许你辞职'哦。"杨小欣艰难地挤出一丝笑容，笑比哭还难看，说："戴总是老板身边的红人，我就这么随便一说，辞不了我就先干着。"戴志高拍着他的肩膀，安抚他："既来之则安之，既安之则干之。"

小银行不再给邬之畏面子，即使是依然存续着债权债务关系的债权银行杨行长那儿也落空了。不过，老杨给足了面子，没有颐指气使。他们知道，放款时，银行在借贷方企业面前是大爷，一旦放出去，就是孙子，能否如期连本带息顺利归还，则完全看企业脸色了。顶天集团能获得银行的贷款，与杨行长的鼎力相助密切相关。但是，回收货款即将到期，邬之畏不找他，他也会过来找邬之畏的。

杨行长屁颠屁颠地跑过来。其实，即使邬之畏不打电话请他过来，他也会登门讨债。

斗牛大厦空中四合院的饭局结束时，恰是华灯初上。邬之畏要给杨行长安排安排，活络活络筋骨，杨行长脸色大变，"砰"的一下蹦起来，身体语言极其丰富，又是摆头又是摇手，像躲避瘟疫似的，连声说体力不支，现在不敢消受了。邬之畏满不在乎，还深表体贴地说，昨天刚飞过来的白俄罗斯妹子，档次顶级。杨行长就转移话题，说希望八哥包涵，这笔款子不能延期，最近上面追查得紧。他扶着邬之畏的肩膀，诚恳地说："如果我是别人，我会让八哥先还后贷，那是有点儿骗人，这情况，没有人敢保证说能续贷。我也知道，先还后贷的套路，八哥也不信。所以，八哥能如期还款，就是对我杨某的恩惠。"说着说着，杨行长差点儿要掉泪了。邬之畏大手一摆说："那些事儿无所谓，不能办也没关系，还有下一次嘛。"杨行长说："无功不受禄，这次就不消受了吧。"邬之畏说："你怕什么？"杨行长看情形不对，必须一走了之，于是他拎起包就往外走。他边后退边跟邬之畏摆手道别，说："我临时还有事，就先行告退了，得罪得罪。"

待杨行长跨进电梯，电梯门关上，邬之畏的脸色立即变得冰冷，真是变脸比脱裤子还快。邬之畏拿起电话打给戴志高问："他之前的资料还保存着吗？"戴志高在电话中说："都存了，有编号。"随即他追问，"是不是要放出来？"邬之畏冷着脸说："等指示。"

杨行长所在的银行是顶天集团为数不多的能保持银贷关系的银行。此条路也被堵死了。

与云集团的谈判还得继续。邬之畏相信，车到山前必有路。哪次重大事件是顺风顺水的？又有哪次不是顺利蹚过来的？

邬之畏与黎朋打得火热。不知是邬之畏的空中四合院的饭好吃，还是喜欢那个氛围，黎朋经常往那儿跑，和邬之畏吃饭喝酒侃大山。按道理说，黎朋能让一个亏损的国企做出千亿资产，作为资本市场隐形大佬，什么山珍海味没有吃过？有必要赶到四合院吃顿饭吗？不过，邬之畏确实有道道，不惜代价，每顿饭局的核心食材必须从原产地空运过来，无论在地球的哪一个角落，都做到了新鲜地道。不过，再好吃的东西，也有吃腻的时候，岂能天天往那儿跑？

其实，他们二位都清楚，越大的项目，越要先交心，再交利，相处得融洽了，什么都好谈，你让一点儿我退半步，都是可以的。

他们彼此称兄道弟了。如果说之前有些客套成分，一次小小的协助，竟然彼此动了真感情。邬之畏在老家排第八，上面四个哥哥，三个姐姐，三哥小时候受过刺激，精神状态不好。邬之畏在香港出差，三哥在老家病症发作，狂叫、不眠，还打人，此次发作不同于前，更加激烈，他半夜冲进村委会，砸掉村委会牌子，敲碎了窗玻璃，号叫了一整夜，整个村庄鸡犬不宁。村干部拿他没办法，因为他既是精神病人，又是邬之畏的哥哥。他们知道，邬之畏从17岁就外出跑江湖，下过南洋，跑遍全国，公司业务越跑越大，老爷子过70岁生日，三架直升机停在村里的晒谷场上，宝马、奔驰、宾利等豪车拥堵了从镇上到村庄一公里的土路，都挂着京牌沪牌和当地省会车牌。村里人知道，这些人，要么是当大官的，要么就是大老板；至于官儿有多大，老板多有钱，他们不知道，但从这些来人阵势上看就知道不得了。因此，虽然是三哥把村委会给全部砸了，村干部也不敢怎么样。留守在村里的四哥还不错，明点儿事理，毕竟当过十来年民办老师，算是村里的资深文化人了。他一看三哥发病癫狂，就知道斤两，说必须去治疗，去大医院，还得去首都北京的大医院找专家看病。于是，四哥给邬之畏打电话，恰逢他在香港出差，他记得黎朋说过，首都医院没有他不熟的，因为云集团医疗板块的产品进驻过所有医院。黎朋只说了一句话："八哥，你哥就是我的哥，让他们来找我吧，我来安排。"黎朋真够意思，不仅亲自安排，还亲自陪同，虽然戴志高跟着患者家属忙前忙后，挂号、办就诊卡，但专家是黎朋找的。黎朋陪着患者向专家咨询，问东问西，做脑电图核磁共振之类，事必躬亲。不认识的，还以为黎朋是一个外地来京进修培训的医生，认识的自然知道他是千亿资产集团公司老板，如此谦卑，就算是自己的至亲就诊问医也不过如此了。邬之畏从香港回京，没有直接去住院部看他三哥，而是跑到黎朋的办公室，推开门就冲着起身迎接的黎朋一个深鞠躬，眼里泛泪："谢谢朋兄！"此情此景，也着实令黎朋感动、感慨。

后来，邬之畏对符浩说："别看我日常耀武扬威，那是做给外人看的，我就是一个初中肄业生，摸爬滚打这么多年，又有多少人真正地把我当个人尊重？别看当面对我毕恭毕敬的，无论官员、商人、客户，甚至员工，他们转头就会在心里说，这个傻子！不就命好些吗？不就是胆子大一些吗？甚至有人还说不就是坑蒙拐骗吗？他们在心里诅咒我不知有多少遍呢。比如在对待我精神病三哥这件事上，如果不是鉴于老板的威压，会有员工陪他跑前跑后？但是，作为一个大老板，我们还没有正式合作，黎朋竟然丢下手头的事情，跑到医院陪我三哥一家人，他们就是地道的农民，但黎朋在医院忙前忙后一天啊。你要知道，那一天时间，对他多宝贵啊。"

说着，邬之畏站在窗前，几行热泪滚落下来。

黎朋也对符浩说："一个人对待家人是否至情至真，就是是否值得交往的标准。"

黎朋的低调和柔软，让邬之畏和符浩等人如沐春风。是的，真正强大的人，从来不需要去碾压别人，更不会表现出极端的强势。相反，他们非常柔和，但身上却自带强大的气场，在智慧与见识的支撑下，让人倾倒，而不是浑身带刺，思想偏激，令人敬而远之。

不过，他们二位进入"蜜月期"的速度和力度，让符浩一度怀疑眼前的真实。

黎朋提出要去符浩的别墅看看，令他很意外。为什么会提出这个要求？为什么要去自己的住所看看？

来的那天，黎朋不是一个人，而是带着邬之畏。邬之畏来过数次了，在他们最初合作的时候，邬之畏在三个地方转：斗牛大厦、自己家和符浩的别墅。他还自带厨师，能做一餐麻辣可口的美食——符浩喜欢吃辣，但对麻得有点木的味道，还是有些不适应。

符浩把他们迎进门。从进门时，黎朋就四处张望，那双带着黑框眼镜的小眼睛四处巡视，不像看房子，像是在寻人。

邬之畏以为黎朋对房子的结构和装饰感兴趣，主动对黎朋说："朋兄，要不要我陪你上楼看看？"黎朋连连说好。

符浩一边在前面引路一边谦逊："装饰太简陋，与二位的豪宅没法比。"

邬之畏说："这房子也买了几年了，简约有什么不好的？"黎朋每到一个房间就搜索一下，停留片刻，然后离开，去下一个房间。他口中敷衍说："房子就是一个住的地儿，广厦万间不过一张床。"

从一楼到二楼，二楼到三楼，三楼到四楼，四楼到顶楼，然后下到一楼。黎朋问符浩："豪宅就你一个人住吧？"符浩说是。黎朋就替他遗憾着，略带惋惜的语气说："可惜啊，孤家寡人空荡荡啊。"

听到这句话，邬之畏做恍然大悟状。他对符浩说："黎总提醒得对，好马配好鞍，豪宅得有一个女人，没有女人的豪宅只是房子，不叫家。这事儿我有责任，我光顾着聊生意，倒是把兄弟的个人大事给忘了。"

符浩摇头笑笑说："不急不急。"

邬之畏似乎又想起什么，说："听小戴顺口说了那么一次，兄弟好像谈了一个？"

听到如此一问，黎朋也看着符浩，流露出颇感兴趣的神情。

符浩没有急着回答，做手势把他们迎到客厅沙发，请他们坐下，然后说："是，正处着。这戴总真是大广播。"

邬之畏信口问："那女孩啥情况？"符浩说："学艺术的，业余玩摄影。"邬之畏说："小文艺女青年啊，搭配搭配，你这满脑子都是数字，理工男和文艺女互补互补。"

黎朋眼睛放光了，对符浩的私人事情表现出浓厚的兴趣，想符浩继续说下去，做倾听状，似乎有许多问题要打听似的。他看符浩的目光也变得柔情起来。

符浩不想谈这个话题了，试图转移话题。符浩说："这些天她比较忙，出差去亚布力企业家论坛了。对，有好几天没见着了。"

黎朋听到这儿，不无遗憾地插话说："恰恰今年我没去，让公司副总去的。否则，也许会在论坛上见着这姑娘了。"

符浩在副座坐下，转移话题，开始摆弄着茶几上三套雪茄工具。茶几上，还摆放着一瓶朗姆酒，一壶普洱茶，两个酒杯和几个茶杯，还有两瓶矿泉水。

黎朋看在眼里，抬头问符浩："你也抽雪茄？"

邬之畏抢着说："人家不但抽雪茄，还抽出文化了，大师级啦。"邬之畏顺手拿起一套雪茄工具，端详着，说："我老土，之所以抽上雪茄，还是跟他学的。"

符浩笑笑，起身，打开身后的柜门，里面是小型的雪茄柜，从里面拿出一个木盒，木色暗沉。符浩把木盒摆在桌上。木盒上有个古朴的标牌，写着"Cohiba"，开口处有个封条。

黎朋略往前倾身，邬之畏也好奇地凑近看着。

符浩说话的神情比较得意，就像谈论着一门得心应手的手艺，或者像一个贵妇谈论着自己钟爱的小宠物。他打开小木盒说："这是从哈瓦那直接发过来的Cohiba，可不是多米尼加产的。"

邬之畏表示吃惊："你啥时把业务都搞到古巴了？我都不知道啊。"

符浩笑着说："邬总，我哪有那本钱？我可是把全部身家压在颐养保险上了啊，你说信得过就往前冲，押注一切，然后，我就压上去了。"

"哈哈。"邬之畏爽朗地大笑，指着符浩对黎朋说，"朋兄听到了没有？跟着我干的，就是这么一帮兄弟。什么事情能搞不成？"

黎朋点点头，还是把话题转向雪茄，这是符浩感兴趣的。他把目光落在雪茄上，示意符浩继续聊雪茄。

符浩回到雪茄的话题，说："我一个朋友的叔叔，神通广大，当年调去了古巴。不知怎么就攻进内部，搞定了埃尔拉吉托烟厂。"

邬之畏一脸茫然，问："埃尔拉吉托？"

"那是卡斯特罗的御用烟厂。"符浩白话起来，说，"就是Cohiba的老厂。后来Cohiba还开了好几家分厂。不过呢，论手工、论口味，始终是老厂最地道。和北京的老字号一样，月盛斋、爆肚冯、天兴居，就得去老店那个小破门脸才对。"

室内静默了，没有声音，窗外的枯枝在寒风中摇摆。黎朋和邬之畏，他们沉浸在符浩讲述的故事情境里了。

符浩轻轻抚着木盒，继续说："这款是Lancero。"他冲邬之畏一笑，说，"这是长矛手，Cohiba最早的经典款。那位叔叔不知道搞定了谁，居然从厂里直接弄到了几盒。要知道，老厂产的长矛手，那是专供欧洲皇室，卷烟的都必须是女工，还得干过二十年以上。他第一时间就发给我。就为了这几盒东西，我买了个雪茄柜，专门建了这个雪茄室，养了足足四年多。"

邬之畏听得有些蒙，问："养了四年?! 烟还要养啊？"

符浩点点头，轻轻抬起木盒，把封口处展示给他们俩："这就是当时我自己贴的封条。"

邬之畏凑过来，封条上写着日期，还有符浩的名字。掐指一算，还真是四年。

黎朋指着封条说："这字啊，一看就是练过的，颜体。"

符浩没想到自己的字体被夸奖，略显羞涩。

邬之畏被说得痒痒的，他的表情告诉符浩，想抽一口了。

符浩从兜里掏出一包烟，抽出一支，撕开纸皮，用手指揉着烟叶，散碎在玻璃碟子里，递给邬之畏。邬之畏照样揉了一段。

符浩说："记住这手感。八哥你看，卷烟是碎烟叶，它和茶叶一样，要尝新。明前春茶秋后烟。放得越久越干，就寡淡无味啦。雪茄呢，是完整的烟叶一层层卷起来的，像一坛好酒，越久越醇。"

符浩捧起木盒，语气里微微有些兴奋："我等这一天也等了许久。黎总大驾光临，还有八哥，今天我们就一起开启，当是迎接贵宾。"

黎朋说："符总，你这太隆重了。"

符浩说："叫我浩子，我听着舒服。"

此时，邬之畏有些迫不及待，他文绉绉地说："我们一起开启未来。"

符浩放下木盒，用小刀划开封条，打开盒子，拿出两支雪茄，递给他们，自己也拿起一支。

符浩说："八哥，你好好感受一下，怎么样？"

邬之畏把雪茄放到鼻子下嗅了嗅，做了个微微夸张的表情，说："味道很特别，有红木的香味儿，又有点儿像咖啡。"

邬之畏接着把雪茄放到灯光下仔细看看，再认真摸着雪茄。

黎朋也学着邬之畏的样子，把玩雪茄。

邬之畏说："嗯，卷烟摸起来是干涩的，这个雪茄呢，看着像老树皮，但是摸着不干枯，有点温润的感觉，嗯……"

他一时找不到合适的词语，有些着急。黎朋接过话说："像是有生命力，很有韧性。"

符浩闻言，颇为兴奋，一拍桌子："对！就是这个意思。"他仿佛遇到了知音，滔滔不绝起来，"为什么丘吉尔、卡斯特罗他们都喜欢抽雪茄？真正的雪茄，一层层紧密地包裹起来，经过时间的历练和沉淀，沉稳厚实、坚韧不拔。抽起来呢，刚开始是醇厚，越往后抽越有层次，有劲道。这才是大政治家、成大事业者的境界啊！"

邬之畏撇撇嘴，爆粗口说："中国人抽雪茄，就是因为能装逼，都是他妈那些中国暴发户干的。"

黎朋盯着符浩看，他正沉浸在自己的讲述中，没有因为邬之畏的粗口而觉得有什么不妥。

黎朋说："好烟，高论。浩子啊，只可惜认识你太晚。"

邬之畏说不晚不晚，恰到好处。"我是粗人，但我内心深处还是喜欢浩子的，他是真正的文化人。当然，朋兄也是文化人。"

符浩做了一个请的手势，像是要开启一个隆重的仪式。他说："让我们开始享受一下欧洲皇室的待遇吧。"

符浩拿起雪茄剪，对邬之畏说："雪茄的尾巴是封死的，把它剪掉。"

符浩剪掉雪茄尾端，拿起特制长火柴，划上一根，把雪茄横着放在火苗上，慢慢地转着雪茄。

他们也学着他的样子。

符浩把火柴扔到烟灰缸里，说："往外吹，要把火气给吹掉。"

他拿起雪茄，叼在嘴里，往外吹。又放下，端详雪茄红热的末端，闻着微弱的烟气。

符浩说："现在味道纯正了。"

符浩吸上一口，一脸满足，稍过一会儿便把烟雾吐了出来。

他们继续学着他的样子。

黎朋也吐出烟雾，一脸陶醉说："好烟，这味道真厉害。"

符浩说："黎总也是行家里手啊。"

黎朋摆摆手，说："有人给我送过雪茄，但是没有你专业指引，完全抽不出味道。我抽了一次就再没碰过了。你看我还算享受，那是小时候啊，土烟抽得多。"

两人相视而笑。

邬之畏忽地咳嗽起来。符浩给他倒上一杯普洱茶。邬之畏马上喝下去。

符浩就乐了："八哥，再好的雪茄也不能直接咽下去。"

邬之畏点点头，说："我之前抽雪茄，说实话，就两个字，浪费。"

符浩就笑："八哥别这么说自己。"说着，他提醒又猛吸一大口的邬之畏，"别吸进去，就含在口里，然后吐出来就行了。"

邬之畏含在嘴里一会儿，然后缓缓吐出来。随后他说："得品味，不能浪费这好烟了。"

符浩说："雪茄本来就是这么抽的，是用舌头去感受和体会的。"

邬之畏转头对黎朋说："朋兄，虽然我老土，大老粗出身，但是我的团队是有文化的，有品位的，跟我们这些人合作，还有什么不放心的吗？"

黎朋听完，摆摆手，说："八哥不要过谦，我们从未低估过你。八哥的故事在圈内圈外，蛮传奇的。"

黎朋说的是实话。符浩也知道，邬之畏的心结有时是真，有时是假。

曾经多少次，邬之畏在符浩面前，总是自嘲自己是连初中文凭都没拿到的大老粗，虽然也混了两个EMBA学位，一个是在西南财经大学，一个是亚洲富豪在国内办的工商管理大学，赫赫有名。他说那就是花钱混个圈子，最初是图个面子，个人履历上写上一个"高级工商管理硕士"学位总比"初中肄业"有点儿面子。后来发现有钱没钱，有大钱有小钱的都往大学跑，

EMBA录取形式上以推荐和面试为主，实际上就是看你有没有身价，或者说能否出得起几十万块钱，文凭本身没什么含金量，混混学分，抄抄作业，甚至毕业论文给钱，班主任就把论文甩给本科学习的小孩们，或者外面中介机构，就可以搞定。只要钱给得充足，还可以混个学校优秀毕业论文，确保查重率不过标。因此，他偶尔出席一些场合，递给他人名片，上面只有一个名字和电话号码，有的甚至连电话号码都没有，只留一个电子邮箱，看似朴实不显摆，却展示出一种派头。真有一些菜鸟会向旁人打听，邬之畏是干什么的。不熟悉的摇头说，我也没听说过，不过从名片看，应该是一牛人。熟悉的则神秘地说，邬之畏谁不知道？斗牛大厦老板，盖的那个大楼，国际评选十大建筑之一，全称是世界十大最丑建筑评选。不管美丑，上了英文杂志封面，获得国内媒体猛炒，也算爆得大名。如果此时恰逢邬之畏在会议讲台上，他会发表简短的演讲，全程飙英语，标准的美式发音会甩西南普通话几条街。底下不明真相的就全部傻眼了！他们怎么会相信邬之畏就是一个初中肄业生呢？

"我啥都不是，就算一个撞大运的小枭雄吧。"曾经在同内部人士聊天的时候，邬之畏自嘲之余也颇为自信，这句话并非信口开河。符浩认为，邬之畏能走到今天这一步，不仅仅有运气成分，还因其独特的气质，某些方面过人。

邬之畏喜欢找符浩聊天，发现他们有着共同之处，比如爱思考，善于琢磨，讲逻辑。他叹服说，符浩这个家伙的小脑袋瓜是咋长的，简直就是工具箱，要什么就拿什么。谈古文，符浩随时可以拎出来四书五经；谈互联网金融，他三五天就拎出三页纸，把阿里巴巴的蚂蚁金服和京东金融的比较性研究报告端出来，在市场上根本找不到这样的观点，却很透彻，直捣问题本质，以至于连牛老师都慨叹："这就是一个宝啊！"然后牛老师指示邬之畏，这样的人给我稳住，留下。

弘华保险与颐养保险的吸收合并方案，邬之畏基本同意黎朋的提议，大幅增资扩股，扩大净资产，壮大盘子，吸收合并后，将完全实现一加一大于二的效果。

当下邬之畏困惑的有两点：一是他能否搞到那么大的资金，少则20亿，多则38亿，这些钱从哪儿来？二是他要一股独大，从61%扩张至80%，其他股东是否执行跟投权？尤其第二大股东，这家伙从邬之畏入主的第一天开始，就不断制造障碍。他们老板章先生也是华南一枭雄，实力和名气远在邬之畏之上。如何不让他跟进，或者让他少跟进，这是摆在眼前的一道坎儿。

邬之畏召集符浩、戴志高和老谢到紫光室密商。

戴志高拿着财务报告说："现金流问题不小，银行基本停贷，一些房产刚拿下预售证，房市不景气，全国限贷还没有松绑，套现存在很大问题。一些银行一听说是我们，都打退堂鼓……"

邬之畏直接打断他的话："杨行长那边呢，可以追加贷款吗？"戴志高一脸苦相："别提他了，胆小怕事，那次从我们这儿回去，不但不给予延期，还安排信贷部门催还款了，把我们盯得很紧，在他们银行设立的账户，来一笔钱就被划走。"

邬之畏心生忌恨：这个老滑头！

"所以，我们要一下子凑集这么大资金量的盘子，难度非常大。"戴志高把财务报告递给邬之畏说，"我们也去找过信托，年化成本得要10%。当然，这也不算什么，关键是我们的不动产抵押率只有20%，太低了！他们说是要控制风险，现在很多楼盘卖不动，尤其是我们在西南地区的房产，那是我们很大的一部分，三年上涨幅度也不过20%多，新开楼盘得打折销售才能搞点儿现金。"

邬之畏不言语，他看着符浩。符浩思忖良久，说："如果一件事情，利大于弊，是不是就可以干？"

戴志高抢着说："那当然干啊！哪有不劳而获的便宜事儿？"说完，他看看邬之畏，邬之畏盯着符浩，琢磨着他说这句话的意图。

符浩接着说："我有这么一个想法，不夸张地说，顶天集团陷于融资困局，不是我们没有资产，也不是我们实力不行，而是这些资产套现不易。要么银行不给力不给贷款，要么卖不出去或者说卖出去不划算，要么融资付出的代价高，比如信托融资，20%的抵押率太低。而且我们需要的资金很庞大。那么，我们就坐以待毙吗？就没有其他办法吗？"

符浩在发出这番质问的时候，戴志高有些坐不住。他插嘴说："浩子，你刚才这番话我们大家都明白，你这不是重复我的话吗？说了等于白说。"

符浩听了就笑了。他刚要回应戴志高，就被邬之畏打断："你就直说吧，浩子，你的解决方案是什么。"

符浩知道邬之畏等的就是他的想法。他知道，他的这个方案，充满着大胆的想象力。

符浩说："我们可以从云集团融资。"

大家听了一愣。戴志高抢着说："疯了？我们本打算是卖给他们的，怎么跟他们融资？也就是说，我们跟他们借钱，增资扩股，然后卖给他们？"

老谢纠正他是"吸收合并"。戴志高说："说白了，不就是卖吗？"

符浩点赞戴志高说："就是你说的意思。"

邬之畏来了兴致，说："说来听听。"他们都站起来了，邬之畏则一屁股坐在硕大的办公桌一角，解开白衬衣领扣，撸起袖子，仿佛在暗黑的地道找到一束亮光。他也顾不上风度，怎么舒服怎么来，就像进入一场久攻不下的战役，忽而找到了一个克敌办法，焉能不兴奋？

符浩站起来，站在白板前，拿起笔写起来。他分析了两部分：一部分是云集团机构，一部分是顶天集团可变现的资产。

"根据我的研究，云集团旗下有信托公司，有参股金融机构，控股了保险和券商，其他像地产、IT、药业、医疗等板块就不在我们讨论之列。我查过他们的征信，比如云信托综合排名是信托圈第二阵营第一名，注册资本突破100亿，其隐形担保能力不赖，能进入第一阵营。信托公司隐形担保能力指标由控股股东实力、信托公司规模实力、流动性偿付能力、净资产赔付能力、准备金偿付能力等指标构成。从目前公开信息反映来看，云信托风险管理体系完善，其资产处理、筹资能力强，违约成本高，也就是说，云信托的刚性兑付能力强。"

符浩托出他的结论："我们何不从云信托来安排资金拆借？我们资金有多大的缺口，就融多大盘子。"

邬之畏兴奋了，他跳下桌子，说："如果他们确实想吸收合并颐养保险，他们没有理由不帮助我们筹措资金。"

"没错，如此一来，既加快了吸收合并进程，又成为他们信托客户，他们的确是没有理由不同意这个方案。"符浩强调说，"不过，仅仅和黎朋沟通还是不够的。"

"不是说黎朋在云集团一手遮天吗？嘿嘿，他也有做不了主的时候啊。"戴志高此言一出，符浩就知道这家伙还在为与云集团初次见面的所谓怠慢而耿耿于怀。

"像云集团这么庞大的企业，根据现代企业法人治理，这种重大的关联交易，肯定要通过董事会来履行流程和职责。"老谢解释道。

"我知道怎么处理了。"邬之畏表示心里有数。

他们一听就心知肚明，这是老板的惯用伎俩，找关键人，说关键事儿，在关键节点上舍得下功夫。

老谢强调说："吸收合并这些重大事项，一定得高度保密，避免监管部门重组委会以我们涉嫌内幕交易或重大事项未及时告知而被否，那就因小失大，事儿大了。"

纸 金 时 代

第二十二章

关联交易

黎朋一个飞杆，白色的小圆球像一道流星，在空中画着优美的弧线，稳稳地落在小湖对面碧绿色的草坪上。

紧跟其后的邬之畏鼓掌，大喊："朋兄，技艺大有长进！"

他们在云南西双版纳一个漂亮的高尔夫球场，这里气候湿润，绿草如茵，远处的草坪小幅度起伏。

黎朋穿着POLO衫和棉质的休闲长裤，戴着阔边太阳帽，左手戴着质地柔软的薄手套，颇显气度。

黎朋轻挥杆，一个轻推，球直线向前，滚进了球洞。

同样一身装束的邬之畏在一旁鼓掌。

邬之畏说："朋兄，你打进18个洞，耗时3小时58分，86杆，破纪录了。"

黎朋心里满意，但口中谦虚，说："岁月不饶人啊，我这油腻中年男，还是不及那些年轻人啊。你说那个符浩，一杆能击出250码，而且击球稳，我看可以在高尔夫职业联赛上混饭吃了。"

邬之畏说："朋兄这么器重浩子，以后有些事情可以交给他管管。不过，他这人游荡散漫惯了，具体管理一个企业，我怕他屁股坐不住。"

黎朋说："我就不和你抢了。我这人，向来是成人之美，绝对不夺人所爱。"

他们哈哈大笑。

黎朋最后一杆，打得酣畅淋漓，然后扛起杆儿，和邬之畏往回走。球童手疾眼快，开车过来，他们没有上车，让球童带着工具先回休息区，他们边走边聊。

邬之畏趁机抛出他们跟云集团的融资计划。

黎朋十分吃惊："也就是说，从云集团融资，然后与云集团合并，获得一个好收益？"

邬之畏笑说："朋兄，就是这么个意思。"然后，他扳着手指说，"这叫紧密合作。第一，云集团旗下有信托金融业务，做谁的业务都是做，我们给谁做也是做，彼此资源切合、互补，肥水不流外人田，岂不是两全其美？第二，增资扩股后，两家合并，从净资产和规模而言，会让弘华保险上升五六个排位，这不就是朋兄所想的吗？"

"呵呵。"黎朋干笑几声，问，"这是谁的提议？"他当然不相信房地产出身的邬之畏会想到这么一个冒着涉嫌内幕交易的风险又颇为大胆的计划。

"是符浩。"邬之畏实话实说，他颇有强将手下无弱兵的得意，"浩子提议，我们集体研究商定，你知道，我这人很民主。"

黎朋笑了。他说："八哥，这话我听多了，大凡说自己民主的，大都不民主。这也很正常。你们这个浩子的提议富有创意、大胆，但也冒着风险。"

他面露难色，说："融资额度不小，即使是同一集团的两个不同的业务，也有关联交易之嫌。要想在董事会获得通过，必须硬件要达标，比如质押和抵押的资产要拿得出手。"

"朋兄，我明白。"邬之畏痛快地表态，"抵押的不动产、质押的债权股权足够。只要朋兄说行，我们就这么定了，安排专班来对接办理。"

黎朋虽想尽快搞定吸收合并，但也不想痛快应允，万一在交易过程中出现任何意外，都会带来无穷的麻烦。他想了半晌，认真地对邬之畏说："这个方案我不会反对，但不代表我同意，董事会就能顺利通过，还是要靠硬通货。"

回到北京，黎朋又单独约了符浩，这次是喝茶，在北四环一个茶馆。符浩知道黎朋约他干什么，肯定是为信托融资而来。

几杯茶入口，黎朋也不客套寒暄。他问："顶天集团资产状况到底如何？"

符浩说："是问现金流还是负债？如果现金流，是存在问题，捂了这个盖儿就漏了那个盖儿，左右腾挪，这是地产行业规律。加上地产行业不景气，现金流有问题。至于负债，具体情况我不是很了解，顶天集团在西南地区商业地产和住宅地产，盘子算最大的，有些刚拿下预售证，可以随时销售。斗牛大厦以及系列配楼，还有部分资产可以处置和套现，不动产是他们最大的可变现资产。至于股权，持有一些高科技公司的股份，还处在养的阶段。最值钱的板块，自然是颐养保险的股权。"

黎朋说："明白，资产的真实状况需要专业团队调查核实。不过，如果他们要想获得高额融资，可能需要你们提供一个完整的资产包。"

"是他们。"符浩提醒道。

黎朋笑了："对，是他们。"他想了想，说，"你那部分，你考虑是跟随增资还是其他办法？"

"如果有除了增资的其他办法，黎总是否同意？"符浩打算抛出他的方案。

"说说看。"黎朋爽快地说。

符浩身体前倾，说："我不想继续增资，希望黎总在吸收合并后，能把我持有的按一定的溢价给收了。"

"你对弘华保险的前景没有信心？"黎朋直视着他，言辞诚恳，"你可得明白，投金融是投资未来。如果你继续做投资，可以考虑继续持有你那部分。现金拿出来，你还得找项目投，现在好项目是僧多粥少，价格不便宜。"

符浩也如实相告，说："我对弘华保险有信心，尤其是黎总主控下的保险业。你知道，我是做投资的，追求高回报，能尽快套现，可以做点儿其他项目的投资，我不想继续在一只股票上长期持有……"

黎朋说："巴菲特长期持有一只股票……"

符浩直接打断黎朋的话，快言快语，说："我不是巴菲特，也不想做巴菲特。土壤不一样，养出来的品种也不一样，我们非要谈巴菲特的价值投资，最多是被当作韭菜任意割掉……"

黎朋明白符浩的真实诉求。他说："这样吧，我在职权和能力范围内提供支持，在锁定期内，你随时可以套现，套现方式可以质押，到时候溢价问题，商谈解决。"

符浩知道，黎朋提及的这个方案可以接受，锁定期一到，那就是市场问题了，他随时可以跑。

邬之畏现在要解决的是两大问题：一是敲定云集团同意给顶天集团融资；二是敲定增资扩股时候，其他股东不跟进或少跟进。

欲速则不达。与云集团的沟通并不太顺。这次邬之畏带着团队，离开斗牛大厦，直接杀向云集团大厦。除了符浩、戴志高和老谢，还有集团核心部门总监，颐养保险邵董事长。云集团阵容齐整，卫华董事长、黎朋首席执行官、女总裁赵敏、弘华保险董事长陆阅以及其他董事会成员，悉数到场。大家在会议室陆续寒暄坐下，正襟危坐。戴志高跟符浩耳语："这才像样子嘛，管事的做决策的集体上阵，说明对这个合作很重视。"符浩提醒说："别注重形式，上次去上海那家公司，初次见面就阵容庞大，不照样没有下文，不了了之。"戴志高也不辩解，说凭感觉这次希望很大，并且不是一般的大，从尝试性接触到今天见面，中间费了一些周折，说明有成事的品相。

会议进行了一个多小时，黎朋和邬之畏代表各自企业表达了强烈的合作意愿。在一片祥和的气氛中，双方签署了事先达成共识的排他性合作意向，即顶天集团对颐养保险项目的对外合作，只选择云集团的弘华保险。当然，排他性是对等的，弘华保险在并购重组项目时，只选择颐养保险。做事谨慎的老谢提出，由于弘华保险是上市公司，任何重大合作必须要对外披露。黎朋在老谢还未表达完就知道他的意思，说："谢律师说得很好，我们还没有正式进入合作，因此签署双方是云集团和顶天集团，是两家公司的股东层面签署，内容也只是概括性的提及，并不是需要披露的事项。"在座的弘华保险陆阅董事长明白黎朋的意思，补充说："是的，因事涉重大，好在我们都是合作团队的核心成员，大家自觉性比较高，保密意识强，相信大家出去不会透露的。"

从会议室出来，董事们握手分开，邬之畏跟着黎朋径直进了办公室，关上门，坐下。邬之畏对卫董事长说："颐养保险与弘华保险战略性合并，成功与否，还得依仗卫董事长的大力支持啊。"

卫董事长也是场面中人，自然一眼就瞧出邬之畏的焦虑。之前，黎朋和他沟通过顶天集团融资的事情。卫董事长开诚布公地说："这事儿有点儿难办，一是弘华保险是上市公司，如果云集团帮助顶天集团融资，然后进行增资颐养保险，会不会有内幕交易之嫌，至少属于没有及时披露；二是云集团帮助顶天集团融资，对并购的项目颐养保险增资，然后再被弘华保险并购，是不是左手出资卖给右手，从我这儿借钱包装项目然后再卖给我们，这有点儿不好吧。"

邬之畏一听就有些焦急，心里不爽，看了黎朋一眼。他的意思很明了，这么重要的事情，难道事先没有和董事长沟通清楚吗？如果连公司内部都没有通过，那今天还跑过来签什么合作意向啊，还是排他性的。邬之畏说话就有点儿快，一快就说话跑风："卫董事长，这事情是经过我们与黎朋先生充分沟通过的，是达成一致意见的。我们认为这样的操作对双方是百利无一害，是彼此成就对方，是战略开拓性的处理方式。你说是不是，朋兄？"

黎朋清了清嗓子，他安抚邬之畏说："卫董事长只是表达了他的担扰，这些担扰并非没有道理。之前我们也沟通过，我们现在要考虑的是如何规避风险，合理合规合法，做到零风险，去解决掉这份担忧。"

实际上，黎朋早就和董事长沟通过。他盘算着，这么大的吸收合并，需要谨慎推进，一步都不能有差错。一方面，云集团是大型国企，上面监管们虎视眈眈，像CT全部扫一遍，不能出现任何差池；另一方面弘华保险是上市公司，每走一步都得合法、合规、合理，否则一旦出现问题，不仅影响股价和公司形象，更会遭到股民们闹事。股民们闹事可不是一哭二闹三上吊，他们已经不是当年的股民了，只会在媒体上发发牢骚，抱怨了事，他们会随时拿起法律武器，一些专门靠此吃饭的律师在幕后操纵，只要蛋壳有缝，便像苍蝇一样扑上去，起诉、取证、调解、诉讼……一场下来，不管结果如何，早就把公司搞得灰头土脸。并且，作为久经沙场的老手，中国资本市场的不倒翁，黎朋愈加明白一个道理，轻易敲定的合同都潜伏着隐患。

邬之畏说："你们刚才那些担扰，我认为不存在。"然后，他对着满脸微笑的卫董事长说，"除开上述担忧外，还有哪些需要我们配合的？"

卫董事长看了黎朋一眼，然后对着邬之畏说："我们非常期待与顶天集团的顺利合作。"然后他做一番推心置腹，"云集团是国企，重大事项需要向上级机关报审。"

邬之畏一听，他对二位说："明白了，并购重组一定要合法合规。"

邬之畏让司机把如一公益基金理事长王国栋请到了斗牛大厦。在总统套房，陆续进来一些白俄罗斯妹子，肤白貌美大长腿。王国栋有些慌张，不知是真的不谙此道还是假正经，白俄罗斯美女一个接一个进来，在他瞠目结舌的表情中，这些美女在他眼前站成一排，等待他钦点、宠幸。王国栋屁股着火了般，他从座位上蹦起来，连连摆着手，冲着美女，也冲着邬之畏，急急地说："这是干啥，这是干啥，这使不得，使不得，不是来谈事吗？"

邬之畏满面堆笑说："王主任，别见外，没什么，就是美女佳肴，陪着吃一顿饭而已。"王国栋脸色立即大变："邬总啊，我就是一个普通的公职人员，哪儿敢跟您这大老板比啊？我们可不敢随便造次啊，哪儿敢想这个啊？"然后他露出一脸苦笑，"我们就是有心也没胆儿啊。"

这场面，邬之畏见多了，挥挥手，让白俄罗斯美女们陆续走出去，顺手关上门。他对王国栋说："这事儿说明两个情况，一是王主任党性强，是党的好干部，说实话，像您这样的领导干部确实不多啊，与您打交道，我们放心；二是王主任还没有把我当兄弟看，跟我见外了。"然后，邬之畏凑近王国栋，他一连串报了几个名字，每报一个名字，王国栋听后都大吃一惊。邬之畏说他们每个人都是一脸严肃地进来，然后一脸快活地离开了。王国栋摆手说："我这人官儿小胆儿小，待哪天受邬总的提携，等到了那时候再说，也许我这榆木脑袋也就开窍了……"

他们相视一笑，然后哈哈大笑。寒暄和客套一番后，偶尔的生疏感就在大笑中淡开。

邬之畏着重聊了与云集团的进展。然后他期待王国栋在主管方面给予关照。王国栋表示完全支持两家的合并，至于涉及具体的事项，还希望合法合规地推进。

聊到关键问题，即顶天集团从云集团融资。王国栋则说，这是商业行为，属于经营层面的问题，他们董事会通过就可以了。

邬之畏心中一喜。他顺势请王主任在弘华保险未来吸收合并颐养保险的定价、支付以及其他层面上也给予支持。王国栋很爽快地说："只要不损害国有资产，合法合规推进，没有问题。"

邬之畏说双方合作成功之际，就是报王主任大恩之时。王国栋摆手夸张地笑说："可别拉我下水，我这人是旱鸭子，不会游泳，从工农兵大学生到今天这地步，委实不易，再过两年我就可以退休了。我这人，有房有车有老婆孩子，退休还有一份不错的退休金，养老足够了，也知足了。"

邬之畏一看就知道王国栋是什么路数。他直接抛出一个大胆的想法说："那我给公益基金捐点儿吧，也表达我们这些民营企业家的心意。我们能走到今天，一要感谢党的改革搞活政策，赶上好时代；二是要回馈社会，取之社会回馈社会，我们这类人，其实根本不是社会上所议论的那样，不是发横财的国家蛀虫。"

王国栋站起来鼓掌，然后主动伸出双手握着邬之畏的手，紧紧抖了抖，表达了深深的感谢。然后他停顿了一下，就问："打算捐多少？"

邬之畏伸出一只手掌，张开五指，说："5亿！"

王国栋一惊。这笔钱可不少，有这个胆量捐这么多钱的人，还没有过。然后，他善意地提醒说："你都有5亿的捐款，怎么还得跟云集团融资？"邬之畏双手一摊说："我们现金流缺乏，但房产不少，还是值一些钱的。"

"我们可不接受房子捐款啊，只接受现金支票。"王国栋呵呵一笑，他开玩笑说，"善款是要专款专用，房子之类的不动产还从来没有接受过。"

"我懂了，我会想办法的。"邬之畏表示。

当邬之畏说出捐5亿给如一公益基金时，大家大吃一惊。戴志高第一反应是：哪儿来这么多现金啊？老谢提醒："八哥，这口开得也太大了吧？"

符浩明白，邬之畏做事就是下得了狠手，在关键时刻舍得孩子套大狼。

现在问题是，现金流饥渴的顶天集团，本打算从云集团信托融资获得货币现金进行增资扩股，又从哪儿搞到5亿现金？

戴志高想到一个办法。他抢先说："待我们合并后，置换成了上市公司的股份，我们拿一部分出来质押就可以套现了。这笔捐赠资金小菜一碟。"

他抛出这个主意，有点儿得意地向符浩抛了一眼，符浩故意无视，戴志高觉得有点儿无趣。他在心里嘀咕："别把什么事情都搞得那么复杂，厉害的思维就是复杂问题简单化，还别说，有时候就是那么一个简单的办法最有效，你们这些视而不见或者整天把简单问题复杂化了，结果走进死胡同了不是？"他说了这个主意后，看符浩无动于衷，他就看着老板邬之畏。邬之畏瞪他一眼，右手食指和中指有节奏地敲击着桌面说："吸收合并成功了，还用得着捐这笔钱吗？我们这笔钱需要提前捐出，现在捐出，在项目合作过程中捐出，这笔钱的价值并不是专款专用的项目价值，是在促成项目合作过程中发生价值。"

他一番话这么直白，戴志高恍然大悟。其实，他心里明白，包括符浩和老谢都明白，邬之畏并非真想做慈善，他说过每一分钱都是血汗钱，有获取必有付出，或者说有付出不一定有所获，但要获得必须需要付出。他从未想过要做真正的慈善家。他曾经自嘲："商人讲究任何付出就得有回报，世上没有免费的午餐，天上不会掉馅儿饼。我邬老八就是一个商人而已，连企业家都算不上！"

搞到30亿增资扩股和5亿捐款，对外界看来貌似巨无霸企业的顶天集团而言，看似是难以完成的任务。戴志高听了邬之畏一说，就抱怨道："本来我们增资扩股需要一大笔钱，还得跟云集团抵押融资，这一下子又得额外找5亿，得捐出去，银行不贷款，信托不会干，企业拆借不可能，这得从哪儿搞啊？"

老谢则问："在商言商，两家保险公司的吸收合并，按照市场规则推进就可以了。八哥，这笔5亿捐款必须捐吗？尤其是，有必要在这个节点上捐吗？"

听到老谢问这个，邬之畏有些失望。他在想，跟着我们合作了这么久，还是紧密核心层，老谢怎么就看不懂这着妙棋呢？捐款是为了搞定王国栋，小里小气的捐款不足以让见过大世面的王国栋从心里认可你，更谈不上震撼了。要搞定一个人，就要往他心里扔一颗核弹——至少也得是炸弹吧，否则涟漪都没有，打水漂，连屁都不放一个。仨瓜俩枣有啥用？那真的会是肉包子打狗，有去无回。如果不搞定王国栋，他在心里就不认可你，或许简单地认为你就是一个普通商人而已，一个暴发户，虽然表面上对你客套，但根本不把你放在心里，人家好歹掌控了一个国家级慈善基金，还有一个实力雄厚的云集团，地位、名誉和实力都有。虽然基金没有一分钱是属于个人的，但他有足够的话语权，他怎么会随便把一个民间商人放在眼里？一旦不入他的法眼，谈啥崩啥，根本不在一个平台上，不在一个重量级上。英国有句名言，三代出一个贵族，在中国，别说贵族了，我们这些暴发户，仅仅一个原罪问题就会被钉在历史的耻辱柱上。说得更直白点儿，只要原罪在身，随时都可以动你，让你万劫不复。何况，我们还有求于他。那天，他从云集团出来，卫董事长就暗示他，涉及重大资产重组或重大事项合作，必须要报批上级主管部门核准，王国栋主任就是重要一环。所以，王国栋这号人，必须搞定。还不知道此人胃口和爱好如何，他也不敢随便接受个人的交易，私下交易暂时行不通，那就在台上交易吧，支持工作也是一种建立关系的途径。于是，5亿砸下去，他就不相信不会砸出一个响儿。

邬之畏没有特意把他的谋划及想法和盘托出。只是说，这也是凸显我们的实力，不是图小利而和云集团合作，我们是有爱心、有社会正义感的企业，不是暴发户，更不是唯利是图的民营老板，从本质上，会让他们对我们的认识发生改观。

戴志高说："明白，有利于我们两家合作。"他自言自语，"事儿是好事儿，那钱从哪儿来？"

钱从哪儿来？符浩早就在心里盘算了。他干脆说："顶天集团有什么资产？最大的资产就是不动产，把房子卖给云集团套现。"

"那哪儿行啊？让他们买我们房子，然后我们再把房款捐给他们？"戴志高跳起来，"我怎么觉得有点儿乱呢？感觉怪怪的。"

符浩及时对戴志高竖起一个右手大拇指："对，就是这个意思！"

邬之畏说："这个主意不错，就这么办吧。"老谢接话："如一公益基金会虽然是云集团的控股股东，也是两个完全独立的实体，购买房产，还是这么一笔不小的数额，云集团估计需要开董事会讨论。"

符浩拍了下老谢的肩膀，说："无论从哪个角度而言，作为控股股东的王国栋，他会举双手赞成的，放心吧。"

邬之畏指示由符浩去接洽，老谢审查协议。

黎朋颇为诧异，邬之畏究竟是一个什么样的人？当他听到邬之畏要捐赠5亿给如一公益基金的时候，他也吃惊了，甚至震惊。王国栋把他叫到办公室，告诉邬之畏这个决定时，他在想，这个人是在信口开河吗？四处筹资增资，怎么张口就来捐赠5亿？

当他向王国栋笑着求证是否是邬之畏亲口所说，王国栋认真地答复说是。当他还在疑惑不解时，王国栋似乎看出他的心思，就直接说："这笔捐款是公益的，毕竟邬之畏是商人，从如一公益基金会获取不了利益，也无法获利，不能获利，我们这是公益组织。但是他提出的要求，也谈不上条件，就是要求云集团给予融资帮助。所以，在答复他之前，我问一下，两家集团旗下公司合并重组，集团之间拆借资金，会有风险吗？"

王国栋这一问，黎朋就明白了，他心里不得不服，这招极高！他想起邬之畏那次在董事长办公室与他协商信托融资一事，卫董事长并没有痛快答应他，只是说毕竟是重大事项，需要上级主管部门的核准。那时一方面出于程序合规化的考虑，毕竟是重大事项需要向上级主管部门汇报。这个重大事项并不涉及日常经营性行为，包括集团旗下信托融资，无论金额多大，都属于日常经营，也不涉及重大人事变动和资产变动等事项。另一方面，是为未来弘华保险与颐养保险吸收合并谈判过程中争取更多筹码，为能让邬之畏认为筹资那么容易，一句话就搞定，怎么能那么容易呢？邬之畏就是邬之畏，一个草根出身的没有任何背景的初中肄业生，赤手空拳打天下，从西南到首都，其对人际关系的处理和对待棘手事情的敏锐性，异于常人。就是那么信口一句客套话，这家伙就径直找到王国栋，找到王国栋也不难，关键是身无分文竟然要搞捐赠，意思一下也就得了，这家伙开口就是5亿。在王国栋主政如一公益基金会这么多年，这应该是他所经历的最大一笔民企捐赠！

黎朋听到王国栋简要一说，就在心里翻江倒海：这家伙不简单！

黎朋回复王国栋说："只要对方有足额抵押，拆借资金不会有问题，何况信托拆借，风险更小。"王国栋一听就说："我们不干涉你们的经营性事务，我们行使股东会的股东权力即可，不过，任何事项均须合法合规。"

符浩与黎朋沟通时，告诉他顶天集团捐赠筹资的方式，黎朋又吃了一惊。黎朋说："你们卖房子给我们，我们现金支付，然后你们拿这笔现金捐给我们大股东如一公益基金？"符浩说就是这么个意思。黎朋问："这是谁的主意？"符浩说我出的主意。黎朋当时愣住了。有些方案听起来似乎荒诞不经，但合理也合法。比如这个购房换币方案。符浩说："您认为会有问题吗？听起来这个逻辑似乎有些怪异，几个当事人要么是现实中的关联方，要么是潜在关联方，在他们之间倒腾，但是丝毫不损害您们的利益，对吧。"黎朋点头。符浩接着说："这个方案是从您当年凯天系收购饮料公司一案中吸取的精华。"黎朋笑了。黎朋笑起来，额头皱纹也舒展开来。他说："在你眼里，我就是一个透明人。"符浩说："哪里哪里，我只学到前辈的皮毛而已，资本市场瞬息万变，当下金融产品层出不穷，您能把云集团做得这么大，未来规划那么雄心勃勃，我得多么快马加鞭才能赶上学习一点点。"黎朋摆摆手，制止了符浩的拍马屁，说："这样吧，等这笔吸收合并完成，你完成套现后，我们联手做点儿事情。"符浩说："谢谢抬举！那敢情好，待完成后再说。现在，我还是代表邬总一方，还望黎总多多理解、支持。"黎朋一听，哈哈一笑："你这是端谁的碗，代表谁的利益，'三观'不错，我喜欢。"然后，临走时，他突然发问，"顶天集团要在我们信托公司融资，资产包分量够吗？"符浩未加思索便回答："足够！"

黎朋闻之一喜。

购买房产、捐赠与信托融资同步进行。云集团信托队伍专业扎实，"受人之托、代人理财"，团队专业构成直接跨越资本市场、货币市场和实业投资领域，他们带着团队一头扎进顶天集团。这家在外界看来如此神秘的集团公司，第一次允许非银行部门深入尽职调查。

云集团信托公司为此召开了数次会议，主要围绕对标的物的评估设立信托计划，将信托资产受益权设计为普通受益权和优先受益权，普通受益权留给顶天集团，优先受益权则质押给信托公司，根据融资额度调整比例……云信托的董事长、总经理和风控部门负责人，以及此次参与尽职调查的关键人员共同向黎朋汇报。报告听了一大半，黎朋就直奔核心，问顶天集团有价值的资产中，可抵押和可质押的有多少。他们回复了一句话：顶天集团没有外界传闻的那么厉害，也没有外传的那么差，它属于虚胖，资产凌乱。实际控制人很聪明，留在手头的房地产价值不菲，虽官司缠身，但通过剥离和转移等手段，从法律层面把自己撇得一干二净。债权方就是做财产保全也没有波及。一些股权投资的项目，有的还不错。初步评估，质押和抵押的资产大概有90亿。不过，鉴于邬之畏本人以及关联企业已经进入银监系统黑名单，银团对他几乎是躲避不及。黎朋闻言微笑："这也是找我们融资的必要性。何时签署？怎么签署？你们团队拿出方案来。"

云信托组建了专项工作组，评估、法务、财务、金融、房地产部、证券部、信托部等部门全套齐活，制定了一个严密的交易方案。他们拿出报告跟黎朋汇报，说可以签署了。于是，三方签署信托融资协议，云集团旗下的信托、沪市银行和顶天集团，协议是格式化合同，大同小异，三方律师审核几乎没有什么大的变化，即使有一些不同意见，也是融资方提出的霸王条款。银行和信托方双手一摊说，没办法，格式化合同就是这样，不违法也不违规，行规就是如此，如果你们觉得严重，要不你们再研究研究，待研究透了，我们再坐下签？对方律师轻描淡写的一番话，几乎要把老谢给噎住，郁闷得半天不说一句话。这叫啥事儿啊？虽然自己之前也代表甲方签署过无数霸王条款，谈判时也是颐指气使，霸气侧漏，那时的心态就是大爷心态。如今一朝轮回，到自己处于弱势，几招下来，有些招架不住，心里老大不快活，但有什么办法呢？当事人邬之畏给出的指令是必须签下，越快越好，即使有些不同条款，也要抓大放小。甚至还说，只要合法合规，符合行业规则，吃点儿亏也在所不惜，不要斤斤计较。律师天生谨慎，一句话一个字甚至一个标点符号地抠。甲丙两方律师各执一词，一副不妥协的样子，那还能咋样，以牙还牙？没那个尚方宝剑，人家吃定了他们急着签，一天都不想耽误，还能有啥脾气？老谢审议完了协议，准备通过邮件发送给邬之畏，突然意识到一个问题，就是其中一条款说，融资三年，如果顶天集团有意提前还款，需要经过云信托同意。这是什么意思？我们有钱提前还款了，还必须要经过云信托同意？那岂不是主动权被剥夺吗？他把这个问题提交给邬之畏。邬之畏直接给退回来了，说不要改，也没必要改，完全按照对方制定的条款签署。邬之畏在想，这老谢琢磨啥呢？真金白银拿到手，还给了三年融资宽松的期限，怎么就想着提前还款？这年头，债多不愁，从银行借贷的钱越多越好，干吗想着怎么还钱，还提前还钱？吃技术活儿饭的，一点儿野心都没有。老板就是老板，干活儿的就是干活儿的，钱还没到手就想着风险。谁不知道顶天集团在银行是"过街老鼠"，新增债权融资分文都搞不到。沪市银行能放款给他们，还不是因为云集团的信誉，有云信托做第三方？他立即下达指令给老谢，大胆签。

老谢还是有些不放心，觉得这里面有什么名堂，他收到邬之畏不用修改的指令，担心邬老板有病乱投医的心态，就把这事儿跟符浩说了，毕竟符浩也是与云集团重大项目合作的核心成员，他有权利知晓，也有义务提供建议。没想到，符浩轻描淡写地说：“听从邬之畏老板的意见，一切以他为准。”老谢不解：“你怎么也这么糊涂？”符浩说：“咋糊涂了，老谢，你这是习惯使然，做风控一流，但风控不能成为前进的羁绊，你难道不知道能顺利拿下贷款的重要性吗？你不知道民营企业能顺利从银行贷款不易吗？抓大放小！”老谢听完就说了一句：“你咋和邬老板一个口气？连说话神情都像，一路货色。”说完，他就挂了电话，然后摇摇头。

协议顺利签署，款项很快就下来了。那天邬之畏在办公室正在打着越洋电话，戴志高就兴冲冲地推门进来：“老板，款项下来了。”“什么款项？”邬之畏还在讲电话，冲着戴志高那副喜形于色的面孔问道。“是那笔贷款啊，30亿！”戴志高右手伸出三根指头，在邬之畏眼前晃了晃。邬之畏直接挂了电话，不再和电话那头客套，然后让戴志高把财务喊了过来。

财务跑步进来，向邬之畏确认说贷款下来了，30亿。邬之畏下指令：“这笔钱哪儿都不能用，一分都不能动。”财务说：“那些拖欠的款项呢？有的拖了很久，还有在诉讼的。”邬之畏指示一分钱都不能动。他似乎想起来什么，就操起电话打给老谢，问：“打款的这个账户安全吗？别被执行划走了，别出漏子了。”想起官司缠身，邬之畏就心有余悸，想起这个，他就比较痛恨司法冻结，不问青红皂白，上来就给冻结了，或者给划走了。老谢请邬之畏放心，这个账户就设在沪市银行，很安全，从法律层面上来说，不属于被执行对象。

邬之畏这下就放心了。

纸 金 时 代

■

第二十三章

股东战争

春寒料峭。寒气带着零星的小雨，"嗖嗖"地钻进刚刚脱下羽绒服的春装里，人一出门就哆嗦。

融资到位了，增资扩股就有了底气。

接下来，该解决其他股东尤其是第二大股东放弃同步增资权的事。邬之畏主持召开颐养保险临时股东会，审议的主题只有一个，即增资扩股。

从云集团旗下信托公司顺利融资成功后，邬之畏说话做事胆儿更肥了。

他对符浩说："兄弟，现在可以大胆想象了，想做啥就做啥。现在国内经济形势一片大好，经济总量全球第二，以前想都不敢想啊。我们赶上了一个好时代，只要方法对，赚钱太容易了。兄弟，云集团这次诚意十足，弘华保险成功吸收合并颐养保险，我们就是上市公司二股东了。有了上市这个平台，想怎么玩就怎么玩，可以装资产，可以定向增发，配股并购，你知道这叫什么吗？这叫明火执仗抢钱，是光明正大的抢，是体面光鲜的抢，抢多了钱还被夸奖、受尊敬，你还别不屑，别清高，现实就是如此。文化人喜欢一个叫什么卡的作家，对，卡夫卡，你们说他把现实写得像魔幻，比较怪诞。其实你们错了，你看看现在，看看你眼前，岂止像魔幻，他就是魔幻，是魔幻照进了现实啊！"

一通长篇大论，邬之畏激情澎湃，在紫光室里跨步转起来，一会儿背着手，一会儿伸开双臂，像一个演说家，在符浩不时的抛问中滔滔不绝。此时的邬之畏，在符浩眼中，变了，变得像演说家；不对，邬之畏本身就是演说家，口才一流，能把黑说成白，把死说成活，听者还深信不疑。邬之畏能在台上跟员工讲三个小时却不重复一句话，就像一个魔术师，似乎拿着一根文明手杖，伸手一点，就能点石成金。那会儿，符浩也在恍惚之中，甚至有些沉浸在邬之畏的自言自语中，不自觉地跟着他一步步迈向前，就像武侠小说里描写的中了"迷魂香"一样，待他猛然惊醒，发觉乃南柯一梦。

符浩提醒他，即使置换成了上市公司股份，要流通也得待锁定期满了以后。邬之畏说："一旦换成上市公司股份了，还在乎锁定期？我们直接就拿来质押换成现金了，只有傻子才会傻乎乎地等待锁定期满。拿到钱后，就去海外搞投资玩。不能去洛杉矶，那儿遍地都是黄皮肤黑头发的人，要去就去科罗拉多州，盘下一座小镇，有着上千年历史的那种。再不济就去玩影城、影视、体育俱乐部。"符浩不得不在心里叹服，这类人之所以能够成功，就是胆大心细野心足，打着法律的擦边球，脑洞大开。或者换句话说，只要不违法或进入灰色地带，这号人可以为所欲为。邬之畏告诉符浩，这次召开临时股东会就是要通过增资扩股拿下绝对控股。符浩再次提醒邬之畏，顶天集团持有61%的股份，绝对控股只需要再增持6个点就可以。邬之畏眯着眼，睄着符浩说："增资就是把股本扩大，扩股不是让大家都跟着扩股，是我一家扩，把61%的股份扩充到80%。"符浩不言语，其实他心里早就知晓邬之畏的心思。而这个方案，还是黎朋早先提议的，当初他反对过，他担心即使邬之畏同意跟着增资扩股，收益也不会被稀释，却搞不到增资的钱。没错，黎朋对自己承诺过，他被稀释的部分收益会从其他方面得到弥补，要么借钱给他增资，要么提高溢价把股份给提前收了。这些是他们私下达成的交易条款，并没有跟邬之畏说。邬之畏一看符浩不言语，立即意识到什么，说符浩并不仅仅是之前紧密合作的伙伴，还是颐养保险的股东。邬之畏补上一句："当然，我们的利益是捆绑在一起的。"

临时股东会议顺利通过增资扩股的方案。但是，对是否同步扩股的提议发生了分歧。向邬之畏发难的是第二大股东章立早先生。章立早先生来头大，发迹于华南地区，做房地产起家，名下的产业覆盖地产、商业、娱乐和金融。他旗下有两家上市公司，一家A股，一家港股，他正在谋划从港股撤回到A股上市，然后把海外收购的资产装进A股。章立早连续五年上了福布斯富豪榜。章立早的反对意见令邬之畏出乎意料，他在章立早高举右手反对的那一瞬间，脑子一片空白。符浩曾经提醒邬之畏，万一二股东要坚持同比例增持呢？邬之畏说："那也一定要说服他放弃增持。这类小项目岂是他们看得上的？章立早可能都不会来。"

他预判错了。

临时股东会议由邬之畏主持，其他数位股东悉数到位。章立早推门进来时，带着一股明星的风范，会场顿时寂静无声，大家的目光都随之而动。坐在主席台上的邬之畏一时忘了客套，眼睁睁看着章立早从身后绕过，在自己右侧的第一个位置上端坐，一动不动。这位置向来坐着的是章立早的部下——一位中年的投资总监。章立早把右手伸向邬之畏，以示礼节，邬之畏赶紧起身，握着章立早的手说："哎呀，真没想到章总亲自与会，让本次临时股东大会熠熠生辉啊。"邬之畏这句话前半句说的是实情，后半句则有些虚与委蛇。章立早左侧脸颊上长着一颗黑痣，黑痣上冒出几根毛，他微笑的时候，毛轻微地颤了颤。章立早说："客气了，希望没有打扰大家。"章立早的出现实属意外，他这么忙的一个人，怎么会出现在今天的临时股东会上？前几次的股东会，都是由他们公司的投资部总监参加，甚至连公司副总裁级别的都没派过来——总监也就是一个中层而已。难道章立早听到了什么风声？邬之畏的大脑在快速运转，笑着对章立早说："要不今天会议我们联席主持？"章立早风度翩翩，保持着明星般的微笑，说："今天你是主席，我不敢篡位，那样会乱套的。"随即便爽朗大笑。他的笑声富有感染力，就像一场不停打喷嚏的流感一样迅速在会议室中传播。不过，流感传播的是病毒，章立早传播的是笑声，这笑声听起来爽朗，但在邬之畏听来，有些刺耳。

邬之畏与章立早寒暄客套后，就把增资扩股的意义和价值说了一番。他简要提到与弘华保险等公司接触的过程，之所以最终推荐选择弘华保险并购重组的方案，是因为能获得更多的收益，给股东更好的回报。

坐席上，除了章立早，其他几位股东在会议之前都与邬之畏达成了共识，即同意增资扩股，他们放弃同比例增资权。邬之畏和他们沟通时，颇有软硬兼施的味道，这帮小股东自然乐意听话——听话的有糖吃。与上市公司合并，把死水盘成活水，走活一盘好棋，置换成上市公司股份后，流动性强，变现能力强，大家有钱赚。如果反对的……邬之畏传递这层意思的时候，他没有说透，只是意味深长地看着股东们，令他们感受到了一股寒意。当然，这些都是小股东，他们也知道，无论同意与否，邬之畏都是要这样做的，只要不侵犯和损害自己的利益，随他去。何况，人家是大股东，他可以为所欲为，你还能拿他怎么办？这就是小股东的悲剧，在一个非上市公司的机制里，没有公众的约束，没有监管部门的管束，大股东可以上下其手，可以把公司做成亏损的状态，小股东一颗糖都吃不着。因此，在与小股东们一一沟通时，中国人那套传统的思维展现得淋漓尽致——你好我好大家好。

当然，在召开这个临时股东会之前，邬之畏也亲自和章立早的股东代表——那位投资总监沟通过。那投资总监说话也很实在，说这事儿对他们来说是小事儿，只要股东收益高，回报不缩水就可以。然后他说，他向章老板汇报下这件事就可以，这些日子，老板忙着一系列海外并购，着迷了。

邬之畏陈述完毕后，其他股东给予了响应，按照事先沟通的那样，走了走过场。然而，章立早却举手示意，笑眯眯地对邬之畏说："我支持增资扩股，但也建议合法合规，严格遵守公司章程，按同比例增资。"平地一声雷，"按同比例增资"是他最不想听到的，却恰恰在关键时刻响起。邬之畏听了心里一沉：果然，眼前的章立早不是省油的灯，今儿个是来挑事儿的。符浩提醒得对啊，未雨绸缪，要先想好怎么搞定章立早，我这是疏忽了。必须要把章立早压下去，否则其他股东必然跟随他，那折腾半天不是白折腾了吗？想到这儿，邬之畏镇定了一下，没有正面对视章立早，而是端起杯子喝了一口水，然后，抬眼看向章立早，面带微笑。他说："章总，您今年海外并购搞得蛮盛大的，颐养保险是小蚂蚁，对您的庞大产业来说，完全可以忽略不计啊。"章立早轻笑一声，回应说："做企业不能眼高手低。再小的肉，那也是一块肉。"说到这儿，章立早保持着微笑，环视了一下在座的股东，"不管大家是怎么想的，颐养保险执行现代公司管理制度，有着完善的法人治理结构，有着不错的业绩。"说到这儿，他停顿了下，转向邬之畏，点点头，露出赞许的神情。"当然了，这方面我们要感谢现有的管理团队，正因为他们兢兢业业，才会有出色的业绩，才会令众多的同行对我们感兴趣。"章立早说到这儿，再次停顿了一下，不等邬之畏给出反应，他径直提议，"我完全赞成增资扩股。但是，必须严格遵守公司章程，同步增资。

不知诸位意下如何？"说完，章立早看着大家。其他股东面面相觑，一脸疑惑：这是唱的哪出戏？大股东召集此次临时股东会议，不是说都提前沟通好了吗？只是走一个形式而已。之前沟通时，也有一家国有股股东提议过同步增资，他们觉得弘华保险毕竟是国有控股，也许不能增值，但至少保值，绝不能减值——这是国有股的现实困境。邬之畏承诺，必须保障他们所持的股份最终收益保值，同步增长，但绝不会贬值，并为此还发了一个函件。关键是，此次并购颐养保险的弘华保险公司是国有控股，不存在国有股流失或贱卖，无非等同于左手倒右手。如此一来，此国有股东经向上级报告，所持股份仅是个位数，就顺利通过了。也有一些民营股东，他们关心的是何时套现，能套现多少，在前景不明朗的状态下，让他们再投入真金白银，他们打死也不会干。当章立早提议同步增资扩股时，其他股东不作声，一致看着大股东和二股东，静观其变。

"章总，同步增资是要冒风险的，万一并购重组不成了呢？"邬之畏抛出第一招。

章立早冷笑："如果并购重组不行，我来收购。"

此言一出，邬之畏马上明白了章立早所为何来。当初，邬之畏向颐养保险发起第一次收购时，章立早就虎视眈眈，向那家出让的小股东表明了收购意向；第二次收购，如果不是他下狠手，这笔股份就落入章立早之口了。据传，所有关于邬之畏收购颐养保险的所谓黑手内幕等江湖传闻，对邬之畏等"毁人不倦"的，肯定是章立早他们不遗余力地四处宣扬的。此次过来，章立早是要报复当年落败之仇？虽贵为第二大股东，不过是比别人多10%的股份。章立早要完全收购颐养保险？之前在我们四处兜售时怎么听不到他的声音，待我们即将敲定同弘华保险合作的事宜，他才蹦出来，什么意思？想到这儿，邬之畏就情不自禁地握紧了右拳，垂在右边大腿上——台面上是看不着的。

邬之畏冷不丁问坐在远处的符浩："符总，根据公司章程，重大事项决策需要多大比例表决权通过？"

"三分之二。"符浩的回答斩钉截铁。

"好，听到了吗，章总？如果完全尊重公司章程，那就表决通过。邬某从做小生意时起就遵纪守法，向来提倡合法合规。既然章总如此看重议事规则，那就按照公司章程来。我持有的股份，加上在座其他几位兄弟的股份，表决权达到三分之二了。"

邬之畏看似轻描淡写，说到三分之二时，他有些得意。

其他几位，碰触到邬之畏目光的，有的点头示意，有的移开目光，不置可否。

章立早有备而来，临危不乱。他说："严格遵守公司章程很好。根据公司法，在增资扩股时，我们有优先认购权。我们不会放弃这份权利。"

说着，章立早扫视全场股东，有意引导大家转向，轻缓地说："春夏之交，万物生长。今年迎来七年一个轮回的大牛市，我身边的专家们大胆预测，今年上证指数能破一万点。"

破万点？在座的股东们交头接耳，一片热议，甚至骚动。苦逼的股市，让多少人爱恨交加，恨大于爱。终于要破万点了，那股价得翻多少倍？

章立早转头用商谈的口吻对邬之畏说："说实话，股市走大牛，装什么资产都能迎来暴涨，只要有概念，有故事题材，有业绩……邬总，如果您乐意，可以考虑和我们联手。"

邬之畏不发一言，脸色彻底青了。

坐在远端的符浩，此时看着章立早，觉得他不再充满明星范儿，不再有"高大上"的样子，反而觉得他可爱。回到人间，大佬也是普通人，也食人间烟火。仔细想想，这些大佬的事业也是从一分一元赚着做起来的。

临时股东会议没有达成共识，不欢而散。不过，在散场时，章立早主动站起来，换了一副神情，显得挺通情达理。他握着邬之畏的右手，说："在商言商，言语不妥，多有得罪，希望理解。"邬之畏则冷着脸，有些恼怒，说："老兄有异议可以提前沟通嘛，沟通不好就没必要开这个会。何况这么小的一个项目，老兄生意玩得这么大，这么大动干戈，不值当啊。你在外面吃肉我们就喝口汤，做买卖不就是讲究个和气生财吗？"

章立早松开邬之畏的手，干笑着，边往外走边说："在商言商，在商言商……"

邬之畏紧急约见黎朋。自从30亿顺利到账后，邬之畏对黎朋的信任度直线上升。如果说之前春风满面地称兄道弟是场面上的表演，如今邬之畏是从心里真的认可黎朋了。此次临时股东大会遇挫，邬之畏第一个想到的就是黎朋。他让司机兼保镖小邵开车直接把他从斗牛大厦拉到了云集团大厦，一刻都不停歇。在黎朋办公室坐下，邬之畏没有客套，怒气未消，说："始料不及，开了一个临时股东会，章立早竟然跑过来了。我们接管颐养保险后，之前才和他谋面一次，是在第一大股东转让后的第一次董事会上，他匆忙赶来露了个脸，笑眯眯地说想见见大股东到底是何方神圣。寒暄几句后就走了，那时他谦逊、大度，甚至风度翩翩……"邬之畏正在脑子里搜索着合适的词，就被黎朋打断了话。黎朋问："他是股东，为何就不能参加股东会？你就不应该有任何幻想，股东参加股东会不是很正常吗？这是他们应享受的权利。"邬之畏连连摆手说："没人有权力不让股东参加股东会议，何况他还是第二大股东。不过，根据公司章程，三分之二份额的表决权强行通过会议，决议就生效。我想问的是，这样搞的话，会影响上市公司吸收合并吗？"黎朋明白邬之畏此次匆忙赶来的主要意图，直接打消他的念头说："这是一个并购重组案子，需要监管部门重组委审核批准。其中重要一条就是所有股东不持异议，不存在影响权益的重大诉讼。如果二股东提起诉讼，那通过的概率很低，甚至报审都存在问题。"邬之畏愤愤不平地说："之前谈好的事情，没想到他跑过来就给推翻了。这不是和我作对吗？"

黎朋迟疑半晌，皱着眉头说："事有蹊跷。不过，涉及你们股东之间的纠纷，还得妥善处理好，马虎不得，也莽撞不得。"

"这不是扰乱我们的计划吗？颐养保险对他而言，是小得不能再小的项目，他们还是二股东，如此大动干戈地跑过来捣乱，什么意思？"邬之畏恨得咬牙切齿。黎朋在琢磨，他研究过股东结构，持有颐养保险股份的是上市公司北方伟业，属于投资性收益企业。如果追加投资而不是形成控股权，不能合并财务报表，章立早先生如此亲力亲为来提议同步增资，有些蹊跷。黎朋问邬之畏："你们之前有什么过节吗？"邬之畏一脸狐疑，说："我们之间能有啥过节？我们就只见过两次，包括这次。"随后，邬之畏努力想了想说，"北方伟业是颐养保险项目的发起股东，进入时间比较早。"黎朋说："问题就出在这儿。他们养大的一头肥猪，被你们搞到，他们肯定是有想法的。"经黎朋如此一点拨，邬之畏似乎如梦初醒，把茶杯端起又放下，放下的力度有些重，能听到茶杯底部磕到茶几的声响。他说："知道了。当年我举报第一股东老魏有不法行为时，他们对我是有非议的。"说到这儿，邬之畏想起来，当初把第一股东魏董事长送进监狱后，闹起了行业地震。那些一度扬言要否决顶天集团入主的股东纷纷闭嘴，顶天集团遂顺利入主，其中妥协的就包括章立早。这些日子，章立早用大手笔进行海外并购，《纽约时报》《华尔街日报》《南华早报》等大媒体纷纷跟踪报道，章立早也被誉为中国民营资本进军海外的急先锋，无不赞美。此时的章立早自然是飘飘然，春风得意马蹄疾。此次，章立早志不在颐养保险增资扩股，而是反击当年羞辱，挽回脸面。邬之畏随即站起来，双手作揖道别，说："我会妥善处理这件事的。"黎朋送他到门口："怎么妥善处理？要和气生财。"邬之畏说："苍蝇不叮无缝的蛋，都是老江湖，干吗和大家过不去。"这时，邬之畏的脸色变得冷峻起来，没有刚才来时的慌乱，一下子进入了另一种状态，那是寻找到了对手七寸的状态。邬之畏一瞬间的表情变换，被黎朋给捕捉到了。黎朋一直送他到门口上车，邬之畏坐进去后，黎朋似乎还不放心，轻敲窗玻璃，邬之畏摇下车窗。黎朋叮嘱说："妥善处理，和气生财，不能乱来，小不忍则乱大谋。"邬之畏双手作揖："朋兄，小弟明白。"然后哈哈大笑，露出一口白牙。

戴志高的杠杆股票账户赚得盆满钵满，市值翻了8倍。他神清气爽，干起任何事情都踌躇满志，身轻如燕。

他接了一个外出执行神秘任务的活儿。邬之畏交代给他时，他拍着胸脯说保证完成任务。临行前，他来找符浩辞别。符浩笑说："搞得那么神秘兮兮，还郑重其事地告别。"戴志高说："这次任务很特别，说不定一不小心就回不来了。"符浩笑说："你这是要交代后事吗？"戴志高说："我这是交代股票后事。万一我外出期间，碰到暴涨的大牛股，别忘了告诉我一声，你朋友多、圈子广、消息靠谱，趁着这大牛市，能赚一把是一把。"符浩说："我觉得你应该收手，获利了结，别玩了。"戴志高说："不行。我要乘胜追击，小目标一个又一个地去完成，积少成多，积沙成塔，说不定就赶上这轮暴富大潮了。"说完，他还迟疑着不走。符浩看着他："又咋啦？你这架势，好像要奔赴前线似的，气氛搞得有点儿悲壮。"符浩拍着他的肩膀，"我不知道也不想知道你出去完成什么任务，不过，别想多了，和平年代，一个做生意的，又不是缉毒卧底。"戴志高说："跟这个差不多吧。"他这么一说，符浩就明白了："行了，你要安全归来，我大概猜到十之八九了。这些事情别和我说，我胆小怕事。"

戴志高走后，符浩觉得这种情景似曾相识。当年收购颐养保险时也是如此，那时他还有点儿兴趣，也有窥探欲。那时戴志高说："现在稍微有权有钱的，都会乱来，都会有生活作风问题，生活作风就会导致经济问题出现，一有经济问题，就会那么一咔嚓，完蛋了。"符浩还记得戴志高说"咔嚓"的时候，他右手高高举起，随即一挥而下，做着斩落马下的姿势，干脆利落，符浩情不自禁地一闭眼睛，好像被斩落马下的是自己似的。符浩这副神情惹得戴志高捧腹大笑，笑他少见多怪——这算什么事儿啊。符浩自忖自己赚快钱，是赚阳光下交易的钱，就算有点儿啥的，也是玩点儿资本上的道道，不涉及其他暗黑手段和违法违规的交易。戴志高给他讲这些故事，勾起了他强烈的好奇心，好像他就不是生活在现实世界似的。符浩好奇地问："这年头还担心什么生活作风和经济问题？"戴志高自诩见多识广，嘲笑他说："你们商人就没有问题了？背着老婆在外面猛生孩子，算不算大问题？后院会不会起火？"

戴志高带回来的消息没有让邬之畏兴奋。戴志高兴冲冲地赶回来，拎着一大包资料，有照片和盖有红章的文件。在紫光室，他把照片在办公桌上摊开，喜形于色地指着两排照片，一排是一水儿的女士，年龄差距不过十来岁，从二十多到四十多岁；一排是或嬉笑或哭闹的孩子，最大的竟还未成年，男女都有。戴志高指指点点说："这么大的老板，这下子要抓瞎了，还不得引起社会大震动啊！七个女人，九个孩子，四男五女，我的天，这老家伙的生育能力太强了。"邬之畏按照戴志高的指点，把孩子们与他们的妈妈一一对应，问："就这些吗？"戴志高说："就这些，这些足够让他声誉扫地啊。"邬之畏抬起头，一番轻描淡写："这能算事儿吗？他就是有100个老婆，生200个孩子，我们能把他怎么样？社会还能把他怎么样？党也不会双规他，他不是国家公务人员，也不是国企领导，还能拉他下马？党管不了那么多。"戴志高急急地说："婚外生子，一下子生那么多，法律上至少可以定重婚罪啊。"邬之畏举起照片，把戴志高问蒙了："谁去举报？民不举官不究。他老婆不举报，法律会给他定重婚罪？他犯了重婚罪，最大受益者是他老婆，跟社会各界有啥关系？再说，违背计划生育政策，多罚一些款而已，能罚到他倾家荡产？"听到这儿，戴志高有些泄气。他可是花了重金，通过专业侦察动用暗网技术搞到的资料，费尽心机拿回来，怎么在老板眼里就一文不值了呢？戴志高不甘心，说："就是要让他老婆知道，谁都害怕后院起火。再说，他的所有资产可是有一半归属他老婆的，老婆一旦离婚，他所有身家一分为二，甚至几家上市公司控制股东一旦移位，上市股价还不应声下跌，这家伙受得了吗？"戴志高一番话，让邬之畏感觉有点儿意外。他随口说："你这家伙还懂这些，谁教你的？"戴志高听到老板表扬，就很虔诚地说："这点儿见识还不是跟您学的？"邬之畏打量着他，不说话。戴志高改口说："您经常让我和符浩学习，跟着他久了，多少了解一些皮毛。"邬之畏没有接他话茬，显然对这些不感兴趣。他继续说："章立早做到这个份儿上，老婆肯定知道，估计都习以为常了，这些家庭内部问题也早就解决了。这些照片最多让她抱怨几下，很难掀起风浪。"邬之畏有些遗憾地摇摇头。戴志高摸着后脑勺，皱着眉头，竭力琢磨着办法。他想了想，然后对邬之畏说："那我再想想办法，让他们再努力一把看有什么其他猛料。这帮家伙够狠够黑，只要稍有名气的，就会在他们那里挂上号，他们会根据名气、身价、媒体曝光度、社会影响力等指标给一一排位。"

此时，邬之畏接了个电话，挥手就让戴志高出去。

电话是黎朋打过来的。黎朋催问增资扩股的进展，他们并购重组工作小组已组建，随时可以进驻开展工作。黎朋说任何借贷都是有成本的，30多亿趴在账上，多一天就增加一天成本，推进速度越快越好。邬之畏表态，十天之内一切搞定。

时间一天天流逝，距离邬之畏承诺的最后截止日期越来越近，邬之畏忙碌起来，不断地接待各路客人，包括西南地区的老相识们。看起来，这些人都不像是来谈项目的，受宠若惊的心境从他们脸上一览无遗。戴志高告诉符浩，自己已好几天没有与老板一对一汇报工作，他要么把门关闭起来，独自在卧室看电视，要么就和一帮来历不明的人侃大山。符浩问："那些都是什么人？"戴志高站在大堂，抬头向邬之畏办公室方向瞄了一眼，然后满脸不屑的说："这些人，没有一个是大佬，反正我认识的市面上的大佬一个也没有。我甚至看到了当年做搅拌机行业的龟儿子，他天天逼着我和他结算，怕我们跑了。有次逼急了，我和他差点儿打起来。"符浩就笑："江湖变迁，不要用老眼光看人。这么多年过去了，也许人家摇身变成大老板了，只是我们不知道而已。"戴志高嘴角一撇："还大老板呢，那地方，全中国有名的贫困地区，当地就没出个像样的老板，好不容易出一个几十亿产值，老板还是个快六十岁的老大妈。他们眼光短浅着呢，喜欢窝里斗，我就看不出能出啥样的老板来。"符浩就批评他说："别那么作践老家，权当理解成爱之深而恨之切吧。"

符浩一度建议邬之畏，搞不定80%的股份，控股67%也行，同意章立早同比例增资，这样大家一团和气，没必要咄咄逼人。

邬之畏没有接受符浩的意见。符浩提示他，如果章立早不放弃优先认购权，即使按照公司章程三分之二强行表决通过股东会，工商过户也不会那么顺。更主要的是，颐养保险整体置入上市公司的过程中，监管部门并购重组审查会受到很大的干扰，通过的可能性很小。邬之畏坚持要搞定80%的股份，一切按照最初的计划来，否则借贷那么一大笔钱躺在账户上有什么用？那是押上了他本人所有变卖和套现的资产，要么就彻底不玩了。然后，邬之畏冷冷地说："必须拿下。"

一股杀气扑面而来。符浩感觉哪儿不对，但一时找不到症结。

戴志高被派去约谈章立早公司的那位投资总监，想摸清他们的真实意图。那位投资总监比他年龄稍长，聊了半天，都是场面上的套话，什么都没有摸出来。投资总监面带无奈，说老板做的任何决定，他们都坚决服从。戴志高按照符浩事先交代的话，一番推心置腹："其实章老板有那么大的产业板块，可以做更多更有价值的项目，盯着颐养保险不划算，才10%多的股份，不值得花费过多的精力和资源。"投资总监听后说："100亿也是利益，一块钱也是利益，蚂蚁大象都是生物，享有同等权利，对吧。"然后，投资总监又说，"国土的竞争也是同样的道理，你看俄罗斯总统普京就说过，俄罗斯领土广阔，但没有一寸土地是多余的。"戴志高一时语塞，初听此话觉得似乎是那么回事儿，不过他又感觉这句话有问题，一时不知如何反驳，还是后来符浩给他破解的。"你应该说投资收益讲究投入产出比，花100亿的精力去赚1元钱利益，傻子才会干呢！他用普京的那番话来举例子是偷换概念，国土问题与投资能类比吗？"戴志高顿悟，就是啊，此人看起来憨厚，却一肚子坏水。那次，戴志高去探情报自然是无功而返。

戴志高提议赶紧请黎朋去游说章立早，他们都是业界大佬，应该会给彼此面子。邬之畏则说，游说是给章立早面子，也是给他最后的机会，即使要游说，黎朋去了只会火上浇油，也不知道他们会聊什么。如果确定颐养保险与弘华保险合并会有更大的收益，这孙子更不会放手。邬之畏立即否了此方案。戴志高说，关键时刻，估计得请牛老师出面了。邬之畏沉默不语。不过，邬之畏请了一个业界大佬去游说。同时，他在等待一个重要情报，等待的过程中却有些焦虑不安，他把自己关在休息室，频繁接待朋友，哪怕是慕名而来的一般访客，他都来者不拒，与之前神秘低调的状态截然不同。

业界大佬游说也没有成功。那位大佬对邬之畏说："章立早态度很坚决。你们之间过节很深？"邬之畏暴跳如雷："他妈的，总共才见两次面，话都没说上几句，能有啥过节？他跟我作对是啥意思？"大佬提醒说，章立早当年对颐养保险可是志在必得，可惜被你下狠手拿下。邬之畏问大佬："他什么意思？"大佬摇摇头说："很棘手哦，你当年处理事情没给他们留有余地，并购过来后，你对公司大换血，全部换上你的人。他们的二股东，包括其他小股东，就仅仅是股东了，对公司经营管理都插不上话，更没有享受一分钱分红。"邬之畏说："我们是大股东，当然是我们说了算啊，得安排优先保障大股东利益的人来管理。要说到分红，那最大获益者是不是大股东？为什么不分，还不就是等着有好业绩，上市获得利益最大化吗？利润都被分掉了，你怎么上市，谁来并购你？"越说越气愤，邬之畏一度爆粗。大佬安抚他别那么激动："人家说了，怀疑当年大股东老板老魏是被你在幕后举报的。要么他跟着你一路玩下去，要么给个好价钱，人家才出局不玩。"邬之畏想，股权转让也是一条好的解决方案，但一听章立早一副不屑于跟他玩的样子，就不干了，决定要死磕到底。邬之畏冷笑："嘿嘿，那就走着瞧吧。"

在承诺截止日期的第二天，邬之畏给黎朋打电话说："搞定了。"黎朋一时还没反应过来，问："什么搞定了？"他觉得，邬之畏需要搞定的事情太多了。邬之畏说："是把章立早搞定了，他同意我们的增资扩股方案，完全放弃了同比例增资，一路绿灯畅行了。"黎朋说："好啊，那就往前推进吧。"黎朋没有问怎么搞定的，在他意识中，股东之间达成的协议，无论是阳光协议还是under table协议，是他们之间的事情。他只要结果，别耽误合并即可。

两家企业的合并项日顺利并购重组，并得到监管部门并购重组委的无条件通过。通过后没几天，符浩和戴志高就去郊区公园区参加了一个朋友摄影展。

这次摄影展，是艾米莉带符浩去的，戴志高要找符浩说事儿，因此顺便带上了戴志高。办摄影展的是艾米莉圈子里的朋友。那人秃顶，留着胡子——也许这是秃顶男人的共同爱好，头发秃了就喜欢留胡子啦。那人年过不惑，看着艾米莉带着符浩、戴志高过来，就屁颠屁颠地过来打招呼，寒暄，一直点头哈腰的。戴志高颇享受这种待遇，人家在看摄影作品，戴志高却在看展的人群中搜索着美女。待秃顶男人离开，符浩就对艾米莉说："有点儿失望。"艾米莉问："失望啥？"符浩说："对搞艺术的男人失望。"艾米莉感觉奇怪："你咋有这种感觉？感觉从何而来？"符浩说："直觉。搞艺术的人，不能媚俗，不能对金钱和权力点头哈腰。"艾米莉"扑哧"一笑，说："你这是在抬高自己呢。"符浩赶紧摆手说："不是，不是因为他对我们点头哈腰，而是我扫一眼作品，就看出了媚俗。"他指着一幅领导人伟岸的身影的画作，说，"我认识画政治人物画像的一个画家，他画的是人物侧面，寥寥几笔，特征就展现在面前，人人都会说好，因为他画出了这个人在人们心中的最鲜明的特点，就是一个'人'。无论这个人是身居高位还是身为巨贾，首先他是一个'人'。"艾米莉说："我赞同。我的商业人物面孔就是聚焦的'人'。不过，人家办一个展览也不容易，好不容易拿到一些赞助。"符浩说："那肯定不是商业赞助，对吧。"艾米莉说："嗯。"

摄影易成圈子。一圈子的人招呼艾米莉过去。艾米莉要符浩和戴志高一起过去，符浩婉言谢绝："你自己去吧，刚好戴总找我聊点儿事情。"

摄影展馆设置在一个公园里。公园里有一大片湖泊，湖面上建了一个小亭子，可以坐在里面喝茶。茶座设在一面玻璃上，脚下就是蓝色的湖水。初夏，三面银杏树成荫，偶尔听到鸟鸣声。置身于此，符浩深深吸了一口气，再缓缓吐出，感觉浑身一轻，也精神起来，当然，此次并购重组顺利完成也是他轻松的原因之一。

聊天的时候戴志高突然问："你知道当初章立早为何放弃同比例增资扩股吗？"他如此一问，符浩一时没反应过来，信口就说："一切都是利益，利益交换，邬老板这方面是好手。"戴志高则扬扬得意，似乎掌握了一组开启秘密的密码。他说："真相永远比表面现象精彩。""呵呵，这还用得着你说吗？生活永远比艺术精彩，何况，我们正身处这么一个瞬息万变、光怪陆离的社会。"符浩做了一番感慨，仰头，双手张开，摆了一个夸张的姿势。

戴志高说："章立早是跪在邬老板跟前，求他放自己一马，并且痛快签字的。"

符浩吃惊了："哦？"

符浩在琢磨，有什么会让大佬章立早跪在邬之畏面前求饶的？涉嫌犯罪？那会是什么罪？民营企业家能犯什么罪呢，虚开增值税发票？非法吸收公众存款？职务侵占？合同诈骗？骗取贷款？……符浩认为市场上这些民营企业家高风险的罪名似乎应该都与章立早无关。

戴志高说："因为恐惧。恐惧什么？资格剥夺、巨额罚款、失去自由和人生污点……你说，如果是你，你恐惧不？"

纸 金 时 代

■

第二十四章

吸收合并

邬之畏多年拼杀，总结的经验就是，人凡成大事业者不外乎有两个特点：一是对部属要狠，如果不狠，最后死掉的就是老板自己；二是要勤奋。时间靠挤，利润靠压。

那年夏天，戴志高从门童被提拔为办公室副主任，也算董事长特别助理。他给老板邬之畏拎包，跟随老板东奔西走，出入的场所和见到的人，都是当地显赫势力圈子里的官员、土豪、国企老总或一些合作商。三个月下来，戴志高有些力不从心：每天早晨6点准时起床，15分钟之内必须解决洗漱，此时老板的司机准点儿到达与他汇合，6点50分在郊区别墅接上老板，7点20分到公司，然后吃早餐。接下来跟随老板外出或在公司处理各种杂务，张罗开会，直至忙到半夜12点，送老板回家。周而复始，没有周末和节假日，临时有急事也必须随叫随到。司机说，现在老板经常按时回家，事儿少多了。之前，戴志高时刻精神紧绷，邬之畏会随时心血来潮，半夜赶到公司处理事情，助理必须跟着。可是现在，戴志高更受不了，肾上腺素随时处于应急状态。即便如此，戴志高也从未打过退堂鼓。他明白，伴君如伴虎，董事长助理不是什么人想干就干得了的，老板提拔自己，自然认为自己有过人之处。小时候父亲就告诫他，吃得苦中苦，方为人上人。只是有一点，他百思不解：老板身体怎么会这么好呢？每天精力充沛！

至于狠，邬之畏经常说：公司就是家，都是一家人，出来混口饭吃，没有规矩不成方圆，没有家法难以成事。同样的岗位，市价多少或者外面给你开多少，我会双倍给你。我吃肉，绝不会只让你们喝汤。但是，你们得守住规矩，拿回扣、假公济私、鸡鸣狗盗之类的事不要碰，我决不允许出现这种情况，发现一次处理一次。

当助理五个多月的时候，恰好发生了一件事情。老板邬之畏的狠被多年后的他想起，依然觉得芒刺在背。那天上午，他敲门进去给邬之畏送签字材料，推门进去就感觉大为异常：老板的亲弟弟邬卫东跪着，低着头，满眼噙泪。对面会客的长条沙发上，邬之畏端坐着，盯着眼前的邬卫东，面无表情，一言不发。右侧矮座沙发上，坐着一个胖子，看着眼熟：哦，原来是有过一面之缘的某县主政地方官，此时他手里拿着一把尖刀，面色凝重。那把刀，戴志高见过，是在密室里放着的。推开老板身后的屏风，就是老板的密室，两排上等军绿色的钢质保险柜，有一人多高。那把军刀就在密室，与文房四宝堆放在一起。虽说它没有《水浒传》里"青面兽"杨志的祖传宝刀那样砍铜剁铁，刀口不卷，吹毛即断，杀人不见血，却也是好钢，刀刃锋利。

气氛怪异，甚至有些恐怖。戴志高推开门，发现状况异常后，就站在门口，退也不是，进也不是。邬之畏几乎没有看他一眼，他抬头对胖子说："人，就在眼前，犯错，犯了大错，随便你处置。"

时间静止。

胖子沉默不语，一会儿就把那把刀小心翼翼放到茶几上，说："算了，既然八哥发话了，我们讨说法也讨到了，邬卫东是八哥的亲弟，我们也不想节外生枝。事情既然发生，也采取了补救措施，这件事情就到此为止吧。"

"先别走。"邬之畏用手制止了胖子。他示意戴志高接过那把刀，扔到邬卫东面前。

邬卫东捡起那把刀，不言不语，拿起刀猛地往自己右大腿上扎。扎第一下时，发出惊叫的不是邬卫东，而是戴志高。他冲刺般跨步上前，去抓邬卫东的手，要夺刀。邬卫东力大气大，紧接着又是两刀，胖子也起身抢步过来，和戴志高合力抓住了邬卫东的手，才把刀夺下。

三刀。殷红的鲜血染红了短裤，流在木地板上。

胖子站起来，脸色惨白。一会儿看看邬卫东——龇牙咧嘴，痛苦不堪但绝不发出哭腔——一会儿看看邬之畏。他说："八哥，您看这事儿整的，我说算了就算了，还弄成这一出。"

"这是家法，犯大错了，必须要执行。"邬之畏说话时，语气冰冷。

胖子赶紧道别，推门出去了。

连续三天，邬之畏都没有进这间办公室。戴志高安排物业部进行地板清洗，用清新剂清理异味，丝毫闻不到丁点儿腥味。

戴志高当天就知道，原来邬卫东在那座县城里参与推牌九赌博，带领两个弟兄把赢家给打成重伤，令对方三天昏迷不醒。此人是胖子的小舅子。

邬卫东后来参与一场械斗，最终成了刀下鬼。不过，邬卫东曾经给戴志高讲过八哥邬之畏的狠，听来令人脊背发凉。有趣的是，邬之畏的狠，还透露了他的另一面——对老婆的爱。

那是在邬之畏的中学时代，准确地说是初三下学期，那时他叫邬志刚——一个大众化的名字，父母希望他人生富有志气且刚强。初中三年，邬志刚被开除了三次，如果不是在乡上卖肉的屠夫父亲三登校长的门，邬志刚在初一时就因为调皮捣蛋被开除掉，绝不会混到初三。"恶劣少年"邬志刚在学校恶名昭彰，他对此浑然不觉，把无知当无畏。一个老师因为邬志刚在课堂捣乱而罚他站，他遂与老师对抗，被老师罚到太阳底下暴晒。他很记仇，暑假的时候，他溜进老师的办公室，在办公桌上拉了泡屎。如果不是他在外面吹嘘，老师都抓不到"元凶"。初三时，邬志刚喜欢上低自己一级的副乡长女儿——一个颇有野性的小师妹。她说话大声，走路带风，喜欢讲带颜色的笑话。也是奇怪，出身干部家庭的副乡长女儿，咋就对穿着喇叭裤、留着长发的不良少年邬志刚痴迷？副乡长的女儿不仅因父亲的身份惹人注目，更因为不干农活儿且吃商品粮，养得白白嫩嫩。她身材修长，胸部过早隆起，有着野性的美，走在校园里，一甩头发，一顿足，从一排排教室门口走过，无数道目光投向窗外，随着她的身影而整齐划一地移动，这些少男正值情窦初开，其中就有一个同年级隔壁班大个子的男生，暗恋着她。一个叫海泽的著名作家说过，"一个恋爱着的人，可比魔鬼和天使更有力量，能够做到一切。"是的，陷入爱情魔力中的少男们是豁得出去的。一天放学回家，邬志刚进入一个小巷，看到这个男生率领三个混社会的少年拦住了他，严令邬志刚离副乡长的女儿远一点儿，她是属于他的，邬志刚简直吃了豹子胆。邬志刚那会儿气得咬牙切齿的。不过力量对比严重不均衡，四比一。

　　一般而言，处于弱势的一方要么求饶，要么和解，或者说当场虚与委蛇。邬志刚都没有选择。他绝不会放弃这份自诩为平生第一次，也是唯一一次的真正的爱情。当那个"不"字从邬志刚口中吐出来的时候，他顿时感觉一片巨大的黑影排山倒海般压过来，他们四人蜂拥而上，很快，自己被掀翻在地，一顿暴揍。自己鼻青脸肿地回家，做屠夫的父亲问他咋了，他说不小心摔了一大跤。直到紧接着发生的一件事情，屠夫父亲才知道真相，还是副乡长出面摆平，息事宁人。不过，这件事不是邬志刚遭受暴揍，而是平息了那个男生及家属的愤怒。这一切，因为邬志刚激烈而凶狠的报复。

　　那是第二天，邬志刚在课堂上一直熬到下午放学，他第一个冲出了教室门，瞅准隔壁班的那个男生，尾随其后，出校门，走街区，去菜市场。此时，邬志刚右手手掌包扎了数层绷带，厚厚的，这是他去医院外科处理伤口时，跟大夫多要的，好缠在毫发未伤的手掌上，避免受伤。他右裤兜里装着一瓶没有开封的墨水瓶，右手插进裤兜，紧紧抓着墨水瓶。那个时代，学生们写字都用吸墨钢笔。装墨水的瓶子是方形的，玻璃厚重结实，不会轻易碎裂。显然，邬志刚为此做了充分准备。邬志刚跟随那位男生，一直走到菜市场门口。那位男生猛一回头，看到紧跟身后的邬志刚，呵斥他："你跟着我干吗？"邬志刚说："我也去给家里买菜，没干啥。"那男生将信将疑，想着这家伙昨天被暴揍，被揍痛了，不敢对自己咋样，就没有当回事儿，继续往前走。邬志刚悄然加快步伐，冲上前去，趁着对方不注意，右手抓着墨水瓶，从身后猛地朝着对方太阳穴偏上突出的额头位置狠狠砸过去。只听到对方"哎呀"一声，大块头"扑通"一声，跌倒在地，一身瘫软，失去知觉。邬志刚一看这形势，掉头撒开腿就跑，头也不回，一口气跑了三公里，跑向有车子来往的县城方向。而那个男生躺在医院昏迷了一天。如果不是副乡长出面调解，屠夫父亲出医药费、赔偿，重伤他人的邬志刚可能就锒铛入狱了。

　　此后，那个男生见了邬志刚就躲着走，让邬志刚享受着拳头制胜的味道。初中肄业后三年，混社会的邬志刚拉着中专还没毕业的副乡长的女儿私奔，并结了婚。他们跨海跑到南洋一个岛国，投奔一个华侨，邬志刚把名字改成了"邬之畏"，一个文绉绉的名字，想着此生从此无所畏惧。不过，冥冥之中，这个名字也蕴含着另一个咒语：无知无畏。自然，邬之畏在故乡小镇的种种，被当作传奇的故事被广泛传播。

可惜，当符浩了解邬之畏越来越多的时候，他想退出，已经来不及了。

并购重组乃大事，搞定了章立早不跟进增资这件事，已算是万事俱备，只欠东风。这股东风，还是黎朋吹过来的。

不知道是谁走漏了风声，一些专司并购重组的中介机构通过各种关系找上邬之畏，一时把斗牛大厦的门槛踏破，希望把这单业务给他们做，分点儿羹。

符浩提醒邬之畏，这事儿不是一家就能定的，两家大公司的合并重组毕竟是大事，还需要征求另外一家的同意。

邬之畏闻言，意识到这个决策并非自己就能决定。他觉得符浩说得有道理。他发现浩子变了，变得冷静，跟他最初认识的符浩不一样了。那时候的符浩，激情澎湃，看中什么就砸下去——这符合野蛮生长阶段的生存之道。那时，撑死胆大的，饿死胆小的，有10万干100万的事，有1000万能搞出1亿的动静，有1亿能嚷出10亿的大买卖。这需要胆量，就像砸金花，看上了，不管三七二十一，眼一闭，信手砸下去。野蛮生长的阶段，草莽英雄辈出，邬之畏就是最好的例子——初中肄业，四处晃荡，如果不是胆大，怎么也到不了今天。

其实，万变不离其宗，有时候一些民间勾当在经济学上会有一个漂亮的名字，比如10万干出100万的买卖，就是"资本杠杆"；老百姓贷款买房子，首付二三成，然后七八成从银行借贷，本身就是杠杆，美其名曰"按揭"，其实跟早期邬之畏的所作所为没有本质区别。只不过，这些勾当在他早年发迹的年代被称之为"大忽悠"而已，谈不上骗，不犯法。

符浩提议从大局着想，这种事情交给黎总他们去办。他们经验老道，资源丰富，成功率也高。邬之畏同意了。

符浩预判没错。没几天，黎朋就吸收合并一事，专程上门密商，他只带上法务总监郭律师和弘华保险董事长陆阅。陆阅年过不惑，不过身材修长，鼻梁高挺，面部立体，有着犹太人的模样。

黎朋开场就直言不讳，没有任何客套，且表情严肃。他说："在座的诸位，别小看就我们这么几杆枪，我们正在做的是一件大事，会引起金融界的地震，是要载入史册的。"

邬之畏闻言，眼睛发亮，这可是与自己一拍即合。邬之畏喜欢要么不做，要么一鸣惊人。

黎朋明白邬之畏的心思，顺势夸他："能做成这件事，邬总厥功至伟，没有你的决断，是不可能走到这一步的。"

邬之畏摆摆手："合作共赢。"

黎朋说："这次吸收合并，属于重大重组，弘华保险是上市公司，此项目需要获得监管部门审批。因此，我们必须报告清楚，不要留有任何瑕疵，要做得扎扎实实。"

大家都点头认可。

"所以，我们聘请的中介服务机构，如律师事务所和会计师事务所，包括资产评估机构，他们的服务质量将直接影响我们的通过概率。"黎朋又看着邬之畏，强调说，"所以，我们必须慎重对待。"

邬之畏看着符浩，符浩也明白邬之畏是有意在会上提及自己也要参与的事情。之前，邬之畏和符浩商谈，在重组过程中，安插自己人会产生诸多便利。符浩对此有异议，他认为在重大事项的关键环节，是不是自己人不是必要条件，必须帮助顺利过会，才是必要的。也就是说，有奶就是娘，能顺利过审的就是好伙伴。他建议听听黎朋的安排，切勿因小失大。

黎朋接着说："比如聘请的律所、会计师事务所，要具备几个条件，如具有证券资质，这是最基本的；其次是之前有过良好的业绩，有良好纪录，通过率高，甚至说没有被打回重审过，则是最优选择。"

陆阅补充说："还得有内部资源，不一定要拉关系，把黑的说成白的，起死回生，那事儿他们不愿意干。即使有内部关系，问题过多过大，他们也不愿意过问，那是摘乌纱帽的事情。至少能沟通，有良好的沟通渠道。"

"你们有合适的选择了吗？"符浩说，"好的中介服务结构，本身也是一种资源。"

黎朋点头："对，我们有，都是重量级的。"

"那就好，就全靠黎总了。"邬之畏关键时刻识大局，说，"这方面你们直接定了就行，我只是需要一个好的评估方案，别亏待我们就行。"

"嘿，合并了就是一家人了，还需要长期在一个锅里吃饭呢。我们做的事情，必须让参与者人人满意。"黎朋说，"这是我们之间的共识。这也是我们过来召集小型会议的主要目的。涉及的一些细节，就交给他们具体商谈吧。"

黎朋指的是他们在一线操盘的弘华保险董事长陆阅和云集团郭律师，邬之畏这边是符浩、戴志高、老谢和颐养保险邵董事长。

邬之畏说："好，就这么办，具体事情由他们前期商讨，搞不定的，交给我们两位来定。"

大的原则敲定后，黎朋似乎想起什么，提醒在座诸位："合并重组事关重大，我们是上市公司，必须注意保密，不能因小失大。几大原则和共识搞定后，就要对外公布，我们绝对不能泄露之前接触的任何细节。否则，我们会因一些小细节处理不当，葬送我们的合并大事。"

符浩说："那是必须的。另外，我们不能借机炒本股，只要参与这个项目的，所有个人资料都要提交，包括股票账号和通讯方式，我们的电话会被监控。不要有任何侥幸心理。"

"可不是吗？"老谢抱怨，"上次我们律所同事参与的一个并购案子，就因为其中一位眼红，偷偷告诉小舅子，赚了一把。重组获批后，以为万事大吉，侥幸过关，结果还是被查出来了，不但受处罚，还受了牢狱之灾。"

邬之畏手指他们三位："这个警告提得及时。"

他们拉开门，走出去，方向是邬之畏办公室。黎朋和邬之畏二人在办公室，黎朋小声对邬之畏说："晚上我约了重组委的关联人，要不要一起参加？"

邬之畏问："什么人？是重组委的人？"

"是相关的。"黎朋说，"重组委的人，不会出来吃饭的，现在查得严，管得紧。再说，他们也会有压力，于我们风险也大。"

"听说，重组委是抽签制，说不定会抽到谁呢。"

"这个，这个我们会想办法……"

邬之畏看出黎朋有些吞吐，就说："这个具体细节我就不打听了，既然是一家人了，我们好歹就交给黎总全权处理。今晚的饭局，我是不去了，我派符浩全权代表。"

"好，悉听尊便。"黎朋微笑点头，"我能理解邬总的用心，也感谢邬总的信任。"

邬之畏似乎想起什么，坐直身体，认真地说："黎总，你看，我们马上要成一家人了，我们就不要客套，虚头巴脑的，什么黎总、邬总的，显得很生分，我就叫你朋兄，你叫我老八吧，村里人都这么叫我，一点儿都不生分，亲切。"

"好啊，我也入乡随俗，叫你老八吧。"黎朋微笑着握手。

饭局安排在云集团食堂，邬之畏打算安排在斗牛大厦的四合院。黎朋考虑到是第一次，大家还是随意些好，不要这么郑重其事，不要搞得对方紧张。邬之畏想了想，认为有道理，就没有再坚持。

不过，对于符浩参与如此重要的饭局，戴志高有点儿小情绪。他对老板邬之畏说："老板，这么重要的场合，应该安排我去。"

邬之畏说："你去听得懂吗？"

戴志高脸红了，但他不生气，知道自己有几斤几两。不过，他推心置腹地说："我并不是反对浩子去，应该派我跟他一起去。万一……有啥情况的，我好掌握。"

邬之畏自然懂得这位从西南一路带过来的部属的小心思，这个小心思还是自己培养的，是对自己的忠诚。他觉得有必要缓解戴志高的小情绪，避免不必要的猜测。虽然戴志高猜测与否，对老板邬之畏而言不重要，或者说压根儿不重要。但戴志高对自己忠诚，也必须忠诚，因为现在的一切都是他给的。不过，事涉非常时期，他不想要任何节外生枝，哪怕是风吹草动都不能有。何况，他还是站在自己这边，展现的是对老板利益的维护。

"我们得相信符总。"邬之畏说，"毕竟，他也是颐养保险的股东，是有切身利益的。他有一千条理由促成，没有一条理由促使失败。"

戴志高看着老板一派坚信不疑的神情，他欲言又止。

戴志高显然是多虑了。

352

云集团食堂设在地下一层。宽敞的大厅是员工就餐区，三面摆放着热腾腾的菜肴，有荤有素，也有清真食品，菜品多种多样，员工可以主动刷卡，取盘，主动取菜，偶尔有一两个厨师来增添菜品。

食堂大厅左侧，是一个个小包间。进入包间，可以感觉到低调的奢华。沙发、液晶屏、卡拉OK、书架、高档酒柜，一应俱全。这个小饭局，只有四个人，黎朋、陆阅、符浩，然后是主嘉宾，一个瘦高的中年人陈律师。

陆阅和符浩先进来，摆放着座位。黎朋在门口迎接陈律师。在等待的那一会儿，陆阅跟符浩说："晚上的这个嘉宾是一位律师，曾经是上市监管部门上市并购重组委的。"

符浩问："是曾经的重组委委员？"

陆阅知道符浩问话的意图："是的，应该是上一届或上上届，不是现任的，但在圈子里很有影响力。"

符浩听出了陆阅最后强调的那句，"在圈子里很有影响力"。如果换作戴志高或邬之畏，他们会质问为何不是现任的。在他们的意识里，县官不如现管，人走茶凉，在中国办事，一旦离开了核心位置，不管过去多么耀武扬威，或者辉煌，或者说一不二，一旦今天离开，明天说话就不一定管用。

符浩点点头："这叫先摸清情况，再精准出击。"

陆阅听了，笑笑："正是如此。"

弘华保险对颐养保险的吸收合并，需要行业主管部门监管部门的并购重组审核，尤其是负责监管的部门，上市监管部是关键一环。根据法规条例，上市监管部审核这块业务，是上市公司实施的重大资产重组计划经并购重组委。也就是说，重组委负责专业审核项目，他们投票表决，说你行就行，说你不行就不行。一旦被否，那将是噩梦，之前所有的工作都打了水漂。

符浩一个哥们儿接了一个活儿，他是券商，忙碌了大半年，就等着这个项目审核通过，本年奖金就有着落了。"上会"那天，重组委遴选的五位委员，包括律师、会计师、评估师、召集人、投资人，他们就坐在条形桌的一边，上市公司法人或实际控制人、券商代表坐在对面。虽然公司已经上市了，但当时的气氛依然令被审核方感到阴森，有冷风不时从门缝里透过来，吹在身上，让人直打哆嗦。那哥们儿早先做过公司IPO的保荐人，要面对生与死的较量，要么升上天堂，成功上市；要么跌入地狱，苦哈哈地继续为了上市而挣扎，有的甚至由此一蹶不振，从此落花流水去，淹没在惨烈的市场竞争中。自然，并购重组似乎没有那么凶险，也不会涉及上市企业的生死，短期而言不过是带来股价波动，有点儿影响无非是未来整体战略布局，不涉及生死。但是被并购的标的公司则不一样，是面临生死考验的，如果不是现金流有问题，或经营上有困难，谁愿意被并购啊？说白了，那不就是卖吗？那哥们儿说，买卖成与不成，就掌握在重组委的五位大神手中。这帮人是从三十位重组委数据库中随机选的，来自不同专业领域，他们可以点石成金，也可以点你生死——和发审委差不多，只不过影响对象和程度不一样。当时我对面坐的是三男两女，竟然还有一个三十来岁的年轻人，是召集人。他们上来翻阅着材料，然后就问询。上市公司老板不紧张，他像没啥事儿似的，有问必答，那个年轻人问得最多，什么未来业绩预测咋是负的。我们做成正的，他们又不相信，做成负的又要质问，反正左右他们有理。大概问询四十多分钟，他们就交头接耳商谈，商谈了十来分钟，就由那个召集人当场宣布结果。咔嚓，不通过。那哥们儿还记得召集人吐出的一串词：以未来五年申请材料显示标的公司预测持续亏损，本次交易不利于提高上市公司资产质量、改善财务状况和增强持续盈利能力，不符合《上市公司重大资产重组管理办法》第四十三条规定。哥们儿说，哎呀，当时那个心脏啊，突突的，像一挺机关枪在胸膛中一番扫射。他们宣布完毕后走了，我们还傻坐半天。那时，哥们儿当天晚上跑过来找符浩喝酒吃烤串，听他复述现场的状况，描述得惊心动魄，但符浩无感。那是因为并购重组项目与他没有任何关系，就像在西班牙斗牛场看斗牛表演，台下的人毕竟是看客。

陈律师在黎朋的陪同下进入了包间。他看到陆阅，像熟人一样点头示意，打招呼。看到符浩，眼神略微停顿，然后似乎想起什么，就说："你就是符总吧？刚才听黎总提到过，夸你呢。"符浩站起来，主动跟他握手示意，寒暄几句："久仰久仰。"

吃饭不仅仅是吃饭，喝点儿红酒，纵论国际形势和发展大局，这是男人酒局上的惯有话题。黎朋说话比较有意思，他不像邬之畏那样，上来就直奔主题，谈细节。直奔主题的优点就是不绕弯，能办就办了，或者说谈到什么程度就什么程度，效率高；缺点就是让赴饭局者在来之前或在路上的时候，心里犯嘀咕：去还是不去呢？有时候一言不合，碰到弱势的，邬之畏当场翻脸或给对方颜色看，一件事情办成一场事故。黎朋则不一样，他喜欢旁敲侧击，有意无意地往主题上引一下，让对方不尴尬，听着舒服，即使来者办不到，还能替他们想想办法，出出主意。往往这些主意，价值千金。当然，也有坏处，就是效率偏低，如果碰上非心领神会者，那效果就大打折扣。

如此郑重其事地邀请一个前并购重组委的律师吃饭，如果搁在邬之畏那儿，他大概率会否掉，黎朋则乐此不疲。符浩想到，能够进入重组委的，都是行业牛人，专业程度高，还在圈子里留得大名。

黎朋在饭局上旁敲侧击："听说这届委员比较生猛？"

筷子夹着秋葵的陈律师差点儿把口中的食物喷出来，一下子忘记保持刚才谦谦有礼的仪表："黎总，话中有话啊，是不是说现在严苛啊？"

黎朋笑着点点头。

陈律师放下筷子，说："其实哪一届都一样严苛。我们这些委员审一个项目，并不像外界说得那么轻松，必须要认真阅读报送材料，然后根据自己的专业知识进行专业判断，尽量科学化，避免人为因素影响。"

符浩插嘴说："只要是人为的决定，都避免不了人为因素的影响。因为人不是机器人，有情感、好恶，还有知识性结构缺陷和知识更新的影响。"

陈律师点头："符总说得是。只要是人，就避免不了人为因素影响，我们会尽量避免。"

他转头跟黎朋说："黎总并购重组过那么多项目，屡次都是顺利过会，不用担心。"

黎朋摇摇头："屡次过会，就像妇女生一次孩子，都得痛一次，还痛得死去活来，有时扛不住还得打麻药进行剖宫产。我听说了，这届委员生猛。"

陈律师说："当然这和监管部门要求高有关。即便如您所言行事生猛，这一年多来，通过率也是九成以上。"

"陈大律师，虽说通过率九成以上，但至少一半是有条件的通过。"陆阅说，"哪家并购重组不想一次性通过？"

"一次通过当然好，不过那要看项目本身是否过硬，申报材料是否有大的瑕疵。要知道，我们那时是一次过会审两个项目，现在整体加速，一次审查三四个项目是常态。"陈律师解释说，"一般我们被通知选上后，也就提前三四天收到书面材料，匆匆看一看，这么短的时间内，一般明显的瑕疵我们容易察看到，印象深刻，会审时会问得非常仔细。所以，如果报送材料，还是要慎之又慎，别出现明显瑕疵。"

"明显瑕疵集中体现在哪几处？"符浩说。

"其实哪一条都可以否掉。"陈律师说，"不过这个问题提得很好，反正今天在座的都不是外人，我和黎总也是多年朋友，认识陆总也有些年头，符总参与今天饭局，也算认识了，也是自己人。根据我的经验和分析，不合格的材料往往会触犯《上市公司重大资产重组管理办法》条例第四条、第十一条、第四十三条规定。"符浩说："第四条，上市公司实施重大资产重组，有关各方必须及时、公平地披露或者提供信息，保证所披露或者提供信息的真实、准确、完整，不得有虚假记载、误导性陈述或者重大遗漏。"

陈律师指出符浩所言正确。"上市公司在信息披露等方面存在瑕疵是重大重组方案未通过审核的一类原因。其中主要包括上市公司信息披露不规范与上市公司违反公开承诺。如相关协议未披露，大股东非要跟标的公司签署重组完成期限协议，有了这个协议还不如实披露，这就违规。很多标的公司希望能有个期限，但是并购方能不签就不要签署，签署了需要披露，我们会酌情处理；还有股东、关联方相关信息未披露，突击入股、借贷、担保等，还有明知故犯的，把承诺当儿戏的。可是这上市公司是公众公司，不能言而无信，比如有的上市公司就违反之前三个月内不筹划非公开发行的承诺，还跑过来要求重组通过，这不是把我们重组委当摆设吗？我们是为广大股民服务的，肩负监管职责。我们会直接给个结论：本次重组你公司违反公开承诺。玩儿完。"

说到激动处，陈律师表现出对弱智者的鄙夷，或对挑战常识者的愤慨，继而恨铁不成钢般抱怨："他们不是猴急猴急地重组吗？明显犯错，还想蒙混过关，这是绝对不允许的。"

符浩说："当然，这是券商在处理材料时没有尽到义务，这种错误比较低级。"

陆阅说："也不代表低级，并购标的也许就是如此。"

"对，我更关心的是第十一条和第四十三条。"符浩说，"我看过一个报告，提及并购重组委判定本次重大资产重组对上市公司发展没有积极作用。"

"这是问题的关键，涉及你说的两大条，如标的企业信息披露不符合要求，标的公司的独立性问题未做充分披露，标的企业经营能力、真实性、持续性不佳，上市公司无法对标的公司定价的公允性做出合理解释，并购目的不明确，实施可能性小。"

"这属于专业判断？"黎朋问。

"是，基于每个人的专业判断。"

"那也就是说，只要是人的专业判断，就会有人为的因素。"

"这个……"陈律师看着黎朋，沉吟片刻，"呵呵，这个问题，也可以这么说吧。"

黎朋点到为止。他举杯跟陈律师一碰说："听说你的书法作品下周三就参展了？"

"呵呵，黎总消息很灵通。就是社会组织搞的一个律师书法展，我有幸被邀请参展。"陈律师听到谈及书法，一改刚才严肃的神情，表情轻松，和陆阅、符浩碰杯。

"祝贺祝贺！"黎朋转头跟陆阅、符浩说，"你们下周三，抽时间去观摩学习，会有不一般的收获。"

随后，黎朋示意陆阅，届时把陈大律师的书法作品给拍一些回来，一部分挂在显眼位置，如会客厅；一部分作为特别礼物，纳入年终奖，奖励功臣。

陆阅心领神会，连忙点头应允："那是！必须多拍，我们就专拍大律师的作品，让我们做企业的也能沾染点儿陈大律师的文化气息。"

陈律师站起来，说："感谢感谢，今晚我就心领了。"

这个饭局，在他们彼此的心照不宣中顺利结束。

事后，符浩跟着黎朋、陆阅先后宴请了其他专业领域的上届或上上届委员，如法炮制，要么拍卖字画，要么帮忙张罗搞一些名校的自主招生指标，要么帮助对方患了重疾的亲戚搞定美国最牛医院的最好大夫……向来自命不凡的符浩在黎朋眼花缭乱的出牌环节中，对其好生佩服。

"这叫功夫在诗外。"戴志高一次问他事情进展时，符浩琢磨了这么一句，抛给戴志高。戴志高似懂非懂，冲着符浩点点头，然后笑，笑得莫名其妙。

弘华保险吸收合并颐养保险消息公布的那天早晨，符浩睡了一个懒觉。他醒来时，已经9点47分了。他习惯性地拉亮床头的台灯，打开手机，点开微信：一个人在空旷的蓝色地球下，做着仰望苍穹、探知奥秘的姿态。每次点开，符浩感觉有一股力量推动着自己前行，人在蓝色星球面前的渺小反而激发着人类突破困境的欲望。

朋友圈里一片惊呼。他的朋友圈本来就没多少人，绝大部分是企业家和投资人、券商、律师、会计师等。

他知道，弘华保险吸收合并颐养保险，肯定会在圈子里掀起一阵汹涌的波涛。邬之畏曾想象着掀起的是"地震"，那是有臆想的成分而已。

弘华保险停牌了。弘华保险董事长陆阅接受媒体采访的时候，谈起这桩合并事项，说是速战速决，第一天接触，第二天商议，第三天停牌。

在这条朋友圈新闻底下，点赞者无数，连呼"陆总英明；弘华保险值得拥有；这是云速度……"符浩哑然失笑。

之前几个交易日，大盘回调，一副萎靡不振的状态。弘华保险逆市飘红，连续三个交易日涨幅27%。停牌前一天，它干脆开盘涨停封盘，散户们纷纷抢购，结果在封停板上无一买进。散户们四处谩骂，抨击内幕交易。

弘华保险停牌，黎朋表现低调。与黎朋不同，邬之畏则一改过去沉默的态度，四处高调。这也不难理解，作为一个四处树敌、几乎无朋友的地产商，能够攀上资本圈大佬，还是金融圈重大并购事件的当事人之一，邬之畏终于扬眉吐气了。你们这帮孙子，不是瞧不起我吗？不是抨击我学历低，是一个进城的农民吗？不是嘲笑我土鳖吗？不是孤立我吗？我告诉你们，别跟我装蒜。这世道，胜者为王。

邬之畏频繁接受媒体采访，大谈自己的创业史、奋斗史，以及顶天集团的战略规划。不过，符浩提醒过他，接受采访可以，但不要谈及合并案件本身，因是上市公司并购重组，还处在审核期，要保持沉默。

邬之畏邀请媒体在四合院采访，然后请媒体记者们品尝大餐。根据市场价，这些大餐每顿十来万元。戴志高是执行总裁，认为请记者吃大餐太可惜，给个千八百的，哪怕大一些的媒体，万八千的就够了，干吗还大餐伺候？邬之畏告诫他，要小事不小气，大事不糊涂。从来不会只有投入没有产出，哪有白吃的午餐？邬之畏接着问了一句：媒体采访，仨瓜俩枣就打发了，做广告得多少钱？

戴志高服气了：是的，和广告费做对比，那是毛毛雨。

媒体上关于邬之畏的报道铺天盖地，从纸媒、网络媒体、电视台和广播，业界似乎在重新认识这么一个人。在电视上，邬之畏操着流利的英语口语，对答如流，一些抨击他为"土老板"的人很吃惊：这个家伙还能说一口洋文，当初真是小瞧他了。其实，这些是邬之畏当年带着副乡长的女儿私奔到东南亚一个岛国厮混街头时，积累的为数不多的财富之一，还有后背一道鞭子一样的疤痕。

"大功告成，浩子，我请你去撮一顿吧。"戴志高在即将下班的时候，打电话给在外面办事的符浩，他的语气洋溢着按捺不住的兴奋。这些天，老板是从内到外的亢奋，不断有小酒局，厨师都忙得脚底朝天，他们还向戴志高打听，最近生意咋这么好啊，是不是这个月的奖金也水涨船高。戴志高给他们撺回去：老板自己买单，不是生意，没有利润，哪里有奖金？厨师们悻悻然。邬之畏的情绪也影响着戴志高，老板高兴，他就跟着高兴，老板发怒，他随之沮丧甚至胆战心惊。作为跟班也不是一天两天了，戴志高似乎习惯了。也许，在很多人眼中，随老板起舞有些失去自我，但是哪个部属不受老板影响？老板就是衣食父母，你还能怎样？要么拍屁股走路，要么就心甘情愿地跟随，没有国哪有家，没有公司的好，哪有自己的好光景？别整天说什么"走自己的路让别人说去"，这年头，你就走自己的独木桥，谁有时间有精力有心情说你呢？你以为自己是谁呢？大家都忙着呢。如此想着，戴志高就心安理得。跟着老板这么多年，虽然他不是公司股东，但也是公司的一员，何况在公司几乎是一人之下万人之上，想起来自己就在被窝里偷着乐呢。因此，这些天邬之畏的情绪在积极感染着他，他想喝酒了。但是，找谁呢？他有些犯难了。本来打算找公司的一些同事，但不能是新同事，得是从西南地区一路过来打天下的老同事。但是找哪个老同事呢？他又犯难了。自己身居高位，掌握公司太多秘密，同时也无法和他们分享这些秘密掩藏着的快乐。虽然有交情，但这些交情不足以让他冒侵犯公司或者说老板隐私的风险。自然而然，他想到了符浩。

他们在大桥串吧喝酒，在烧烤夜市中，这属于高档的烧烤店，来往者不少是三四线的影视明星、投资人、券商，还有一些想融资抱大腿的创业者。戴志高喝了不少，符浩陪着他喝，不过符浩喝的不是酒，而是苏打水。戴志高一边喝，一边瞄着四周的美女，这些美女大多数是陪着男伴来的，看多了，就惹来男伴的白眼，戴志高也白过去，那种打打杀杀的习气就暴露出来了。戴志高临出门前，特别把黄金项链戴在脖子上，左手食指戴着一枚硕大的黄金戒指。他留着板寸，偶尔目露凶光，还是有些吓人的：哎呀，这不是黑社会吗？符浩知道戴志高的斤两，也知晓他的心思，他就敲打戴志高，别把自己搞成黑社会。这年头，是靠金钱、权力为王的时代，不是靠拳头斗狠，干吗把自己打扮成一个暴发户、古惑仔？符浩知道，真遇到狠角儿，戴志高还没起身就先软了。当然，如果有邬之畏在幕后督促和帮衬，那是另外一回事儿，邬之畏出手比谁都狠。戴志高说："不对，除了金钱、权力，还有一样东西没说。"符浩就笑看着他，知道他想要说什么。戴志高笑眯眯凑近说："还有美色。"说着，就往左侧的两女一男扫了一眼。

酒喝得有点儿高。戴志高借着酒劲儿说："浩子，这场战役中，你是功臣。"符浩听戴志高这么一说，好似邬之畏附体，这哥们儿今晚咋回事儿，怎么说起话来活脱脱一个邬老板啊？符浩不说话，看着戴志高。戴志高一边啃着一个烤牛鞭，一边说："你还是最大获益者。"

符浩说："我咋就成最大获益者了？不是邬老板吗？"

"哦，我说错了，这酒一高就影响措辞。你是主要获益者。"戴志高吞下咬了半天的牛鞭，喉结一起一伏，"你这一把，怎么也有十多亿身价了吧？"

符浩赶紧端起一杯冒着气泡的苏打水跟他碰杯，把他嘴给堵住。

符浩抬头左右扫视一下四周，低声自嘲说："你说一个身价十多亿的人，就在这儿陪你啃着牛鞭，可笑不？"

戴志高不以为然。他喝了一大口酒，放下酒杯："这有什么不可能？这帮人，不都是边嚷着数亿的项目边泡着妞儿吗？"

符浩就笑："听谁说的？邬老板？如果我有那么高的身价，我会请你去你想去的地方，绝对不是这儿。"

"是哪儿？"戴志高来了兴致，忽略了符浩的前一句，紧紧抓住后一句，"比当年的天上人间高级不？"

符浩乜着他："当然！"他紧接着追问戴志高是听谁说的这些。

"还能有谁？当然是邬老板啊，那天他和颐养保险的邵董事长在闲聊时说到的。"戴志高的兴趣不在符浩的身价究竟是多少，而是在可以被符浩转移到更好的风月场所。"好哥们儿，果然一人富贵不忘兄弟，你吃肉我喝汤。对了，那地方在哪儿？这么高级的地方，我咋就不知道？"

符浩哈哈大笑，笑得戴志高莫名其妙。符浩说："在哪儿呢？我也想问你呢。我怎么可能像你说的，是有如此身价的人呢？压根儿不是，我能回本就不错了。所以，那地方压根儿就不会有。"

符浩给戴志高杯子里倒满酒，递给他说："兄弟，你今晚话多啦，判若两人。"

戴志高怔在那儿，半晌不语。

纸 金 时 代

第二十五章

代持交易

并购重组工作在有条不紊地推进，所聘请的机构，基本是黎朋亲自去谈定的那几家。邬之畏曾经也想参与一下，也想给老谢揽点儿活儿，被符浩制止了。符浩跟邬之畏说，根据他们签署的条款，这些中介机构的佣金由并购方出，即由弘华保险承担，这是当初双方谈定的。打破了约定的条款，一旦并购不成，双方共担费用成本，无论成败与否。邬之畏一听到这句话，就有点儿不舒服，他几乎粗暴地打断了符浩的话："啥叫成败与否啊？我们有退路吗？只能成，不能败。"符浩接话说："对，八哥说得正确。不过，聘请服务机构，就由弘华保险方去张罗吧，只要不侵犯我们的核心条款，比如估值、换股占比等。"邬之畏听懂了，点头说："还有你提醒的去过会的事，索性让他们去折腾。"

　　很快，会计师事务所、律师事务所、评估机构在券商的统领下，进驻颐养保险，各就各位地做吸收合并重组的技术性工作。他们需要对并购的资产进行专业性审核并出具鉴定意见。上市并购重组的过程系统而复杂，一般流程包括确定兼并主体、着手立项、资产评估、形成成交价和产权交接等。在这个过程中，信息收集、资产评估、融资和法律确认等方面专业性极强，如果不是云集团，一般都难以同时具备这些能力。并购重组的过程还不错，颐养保险的邵董事长接受邬之畏的指令，完全配合券商率领的中介机构工作，至于一些决策性意见，还是由邬之畏率领符浩、老谢等人在幕后指挥。为了赶工期，他们在紧锣密鼓地往前推进。

　　黎朋频繁进出斗牛大厦，他戴着黑框眼镜，走路轻盈，连楼层打扫卫生的清洁阿姨都认识他了。每次看到黎朋进来，立即闪到一边站着，俯首低眉。她们也许不知道黎朋是何方神圣，但知道在这个富丽堂皇的大厦里，此人被邬之畏奉为座上宾。黎朋可以自行推门进出邬之畏的紫光室、办公室，甚至连接办公室的休息间，无须秘书通报。

这天，黎朋走进紫光室，在沙发上与邬之畏相邻而坐。黎朋说："八哥最近的曝光率很高。"邬之畏谦逊地问："有无不妥的地方？"黎朋说："目前没有不妥。"邬之畏说："我是严格按照你们的嘱咐做的，凡是涉及重组内容的，我们两家合并以后的战略规划、业绩预测都不谈，我只谈创业史，只谈顶天集团。外界都盯得紧啊，那个浩子，比老谢还苛刻，不断提醒我要出言谨慎。这不是变相让我禁言吗？"

黎朋微笑着说："符总提醒得及时，也提醒得对。关键时期，我们不能因小失大，毕竟还没有过会嘛。"邬之畏说："在这件事上嘛，他就像你的传声筒啊，这个不行，那个不行。"黎朋略微一愣怔，有一瞬间的讶异，他看着邬之畏，邬之畏也看着他。黎朋迅即恢复常态，大笑："哈哈，符总年纪虽小，可却是八哥的好帮手，我们能达成今天的战略合作，还不是靠这位兄弟吗？他能这么上谏，并不是我的传声筒，毕竟有他的利益在里面。"邬之畏说："理解理解，没有其他意思，我是很欣赏他的。"

邬之畏起身给黎朋倒水，递给黎朋。黎朋接过水杯，放置在面前茶几上。邬之畏也给自己倒了一杯水，他走近沙发时，开着玩笑说："当然我也发现了，朋兄对浩子也是偏爱有加。不过丑话说在前头，可不能跟我抢哦，虽谈不上是上下级，没有雇佣关系，我也是在他身上砸了银子的。"

黎朋说："放心好了，浩子是你的左膀右臂，再怎么惜才，我也不能动八哥身边的人。"

邬之畏就笑着说："身边的女人可以随便动。朋兄，我知道你在外有'不粘锅'的美誉。不过，在我这儿就得放得开。"他向门外甩了一个目光，"我在郊区有一个不错的会所，近期会空运一批俄罗斯、韩国的美妞儿过来。"

邬之畏说着，就盯着黎朋的面部表情，察看着细微变化。

黎朋也不是善茬。他知道此时如果给出一个惊诧的表情，会显得很假，并且又有拂邬之畏的好意。他表情沉静："呀，还有这个地方？早先没听说。"

邬之畏一屁股坐在沙发上，他斜靠着身子，展现亲近的姿态，说："朋兄，以前没告诉你，那是把你当作生意伙伴，也仅仅是生意上的。但是，自从认识朋兄，这一圈下来，我是真的把朋兄当成自己人，当成兄弟啦。所以——"他右手做了一个请的手势，"随时，随地，我们在那儿恭候朋兄！"

"哈哈，谢谢！"黎朋低首看一下肚腩，然后自嘲一番，"年纪不小了，体力吃不消，这口味太重，消受不起这份艳福。"

邬之畏不语，看着黎朋，琢磨着他话中的意思。黎朋忽而认真地说："倒是有一件事儿想麻烦八哥。"

邬之畏立马坐直身体，做认真倾听状。他说："朋兄，尽管说，不要跟我客气，只要能办的，我百分之二百地尽力。"

黎朋看着邬之畏一副认真的样子，说："你肯定能办，否则我也不会开这个口，我向来不做让人为难的事情。就是，我想借用一下八哥的私人飞机，去办件急事儿。"

"嘿，那简单，小事一桩，没问题。"邬之畏当即答应，"是飞国外还是飞国内？"

"当然飞国内，是武汉。"黎朋说，"我也是替人张罗，他的身份可不是想飞国外就能飞的，护照卡得紧。中央八项规定出台后，他就出过一趟国，还得提前一些日子向上级报批。"

邬之畏一听，心思泛动，身子向黎朋身前挪了挪："朋兄这么郑重其事，是哪位领导？如果用得着，不介意，我全程陪同。"

黎朋闻言略为沉吟。他坦然相告："是王主任。我们马上要在同一锅里吃饭了，也不是外人，自己人就不见外了。"

"明白。"邬之畏一听，知道是谁了，王国栋。他主动说："我全程陪同。"

"好，那麻烦八哥了。"黎朋双手作揖。

"嘿，朋兄，这客气啥？一家人嘛。"

邬之畏陪同王国栋和黎朋乘坐他的二手庞巴迪商务机飞往武汉，在途中他有了一个意外收获，那便是谈成了一笔小生意。这笔生意是在王国栋的暗示下，黎朋送的顺水人情，即他们参股的上市公司海河软件，第二大股东智慧创投在退出，这笔稳赚不赔的生意，就转手给了邬之畏。

合并推进工作进行得很顺利，中介机构进场审计仔细、专业。在审计的最后阶段，他们开了一场协调会，除了当事方弘华保险、颐养保险，还有他们的控股股东顶天集团、云集团，邬之畏作为实际控制人也参与了，黎朋说为了提高效率，一些事情需要邬之畏当场拍板。

协调会后大家去餐厅吃饭，是丰盛的自助餐。这些天，大家吃盒饭都把脸吃绿了，见到美食便一起拥进去，抢着去拿盘拿碗，选取美食。

邬之畏把黎朋留在紫光室，还有云集团负责法务和并购的副总葛均律师，他也是此次合并的主要当事人之一。邬之畏同样把符浩留下了。

黎朋的脸部看起来有些消瘦，但腹部肥胖。邬之畏看到在两个半小时的协调会期间，黎朋起身出去多次，戴志高自作聪明地悄然跟随，看到黎朋空着手进出洗手间，对，是空着手，没有带手机。戴志高在散会前，趁大家起身寒暄的时候，把这个消息告诉了老板邬之畏。他还特别强调说，黎朋是去撒尿，并且没有带手机。邬之畏不置可否，没有夸奖也没有批评他，甚至连头也没有点。自己犯不上在贴心的下属面前表示什么。人家都说这个戴志高的行事方式跟自己一个模子出来的，难道自己在别人印象中也是随时窥探他人隐私吗？或者往好处想，自己是着重于细节的魔鬼？所谓魔鬼隐藏于细节之中嘛。

不过，在从会议室转场进入紫光室时，他看着左侧同行的黎朋的体形突然有些变化，腹部明显肥胖啊。他还观察到黎朋在会议期间频频端杯喝水，喝水后又频繁起身去上卫生间。这是不是一个不好的信号？身体出问题了？他脑海闪过一个疾病的名称：糖尿病。喝得多，尿得多，腹部肥胖，可不是糖尿病的早期症状吗？这老兄啊，赚再多钱有啥意思呢？竟然得了糖尿病！

此时一个怪异的念头从脑海中闪过。他惊悚了一下，自己稍一镇静，立即把这个念头从脑海里驱赶出去，避免表现在外表上，让更多人看出来，尤其是眼光鸡贼的黎朋。但是他也知道，一闪而过的念头，都是潜伏于心底的真实想法。

邬之畏紧挨着黎朋，符浩和葛副总坐在对面沙发上。邬之畏开门见山说："朋兄，刚才那么多人在，有两件事不方便说。"他把目光向对面的符浩和葛副总扫了一下，说，"现在这个屋子里都是自己人，我就不妨提出来。"

黎朋笑着说开诚布公好，他抬头向天花板和四周打量一番："我没有理解错误的话，能进入这个房子谈事儿的，都是核心人员，说白了都是自己人。"他看了葛副总一眼，又转回到邬之畏身上，与邬之畏目光对视了一下，"葛副总也是自己人，八哥有话请直接讲。"

邬之畏也不客套，说："我们双方在合并方案的时候提到一个条款，合并成功后，新弘华保险董事会需要在适当的时候改选。"

黎朋马上接话说："对，有这条，八哥的理解没有毛病。毕竟颐养保险届时在新弘华保险持股不少，应该是第二股东。"

葛副总插话说这是双方达成的条款，白纸黑字，是有法律效力的。

符浩明白邬之畏想表达什么。他冲着邬之畏点点头，表示这事情符合法律程序和监管精神。

邬之畏补充道："云集团是控股股东，但是是相对控股。"

"所以，在未来董事会成员分配这件事上，两家希望能有一个合理的安排。"符浩对黎朋道出邬之畏的心里话。

邬之畏听着，点头认可。

"没问题，那是你们的合法权利，我们必须维护股东们的合法权利。"黎朋表情有点儿严肃，郑重其事地表态，"具体分配，我们商谈着来。"

邬之畏面露喜色。他说："朋兄仗义，尤其是听到审计部门报告，当初有诸多路线图设计，朋兄不愧是翻江倒海的过江龙啊。"

"过奖过奖。"黎朋难得开心，"自己的斤两自己清楚，都是自家人，就不用这么客套了。"黎朋似乎想起什么，他冲着葛副总招呼了一下，葛副总起身递给他一个手包。黎朋从手包里掏出一张信用卡，递给邬之畏。

"啥意思？"邬之畏莫名其妙。

黎朋解释说："这卡没有密码，我常用的信用卡，请你们财务帮忙在机子上刷一下，刷个5万。上次借用八哥私人飞机，算个油钱。"

邬之畏明白了。他一瞪眼："朋兄，你这是干什么？不把我当兄弟了？坐个飞机还要钱？"

"正是因为把你当兄弟，更要如此，亲兄弟明算账。这费用我得出，算个成本费用。这是王主任特别叮嘱的。"黎朋说得比较真诚。

邬之畏接过信用卡，然后直接塞进黎朋手头敞口的手包里，还特别拉上手包拉链，一气呵成。

符浩和葛副总在一旁看着，不言语，静看二位大佬恰似推杯换盏之间，浸透的人情世故。他们二位在相互推拉之间，也是对视一笑，意味深长。

邬之畏说："如果我今天收了这5万，我就不配做你的兄弟；当然，我也把话撂在这儿，我收了这笔费用，朋兄从这屋子出去，我们就完全变成公事公办了，没有私情。"他停顿了一下，看着盯着自己的黎朋，"你希望是这样吗？"

在邬之畏说话间，黎朋认真地端详着他，琢磨着他的话。看着邬之畏一脸认真，他说："那好吧，我就感谢八哥了。这情我领了。不过，还是把话说瓷实了，这情我欠你的，私人飞机是我借用的，与其他人无关。"

邬之畏立刻接话说："王主任只是朋兄的客人，跟公职身份无关，放心吧，我懂。"邬之畏轻拍身旁的黎朋，"这才是好兄长！那好了，我也就不和老兄客气了，这第二件事，就是上次说的，那个上市公司战略投资的事。"

"海河软件？记得。你考虑好了？"

"考虑好了。5亿投资没有问题。"

葛副总插话说："海河软件的第二股东智慧创投也是我们云集团旗下管理的一只基金，这次股权转让，既是应有限投资人到期清盘从而套现，也是海河软件借此机会引进战略投资者的要求。"葛副总把目光看向黎朋说，"海河软件董事长郑小海还特别叮嘱，要找一个优势互补的互联网投资基金进入，布局未来的人工智能。"

邬之畏抢话，一脸急不可耐，说："我认为他们提这些要求过于乌托邦，既要钱，又想要资源，有钱又有资源的都自己玩去了，自己上市了，哪有带你玩的？"

葛副总刚要张口解释，或者说辩解，被黎朋一个手势制止。

黎朋对葛副总说："郑总那边你去沟通。"他转头对邬之畏说，"这事情是我当初跟邬总承诺的，虽然没有白字黑字，既然是我说出来的，就得认。"

邬之畏喜不自胜，点头。

黎朋对葛副总说："你去和郑总解释，邬总是我们战略合作伙伴，让他顾全大局，别总是盯着自己的一亩三分地。"

葛副总点点头："好。"

邬之畏说："感谢朋兄的厚意。我们接下来怎么操作？"

黎朋说："这好办，我们各自指定一人对接，我们把控大方向就行。我还是那句话，我们要全力以赴搞定两家保险公司合并重组，这是大事。"

黎朋手指葛副总："我们这边就由葛副总来负责，八哥也指定一人对接。"

邬之畏看向符浩。符浩明白了，他抢先说："八哥，黎总，这个项目不算大也不算小。我呢，本来不应该参加这个会议，既然诸位不见外地邀请我与会，说明是把我当自家兄弟，那我也就不见外了，直说了。我提议八哥这边指定戴志高作为对接人，大家都认识，戴总跟随八哥多年，再也找不到这么合适的人选了。"

邬之畏一听，疑惑了，这浩子不是明显把自己撇开吗？他是什么意思？

邬之畏说："我认为你最合适。这事情，小戴也只适合给你打下手。"

其实，符浩所有的注意力都集中在两家保险公司合并上，合并顺利，则投资增值和套现顺利，如果出现意外……他还真没想过这个问题。折腾这么久，寻找买家、价格、制订方案，以及自己顺利退出的兜底方案，虽然谈不上是商学院的经典案例，但至少是双赢的绝佳途径。怎么能不顺利进行呢？天时地利人和，无论如何也不能出差错。这种信心，也来自黎朋的亲力亲为，全力以赴，他获知的信息是，黎朋在资本市场长袖善舞，没有背后坚强的力量支持是不可能坚守到今天，越做越大的。"骨灰级投资大佬"，这头衔并非虚的。除此之外，他对邬之畏的其他任何项目都毫无兴趣，哪怕能短平快地挣些钱。

符浩本想继续坚持，直截了当地拒绝，但一想到大项目合并还在进行中，不能半途出差错，不能夭折——这将是不可接受的后果。成功的关键，邬之畏算是重要的一个环节。他了解邬之畏的无常。因此，当他提出不想参与而邬之畏坚持他来参与的时候，思维在高速运转。

符浩说："邬总，我们还是全力以赴搞定两家保险合并项目，我主要做好项目合并的联络和对接。这个项目，戴总负责对接，我协助。"

"这个安排不错。"黎朋明白了符浩的意思，顺势助他一臂之力，"其实如果相信我们，到时候出资认购就行，不用费心费力地去做法律、财税等相关方面的尽职调查。"

"好，那麻烦朋兄了，我们绝对相信你们。"邬之畏说，"那接下来，具体办理手续，签署协议之类的，就交给葛副总和我们公司的戴总对接。"

葛副总点头表态："我们全力配合。"

邬之畏抬腕看表："吃饭时间点过了大半个钟头了，估计他们也吃得差不多了，我们也过去吧。"

说着，邬之畏从沙发上起身，在座各位也跟着起来，邬之畏做出一个请的姿势，黎朋并肩与他走出门。邬之畏轻拍黎朋的左肩，低声说："朋兄，为工作操劳，也得注意身体健康啊！"

黎朋闻言，倏地一惊。

戴志高领命后，依然发挥其高效的工作精神。他从邬之畏安排他来对接这件事情上，嗅出的是自己需要的味道。那次中介机构审查协调会结束，他看着老板邬之畏邀请黎朋进入紫光室密商，跟随他进去的是符浩，而不是自己，身为执行总裁进入紫光室谈事儿很正常，本身没有不机密的事情。虽然，从根儿上讲，黎朋这根线是符浩牵线搭桥的。最初他相信黎朋与符浩关系不一般，但他们第一次接触，符浩是带着自己去的，耳听为虚，眼见为实，他们也才是第一次认识嘛。也就是说，符浩第一次见黎朋的时候，也是戴志高第一次见，并没有什么优势。毕竟符浩是外人，无论老板怎么欣赏他，他自己如何能干，但自己好歹也是公司执行总裁，跟着老板南征北战，打下江山，在进入紫光室这种场合，怎么能不叫上自己呢，怎么把自己支开了呢？

戴志高看似粗壮，实则心细如发，也容易敏感。老板是不是不信任他了？他做错什么了吗？说实话，无论外界如何评价老板，在戴志高心目中，老板就是上帝，就是再生父母，就是一切。戴志高甚至曾经想过，万一哪天邬之畏有啥牢狱之灾，自己可以代他受过，只要法律允许的话。只是，他没有告诉过邬之畏这个想法。他相信，邬之畏是了解他的心思的。

领命后，戴志高给云集团的葛副总打电话，询问约谈战略投资海河软件的事情接下来怎么做。葛副总说："这事宜早不宜晚，我与海河软件的郑董事长沟通过了，既然贵公司有意参与，他们可以接纳，但不希望把全部份额给你们。"

戴志高警惕了："为何不是全部？全部是多少？"

葛副总说："这事情当面说吧。"

他们约在两家公司中间地带的一个咖啡厅，这个咖啡厅是戴志高经常光顾的。自然，这个地方也是戴志高选的。其实，葛副总想约在云集团，在他办公室直接谈，被戴志高婉拒。戴志高心想，我是买方，是甲方，是出钱的，自然得有出资方的范儿。这年头，什么最亲？当然是银子。戴志高也没有僵持下去，他提出一个折中的办法：在中间地带，私密性比较好的地方。毕竟，这种事情不能外泄，上市公司的任何内幕消息一旦外泄，都会造成股价波动，引发不必要的麻烦。

他们坐下寒暄，服务小姐泡好茶，一看他们要开始谈事情就知趣地站起来掩门退出。

葛副总说："戴总豪爽，做事干脆。难怪符浩先生极力推荐由你来对接，相信我们会很愉快地合作。"

"等等。"戴志高捕捉到了葛副总客套中的一句话，"你刚才说符浩力荐我来对接这个项目？"

"对啊，本来邬总想让符浩来对接……他向邬总极力推荐你来。你知道，这毕竟是两家第二个合作项目，涉及上市公司，有些东西需要秘而不宣……"葛副总对戴志高的意外神情有些讶异："符浩说你很能干。"

戴志高从他人口中接收到这个消息，有些吃惊。他并非是吃符浩的醋，毕竟是哥们儿，虽谈不上是扛枪的战友，至少是一起共事的伙伴。再说，符浩的专业能力在他所认识的同龄人中无可匹敌。他主要是担心被老板冷落，更直白地说，就是担心因为符浩的存在而被邬之畏冷落。毕竟，这么多年是他伴随在老板左右，历经风雨。他需要的是认可，是被需要，一旦一个人被他人认为没有利用价值，其实是可悲的，也是令人惶恐的。戴志高很在乎自己在老板心目中的地位，自己戴着顶天集团执行总裁的帽子，不能被外界和老板认为是摆设。当他听到葛副总道出是符浩极力向老板推荐他来对接、协调和负责这个项目，内心还是有些感动。

戴志高说："葛总，你电话中提到不是全部？啥意思？"

葛副总语气轻柔，不疾不徐，解释说："海河软件一直在寻找战略投资者。所谓战略投资者需要具备一些条件，有资金实力，同时有同业资源。也就是说在软件开发领域有上下游产业链的资源，或者说有大客户资源，就是能拿到大订单，最不济也得在大型国企、政府软件采购中，能帮助中标。实际上，就是拥有资源。"

"那就不是找大财主，而是找名门望族了？"戴志高信口来一句。

葛副总一听就乐了："戴总好口才，一语中的啊，说白了，就是这个意思，基本不考虑土财主。"

"我们不是土财主。"戴志高立刻挺直腰板，中气十足，"你们也知道，我们虽是从西南地区过来的，但现在在京城也算得上一号。"

"那是！"葛副总表示很认同这个说法，"不过顶天集团还是以房地产为主业的，跟软件不搭边。"

"那煤矿老板是挖煤的，就不能拍电影了？"戴志高为自己的这番精准而形象的类比而有些得意。

葛副总说："戴总说的有道理。鉴于我们两家正在进行保险资产的重大并购，为维护亲密关系长期持续，黎总和董事会研究，决定把这个机会给顶天集团。"

"那好啊。"

"所以，按照黎总和邬总达成的意见，邬总出资5亿，我们也相应出让同等金额的股权。"

"那就是对价啦。等等，相应出让是啥意思？不是全部出让？"

葛副总耐心解释："我们依据5亿定价，就出让等价股份，这是肯定的，不可变的。但是，5亿拿不了第二股东此次转让的全部股份。因此，海河软件会为了其余部分找到拥有货币和资源的战略投资者。"

戴志高大概听明白了，他总感觉哪儿不妥，但表达不出来。他感觉有些吃力，心里在想，这个时候要是符浩在就好了。记得邬老板说过，要全部接盘第二股东的股权。按照对方今天的说法，就是出资5亿，还拿不到全部股权，并且还是对方照顾我们的。我们可是出资方啊，可是甲方啊！虽然戴志高在邬之畏面前是永远的乙方，言听计从，但在外面，只要逮住了担任甲方的机会，他就拼命表现，尽情享受，把长期乙方的点头哈腰、迁就，说白了就是委屈，想方设法地找补回来。

他说："葛总，我得回去想想这件事，还得和老板汇报。你这说的，跟老板交代的有出入。"

葛副总点头说："好的，等你消息。"

临分开，葛副总凑近戴志高，低声问："戴总炒股吗？"

"炒啊。"戴志高补充一句说，"我炒的是A股，港股、美股之类的我玩不来，智商不够。"

"戴总说笑了。"葛副总笑着说，他的神情忽而变得比较关切，低声说，"有个情况不得不提醒一下，我们这次的股权转让是需要公告的，在未来一系列的运作过程中，戴总也和我们一样，是知悉内情者。因此根据规定，我们以及我们的亲属是不能炒这只股票的。"

如果葛副总不提醒，戴志高还从未考虑到自己是内幕知情者的角色，甚至都没有关注过海河软件。经此一提醒，他马上有了这个意识。当然，他不会傻乎乎地动用自己的股票账户买卖此股，但可动用朋友的朋友，心里未免有些小小的激动，这可是千载难逢的机会。在颐养保险与弘华保险吸收合并一事上，属于重大资产重组，多么大的内幕消息啊。但是，符浩这兄弟一再在内部强调，他们这些人以及直系亲属坚决不能买卖弘华保险的股票，不能因小失大，破坏大局。在这点上，黎朋也再三强调，中介审查机构在会上也一再提醒这是红线，不能碰，他们还签署了保密协议。老板邬之畏自然瞧不上这些二级市场买卖的仨瓜俩枣，经过这么多人反复强调，也在自己心里确认为铁律。邬之畏在包括颐养保险中高层会议上放出狠话说，谁违反了这条铁律，谁就滚蛋。如果影响了合并重组大计，将让他下半生坐轮椅。他那时坐在台上，与老板邬之畏仅一人之隔，中间是颐养保险的邵董事长，但肃杀之气在屋子里弥漫。弘华保险在停牌前三天出现股价异动，连续三天上涨，停牌前一天涨停板收盘。戴志高眼睁睁看着买盘上巨手封停，心里痒痒的，那可是白花花的银子啊。同时还在心里嘀咕，这肯定是有人泄露消息了，有人从中渔利了。会是谁呢？反正不是我戴某。想到邬老板一脸杀气，他就怵了，大气不敢出。

戴志高赶紧表态："那不会！规矩我是懂的。"

葛副总瞧着戴志高郑重其事的神情，就和缓一下气氛："我只是例行一下告知义务而已。戴总是聪明人，我们自然放心。"

戴志高按了一下立在茶几上的呼叫器，茶艺师轻轻推门进来，面带微笑，烧水泡茶。

后来，邬之畏听到戴志高报告，有些不以为然。他只关注两点：第一，5亿投入，大概什么价位出来，能赚多少；第二，何时出来，别套成股东。要短平快，快进快出，大道理人人都会讲，赚钱是王道。至于多少股份，引进其他战略投资者，在他看来都是扯淡，啥叫战略投资者？就那么一些银子，他们投钱进来了，就会动用所有资源为你所用？做梦吧！除非对方是大股东。

戴志高听着，本来用脑子在记。他怕听岔了，就随手从打印机里抽出一张A4纸，从笔筒里取出一支笔，认认真真地一字不落地记录下来。

戴志高说："5亿能换多少股份还是得认真对待。我感觉这里面有文章，别一不小心陷进去了，那就麻烦了。"

邬之畏摇摇头："这是黎总送给我们的一份礼物，他们岂能给我们设套？我们的重大资产重组项目还在进行中，他们还会得罪我们？不会！当然，你能够想到这一层也不错，万事多个心眼儿不是坏事。"

邬之畏让戴志高去找符浩，凡是涉及专业问题，让符浩给把把关。这个项目上，以戴志高为主，符浩为辅。

邬之畏这番强调，也许仅仅是从工作层面的例行提醒和安排，但在戴志高听来，是肯定与重用，一时心里激荡，如打鸡血一般。他痛快而响亮地回应："明白！"

戴志高要请符浩吃饭，符浩正在外面，刚谈完事情在回家路上。听着戴志高言辞恳切，他开着免提车载电话说："啥事儿，还这么郑重其事的？我们不是天天吃饭吗，还用得着这么恳切和急迫？"

戴志高说："有要事相商，我从云集团回来了，你是聪明人，不用我说那么白吧。"

符浩一听，这件事还确实属于正事。虽然他把这摊事推给了戴志高，自己也答应过做辅助角色，但邬之畏是不怎么放心的。

符浩查了海河软件的财务数据，给戴志高回复说可以搞。

邬之畏敲定了戴志高提交的受让海河软件持股的方案。"看来我们的戴执行总裁搞起资本来，也有一套。别信云山雾罩的那一套，投资有钱赚就是王道。不赚钱的投资，花样再怎么好看，也是狗屁不值，什么高大上的格局、视野，还国际化的，都没有任何意义。"他对戴志高说，"这一票，赚点儿烟酒钱，够你娶媳妇了。"

戴志高听了，五味杂陈，心里涌起百般感激之情。一是老板对自己独立完成的这桩股权收购很满意，对自己的能力给予了肯定，自然踏实；二是听老板的话外音，到时候这笔投资赚钱了，自己还可以分成；三是老板关心自己娶媳妇的事儿，看来老板不仅在提拔自己，还关注自己的私人生活。说实话，自己心里别提多高兴了。

他从邬之畏办公室出来，拿着汇报文件，与匆匆而来的符浩撞了一个满怀。符浩正在接听着电话，注意力都在与对方的电话沟通中。当他抵达邬之畏办公室，正要迈腿进去的时候，冷不防被拿着资料、满心欢喜的戴志高一个转身，给撞了。符浩说："啥事儿这么高兴？"戴志高个头偏矮，与符浩碰撞占不了任何优势，一头撞到符浩的下巴，躲闪不及，双手随之一抖，资料散落在地。

戴志高说："哎呀，浩子，跟谁打电话呢，这么专注？你打电话用耳朵就得了，犯不上用眼睛，你却心无旁骛，视而不见。跟哪个美眉？"

符浩摸着下巴，故意龇牙咧嘴，装着疼痛的样子，懒得和他逗嘴。他挂了电话，看着戴志高说："那个合同签了？"

戴志高明知故问："哪个合同？"

"受让海河软件股份。"

戴志高俯身从地上捡起来资料，在符浩面前扬了扬，让他看了一下汇报题目，果然是受让股份。然后赶紧移开，把文件材料给折起来，说："对，搞定了。不过，抱歉啊，这类东西不让第三人看，担心泄露内幕消息。"

符浩轻拍了一下戴志高的头："我算外人吗？不过，不用给我看，避免到时候出啥事儿了，把我牵连进去。"

戴志高立即给符浩竖起了大拇指："还是浩子觉悟高！"他神秘地补充一句，"不过，我觉得可以的话，肯定与你分享。"

符浩呵呵一笑，就进去了。

邬之畏关心两家保险公司合并进展的情况。他似乎要盘算时间和节奏。

符浩说："整体进展顺利，内部审计已经结束了，服务机构在整理报告。根据我的个人判断，这个案子通过率蛮高。"

邬之畏也兴奋了："怎么说？"

符浩说："现在监管部门最不喜欢的是忽悠式重组、假大空式重组。他们重点关注的是什么呢？是标的资产进入上市公司后，是否在可预期的未来能够给上市公司持续带来稳定的增长利润贡献。颐养保险属于后者，不仅有持续盈利能力，而且并购重组的当年就能够做出贡献。"

邬之畏问："报上去后，多久会核准批复？"

"会很快的。"

"能有多快？"

"还有三个月吧。"

"还得三个月？"

"如果是直接上市，IPO，估计得三年。"

邬之畏一摆手："不整那个。"他跟符浩说，"这里面有什么窍门，你跟我说，虽然是战略重组，该保障的利益我们得保障。"

符浩说："放心吧。如果不合适，你就可以不签字。"

邬之畏连连摆手："不至于，我们的目标就是重组成功。"

他们闲聊了一会儿，邬之畏提到了海河软件的事情，说这事情就交给戴志高去玩，玩好了大家就有钱赚，他能讨一个好媳妇。戴志高不容易啊，毕竟跟着自己这么多年，怎么的也得给成个家了。

忽而，邬之畏问符浩："你们俩谁大？"

符浩说："我大，比他大一岁。"

邬之畏看着符浩就笑："你也不小了，该考虑了。"

符浩笑笑："这事不着急。"

"知道你不着急，听说你身边围着不少姑娘。"邬之畏看着符浩，似乎在回忆，也似乎在琢磨着，"还是时代不一样啊，你们80后，想怎么折腾就怎么折腾，想当年我们一根筋……"

符浩打断了他的话，说："你们俩的爱情是传奇，哪个年代的人都羡慕，可以入史，可以说是经典。我们都是快餐，上不了正席。"

"呵呵，浩子，言重了。"邬之畏说，"玩资本赚钱还是快啊，以后，有云集团背书，我们可以往大里玩。"

符浩提醒他，现在玩得就挺大的。

邬之畏指着符浩："你还是担心。想当年我在小镇，看到县城里的第一辆奥迪，威武、气派，我就想着一定要搞一辆，结果两年不到，我就开上奥迪了。然后，宝马，凯迪拉克，劳斯莱斯，宾利，这就是心有多高，实力就会有多强，运气就会有多好。不敢想的人，前怕狼后怕虎的，瞻前顾后的这类人，放在哪个时代，都不会有出息。"

"当初咋没想过先来一辆夏利？"符浩开着玩笑。

"夏利？我这样的人会梦想着夏利？"邬之畏指着自己，一本正经地说，"说明浩子不了解我呀。"

"是，也许我不了解真实的八哥。八哥焉能让他人真正了解？"符浩意味深长地开着玩笑，"这世界上真正了解自己的，只有老婆了，还得是原配。"

"哈哈。"邬之畏笑过之后，感觉有些失言，他停顿了一下，说，"黎总给我们那个小单生意，受让海河软件，基本谈妥了。"

符浩也顺着转移话题："刚才听戴志高说到了。如果没有特别的意外，应该可以小赚一笔。"

葛副总痛快地跟戴志高签署了股权转让协议，就在云集团他的法务办公室签的。他用了一支派克金笔，先是自己刷刷几下，在四份文件上签字盖章，随后把文件推给坐对面的戴志高，同时把笔递过去，戴志高也是大笔一挥，签上他的大名，随后站起来，没有互相浏览文件的环节，两人就握手。葛副总说着恭喜祝贺的话，戴志高似乎想起来什么，就对葛副总说："这么神圣的时刻，我们得合影留念啊！"葛副总当即一愣，他还没想过这个环节。在他潜意识里，这笔买卖也就是顺水人情，自己不过在前台打杂而已。像这类赚钱不费力的买卖，都是老板在幕后操控，没有啥技术含量。因此，签署合约就等于上司交代的这个活儿完成了，哪有大张旗鼓地搞仪式的必要？何况，这类交易也不适合人人皆知。当他听到戴志高兴致高昂地提议合影留念，他既没有准备，也没有欲望。他说："戴总，顺利签署协议，还有必要照相吗？""当然有必要啊。"戴志高拿着一份文件，指着交易金额说，"好歹是5亿的买卖，真金白银，阳光交易，得照个相，把今天这个神圣的时刻拍下来，留个纪念啊。"

戴志高心里想着，这可是自己一手一脚敲定的一笔买卖，听符浩的意思，这笔买卖稳赚不赔，老板邬之畏曾经暗示，这笔买卖做得好，赚了钱会有大红包，大到可以考虑在京城买房娶媳妇。他看到葛副总丝毫没有照相的意识，心里嘀咕，咋回事啊？从他进入办公室，要签署文件时就觉得有些不对劲儿。敲定这么大一笔买卖，却没有场地，至少也得是在宽敞明亮的会议室吧；也没有仪式，没有鲜花、横幅，也没有其他陪同人员，就两个光棍儿，两个大老爷们儿，两人两笔刷刷一划拉，就结束了？我们可是要投钱的，那是人民币啊，怎么这情形搞得像地下党？戴志高想到这儿，就说："葛总，要不这样，你叫一个小年轻，用我的手机拍照，就'咔嚓'一下，不耽误大家时间，如何？"葛副总听到戴志高如此说，就说："别，既然戴总如此郑重其事，我还是请公关部派一个专职摄影记者过来拍，拍个高清版。"

拍照的时候，戴志高拿起文件，递给葛副总一份，他们左手拿着签署的协议，两只右手紧紧握在一起，听到摄影师喊一声"请二位领导看镜头"，果然"咔嚓"一声，就拍下来了。临走时，葛副总说："一会儿下载后，我发到你手机微信上，别外传哦。"戴志高喜形于色，满口答应，说："那当然，得发原图哦。"

邬之畏听了戴志高的汇报，翻看着协议，自言自语，又似在问话："要投多少钱？"戴志高说："5亿。"邬之畏抬头看着戴志高踌躇满志，问："投5亿，能赚多少？"戴志高犹豫了一下，说："初步概算，应该翻一倍没有问题。"

邬之畏问："周期呢？"

"锁定12个月。"

"那不错啊，搞吧。"

邬之畏把文件递给戴志高，叮嘱他把合同给法务部门留存。

戴志高提醒说："按照协议，首付1.5亿，三个月后支付完余款3.5亿。"

邬之畏说："好啊，去想办法筹钱，这是一笔好买卖。"

戴志高有些疑惑："筹钱？"

邬之畏说："对啊，这是笔好买卖，就交给你了，你放手去筹钱。"

戴志高有些发蒙，这可是公司的项目，怎么让他去筹钱？

邬之畏用笔敲着桌子上的文件，对戴志高说："公司账上没有现金流。我们全力以赴在促成弘华保险和颐养保险的合并重组，这是我们的首要任务。这笔小买卖是笔好买卖，也是我和云集团以及黎总的诚意之间的试金石。"

戴志高瞠目结舌。

邬之畏继续说："既然你们都认为是笔好买卖，可以赚钱，虽然是笔小钱，但从回报率和回报周期看，值得做。"他看出戴志高的困境，拍拍他的肩膀，说，"你是执行总裁，跟我这么多年，也该学会了。我们的资金链、现金流向来紧张，做事都是险中求胜。难道你不懂？"

戴志高艰难地点点头，回复说："懂了。"

戴志高离开办公室，给符浩打电话，哭诉这难堪的事。符浩问："邬老板就是这么说的？"戴志高说："对啊，就是这么说的。"符浩在电话那头沉吟半响："嗯，这的确是他的风格。"戴志高问："那现在咋办？"符浩说："你跟随老板这么多年，也积累了一些资源，就去筹吧。不但替老板赚钱了，还顺道帮自己赚一把，说不定就赚回了豪宅和漂亮媳妇。"戴志高苦着脸叫屈："哪儿来的资源？这么多年，自己就是老板手下一个跟班的，认识的那班人都认识老板，但不会跟自己有啥交情，即使有交情也是给老板面子；伺候的那帮人，眼里也只有老板。"说着说着，戴志高有些悲观起来。他和符浩说话的时候，脑子在不停地转，就像扫描机一样，扫着脑海里认识和打过交道的商界人士。他悲观地发现，除了符浩这家伙，自己还真没啥朋友，更别说靠得住的朋友。也就是说，虽然现在自己身居顶天集团的高位，但所积累的高端资源是零。戴志高说："这么一大笔金额，就是把我卖了，也筹不到啊。"符浩没有接他的话茬，提醒说："也许是邬老板在考验你呢。"戴志高哭丧着脸："怎么可能？"临挂电话时，他给符浩说了一句，把符浩给气着了。"浩子，你是不是早就预料到这种状况，所以当初洒脱地甩给我？"符浩说了一句："好心当成驴肝肺！"

签署协议的第二天，海河软件就发公告了。葛副总催着戴志高执行协议，按照时间点打款。戴志高筹资额度为零，他认为唯一能筹资的是符浩，但自己口无遮拦把他给得罪了。他翻遍了手机通讯录中存档的1671个人，找不到一个可以筹资的。其间，他试图找了一个西南地区的小房地产老板——之前是挖煤的，现在煤矿是黄金卖成土豆价，就转型盖房子了。现在各地在陆续出台限购，盖房子的应该在考虑转型吧。他想到了一个方案，既然老板让自己筹资处理，自己就有权选择处理的方式，比如权益转让或部分转让，人家吃肉我们喝汤也是可以的吧。他给对方说的时候，对方听得挺来劲儿的，跃跃欲试。唯有一条让对方给否掉了，就是钱得借给顶天集团，由集团转支付给海河软件出让方。对方听到是和顶天集团合作，还是和邬之畏合作，兴趣顿无，说："我可高攀不起，玩不起。"然后把电话挂了。这个人，当年在西南挖煤改盖房子，找过邬之畏办事，还是戴志高带着他四处奔波。不过，虽然事情解决了，但邬之畏让他付出的代价比摆平事情获得的价值高三四倍。他一听"邬之畏"这个名字，打死也不合作。戴志高连拨电话，对方不接，后来直接关机了。

戴志高彻底无望。

过了一周，按照协议，首付款得到位。葛副总几乎每天一个电话。憋不住了，戴志高说："公司现金流这段时间有点儿紧，得宽限时日。"葛副总听了很诧异："你们也是大集团，咋这么一点儿银子就紧了呢？"戴志高辩解说："正因为盘子太大，四处用钱，所以才出现资金周转问题。再说，你以为那些市场上呼风唤雨的大公司，现金流就不紧了？他们大部分是借债度日呢，有的借新债堵旧债，别看他们在外面折腾得声势浩大，没几个真正有钱的。"

葛副总久久不见资金到位，他担负不起这个责任，就主动打电话给黎朋。此时，黎朋在亚布力企业家论坛开会。他听到这个情况，预料到事情有点儿严重，不是金额大小问题，而是涉及上市公司，都公告出去了，结果闹成交易不成，岂不是闹大笑话吗？闹笑话还不算什么，关键是会引起监管部门的关注。

黎朋在论坛的一个分论坛上，作为贵宾参与话题讨论结束，就从主席台上下来，绕过围上来要换名片的记者和其他参会者，到了门口。他掏出手机，刚要拨打电话，又意识到这是公众场合，那么多记者在，万一被偷听到上市公司的内幕谈话，则不安全。他往前走，穿过花坛、假山，绕过停车场，走到酒店边缘的绿化带，他四处张望，看到无人，就拨通了邬之畏的电话。

邬之畏坦诚相告，说账上无现金流了，昨天一家地方城商行说好了贷一笔款子给他，结果半途夭折。现在银行说话都不靠谱，先是骗你还贷款，说还了旧账再贷新款，还款一到账后，立刻锁死，想贷新款，没门儿。

黎朋问："我们不是给了一大笔融资了吗？你们增资也花不完。"

"朋兄，余钱被银行骗着还了旧款，还支付了早先的旧账，账上没有现金流了。"

"我还专门问过你，能否拿出5亿现金，你答复我说没有问题。我们才签署了这份协议。包赚不赔。"

"朋兄，感谢感谢，兄对弟不薄，我心里有数。你说，你说咋办就咋办。"

黎朋说："已经公告出去了，上市公司不能开太过分的玩笑。你要知道，我们两家最大的买卖还得靠监管部门审核批准，因此不能被他们关注，甚至谴责。那样我们就会因小失大。"

邬之畏听出了黎朋所言的严峻性。他有些着急了，再次跟黎朋说："朋兄，你说咋办，我们全听你的。"

黎朋说他得想想，看有啥办法。挂电话前，他又强调一句："不能因小失大，我们的重点是全力推进两家保险公司合并重组。"

黎朋挂了电话后，打电话把葛副总给骂了一顿："你做了一个烂尾工程，知不知道？这谈判咋谈的啊，协议签了，公告发布了，却说没钱了？"

葛副总在电话中一声不吭，只说"明白明白，我去协助处理，想想办法"。

葛副总在接电话的过程中憋了一句话：对方有没有支付实力，我咋验证？并且，这是老板你交代的项目，我无非就是在一线代为签署协议，只许成功不许失败。结果，惹一身骚。

其实，过了首付款支付日期，海河软件此部分股份的转让方——智慧创投心急如焚：协议签了，没见着钱，咋整？智慧创投管理合伙人黄俊峰拉着海河软件的郑小海董事长在葛副总的带领下直奔斗牛大厦。他们先去执行总裁办公室找到戴志高。他们对戴志高说："今天来我们不找你，找你也没有用，我们得去找你们邬总，总得给一个说法，不能就这么拖着。"戴志高跟随邬之畏左右逢源，这些场面见多了，临时处理能力比较强。他稳住诸位，给大家一一沏茶。戴志高说："诸位老总莅临此处，不胜荣幸，今儿不巧，你们要找的邬总不在公司。我非常感谢在受让海河软件股份期间，诸位提供的帮助。首付款的事情，我也没想到会出现现金流问题。诸位都是大公司的老总，还有的是上市公司，摊子一大，难免出现问题，还需要宽限几天。"

戴志高说话的时候，情不自禁流露出一丝匪气，眼珠子一顿，看人总像要打一架似的，攻击性比较强。也就是那么一瞬间，他们目光对视的那一刻，他从对方惊诧的眼神中感觉到了异样。这些年来，他跟随邬之畏锻炼出来了，或者说耳濡目染，说话总是有些杀气。戴志高收敛了那种戾气，立即换了一副面孔，言谈真诚，态度诚恳。

但是，这些不是他们想要的，他们想要的是钱，是履约，不是承诺。转让方智慧创投黄俊峰直接问："何时能给这5亿？"一问到实质问题，戴志高心里就有些虚。这些是需要真金白银的。邬之畏把这么大的一个包袱扔给他，让他自己想办法筹资5亿，他连5000万都筹不到，哪儿搞去？对方一问何时到账，他哪儿知道何时到账？银子都没影子呢，要是手头有台印钞机就好了。他含糊地回答，肯定支付，只是这日期，一时还定不了。

葛副总急了："你已经违约了！"海河软件郑董事长插话说："这不能开玩笑，都公告出去了，让我们怎么给广大股民交代？披露虚假信息是要受处罚的！"

戴志高本来想说，公告了也没啥大不了的，可以撤销，再发一个公告就得了。但是，想到两家是合作方，就没有这么直白地说出来。

黄俊峰有点儿埋怨葛副总，说："你是集团副总，我们都是你们的兵。总不能领导出面折腾半天，把这事给搞砸了。"

葛副总知道这是在嘲讽自己。他压着火，心里骂着，这叫什么事？老板批评自己，底下公司又抱怨自己，顶天集团又出"幺蛾子"，自己到底做错了啥？不都是替你们张罗吗？又不会有一分钱装进我的腰包里。葛副总说："这事，还只能去找邬之畏了。"

说着，他们丢下茶杯，起身出去找邬之畏。戴志高有点儿小心思，本来按照他的职责和惯例，不会让他们去找老板，那不是没事找抽吗？这一次，他没有拦阻，只是嘴上说："老板可能不在办公室。"

其实邬之畏在办公室。当他们一行风风火火地在大楼里叫嚷着，戴志高把他们引进总裁接待室。总裁办的小姑娘们一看戴志高带领一帮人进来了，个个穿着不凡，知道是重要客人。她们在公司接待久了，也锻炼出了眼力见，就忙着沏茶、摆上瓜果等。戴志高明知故问："老板在吗？"小姑娘说："在啊。"他们一听就兴奋了，齐刷刷看向戴志高。戴志高没有丝毫尴尬，面不改色地说："我去请一下老板，诸位请喝茶，稍等片刻。"

邬之畏进来时，满脸微笑，他与对方一一握手，口中念念有词："兄弟们，我们马上就是一家人了，弘华保险和颐养保险的合并重组进展顺利，已经报批了，等待过会。到时候，我们一起庆祝庆祝。"

听到邬之畏如此一说，各位老总也是见过世面的，都点头微笑："那是那是，恭喜啊。"

邬之畏说："我知道诸位前来所为何事。不瞒大家说，这事情我和黎总谈妥了，已经有了处理方案，是很完美的方案。"他看着诸位诧异的面孔，微微一笑，冲着葛副总说，"黎总没有和你说？"

葛副总摇摇头："黎总在亚布力企业家论坛上，估计在忙，还没有给我打电话。"

海河软件郑董事长说："我们相信会妥善处理好这件事。"不过，他皱着眉头说，"我主要担心，如果不能按期顺利履约，会影响上市公司的信誉，会引起监管部门的关注，会直接影响两家保险公司的合并重组。"

这句话，与黎朋所言如出一辙，看来黎朋不是吓自己的。邬之畏忽而有些懊悔，当初想赚点儿快钱，同时在重大的合作过程中考验一下黎朋是否对自己够意思，黎朋的能量究竟有多大。没想到，黎朋顺利过关，却把自己陷进去了。万一处理不好，直接影响重大项目合并。千万不能一招不慎，满盘皆输啊。

邬之畏虽然内心翻腾，表面还是保持着招牌式的弥勒佛般的笑容。他对各位说："有劳诸位了，放心，我们下午就给你们信儿。"

他们听了，吃了一惊。刚才那个戴志高说不知道何时履约，碰到大老板说下午就能搞定，大好事啊。他们异口同声地表示说："那感谢邬总了！"

邬之畏留他们去顶上的四合院吃饭，让戴志高作陪，他们谢绝了，都说这事办妥了，要回公司处理事情。

事情并非按照邬之畏想的顺利进行。黎朋回京后，给邬之畏打电话说，如果顶天集团资金有困难，他可以提供帮助，给予解决。邬之畏当即表示感谢："朋兄是我的贵人啊，总是在关键时刻伸出援手，此生得一朋兄，足矣。"不过，当他听完了黎朋的方案后，就感觉不是滋味了。

黎朋提出的方案是，首先，既然公告了，受让主体就不能变化，还是顶天集团，否则又要折腾一番，还得公告解释为何撤换主体，观感不好，还有可能触发监管部门关注。第二，资金问题，他来帮助解决。这笔钱不是借给顶天集团，而是由顶天集团代持。第三，可以考虑给顶天集团佣金或分享收益。

邬之畏听了，就有些不高兴，他以为黎朋主动借钱给他呢。他说："能否算借钱给顶天集团？"

黎朋说："八哥啊，这不是仨瓜俩枣的，虽说云集团现金流充沛，有实力，不缺这些小钱，但这钱不能由云集团拆借，否则就构成了内幕交易。转让方和受让方如果是左手倒右手，那是违规的，甚至是违法的。我们云集团不能这么干。那么，这钱哪儿出？我还得从朋友那儿借，任何借款都是有成本的。并且，投资股票都是有风险的，不能包赚不赔。"

邬之畏表示可以考虑，但要宽限他几天。

邬之畏考虑的方式，就是把符浩叫过来。他在重大事项上对符浩有依赖性，这是众所周知的。在紫光室，邬之畏把整个情况如实告诉符浩，看符浩是怎么判断的。符浩听完，就知道问题出在哪儿。符浩问："是赚5亿重要还是赚百亿重要？"邬之畏说："这不是废话吗？三岁孩子都知道赚百亿啊。"符浩就笑："这不就是明摆着嘛，我们就全力去赚百亿啊，这笔小项目就让他们赚嘛。"邬之畏半晌不语。他说："就是想着这事哪儿不对劲儿，折腾半天，竟然是为他人做嫁衣裳。"符浩说："如果不做嫁衣裳，顶天集团能拿出5亿现金吗？不能。"邬之畏说："浩子现在说话越来越直白，点中要害。"符浩听出了他话中的不爽，他就是欲望太多，什么都想得到，而从自己的口中得不到他想听的，心里自然不爽。符浩说："八哥，我们从这件事情的源头开始盘盘，当初你要搞这个项目的目的是什么？无非是想验证黎总的能量如何，是否对八哥仗义，再顺便赚点儿钱。前两者已经验证了，有了满意的答案，至于第三点，当自身条件不具备时，我们就不必强求。"符浩说着，邬之畏脸色愈发难看，符浩也不再谨小慎微。他提醒邬之畏要抓大放小："大是什么？就是两家公司合并重组，我们一定要全力以赴搞定这个。小是什么？就是这个小单子。当小影响到大时，我们怎么选择，就一目了然了。"邬之畏瞧着符浩条分缕析，说得有道理，但还是感觉哪儿不对，他感觉不对的不是所谈的议题本身，而是在对面侃侃而谈的那个人。他是符浩。对，没错，他变了吗？胖了还是瘦了？或者说他言谈举止间，似乎有些不一样了。

邬之畏同意了黎朋的所有方案，答应得很洒脱："这算互相帮忙了，朋兄帮我挣了这面子，我帮朋兄赚了里子，互助互利。"

大老板们谈妥了互谅互利的方案，底下人办事就顺畅多了。第三天，顶天集团就收到了一笔从广州珠光海色投资公司转发的1.5亿现金。黎朋电话给邬之畏，说这笔首付款到账后就不能在账上停留了，要马上转给转让方智慧创投。邬之畏也不含糊，随即安排财务转账。邬之畏感觉，黎朋办事的确靠谱，说办就办，所谓手有余粮、财大气粗好办事。不过，他又转头一想，手有余粮的多着呢，谁会说办就办。他还打电话给戴志高问代持协议签署了没有，戴志高说没有。邬之畏更加觉得黎朋办事地道，给予他充分信任，协议都没有签就打款，还有什么疑惑的？他安排戴志高主动联系葛副总，去签署代持协议，人家给我们信任，我们也得让人家吃定心丸。

他们代持协议几乎是在一天之内签署的。戴志高自己开着车，来回跑了四趟。本来这事儿可以找助手办理，但他想起来获悉这件事的人还是越少越好。随后，同样在一天之内，他们签署了《海河软件股份转让协议书》。几乎在两个月之内，黎朋安排武汉光华科技公司转账余款3.5亿到顶天集团，顶天集团收到款项当天就把款转给受让方智慧创投了。于是，办理各项手续紧锣密鼓地进行，他们收到中国证券登记结算有限责任公司深圳分公司出具的《证券过户登记确认书》，葛副总提议股票的质押，以该4000万股股票作为质押，通过股票质押回购的方式，以顶天集团名义向中信证券融资2亿元。戴志高担心这些复杂的交易搞不清楚，就向邬之畏汇报。邬之畏说，这些事情一切听云集团的，反正我们没有出一分钱，他们是出资方，他们想怎么操作就怎么操作。戴志高拿到尚方宝剑，就积极主动地协调这些事情。没有了心理负担，戴志高办事利索多了。当然，也有一些技术性问题搞不懂，他就咨询符浩。符浩笑着说："你这算不耻下问吗？戴大总裁！"戴志高恳切地表示："当然啊。"符浩说："那我就告诉你，你们代持资金，以后出售套现，钱是到你们账上，再由你们还给他们，注意一下届时产生的税费就好了。"戴志高一听就懂了，就把这层意思给葛副总说了。葛副总说这没问题，应该由他们承担。于是，他们承诺此次融资产生的全部税费由其承担以及按照约定如期偿付融资本息，并且明确规定"本次融资事宜系受托人（指我司）接受委托人指令而从事的行为，委托人承担本融资事宜产生的所有法律责任"。与中信证券签署了《中信证券股份有限公司股票质押式回购交易协议》后，顶天集团很快收到了融资款项，于次日将款项支付给对方。

邬之畏放手让戴志高忙碌这件事，就基本上不管了，除了每笔款项到了顶天集团的账上，就收到黎朋的电话，叮嘱他一分钟不耽误地把到账款项转出去，他便亲自安排财务办理。他知道在财务授权上，顶天集团只有他一人，戴志高虽名为执行总裁，重点在执行上，总裁只是一个名分。因此，财务部门没有邬之畏的明确指示，是一分钱都不会转出去的。关于这个项目的其他事情，邬之畏基本上就不过问，包括协议签署，反正不是他出钱，这些杂七杂八的事务性细节，就全权交给戴志高处理。戴志高还跟他请示过："老板，这事是由我们出面，他们在幕后，虽说钱是他们出的，我们好歹也忙前忙后，总得有点儿表示吧？"邬之畏大手一挥："要啥表示啊？我们要大度，不要考虑那仨瓜俩枣的。"戴志高说："老板，万一对方要表示呢？"邬之畏看了戴志高一眼，就笑了："你主动跟对方要的吧？"戴志高说："是他们主动提议的。我在想，他们提议得有道理，钱是他们出的，未来赚的钱也是给他们的。但是，这些钱首先是回到我们账上，他们也担心我们万一不及时或者说不痛快给了呢？慢一天就是耽误一天的收益啊。还有，这中间要办理很多手续，万一资金到位了，但我们不配合呢？所以，他们主动提出补偿是完全能理解的。"邬之畏听着戴志高如此分析，就斜眼看他，说："长进了！"然后，他大手一挥，"那这事就由你全权办了吧，一切按照他们的意思来。"

于是，戴志高签署的代持协议里，有5%的收益分享。这5%的分享基数，就是未来抛售股票后所得，除去本金的收益部分。戴志高在想，这部分收益虽说不多，至少是有，到时候老板会给自己一个大大的红包。

在他们处理这个项目的末期，两家保险公司的合并重组也波澜不惊地顺利通过了监管部门重组委的过会审核。

复牌当天，弘华保险一字涨停，巨量买单，在死死托着。财经频道股市评论员说，弘华保险成功吸收合并颐养保险，一举跃为第一阵营。评论员还预测，此次复盘，至少有8个涨停。

纸 金 时 代

第二十六章

风暴前夜

弘华保险复牌后，连续有14个一字涨停。在第15个交易日打开后，获利盘涌出，市场以为会获利回吐盘过大，当天跌停收盘，结果当天走了一个V字形，收盘翻红，涨了6个点。

　　打开涨停板的当天上午，邬之畏安排一个人抛掉数个账户持有的弘华保险股票，并指示暂时不要急着转给牛老师，要在合适的时机给他一个大大的惊喜。原来，在所有关系人遵守规则之际，邬之畏还是偷偷搞了一把内幕交易，虽然不是本人直接获利。

　　当晚，黎朋带着一干人在斗牛大厦欢聚。

　　邬之畏喝得有点儿高，他一直搂着黎朋，在外人看来颜面尽失，有失体统，但对这晚参与欢聚的人而言，那是狂欢。

　　邬之畏大着舌头说："感谢朋兄，今晚，我们胜了，我们美了，我们high了……"

　　黎朋说："八哥在这只股票上，就是百亿身价！"

　　邬之畏紧紧抱着黎朋，口里喷出的尽是酒精的味道。黎朋身边的人有些无措，究竟是去拉开呢，还是不拉开呢？这些人西装革履、文质彬彬，他们遇到这些江湖事，就集体没有了主意。由于是邬之畏主动，执意如此，戴志高他们一干人，自是不会上来干涉的，那样会拂了邬之畏的好兴致，事后搞不好会惹来一通骂，因此，他们都安静地看着老板们嬉笑鼓掌。

　　黎朋表露出难堪的神情。符浩走上前去，张开双手，一下子把二人抱住，他人高马大，此时显示出身高的优势了。随后，他拉开邬之畏，对邬之畏说："大家都等着你发表感言呢。"

邬之畏大着舌头问："啥感言？"

符浩笑着说比获奖感言更重要的感言。符浩强行扶着邬之畏走到中央。邬之畏端着酒杯，醉眼蒙眬，大着舌头，但吐字清楚。他说："感谢在场所有的兄弟姐妹们，这几个月来，你们辛苦啦！"

一片掌声。

待掌声停下，他继续说："什么叫巨无霸？我们就是巨无霸！"他右手向天空高高竖起，然后又指向黎朋，"感谢朋兄，他没有食言，让我们完成了梦想，让一潭死水变成了活水，让一头沉睡的狮子，醒了！只要醒来，它就是无惧的巨无霸！"

又是一阵热烈的掌声。

那晚，最开心的是邬之畏。他做房地产这么多年，也曾日进斗金，中间也曾刀光剑影，历险无数，所谓大难不死必有后福。当年北上，这个战略转型是对的。他从一个土包子华丽转身，成为一个金融巨无霸公司的第二大股东，仅此一项就身价过百亿，那可是随时可以套现的资产啊，那些钞票，看得见，摸得着。关键是，也许有一天，他还可以坐拥金融帝国……想到这儿，他不由自主地舔了下嘴唇，这种潜伏在心底深处的欲望，只适合自己一个人品尝。

吸收合并重组后不久，弘华保险进行了股东和股份变更登记。顶天集团拿到股权确认书的第二天，就被黎朋催着拿去找了一家地方银行全部质押。

那些天，邬之畏和黎朋来往密切。邬之畏要么去办公室找黎朋，朋兄长朋兄短的，要么邀请黎朋去斗牛大厦，过一个短暂而快乐的假期。

盛极而衰。股市大盘大跌出乎人意料，上证指数从5178点后，掉头一路向下，"跌跌"不休。监管部门三令五申提出去杠杆，打击民间配资，两融、信托杠杆、私募杠杆、民间配资杠杆等约6万亿巨量资金需要着陆，二级市场应声而下，在艰难痛苦地一轮又一轮地释放风险，千股跌停成为常态。股灾随即而来，股市一时哀鸿遍野。

戴志高被一夜跌回解放前。这天下午股市收盘，夏星科技巨量跌停，已经是连续4个跌停。头一天，券商理财顾问的小姑娘给他打电话，让他在今天开盘前再追加保证金。500万本金，两倍配资融资，高峰时账户市值蹦到1.8亿。停牌3个月，躲避过7月6日到8日的三天暴跌，还是没有躲过8月下旬的股灾，不仅盈利归零，账户还面临清盘的危局。早上，他用高利贷筹资了800万再次补仓，暂时躲过被强平的风险，但早上开盘一看，190万手抛盘死死压在跌停板上，像一座山，压得他胸闷气短。

他打电话给消息人，咆哮着："夏星科技怎么回事？4个跌停，还在跌，封不住。你们也太黑了吧，我可是时刻面临着爆仓啊，那可是我的1300万！"

戴志高血本无归。就像做了一场梦，这个梦一直残存于他的脑海里，挥之不去。

顶天集团代持的海河软件的一年锁定期转让到了。那天，葛副总约戴志高出来喝小酒，在一个高档居民楼的二层酒吧里，他们一边听着台上的一男一女摇头晃脑地边唱边弹着吉他，一边品着德国黑啤。戴志高问葛副总："怎么想到约这个地方？挺浪漫的。"他边说着，边扫视了周边，一桌又一桌青年男女在亲昵着。葛副总抿了一口酒，说："大家都知道戴总时尚，喜欢浪漫又拉风的场合，我自然要投戴总之所好。""葛总说笑了，应该是我们讨好你才对，当初如果不是你们救场，我还不知道被老板骂成啥样呢。"戴志高双手作揖，慌得葛副总赶紧放下酒杯，伸手按住戴志高双手："这过了啊。喝酒。"葛副总端起酒杯，跟戴志高碰杯。

葛副总说："知道吧？海河软件翻了一倍。"戴志高说："这么凶？""一是我遵守诺言和规则，怕担负内幕消息泄露之责，没有看，也没有买；二是反正钱是你们出资的，我们就懒得关心。没想到，转眼翻了一倍。"

戴志高放下酒杯，打开手机，点击炒股的软件，输入"海河软件"四个字。果然，在半年的时间里，海河软件的股票逐步拉升，涨三天跌两天，涨的幅度大，跌的幅度小，一看就是高手在幕后运作。用符浩的理论来说，这些障眼法和手段，欲盖弥彰，蒙不过专业高手的眼睛，即使可以逃避监管部门的法眼——他们无法找到任何不法之处。同时，这些手段绝对吸引绝大多数散户跟随，包括一些菜鸟级别的小型私募或私募新手。想起之前自己在股市上走麦城，戴志高心中就隐隐作痛。股市大败之后，戴志高似乎变了，变得成熟和内敛。

戴志高炒股失败的事情，小圈子似乎都知道。邬之畏安抚他说，这些都是小钱，还是那句话，有我肉吃绝对不会让你喝汤。戴志高对老板邬之畏的忠诚度再次飙升，一切唯邬之畏马首是瞻。

葛副总安慰他说："海河软件准备抛售，你们有5%的提成收益。"

"对，5%。"戴志高说，"这笔收益，我会向老板申请奖金。现在抛？"

"锁定期一过，随时可以抛。"

"锁定期过了吗？"

"昨天过了。"

"那抛啊。"戴志高有些兴奋。他说话声音有点儿大，引来旁边一桌人的目光。

葛副总说："毕竟股份不小，一下子抛掉，股价会吃不消。搞不好会有几个跌停，还会引起监管部门注意。得一小口一小口地吃，逐步抛。"

"那得抛到猴年马月啊。"戴志高有些心急。

葛副总笑了，说："心急吃不了热豆腐，我们要悄悄地撤离，又不影响股价，还可以获利。"

"好。那就做。"戴志高端起酒杯，跟他碰杯，酒杯之间发出脆响。

"不过，还得你来配合。"葛副总说，"你得把账户和密码给我们，由我们专业人士来操作。"

"这个……"戴志高想了想，说，"没问题。你们专业，我们也懒得折腾。"他想起在股市上的巨亏就头大，眼不见为净。还有一个关键是，这些抛售套现的钱，首先要回到顶天集团账户上。

葛副总又敬了他一杯酒。

"还有，"葛副总盯着戴志高的眼睛说，"这件事比较重大，就是卖股后的货币，会直接进入顶天集团的账户。所以，需要返还给我们。"

"那当然，都是你们出资的。"戴志高脱口而出，话一出口，他就感觉失言了。他改口说："这事儿属于重大事项，得给老板汇报。"

"这算什么重大事项？钱是我们出的。"

"是，钱是你们出的没错。"戴志高解释，"但账户是老板控制的，财务只听老板的。"

"好。"葛副总赶紧进一步打消戴志高的疑虑，"会分批卖，到最后一批的时候，你可以把5%扣留。"

"好。"戴志高盘算着老板应该会给自己一个大大的红包。

"在抛售之前，我们得提前解押在中信证券的质押股，把钱给还了。"

戴志高一听先还钱，条件反射般，说："我们可没这笔现金还。"

葛副总笑着说："当然是我们筹钱。还是和当初一样的套路，我们把钱打给你们，你们把融资款给还上，质押的股票就解押了，就可以抛了。"

戴志高回去和邬之畏一说，邬之畏没有提出异议，就一句话，按照他们的要求办。

黎朋要提前隐退的这个消息，是戴志高告诉符浩的。符浩表示很吃惊。

那天受邀到了一个私人会所，戴志高端坐在涂脂抹粉的姑娘们中间，唾沫横飞。那是他们合作后期为数不多的友好时光。

符浩对陪酒姑娘们说："你们都退了吧。"戴志高说："那咋行？没有美人相伴，喝酒都没有味道。"符浩说："要不要我现在拍段视频发给你们家明星？"戴志高赶紧制止，说这玩笑可开不得。

戴志高挥一挥手，小姐们嘟着嘴陆续离开，好像符浩过来影响了她们的生意似的。

戴志高拉着符浩继续喝小酒，说有话要讲。

符浩不喝酒，他喝的是茶。

戴志高说："感谢符总，今天很给面子，也很给力。我知道你有些不爽，好像被我利用了对吧？"

符浩喝着茶，眯着眼，看着戴志高，不语。戴志高说："告诉你两件事。"

符浩说："啥事？"

戴志高说："昨天我们被人敲诈了一笔介绍费，是当初引荐邬老板与富欣集团合作的那人。"

符浩吃惊："竟然敢敲诈你们？没有谈成怎么会要介绍费？我们促成了合作，也没见到一分钱介绍费。"

戴志高说："没办法，给了仨瓜俩枣就打发了。那时，人家也算帮了点儿忙，拉富欣集团谈合作，充当了一个幌子和筹码，便于与其他人谈判要价。"

符浩更是吃惊不已。他明白了，当初撮合与云集团合作，他和黎朋都被他们给玩了。并且，不知不觉中，符浩还成为帮凶。虽然，这个"凶"在某种程度上还是帮衬，促成了两家旗下保险公司的合作，创造了金融领域一个颇令人玩味的案例。

过去的事情就过去了。符浩说："我对这个不感兴趣。另外一件呢？"

戴志高说："这事跟你有关，也跟我有关。"

符浩信口说："弘华保险？"

戴志高说对。他有点儿端着，话说一半，静待符浩的反应。自从合并重组后，一个身价暴涨，一个股市折了，天壤之别。戴志高的心里多少有些不平衡。金钱这东西的魔力在于，不仅拉开物质的距离，也在不知不觉中拉开心理的距离。戴志高认为，金钱不能买来幸福，但是那些拥有更多财富的人，比穷人更加幸福。不是吗？而一转眼，他与符浩已经彻底成了两个世界的人：穷人与富人。

符浩淡定地喝着茶，听着，不语。

戴志高停顿半晌，看符浩的神情，知道他在装淡定，决定释放出一个"核弹"。

戴志高说："黎朋要退休了。"

符浩神色为之一震，表情不淡定了。他说："黎朋退休？开什么玩笑！"

他一副打死不信的表情。

戴志高神秘地说："这事儿怎么会骗你？黎朋亲口和邬老板说的。"

符浩问："什么时候说的？"

"合并重组的时候。"

"他为何说这个？"

"嘿嘿，这个，估计是他们当初谈判的条件。"戴志高似乎独自掌握了两个高层秘密，有些得意，"符总，你可是这个项目的执行人之一，难道没有听说过？"

符浩鼻子哼了一下，信口说了一句："谈判过程中说的话，又不是白纸黑字写下的，也就那么一说，你们还当真？"

戴志高听出了他言语中的不屑，也明白他所说的你们，除了戴志高自己，还有邬之畏老板。

"你以为他们说着玩的呢？不要以为什么都白字黑字写下来，签字盖章画押才有用。"戴志高知道符浩接下来要说什么，他继续爆料，像一个掌握着更多秘密的内部人。他说："黎朋打算病退，邬老板顶上。"

符浩哈哈大笑。二人仿佛又回到当初并肩作战时的状态。戴志高一下子放松了。他问："浩子，为何如此大笑？你不相信？"

符浩笑完，他认真问道："这话是邬老板跟你说的？"

"当然。"戴志高一本正经地说，"黎朋欲病退，是邬老板亲口说的。不过，接班的事情是我分析得出的。"

黎朋身体有恙，这是事实。但不至于把位置就这么拱手让给第二大股东邬之畏。符浩端起茶，跟戴志高敬茶，说："其实，你是一个想象力丰富的诗人，田园诗人的想象力都辽阔无边。"

"别笑话我，我知道你们高富帅，对我是瞧不上眼的。"戴志高白了符浩一眼，认真地问，"你觉得我分析的靠谱系数多大？"

"等于零。"符浩也不兜圈子，"黎朋退休与否，且不论是否打过口头包票，据我了解可能性极低，至少是这五年之内。即使退了，怎么可能轮到邬老板上位？"

戴志高有些生气，从符浩言语中，他感受到了符浩对自己老板的不屑，反正他是这么理解的。因此，他的反问就显得很不耐烦："怎么就轮不到老板了？浩子，我说了你还别信，弘华保险董事会马上要改选，作为第二大股东实际控制人，老板将会在弘华保险占据重要位置，甚至可能就是他来负责主导。"

符浩听出了戴志高的不耐烦，笑着说："你仔细想想，即使黎总退出云集团，不参与弘华保险的决策管理，在身后等着接他班的一大帮人呢。我们，对，包括邬老板，参与弘华保险的项目，只是云集团业务板块的一部分。云集团是五大上市公司之一，怎么可能由邬老板顶替黎朋？此为其一。其二，弘华保险董事长陆阅先生，年富力强。云集团在弘华保险的持股比例，比顶天集团高出11%，是大股东。黎朋退休，也许索性放权给陆董事长，怎么会让邬老板掌控呢？"

戴志高不悦："我是把你当好友才和你说的。如果你不信，那就拉倒，等于我没说。"然后他提醒符浩，"你是知道的，老板一旦对什么感兴趣了，是志在必得，无论如何，是一定会得到的。"

符浩听了吃惊不已。他知道，戴志高最后一句陈述的是事实。但是，蛇如何吞象？他忽而有了兴趣。戴志高所言非虚，符浩忽而替黎朋担心起来。所谓明枪易躲，暗箭难防。

符浩的担心不是多余的。

弘华复牌连续15个涨停后，股价长期横盘。邬之畏找符浩商谈这件事："怎么每天都这么几毛钱的涨涨跌跌？合并重组后猛涨，别跌回去了。你们经常说横久盘必跌，不会跌回解放前吧？"

符浩劝说邬之畏别性急，任何股票猛涨一段时期后，必然回落调整，否则没有那么多弹药永远支撑。何况，高企除了对质押融资有好处——可以多估值多融资一些银子，好处并不大。

"我们拿到股份权属认证书后，就被黎朋安排质押了，这是当初我们从云集团融资时谈好的。"邬之畏说，"股价更高，身价就高，就可以套现更多的钱。"

邬之畏对符浩又说了一句："你也是股东，难道不想卖个高价，套现更多？"

符浩心里暗自一惊。他以为他和黎朋的私下交易被邬之畏掌握了。他努力镇静，脑子里快速运转着，觉得邬之畏应该不知道。他说："没有谁希望自己持有的股票跌，A股又不能做空，当然是越高越好。不过，我的股份少，锁定期一年，只要到了锁定期，股价不跌就万事大吉啊。八哥，你是三年锁定期，所以不要在乎一时涨跌。"

"虽说是三年锁定期，我们高位质押，那也不能跌破质押价。否则，需要我补仓啊。不能爆仓，对吧。"邬之畏此时像一个资本高手，说起来一套套的，压根儿不是他口口声声说的土包子。

他自言自语地说："还是得想想办法，别一下跌回去了，等待三年后再涨起来。万一跌下去涨不起来呢？不踏实。"

现在邬之畏全身心扑在弘华保险上，每天盯着股票。有一天晚上，他在办公室看财务报上来的账目，怎么看怎么都觉得闹心，房地产项目收回来的资金都被银行划走，连焐热的机会都不给。他想起来挺窝火，说起来联手做了一个惊天大重组，身价上百亿，咋就不见钱呢？

合并重组后，他和黎朋联手召开了一个发布会。在会上，他一身笔挺的西装，一张弥勒佛般的笑脸，与黎朋同坐在主席台。他们回答记者的提问，关于两家重组的前世今生，以及未来展望，这些问题都是黎朋在侃侃而谈。毕竟，云集团作为大型国企之一，旗下有五大上市公司，声名响亮，自然成为媒体聚集点。不过，他作为一匹黑马，媒体也对他抱有浓厚的兴趣。尤其是与黎朋同坐在主席台，他似乎很享受镁光灯的闪耀，这也是他答应黎朋出席新闻发布会的目的之一。否则，按照他早期的行事习惯，这类会议直接让颐养保险的邵董事长和弘华保险的陆董事长出席了。黎朋说："如果这么重要的事情，不出场混个脸熟，还等何时何事？"邬之畏说："还是与媒体保持距离好，保持神秘感好。"黎朋说："你已经大曝光了，不在乎多一次。再说，适当提高曝光率有好处，做保险，卖房子，让老百姓认可，让公众认可。何乐而不为呢？"邬之畏其实内心对公众以及外界有着距离，这种距离感，从他创业肇始就有——不是害怕，也不是傲慢。戴志高曾经说过一句话，比较贴切：公众算个啥？成事不足，败事有余，混了脸熟，风吹草动，还惹一身骚。邬之畏同意也愿意出来在这个场合露面，他很清楚形势，一是合并重组毕竟是大事件；二是与黎朋同台，算高调亮相。

也是在此次新闻发布会上，记者的提问环节本来都是公关部门提前设计好的，包括哪些记者提问，提问哪些问题，怎么答复。记者提问的后期，黎朋突然脱稿侃侃而谈，回答的是弘华保险接下来怎么做，未来如何进入第一阵营的前五。黎朋将未来战略规划讲得气势如虹，听者热血沸腾，包括邬之畏。实际上，多少日子后，邬之畏才琢磨出来，一直都在掌握形势的，不是邬之畏，而是黎朋。

黎朋说："世界上，众多合并重组，大凡不成功的，是文化难融合，要付出巨大成本，包括索尼，差点儿消亡。'索尼们'并不在少数。可以这样说，合并重组成功的企业并不多。但是，一般成功者，肯定是有着共同的文化基因。那么，我们有无共同的文化基因呢？"黎朋偏头看了邬之畏一眼，邬之畏报以微笑，点头示意。

"我们是有着共同文化基因的。"黎朋说出掷地有声的话。

此时，一个胖胖的男记者站起来抢着提问："据我从有限的资料所知，邬之畏先生以开发房地产为主业，进入保险业是偶然。说白了，邬之畏先生是盖房子的，从小地方来到首都，而黎朋先生以及云集团是我们大家都清楚的。怎么也想象不出有着共同的基因。"

此话一出，一片哗然。台上笑眯眯的弥勒佛般的面孔不见了，邬之畏明显听出了记者提问的攻击性。他不知道的是，这位记者的疑问也代表着媒体界和广大公众。在一个财富股吧网站，弘华保险页面的评论区下面，负面评论一页连着一页，都是针对邬之畏的质疑，只是没有人告诉他而已。

邬之畏抢着回答说："正因为资料有限，所以外界朋友，包括你们媒体圈，对本人以及顶天集团的了解是片面的，是带着误解的，甚至是有误导性的。刚好，借助这次见面会，我想说三句：第一，顶天集团是埋头苦干的企业，是从基层一步一步干出来的；第二，收购颐养保险是顶天集团经过深思熟虑做出的决定，是着手从房地产公司转型成金融公司；第三，我们选择与弘华保险合并重组，是有远见和抱负的，是一加一绝对大于二的。"

"那请问，顶天集团还盖房子吗？"这位记者紧接着追问一句。台下一听"盖房子"，一阵哄笑。

"盖，怎么不盖？"邬之畏也没有好气地回击，"房子该盖还是得盖，只要能赚钱。我们是商人，赚钱的事情，尤其是轻易赚钱的事情，我们怎么能不做？只是，我们盖房子，不，准确地说是开发房地产，只是我们的副业，是点缀，我们的目标是做出金融帝国。"

底下响起稀稀拉拉的掌声。

黎朋用手势压了压。待大家掌声停歇，他说："我完全赞同和拥护邬之畏先生的观点。我个人认为，邬之畏先生能带领顶天集团走到今天，是有大智慧的，是有战略开阔眼光的，我们的合作是满意的。我知道大家想了解一下弘华保险，尤其是投资者们更加关注。"他喝了一口水，略作停顿，"你们很关心弘华保险股价接下来怎么走。其实，股价怎么走不是我们所能干涉的，如果干涉，是违法的，我相信大家不会希望我们违法去操纵股价，对吧？那么，我们所能做的就是，经营好公司，管理好公司，做出好业绩，给所有股东满意的答案。"

黎朋又偏头看了一眼邬之畏，转头面向记者："今天，我想跟大家透露一个消息。这个消息，不算违规。毕竟，我不是公司董事长，所以请大家手下留情，别搞成我黎某提前泄露内幕消息，这个罪可担当不起。"

台下响起热烈的掌声。

黎朋说："我们将会开展弘华保险百亿的非定向增发，我们会改选董事会，我们会对颐养保险进行瘦身……当然，这些事需要董事会讨论决定，我只是谈了一些设想。我们要想做大做强，这些路径是绕不开的。"

这番热血的信息，在与会者中掀起热浪。但是，对邬之畏而言，五味杂陈。因为这些信息，黎朋并没有事先与他商谈。

会后，邬之畏找到黎朋，在贵宾室，他们之间发生了第一次不愉快。

一切似乎尽在黎朋的掌握之中。

邬之畏问："朋兄，你说的颐养保险瘦身是啥安排？我咋没听说过。"

"这是我个人的一些想法。"黎朋缓缓道，"两家公司业务部门重合很多，为了降低成本，减少不必要的重复和冲突，有必要瘦身。"

"那就是变相裁员？"

颐养保险所有高管，以及三分之二的中层，都是他安排的，有亲属，有朋友。如果被裁撤，那受伤害最大的是邬之畏。

黎朋用抚慰的话语说："有价值的员工和管理者，我们会留用，还会调整到大公司的岗位。我们是一盘棋，需要通盘考虑。也许，颐养保险可以是一个有益的补充，冲突的业务统一到弘华保险来；不冲突的，有特色的，继续保留。我们想颐养保险成为一个具有强大竞争力的尖刀连。"

邬之畏说："非定向百亿增发，也没有和我们通气？"

"这一切是奔着做大做强的原则考虑的。本来想着与邬总沟通，这个记者一下子逼急了，我就说出来了。并且，这么庞大的计划，是需要开董事会的。"

"董事会该改选了。"

"改！肯定得改选。"

"董事会建议由九位增加到十一位。我们五位，你们六位，其中从颐养保险中选出一位。"

"我建议总数不增加，还是九位。按照规则办，你们三位，我们四位，两位独立董事。"

邬之畏当场脸色都变了。他盘算良久的计划被黎朋轻易推翻。他颤着音说："你干吗还不退休呢？"

"我何时说过退休了？"

"你在喝酒的时候，亲口跟我说的。"

"那是酒话。我还不到退休的时候。"

"那抱歉，朋兄说的所有的董事会提议，我坚决投反对票。"邬之畏冷着脸，斩钉截铁。

这场谈话因此不欢而散。

纸 金 时 代

第二十七章

暴风骤雨

一个问题倒下，千千万万个问题站起来了。

合作的"蜜月期"过于短暂，就像北京的春天。人们穿着厚厚的羽绒服，在春寒料峭中，等待着春天。结果，等到树木吐着嫩芽、花儿吐着花蕊，不过一转眼，十来天的时间，刚刚脱下羽绒服，就要换上衬衣和单薄外套，已是初夏。

颐养保险的小财务梁小鸥哭哭啼啼向符浩求救，说公司的邵董事长要非礼她。

那会儿符浩正和张茂雨在东三环CBD一家新开业的星巴克喝咖啡，咖啡香味沁人心脾，听到这件事颇为倒胃口。符浩以为听错了："什么，董事长非礼你？怎么能够这样呢？这人看起来唯唯诺诺的，年纪一大把，都可以做你爸爸了。"小鸥说她逃脱好几次了，要么是在办公室给他做汇报时，要么是公司在郊区酒店组织会议时，要么是在接待客户被逼着应酬后，他总是想方设法非礼她。而她誓死不从。梁小鸥还透露，公司好几个姐妹遭他毒手了，有的敢怒不敢言，有的就顺从了。符浩震惊了，他的表情被张茂雨看在眼里，也停止了喝咖啡，侧耳倾听。符浩强烈建议小鸥她们报警，小鸥说报警没用，没人敢报警，即使报警了也查无证据，她们都是弱女子……并且，她们不敢辞职，怕被关进小黑屋。符浩问小黑屋是什么，小鸥说小黑屋就在斗牛大厦，难道你没有听说过？符浩听了有些不相信，怎么可能？符浩安抚小鸥，别害怕，如果确有此事，我会让邬老板处理。小鸥听了更惊恐，连说不要。符浩问为什么，小鸥说话开始躲闪，欲言又止，说在这个集团只相信符浩，自己只想离开。符浩又奇怪了，辞职不就离开了吗？小鸥又哭起来了，哭声带着无奈说："辞不掉的。他们知道我的住址，知道我爸妈住哪儿……我害怕。"

放下电话，符浩气得发抖。张茂雨说："能撤赶紧撤，她说的小黑屋，我信，肯定有。"符浩问："你又没有去过几趟，咋这么肯定？我待那么长时间，都不知道。"张茂雨摆摆手，摇头不已："别提了，我去过几次，就吓得够呛，从进大厅开始，到坐电梯，到办公室，一路上都有穿着黑衣服的保安，步话机层层通报上去。你知道给人造成什么印象吗？一股黑社会的阵势啊。"张茂雨说到这儿，心有余悸，摆着头，"这鬼地方，打死我也不去了。你看，后来我就没有踏进过斗牛大厦一步。"符浩将信将疑："别那么夸张，那么多楼层不都被外企租赁了吗？"张茂雨说："那得看是谁进去，干什么事儿。"

符浩径直找到邬之畏，把这件事原原本本地说了。邬之畏没有他想象中的激动、愤怒，哪怕一丁点儿吃惊都没有。他不以为意地仰靠在办公桌后的转椅上，由左向右转动着，右手指敲击着桌面轻描淡写地说："小丫头片子的话你也信？"符浩说相信她。邬之畏问他们是什么关系，这句话问得符浩心头火起，他没想到邬之畏会问这种无聊的问题。符浩直视着他说："邬总，我们什么关系都没有。她之所以找我，是认为我是她唯一信得过的人。"邬之畏瞪着符浩，半晌不说话。符浩直接问："听说我们这大厦有小黑屋？"邬之畏皱着眉头："这些乱七八糟的都是听谁说的？"邬之畏似乎丝毫不给符浩面子。

他们不欢而散。邬之畏以有重要电话进来下了逐客令。从邬之畏办公室出来，符浩认为邬之畏病了，病得不轻。他忽而想起了一个人说的一句话，那是当初去香港四季酒店找吴一德收购颐养保险时，吴一德送他下楼时说的："邬先生这号人，我听说只要对他有大用的人，他可以俯身给你舔靴，一旦没有用了，视你为草芥，当心啊。"

他又去办公室找戴志高，办公室没人。他打戴志高的手机，戴志高说正在外面办事。戴志高听符浩简要说了一番，就问符浩："你帮定这姑娘了？"符浩说："当然，必须的，既然找上我了，我必须帮她。"戴志高在电话那头沉默半晌，说："符总，这事儿，我建议你不要管。如果你非要管，我只能帮你一次。这次帮了，以后其他事情就没法帮你了。"符浩一听，心想，我还能有啥事需要你帮的？于是回复说："仅此一次。"戴志高说："好吧。告诉这丫头，办妥这事儿，别给我四处声张。"

戴志高说话的语气硬邦邦的，像机器人一样，符浩没有听出人情味。

他们是不是病了？符浩想，这是怎么了？

那些天，符浩开车出去，总感觉被人跟踪。他故意拐了几个弯，总算没有看到跟踪的车辆了，松了一口气。但是，又一辆陌生的车子紧跟着自己不放。他想起了电影里警匪片的镜头：变换车牌，轮流跟踪。

他们是谁？他们想干什么？

坐在副驾驶的是张茂雨。他在内蒙古蹲点回到北京，与符浩商谈着开发钼矿的项目。

张茂雨指着右侧后视镜中的一辆车说："你看，这车子跟着我们跑了半个多小时了，刚才在国贸桥的时候，我就注意到了。他们是谁？"

符浩警惕了。是谁呢？

张茂雨笑起来了。他说："当初你们是不是就这么跟踪我的？"

一语点破。符浩似乎想到了是谁。难道是他们？

邬之畏对符浩下手，并不是因为符浩掌握了他们的不堪入目的秘密，什么小黑屋、非礼部属女员工、控制员工职业生涯……这些都不算什么。

自从邬之畏与黎朋第一次交锋后，他发觉黎朋这人并不是想象中那么容易斗的一个主儿，他心中隐约不安，早先屡屡得手的伎俩可能在此人面前难以奏效。他开始了反思，为什么会这样呢？他盘算过接触云集团以来的所有细节，自己心细如发，所有关键时刻的经历皆如电影镜头般在眼前一一闪过，百思不得其解。有一次，他似乎洞穿了一个秘密，那就是自己为什么选择了与黎朋合作，为什么跟着黎朋的计划，增资扩股、质押和抵押筹资，被黎朋反质押、反担保，继而押下自己全部身家？为何听信了黎朋口头承诺，说什么合并成功后，他将因病退出二线？所有这一切，都因为符浩，包括当初转型搞金控。不过，邬之畏还是没有搞明白，追溯到符浩，那么符浩又对他做了什么呢？他没有琢磨出来。

这天，邬之畏在四合院饭局上结识了一位能源公司的董事长，大名李卫。

李卫爆出了一个消息，前些天符浩带一个人来过他们公司，找投资部寻找投资，涉及金额太大，30亿。

邬之畏听了一愣。他问："符浩去找你们了？"

"对。他认识我们投资部总经理，他们谈的，顺便见了一面。"李卫说，"我还特意问他，是不是在顶天集团做过，毕竟都是做投资的嘛，没有不透风的墙。他说有帮过忙，现在没有关系，在忙自己的事情。"

邬之畏看向戴志高。他知道这两个年轻人一直走得近。

戴志高知道老板想了解什么。他说："是，最近他和张茂雨走得挺近的，好像在合作什么项目。我们最近也没见过面。"

那次梁小鸥事件，戴志高说话算数，直接找上邵董事长，告知他说小鸥是老板的人，不能碰她。随后，戴志高安排手下，把梁小鸥的社保关系转移了，让她安全离开了颐养保险，去社会上自谋职业。戴志高办妥后，给符浩发了一条短信告知，"办妥"。符浩回了一条"感谢"。此后，他们再无联系。

邬之畏听李卫聊到符浩，就装作漫不经心地问他："他们谈什么项目？融资额度不小啊。"

"一个钼矿，在内蒙古吧。"李卫信口说，"你不知道？我还以为你也参与了一把呢。"

听他说了这么一嘴，邬之畏感觉心被针扎了一样疼痛。他意识到什么了。当初张茂雨投奔过来时，他让符浩的公司收购张茂雨公司，其中有一块资产就是钼矿。那时他全身心在上市公司能套现的那块股份上，就挥手放弃了钼矿这个潜在的大块头。

饭局后，邬之畏回到办公室，"啪"的一声把办公室的门狠狠关上，差点儿让紧随其后的戴志高吃了一个闷撞。

戴志高知道，大雨即将滂沱。

戴志高进去领命：他接受了一个秘密的调查任务。

符浩感觉自己的生活被人监控了。他开着车子从外面回到住处，拐弯时，看到一辆普通的帕萨特，一路从顺义跟随到市区，再到小区。一个老款的帕萨特压根儿不值得被注意。但是，他转弯对方也转弯，就算是进入一个私人会所取点儿东西，这车子也跟随着，还一度听到拍照的"咔嚓"声。符浩就走到车跟前，隔着玻璃，发现里面有两个小年轻与自己对视。符浩做了一个停止的手势，告诉对方别跟踪了。这一套，他似曾相识，当初他和戴志高跟踪抓张茂雨时，玩的就是这一套。

他进了小区后，从后视镜看到老款帕萨特在小区门口转了一圈，然后掉头离开了。

上电梯时，符浩还在琢磨这是咋回事。电梯里只有他一个人，出来后，他习惯性地警惕着，四周看一看，空无一人。符浩进了房间，还在琢磨，到底出了什么问题？咋回事？为什么跟踪自己？谋财还是害命？

他套现后，这段时间就带着张茂雨四处拜访大型国企和金融集团。他请了一批专家去内蒙古鄂尔多斯，看过钼矿项目，进行了预测，市值至少上百亿。不过，他不打算自己开发。关于这点，张茂雨跟他保持高度一致。张茂雨吃惯了赚快钱的，玩资本的，说白了就是玩钱生钱的，从未想过踏踏实实搞实体。那样太耗费时间了。虽然那样前景远大，但人生苦短，机会稍纵即逝，等不及的。因此，张茂雨对符浩的转手或引资引人合伙的建议，举双手百分之百赞成。符浩帮助邬之畏张罗两家保险成功合并一事，再次折服了张茂雨。符浩套现后，给了张茂雨一笔钱，让他给家里人买房、吃喝和日常消费，在东北那地方，够消费五年了。张茂雨把凌薇送到澳大利亚读书去了，还给她在当地买了豪宅，也算有情有义。

那么，谁在跟踪他？

此后数天，从他驾车从小区出来，都有不同车牌号的车子一直不紧不慢地跟随着自己。他多了一个心眼儿，特别关注这些异常情况。他知道，跟踪车子没有犯法，即使报警，警察一般也不会理会，即使理会也只是警告一下对方而已，对方甚至可以信誓旦旦地表示自己是正常行驶，没有违反任何法律条例。他心里却在忐忑，究竟是谁在跟踪自己？

一个晚上，他接到一个神秘的电话，这个电话打进来时，是以海外电话号码显示的，符浩没有理会。他认为，又是一群骗子把服务器放在海外，人在国内，采取技术手段进行诈骗，因此他一概不理。不过，这个电话乐此不疲，一连拨过来8次。符浩有些生气，拿起电话就嚷着："你有病吧，我没有掐断就给你面子了，还没完没了。"结果电话那端传过来一个男声："符总，最近是不是被跟踪的搞烦了？"

符浩打了个激灵。他问："是谁？"

"符总，我是大峰。"电话那头语气低沉。

大峰？符浩一时没有想起来。

"就是那个胖子。和阿川一起，在温哥华小镇做那件事的。"对方再次提醒他。

哦，他想起来了。当初，他们想找出张茂雨，专门请了一个讨债的团队蹲守温哥华小镇，负责人就是戴眼镜的阿川和大胖子大峰。

"大峰，你好。"符浩在回应的时刻，还在想，大峰怎么给自己打电话了？自从那次事件后，他们就没有合作，也没有再见过面。

大峰在电话中压低声音说："符总，我是冲着对你的敬重才打这个电话的。按规矩，我不应该打这个电话，不仅违规，还犯大忌。我很认你，最近出门要小心，有人搞你。"

符浩明白了。这哥们儿是给他报信的。符浩问："知道是谁吗？"

大峰在电话中沉默了一会儿，说："这个没法告诉你。我是有点儿想不通，原来是战友，咋一转眼就变成敌人了呢？"

符浩一听，就猜到了。

他必须见一下戴志高。

匆匆赶过来的戴志高刚一落座，刚才还笑盈盈看着戴志高拖着行李箱进门，在门童引领穿过走廊快步向他走过来的符浩，脸色陡变，身体前倾，几乎以俯视的姿态，给个头偏小的戴志高造成居高临下的气势，大拇指在中幅度的上下起伏，直指戴志高错愕的面孔。

他用不带感情的语气厉声质问："你们跟踪我干什么？给我拍照、拼接照片和视频是吧？你们太热情了，选角、勘景、预演、机位、时段等布局有序，有条不紊，凭借专业水准有备而来，你们在导演一部大片啊。可惜了，选我这样的角色当差，也太有失水准，简直浪费你们一番深情厚谊！"

戴志高一身风尘。什么状况？老子从机场赶过来，车马劳顿，还未喘口气，赶这儿来挨骂？戴志高心里窝着火，直想脱口骂娘，妈的，老板压榨我，连你也数落我，我过来就是给你一个面子。他在符浩的身体和话语的压迫感中，情不自禁地让身体微幅后倾，空间距离在不经意间拉开，此时一股气从丹田上涌，因符浩的说话时间的延长而缓缓上升。符浩竟然追究这件事？他发现了？何时发现的，怎么发现的？不会是试探吧？一时间，戴志高心里翻江倒海，在琢磨着如何回应。

待符浩一口气说完，戴志高深深地吸了一口气，脸色红白交替，有尴尬、被冒犯，还有愤怒。他琢磨出了如何打击对方爆棚的正义感和满满良好的自我感觉。

戴志高喝了一口水，慢慢说："符总，我想告诉你一件事。"

"什么事？"看着戴志高忽而变得冷静，符浩一时有些错愕。

戴志高索性一刀切下，不绕弯子。戴志高说："你是被公认的资本好手，其实，你所张罗的那些手段都是老板玩剩的。"

戴志高说完这句话，等着符浩的反应。此刻，符浩反而静下来了，他不发一语，坐下来，等着戴志高继续说下去。

戴志高看符浩没有反应，就继续抛包袱，说老板为了便于资本运作，以地产板块为依托，在内地、香港，以及开曼群岛等地成立了36家公司，其中20多家为空壳公司，问他是否知道。

符浩摇摇头。

戴志高继续说："这些公司的工商资料上很难见到他的名字，背后的实际控制人都是邬老板。那好，我就说干货吧，老板从颐养保险倒腾20多亿资金，这你不知道吧。"

符浩想起来，当初这个消息还是小财务梁小鸥这丫头说漏了嘴的。的确，邬之畏办这事没有告诉他，甚至都没有通过气。也正是从那天开始，符浩下定了决心，加速促成两家吸收合并，使自己早日脱离苦海，套现脱身。

符浩说："你们胆子真大，挪用巨额资金，涉嫌犯罪。"

戴志高摆摆手："符总，是否涉嫌犯罪不是我们讨论的话题。我是想告诉你，老板玩资本的手段，在你之上。"

符浩没有表现出生气的样子。他努力平息着波涛汹涌的心情。

戴志高和盘托出，他用手蘸着茶水，在桌面上画着路线图，邬老板指示同业存款协议达到了挪用颐养保险资金的目的。首先，表面上，颐养保险以"同业存款"形式将这笔钱存入一家银行。然后，私底下，双方签署委托定向投资协议，即"抽屉协议"，银行把这笔钱按照颐养保险的指令转到一家地方信托。随即由这家信托办理信托贷款，根据颐养保险指令将资金以贷款形式分别发放给老板实际控制的三家壳公司。"你说，符总，这些手段是不是非常简单，只要内部控制，就可以上下其手？"

随后，戴志高补充了一句，像戳破了一个膨胀的气泡那样，他颇得意地看着符浩的反应。

的确，符浩倒吸了一口气。果然，邬之畏不是他眼见的那么简单，这个世界也不是他想象的那么简单。

符浩意识到必须转移话题，他不想停留在这些闹心的事情上。他约戴志高见面的目的，不是想了解邬之畏这些玩资本的手段，他现在一点儿都不感兴趣。

符浩拉回话题："你们为什么要跟踪我？"

戴志高习惯性地矢口否认："哪儿有的事情！你从何得知的？无稽之谈嘛。"

符浩紧盯着戴志高的脸色，捕捉着他在被质问时的脸色变化。当戴志高矢口否认的时候，符浩就在心里对自己说，这个人完了，跟随邬之畏多年，耳濡目染，连撒谎都那么自然，所谓近朱者赤，近墨者黑，这家伙彻底被污染了。瞧瞧那信口雌黄的劲儿，干了这么些龌龊事，还不知悔改？无知无畏啊！

他在心里替戴志高摇摇头：去向上帝忏悔吧！

没有敬畏的人心，多么可怕。《圣经》中说："我知道我的救赎主活着，末了必站立在地上。我这皮肉灭绝之后，我必在肉体之外得见神。"艾米莉捧着那部红色封皮《圣经》诵读的情景犹在眼前。是啊，多少年来，他桀骜不驯，几无信仰，谈何敬畏？他只信奉弱肉强食，胜者王败者寇的丛林法则。在遍地黄金的社会，不会赚钱太愧对这个时代了，也是对祖上遗传基因的糟蹋。

赚钱有什么罪过？只要不杀人越货，只是钻规则的漏洞，有什么错？规则有漏洞，说明那是设计者的无能或者故意留给合谋者的饕餮大餐。

艾米莉经常在周末给他读《圣经》。

当他和衣而躺，过往那些资本江湖的殚精竭虑地拼杀的细节，精于盘算的置他人于死地的零和游戏，像电影镜头一样从眼前——晃过，仿佛回到高中为准备奥数比赛的时候，他所做过的数学题目，每一个解题步骤、公式、结论和推演均在脑海里清晰不已。他感到紧张、刺激甚至透不过气，有一种窒息感带来的强烈不适。所有这些，可是当年好斗的自己的兴奋剂啊！生为男人，本是应丛林世界而生，拼杀就是最大的乐趣。邬之畏说过，生意就是零和游戏，不是你赚他亏，就是他赚你亏，资源就这么多嘛。生意场没有活雷锋，谁信谁死。一语成谶，同样信奉零和游戏的贾阿毛此时躲避在新西兰的一座无名岛屿上，晒太阳、刨地种甘薯，也许会如此终老一生。想起贾阿毛被迫远走异国他乡而不能归国，他一辈子打造的产业帝国不得不拱手相让于他人，皆因其一念之贪，遇人不淑，而这一切的幕后黑手就是符浩，至少他是邬之畏的帮凶。每每想起这些，酒醉后或与艾米莉快乐之后，那份潜伏在心底深处的隐隐不安，就像山中的野草，肆意生长。

窒息。他感觉整个人浮在高空，底下是峭壁万仞，阴森森的深渊。自己是病了吗？他害怕得上不治之症，他怕死，人生的美好才刚刚开始，因为遇见了艾米莉。

他没有信仰，但不排斥艾米莉给他读《圣经》，读着读着，就有一种神奇的感觉，自己忽而慢慢安定下来了。艾米莉读着《圣经》，语句娴熟，语气沉静、包容，她读着"不要为明天忧虑，因为明天自有明天的忧虑"。这句话就像一道闪电，从脑中穿过，整个人似乎要痉挛起来——这是禅悟的开端。想想自己身处的圈子，一些人发迹后，无论年长年少，无论男女，大多数选择拜庙求佛，寻求根治人生欲望的处方。再仔细想想他们日常行为，信佛但念歪了经文，照样声色犬马，或利益至上，依然穷尽手段，硝烟江湖。他几次陪同朋友去寺庙求签，他们要么求发财，要么求子，要么求升官，要么求治病，要么求泡妞儿顺利……一旦如愿，他们就必须回寺庙还愿，予以金钱，予以香烛，予一切许愿的承诺。那时，他本能地闪过一个念头：许愿、还愿，不就构成一桩交易了么？艾米莉说过，圣经只让你忏悔，上帝只会给予，而不索取，并不让你许愿也不要求还愿。

世间所有的美好，来源于对欲望的克制。

此时，他端起面前的水杯，一饮而尽。"我算是知道你们的手段了，多么恶劣，你们可以拿下高官，可以搞定国企老板，甚至有家室的私人老板，但是对我呢？我告诉你，毫无用处！我一个玩资本的，靠自己的专业技能吃饭，既不在体制内混，不害怕被监管查处，也不是顾及名声的在媒体上抛头露面的私企老板，会担心家庭后院起火。我是光棍一个，我怕什么？当然，我也不怕你们曝光，我不是道德楷模，更不是公众人物，你们竟然也对我使用如此手段，一句话四个字：卑劣至极！"

一边说一边把一摞照片甩在桌子上。符浩在说"卑劣至极"四个字时，加重语气，目光如炬，狠狠盯着戴志高那张因熬夜而略显菜色的脸。

戴志高拿起照片，有跟踪车子的照片，有ps拼接的符浩与陌生女的亲昵照、裸照……戴志高气得脸都绿了！内奸，内奸，必须铲除内奸！

下午3点多，既不是中餐时间也不是晚饭当口，凭会员卡消费的私人会所里顾客寥寥。三三两两的服务员站在吧台或前台，闲聊着，或者低头玩手机。他们完全忽视了雅座上两个男人的剑拔弩张。

戴志高索性耍起无赖，干笑着："既然如此，你想怎么样吧？"

符浩正色道："第一，请转告邬老板，不要打我的主意，钼矿项目是当初我拿下的，他放弃的；第二，不要耍手段，不要动不动就想把我弄进去，请转告他，他愿意网破鱼死，我一定奉陪。"

戴志高听到符浩攻击邬之畏，他也针锋相对："如果我把你的意见转达了，按照邬老板的为人，你想过后果吗？"

"哼，"符浩冷笑一声，"我不想和他对抗，是他拿住我不放。既然斗，我可以奉陪！"

戴志高提醒符浩说："你替艾米莉想过吗？还有，如果有人去你文昌的老家，那会咋样呢？"

符浩闻言色变，勃然大怒，拿起桌子上的水杯，砸在地上，玻璃水杯四分五裂，碎裂的响声震惊了三三两两在闲聊的服务员，一个身材苗条的女服务员拿着扫帚和垃圾铲跑过来。

符浩腾身而起，用手指着戴志高，怒不可遏："你敢！"

跟随邬之畏多年，戴志高也是贼招阴招驾轻就熟。他看着眼前这位北大高才生，老板眼中曾经的红人，自己内心崇拜的对象，无话不谈的哥们儿，因"一击而中"，那副面孔变得恐惧甚至有些变形，心里隐隐涌起快感。妈的，刚才还对我凶巴巴的，击中你的软肋，原来你也有怕的时候，也有痛的地方。

不过，戴志高动了恻隐之心。毕竟，眼前的这个同龄人曾经也是同一个战壕里的哥们儿。他做手势下压，让符浩坐下。

符浩不担心戴志高去自己的故乡小镇，海边世代打鱼的父老乡亲见惯了风浪。如果有外地人去骚扰他父母，小镇乡亲们会用唾沫和海水淹没他们。这份彪悍，也是渔村渔镇独有的。

他担心的是艾米莉的安全。她是上天送给自己的礼物。

邬之畏宴请如一公益基金理事长王国栋吃饭。王国栋说现在是合作方，是一大家子，去吃饭好像不妥当，要么去颐养保险视察工作，吃工作餐，可以在那儿聊聊，要么去弘华保险或云集团听取汇报，也可以借机在那儿面谈。他操着带有囗音的江浙普通话说："邬总啊，我们不要再客套了，都是一家人啦。直接来我办公室也行的，饭就不要吃了，更何况，去斗牛大厦，那多招风啊。"

邬之畏执意不肯。他说："怕啥嘛，我这里封闭性比较好，我派司机去接你，你别开自己的车。我要感谢你，当初如果不是你鼎力支持，我们不会变相上市。"

王国栋还在推托。邬之畏说牛老师也会过来，一听这话，王国栋就勉为其难地同意了。

饭局上，牛老师没有来。酒过三巡，戴志高推门进来，跟邬之畏耳语，说都安排好了，给他报了一个房间号。

戴志高还拿着打印的一张纸，上面列着一串有头有脸的人。邬之畏接过来，当着王国栋的面，边问戴志高边修改："李副主席的秘书安排的是明天上午？12点？好，我们提前半个小时到。后天下午冯导演带谁过来？四大天王？行。周五我没有档期，给刘省长秘书去一个电话，看能否改到礼拜六，他过来不方便我们自己飞过去也行，只要他把档期留出来……"戴志高在一旁唯唯诺诺，看着邬之畏用笔动作连贯地在上面修改。

修改完毕，邬之畏把那页行程安排递给戴志高，挥手让他出去。酒桌上，只有邬之畏和王国栋二人。菜是一道一道地上，一人一份，分餐吃。王国栋说："邬老板日程紧凑，听你刚才一念叨，都是大人物，往来无白丁啊。"邬之畏摆摆手，说："他们都是厉害人物，我只是小人物。这些不重要，只有自己能混成厉害人物才是真厉害。"他凑近王国栋说："最近空运过来了白俄罗斯和日本的，酒我们就适量，保障体力，晚上就在这儿住下。"王国栋一听，就知道啥意思，连连摆手："不行不行，我还得回去。"邬之畏说："都快退休了，怕什么？有什么担心的？多少人都在这里快活过，什么级别的都有，放心好了。"他试图打消王国栋的顾虑。王国栋欲起身站起来，半躬着腰，大幅度地摆着手，说："一把年纪，身体吃不消，有拂邬总美意。"邬之畏说都是自己人，不必担心。王国栋说："家里老太婆管得严，我不回去，她不睡觉。"邬之畏一听这话，就不再劝了，就说："好好，王主任是严于律己的好领导、模范丈夫、好大哥！冲着这个，我也要敬你！"说着，给自己满杯，给王国栋满杯，他起身敬王国栋，一扬脖子就干掉了。王国栋似乎松了一口气，也站起来，把这杯酒干掉。

逐渐地，喝得有些高。邬之畏突然问王国栋："领导，这个黎朋不是快要退休了吗？"王国栋大着舌头说："他退休？他比我还年轻，我没退他先退，没门儿。"

王国栋的回复显然不是他想要的，但也道出了真相。邬之畏说："黎朋在云集团做了15年？"

"可不是吗？他来了我还没来。"

"听说云集团在他手上搞起来的？"

"是壮大的。之前是亏损的……"王国栋似乎想起来什么，"你很关心黎总嘛。"

邬之畏嘴角浮出一丝冷笑：能不关心吗？我们现在合并成一家了。太关心了。

王国栋不知不觉之间有些醉意了。他颤巍巍地端酒跟邬之畏碰杯，说："黎总管理能力强，邬总是一个经营好手，你们通力合作啊，兄弟齐心，其利断金。"

邬之畏趁机说："我不盖房子了，我专门去负责弘华保险吧。你觉得咋样？"

"好啊好啊，邬总能放下这么一大块，专注去搞保险，能不行吗？"所谓酒醉心明白，王国栋在醉醺醺中得知了邬之畏表达的真正意图，也是此次饭局的目的。他补充一句："这事还得去和黎朋沟通。"

邬之畏佯装高兴不已，拼命给王国栋灌酒，说："领导的心意我领了，只喝酒，只谈交情，不谈其他的。"

酒毕，王国栋软塌塌的，趴在桌子的餐盘上，一脸的残羹冷炙。邬之畏喊戴志高过来，让把王国栋扶进房间去。戴志高说："这副醉态，人事不省，还叫小姐吗？"邬之畏瞪他一眼："这事儿还用问我？全套上，全活儿，全扒光。"

戴志高读出了邬之畏眼里的杀气。他知道，邬老板三杯白酒后，喝的都是水。戴志高对此心照不宣，每当老板要玩大局，必须用同样的酒瓶子，外表一模一样，悄悄装上白水。这样，三杯白酒过后，邬之畏脸红，然后把白酒换成白水，跟大家一杯一杯碰，百杯不倒。

王国栋醒来后肯定是惊恐的。能够想象到，当他一觉醒来，赤身裸体，旁边有一个同样赤身裸体的洋妞儿，那种惊骇，尤其是在体制内混了一官半职，还是担任领导职务的人，内心仿佛掀起了一场海啸。

纸 金 时 代

第二十八章

江湖反目

站在大桥串吧的门口，符浩有哭的冲动。他想起了多少次，和一个叫戴志高的朋友在这里喝酒、吃烤串、吹牛，听着热血的笑话，讲着各自糗事，回忆着远方的乡村。

　　露天的串吧里已经有不少人了，有人还在唱歌。

　　符浩左右看了一眼，似乎没有人注意到自己。自从那次和戴志高发生正面冲突后，跟踪自己的车辆消失了。

　　他一身高档西服，坐在一角的座位上，只有他一个人。桌上放着两瓶啤酒，两个杯子，一包烟。一个杯子倒满了酒，另一个杯子是空的。桌边放着四把椅子：带靠背的红色塑料椅和没靠背的金属椅腿的圆椅子。符浩坐在红塑料椅上。

　　符浩看着串吧里的人，有本地的中年人，光着膀子，衣服搭在肩膀上；有年轻小伙子，发型新潮；有穿着廉价西服，像是跑业务的小青年；有年轻姑娘，或许是厂妹吧，拿着手机在自拍。几个卖酒姑娘在串吧里穿梭，都穿着啤酒厂商提供的短裙和抹胸，身材说不上一流，但胜在青春活力。

　　符浩拿起酒杯，喝了一大口酒。

　　有人拍了拍他的肩膀。

　　符浩转头去看，干振民到了。干振民拉开椅子，坐了下来，他穿了一身休闲服。

　　干振民说："我还没到，你就喝上了？不像你的作风啊。"

　　"我什么作风？"

　　"你和酒是相看两相厌哪，以往是我们喝上一瓶，才能劝你喝那么一小杯。看来真是借酒消愁了。发生什么事了？"

符浩摇摇头，喝着闷酒。干振民给符浩的酒杯满上，然后给自己倒上满满一杯酒，举起杯，然后碰杯。

干振民问："是不是艾米莉？"

"她和你说什么了？"符浩问。

干振民说："别那么敏感。不用她说什么，我也能知道。前些时间，她整天跑来我这里，问东问西，就想了解你究竟发生了什么情况。"

符浩说："我也好些天没见着她了。"

干振民说："你们俩闹别扭了？"

符浩苦笑，只能摇头，说不出话来。干振民举杯，两人把酒干了。

干振民再把酒斟满，一瓶酒已经快见底了。他摇了摇酒瓶，放下，转头冲最近的一个卖酒姑娘打了个响指。

卖酒姑娘马上过来，看了两人一眼，稍微弯了下腰，露出甜甜的笑容。符浩看到她的胸口，赶紧把视线移开。干振民看了眼符浩，露出坏坏的笑。她面冲着干振民，身体稍微往符浩那边靠。

干振民吩咐："来一箱……"他看了下符浩说："嗯，先来6瓶吧。"

他指着桌子上没开的那瓶，说："都起了。"

卖酒姑娘说："来点什么下酒的不？我顺便帮你们点。"

干振民身体往椅背一靠说："两盘花生毛豆，烧烤……给我们来10串吧。你觉得什么好吃，就给我们配什么。"

卖酒姑娘说："好嘞。"干振民视线追随着她。符浩问他："对她有兴趣？"

干振民摇头说："她刚才笑起来不难看。身材……也不差。"

符浩说："你这是老男人的审美，胸大就是身材好。"

干振民手指着符浩说："你也看了呀……"

"她那么弯腰，我想不看也不行啊。"

店里伙计提着一篮啤酒，端着两个盘子，往这边走来。卖酒姑娘看到了，小跑着跟过来。伙计把花生毛豆和啤酒放到桌上，卖酒姑娘也跑到了桌前，很自然地走到了伙计和符浩之间。

卖酒姑娘吩咐把酒都启开。伙计起了啤酒，就走了。卖酒姑娘对他们微笑着说："两位慢慢喝，10串烧烤一会儿就到。还要酒的话，就随时喊我。我很好认的……"卖酒姑娘转过身子，让符浩也能看到。她右手指了指左胸口，那里别着一个黄色微笑星星的挂饰。她说："我这里是颗星星。"她身体更多偏向了符浩。她微笑着朝着两人点了点头，就走了。

干振民笑吟吟地看着符浩说："我以为你会接上一句，你就是夜空中最亮的那颗星。"

"你想多了。"

"不知道这种美丽后面是诱惑，还是罪恶？"

符浩有些好奇："怎么说？"

干振民说："也许她就是夜空中最亮的那颗星，沦落在贫瘠的村里，在尘土里谋生，还没来得及闪耀光芒。她以卖酒为业，内心却渴望着星空。她游走在粗鄙和俗气之间，努力地保护着自己；她没有能力让自己飞向星空，于是苦苦地等着那道启迪的光芒，在那道光芒之前展示自己的光采。"

符浩乐了，说："真正大变样的是你啊，你还是我认识的闷葫芦吗？你这理工男竟然这么有文采，有哲理。"

这时，伙计把一碟烤串送了过来。有烤肉串，也有烤韭菜和茄子。干振民把一串肉串递给符浩。

干振民说："这叫资本的大染缸，让你们这帮人给催熟的。哦，继续刚才那个话题，听我说完。也有可能，那只是种本能的算计。她早就向生活屈服了，每天晚上只是想着少干点儿事，多卖点儿酒。那边几桌都是老客，早混熟了，好不好就那样了。"

"看看你，西装革履，和这里格格不入，一点儿都不像混社会的。一看就是有钱、怕事的主儿。给点儿甜头，给点儿福利，多卖几瓶酒不在话下。运气好，说不定还能钓个冤大头。"

符浩就笑他："你还有这一出啊，有点儿意思。"干振民翻过左手手掌说："一边是美丽的诱惑，"又翻过右手手掌说，"一边是世俗的罪恶。你说，会是哪边？"

符浩说："那有什么好想的。把她叫过来，多聊一会儿，自然就能看出来了。"

干振民摇头："哎，我说你啊，也太无趣了。生活本来就够没意思的，做人还这么没意思。有意思吗？"

符浩觉得干振民变了一个人似的，早先的闷葫芦早已遁形。也许，这一切确如他所言：拜创业所赐。一旦进入商业的世界，人，也许就被异化了。只是，有的向好，有的向坏。

干振民继续说着，似乎是宽慰他："不是什么事情都要搞得清清楚楚的。这世间的事，有几桩是尽如人意的？再聪明，算得再清楚、再周全，事情一定如你所愿吗？即便能如你所愿，最后结果一定是你想要的吗？要我来说，不如给自己，给生活留点儿空间。"

符浩默默举起杯子，干振民和他碰了一下，喝下去。符浩忽而有些伤感，他说："我们下次什么时候再来这里？半年，一年？也可能永远都不会过来了。"

干振民说："对。就算最快，也要半年吧？我敢说，半年后，这个姑娘八成不会在这里了。也就是说，我们不会再见到她了。"

"是的。"

这下干振民变得伤感了。他说："半年后，我也许会回到这里，喝点儿酒，吃点儿花生。然后会忽然想起来，当初这里有个姑娘，怀着梦想，曾经甜甜地对我笑过，曾经向我展示过她的美丽，如今却看不到她了，也许她在某个地方闪耀着吧。"他看着符浩自问自答，"你不觉得，这样的话，这个地方都会变得可爱多了，我们对生活也可以多抱有一点点幻想了吗？"

黎朋被王国栋叫到办公室，王国栋很客气，亲自给他倒水，摆果盘，撕开西瓜子的袋子。西瓜子是黎朋的最爱，他在思考问题时，只要是在公司里，无论是在和人交谈，还是在开会，面前总要摆上一盘饱满的西瓜子。他会目视着别人，大拇指和食指一夹，把西瓜子捏进嘴里，轻轻嚼着，尽量不发出声音，不吐皮地吞掉。黎朋第一次看到在上级主管领导办公室的茶几上摆放着自己喜欢的零食，他有些诧异。王国栋起身去把办公室门关闭严实，然后自行坐到椅子上，与黎朋所坐的沙发面对面。黎朋赶紧起身，让座。王国栋死活不肯，说："你到我办公室，是客人，客随主便，你就坐下吧。"黎朋无奈，只好将就坐着，屁股坐了三分之一，三分之二悬空着。虽然，黎朋在很多人眼里是资本大鳄，是大型国企云集团的实权派，但他明白，对上级主管领导要足够尊重是基本的礼节常识。

黎朋知道，今天王国栋如此郑重其事地把自己叫过来，肯定有要事商谈。王国栋闲谈着云集团公司的发展状况，以及未来构想，这些话题都是日常汇报的内容，无论大会小会，还是定期工作汇报，纸质和电子版说得清清楚楚。黎朋跟着寒暄，等待着他说真正的话题。

"弘华保险不错，合并重组后，规模壮大了。最近，我在不同场合听到对我们的称赞。"王国栋说。

"还得继续优化，未来金融市场，要么合纵连横，不断重组合并，要么不断增发，做大做强。"黎朋说，"我们要展开百亿非定向增发，争取金融全牌照，保险、银行、券商等，这些牌照都得有——未来竞争将是全方位的。"

"有必要这么急着增发吗？"王国栋语气轻缓但有着不可抗拒的威严，"合并重组了颐养保险，可以休养生息一段时间。尤其是，要先把内部的法人治理结构给整完整了。"

王国栋轻描淡写的一番话，在黎朋心里扔下了一颗炸弹。他敏感地意识到，王国栋从前从未干涉过他们团队的经营管理，涉及重大决策，他们董事会讨论后，基本履行汇报报批，过过会就可以了。以王国栋为首的上级主管领导层，几乎是全盘放行，偶尔例外就是微调，主要针对政策风险层面。此次，他这番话的背后，肯定站着一个人，这个人不是别人，正是邬之畏。黎朋想起了他透露这个信息时候，邬之畏持坚决反对的态度。

他看着王国栋，半晌不语。他判断王国栋还有好多话要说。

王国栋给黎朋添茶，黎朋抢着端茶壶，他来倒水、泡茶，王国栋就顺手递给黎朋，避免黎朋的尴尬。

王国栋在黎朋泡茶的过程中，顺口说："两家保险公司合并有一段时间了，该组建新的决策层和管理层了。比如，改选董事会的事得加快了。"

果然，黎朋预判准确。黎朋说："董事会是得改选，颐养保险合并后，顶天集团是第二大股东，应该给他们合适的席位。"

王国栋听着，眼里有了光彩，比进来的时候有了精神。他端着茶杯喝着，目光却停留在黎朋的脸上。

黎朋说："此次董事会改选，我们不建议动作太多，不给资本市场传递错误信息，以稳为主。当然啦，邬之畏先生肯定会入选董事会的。"

"好，那好。国企混改，也是符合中央政策的，确保国有资产不流失不减值，保值增值，是好事。在发展和执行中，把握好节奏就行。"

他们继续闲聊了一下公司的发展问题。一个多小时后，有一帮客人过来，王国栋就结束了与黎朋的谈话。临别时，王国栋握着黎朋的手说："保值增值，这是底线，也是红线，把握住了红线，可以敞开门办企业，吸引各路人才，不拘一格嘛。"

黎朋感觉到，王国栋在说话的时候，有一个身影站在他身后，龇牙咧嘴地对自己笑。

黎朋找到邬之畏，他们以朋友会面的方式到郊区打了一场高尔夫。黎朋那天不在状态，打了108杆；邬之畏打了97杆，略胜一筹。

在贵宾休息区，他们坐着喝补充体能的饮料。他们闲聊着，谈得比较多的是未来经济发展趋势，以及圈子里大佬们的八卦。气氛看似轻松，实际上，他们在暗自较量。他们都在心里嘀咕着：大好时光，跑过来打球，不就是寻找一个双方都感觉轻松的环境谈事吗？自从上次不欢而散后，他们电话沟通谈得更多的是交接的具体事宜，他们谈框架，安排手下执行，都没有谈到实质性的问题。

邬之畏首先打破沉默："朋兄，新弘华保险董事会改选，你是咋考虑的？"

"我建议动作不要太大，总量不变，成员调整。"

"总量不变，还是九人？"

"对。"

"成员调整呢？"

"我们四位，你们三位，两位独立董事。"

"两位独立董事怎么选？"

"我们独立董事公开选聘，投票表决，彰显公平。"

邬之畏站起来，望望天空。白云悠悠，天空辽阔。

"我认为新弘华保险规模扩大了，董事会成员人数也得相应扩大，我建议提到十一位。"

"怎么分配？"

"你们云集团推荐五位，我们顶天出任四位，两位独立董事各自推荐一个。"

邬之畏的意图从未更改。九位董事成员构成的董事会，是6：3，而按照邬之畏的提议，十一位成员的董事会构成，则是6：5的格局，完全不可同日而语。稍有不慎，控制权就会落入邬之畏之手。坊间传闻邬之畏就是一只金钱豹，随时随地伤人，只要他想要，他会不计后果。

黎朋必须考虑后果，他断然否决了邬之畏的提议。

黎朋说："不行，我们股份相差了11个点，却仅有一个席位之差，我们难以向上交差。弘华保险是国有控股，外界会进行丰富的联想。并且，资本市场也会做出非常不好的反应。"

邬之畏脸色当即变了："我觉得不好的反应是黎总自己的吧。"

他们再次爆发冲突。

邬之畏说："我必须保障我们的权益，一步都不能让。"

"那就投票表决吧。"黎朋抛出这句话，掷地有声。

这句话，直接引爆了一枚核弹，掀起一场核风暴。这场核爆，炸翻了牛老师、王国栋、邬之畏、符浩、戴志高、贾阿毛甚至黎朋自己，他们是一条绳子上的蚂蚱，无一幸免。

当邬之畏逃到境外，涉嫌职务侵占、挪用公款、行贿、洗钱、隐瞒犯罪所得、合同诈骗、骗贷等，遭遇国际刑警组织的"红色通缉"时，是否后悔翻脸，不计后果地出击？

一天晚上，张茂雨火急火燎地跑到符浩家，猛敲门，门打开，符浩看见张茂雨一脸惶急。

张茂雨进入房间，就自己跑到饮水机旁，用水杯接了满满一杯水，"咕噜噜"地喝了个精光。

符浩坐在沙发上，淡定地看着张茂雨。

张茂雨喝完水，就拉开沙发对面的椅子，一屁股坐下，喘着粗气说："有人对我们下手了。"

"下什么手？"

"重手。"

"钼矿？"

张茂雨喘了一大口气："有人跑到我们矿山去了，说是北京派过来的。守矿的人不清楚，以为又是一家投资公司的来察看呢，结果现场一通拍照，又复印了一堆资料，临走时才告诉他们说，这个矿产以后不姓符了。"

符浩不语。张茂雨以为他会问那姓什么。

"他们说，以后这矿姓邬了。我们的人以为姓吴，就问是口天吴吗？是不是卖了？咋没听说呢。"

"邬君梅的邬，那个演员的姓，知道吧？"

张茂雨惊魂未定，该来的终于来了。

符浩知道是谁了。

符浩去见了邬之畏，在斗牛大厦紫光室。没有别人，就他们俩。符浩进去时一脸凝重，邬之畏依然是那副招牌式的弥勒佛笑脸，脸上没有剑拔弩张或气势汹汹的样子。这张脸，符浩认识很久了，他们曾经是同一个战壕的战友。只是，这种笑容很久没见到了，在他们成功地促成两家保险公司合并后，两人渐行渐远，笑容也逐渐模糊。

邬之畏并不这么认为。在他的意识中，符浩就是他的一个忠诚的部属，这些年，几乎所有的重大事件都和符浩说，重大决策也让符浩参与，岂能说走就走了呢？他所有身家都投入了颐养保险，当初转型进入保险金融领域就是听从了符浩的建议，虽然公开流通了，还没有套现，怎么就说走就走了呢？

邬之畏心里还有一个大疙瘩，就是那天和牛老师的饭局。牛老师带着大型能源集团的董事长李卫过来，李卫也许是无意地透露了一个消息：符浩在折腾一个矿产项目，并且是和张茂雨一起。他一下被点醒了，这矿产项目当初不就是张茂雨公司的吗？张茂雨也是从前老板那儿巧取豪夺的，我还以为是一块鸡肋，全部注意力都集中在上市套现的股份公司那块，没想到这家伙还藏了这么一个资产，自己当初被蒙蔽了。

邬之畏笑眯眯地给符浩泡茶，随口问："浩子最近忙什么呢？有些日子没有联系了。以前还经常见面，天天泡在一起，突然有些日子不见，还有些不适应了。"

符浩暗示自己放松神经，就说："忙着谋生啊。"

"可不是谋生这么小儿科的吧。"邬之畏笑看着符浩，"要说谋生这么简单，按照你的能量，可以直接到我们顶天集团做首席执行官。"

"哪里哪里，八哥过誉了，高看了。"符浩摆手，"我自己的斤两自己清楚。我这人啊，屁股坐不住，不适合在一个位置上长期坐，适合跑江湖。"

"浩子能力强，精力充沛。"邬之畏点上一支雪茄，也递给符浩一支，还给他点上，"这雪茄的味儿劲道，当初还是受浩子影响抽上的。抽着抽着结果上瘾了，离不开了。"邬之畏凝视着符浩，脸上流露出一丝感伤，说，"我这人恋旧。"

符浩笑着，不语。

"浩子算是解脱了，我却被套住了。"邬之畏一语双关。

"八哥说笑了吧，两家成功合并，成为资本市场的一段佳话。八哥也是传奇人物，把一盘死棋走活了，何谈被套住了？"符浩一本正经起来。

邬之畏把抽了一半的雪茄在烟灰缸里摁灭。

"董事会改选，黎朋坚决不采纳我的方案。"邬之畏笑容不见，脸色变得严肃起来，"我提议把9位董事会提升到11位，我们各自的董事会席位是6：5，他们6，我们5，还是他们占有大头，但他竟然不同意！"

符浩听明白了。他说："这事情慢慢来，一上来就重大改组，会引起他们的误解。"

"误解？"邬之畏说，"他们心里有鬼啊。"

邬之畏告诉符浩："我曾经想过，我们代表的董事席位，肯定给你留一席。"

"我不适合。"符浩说，"我的股份太少，八哥自己都不够分的。所以，别考虑我。我这人，闲云野鹤惯了。"

"你就不想要决策权？你不担心如果决策失误的话，贬值？"邬之畏问。

"我这点儿股份有用吗？没用！"

"我听出来了，浩子是另有打算。说来听听，看看我这八哥能否参与，吃肉喝汤，可以跟着玩一把。"

符浩认真想了想："都是一些高风险的项目，不适合八哥。"

邬之畏突然说："当初那个金科投资的壳还在吧？"

"在。"符浩明白了，故意说，"八哥咋还记着这么小的一个公司？"

"我想，把它给收回来。"

"收回来？当初是我公司拿下的。"符浩自然一口回绝。

"当初我没有眼光，也没有闲心，现在腾出手来了，可以搞些事情。"邬之畏直视着符浩，"放在你那儿，闲着也是闲着。"

"没有闲着，我在用这家公司做一些项目。"符浩说。

邬之畏头也不抬地说："你仔细想想。想好了，跟八哥说一声。八哥不会亏待你的。"

符浩从斗牛大厦出来，就知道邬之畏已经掌握了他在张罗钼矿的项目。他在心里否决了这个提议一百遍。

因此，当张茂雨过来特意告诉他，邬之畏已经派人去内蒙古调查钼矿时，只是再次确认了邬之畏对钼矿有所图。所有信息串起来，就明朗了，邬之畏要对他下手。

符浩说："怕啥？我们合法合规买的，没有人可以从我手里夺走。除非，他们用银子砸！"

"兄弟，你很淡定嘛。"张茂雨说，"你跟随邬之畏时间不短，知道他的为人和手段，只要他想要的，他什么手段都会使出来。"

张茂雨说到这儿，额头渗出了汗珠。他想起来，当初虽是邬之畏救了自己，但自己也付出了巨额的代价。那些被跟踪、围剿的细节历历在目，感觉一股股凉风，从后背透进来。

符浩明白张茂雨此时的心理。此时此刻，符浩不能有任何紧张，在队友恐惧的时候，他也跟着消沉，传递错误的信息，那只会不战而降，满盘皆输。何况，他背后还有一股更强大的力量在支撑着。

当然，这股力量是黎朋。

符浩站起来安抚张茂雨："没事的，我了解他，放心。"

望着符浩坚定的眼神，张茂雨感觉松了一口气。他说："千万不能硬扛啊，如果逼急了，我们就妥协。"

符浩看着他一脸惶急，扶着他的肩膀，拍了拍。

戴志高一大早开车过来找葛副总，保安不认识他，把他挡在门外。他狠狠瞪着保安："你信不信，我马上让他把你开了？"胖子保安上下打量着戴志高，说："不管你是谁，没有预约，也没有执行公务的证件，不是公务人员，我们有规定，就是不能进。"戴志高在大堂手指着楼顶，说："你们葛副总见我都要礼让三分，你竟然在这儿冲我狠！"保安就是不让他进，让他打电话，让人下来接。葛副总的电话就是没人接，微信也不回，戴志高频繁打，每打一次，狠狠地摁着手机，气不打一处来似的。保安在一旁看着他，同时检查着进出的客人相关证件、进出卡。好不容易打通了葛副总电话，戴志高第一句就是："葛副总，进你们公司一趟，比进皇宫还难啊！"葛副总在电话中表示歉意："开晨会去了，我把手机放在办公桌上，刚回到办公室，看到好几个未接电话，原来是你打的。辛苦了，我马上下来。"戴志高摁掉电话，又狠狠瞪了保安一眼，保安习以为常，不以为意。电梯门打开，葛副总出来，大老远就隔着刷卡进出的安全门伸出手，表示欢迎。"欢迎欢迎！"戴志高伸出手握着，葛副总跟保安晃着工作牌，然后他刷卡出来，又带着戴志高刷卡进来。保安冲着葛副总点头示意。葛副总看着戴志高一脸怒容未消，说："这里的管理比较刻板，他们干这活儿也不容易。让戴总受委屈了。"戴志高说："算了，不跟他们一般见识。"

他们去了葛副总的办公室。戴志高开门见山地问："海河软件的钱收到了吗？"葛副总说："收到了，还有最后一笔，这些日子处理掉。"戴志高说："我们到时候就直接把5%的收益金给扣了啊。"葛副总说："没问题，合作愉快。"

戴志高在沙发上坐下，说："这次来不光说这个事儿，相比较而言，这些都是小事。我是受老板委托，想提前还款。"

"提前还款？还什么款？"

"融资款。我们不是跟贵集团融资了一大笔吗？"

葛副总想起来了什么："不是没有到期吗？还有小半年。"

"我们老板说想先还了。"

"为何？你们股票还在锁定期，没有套现，哪儿来的现金？"

戴志高犹豫着说："现金这点儿事，邬老板找了信托资金，应该可以的。"

"信托资金还贷款？信托成本在10%左右，银行贷款融资成本才多少？你们这是借高利贷还低利息的产品啊。你们老板咋想的啊？"

戴志高说："老板咋想的我不知道。"

葛副总在琢磨着他的话。葛副总说："你们既然提出来先还款这件事，我得及时跟老板汇报，看接下来怎么处理。"

"谢谢了。"戴志高说，"对了，上次那个代持合同是不是得给我一份？我们两家签的。"

"上次没有给你们吗？"

"没有，上次盖完章后，给你们送过来盖章，当天没有盖成，我就提前走了。"

"哦，我找找。"葛副总起身在他的资料柜里翻找，果然翻到两份代持合同。他取出一份，递给戴志高："我给忘了。"

戴志高接过代持合同，装进手包里，就起身要走。葛副总留他吃饭，戴志高说："回去老板还得安排我干活儿呢。"他边与送行的葛副总并肩走向电梯，边自嘲说，"别看我是集团执行总裁，本质上啥都不管，啥都干，啥都管不了，老板让干啥就干啥，说白了，就是一个高级执行者而已。"

纸 金 时 代

第二十九章

人散曲未终

符浩接到报信时，张茂雨已经开着他的路虎车抵达了西五环蒙古包。

"浩哥，你被盯上了。你看看后头，是不是有辆GL8商务车紧随其后？"符浩听到电话那头是大峰低沉的声音，心里一惊，立即从沙发上起身站了起来，跟对方做了一个接电话的手势，随即快步出门走到院内梧桐树下，问道："咋啦？"

"赶紧想办法摆脱，或者开到附近派出所门口，能开进派出所小院更好。情况紧急，危险！"大峰急促的话语，与几片梧桐黄叶，飘落在符浩面前。符浩忽而身体一紧，感到后背渗出了冷汗，有些发凉。他无须多问，就知道咋回事了——肯定是邬之畏在倒腾事情。

前些天，邬之畏直接给他电话，没有任何客套，开门见山下达指令："浩子，我们经过调查，当初代我收购时，你们联手隐瞒了巨额资产，没有移交给我们。我们将会告发你职务侵占和非法占有。我做事向来先礼后兵。如果你把公司转让给我们，就既往不咎，还可以合作。如果不同意，那将面临最严重的后果。"

年轻气盛的符浩，岂能受此要挟？他顿时一股热血上涌，头脑轰响，反击的语速很快。"你这是最后通牒吗？怎么就是你的啦？最初收购，是我的公司收购了。顶天集团出过一毛钱吗？何谈职务侵占？何谈非法占有？并且，这块矿产是你主动放弃的。"

邬之畏被噎着了，在电话里喘着粗气，一时语塞。他有些气急败坏，不管不顾了，赤裸裸地威胁说："我告诉你，这公司，你给也得给，不给也得给。不用我说，你知道后果的。"

没想到，没过几天，邬之畏就开始下黑手了。

不过，此时开着路虎的不是符浩，而是张茂雨。下午，符浩带着张茂雨去了一家在皇城根公园附近四合院办公的能源基金公司谈事情。谈到中途，张茂雨有事提前离开，借符浩的车去西四环赶一个要紧的饭局。

张茂雨开着路虎一路西奔，抵达目的地，刚把车子停在停车场，就接到符浩的电话。他一听，连忙摇下车窗，果然看到一辆GL8商务车停在对面，他立即摇上车玻璃，发动车子，离开停车位，往出口处开去。商务车也启动跟了上来。张茂雨一边从后视镜关注商务车，一边看着前方出口处。车场出口处是人工收费，一个坐在收费岗亭里的矮胖大姐把手伸出来，把车子截住，说要缴费。张茂雨把车窗打开一条缝隙，说："我刚停下的，还不到5分钟。"收费员大姐就查看电脑记录，还没查出结果，此时只听到"嘭"的一声响，撞车了。紧跟上来的商务车直接把张茂雨的路虎给撞了。张茂雨一回头，看到商务车上下来几个大汉，手持钢管，剽悍地围了上来，他立即一脚油门，直接冲过栏杆。冲破栏杆的路虎，因为惯性冲到马路上，撞上正疾驶而来的恰好路过出口处的一辆出租车。路虎刚停下来，"呼啦"一下，几个大汉围了上来，把路虎前后门堵住，还有一位大汉在维持路边车辆秩序。矮胖的收费员大姐嚷着："你们不缴费，还撞断了栏杆，得赔偿啊！我一个拿工资的可赔不起！"一个对眼的大汉手持钢管冲着收费员大姐一指："别嚷，我们在执行公务，在办案。"被路虎撞停的出租车司机从驾驶室出来，跑到车子右后侧看了看，对对眼的大汉嘟囔着："办案也不能把我们车子给撞了啊，我每个月缴份子钱，还得去修理车，这个月白开了。"对眼大汉又手持钢管转头，冲着他一指。出租车司机习惯性一矮身，接着他脖子一梗，手指着车后转眼排成长龙的一溜车子说："执行公务吧？那也不能把路给堵了。怎么也把我们这事儿给处理了，好把路给疏通了。"一个剃着两边铲的青年人跑过来，从身上抽出三张百元大钞，扔给出租车司机，嚷着说："拿去！再不走，一分钱也拿不到。"出租车司机左看看，右望望，心有不甘，最后俯身捡起三张钞票，钻进车子。

张茂雨窝在车里给符浩打电话，说遇到黑社会了。符浩建议他赶紧报警。张茂雨说："他们扬言自己就是警察。"符浩说："别信。你把地址给我，我给你报。"张茂雨刚说好，就听到车窗玻璃碎裂的声音，车门被拉开，一个大汉直接把张茂雨拎出来。

路况疏通了，车流缓缓动起来。路过的司机们把头伸出窗外后又缩回去，摇上车玻璃，加大油门跑开，他们觉得多一事不如少一事。正是下班高峰期，车辆出口处渐渐地围上许多人。为首的彪形大汉冲着人群喊叫着："都散了散了，执行公务，警察办案。"围观的人群往后退了一圈，还是围着不走。

路虎被敲碎了玻璃。张茂雨被拎出来后，大着胆子质疑说："你们是谁？我一没犯法，二没有得罪你们，你们凭什么抓我？"

他们不言声，两人挟持着他，像罪犯一样，往商务车的方向走。张茂雨恐惧起来，冲着人群大喊："救命啊，他们不是警察，他们是土匪。你们报警啊！"

群众一阵骚动。他们听说这五个人不是警察，胆子就大起来，围了上来。这时候，酒店跑出来一群保安，冲上来喊道："请你们出示证件！"

一个大汉骂骂咧咧，使劲儿压着张茂雨的头。张茂雨拼命大喊大叫。群众中有人喊叫，说已经报警了，警察一会儿就到。此时，那帮彪形大汉中为首的接到一个电话，听完后放下电话，大手一挥，扭着张茂雨的两人随即手一松，将他往旁边一推，张茂雨被推倒在地，他痛苦地发出惨叫。

他们钻进商务车，一溜烟就跑了。

符浩赶过来时，警车已经到了。张茂雨看着符浩说："这帮孙子下手也太重了……哎哟喂，痛死我了。"

符浩搀扶着张茂雨上了警车，去派出所做笔录。

符浩没有供出邬之畏在幕后的所为。他在做笔录的时候，只提到了商业纠纷，说这群人来历不明。警察去查了监控拍下的车牌号，是套牌。符浩知道这帮人干这个勾当的时候，惯用手段就是弄一个临时套牌，忙完就找一个隐蔽地方换掉，逃避被监控和调查。其实，这些手段在信息无孔不入、监控视频无处不在的时代，很容易被识破，只要发生大案，警察一旦立案，轻易就会被查到。只不过警察事务繁忙，案子又多，像这类小案子，根本腾不出手来办理。

符浩给邬之畏打电话。邬之畏告诉他，只要不转让，动作就不会停止，这次只是给他警告。

符浩说："这些下三滥的手段太不新鲜了，能不能搞点儿新鲜的？"

邬之畏在电话中停顿了一会儿，冷冰冰地扔下一句："新鲜点儿的，就是让你从地球上消失。"

符浩心里一惊，知道邬之畏能干出来。他强作镇静地说："那就走着瞧吧。"

戴志高的电话打不通，要么关机，要么不接。符浩打他另外一个手机号，戴志高接通后，不发一言，只是听符浩追问，最后戴志高半是警告半是提醒："跟老板对抗，结局是悲惨的。要么你死我活，要么有牢狱之灾。"撂下电话前，戴志高轻描淡写地说了一句话，"有人知道了艾米莉的住址。"

一股冰冷的气息似乎从电话那头传来，把符浩给僵了半晌。他彻底被激怒了，然后冲着戴志高嚷道："你们敢动她一根汗毛，我也会豁出去！"

艾米莉似乎听到了风声，她放弃了去英国伦敦参加索尼世界摄影大赛。在这次全球性摄影大赛中，艾米莉以"中国的商业人物面孔"获得青年组参赛资格。那天，艾米莉接到邀请通知时，她十分惊喜。与此同时，符浩和张茂雨正带着一家国企在鄂尔多斯矿区考察钼矿项目，符浩听到这个消息，也是激动不已。

艾米莉依偎在符浩的怀里。他们坐在客厅的沙发上，符浩已经抽了三支雪茄。

符浩劝说艾米莉打电话给组委会，想要她继续参加这次比赛。"那是你的理想，比任何事情都重要。我不希望你因为我而放弃。"

艾米莉却有些执拗，说："不。都这样啦，陪伴比理想更重要。否则，太……太残忍了。"

符浩故意挤出笑意，说："都咋样了？你听到啥了？"

艾米莉说："别想隐瞒我了，我都知道，陈静姐告诉我了，还有……我只想你好起来。"

符浩抚摸着她乌黑的秀发，说："傻瓜，我会料理好自己的事情。你要做自己想做的，别管我！"

艾米莉沉默了一会儿。她抬头凝视着符浩说："你是不是觉得这是对我的保护？"

符浩还没来得及回答，茶几上的手机就响了。符浩轻轻挪开艾米莉，欠身去拿，手刚碰到手机，手机就停止了响铃和振动，屏幕同时也变黑了。符浩把手机拿到手里，按下home键，解锁屏幕，看到了来电者的名字。

符浩意外地低呼了一声，身体顿时绷直。艾米莉感觉到了他的异样，起身跪在沙发上，凑近去看他。符浩下意识地偏转手机屏幕，用掌心捂着。

符浩对艾米莉说："去洗澡。"

艾米莉抬着头，眼睛睁大，楚楚可怜地看着符浩。

符浩说："别管男人的破事儿。洗澡去。"

艾米莉摇头。她用手抓着符浩的胳膊，很坚决地看着他，把目光向一楼的大洗浴间一甩，示意符浩说："Together。"

他们欢愉过后，躺在大床上。艾米莉慢慢躺到他怀里，后脑勺对着他，脸朝外，用沉醉回忆的语调轻缓地说着话。艾米莉说："你想去没人的地方，谢谢你想到了要带着我。"

符浩半真半假地说："我怕黑。"

艾米莉转身轻捶了下符浩的膝盖说："讨厌！那天我看到了你最真实的样子，在夜里，很动人。"

符浩忽而有了感慨，他语调轻松地说："真的呀？"

艾米莉轻轻抚摸着符浩的膝盖，看着他逐渐有了光芒的眼睛，说："别臭美，是摄影师眼中的动人。我现在好像都能看到你矛盾的样子。你的神情好像是在和黑夜争斗，可是又好像在迷恋黑夜的掩护。那是我一直渴望拍到的相片。那是所有摄影师都渴望捕捉到的表情。"

符浩歪着头，试图看着艾米莉的脸。艾米莉又把脸转过去，他只看到乌黑的头发。他伸手轻轻拨弄艾米莉的头发，把覆盖脸部的头发往耳边拢了拢。

艾米莉说："那天我带了相机，想着要拿出来把你的样子给拍下来，让它永远保留下来。可是，到最后，我都没法拿出来。"

符浩问她："为什么呀？"艾米莉说："我害怕发现秘密。其实，我知道你有太多秘密。我害怕靠得太近。你……你的秘密我不喜欢。"

符浩一下子把艾米莉抱过来，紧紧地。

艾米莉喃喃地说："摄影师是最孤独的职业，他拍下每个人最真实的表情，拍下他们最有光彩的时刻。有时候，他甚至能从某个瞬间的表情，触摸到他们的灵魂。可是，他同时也是最陌生的人，和他拍摄的人没有交集，最好是做到让自己不存在。拍完之后，各自消失。我的导师和我说过，永远不要走进拍摄对象的生活里。永远！我那时候不懂，不服气。现在我才明白，他是对的。"

符浩有些感伤。"也许，你导师说的是对的。"艾米莉说："我那时候无论如何都拿不出相机来。只要一拿出来，我就置身在你的生活之外了，而你，你就真的变成一个人了。孤零零的一个人。"

符浩有些想哭了，这么多年来，他在商场把外壳锤炼坚硬，但内心柔软甚至是柔弱的，经不起一段哪怕一句话的温情。那天，他又去了"恒爱阳光"养老驿站，看到陈连海教授在阳光下用放大镜百般宠爱地欣赏着一张照片，照片上有一个长相洋气的年轻人，在柔情地与陈教授对视。那是他的儿子。儿子死于华尔街金融海啸，这位毕业于普林斯顿大学的高才生，本来可以拥有一个光明的未来，却不幸地卷入了雷曼兄弟事件，在公司倒闭的前夜，他从楼上纵身一跃。陈连海说自己能预测大运，却预测不了自己儿子的死。他还说了一句话，让符浩内心震撼：善用刀剑者必死于刀剑。

符浩把艾米莉紧抱在怀，说："你一直都在我身边。"艾米莉摇摇头，说："不一样，完全不一样。我得陪着你，陪着你的孤独，而不是在一旁观察，用相机的眼睛冷冷地看着。我就是不能。"

符浩轻轻叹了口气，说："我懂的，懂的。"

艾米莉说："那一刻，我就那样看着我的作品一点一点地消失。以后，也许我再也看不到你这样的表情了。我想，我完了，我再也当不了摄影师了。这还不是最糟糕的。你知道最糟糕的是什么吗？"

符浩茫然地摇了摇头。他的手落到艾米莉的脸上，轻轻抚摸着她。

艾米莉用手抓住符浩的手，让它停留在自己脸上。艾米莉说："我告诉你一个秘密吧。"

艾米莉贴近符浩的耳朵，说了一句话。这句话，让符浩虎躯一颤。

艾米莉是黎朋的女儿。

一度称兄道弟的好哥们儿，是什么让他们最终反目成仇？曾经能亲密无间地合作的两家公司，联手打造了金融界一桩堪称完美的吸收合并重组案，最后却走向对抗。这一切究竟是怎么发生的？

邬之畏对他说过：你和黎朋联手算计我，我还把你当作心腹——这是天大的讽刺。

符浩知道，邬之畏指的是什么。

邬之畏提前还款需要云集团的同意。这一点，是隐藏在协议里的一枚核弹。根据协议，顶天集团把弘华保险的股权质押给云集团，云集团担保给沪市银行，成功融资。三方协议中，有一个看似不起眼的条款被邬之畏他们给放过了。该条款表明，如果顶天集团要提前还款，解除股权质押，需要经过云集团书面同意。当初签署这份股权质押、融资担保协议时，符浩曾经暗示过邬之畏，那时他为邬之畏服务，屁股是坐在顶天集团席位上的，虽然他跟黎朋之间惺惺相惜，关系特殊。但出于职业道德，他还是把这个条款和其他需要修改的7个条款都用红笔画出来，并提出疑问，交给了邬之畏和老谢。邬之畏则不拘小节般大手一挥说："这是好事啊，我们高位质押，干吗要急着套现？着急的是他们，不是我们。再说，融资的钱不是钱吗？你们想多了。"老谢一听老板这么一说，也就不再提了。老谢也判断，提前还款和解除质押的条款不会出问题，顶天集团这状况，从哪儿融资还款？钱从哪儿来？

实际上，这个条款是云集团黎朋做的自我保护机制。作为资本市场的"不倒翁"，精明如黎朋，信手几下，则彰显了凌厉的手法。与邬之畏这类在江湖中褒贬不一甚至贬高于褒的人合作，防范与救济，皆需有预见性。所谓君子不立危墙之下，预则立，不预则废。黎朋当初设计这个条款时，就是为了预防邬之畏发难。

双方交恶后，符浩参加了他们的秘密会议。他们团队在黎朋的授意下，没有把符浩当外人。在会上，黎朋坦言，当初设计这个条款，就是为了避免邬之畏发难。这个人名声不好，多少人都死于他手上，破产的，跑路的，流浪海外的。但是他拥有了一个好企业、好标的，就是颐养保险。相处过程中，接触多了，也发现了他的诸多优点，比如在某些事情上还挺仗义，还有像符总这样的青年才俊跟他一起共事。符浩立即插话解释说，他们是共同做一个项目，而不是同事关系。黎朋说："对。符总多次强调这个事实，就引起我的注意了。这个人，只要他染指的，他最后都想控制，包括弘华保险。为什么他们要改选董事会？为什么他提出要把董事会成员由9位升到11位，把双方董事会席位修改为6比5？司马昭之心，路人皆知。"黎朋告诉符浩，邬之畏还提议他们的六位董事会席位给符浩留一席位。黎朋说："我们根本不会考虑这个提议。他们的心思难道不是昭然若揭吗？他们迟早会来控制弘华保险。我们是一家国有控股的公司，怎么能答应呢？"

符浩说："所以，黎总设计这个条款，把他所有资产进行抵押和质押，就是防守的盾，也是攻击的矛啊。"

黎朋点头。

符浩提醒他："也恰恰如此，你这个条款直接把他逼进了死胡同。所以，他才会狗急跳墙。"

黎朋问："此话怎讲？"

符浩说："换位思考，你怕他们控制董事会，邬之畏何尝不怕你剥夺了他质押的股份？"

黎朋不语，看着符浩。

符浩说："根据那个条款，即使他们有钱了，想解押股权，还得经过你们同意。如果你们不同意呢？如果他们爆仓了，资不抵债了呢？那样，他们就失去了股权，就一无所有了。换句话说，就是被你们吞并了。"

"你点醒我了。"黎朋这些天也被邬之畏逼得狼狈不堪。他们已经势如水火，邬之畏电话不接，短信不回，人也不见……大半个月里，几乎关闭了所有的沟通渠道。他究竟想干什么？在干什么？这让黎朋隐隐不安。

不过，黎朋告诉大家，他找到了反戈一击的办法。

"什么办法？不会是爆仓吧？"卫董事长问。

符浩说："黎总不会伤人一千自伤八百。爆仓不会是他的选择。"

"如果选择爆仓，我，以及我们都没法对组织交代。"卫董事长提议，还是找和解方案。

黎朋想起了王国栋那副惨兮兮的样子。虽然可以和组织说清楚，但毕竟是一个污点，他很可能会提前退休，甚至有可能拔出萝卜带出泥——晚节不保。

黎朋决定找牛老师，遵从卫董事长的指示，在没有走到最后一步之前，还是选择和解。现在，唯一能做邬之畏工作的，就是牛老师了。

牛老师在京西宾馆开会。他同意在会议间隙会见黎朋。黎朋如约赶到，牛老师从房间出来，到了大堂，也没有和黎朋寒暄，就径直带着他走向停车场。黎朋边走边想，不是在酒店咖啡厅见面，也不是在贵宾室或他的房间，看来这些地方都不安全。牛老师做事谨慎，直接把他带进车里。假寐状态的司机被惊醒，看到领导上车了，还带着黎朋。牛老师说："我和黎总谈点儿事情。"司机赶紧下车，把车门关上，还留了一个透气的缝。

黎朋把这些日子与邬之畏发生的冲突都向牛老师做了报告。

牛老师问："你们之间就不可调和啦？"

"没那么严重。其实说白了，没啥事。"黎朋说，"把他们的股份置换成上市公司了，他身价暴涨。"

"那为什么闹成这样？"牛老师问。

"他想控制弘华保险，而我们要确保国有资产不存在流失的风险。这是我们之间本质的区别。"黎朋不绕弯子。

牛老师不表态。

黎朋说："其实，他的身价已经暴涨到百亿，就因为这一个项目。当初这些方案，还是我协助他办的。我们冒着风险给他融资，鼓励他增资扩股，稀释别的股东股份，扩大自己的持股比例并进一步控制股份。"

"这事我听说过。"

"但是，他现在开始把这些手段往我的身上用。这不是开玩笑吗？"黎朋语气比较重。

"你们得互相妥协。"

"我可以妥协，可以让他提前还款解除质押。他不是担心我们黑他股份吗？"黎朋说，"我只是提醒他，弘华保险不是颐养保险。不能够把手伸得太远。"

牛老师盯着黎朋，问："就这些？"

"就这些。"

他们下了车。临分开时，黎朋说："还有一条，请牛老师一定转告邬老板，一定要删掉王国栋的视频资料，人家辛苦一辈子，不能因为莫须有的东西毁了人家一生。那是要出人命的。"

牛老师摇摇头叹息："怎么会搞成这样呢？"

黎朋刚离开牛老师不久，就接到邬之畏的电话。邬之畏用警告的语气说："你别以为找了牛老师，我们之间就完事了。我告诉你，这件事没完。任何人干涉不了我。"

黎朋吃惊不已。他刚和牛老师分开，邬之畏怎么会知道呢？他亲眼看到牛老师进了会场——他下午在会上是有一个发言的。牛老师根本没有时间告诉邬之畏这些。

他忽而在心里暗自叫着：坏了，牛老师的司机肯定是邬之畏的眼线。这么多年来，邬之畏可谓是无所不用其极。是不是牛老师也有把柄被他捏在手里呢？

想到这儿，他出了一身冷汗。

牛老师游说无功而返。那天下班后，他主动打电话给黎朋，要求见一面。黎朋问他在哪里，他说在办公室。牛老师说："你告诉我一个地方，我自己过去。"黎朋知道牛老师从不自己开车，肯定是司机开车送他来，这个司机已经引起了他的怀疑。他说："牛老师请在办公室等着，我们很快就有人过去接。"牛老师说："北京太塞车，一来一往费时间，还是告诉我一个地方，我自己过去。"黎朋暂时没法点破司机被邬之畏收买且会随时告密的危险，就说这个地方比较偏，一般司机找不到，还是请在办公室等候，接他的司机一会儿就到。牛老师看黎朋这么坚持，就作罢了。

黎朋的司机把牛老师接到郊区一个山庄，早已候在山庄进门路边的黎朋，见牛老师下车，快步迎上去。牛老师环顾四周，见地面到处都是飘落的银杏叶子，一地金黄。

黎朋从牛老师的话中，感觉到事情越搞越糟糕。

黎朋把他引入山庄的一个贵宾房间。房间内装饰考究，空间宽阔，他们在沙发上坐下，牛老师坐主沙发，黎朋坐右副沙发。牛老师心事重重，一脸倦容。

牛老师说："这家伙不听我劝啊。黎总，你是一个干大事的、觉悟高的人，要不你高抬贵手？"

黎朋起来欠身给牛老师的茶杯里添茶，一边琢磨着这句话的话外之音。这牛老师本来是他请过去给邬之畏做说客的，这一转头回来，枪口转过来，对着他，开始游说他了。

黎朋把添好茶水的茶杯递给牛老师，说："他怎么说？"

牛老师说："这家伙犟脾气一上来，十头牛拉不回来。"

"包括您？"

"我？我在他眼里啥都不是，我就是一个尿壶，想用的时候就用，不想用的时候连个眼神都不给。"

"不应该啊。我和邬总打交道这段时间，他经常提到您，说您提携他。"

牛老师伸手在黎朋眼前拼命摆着："可千万别这样说！黎总，这话说哪儿去了，以后，不要在任何场合提到我。他是他，我是我，我是党培养多年的领导干部，他是一个民营企业家，你是国有企业老总。我们没有任何关联，更没有任何利益瓜葛。"

黎朋听了有些想笑。他自忖自己虽然在走钢丝，但从未想过坑国家资产，从未动过侵吞国有资产的念头。在他的人生理念里，人可以不择手段，但必须守住根本，所谓根本就是不能触碰违法的底线。其实，他曾经有过这样一个梦想——做一个百年企业，形成一个资本帝国，无论这家企业是私企还是国企。人生在世，拼搏过，野心勃勃过，没有虚度过，就足矣。

他似乎意识到了问题的严重性，否则，牛老师不是这种状态。

黎朋点头称好。他问："他不同意我们的方案？"

牛老师摇头。"岂止是不同意。他提出了解决方案，需要我来给你传话。"

"什么条件？"

"第一条，改选董事会成员，必须保证有11位，坚持6∶5，并且选举他担任董事长；第二条，解押股权，提前还款；第三，你得提前退休。"

沉稳如黎朋者，也明显失态了。他端起茶杯喝了一口茶，茶杯落在茶几上时，发出声响，茶水溅出来，在茶几桌面上溅出了一幅不规则的小地图。

"我明白了，他这是根本没有调和的意思。"黎朋站起来双手一摊说，"那请牛老师转告他，我们是上市公司，一切以上市公司的规则、章程、公司法等来行事。我们希望一切都得在阳光底下。"

牛老师那天给邬之畏打了十几个电话，电话是通的，就是没有人接。

最后是戴志高接听了电话。戴志高告诉牛老师，邬老板不在身边。

"那去哪儿了？"

"这个……"戴志高支支吾吾，"牛老师，邬老板的电话在办公室，人不在。"

"他在哪儿？"

"在香港。"戴志高最后直接说。

"他去香港干什么？"

在平西，一个跟随邬之畏多年的退休干部因涉嫌贪腐被"双规"。侦查组顺藤摸瓜，找到邬之畏，把邬之畏请到北京一家酒店协助调查了24小时。从酒店出来后，司机去接他，走到回公司的半途，邬之畏掉头去了国际机场，用安提瓜和巴布达国家的护照身份，买了一张机票飞到了香港。

邬之畏不在北京，手却没有停，而是直接聚焦黎朋，开打。

他安排人在网上发布长篇文章，剑指黎朋合伙侵吞国有资产，代持购买海河软件股份，涉嫌内幕交易。

此文行文严密，逻辑清晰，有理有据。还晒出了代持协议，白纸黑字，无可批驳。

云集团的葛副总一看网上晒出来的代持协议，就后悔不迭，这不就是上次戴志高从自己办公室事后取走的吗？没想到这下子成为他们攻击的炮弹了。

网上闹翻了天。举报文章四处流传，还被贴在各类股票贴吧上，引起股民一致谴责，他们高喊监管部门进行调查查处。

监管部门还真来了。黎朋和葛副总接受问讯，把前因后果一五一十地讲述清楚：之前是顶天集团收购，后来没钱了，又不能让这事儿黄掉，最后才出此下策，筹资帮助他们购买。

不管他们如何解释，白字黑字的代持协议让任何辩解都苍白无力。监管部门初步监管函出来了：云集团要停牌接受调查。

接受问讯出来后，黎朋带着葛副总走在大街上，穿梭在人群中。司机开着车，远远地跟在后面。

葛副总说："这孙子四处疯咬，白的说成黑，黑的说成白，胡编乱造。我们可是国企！"

黎朋摇头叹口气："好好的一桩并购，搞成这个样子。在这个世界上，比找寻真相更难的，是证明自己的清白。"

葛副总安抚老板说："我们经得起任何调查。冤枉好人，比放纵坏人的后果严重得多。我们必须向上级报告，向国家有关部门报告，还要举报，我们不能坐以待毙。"

这么多年，黎朋被誉为资本市场的"不倒翁"，他坚守的原则是：该自己拿的，一分不少；不该自己拿的，分文不取。

"我们得相信组织。"黎朋放慢脚步，脸色忧戚，"舌上有龙泉，杀人不见血，生而为人，需要择善而行。"

"我们得反击。现在是舆论盖过了事实的真相，欲加之罪，何患无辞？"葛副总提议，"我们也需要借助舆论之手，扳回局面。"

黎朋摆摆手，说："随他去吧。"

王国栋收到一个神秘快递。第二天，他把黎朋叫到办公室。黎朋刚推门踏入办公室，就看到王国栋一脸怒容，然后抓起一个茶杯，砸在地上。

王国栋手指黎朋，冲着他嚷："不改选董事会，就改选你！"

从办公室出来后，王国栋的秘书悄悄跟着黎朋，走出大门后，她给黎朋透露了一个消息，昨天她给主任送过去一个快递。王主任撕开快递，拿出一叠照片时，脸色立刻惨白，把正要往前凑近看的她给轰出来了。

秘书还补充说："王主任从来没有这么失态过，他把自己关在办公室大半天，几拨人来访，他都避而不见。我好害怕啊。"

"哪儿来的快递？"

"斗牛大厦。"

黎朋追问："你害怕什么？"

秘书想了想，憋了半天，鼓起勇气说："我害怕主任挺不住，做傻事……"

黎朋猜到了大概情况。

王国栋在战战兢兢中度日如年。最恐惧的事情在于：我在明处，对手在暗处，不知手握炸弹的对手何时出手，怎么出手——这种钝刀割肉的疼痛堪称惨烈。还无人诉说。

一天傍晚，五国栋独自打车去了黎朋家里，黎朋不在家，只有保姆在。保姆留他坐下喝茶，告知黎总在外面有一个饭局，结束后就会回来。王国栋回应说不坐了，要回办公室等，让黎朋回来了立马打电话给他。

从黎朋家里出来，他没有回去，而是在小区路口的一棵银杏树旁坐下。银杏树的叶子掉得差不多了，枝丫光秃秃的，了无生气。忽而有冷风吹过，一阵凉意袭来，他紧了紧身上的衣服，从兜里掏出烟，点着了，猛吸一大口，呛着了，一连咳嗽。就这样，他眼瞅着一辆又一辆的车子从眼前开过，那副熟悉的车牌还没有出现。他抽着烟，一根接一根，目光一直盯着门口的车子进进出出。守在车子进口处岗亭的小区保安不时探头过来，往他这边瞅。

黎朋的车子出现在小区路口时，王国栋扔下烟头，拖着肥胖的身躯向小区门口跑去。十来米的距离，他跑得有些气喘，保安看懂了，连忙拦住奥迪车，然后善意地冲着车子做了一个停车的手势，车后排右侧的窗摇下来，黎朋从车窗里探出了头。

黎朋说："哎呀，王主任，您咋到这儿来了？"说着，他打开车门，下来挽着王国栋的手臂。王国栋顿感腿脚酸痛，忽而行走不便利，说："车上说，车上说。"在黎朋的搀扶下，王国栋钻进车里。司机发动车子，缓缓地开向地下停车场。

他们在停车场找了一个车位停稳。司机知趣地下车，走到出口处，抽着烟，把两位领导留在车上。

王国栋哭丧着脸对黎朋说："完蛋了，完蛋了，这货这么一闹，我这辈子就完了。好好的合作，怎么就搞到这种地步呢？"

黎朋明白他在说谁。黎朋说："放心吧，王主任。我们确保国有资产不会受损。其实，在整个合作过程中，我对他的资产全部进行了反担保、反质押和收益质押，他动弹不得。"

江湖传言，邬之畏有时如一条疯狗，有时像一只金钱豹，随时随地可以伤人。此人粘不得，就像吐在地上的口香糖，一脚踩上去，不但甩不掉，还会因此遭殃。

果然如此。

"他迟早会抛出我的。"王国栋拍打着头部，懊悔不已，"他送的爱马仕包我都放进单位库房了，我会解释清楚。我没有受贿。就是那些照片，都是他们设计陷害我的，我啥都没干……"说着说着，他声音有些哽咽，身体在颤抖。

黎朋抓住了王国栋的手，有些冰凉。他安慰道："王主任，事情也许没有那么糟，他主要是针对我，而不是你。"

"唉！我再干一年就退休了，却遭遇不测。我，我这辈子，一直过得小心翼翼。"

王国栋摇头懊悔，深感稍一松懈，就滑入深渊。

黎朋心里有些乱。傍晚一顿饭的工夫，邬之畏就安排人在网上公布了艾米莉的护照，还把黎朋几个身份证和护照的信息都公布了出来。像黎朋这号人，多几个身份证和护照是商业圈子里公开的秘密。他不是特例。在那些中南美洲的小国家，甚至在加勒比海的小岛国，买个身份搞本护照不难，一笔小投资就可以搞定。搞这类中介的生意，经常电话不断。当初搞这些护照，是圈子里的朋友善意提醒的，为了出国方便。其实，这些护照一次都没用上，谁知道这孙子咋搞到手的？

除了曝光了那些私人信息，邬之畏还有鼻子有眼地说黎朋挪用和占有百亿国有资产。自从进入这个平台，黎朋自觉还真没考虑过个人的私利。混到这个份儿上，赚的钱足够，几辈子也花不完。自己怎么会去侵吞国有资产，以身试法？当初和自己一同在资本市场摸爬滚打的那帮人，有过劳死的，伏法的，重疾缠身的，跑路到境外有国不能归的，还有至今在监狱不得不把牢底坐穿的……自己该多幸运和幸福啊。并且，十多年来，自己网罗了一批人才，把一个净资产不及5亿的亏损的国有企业做成了千亿市值的企业。如果说没有成就感，那是虚伪的。如果说自己侵吞百亿国有资产，只有造谣者自己相信。

护照是真的，侵吞巨额国有资产就是假的吗？怎么辩解？这孙子太恶毒了，真真假假混在一起，真假难辨。在网络年代，网民都是宁可信其有，不可信其无啊！

昨晚，邬之畏还给他发了一条私信，里面有数张照片。在意大利某个海滨，以海滩为背景，有陡峭的悬崖，纯净的白沙，宝石蓝一样平静而清澈的海水。邬之畏坐在豪华游艇的甲板上，升起的桅杆像一个大扇贝，颇有装饰感。邬之畏左拥右抱着金发碧眼的美女模特，她们给邬之畏喂着红酒。冲着镜头，邬之畏挤眉弄眼，好不逍遥。发来照片后，邬之畏还紧接着私信一句话说：朋兄，此时此刻，你就是一只热锅上的蚂蚁吧？嘿嘿，我告诉你，如果继续跟我对抗，你也蹦跶不了几天……

黎朋看完这段话，没有回复他。他也没有恼怒地删掉信息。他跟自己说，只要没有死人，一切都不是事儿；即使死人了，只要不是自己，一切都来得及。他唯一担心的，就是自己的女儿艾米莉。他给艾米莉的妈妈去过电话，不记得他们之间有多久没有通过电话了，一般联系都是通过女儿——这是他们之间割不断的血脉亲情。这些亲情日常通过电话、电子邮件和微信在父女之间传递。这次，他主动给艾米莉的妈妈去电话，提醒她小心点儿。艾米莉的妈妈说，身正不怕影子斜，这里是法国！她还引用《圣经》中的话说："你们的仇敌，要爱他。恨你们的，要待他好。"

前妻的镇静和笃定，给黎朋以安慰和鼓舞。临危不惧，何尝不是自己独行资本江湖至今的秉性？

他相信，蹦跶不了几天的是邬之畏自己，邬之畏看似逍遥，实则东躲西藏，这样的日子是他想要的吗？国际刑警红色通缉的原则是：虽远必捉。

黎朋对王国栋表态说："这疯狗开始攻击我了，四处造谣。我的所作所为，经得住组织的审查，经受得起法律的拷问。"

"这货真真假假，以假替真，有谁不相信呢？"王国栋带哭着腔说，"网民不是说了吗？有图有真相——我是怎么洗也洗不掉啊。"

"有图不代表有真相。"黎朋安抚他说，"我们相信司法鉴定。即使有什么了，我们也支持您。"

王国栋听到这句话，像抓到一根救命稻草。"谢谢！"

他瘫软在后座上，说了一句浓缩了半辈子精华的话，堪称人生箴言。这句话，何尝不是所有人此刻的切肤之痛。他说："人生如果按错了频道，播放的，可能就不是赞歌，而是丧曲。"

王国栋这番话，让黎朋陷入沉思。

黎朋紧锁着眉头，一脸肃然。前半生的刀光剑影如电影般在脑海里闪过，所谓大佬，就是历经腥风血雨，冲上巅峰——他忽而有种无力感，似乎一切尽在掌握，但伸手一抓，却只有空气。他身子往后沉沉一靠，仰靠在座位背垫上，微闭着眼睛。

一时间，两人无语，车内冥寂无声。突然，车前窜出两只大老鼠，一灰一褐，体形肥硕，在一番警惕地环视左右后，它们竟张牙舞爪地撕咬起来，吱吱地尖叫，凄厉如地狱里的鬼嚎。王国栋感到胸闷气短，右手捶了几下左胸，感觉没有缓解，就想到外面走走，刚打开车门，两鼠似乎受到惊吓，停止了撕咬，迅速钻进前面车底，不见了踪影。黎朋用眼余光观察着王国栋的一举一动，捕捉着他脸上的表情变化，忽而可怜起眼前的这个人，大半辈子小心翼翼，却终因一着不慎而晚节不保。

而自己呢？想到这儿，黎朋的情绪有些不好。

"看来，也只有这样，现在就去纪委坦白，相信组织能澄清是非，相信法律公正。"王国栋打破平静说道，仿佛下定了决心。黎朋见他说完这句话，如释重负，不再有猥琐与胆怯的样子。

黎朋跟着王国栋推门下车，沿着车行通道，徒步向出口走去。身后有车缓缓过来，开着灯光，把他俩长长的身影投射到他们脚前。黎朋和王国栋踩着各自的影子，彳亍前行，影子如两摊流水，随着他俩的脚步，向前流淌……

半个月前，艾米莉在符浩的劝说下，陪她妈妈回了一趟法国。符浩提议她多陪陪妈妈，在法国多逛逛，不急着回国。艾米莉说："我期待在巴黎香榭丽舍大街能邂逅你。"她说这话时，带着一脸憧憬。

送走艾米莉后，符浩找到黎朋，带着一摞材料，是关于指证顶天集团和邬之畏的。黎朋问他："从哪儿搞到的？"符浩说："是贾阿毛提供的。"黎朋问："贾阿毛不是被你们逼到新西兰了吗？"符浩说："是。但我们与邬之畏交恶后，贾阿毛主动冰释前嫌，要回国做污点证人。他还集合了章立早等人找到我，还要联合您，一起举报并指证邬之畏勾结牛老师等人利用公权力疯狂敛财、迫害企业老板，非法掠夺企业财产，以及违法违规收购颐养保险、侵占巨额国有资产的犯罪事实……"

说到这儿，符浩语气有些沉重。"有些事，我也脱不了关系，所以——"他指指这摞资料，"我也是给自己扔了一颗炸弹。"

符浩知道，扔出这颗炸弹，炸掉对手的同时也是在炸伤自己。他决定了，要破釜沉舟。

黎朋说："我们没有污点证人之说，只有立功赎罪。你……考虑好了承担后果？"

符浩点点头，说："我做了最坏的打算。但是……"

黎朋沉默，看着符浩半晌。他走到落地窗前，看着窗外秋风中摇摆的枝丫，枯黄的树叶纷纷凋落。昨天手机收到消息，今天有大风蓝色预警。

黎朋像是自言自语，又像是对符浩说话。他说话的声音，幽幽的，像响声落进幽深的山谷，嘶哑、苍茫。

符浩就站在黎朋身后，看着他日益消瘦的身影，他选择了安静地倾听。他不知道黎朋要讲什么，但他感觉到，黎朋今天似乎有很多话要和他讲。

黎朋说时代在"重估一切价值"。物质丰富了，房子豪华了，车子票子都堆起来了，但是，他们没有家，不知道自己是谁。

黎朋转身看着他，凝视着他，嘴唇哆嗦着。说了很多很多，甚至有些语无伦次。说了半个多小时。符浩记得他不断重复着一句话，"我要死在哪里"。

符浩知道他要表达什么。这是现代化的困境。

符浩说："我年纪尚轻，也许很多理解不一定正确，也不是那么透。其实，这种'向死而生'，不踏实、不安，不知道在哪里死，每个人都会有这种感触，每个人都很孤独无助。我想，也许，赎罪就是解脱，至少可以减轻内心深处严重的焦虑感。"

黎朋伸手扶在符浩左肩上。半晌，他长长地叹了一口气说："既然选择了，那就去吧，我会给你找最牛的……"

符浩打断他的话，说："我有一个请求。"

黎朋问："什么请求？"

符浩说："我已经把钱给捐了。我知道，即使捐了，也不代表不必接受惩罚……"

说到这儿，他眼圈红了，有些哽咽。

黎朋用力抓着他的肩膀，不发一言。

符浩抬头凝视着黎朋说："有一个人，我放心不下，希望您帮助她。"

黎朋说："艾米莉？"

符浩点点头。眼泪涌出了眼眶。

黎朋身体一颤。他说："你都知道了？"

符浩点点头，说："我是前不久才知道的。其实您早就知道了，陈静引荐我给您时，她就告诉您了。可惜，我知道得太晚。"

黎朋眼圈也红了。他动情地说："艾米莉是我的女儿，我对不住她们母女俩。当年发生了一些事情，她妈妈反对我继续从商，想让我回到大学教教书，安静地过日子……那时候我正一路向上，岂肯回头？所以，我一意孤行，利令智昏，才导致她们远走他乡。"

符浩摇摇头，说："艾米莉跟我说了，她丝毫没有怪您，说您是她的骄傲。"

黎朋眼里噙泪。他颤着音问："她真是这么说的吗？"

符浩点点头。他看到，黎朋略显沧桑的脸上堆起了爱怜的神情。他也看到，黎朋有些苍老了。

符浩双脚并拢，向黎朋深深一鞠躬，说："拜托了！"

从黎朋那里出来，符浩开着路虎一路狂奔，来到郊外的一处银杏林。金黄的叶子不时在阳光中落下，带着无奈与不舍的情怀，如一只只疲倦的蝴蝶，离开曾经充满生机与绚丽的生命舞台。他走在林间小路上，踩踏着落叶，突然想到，叶落归根，是等待自己下一个季节的到来。符浩抬头，看着天上的太阳，阳光如佛微笑，似艾米莉妩媚的脸庞……